主編　歐陽健　歐陽縈雪
顧問　侯忠義　李靈年　王立興

全清小説

羅士澍題

順治卷·一

文物出版社

圖書在版編目（CIP）數據

全清小說．順治卷．一／歐陽健，歐陽縈雪主編．—北京：文物出版社，2020.9

ISBN 978－7－5010－6739－8

Ⅰ．①全…　Ⅱ．①歐…　②歐…　Ⅲ．①古典小說－小說集－中國－清代　Ⅳ．①I242

中國版本圖書館 CIP 數據核字（2020）第 138333 號

全清小說·順治卷（一）

主　　編：歐陽健　歐陽縈雪
責任編輯：劉永海
封面設計：程星濤
責任印製：梁秋卉
出版發行：文物出版社
地址：北京市東直門内北小街 2 號樓　郵編：100007
網站：http：//www.wenwu.com　郵箱：web@ wenwu.com
印　　刷：北京京都六環印刷廠
經　　銷：新華書店
開　　本：880×1230 毫米　1/32
印　　張：20
版　　次：2020 年 9 月第 1 版
2020 年 9 月第 1 次印刷
書　　號：ISBN 978－7－5010－6739－8
定　　價：95.00 圓

序一

侯忠義

歐陽健先生邀我爲《全清小説》寫序，我的心情久久不能平静，使我想起了許多往事。

中國古代小説，種類繁多，卷帙浩繁，具有重要文學價值與史料價值。而文言之小説，又因其年代久遠，作品分散，搜求不易，使用不便，遂有整理編纂《全古小説》總集之議，並得到了全國高等院校古籍整理研究工作委員會的支持，列入了古籍整理規劃。

爲此，二十世紀九十年代，全國部分高校同仁，在南京、長春進行過兩次研討，就古小説的概念、選書的範疇及校勘的體例，進行了詳細討論，並取得了一致意見。此所謂古小説，區别於宋元以後之白話通俗小説，專指以文言撰寫之小説，實即爲史官與傳統目録學於子部所列各書。以今例古，其中多有不類小説者。從文學的角度，依古今結合的原則，確定以叙事性爲區分小説與非小説的標準，分編成唐前卷、唐五代卷、宋元卷、明代卷、清代卷，確定了各卷主編人選。會後聯繫出版單位，均承認此書的學術和文獻價值，但限於當時條件，資金短缺，篇幅過大，運作不易，事遂中輟。

惟主編『清代卷』之歐陽健先生，不離不棄，精益求精。在二十年中，廣爲搜羅，多方訪求，力求完備。凡見於藝文志、官私目録及地方志者，均一一加以考察、甄别。然古代目録之於小説家類，取捨不盡相同，一書或隸史部，或隸子部；同隸子部者，或入小説家類，或不入小説家類，並無定論。爲此又深入北京、杭州、南京、福州、太原各大圖書館，兜底調查，查閲鑒定（審查量不少於千種），以免疏漏。《全清小説》所得底本，均追真求實，精加校勘，多所糾謬，幾成善本，爲讀者交出了滿意的答卷。全書十卷三千萬字，是清代古體小説的總集成，也是對清代古小説全面的搜集、整理和總結，是重大古籍整理工程。此一專案，歷經坎坷和磨難，集衆人之力，始得完成，實在值得讚揚和肯定。

感謝文物出版社，慷慨支持《全清小説》的出版，與作者共襄義舉，十分感佩。

適逢《全清小説》出版之際，聊記數語，以代賀辭。期盼《全清小説》對思想學術界有所稗益。此爲序。

二〇一九年六月序於北京大學，時年八十三歲

序　二

李靈年

歐陽健教授主編的《全清小説》，在擱置近二十年之後，終於得以全新面貌出版，真是令人快慰的好事。

一九九七年十一月，由江蘇省社會科學院和江蘇明清小説研究會牽頭，並得全國高等院校古籍整理研究工作委員會支持，在南京召開了中國古代文言小説研討會。與會專家雄心勃勃，决定編纂巨型《全古小説》，由侯忠義、安平秋總主編，下分唐前卷、唐五代卷、宋元卷、明代卷、清代卷。侯忠義先生信心滿滿，鼓勵大家鼓足幹勁，争取兩年内完成。雷厲風行、説幹就幹的歐陽健，回到所在的福建師範大學文學院，即編成《全清文言小説書目》，動員古代文學教研室的同仁，又約請外地高校數十位專家參與，至一九九九年已整理好二百多部，交侯忠義先生審閲，勢頭喜人。不料，亞洲金融危機暴发，原聯繫好的出版社因故放棄出版。此後，歐陽健又做過種種努力，雖有出版社爲之動心，但終因投入至鉅，都無結果。

二〇一八年春夏之交，此事再次被提上議事日程。有多位治小説的時彦精英，如李時人、沈伯俊、曲沐等相繼逝世，對大家震動很大。懷着『不能讓十大箱《全清小説》積稿变成废纸』的緊迫感，歐陽健偕夫人专程來到南京，約請幾位老友一起來想辦法，甚至擬以轉讓主編的方式謀求出路。茲事體大，經幾番聯繫交涉，一波三折，仍然未能落實。幸有文物出版社獲悉此一情况，主動与歐陽健聯繫，决定將《全清小説》列爲戰略性重點規劃，遂於二〇一九年初簽訂出版合同，決定从二〇一九年始，分阶段推出。這真叫人喜出望外，關注此書者的欣慰心情，是不言而喻的。

綜觀《全清小説》的編纂，可用三個字概括：曰「新」，曰「全」，曰「精」。

先説『新』。

所謂『新』，是以『古體小説』的全新面目呈現給讀者。回想上世紀八十年代，南京師範大學談鳳梁先生主編《歷代文言小説鑒賞辭典》，擬請吴組緗先生賜序，先生原本是答應了的。爲此，我們寄了幾篇樣稿供吴先生參考，中有何滿子先生所撰沈既濟《任氏傳》賞析，文中有這樣的話：『《任氏傳》可以當作唐人傳奇的標準性文體看待；在某種意義上，它凝聚著中國古代叙事藝術和小説文化的幾乎全部因素。』一天，突然接到吴先生的電話：『靈年，你説什麽叫標準小説？世上有没有標準小説？這個序我不能寫。』先生的决定，让我感到錯諤，細思之又覺得確有道理。我國古代文言小説，文備衆體，不存在純而又純的單一的『標準化』作品。即便《聊齋志異》這樣最成熟的小説集，也是如此。正如吴組緗先生所説，《聊齋志異》的文體有三種：一是魏晉『志怪式』，即三五行的簡短紀事；二是唐人『傳奇式』，臻於成熟的文言小説；還有一種没有故事，專寫一個場面、一個片段的散文特寫。吴先生還説，『異史氏曰』的議論，不一定就事論事，有時是引申發揮，成爲批評時事的『雜感』，實際上是先魯迅出現的指摘時弊的雜文（見《説稗集》，北京大學出版社，一九八七年，第十六～十七頁）。

我們從吴先生的意見中體會到，應該尊重叙事藝術豐富多彩的文體及其各種表現手法。本著這種開放的小説觀念，應該有一個能體現這種觀念的名稱。近幾十年來，學界就此問題多有探索。如程毅中先生，將古代小説的源頭、演變的歷史、目録學的著録、作品本身結合起來，進行全面系統的考察，得出一個具有創新性的認識，即把我國古代小説分爲『古體小説』和『近體小説』兩大系統。『古體小説』包括一切用文言書寫的古代小説創作，『近體小説』則指宋元以來以白話書寫的通俗小説（《古體小説論要》，華齡出版社，二〇〇九年）。程先生的這一創見，是對小説目録學的重大貢獻。衆所周知，我國古代小説的歷史發展過程極爲複雜，目録學很難理清它的文體歸類，找不到合適的『量體裁衣』的名詞。『古體小説』的概念具有極大的包容性，不僅可以涵蓋所有古代文言小説體裁，而且便於收容現存的所有叙事作品的文集。程毅中先生整理的《古體小説鈔》（宋元卷，明代卷，清代卷），堪稱成功的示範。

歐陽健主編《全清小説》，所擬《凡例》第一條就是：『爲全面清理清代古體小説的豐富遺産，爲學術界提供完備資料，特編纂本書。』標舉『古體小説』這一概念，就是要放寬叢書的收容尺度，做到不遺不漏，完備無闕。《全清小説》的創新處，在於從文學的角度，依古今結合的原則，確定以叙事性爲區分小説與非小説的標準。舉凡具備一定情節與審美意趣的叙事作品，均視爲小説入選，是迄今爲止以最新標準編纂的清代文言小説總集，是與二十多年來小説史研究的發展相適應的，體現了新的觀念，反映了時代的要求。有學者二十多年前就提出，要合理借鑒西方理論的叙事觀點，以中國小説的創作，用中國的理論進行評判，在繼承改造中進行創新（參見楊義著《中國古典小説史論》，中國社會科學出版社，一九九五年）。反之，如果獨尊某體某派，以今隸古，勢必排斥許多優秀作品。不必爲『小説』體裁設下過多框框，而要尊重歷史、尊重古人的審美情趣，開拓視野，編纂出具有現代特色的古體小説叢書，這是大家所期盼的。略嫌遺憾的是，正名若題《全清古體小説》，就與《凡例》所提相一致了。

再説『全』。

所謂『全』，就是按照凡例規制，應收盡收，不留遺珠。『全』的問題，實際上是緊承第一點『新』而來的。有了新的觀念，即有了相容並包的『古體小説』這一界定，才能真正解決『全』的問題。

清代文言小説卷帙浩繁，豐姿多彩。依據叙事性的標準，《全清小説》雖然剔除了以往列爲子部小説的非叙事性的『叢談』『辨訂』『箴規』，但將列爲史部的具有叙事性的『偏記』『小録』『逸事』『瑣言』『雜記』『别傳』，乃至部分『地理書』『都邑簿』視具體情況入選，這就大大地擴展的入選範圍。《全清小説》共收録清代『古體小説』五百餘種，約三千萬字，有一百餘種未經侯忠義《中國文言小説書目》、寧稼雨《中國文言小説總目提要》著録，堪稱最完備的清代小説總集。

需要説明的是，五百種入選作品，不是從目録上抄録的，而是進到圖書館（包括北京、杭州、南京、福州、太原）查閲鑒定的結果。自然，這已是多年前的情况。《全清小説》被擱置了二十年，今天再啓動這項工作，却也因此獲得了良好的孕育環境。晚有晚的好處，隨著時間的推移，反而爲全面收録提供了更優越的條件。現在是網絡時代，搜尋資訊更加方便。爲此，歐陽健殫精竭慮，竭力擴大搜求範圍，向學界和圖書館同仁發出資訊，尋書徵稿，收到很好的效果。如南京圖書館徐憶農研究館員，就在本館查到多種未見著録的作品，並積極承擔了這批小説的整理校點工作。可見，編輯的過程也是不斷擴展、不斷發現的過程。可以預見，等到編到最後一卷時，一定會大大超過原先的估計，使讀者耳目一新。

有一種意見認爲，爲避免全書篇幅過大，可否不收通行易得的名著，如《聊齋志異》《閲微草堂筆記》《子不語》之類。但叢書本身是一個自足的文庫，必須以齊全完整爲準。如若不收這些大部頭——它們恰恰又是清代古體小説的核心或代表——這部叢書，就不能稱之爲全帙。清代大學者閻若璩在《潛丘劄記》中曾説：『或問古學以何爲難？曰不誤。又問，曰不漏。』重要的是，要在版本選取上有自己的特色，在整理質量上多下功夫。這部叢書所收皆爲整理本，手批目擊，只要掌握好尺度，不會誤收；至於不漏，應當做到盡力而爲。據知，出版社已經充分注意到這一點，這也是令人首肯的。

再説『精』。

所謂『精』，就是要堅持學術品位，編出一部高質量的清代古體小説叢書，力求校點精審，不出或少出常識性錯誤，以精品面世。這説來容易做來難。面對這一巨大工程，文出衆手，如何保證質量，歐陽健採取了多種措施。首先制定了工作細則，從底本的選擇、作品的分段，到校勘、標點，再到題解的内容，都作了詳細規定，並提供範本，以供參考。其次，在全國範圍内招聘審讀班子，由這些專家負責把關，然後交出版社責編審定發排。

尤爲重要的是工作隊伍的組建。編纂這套叢書，受到學界普遍歡迎和高度重視，許多成就卓著的學者，如侯忠義、王立興、趙景瑜、林驊、杜貴晨、郭興良、曾憲輝、劉勇强、寧稼雨、潘建國、陸林、陳節、陳年希、歐明俊、占驍勇、羅寧、王憲明、李金松、李延年、蘇鐵戈、鄒自振、王恒柱、石育良、王火青等，还有一批后起的博士、碩士，都踴躍參加了這一工作，這無疑是確保質量的重要條件。

當然，要達到預定目標絶非易事，有許多艱苦細緻的工作要做。要做到精審，還是要下一番功夫的。例如李清《女世説》所録巾幗人物，多爲截取史傳之片段改寫而成，各版本在鈔録和刊刻過程中，會出現各種各樣的問題，甚至連主名都可能弄錯。全書所收七八百人，點校者如不一一核對原始出處，糾正失誤，便不能保證新點校本的質量。至於斷句標點，不僅要弄通文義，還要熟悉史實、文體、典章制度、典故等多方面的知識，否則極易出現紕繆。一部小書的點校要做到没有問題，已經不易，要説整套叢書的點校不留缺憾，很難，但是應當盡全力將點校的缺憾減少到最少最小。

求真務實，知難而上，矢志不移，咬定青山不放鬆，這就是歐陽健的治學態度和風格，也是他成功的秘訣。對於編纂大型書籍，他有著豐富的經驗。早在一九八五年，他與蕭相愷即受命編輯《中國通俗小説總目提要》，經過三年的艱苦努力，終於完成了這部收書一千一百六十四部三百一十四萬字的目録學巨著，爲小説研究界提供了完備的文獻資料，功莫大焉。他們之所以成功，開放的心態不可或缺。學術，公器也，容不得半點私心雜念。只有敞開胸懷，放眼世界，集思廣益，才能以集體智慧，創造出符合時代精神的精品。我們看到，歐陽健嘔心瀝血，在全身心投入編纂工作的同時，又千方百計招攬學界同仁參與，充分體現了開門搞科研的决心。這和三十年前動員全國十八個省市一百單八將，一齊編輯《中國通俗小説總目提要》的盛况交相輝映。筆者堅信，今日條件更加優越，萬事俱備，此項工程必將大獲成功。

筆者未參與《全清小説》的具体工作，但自參加南京一九九七年中國古代文言小説研討會以來，对此始终是十分關注的。歐陽健多次通過微信和電話，報告進展，交流心得，不僅增長見識，也深受感染。筆者能在耄年參與這一世紀壯舉，雖然只能敲敲邊鼓，對『以學養生』之志大有裨益。這是友人的青眼，也是時代的恩賜，實在大可慶幸。感佩之餘，書此聊表心意，淺薄之見拉雜道來，謹請讀者批評指正。

二〇一九年六月序於南京師範大學，時年八十九歲

序　三

王立興

主編歐陽健先生命我爲《全清小説》寫序。侯忠義先生已寫了此書的編纂緣起，李靈年先生已寫了此書的編纂特點。對於這樣一部體量大的工程，將從何説起呢？考慮再三，還是從讀者的視域説起吧。

清王朝是中國封建社會的終結期，也是社會性質的轉型期。其開國的一個半世紀，國力强大，經濟繁榮，文化興盛，四民樂業，人口蕃衍，社會穩定；其後的六十多年，進入了衰落期，内憂外患，接踵而至；而最後的五十年，是清王朝的覆亡期，中國已逐步淪爲半封建半殖民地社會。綜觀清代二百六十八年的歷史，有功績，也有過失。而其功績之犖犖大者，首先在融匯了大一統的華夏民族，促進了國家的統一，奠定了中國今日之版圖，穩定了中國人口之基數。作爲一個入主中原的少數民族，清王朝十分重視處理好民族關係，尤其是滿漢之間的關係。清朝歷代帝王都傾心漢文化，從小除學習滿語和騎射外，主要精力放在學習儒學等中華傳統文化上。康熙、雍正、乾隆三帝，在詩、書、畫方面都有很高的造詣。他们重視漢族知識分子的工作，注意吸納人才。順治二年就恢復了科舉考試，擴大了取士名額。康熙、乾隆都曾舉行『博學鴻詞科』，征集名儒碩彦爲王朝服務。爲了讓青年學子有安身立命之所，各地設立了官方和民間的書院，培養出大量人才。對邊疆少數民族，採取安撫容融的方針，尊重各族習俗，使之融入中華民族共同體。清王朝極重視中華傳統文化的整理和傳承，官方整理修纂的圖書和私家著述，汗牛充棟，碩果纍纍。經學、史學、諸子學，以及文字學、音韻學、訓詁學、考據學，都取得了輝煌成就。

清代是中國古代文學的總結期，也是各種文學長足發展的時期。清代詩、詞、散文、駢文、戲曲、小說，作家衆多，人才輩出；各種文學流派，各體文學理論，衆多女詩人女詞人的佳什，争奇鬥豔，各有擅場。清代文學成果豐碩，清詩和散文的拓境開廡，清詞的中興光大，駢文的復興，戲曲《長生殿》《桃花扇》的應時而生，小說《儒林外史》《紅樓夢》的橫空出世，更是將古代戲曲、小說推上頂峰。還有京劇和各種地方戲的蓬勃興起，彈詞、寶卷的漫衍滋長，由駢文派生出的楹聯的創作極大發展，組成了一道道靚麗的風景綫。可以毫不誇張地説，經過長期歷史文化積澱和藝術積纍，清代爲中國古代文學畫上了圓滿的句號。

鴉片戰争以後，是清代文學的變革期。求變，求新，强調文學的社會教育功能，成爲文學創作的主潮。以龔自珍爲代表的作家群呼唤風雷，要求變革。梁啓超先後提出了『詩界革命』『文界革命』『小説界革命』『戲劇改良』的主張，其中，『小説界革命』声勢最爲浩大，在其號召下，小説創作和小説譯述各達千種以上，出現爆棚式的增長，《官場現形記》《二十年目睹之怪現狀》《老殘遊記》《孽海花》四大名著應運而生，並出現了『政治小説』『教育小説』『科學（科幻）小説』『偵探小説』等新的門類。專門出版小説的刊物，有《新小説》《繡像小説》《月月小説》《小説林》等三十多家。辛亥革命時期，資産階級革命派的小説，以反滿革命爲導向，在内容上已有所昇華。

白話與文言，是清代小説創作的兩翼。清代的文言短篇小説，也大大超越了以往任何一個朝代，達到了中國文言小説的最高峰。文言小説集就有五百多種，散見於諸家文集及各種報刊的單篇佳什，還不計在内。這些小説體式不一，内容豐富，手法多樣，異采紛呈。現分别就各種體式的特點作一簡單掃描：

一　傳奇體小説，以蒲松齡《聊齋志異》爲代表。

蒲松齡深深植根於人民生活的土壤之中，他以獨有的文心，創造性地用傳奇體寫志怪題材，選取超現實的談狐説鬼形式觀照現實，寄托真情，極力追求一種幻中見真、幻中見美的藝術境界。小説在表現主題、刻畫人物、謀篇佈局、運用語言諸方面，都表現了極高的寫作技巧，藝術上達到了完美的程度。蒲松齡是中國古代短篇小説之王，將文言小説推上了一個新的高峰，代表了我國文言小説的最高成就。他的小説雅俗共賞，使人百讀不厭，對有清一代的小説創作産生了深刻影響，效法者輩出。較著者有徐昆《柳厓外編》、沈起鳳《諧鐸》、長白浩歌子《螢窗異草》、和邦額《夜譚隨録》、曾衍東《小豆棚》、樂鈞《耳食録》、馮起鳳《昔柳摭談》、范興榮《啖影集》、吴薌厈

《客窗閑話》、宣鼎《夜雨秋燈録》、王韜《遁窟讕言》《淞隱漫録》《淞濱瑣話》、鄒弢《澆愁集》等。這些小説集具有多樣化的藝術風格和時代特點，整體上雖不逮《聊齋志異》，但在内容和藝術上也有所創新和發展，他們和蒲松齡一道，共襄傳奇體小説，使之成爲清代文言小説中最爲重要，最有成就的門類。

二　志怪體小説，以袁枚《子不語》（又名《新齊諧》）爲代表。

清人因崇奉釋道，迷信神鬼，志怪之風盛行，志怪小説也大行其道。袁枚以文壇領袖身份倡導志怪小説創作，親自寫了《子不語》，對文壇影響很大。袁枚前後，以志怪爲主體的小説集，有陸圻《冥報録》、徐芳《諾皋廣志》、宋犖《筠廊偶筆》、鈕琇《觚賸》、王椷《秋燈叢話》、許仲元《三異筆談》、李調元《新搜神記》、屠紳《六合内外瑣言》、錢泳《履園叢話》等。志怪小説集以記實手法寫怪異故事，大都以釋道内容、神鬼怪異之事爲題材，藉以勸善懲惡，針砭時弊。小説篇幅短小，大多率意而爲，缺乏傳奇小説那種精雕細刻工夫，但也偶有構思精巧、發人深省的佳作。

三　軼事體小説，以王晫《今世説》爲代表。

王晫仿《世説新語》體例作《今世説》，分門類記述清代名賢的嘉言懿行和思想情態。王晫前後，寫作此類軼事小説的，有梁維樞《玉劍尊聞》、吴肅公《明語林》、汪琬《説鈴》、宋犖《州乘餘聞》等。還有專注於撰寫婦女軼事的，如李清《女世説》、陳維崧《婦人集》、毛奇齡《勝朝彤史拾遺記》、嚴蘅《女世説》、厲鶚《玉臺書史》、湯漱玉《玉臺畫史》等。軼事體小説以徵實爲篙矢，以人物爲中心，主要記述人物的遺聞軼事。小説文字優美，往往以極簡的筆墨寫出人物的風神。值得注意的是，出現如此多的頌揚婦女才智的軼事小説，不僅擴展了軼事小説的領域，也是時代的一大進步。

四　雜記體小説，以紀昀《閲微草堂筆記》爲代表。

紀昀因不滿蒲松齡的《聊齋志異》而寫《閲微草堂筆記》。他極力排斥傳奇體小説，認爲傳奇體小説祇是才子之筆，非著書者之筆，從根本上否定小説藝術典型化的作用和審美價值。紀昀認爲小説的作用在於有認知價值，可以『寓勸戒，廣見聞，資考證』，《閲微草堂筆記》正是在這種小説觀指導下創作的。從小説史上看，《閲微草堂筆記》仍有其歷史價值。由於作者學養深厚，長於文筆，旁搜博採，時有灼見，仍不失爲一部優秀的文學作品。紀昀以他《四庫全書》總纂官的聲望創作此類小説，一時響者雲集，作者衆多，雜記體小説大大超過了任何門類的小説。此類小説集太多，在紀昀之前，王士禛《池北偶談》《香祖筆記》、褚人獲《堅瓠集》等已開其端，紀昀之後，較著者有俞蛟《夢廠雜著》、法式善《陶廬雜録》、許奉恩《里乘》、俞樾《右臺仙館筆記》《耳郵》、薛福成《庸庵筆記》、姚元之《竹葉亭雜記》、宋芬《蟲鳴漫録》、梁恭辰《池上草筆記》、李伯元《南亭筆記》、吴趼人《趼廛筆記》等。雜記體小説篇幅簡短，文字質樸，小説的最大特點就是『雜』。小説往往以『雜記』『雜録』『筆記』『隨筆』『瑣語』『叢談』命名，就體現這層意思。作者把自己的所見所聞，所讀所感，隨手記下，積久成帙。小説內容龐雜，包羅萬象，既有故事性的志怪小説、軼事小説，也有一些瑣言雜録、史料辨析、朝章國故的記述，甚至詩文論評、訓詁考訂的文字，有些已不屬於小説的范疇。

五　記傳體小説，以張潮《虞初新志》爲代表。

康熙時，張潮從明清之際一些名家文集中，搜求具有傳奇色彩人物的故事，編輯成《虞初新志》一書。他在《虞初新志》序中，概括了以『事多近代』『文多時賢』『事奇而核、文雋而工』的標準，選取了王猷定、李漁、吴偉業、侯方域、魏禧、汪琬、陸次雲、黄周星、周亮工、王士禛等人的作品，這些人都是當時知名學者和文學大家，古文造詣很深，他們所寫人物構思奇巧，故事生動，奇人奇事，奇技奇藝，奇行奇情，人物在他們筆下變得鮮活飛揚，有聲有色，反映了特定時期的人物風貌和時代主題。張潮將這些傳奇故事輯成選本，甫一面世，就廣爲流傳，産生了很大影響。步武其後的，有鄭澍若輯的《虞初續志》、黄承增輯的《廣虞初新志》、朱承軾輯的《虞初續新志》等。特别是鄭澍若，從陸隴其、蒲松齡、毛奇齡、邵長蘅、施閏章、方苞、袁枚諸名家文集和説部中所輯録的選文，也有很多傳頌的佳篇，爲人們所稱道。需要説明的是，記傳體小説和史傳文學，都是以人物爲中心的敘事記實作品，但兩者是有分野的，史傳文學側重在『傳』，記傳體小説側重在『記』，側重於人物某一方面的突出事跡、性格特征和諸多細節的敘寫。清代學者章學誠《文史通義·内篇·傳記》就説過：『至於近代，始以録人物者，區之爲傳；敘事跡者，區之爲記。』這就是記傳體小説不同於史傳文的重要特征。

六　自述體小說，以冒襄《影梅庵憶語》和沈復《浮生六記》爲代表。冒襄和沈復都是用第一人稱，以女方爲中心，憶寫彼此刻骨銘心的情愛生活。大變亂時代的離散遇合，家庭生活中的悲喜苦樂，作者都能輕柔温婉、不加矯飾地傾訴出來。這種質實清貞的眷戀之情，如汩汩清泉，沁人心脾，舒人肝腸，深深地打動人心。作者以高尚的審美情趣，用散文美的筆調，詩美的韻致，將小說鑄成不可多見的美文，此情致堪與《紅樓夢》相媲美。這兩篇小說受到很多讀者的贊賞，『五四』以後更是好評如潮。兩篇小說也早已飛出國門，爲衆多外國讀者所喜愛。

另外，研讀清代文言小說，還有幾點可注意的：

一　體式不純。清代文言小說集大多體例不純，有所交集。即使像蒲松齡的《聊齋志異》，全書以傳奇體小說爲主，但也有一些志怪體小說和少量軼事體小說；鈕琇的《觚賸》，主體是志怪體小說，但也有篇幅漫長、形象生動的傳奇體小說。至於雜記體小說，取材蕪雜，體例也就更爲蕪雜。

二　案頭文學。清代文言小說大都是士人用規范化的文言寫的，受衆對象也大多是士人，它和話本、戲曲視聽兼具的文學樣式不同。傳奇體小說具有神采飛動、故事委曲、形象鮮活的特點，其他各體小說一般具有敘事簡明、語言雅潔，有一定可讀性，符合士人的審美情趣。到了近代，各種報刊和小說雜志上也刊登了不少文言小說，如梁啓超主編的《新小説》開辟了『劄記小說』專欄，吴趼人等主編的《月月小說》開辟了『筆記小說』專欄，這些小說受衆廣泛，由士階層擴大到農工商賈、市井細民。這些小説敘事粗放，追求趣味性，語言已由雅潔變爲淺近，帶有報章體的特點。

三　私家著述。私家著述不像官方文書、官修典籍那樣正兒八經，虚飾刻板，他們可以自由活潑地表達自己的憂樂愛憎。小説在敘寫大千世界時，往往注意從小事、細節和虚構入手，來表現人們的生態和心態。從細微中看社會，見端倪，這些敘寫更貼近人們生活，更具有歷史真實性。

四　水平不一。由於作者的閱歷、學養、識見、才情不同，所寫小説的思想和藝術水平也就有所差别。有的作者偏於一隅，見聞有限或所據材料有誤，對人和事往往出現誤判，出現虚美不實之辭；或受傳統思想束縛，出現迂腐之見。還有各家小説集之間重事互見，重文互見的現象也不少，這都需要我們去研判。

綜上所述，清代文言小説是特定時代的産物，是那個時代社會生活真實而生動的記録，小説作者也是那個時代歷史的敘寫者與見證者。面對如此浩瀚的小説作品，讀者如果可以從大文化視域、整體歷史觀，全方位、多角度地去解讀清代文言小説發展的内在邏輯和外在動因，定會有很大收益。

盛世編書修史。值此新中國成立七十周年大慶的日子，文物出版社肩負歷史文化使命，毅然承擔了《全清小説》的編輯出版工作。對此，我們致以深深的敬意！

二〇一九年十月序於南京大學，時年八十有六

凡　例

一　爲全面整理清代古體小説的豐富遺産，爲學術界提供完備資料，特編纂本書。

二　『小説』的界定向有歧義。本書從文學的角度，依古今結合的原則，確定以叙事性爲區分小説與非小説的標準。舉凡具備一定情節與審美意趣的叙事作品，均視爲小説入選本書。以往列爲傳統子部小説的非叙事性的『叢談』『辨訂』『箴規』，不予收入。而列爲傳統史部的具有叙事性的『偏記』『小録』『逸事』『瑣言』『雜記』『别傳』，乃至部分『地理書』『都邑簿』，可視具體情況入選本書。

三　全書均爲叙事性小説的，自應全部收録；全書均非叙事性小説的，則不予收録。全書内容駁雜，僅有部分叙事性小説的雜俎類著作，本應剔除非叙事的成分，但考慮操作之不易，故仍將全書收録。

四　本書以收録整書爲主，以書名列目；單篇流傳的小説，以篇名列目。

五　全書分爲《順治卷》《康熙卷》《雍正卷》《乾隆卷》《嘉慶卷》《道光卷》《咸豐卷》《同

治卷》《光緒卷》《宣統卷》。作者由明入清者，只收其入清後的作品；作者由清入民國者，亦只收其清亡前的作品。

六　本書各卷中的作品，按成書年代爲序；成書年代不清者，按作者年代爲序；作者與成書年代均不清者，列本卷之末。同一作者的若干作品，可集中編於一處，以最先成書爲坐標。

七　選用善本或年代較早的本子爲底本。考慮到部分雜俎類的節本，剔除原書非叙事成分的事實，故亦可酌情用爲底本。不到萬不得已，不用《四庫全書》本與《筆記小說大觀》本爲工作底本。

八　校勘整理時，遇底本字跡模糊難以辨認、而又無他本補寫的文字，用□標出。底本凡涉及尊長的『抬頭』『提行』『敬空』等，一律按正常行文排版。全書不加注釋，不出校記。

九　除人名、地名或涉及訓詁等，異體字一般應改爲通行正體字，如『銕』改『鐵』、『皁』改『皀』、『帀』改『匝』、『菴』改『庵』、『葢』改『蓋』、『歬』改『前』、『隣』改『鄰』等。不硬性將古時的俗字，改成繁體字。對少數民族含侮辱性的字一律改正，如『猓』『猺』『獞』，改爲『倮』『瑶』『僮』等。部分諱字，如元（玄）、宏（弘），一仍其舊，以保留原生狀態。

十　篇幅較長的作品，應適當分段，但不宜分得過細。專引的詩詞、駢文、奏疏等，另行以他字體標出。

十一　原書版本目録處理方式不一，有的將目録置於全書之前，有的將目録置於各卷之前，有的書前有目録而各篇無標題，有的單篇有標題而書前無目録，等等。爲使全書規格一致，將目録統一置於全書之前。各篇各則原無標題者，排版時應中空一行。

十二　古籍固有的板刻特徵，如卷端之『《××》卷×』，題署之『××××著』『××××校』，卷末之『《××》卷×終』等，重床疊架，一律予以省略，只保留『卷×』字樣，以清眼目。

十三　各書前加寫題解，内容包括：著録原書所題撰人（原書不題撰人的，應著録爲『不題撰人』）；簡要介紹作者的生平里居、經歷著述；説明所據版本年代和刊刻地點，存、殘、佚情況，及参校本等情況。

十四　整理後各書排列次序爲：書名，作者與校點者姓名（標『×××原著，×××校點』），題解，全書目録，原本序言，正文，原本跋，附録。

顺治卷一目録

虞山妖亂志

馮舒　撰

于士倬　點校

題解

《虞山妖亂志》二卷，題『馮舒撰』。馮舒（一五九三～一六四五），字已蒼，號默庵，又號癸巳老人，江蘇常熟人。書叙張漢儒攻訐錢謙益、瞿式耜事。有《虞陽説苑》甲編本，今據以校點。

目録

序

予讀《妖亂志》，未嘗不廢書而三嘆也。

夫世界降劄，生此群妄，蓋亦天地間戾氣所鍾。然罪之首、禍之魁，獨一陳履謙也。履謙不引孺安拜萬庵爲父，不聲張藉源德家財以通魏璫，則源德殺姊之心未必即發；履謙不入都中，則張漢儒不至效錢、瞿兩公，而周應璧、王瑺諸人亦不至死。惟其一人傾險，以至牽連破家喪身者，不一而足。及懼禍欲逃，猝遇同類之陸文聲，片言挑激，卒之罹網以伏法。此亦足徵天道報施不爽者也。

至漢儒疏列牧齋婪贓三四百萬、事款五十餘條，撫按訊擬，昭雪無餘，斯亦一大異事。可想牧齋當日勢焰熏天，人不敢攖之一大左證。故默庵獨志其以梳匣、銅鉢、精鏐遺應璧，以通撫寧而撼首揆。所謂管中窺豹，略見一斑也矣。

嗟乎，默庵斯志，雖無補於世道人心，然其直言不諱，使後世之士讀是書者，知其時世風頹靡，上下一轍，莫可救藥，有如此至於極也。

康熙癸亥閏六月晦前一日，虞山陸燦湘靈氏志

卷上

翁太常者，諱憲祥，字兆隆，蘇州常熟人。以萬曆壬辰進士，歷官吏科都給事中，轉太常少卿，奉使，歸而卒。其爲人，不悻悻取當世名，然長厚自將，人以此多附之。内子姓張氏，性狠戾。太常少贅婿，積不敢抗。張亦强記，有幹才。自萬曆南北分黨後，章疏始末，略皆上口。太常掌吏垣時，内助居多，有可不可，無分朝、家事。太常惴惴，望顔色唯謹，生平不敢蓄妾媵。或自以張氏名刺干與有司，有司不敢不從，豪横於里中，爲日久矣。

張生三子，長曰源德。四女子，次曰孺安，字静和，適顧象泰。象泰農家子，形貌猥瑣，行則摇摇，坐則兩眼左右視，轉動如鼠。孺安知書，能詩工畫蘭，長大姣好，非匹也。與源德幼相得甚歡，或云張固縱之，每同盤濫。瑋謹案：句用《莊子》同濫而浴，濫與鑑同，他本改浴字，非。源德妻蕭氏卒值之，源德恚，乘其産，以鶴頂血毒之致斃。太常死時，亦見蕭爲厲。張氏有弟曰啓，負氣傾險，敢於爲惡。張常畀以家政，不逾年，淫翁之婢使殆遍。有不可，則毒刑毆之。張不能容，訟於縣佐，十笞之，擯不與通者久矣。

萬曆丙辰年，太常暴卒。太常素康强無疾，人咸異之。或云太常有無錫故戚被盜，訟於有司。

盜所劫資多，反誣之賕。縣欲置之死，令知其爲太常戚也，猶豫未決，失盜者乃求太常作書與令，倖得直其事。盜迫，行五百金於孺安。孺安商之於張，乃令急足追太常書，反其詞云：『有疏戚屬治下，行素不良，借勢每攘奪人，今又妄指平人爲盜，不窮治，不足以懲奸。今得書即撲殺是人。』太常生平與人書，大半屬草於張，張又屬草於孺安，故無錫令不疑，太常實不知也。已而，閽人白日見此人披髮流血來。太常將歿時，亦語人曰：『吾已爲若發書，若何爲至此？』張與孺安心訝之，太常遂歿。未幾，致書之役亦死。邑中盛傳之，皆謂太常之死，由張及孺安也。卒後，張氏愈恣，源德持其短長以與角，積不能平，乃引啓以自翼。張素以妒酷，不理於縉紳間。太常卒，遺孤獨。源德長，少爲貴公子，多蓄孌童、優人，亦能度曲。性喜觀男女交，無晝夜，挾狎友麕聚。啓藉母兄弟勢，欲陵之，源德不甘。人雖薄源德，亦不直啓。源德淫佚陰賊，必殺啓而後快。孺安暱於母，獨有知計，因欲并中之，而陶鳳之獄興矣。

陶鳳者，太常紀綱僕也。是時，張氏業與源德不相能，恐威令不行於家，乃於中堂設公座南面，範錫作硯，朱墨各一。案有帷有席，大略如府州縣臨民聽訟時。啓亦傍設一座，謂張曰：『妹爲巡按，按啓爲張氏弟，則當作姊。吾爲理刑。奴輩有二心者，立榜殺之耳。』所殺者以數十計，而鳳獨不被笞，實孺安私之也。事既敗，張念身已老，不恤代少女受污名。於是源德倡言曰：『是張所私也。』謬其旨，詘其詞，以毆主告縣。而匍匐流涕，僞爲不忍言狀。縣如源德旨，絞鳳而徒啓，啓時年已六十餘，榜笞百計，荷較，按：較與校通，不必改校。立者百日許，而卒不死。張遂以殺舅殺母爲辭，揭之通國。啓亦造謗書，名曰《哭世真經》，一國譁然。

源德迫，孑身逃，逾年始歸，人不以比人數。而孺安母子無間，切齒愈甚。孺安心知之，欲釣奇而計無所出。有陳世卿者，父子濟惡於鄉。巡按御史名捕之，獄成而徒，逃於留都。適有江都監生陳履謙者死，世卿竄其名謁，選爲福建漳州衛候缺經歷。於孺安爲中表，怵之曰：『若知源德之志乎？』孺安曰：『知之。』『志何欲？』孺安曰：『殺舅行殺母，安且爲之先。心憂之，不可道，而邑中士大夫，莫有能解此禍者。』履謙笑曰：『甚矣，子之愚也！今天下有魏公耳，何士大夫之足云？』孺安憬然。

當是時，魏閹張甚，於虎丘建普惠祠，其督工閹姓萬，與履謙通。履謙乃乞諸生顧炳爲上梁文，挾象泰夫婦，肅而獻之。其文有云：『日月無私，代明顯乎晝夜；舜禹不與，服事過於殷周。』儼然勸進牋也。侑以珠璣犀象，亦數百金。孺安拜萬閹爲父，豔妝跪伏堂下，稱觴上壽，爲家人歡。履謙亦饋三百金爲祠工費，題其極按極，楝也，一作桁。曰：『福建漳州衛沐恩經歷陳履謙百拜敬助』。當是時，萬閹亦張甚，其督役者曰甲頭，有府諸生陸者，溺於百步外。甲頭擒而入，榜無數，毀衣裂膚，行百金始免。而孺安一女子，象泰一諸生，履謙一監生官，出入無期度。杯盤款狎，人固異之。且聲言梓所謂上梁文者，因萬以通魏，而藉源德家財爲贄，源德遂與孺柔合。

孺柔，太常第三女也，適錢氏，有媵婢已配高鳳爲妻矣，源德淫之。與有子，欲乞爲妾。孺柔不可，張強取之，兄妹間亦剌剌不休矣。錢固多貲，履謙心動焉。因恫喝其間，思有所染指。於是，不得已而合。當是時，孺安所幸者湯秀才，名天乙，嫪毐於器，別以他奸事敗，還越，而履謙之季弟熠卿進。熠卿美而狠，虬鬚白皙，孺安心艷之，曰：『若有開府相。』號曰『親哥』，朝夕與狎，象泰佯與同筆硯，實以中孺安欲，一家以爲醜。

象泰有僕曰吴祖，不勝憤，遮闌得其私書，告象泰。象泰曰：『若然，固當殺之。』祖請盟，許之，乃爲血書，具鵝、豕、魚詣城隍廟而歃，與者六人。然象泰外攝按：原作攝也，他本作懾。於張，内不忍於孺安，實無意殺之也。歃而歸，遇熠卿婢方持盒來，六人者相與裸而笞之。孺安素貴倨，婢僕少不如指，必褫衣與杖，有斃者。猶以故態，操杖獨身前。祖不孫，牽而毆之。安既無力，隨拳而踣，咆哮蹴踏，幾絶矣。張氏聞，遽肩輿來，象泰膝行迎，長跪涕泣，諸奴洶洶，欲并毆張，張遂掖其女歸。諸奴逼象泰走郡城，白之督撫毛一鷺。

一鷺者，魏閹黨也。向爲督學使，阿太常，置象泰優等，爲廩膳生。見象泰狀曰：『爾妻即萬公女耶？何至是？此不可行，重處熠卿可矣。』遂具牘牒督學政御史陳保泰，保泰亦閹黨也。褫其衣巾，熠卿逃之浙，事始著甚，不可掩。張欲改嫁孺安，念非象泰，恐不能容。聞熠卿黜，則又謂非復與象泰，不足洒其辱也。因令人呼象泰，佯欲與面訣。象泰至，則盛氣數之曰：『若一田舍子，先太常託以愛女。憶汝就童子試，終日持試紙不下，以太常故，青其衿。逾年而以六等黜，復邀太常惠，得餼學宫。汝於人得方幅齒遇，秋豪出何人力？而負心若此邪？諺所謂「莫救落廁狗，回頭即噬人者」，其汝邪？若絶吾女，吾女不憂無嫁處，今復匍匐乞憐者何居？』象泰叩頭出血，兩手自摶，涕交橫下，但暴呼阿娘而已。張乃曰：『汝素儜弱，主使者其源德邪？』象泰俯而應曰：『然。』張曰：『噫，幾落奴度中。女不歸，當爲仇者所笑，然不可遽。』婦視曆，擇六甲相應日，曰：『是日，吾且送女至。須張具，爲鄭重，勿輕也。』象泰喜過望，諾而歸，悦暢異於平時。吴祖趨問，不答。而治室宇，整衾裯床褥，若新有所娶者。家人怪之，莫知所謂也。及期而孺安歸，前設太常鹵簿鼓吹，張先之，孺安後，張燈持炬若火城。及門，象泰具生員服逆堂中，供張如法。共拜張已，復交拜，書紅牋爲誓詞，約不相制。樂飲終夕，從者一人兼兩人饌。

吴祖覺事變，挺身匿源德所。源德乃爲《絶姊文》，告太常廟。三黨俱會，仲房名毓奇者獨否。孺安乃遺之書曰：『孤貧多難，冤誣牆茨，重辱德門，自反無疚。計此時唯有一死，死非重於泰山。然事未論定，死且愈辱，洒骨何年，剖心有日。子厚即源德字。昨忽有異舉，謂因妹家謗，欲比死洒之。嗚呼，母蒙亮而弟忍絶，夫尚留而弟見擯。古未之聞，妹於子厚，固非詈兄之女嬃，亦不難爲成弟之聶姊。但布粟興謡，能免仁人君子之口誅否？葛藟猶庇，忍於尋斧，先靈有知，當不爲强詞所奪。告廟日，聞大哥獨不與。一柱中天，長城萬里；急難之誼，古或有之；造謝無顔，終求援手。』孺安筆札婉約，皆此類也。

當是時，源德内迫於母，外迫於履謙，恐禍在旦夕，日與孺柔、吴祖者鼎而謀。太常季女曰孺莊，適顧四，工書法，亦與源德比。源德有僕曰季文，婦馮氏。馮解弈，能彈琵琶，亦略知書。日出入源德及三孺家，狎飲歌唱，盡得其歡心。源德謀曰：『不殺孺安，則禍不解；不得馮氏，孺安不可殺。』乃以重利誘怵之，馮不敢不聽。知吴祖之素欲殺安也，并邀之，約事成，則以義女阿閨配吴，而謝馮千金。光以中金三十兩爲贄，以四月八日，成約於北山之佛庵，是時天啟七年丁卯也。

孺安素與象泰約不相制，乃鼓枻入浙，覓陳熠卿。自虎邱抵西湖不得，沿途候之，相值於錢塘渡。安與熠卿同舟蕩漾者浹月，於湖中賦扁舟載西子之詩，留連不歸，以故謀亦懈，逾夏不發。及秋，源德乃貽書於孺莊，索所貯爲贄者於孺柔，其書曰：『叔姊云云，日又一日，當畫餅邪？不成，則當滅其跡、歸我贄也。』莊致孺柔，柔答曰：『伊人甫歸，事不得間。馬二以夫往南京解糧，不能時時過商，姑遲遲，當有以報。』馬二者，析馮氏也。源德又致札曰：『所以索銀，正爲四月以來，毫無影響耳。若可就，則息壤在彼。』孺莊乃貽牋馮氏曰：『此大老手筆，有機可乘，當速了之。』馮氏以三書并付之季二。乃於九月十四夜，覘象泰入鄉，攜其往孺安家，流連握槊，月午不休。

孺安有二女，俱已長，每夜鍵之一室，而自與小婢蓮房、飄香俱。是夜，與馮氏飲，持杯，數寒顫。馮氏佯欲去，安固留之，久之而別。户方閉而賊興，蓮房驚叫，賊斧之，傷額仆地，痛棒孺安，持刃亂斫，絶臏碎首，剞腹及陰。天欲明，乃去。奇珍異珠，俱狼藉委棄不取。是日，泰始歸，源德兄弟亦至，俱驚愕不發聲。源德獨前揖之，發衾諦視，口荷荷而出。時馮氏爲謀久，人皆知之。象泰白之縣，知縣爲京山饒京，攝馮氏婢曰龍細者，一訊而伏。

當是時，源德强要馮氏，云出太常夫人指。邑中縉紳士惡張氏、恨張啓、賤象泰、孺安淫狀最著，不獨罪源德，知縣亦骫骳其間，將成獄矣。比再訊，知縣點燭坐堂上，鬼聲忽發，血腥酸鼻。有黑眚若人，長三尺許，憧憧前。佐吏五百，俱辟易。知縣懼甚，遽索香案，拜且誓，期必直此冤。乃具獄詞曰：『審得顧象泰之妻翁氏，故宦翁太常之女也。太常生三子，長曰源德。有四女，次適象泰。象泰之妻忽於九月十四夜五鼓，爲人刺死在床，財物無所取。時象泰往鄉，有小婢飄香蓮房作伴，俱十許歲。蓮房之額，亦被斧傷。十五日早，該團總甲具揭報縣，當喚兩婢及象泰家人并鄰右到堂。招出源德家人婦馮氏之婢龍細於十四日曾同馮氏到象泰家，至二更方去。是夜遂有此事，定是馮氏知情。隨攝龍細到堂，滿口招出馮氏與季二，并馮氏之繼子鄒四同謀下手，殺人者則顧象泰之家人吳阿三，即吳祖，素得罪於翁氏者也。當押龍細到阿三家，隨於小匣内搜出認票一紙，云認到阿三銀五十兩。票係季二手書，其五十兩三字及花押，則馮氏親筆。又於馮氏廚屋搜出吳阿三殺人染血衣一件，又於馮氏臥床下搜出拭血手巾二條。即於鄒四家拏獲阿三到縣，口認翁氏是我所殺。先是一日間，馮氏令家人毛郎，喚到家中商量謀殺翁氏。阿三不從，馮氏云：「此是大相公主意，有大樹遮頭，不妨不妨。」大相公者，源德也。即同季二封銀三十兩，白布裹訖。又寫認票五十兩，付阿三收受。阿三不合許肯，馮氏又付錢三百文造刀。遂於今月十四夜一更時分，先入顧宅，藏於後空屋中至更餘。馮氏以看月爲名，喚龍細引燈到後門，看阿三至否。一見，將手搖數下而去，至五鼓，吳阿三執刀，季二執棍斧進房，阿三操刀，向床一刺，翁氏跳起，奪刀相持，季二遂執棍協打致命，殺翁氏後，回到馮氏家，將刀投馮氏井中。隨押阿三於井中起出尖刀一柄，當同血衣貯庫訖。次日，嚴捕馮氏。馮氏已入源德家，事急而就之者，豈復思大樹遮頭邪？隨於源德家提出馮氏，口稱是源德託三小姐教他做的，銀則源德所付，已交鄒四收訖。比提季二鄒滿到官，招詞亦同。看得此一獄也，主謀者爲翁源德，協謀者爲馮氏，下手加功者，爲吴阿三，爲季二、鄒滿。源德以嫡弟殺姊，馮氏以家人婦殺家長女，吴阿三以家人殺主母，俱磔何辭。季二、鄒四同謀殺人，各絞。源德在逃未獲，姑俟提到結卷。牒成。一邑以爲鐵案。

逾月，而孺柔瘋跳井死，人皆謂孺安之能爲厲也。時饒令以覲迫將行，獄具未上。太常以萬曆丙午主闈試，爲吏科者十數年，門生故吏遍天下，以故源德匿不出對簿，獄未決而塔議興。

先是，萬曆間，邑人蕭副使者，諱應宫，即源德妻蕭氏祖也。與石大司馬星、沈惟敬同經略倭事。惟敬敗，司馬伏法，蕭遣戍歸。里中傳聞惟敬寄帑不貲，家乃大富。壯子病，見惟敬爲祟而死，因爲追福，造塔於邑之巽維。及三級而蕭殁，遂輟工。錢尚書牧齋名謙益，後蕭四十年成進士。感異梦，欲遂成之。乃倡議曰：『太常素愿厚，子女不合推刃相殘。此積生罪業，未可以今世解。欲釋其寃，當以釋氏法。盍令源德出三千金成蕭公所建窣堵坡爲孺安福，列死者得度，生者省刑。我輩當爲白之官。以馮氏、吴阿三等竟此獄。翁氏一淫女，抵償者且四人，不爲失刑矣。』通邑以錢主議，皆謂曰：『然。』獨陳履謙以爲，如是則獄决，決則己安得操短長爲利。然業已搆，勢又不能抗，日爲微詞。尚書乃令舉人龔立本、監生顧大韶授旨於履謙。履謙口唯而心終不謂然，欲撓之。是時，有楚人楊重熙者，署儒學教諭事，貪狠無狀，任將滿行。業令老諸生王應期者，與源德搆，以白金三鎰爲壽，成言矣。源德俟其交印後，始齎送，縮其半，而又不得精鏐。重熙恚怒，無所發憤。履謙詷知之，乃邀象泰，倍其幣，昏夜扣門請。令甲教官，不與雜職同，凡有所由請，得直達撫按，不必由府縣也。然印已去，莫可爲計。謀之老書佐楊栢，栢曰：『是無難，但備文，即案成。』栢則出其所竊空印紙書之，終夕而就。履謀爲其辭，曰：『源德裔出衣冠，行同鳥獸。膏粱豢體，嗜欲迷心。姦通親妹，久貽誚於一方；手刃親姊，復驚傳於萬口。縣審搜出親筆私書，乃復廣佈錢神，囑託津要。經今一月，血屍狼藉於道途；兇身偃息於晝寢。學規掃地，國法何存？撫、按、學三院俱報聞，源德革衣巾待讞。』饒令不得已，亦倣學所申者而詳著之。

源德既不免於罪，塔議遂解，通國縉紳俱側目履謙。會履謙以解糧事與老書佐陳伯元僞刻合邑鄉紳私印，上書兩臺。事敗，急走京師，不敢歸矣。饒令行署縣事者爲永嘉王推官瑞栴，清嚴不可干以私。源德計無所出，而空印事亦發。凡文牒必具文而後用印，謂之『朱蓋墨』，印成而後具文，謂之『墨蓋朱』，蓋朱者，爲祠部儒士及壽官牒。兵部武職劄付亦時有之，然視同故紙，不以爲貴也。府州縣文移，則同僞牒矣。象泰申源德文，出楊栢所蓄空印紙。署學印者，爲松江歲貢唐汝謂故事。凡有所申請，必取同僚署名押之，吏亦廁名其末，曰『立案』。始録其詞，詣所司。所司批其牘，或是或否，曰『批申』。當楊諭行時，無暇白汝謂。比各院報聞，象泰乃攜批申白汝謂。汝謂大驚，象泰百計請，乃補署押。然事已露，不可掩。源德抵隙，請之汝謂。汝謂批其揭曰：『楊師以十月初七日交印，而申文乃在十一日。本學之署事已四日矣，此文從何來邪？他日聽自辨之。』源德借此爲端，逾數年而獄情乃大變。是時督學者爲浙之倪元珙，惟復社之言是聽。復社者，吴中人孫孟樸輩所倡也，稂莠雜糅，入其籍者，跛鼈劣犬亦爲清流，氣勢足以壓官長，貲財可以通關節，而倪又張其燄。曾有一士，介其父書求科舉。倪答曰：『訪此生并非復社，恐不足以服衆。』人謂倪之嚴事復社，過於父矣。源德介復社中人通倪，具辨牒，以僞申文及母命爲辭。倪許之，下之縣，知縣爲京山楊鼎熙。時獄已久，案斷歷然，獨源德不出耳。當楊令覆讞時，忽有一人跪階下。問何人，則源德也。令大駭，而大力者書亦疊至，且言倪已許之之狀。楊乃具詞曰：『覆審得翁氏一案，事經數讞，無異詞矣。卑縣承歷案之後，乃屢提，不出之。翁源德一旦長跪廷下，突如其來，一何可駭。始謂弟不可以殺姊，今謂母可以殺女。女淫，可殺也。象泰蒙面而執淫妻之命，源德既奉母命，乃不明正其罪，而陰謀殺之，何邪？夫獄貴初情，律嚴主謀。曰「母命也」，可乎？』詞微而嚴，一邑傳頌。

獄上，倪不顧，大翻之，褫象泰，笞之四十。坐以僞牒減等，徒三年。源德奉母命，爲先人洒門户辱，即殺氏亦當，況非主謀，不當坐，坐馮及吴阿三。阿三即吴祖，向與象泰誓神，同謀殺妻者。殺謀出於象泰，不自源德也。源德還青衿，復學肄業。一時以爲怪。源德具巾服謝，招摇於崑山之學院、公署間。同庠見之，有欲與痛手者，始走匿。監生顧大韶遂具六可殺之詞，白之憲院，縉紳亦譁然。未幾，而巡按御史祁彪佳來按吴，抵蘇州即名捕諸無賴及衙役之黠桀者，杖殺之。源德因是竄張啓於籍中。縣奉憲檄，捕而禁於獄。時啓已更名元折，削髮爲僧久矣。邑有諸生馮舒者素與錢尚書善。一日，謁錢尚書。錢謂馮曰：『張和尚復被收，何邪？』馮曰：『和尚固非佳流，但主於必殺者，翁源德也。』錢矍然不語，馮覺其意，詣獄門謂張曰：『老和尚知必死邪？』曰：『然』。『知所以死邪？』曰：『知之』。曰：『我適見錢公，有相憫念，盍致書祈之？』張曰：『我安得祈之？祈之者，我家秀才事也。老和尚遇禍而懼，卑詞以乞縉紳，即活也，何以施面目？』秀才者，謂其子也。馮曰：『老和尚倔强猶昔，亦可取。』已而錢竟白之祁，張得釋而源德坐磔如故。當塔議時，一邑風靡。諸縉紳各有批揭，俱如錢指。獨户科給事中瞿稼軒名式耜，心竊以爲不然。既議矣，私與其友一札曰：『塔議雖成，然塔不塔在翁，總無關得失。設謂淫可殺也，則不塔亦得。以姊爲不可殺也，塔亦何爲？恐塔成，罪且與同富矣。』陳履謙聞得之，因借以恐喝源德。屬履謙逃，札遂落謙子志仁手。源德事既敗，塔亦終不就。已而錢尚書必欲成之，凡邑中有公事罪疑者，必罰其貲助塔事。黠工弊民，請乞不饜。亦且詞請修塔，不肖縉紳有所攘奪者，公以塔爲名，而私實自利。即壽考令終者，亦或借端興詞，以造塔爲詐局。邑中謂塔爲大屍親，頗稱怨苦，錢尚書亦以是藉藉不理。瞿給諫之爲人也博愛葭莩，識面莫不沾溉，依託附會者亦衆，然兩人俱黨魁，稱正人。府縣、兩臺或門生或舊治。人皆嚮風，謗亦由是起。至崇禎之丙子年，而有張、陳之獄。

先是，萬曆中鄭貴人獨得神廟意，群臣各有比附。其自謂正人者，皆樹保儲幟，而東林始盛。是時，凡建言以東宫爲辭者，俱罷官歸。歸無聊賴，輒講學聚徒，以自標榜。無錫高忠憲、顧端文等遂立東林書院，一時好名者歸如流水。東林之名由是始。錢尚書謙益亦遊其間，當其未第時，已駸駸爲黨魁矣。萬曆丙午，魁於南畿。庚戌廷試第三，入翰林爲國史編修官，丁外艱歸。是時浙人猖獗甚，尚書鄉試座主爲孫閣老承宗，會試房考爲王圖，俱東人。而同年生韓敬出宣城湯賓尹門下。門户各别，以故不相能。時亓詩教、趙興邦、官應震輩俱南人，横於朝。東林人紛紛去國，以故尚書久鄉居，不補官。萬曆末，入還中允，又被劾歸。天啟辛酉再起，官主浙江試。韓敬以行人考察，錮於家，思有以中之。乃令人詐稱尚書門客顧玉川，度有文可中式者，慫以關節與之。言尚書收拾人材，爲門户計，無他求。通浙省無慮百數。有錢千秋者，得『一朝平步上青雲』七字，約俱置首場七篇末。榜發，而千秋被磨勘。然試卷係本房所呈，尚書實無私也。終亦不能以此爲罪，僅戍千秋，而尚書再罷官。閹禍急，幾及之，閹敗而免。崇禎初再起官，陞詹事，帶禮部侍郎銜協理府事，人望歸之，旦夕騰踔矣。及校卜，荊谿相公欲得之，遣人致誠云：『姑令吾同入中書，當大家做好事。』尚書嫌其與涿州比，涿州即小馮相公銓，亦閹黨也，門人瞿式耜時爲户科給事中，章允儒爲吏科，亦惡荊谿，决置之。遂與烏程相公謀，烏程者，故四明沈相公門生也。衣鉢相授，不悦東林人。是時，科道中無敢任擊錢尚書者。烏程乃自具疏，再以千秋事劾之。召對，得嚴旨，又攝千秋詰之，無他詞。因又免官。瞿、章俱鐫級調用，而荊谿相，烏程繼之。

尚書古文詞邁一代，天下稱之。烏程恐其再起，思有以中之。無間也，適其族人有錢裔肅者，故侍御岱孫，憲副時俊子也。岱少爲江陵相公客，江陵敗，罷官歸家。富於財，聲伎冠一邑。裔肅亦中順天乙卯舉人。諸孫中，肅貲獨饒。有女伎連璧者，故幸於侍御，生一女矣，而被出。肅悦之，召歸，藏玉芝堂中三年，而家人不得知，與生一子，名祖彭，爲縣庠生，其事始彰。萬曆丁巳，侍御舉鄉飲，將登賓筵，一邑譁然。監生顧大韶出檄文討其居鄉諸不法事，邑諸生王宇春從而和之。知縣爲楚之張節，亦不快於錢。怨家有欲乘此而甘心者。尚書素不樂侍御，口語亦籍籍，錢乃大懼，遽出連璧、宇春，令其兄經歷宇薪娶爲妾，欲藉爲他日禍端。裔肅恃家勢不虞也，已而侍御死，憲副亦歿，諸兄弟皆惎裔肅，有爲飛書告邑令楊鼎熙言連璧事者。楊以諗尚書，尚書答曰：『此幃箔中事，疑信相參。書似出匿名，盍姑藏棄之，當亦盛德事耶？有錢斗者，尚書族子也，素傾險好利。裔肅以尚書相昵，故亦親之，遂交構其間，須三千金賕尚書。裔肅諾，斗又邀其家人齎銀至家。斗居城北，其鄰有徐錫策者，稱好事，每緝閭巷間陰私。蹀躞走城市，每日一周，語人以爲樂。人目之曰旱哨船。詗得裔肅詭賕事，訟言告人。銀未入尚書家，而跡已昭著不可掩。又有徐錫胤者，徐策從兄也，素亦客於尚書門。恨錢斗獨擅裔肅，己不得交關。遂出揭攻裔肅。裔肅族人時傑者又白之於巡按御史，尚書亦唯唯無所可否。於是其事鼎沸，連璧女嫁太倉薄生，亦以千金拄其口。王宇薪挾連璧，亦得重賂。宇春子昌謣，突入其伯內寢，徒手抱連璧，欲令歸家居奇貨。連璧裸體跳，碎首血濺壁，乃已。時傑得賄，幾與尚書等。凡縉紳、孝廉、諸生，及錢之葭莩之戚，無不受裔肅金錢，所費鉅萬萬。始其事爲錢斗，終其事爲錢世熙。世熙者，尚書從叔也。裔肅始以其事委尚書，出重賄，要萬全，已而尚書不甚爲力，故怨之。裔肅諸弟又日以憲副故妓人納之尚書，裔肅不得已，亦獻焉。凡什器之貴重者，錢斗輩指名索取，以爲尚書歡。有錢繼假者忽詣裔肅，言尚書欲爾寶貝，一時傳以爲笑。因目繼假曰：『錢，寶貝，他人借端妄傳。』亦大略類此。

是時撫吴爲張公國維，尚書辛酉所取士也。以故府縣風靡，無不嚴重尚書者。裔肅所費既不貲，當事者姑以他事褫革，而置奸祖妾不問，邑人自此反目尚書矣。又有丙辰進士孫公諱朝肅，歷官兗州知府、廣東布政使，節嗇起家，貲頗高。季弟名朝讓，中辛未進士。煦煦然長者也。父諱林，少爲諸生，餼學宫。林弟森亦中萬曆丙午舉人，爲高州同知。孫氏固世家，父祖以來强項不受人侮者久矣。森之婿曰許公，諱士柔，與布政少同筆硯，相親也。已而口角起釁，頗相左。許公中天啟壬戌進士，選入翰林，而布政偃蹇爲外僚。兩人心益疎，多間隙。有陳璧者，奸狡人也，亦依附復社。與孫氏奴有搆，璧走崑山白其令過周謀，周謀附復社實甚，如璧指斃孫氏奴於獄。布政不甘，訟之縣。辟陳璧，璧逃匿許家，蹤跡且及。許公子瑶以婦人衣衣璧而竄之，遂走京師。拾孫氏事，云且具疏。孫氏之居，逼邑之濟農倉，曾佃其旁隙地爲市廛，征其租。璧指爲占宦地，疏中事以此爲大端。適布政病歿，弟遠宦閩之泉州，子又幼。許公時在京，名爲尼陳璧不令上疏，僅具一詞於通政司而歸。銀臺爲移咨吴撫訊實，居間利孫氏貲，所取以二萬金計，一時營營者亦若錢裔肅時。瞿給諫次子娶孫幼女，又同舉於丙辰，布政子亦尚書姪婿，尚書與同知君又同舉丙午。孫封公以年誼、親誼，實望兩家卵翼之。顧不能得，而錢斗與瞿給諫夫人之弟邵霖從而鬭搆之，各要索萬金。不必盡出錢，瞿指也。孫封公以長子亡，季子固在，昔爲諸生，亦傲然出人上，今乃爾耶？年高，性又抗直好客，每對酒，極口錢、瞿兩公。里人有張景良者，少爲巡捕衙書佐，長而從人幕中爲主文。孫季公初第時，選刑部主事，景良實從至燕。陳尚書必謙之令輝縣也，亦與之偕。尚書爲南臺御史，景良高其惡弟必謹，魚肉里民，多爲不法，尚書惡之。景良僦瞿氏一廛居，頗修飾。居未久，瞿氏奴陳廷策横逐之。景良正苦無居，有朱鑣者，老儒也，教授於尚書家塾。聞里人怨必謹，置必謹不敢道而言景良。尚書大怒，榜其行事於城之六門，戒閽者無得通。景良窘且憤，曰：『吾終無生路乎？』思出奇，無策也。是時，烈皇帝欲通下情，草茅上言輒奉俞旨。陳啟新以武舉上書，遽得給事中。景良心艷之，謀之顧大韶。大韶即檄錢侍御者，兄諱大章，以閹禍與楊、左同難。後昭雪，贈太僕卿，謚裕愍。大韶少與兄齊名，稱二顧。兄成進士，大韶顧老不第，無所寄其牢騷，因日爲險陂之筆，操邑中短長。方具疏稿，條陳便宜，以足不良於行而止。適景良問計，即以疏草與之。疏言江南有六害，士習、鄉紳、錢糧等，謂齎此入都，一官可戾契取也。景良得草喜甚，因遍告邑中，言將入都上疏，且得官矣。間行往別孫封公，封公讀疏至鄉紳之害，歎曰：『此真名言，若能上此，真大豪傑大丈夫事。子言之，當名垂青史矣。』問何時行，然亦酒間憤激戲言。景良遂心動，因是亦往謁錢裔肅，裔肅厚賮使行。景良即託妻子於鄉人，徒步往。然意實在陳尚書，瞿雖與其家奴隙，錢則無怨也。

抵京，虜信迫，城門閉，不得入。方彳亍城下，聞城上有持豐城李侯令箭，呼張漢儒者。景良遽應曰：『諾。』乃縋而上，持箭者覺非是，痛毆之，然已登城，遂聽之。而與陳履謙遇，履謙居京師，久與廠衛邏卒相結，以刀筆目攝公卿間，人甚畏之。景良至，問所欲。曰：『吾來具疏，希得官耳。』履謙曰：『將言何事？』因出大詔稿，履謙笑曰：『此老生常談，無他經濟，官不可得也。不言鄉紳之蝎民及贓私不可。』景良曰：『我正以陳必謙來。』履謙曰：『不可，陳公雖以封疆事削籍，然素有清望，今上雅知之，無益也。不如言錢、瞿，此當國者所忌，朝上疏，夕且得温旨矣。』景良顧無以餬口，黽勉從之。是時在此應試者曰孫朝翌、孫朝甯、王弈昌，兩孫俱布政從弟，王居與瞿給諫前後相值。王嘗造連樓，俯逼瞿第。瞿不可，令撤而卑之，故以爲恨。履謙聚三人，坐常熟會館中珺拾錢、瞿事，盡取生平所不快及事連錢、孫二姓者，周内之。如錢斗、邵霖、朱鑣輩皆在詞，而錢氏女妓姓名尤詳，共五十八欵，贓幾三四百萬。景良即更名漢儒。疏上，烏程果持之。擬旨逮錢、瞿，牽連者則撫按訊，時崇禎丙子冬也。

明年丁丑正月，部咨至。時撫爲浙之張國維，道爲慈谿之馮元飈，蘇守爲閩之陳洪謐，俱正人。惟按吴者爲路振飛，稍模稜揣時相旨。奮臂立異者，鎮守印司奇也。當諸人之造謗揭也，景良既非本懷，履謙去鄉久，不能晰錢、瞿居鄉事。有所聞，亦傳言失真。同事者俱書生，但能爲醜詞，實不中窾要。稿成，欲刻板行之，苦無刻貲，且慎邏者，遲疑數日。忽有一人長身而髯，手持廿金曰：『相君知爾欲與錢謙益爲難，大善。但上疏，但從中主持。知汝貧，姑以此爲刻揭助。』其人置金竟去，不及問何人。或云即烏程家奴，或云婁東相公任子所遣，疑不能明矣。景良即以二十金刻成印本，乘各官於靈濟宫祈雨，遍送之。章下，錢、瞿聞報，及孑身離家，抵郡赴逮。欵中所列，撫按檄蘇、松、常、鎮四府印官，并四府理刑推官就蘇府訊。撫台命諸官曰：『贓私狼藉若此，諸官各從公訊。即有分毫犯法，本院亦不能爲座生庇，須竭各被害詞，且據之入告，毋枉縱也。』時許公亦家居，有門客曰單良佐，故單教官諱政之家奴也，父名垃圾，母小名夏蘭。父爲縣書手，主收西宿宋侯莊田，乾没至數千石。下獄死。良佐始爲郡諸生，當甘學潤之督學於蘇也，良佐臨考不到，除名矣。以許故，軒然冒生員服，出入公衙不慚，邑中亦以許故容之。良佐竦鼻突眼，行動如蛇摇摇，然傾仄詭詐，善侜張爲大言欺人，嗜利若蟻襲羶。與人友，必先善其家奴、傭保，闌得其主人意，以中之。許屢絶之，卒亦不能遣也。至是，許薦於錢尚書，尚書時在郡，止舟中，不得已，姑留之。云欲挈之抵京。良佐遽乞歸邑中，踞致道觀之來雲閣。招事中諸怨家語之云：『我受撫臺密指，對簿時須令各被害者俱爲稱冤。今又奉錢、瞿兩公命，與汝輩搆。幸各以事之顛末告我，我當令若輩多得金。』一時人趨之若市。至有不在欵中，挾睚眦而乘機横索者。有受恩兩公，生平竊色笑爲榮，亦假借生端，許得金後與良佐中分者。顧大韶心惡且艷之，乃令其門客錢裔嘉告諸人曰：『錢公以此屬我，不以屬單。就之謀，無益也，不若就我。』於是遂中分，或單或顧。當事者亦風聞之，至出示禁不在詞而妄訐者。

兩公將行，有素與交者曰馮舒，亦抵郡送之。因請讀所謂欵單者。錢謂曰：『吾且與子言兩事，一云我占翁源德花園一所，價值千金。二云我受翁源德二千金，翻殺姊案，反坐顧象泰。子以爲何如？』蓋所謂花園者，僅錢宅後廢地，廣袤不數丈，久置瓦礫者。當倪元珙翻獄時，錢大不平。既而祁院更坐源德，錢與有力焉。推此二端，餘皆可知也。錢曰：『幸里中諸君子恕我，不惟不治兵相攻。干連者俱爲我訴冤。惟此二人，至今不相聞，其意莫測。然一兇一鄙，卒無人肯與交一言者。』馮曰：『是不難。當太常在時，源德尚少。嘗與交，及其事敗也，人皆惡而避之。予又以令弟履之買屋事，曾一再面晤。今以獄稍緩在家。顧則與余同籍四十六都，每有徭役，非彼即此，亦時與相遇。歸當爲公偵其意。』遂別去。是時，景良疏既上，陳履謙即貽書歸。盛言兩公抵京禍且不測，因自洗白，言無與己事，而實自任。其子志仁，兇誕更甚，縱横里中鄉紳間。鄉紳貽履謙書，或謂之『俠士』、曰『豪傑』、曰『肝膽氣誼』、『兩公事非若不解』、『兩公委命聽頤使』，其言陋不可聞。以故志仁挾父勢，諸鄉紳不敢不聽。馮歸一日，有叩其户者。馮出迎，則顧象泰也。馮訝之，問何自來。曰：『吾爲錢公來。當僕遇難時，通國唯錢公出公論。今乃謂渠受源德財魚肉我，天理安在？』馮曰：『此公道語，若既不平，何不出一言辨其冤？』象泰曰：『是固然。我已就一藁矣。』出之袖中，大約謂源德奸妹、剮姊、逆母、殺舅、鴆妻，賴錢侍郎得麗法。象泰之黜，線索自復社及太常門生。錢持正不回，有恩無怨也。馮曰：『甚善，但錢事中亦及源德宅後地事。若立詞如此，將一案中自分吴越，翁不必甘。立異順若意，當敗錢事，將如何？』從容語次。續有扣門聲，隙窺之，則源德也。象泰亟起登樓避。源德入，馮揖之坐樓下。云别已久，今何自來？曰：『單君謂余言錢公欵中事，欲余出一辨冤呈，約以百金歸我，而單分其半。此語，余竊疑之，故以諗足下。此隙地，非錢所欲，向者實强予之，得價矣。今云云貧士固所願，但單得其半，則於錢損於我何益？足下能令我一見錢公乎？』馮曰：『錢正念足下，當同往謁。』源德唯唯，亦出一紙袖中。曰：『此單所屬草，大凡言象泰縱妻淫，又令吴祖殺之，與顧所執詞爲矛盾。』馮曰：『象泰不足論，但錢事中亦有相及者。設象泰見足下此詞，將同是爲錢者，而爲鼠穴鬬乎？且足下家事，一何葛藤甚也？尊府君爲顯官，居鄉無失德。喜推轂薦人，吾輩至今思慕之。足下殺一姊，即亦自殺，何重不幸也？象泰孱而能忍辱，足下不如與之搆，兩無詐虞，亦何不可者？』源德曰：『我非不欲，但象泰愚而詐，善反覆。向者家太夫人與之誓約不相害，亦朝盟而夕背，誰能得其要領者？且如鬼如蜮，又何從覿其面乎？』馮曰：『覿面不難，朝盟夕背但可行之私約耳。設令象泰出一詞，言妻死非若罪。若亦出一詞，言奉母命殺淫女灑先人辱。妻淫，象泰實不知，亦無罪。相要公堂立案附卷，可得而反覆乎？』源德曰：『此大善，但象泰意不可知。足下試爲我緩頰，我且唯命是聽。』是時，象泰從樓上竊聽，備聆其語。遽躍出曰『我在此，何不可者？自有此事以來，兩家傳説，語紛紛不一，故牽纏至今，若一刀立斷，豈非大福？』因揖而就坐，兩相酬酢，語亦紛紜無章。大抵言安死者活生者，死者議葬地，生者孺安二女須嫁資而已。因索酒，兩人各酹地誓，因合爲辨冤詞，如馮所言。

頃之，象泰忽謂源德曰：『老舅，我忘却一事。向者岳母有誓詞，約我與爾不相害者二紙。又塔議諸宦札俱在陳履謙所，今聞爲伊子志仁所執，此紙不灰，我與若今者所出詞，且爲他日罪案。今履謙正得志，挈錢、瞿短長，志仁亦閃爍交搆，將奈何？』源德曰：『志仁貪，當以貨取之。我與若既出詞，錢公將有所饋，以是爲資可也。』蓋是時翁夫人不勝禽犢已爲源德出辨詞，備述女淫狀，自承殺女，恐象泰堅執。象泰亦幸翁氏，按：此六字，他本有節去者，似較順，但下有兩甘之一語，則六字不可去。益以橐中裝而還其虞生，當得歲貢，故亦兩甘之。馮曰：『兩君姑置詞於是，當覓志仁語之。』已欲別，忽聞欬聲。馮大驚，恐他客至。忽見兩人，詫其有此輩客也。亟走至廳事，則陳志仁也。馮駭且謂機緣湊合，亦奇甚，因詢其塔議爲何物？翁夫人誓詞何若？今何在？志仁曰：『是俱在我所，今翁獄已解，設我出此詞，則死者死、黜者黜耳，翁夫人亦何能爲？』馮曰：『是固然矣。吾將使兩人各卑詞乞君，厚幣要君。君能燬此而歸無事乎？』志仁曰：『誓詞是翁、顧事，此兩人應乞我。若塔議則各宦批詞，與錢、瞿有大關係，未可草草也。』因言稼軒別有『塔不塔』一牋，此即詐源德明徵受贓左證也。馮曰：『前見尊府君書，方欲爲兩公湔雪。想欲借此結兩公歡，爲家鄉念乎？尊府君數年不歸，人孰無墳墓，想足下宜乘此機，幹父蠱。苟父埋之，而子搰之。無論兩公未必死，即麗法矣，將令桑梓間謂尊府君爲何如人，恐亦子孫之患也。何不於此時出是故紙。不獨爲德於兩公，并翁、顧之局亦一旦了。尊府君可泰然歸，與鄉黨一笑爲樂，子亦得酒資自贍。父子安若泰山，何不可者，而顧碌碌多事爲？』志仁曰：『是則然矣。余今承父命，亦願以身殉兩公。但昨者單君邀請余曰，出此紙可得三百金。而單欲三之一，余不甘，故姑已之，將入郡面白。聞錢事俱託其叔緝甫，昨晤之，亦許我矣。』緝甫即世熙也。馮曰：『錢事姑俟緝甫爲之，翁、顧事直在今日耳。』志仁驚曰：『安所得兩人而語之？』因爲道兩人意，且以地價歸之爲辭。志仁大喜。翁、顧聞志仁語，俱出揖謝志仁，遂相約以明日同至郡，與錢尚書面要，因以塔議歸之。各別去。

次日，三人俱不至馮所。更一日，象泰始到，云：『事變矣。昨歸顧仲恭以大船入鄉覓我，我避之。又覓源德，爲彼草一訴冤詞醜詆我，已送至馮兵尊處。吾初心本無所望於錢，今亦以昨詞進。背約者不在我也。』已而志仁亦至，曰：『仲恭恐我輩怨解，出子之力。故今錢嗣髫子多方覓源德不得，得其弟。以地價歸之，辨詞力詆象泰，大變昨説矣。』仲恭即大韶，嗣髫子即裔嘉，寡髮而字嗣隆，故云。於是志仁已不能得翁、顧資，大愠。尚欲以塔議爲市，急偕緝甫抵郡。比至，值貴客填滿錢舟，不得見。見單良佐出入舟中，乍進乍退，面色艴然充盈。遇志仁略舉手不交一言，大怪之。歸，宿緝甫舟，爲言『匈奴何爲德色至此』？匈奴者，良佐鼻尖而高，類胡人，而又屬身於單爲奴，行事兇惡。兇者匈也，故名。緝甫笑曰：『頃者六字登壇，五體投地矣。又安用爾，我又安得插口處？』志仁苦詢何等六字，緝甫故不言。志仁疑甚，一夜不寢。次早，緝甫亦竟不别尚書而歸。志仁愈疑，廣詢之。有錢族錢公磐者，與志仁善，往而苦問之。公磐告曰：『欵曹、和温、藥張，良佐以此六字進家。牧齋矍然起拜矣。』曹者，司禮監太監管東廠事曹化淳；温即烏程相君；張則漢儒也。志仁乃大恨，謂良佐專錢尚書，使塔議不一錢值。遂更藥張爲擒陳，盡取塔議而揭之。言良佐計錢尚書殺我父，借曹公力以和温。將持是入都再上疏，則凡與塔議者，皆一網打盡。於是，許祭酒及陳尚書俱在詞，恐甚。苦邀志仁，許出百金與之，始毁其板而止刻揭。時志仁本無意入都，姑恐喝爲受賕計。揭出，僅印四册。錢、瞿、陳、許各一。其後三家已滅跡，與陳者，乃爲陳必謹所得。漢儒久倚必謹爲不法。故漢儒雖在都，必謹日與通音息。乃令漢儒子張三郎齎此本寄張。邑中人俱謂此揭已燬，恨不得見。馮因此致書錢尚書，隱單字爲雙口。言雙口必不可用，亦千不可用萬不可用。良佐正坐錢舟中爲同行計，錢無以尼其行。乃出馮札示之。良佐不得已歸，恨馮次骨矣。此崇禎十年丁丑之二月也，兩公以是月末赴逮。

三月初，諸官畢集於郡赴讞。時但有爲錢、瞿稱冤者，獄成永戍。鄒日升徒，衛守誠、瞿龍翔等俱與錢、瞿無與。錢斗、邵霖幾麗法矣，究亦釋之。印司奇乃大恚，不肯押牘尾，陳蘇州再三强之。五月赴太倉，讞於道。亦如府會審。時馮道臺爲復社事鐫級解任，讞訖即去，繼任者爲閩之曾化龍。獄未決時，張啓出揖劇戲本，名曰《小鬼跌金剛》，以刺錢、瞿。馮舒聞之，乃走謂啓曰：『爾不憶祁按院時事耶，何爲爾？張曰：『吾死自死，何與錢事。既活我，當令我温飽，乃活餓我耶？不與我金錢，當有甚於此者。』錢氏紀綱僕陸顯以三十金餽之乃止。已而聞朱撫寧國弼以彈温相得罪，又聞有王璠者，於錦衣衛訐錢尚書通周應璧，令撫寧劾烏程。又聞陳履謙下獄而單良佐亦被逮，紛紛然亦不悉其顛末也。七月中，曾兵備忽捕張啓、陳志仁，志仁弟三苟兒、周來伯置於獄。啓、來伯俱杖斃。來伯不知何人，啓當縣捕時，以三十金爲隸卒費即出之，陸顯所餽，啓未常用一錢也。七月中，院咨至，所提三人曰陳志仁、曰單良佐、曰馮舒。是時，良佐正從兩家索路資，壑未可滿。馮又昌言不受兩公資斧，良佐爲短氣。曾兵備欲并斃志仁，因咨亦列名逮，乃已。三苟亦無犯欵，并釋之。馮及單俱以十月行，十一月抵都。則漢儒、履謙、王璠俱奉旨枷項杖斃，屍尚在長安右門，始悉其所以死也。

卷　下

撫寧侯朱國弼者，故靖難功臣苗裔也。少年喜事，當魏閹張時，曾具疏彈之，削禄瀕死矣。閹敗復爵，思更爲可喜事。時烏程繼荊溪爲首輔，無他補益，唯謹身奉上，務爲忮急殘薄之行，以結主知。軍國重事付之罔聞而已。天下嗷嗷，指爲奸人，而得主方深，莫敢誰何。撫寧嘗爲門下客周應璧言之，應璧亦蘇州人，賦性陰狠，與陳履謙共關説長安中事，脱空攘人貨以爲常。撫寧不善弈而喜弈，應璧故拙行，以此相得。應璧本不識字，而撫寧更甚，常令視草。時有張進士者，所居臨撫寧園地，旁有隙壤敗屋，張欲以益宅，已與屋主價矣。撫寧禁不許，聲言家有鐵券，免二死。若張必與我争，我即執鐵券毆殺之耳。張不得已，乃求援於應璧。應璧曰：『是大難事。撫寧方盛氣欲得此土，而公乃欲我緩頰，使讓公。雖蘇、張亦奚爲？然有一間，能顧我三百金，當令公得地。』張請計安出？應璧曰：『昨曾與我言相君裂眥扼腕，且令我具疏稿擊之。我固止之，少停須臾，意未止也。若慫恿使上，則受禍必烈。身之不恤，何有於區區甌脱乎？』張如言封貯三百金。應璧又從撫寧弈，撫寧局將變敗。詫曰：『我敗矣。』應璧曰：『公不擊首揆，何敗之有？』撫寧推枰起，叱嗟曰：『即敗，我亦欲爲之。』呼筆硯令具稿，應璧若不得已而應者。又爲詩以戒之，有『不記當年摧折乎』之句。

先是，大清兵入，已而乍退，上迫於用人。左都御史唐世濟乃出單，薦逆案之霍維華。上震怒，下世濟於獄。維華服毒死，世濟者，體仁之同鄉人，又同籍，久罷歸里中，體仁令王應熊薦而復官中丞。其薦維華也，科臣宋學顯糾之，體仁示指於冢宰謝陞，學顯由是以年例去，舉國譁然。於是撫寧具疏曰：『中軍都督府帶俸撫寧侯朱國弼謹奏爲首輔欺君誤國，禍土殃疆。微臣昧死披肝，亟祈乾斷事。臣，世臣也。受國深恩，與在廷諸臣異。今對此權奸，肆無忌憚。臣不言誰言之。從來奸相在位，天多示警。皇上自相體仁以來，天之示警，亦可知矣。地震河決，星隕禽妖，邑城六陷，井吼砲鳴。兩歲元旦，日月交蝕，天鼓震鳴，此其禍恐不止一朝鮮之屬。大清可當之也，而體仁怙不知怪，更加煽惑。臣姑舉其大者，皇上重保舉以遴大臣，而體仁舉謝陞爲吏部尚書，王應熊則舉唐世濟爲左都御史。恭請召對注記，應熊之薦世濟也，亦曰同官温體仁知其賢。蓋世濟爲體仁同鄉同年，而又至戚。未幾，而世濟以邊材薦霍維華矣。幸皇上燭照之，奸邪始氣沮耳。乃未幾，宋學顯以糾世濟去，張盛美亦以糾參附逆遺奸去。何一時外轉皆從發逆起見乎？且舊例，科道之外轉也，吏部必咨訪於吏科及河南道。今大臣獨操其進退之權，馬鳴輒斥，務使皇上不聞大僚之過，世界竟成言霧矣。體仁八年揆席，大清所蹂躪則爲寧、錦、宣、雲、昌、薊，畿輔州縣羶腥强半。叛賊則三齊、渤海，孔賊尚爾逋誅；寇盜則秦、晉、蜀、豫、楚、江南等處，無不被兵。甚至鳳陽之陵寢震驚，朝鮮之社稷變置。此而引退，尚可比歐後之鄭五。不然而翻逆鋤忠，交相蒙庇，臣不知所底矣。』疏上，時爲崇禎十年之四月初七日。

翌日，奉旨：『首輔清貞佐理，不避怨勞，奏内事情，明屬挾私牽扯。朱國弼着府部議處。』體仁隨具辨揭，秘不發抄，莫可知也。又具一疏，以勳臣挾私受嗾爲辭，欲責令回奏得主使者而甘心之。又曰：『唐世濟偶因覆疏，陷入黨錮之中。』又奉旨『卿佐政公誠，朕所洞悉。朱國弼受嗾揑誣，私謀顯然，何待責令回奏』。於是冢宰田維嘉亦具疏爲直，陳科道外轉事。大意爲『用人之柄操自銓臣，不必相商科院。此事在臣佐銓時，亦未見學顯糾世濟之疏，謾言詆攔，識者笑之』。國弼於十四日再具疏，謂『學顯以糾逆黜，言官畏威嘿嘿。臣以國家起見，何私之挾？世濟以翻逆自投法網。指是書爲黨錮，將皇上亦有黨乎？田維嘉佐銓部久，而謂未見學顯之疏。豈朝廷之事漫不關心，佐銓與佐務都無關涉乎？體仁曰朋謀嗾使，維嘉曰黨類把持。同聲相應，若出一口，而尚不謂之朋黨乎？又云進退人材，與勳臣有何關涉？嗚呼，軍民利弊，祖訓許諸人直言。而與國同休戚者，顧欲鉗口其乎？』次日奉旨『朱國弼挾私揑誣，奉旨處分，何得又行瀆奏？該部知道。』二十日再具疏。廿二日三奉旨『朱國弼挾私求勝，着府部遵旨議處，速奏。該衙門知道。』體仁亦三具疏辨晰。會御史許自表有感恩圖報一疏，亦擊體仁。體仁遂指爲挾私朋黨，曰『嗾使』、曰『合算』、曰『暗揑事欵』，報聞。自表亦罷去。

於是國弼再上疏云：『臣生平與自表素無一面，自可無辨。但此後凡言首輔者，體仁輒指爲朋私。皇上試觀近來奏章，有更侵及首輔者乎？其不惜餘生，明目張膽，入告君父，獨臣耳。而體仁乃巧摭之，曰合算嗾使，曰暗捏事欵。夫當臣力擊逆璫時，體仁方作明德鼎馨之句，以媚崔、魏。此又誰與合算？今唐世濟入獄辨揭，亦有陰謀合算等語。今體仁辨疏，一則曰同心合算，再則曰朝夕合算，將二臣者，心既同逆，口亦同污乎？今長安中所共憤者，以聖主側席求禱，舉朝素服修省之日。而體仁次子温侃乃與其妻兄嚴憲、優人何五日爲狹邪游。至奸術士之妻，白日宣淫，并其夫而逐之。體仁不加義方，勉送事外之人於錦衣衛獄以滅口。如此事欵，舉國知之，不煩暗捏也。臣又見憲婦汪氏揭遍通衢，内稱其夫於允中托沈自值送首輔銀二千兩，夤入内閣辨事。南中盛傳馬溪蘭溪之間，有船百艘皆有温、唐二府旗號，白晝殺搶奸盜。前年温、唐子姪，曾與官軍對敵，被獲擬辟。旗號現貯官庫，府縣各有文卷，此亦不煩暗捏也。』閏四月初六日，奉聖旨『朱國弼更端求勝，殊屬恣肆。本當究處，姑念時值祈禱，着府部作速議處』。疏下府部，亦以其言直，輕擬罰俸。奉旨再駁，而王璠之獄興矣。

先是，錢尚書方被逮未行，泊舟金閶間，邸報至，得撫寧疏，心善之。素知周應璧爲撫寧客，而應璧子適在家，乃令其僕陳昂覓而得之。以一紫檀梳匣、宣銅鉢盂及精鏐爲贄。欲因應璧通撫寧，再具疏以撼體仁，冀得距脱，而獄可寬也。然當撫寧拜疏時實與尚書不相蒙，應璧自以張進士故，狡聳撫寧，亦與尚書無宿約。體仁辨許自表疏，謂錢謙益與許自表朋謀合算，計逐之，而後入都辨。主事賀玉、盛熙亦尋端及錢，皆牽合無指實。故尚書之辨疏略曰：『臣十載田園，三年苫塊。自表同年，不識一面。漢儒之疏，體仁自言無與。然漢儒誣臣多贓，體仁亦曰賄賂，漢儒誣臣廣布，體仁亦曰合算。何異口而同詞也？且非獨此也，體仁曰舉朝皆謙益之黨，漢儒亦曰把持黨局；體仁曰在朝在野，呼吸相通，漢儒亦曰幫助黨局，遥執朝政。何物漢儒，誇詡首揆爲墻壁。合而觀之，可謂盡無影響哉？崔給事亦上疏辨，而詞緩，俱報聞。

是時錢、崔在刑部獄未讞。陳履謙當錢、崔未至，令家人顧大迎之於德州。比入獄，都人洶洶，謂事出履謙。履謙迫而逃，已出都門矣，遇松江人陸文聲，亦履謙黨。都中謡言所謂崔、陳、周、陸四大元帥者也。崔爲崔從烈，亦常熟人。陳則履謙，周即應璧。文聲謂履謙曰：『若何之？』曰：『吾邑二人在獄，人皆謂事從吾始，姑避之。』文聲曰：『噫，元帥顧若此怯耶？多年作劊子，今日裁殺人。可救則救之以爲恩，不則殺之以爲快意，此我輩事也。胡以逃？今日出此門，他日何顔更入邪？』履謙面發赤，急策馬返，而王璠適來。王璠者，亦常熟支塘人。曾中三科武舉，與支塘舉人錢賡善。賡横於里中，璠實翼之作奸。賡以考察褫革，事連璠，璠逃之京師，投履謙腋下，願效奔走。履謙乃謂曰：若知錢、崔賫數十萬金珠走長安邪？璠曰：『知之。』履謙曰：『大樹崩頹，我與若不拾半枝一葉，愧矣。』璠扼腕曰：『我初不欲到此，錢伯鳴不快於錢牧齋。今按君劾而褫之，怨家并及子。致我至此者，錢也。』伯鳴者，錢賡也。因又曰：『足下有何策令，我共拾之。』履謙曰：『當今相君久不快於二君，而撫寧又劾之。聞周連城應璧字。居其間，與撫寧搆而攻相君。若能出一揭首之，則相君必喜。我與若且當得官，豈獨三吴震動而已哉。』璠叫呼稱善，遂具揭以吴震爲名。大概言周應璧得錢謙益銀三千兩，託應璧代撫寧作本章，題參首揆。應璧先收銀二大包及檀匣、古銅鉢盂等。又據陳必謹所寄陳志仁塔議揭稿，改欵曹、和温、藥張六字爲欵曹、擊温、擒陳、藥張八字。見收銀者爲喜兒、蔣英，英則應璧書手，喜兒即陳履謙家人陳忠子而役屬於應璧者也。先粘於應璧所寓門，又攔街跪投首揆。體仁接揭，欣然攜王璠手入朝房，密語久之而出。一時喧然側目。璠又首之於衛，是時掌衛事曰董琨，首揆私人也。衛據揭上聞，奉旨提訊。五月初三日，提應璧、蔣英到衛研審。初四日，具題云：朱國弼參首輔欺君誤國本章係應璧代作，喜兒所見銀二大包係國弼付來買戚家書房者。初五日，奉旨云：周應璧婪賄亂政，供吐殊多隱飾。欵、擊、藥等語，還着嚴訊確奏。於是，衛再審具疏云：應璧之草疏令國弼參首輔也，原欲藉此招摇，圖索錢謙益財貨耳。至三月廿九日，謙益果遣家人送應璧銀三千兩，先送八百兩，已上疏訖。至四月十八日，應璧差陳忠同謙益家人回南，取足前數。俟參倒首輔，再送三千兩，此擊温之實據也。爲欵爲藥，似屬蜚語。謙益以應璧爲線，國弼受財爲餌，應璧往來説合，至代作奏章，其罪亦較然無辭矣。廿一日，再奉旨：『欵、擊、藥是此案緊切情節，如何聽其支飾。朱國弼婪賄朋謀奸弊，再着研確速奏，不許骫狥』。於是，王璠出陳志仁之揭爲左証。欵曹者，欲欵朝廷内侍之臣也；和温者，欲和發奸摘伏之首揆也；擒陳者，欲擒志仁之父履謙也；其造此六字者，錢家之秀才錢斗及軍師單良佐也；其在周應璧書房見銀者，陳忠之子喜兒也；銀收在應璧卧房，而午後三次取去者，撫寧家人小陸裁縫也；其見錢家家人李明來説合者，蔣英也。琨又遣番役馮鎮、宋明等擒撫寧家人梁安、李和而拷訊之，和即斃杖下。對簿時，王璠冠帶出入，揚揚得意。

六月初八日，再具疏曰：『臣再三嚴訊，各犯供吐，已無别情。看得代筆招摇，猶小人罔利之態。婪賄受囑，豈世臣無欲之剛？乃朱國弼、周應璧者，詩札刺譏，已顯示朋謀之跡；白金檀匣。更不慮焚身之患。至擊不應而改云欵，藥無從而改云擒。總是反覆無定，假聲勢以騙人。贓私既真，國有常憲，勿令事久變生。』疏上，董琨盡如首揆意指，謂此獄一竟，可坐致腰玉矣。然各犯口供，俱與獄詞不同。應璧初不肯招錢侍郎送賄，重刑以訊之，但云憑老爺要恁麼招，則招耳。蔣英亦如之。喜兒童稚，號呼稱痛而已。四奉旨：『陳志仁改擒陳爲藥張，又有改和爲擊者。朋謀奸弊，何不直窮到底？』本内李明、陳忠、小陸裁縫、陳志仁、單良佐通着提訊。惟錢斗幸免。然應璧居於城西之安福衚衕，撫寧居城東之金魚胡同，相去十餘里。一午後而小陸裁縫往來者三次，幾六七十里，即急足不及此。人皆笑琨之不善周内也。是時管東廠者爲司禮太監曹化淳，爲人黠甚，烈宗親試之内宫，以《事君能致其身》爲題，擢化淳爲第一。秉筆禮曹、管東廠事，頗得君。舊例，首揆與司禮秉筆之尊者投刺稱『晚生』，凡有密揭，他人不知，多與司禮議妥而後入。烈宗欲通下情，揆席得以密啓進。體仁亦以立異，有所陳不與司禮通，以結主知。見上之斷斷於欵、擊、藥也，遂欲因此以撼曹，而别有所樹。一日，體仁竟以密揭言欵曹有狀，上秘之不發也。屬瞿給事有兄曰式穀，淫詖人也。適從給事入都，私念温所不快意者獨錢尚書，給事非所忌，且錦衣諸案亦第錢，不及瞿。履謙禱張閃鑠，以爲得一履謙，給事可以無患。是時，錢、瞿具在獄，式穀在外深相結，須千金與漢儒，獄則獨錢而舍崔。因以會票四紙，共銀四百兩與履謙，尚俟六百金畢此局，而給事貧不能辦。事在齟齬行止間，衛疏五上五駁。體仁遂謂上以欵字疑曹，至第五疏遂授意董琨侵及化淳。内臣處地近，耳目長，詗知之。故事，凡錦衣提審人犯，掌衛事指揮使居中坐，案邊立一官則理刑百户也。更次設兩案，各置筆硯、白册子一。向西立夥長四人，皆尖頂小帽，細青衣，青絲麂皮白靴，名曰聽記。一册記官之問頭及人犯之對白者，一册則具刑數爲夾，幾爲拶幾爲杖幾。每夜則繳廠以達御前，然大抵依彷所具疏詞爲之。夥長共廿二人，從子至丑十二夥屬廠，從甲至乙十夥屬衛。掌衛事者皆與聽記，通具文而已。當董琨訊此獄也，應璧輩初亦不承，每疏上，各文飾之。温、曹既異志，則令聽記直具其詞上達。凡聽記所書與疏迥異，而琨不知也，五上五駁。

會有揚州人胡都司、嘉興人沈梦含者，以吏、兵李、鄒二主事爲御史張孫振所劾，牽連下獄。沈新娶妾，胡亦欲歸家，乃以百金進董琨，暫出獄而居店。店者，輕犯鎖繫之所，每日坐店中，至夕則私歸，習以爲例，然非法也。東廠廉知之，偵其歸，令邏卒於街中執而繫之。上疏云欽犯某某，不知何以越獄而私逃在家。琨遂得罪去。先是，履謙張甚，錢、崔計欲得其家往來私書，令番役突入其寓，名搜賊徒，盡取其私書。凡邑中之札，無不有。履謙一女久病，以驚死，大恚恨。遂於六月初一日，乘化淳以清獄往大理事，於途次投一狀一揭，詞稱逮奸打點，殺人抱贓，首明正法事。中謂履謙與犯官錢某、瞿某積有世仇，令爲事提問。五月十六日托瞿式穀送沈明霞緞鋪會票四張、銀四百兩，托賄買張漢儒、王璠及欵内僧志來等。化淳云：『既係世仇，何復行賄托買求之事？』詞不行。已而見衛有款曹語，且云内臣可欺，則舉朝入其把持，皇上几席間皆其私人矣。心駭之。一日，上御乾清宫，與化淳平章庶事畢，顧化淳而笑者再。化淳汗浹背不敢去。頃忽云：『曹伴伴日來生意何好也？』化淳俯伏叩首，不知所謂生意者何事，但俯稱：『奴婢清謹守法，皇爺素知。日來并不敢少有苟且，不知皇爺云云謂何？』上徐曰：『有人説汝袖出一揭。』則體仁所密具欵曹事也。曹叩首稱冤，上曰：『我固不疑，此揭汝可自究也。』化淳奉揭呼萬歲而出，恚恨甚，而周應璧揭亦到廠。

是時，應璧在衛之東司房，東司之獄曰南鎮撫司。應璧之入司也，鄭鄤先在。鄭鄤，常州武進人，中天啟壬戌進士爲庶吉士。父振先爲禮部主事，以攻四明相君爲黨人。鄤十八舉於鄉，三十成進士，故亦以爲黨魁。萬曆間，有以《通俗水滸傳》造《東林點將録》，所謂白面郎君者也。與文文肅震孟同籍，曾上疏彈魏閹，閹恨甚。適丁内艱歸，乃易名逃之廣右，瀕死矣，閹敗而歸。鄤以制舉義得名，亦涉獵書傳，喜作詩，能書，得撥鐙遺法。既世爲黨人，又以擊閹得盛名，旦夕有騰踔勢，氣驕甚，視通郡若無人。性又好聲妓喜客，諸不法者一入其户，府縣捕公禁不與。以故里黨及府縣吏俱不善之。父振先嘗惑一扶鸞人，謂爲真仙。其人挾振先爲禍於家。無論婢僕妻子，或暗中出一語不遜，亦傳仙教，令振先與杖，名曰『懺愆』，鄤亦受杖數矣。一日鄤母偶語鄤曰：『妖人亂我家若何？』扶鸞者知之，遽呼詰鄤。鄤不敢隱，急呼鄤持杖杖其母二十。事傳里中，鄤遂得杖母名，然實扶鸞者與振先爲之，鄒無與也。其次媳爲韓進士不挾女，父死，少養於鄭，出入房闥若女然。長媳爲劉女，劉大家，多聲伎，有媵者，鄒乞之於媳，爲歌伎。鄒妹名部，與鄒妻俱能詩作詞章。家人婢妾以聲色相高，遂冒不韙名。然閨闥事秘，莫能明也。崇禎初，入都補官，仍爲庶常。故事，翰林轉遷俱係首揆題補。首揆於四明爲座主，而鄒父手劾四明。門户各别，心嗛之，遲遲不爲請。鄒自視資深名重，旦暮且大拜。一日謁閣下，罄胸中所欲言，以經濟自許。首揆固不快，見其意氣口角，凌轢上人。心忌其才，遂愈欲抑之。鄒鋭進，托文輔轉請。首揆曰：『姑緩之，此終是其座』。再請之，首揆云：『此君一蹴便欲至於若所，咄咄逼人，何躁也？』文輔再請不得，而恚謂首揆曰：『此君有盛名，能文章，資格久過。公終能抑之使居下耶？首揆遂疑能文章者，當草疏擊我矣。遂手具疏，言鄒杖母奸子婦，不宜居禁近。上信以爲然，遂下鄒於刑部獄訊。刑部以依例則須親首乃坐，但據首揆偏詞，不可狥依違以杖罪請。三具疏，加至戍而不得旨。首揆又以錢將至刑部，遂移鄒於錦衣衛。鄒之在刑部也，以風寒得疾。同鄉人陸大受者，欲因病斃之。乃令醫飲以石膏湯，遂至痿痺。其獄於衛也，首揆致意董琨，令具疏言鄒疾甚，可否即訊。得疏當擬旨打問，乘其病而毒刑之，可畢命矣。疏上，首揆擬旨曰：鄭鄤蔑倫杖母，名教不容。好生打着問，不得骫狥取罪。本已批紅發衛及門矣。上忽馳小璫追回。於『名教不容』下增『鄭鄤若死，董琨亦不得辭罪』十一字。琨駭甚，謂上欲生之，遂久置不問。鄒由是得優游福堂，而應璧至。

鄒世家，父爲黨人，内璫廠衛諸人，亦有爲耳目者，詗知温、曹相左事。乃爲應璧具揭，大概云：首揆非能廉，以曹廉故，强爲廉。非能得上意，亦賴曹左右之。今上所信者，獨首揆及司禮。首揆意別有所屬，故以董琨爲劊子，以錢謙益爲藥餌，借應璧爲引經藥，温老爺與曹老爺勢不相容。其言甚辨，投之曹。曹見而心動，而密揭事亦發露。曹大恨，令番役好謂履謙曰：『前揭未行，今皇上已知之。都主爺廠役稱廠主之詞。令我覓陳爺，速具前揭來，且上聞。』履謙大喜，易新紗衣乘馬，具詞至廠。化淳先知履謙至，令掌家接而飲以茶，款語移時。履謙備陳錢某在德州，則遣張聖統至。崔某則遣式穀至。今五月十六日，遂有會票四百金之贈。且云若能買轉張漢儒、王璠及塔僧智來，當再送六百金。因謙懼法峻辭，觸惡毒手。至十九日，糾夥五十人牽僧智來，指稱衛中搜盜，擁衆入室。威逼嫡女子姐簪珥，女受驚辱，二十一日自縊身死。所具首詞亦如之，詞畢請別。掌家者忽曰：『請周爺。』則東壁理刑官周楠也。楠至，履謙方欲與揖。楠叱云：『牽去。』俄而番役數十人，剥衣執之，備極楚毒者半日一夜。翌日，并逮瞿式穀到廠嚴訊。

廿三日，又再訊於司禮之内直房。乃具疏云：『欽差總督勇衛軍門、司禮監太監曹化淳爲直糾妄捏僞揭亂政奸民，乞通提究質，以張法紀，以遏刁詐事。頃該臣於本月初一日前往大理寺清獄。途次，接得陳履謙狀揭二紙。内稱犯官錢謙益、瞿式耜，付銀四百兩，托謙買求張漢儒等，而又云與兩人世仇。臣怪其以世仇而復行賄托，告詞舛錯，立案不行。越數日，又有履謙之子志仁啟欵和擒藥等語。臣方異其蹤跡閃鑠，密行體訪間，而履謙又執前狀，首告到廠。因批理刑，執而訊之。

續據理刑周楠呈稱，審得陳履謙，直隸蘇州府常熟縣人。自來與今逮問錢謙益、瞿式耜俱係鄉親，不合私刻二宦名字圖書行使。後被知覺，謙懼，逃走來京。昨年秋冬間，有同鄉人張漢儒來京。開列欵單，揚言要參錢、瞿二宦，先刻揭遍投。履謙謂可乘機嚇詐，即將揭帖寄與伊子陳志仁，令渠往錢、瞿兩家講説，兜攬調停。二家不從。及漢儒進本，奉旨提解二官到京。志仁遂布散流言，捏造欵曹、和温、擒陳、藥張八字，稱爲單良佐計策。妄刻揭帖，令漢儒子張三寄與履謙。欵曹爲曹司禮，借欵字爲名，則司禮雖公平正直，亦避嫌不能理論此事矣。和温，因錢、瞿與温有隙，既和則可以不計舊嫌。擒陳，爲履謙可以計擒。藥張，則以漢儒貪夫，可以利動，用藥餌之。將此反間，圖遂詐騙。及二人至德州，又令家人顧大迎之。及收監，恨錢、瞿之終不從也。乃與王璠商議，假稱吴震名字，具詞首衛。將志仁所寄揭帖改捏。因見朱撫寧參首輔，遂改和温爲擊温。又删去擒陳字樣，只將欵曹、和温、藥張六字遞首錦衣衛。因又到瞿式榖寓所，索銀千兩，説好坐定張漢儒。式榖因付履謙會票四張，計銀四百兩入手。因見衛疏内有履謙父子姓名，恐日後窮追露出。隨將嚇詐會票四張首告到廠，希圖卸罪等情。到職隨於本月廿一日親至東廠内直房，隔别研審，俱已供狀。據此，該臣看得錢謙益、瞿式耜之逮問也，漢儒既有參奏，刑部自有究擬。乃履謙父子借題招摇，設謀兜攬。疏未進，而寄稿調停；逮犯至，則差人迎接。其詭捏欵臣字樣，若謂臣忝廁侍從，以緝事爲職，是以巧捏機局。倘摘發其招摇，便跡鄰於受欵。廠臣亦遠嫌不問，則此輩可借已逮之榜樣，遍詐他人。夫聖明在上，刑賞出於獨斷。何物奸民，巧誣近臣，播弄疑似，以紊朝政。將朝廷耳目之司受其挾制，舉聖明鋤豪臣、愛小民之德意，盡竊以行報復挾詐之私。此詎可一日容於堯舜之世哉？』

疏上，廿四日奉旨云：『陳履謙等着送鎮撫司，并提王璠等嚴究。具奏。該衙門知道。』於是，此鎮撫司管西司房事喬可用題疏云：『本月廿四日，隨該正直旗衛韋某齎捧駕帖，將犯人陳履謙、瞿式耜、顧大并原參銀四百兩通拿到司。該臣欽遵明旨，隨將現在東司房羈禁犯人王璠提取到司。復差旗衛嚴拏張漢儒及子張三到官，又移文都察院、移咨該撫按，提拿單良佐、陳志仁、馮舒等去訖。當隔別嚴審，各供無異。該臣參看得犯人張漢儒、陳履謙等，唇槍舌劍、墨陣筆戈，好秀自口。風波起於笑談，妖孽由人；陷阱生於抵掌，人品任其顛倒。詭名而敢犯投匿之條，國事聽其簧鼓。捏揭而甘冒説謊之典。先假吴震爲名，復令王璠爲質。曰欵曰藥，忽擊忽和。總之，希圖鉗制内外之口，而掣正人之肘也。至張三元攜揭來京，顧大之遠迎於外。總是機關之巧，亦借香餌爲媒。何物神奸，險深若此，所當重擬以肅法紀者也。』七月初三日，奉旨：『着刑部究擬單良佐等，提到另結。』事下刑部，貴州司郎中之朱之玉會同湖廣司郎中余敬中、四川司郎中熊經、本司主事張懋熙、惠户實、陳其赤共訊之。俱與廠衛所供無異。陳履謙、張漢儒、王璠引例邊遣，顧大、瞿式瞉、張三各杖。八月初九日，刑部尚書鄭三俊具疏上。十六日奉旨云：是陳履謙着發邊遠，張漢儒着發邊衛，各充軍終身。仍着錦衣衛拿在長安右門，各打一百棍，用一百五十斤枷枷號三月，滿日發遣。瞿式瞉等各依擬。陳志仁俟提到另結。原疏單款，該撫按作速勘明奏奪，不許徇隱。旨内『仍着錦衣衛』等三十二字，御筆所增，不由票擬也。於是，體仁大沮。時繼董琨掌衛事者爲吴孟明，與錢、瞿善。即日而履謙死，次日王璠死，三日而漢儒亦死，錢尚書具棺殮之。比撫按疏上，五十八款昭雪無餘，遂無一字有影響者。刑部亦據之入告，三上徒瞿杖錢，始得俞旨釋歸，則戊寅之秋也。

始廠衛歷招，但有志仁、良佐，馮舒則無之，唯衛咨到都察院，乃填舒名於陳志仁下。又注云：亦係生員。不知何人所供，蓋履謙代董琨爲之詞也。錢、瞿兩公出揭，爲舒辨之。丁丑十月間，部咨至，良佐等各赴逮。以十一月抵都，至都則三屍尚累累在長安右門也。各以一瓦鍋，白堊涂之，而書所犯及諭旨於鍋底。三屍埋淺土，枷在屍上，鍋又在枷上。蓋舊例如此，即死矣，亦必滿三月，始許屍親領埋。良佐等至都察院，隨送至衛，亦下南獄。次年正月，以皇太子加冠，不得暇。至二月初五日，掌衛事指揮吴孟明始一讞。初七日，具疏言陳履謙與張漢儒等妄捏詭揭，欲行詐害。前刑部招案開明，已經伏法矣。其子志仁倚勢挾詐，南北呼應。私恨良佐而填入其名，其情更狡。至馮舒以絶不相干之人，亦行提解，更屬可怪。十二日，奉旨：送刑部究擬。是時刑部尚書曰劉之鳳，貴州司郎中曰楊應策，亦仿衛招而詳著之。良佐、舒等各免議。志仁依誣告人律，徒三年站配。二十四日，奉諭旨，志仁夤緣得納贖。初，舒之在南獄也，有蔣亨者，東廠長班也。以銅商事亦下獄。是時舉國謂錢公且爰立，舒問之，亨曰：『錢、瞿事當無患。然我都主爺是愛惜官爵人，此一獄也直自了欸曹局耳。若錢遽登仕版，則恐裏邊重疑之，不免戴一罪名云。』裏邊者，宫中稱上之詞也。因爲舒言烈宗授曹闇揭帖情事。

是年六月遇旱。詔釋諸獄囚，得繫外所。錢、瞿亦出獄，既而讞上，果如長班言。此一獄也，欵曹六字出之者爲單良佐，傳之者爲錢緝甫，語陳志仁者爲錢公磐，激志仁刻六字揭者爲顧大韶，寄張三致陳履謙者爲陳必謹，改和爲擊，增藥張者爲陳履謙。而獄情由此變，錢、瞿之禍由此解。人損之未必非天益之。今世有朋謀作奸，陰賊害人者，亦可鑒此而三嘆矣。戊寅春，體仁去位，田維嘉亦去。錦衣衛三讞周應璧。二月初，始得旨送刑部，刑部再讞上。亦戍應璧徒，蔣英杖，喜兒、李明等奉旨各依擬，周應璧着拿到錦衣衛八十棍。吴孟明乃盡呼本衙番役而語之，令輕其杖。人與一金，凡六十人。至三十外，忽一役持棍重笞，元一擊而股折。孟明大怒，詰之。曰：『小人感董爺恩，董爺因應璧失官。小人盡官法，亦盡私情。公私兩盡，死無恨矣。原賞具在，不敢受也。』出之袖中，封識宛然。孟明亦無以難也。應璧病創歸邸中，以痢死。蔣英亦發病死。撫寧割禄閑住。塔僧智來遞解至常熟，死獄中。而錢、瞿亦抵里。上亦終以體仁言，磔鄭鄤於市。逾年，單良佐爲許司成謀復官抵京，以愚貪變詐，幾落廠衛手，逃之平山。時知縣爲邑人陳調元，館之。所隨兩僕，一死一逃，良佐困甚，遂發癲死，屍不得歸。其子迎喪，憚遠行，於途中僞取一棺歸，遺骸不知漂泊何所。錢世熙瘍發於頭，爲庸醫所割，肉盡露骨，腦出而死，亦白日見張啓來。

甲申年，京師變。弘光帝立於南都，錢侍郎起官爲大宗伯加青宫太保，瞿給諫爲大京兆，出撫廣西。乙酉，南京破。宗伯降，仍爲少宗伯。宗伯之自燕歸也，創别業曰半野堂，得姬曰柳如是，故倡也。爲造樓居之，名曰絳雲。蓋取《真誥》九華安妃語也。乙酉之夏，北兵已據郡，狥下杭、嘉矣。吾邑知縣曰曹元方逃，丞曰馬天錫，亦獻印及户口、册籍、牛酒降。有丁丑進士、兵科給事中時敏者，倖北兵未至，借起義爲名，横索諸富人財物。鄉愚從而和之。七月十三日，北兵抵縣，敏先逃至七星橋，爲居民所殺。十四日城破，邑人或逃或死，時翁源德亦既出獄矣，心念侍郎已降，其家當無恙。乃攜其妾徐氏，即高鳳妻也，同避絳雲樓。時錢尚書在南都，知北兵將至縣，亦先令其僕高周乞一幟樹門首。尚書之閽人當城未破時，已倡言吾家必無恙，避難者當止此，至人索數金方許入户，故其宅避者幾數百人。有一兵見源德，乃大怒，曰：『汝在此耶？』遽揮刀并徐氏斬之，有人從梁上伏，倖免。知其爲源德繼妻陸氏之媵僕也。源德原配蕭既以毒死，繼太倉陸文獻孫女曰閨姐，不喜淫。源德薄之而愛徐氏，陸以恚恨死。其僕久逐，歸陸氏。適從北兵來，故及。孺安之妹孺莊亦以是日死井中，二女亦擄去，張三郎亦被殺。

南村野人曰：常熟爲言游所自出，而仲雍亦居之。至今，山之麓有仲雍墓焉。兩湖夾其間，西曰尚湖，太公望曾釣於此。山川靈秀，故其人多智計、尚文學。而三百年女子能詩者，亦翁孺安一人而已。太常雖以進士舉，然務爲制舉之業，未嘗傍反詩賦也。張夫人父曰若谷，則每爲短章劣句，弟啓亦時爲之，豈其遺風耶？何流毒之遠也？然亦似有天意焉。使孺安不夫象泰，不弟源德，不與履謙爲中表，禍亦不至此。當塔議時，履謙不可，顧大韶發書與龔立本，有『理諭之、勢禁之』之諸語。履謙因此而走京師。當志仁鬻塔議時，大韶不强請源德以敗其事，則六字之揭不成。然則搆此獄者，孺安俑之，大韶成之也。無陳必謹則漢儒亦不抵都，志仁之揭亦不落王璠手。始終宛轉爲造物所播弄，蠅營蜮射，以搆鬭其間。直至與國同盡，不亦大可歎哉？

此一獄也，在上者以爲首揆主之，在下者以爲孫封公林、錢舉人裔肅謀之。其主錢者，証以漢儒所遺錢二札。其主孫者，証以孫朝翼、朝寧所寄張漢儒六札，事皆有因。然兩孫貽札，孫封公不知。長孫魯尚幼，季子朝讓又遠宦閩中。執以罪孫，不可也。錢裔肅自以閨房敗，漢儒疏草凡二，一出顧大韶，一出履謙。歸獄於錢，亦不可也。蓋前、瞿兩公名太重，府縣及兩台事之亦太嚴，不無取怨於鄉黨。而錢斗、邵霖輩又挾其重，以招摇里中。宜乎，禍之及也。陳必謙家有不材弟，不能制其與漢儒比。以朱鑣一言，遂揭其行事於城之闉，亦太甚矣。張漢儒以恨必謙往，而禍及錢、瞿，死不怨也。履謙借漢儒以殺錢、瞿，而反借漢儒以自殺。體仁借王璠以殺錢、瞿，而反以自敗，謂非天哉？謂非天哉？

未幾，錢斗、邵霖各以暴病卒，顧大韶爲御史所名捕，幾被杖，倖免歸而憤恚亦卒。陳熠卿於弘光時冒貢，以危疆自劾，得鳳陽府推官。北兵至，降而被殺。陳志仁從胡來貢爲協下官，乙酉七月，挾義陽王至常熟。未幾，來貢敗走海中爲盜。必謙甲申年爲工部尚書，北京破，不死。降賊，不受。被極刑辱，追贓釋歸，未幾亦卒，必謙先其兄一日死。許士柔先爲温體仁所惡，以南司成降秩歸，除補尚璽卿，病卒於京邸。傳聞曹化淳開都城門延賊入，今亦被殺。此事先後幾四十年，不良死者且數十人。家事朝局，互袒左右。卒之，始禍者身亡家破，國亦盡矣。至源德之死也，亦於錢氏之樓，謂非妖與，謂非亂與？余與錢、瞿世交，始終知其事。或得之親炙，或傳之親友。村居無事，偶理故牘，得諸招稿，聊記之枕中，務爲直筆，未敢以意所可否。情之親疏，變亂是非，後有讀者知我心焉可也。

無名氏筆記

周某　著

李連生　點校

題解

《無名氏筆記》一卷，周某撰，生平不詳，據考爲昆山解元周汝礪之孫。書中所記迄於順治甲申、乙酉間，多松江人物掌故。此爲虞山龐翟舊藏，趙詒琛録副并删去『神怪不經之談』，於民國二十三年印入《甲戌叢編》，今據以點校。

無名氏筆記

吾鄉曹雪林，言乃祖雲西公盛時，常築臺，以錫塗之，月夜攜客痛飲，稱瑶臺，一時惟常州倪雲林、崑山顧玉山可相伯仲也。貲富而文彩不及者不與焉。

楊廉夫云：『至正九年春，予游松。之明日，邢臺張叔温攜數客來見，中一人昂然長，癯然清，言議風發可畏。問爲誰？則曰袁景文氏也。其先世由錦城僑居於松，其父可泉，以詩鳴。』

小崑山爲二陸讀書處。眉公無以爲供，乞名花以代蘋蘩，故云乞花場。王元美及馮元敏皆有記，中有澆花井。後偶見書中有孟縣西南舊河陽城内，東晉潘岳亦有澆花井。

眉公於甲申春，與徐孟孺過王敬美先生，先生喜迎曰：『新買一靈壁石，又水仙盛開。攜此二種過蘺賓園，賞緑萼梅。緑雲覆庭，甚樂也。』其風流如此。

李韜叔從北平歸，見薊門邊城外、牛首山下有五色芍藥，雜出邊地，無異江南。

吾鄉青龍莊蓼塘肅，常爲宋秘書小吏，蓄書萬卷，且多手鈔者，其目以甲乙分十門。未幾，殁，子孫不知保惜，遂散亂無幾。至正六年，修《宋》《遼》《金》三史，詔求遺書，許酬以官。江南藏書多者三家，莊其一也。繼命危學士樸即家選取，子孫恐兵遁圖讖干犯禁條，急付祝融，及收拾餘燼，存者又無幾。其孫群玉悉載入京，覬領恩澤，竟布衣而歸。書之不幸如此。

張叔翹所記《梧志》載賈雍者事甚奇異。漢武帝時，蒼梧賈雍爲豫章守，出界討賊被殺，失頭，仍馳馬還營。諸將士咸來觀，雍腹中語曰：『諸君視有頭爲佳？無頭爲佳乎？』吏泣曰：『有頭佳。』雍曰：『不然，無頭亦佳。』言畢而仆。又《夷堅志》載，宋方臘反時，有人被斫去頭。其子從亂尸中覓得之，舉體温軟，不忍殯殮。數日後，瘡口漸愈，成一孔，啾啾作聲。其家以薄糜灌之，竟强健不異生人，且能手作草屨，運動如飛。有人親見而紀之。

《譚苑醍醐》其敘出自楊升庵，疑爲升庵書。止一帖，五卷而止，疑爲不全之書。及見莫廷韓所鈔，亦止五卷。其跋云：『此書吴人盧熊所著，洪武間人也，書亦該洽可尚。』方知非楊氏書，第不審更有下帖否？當訪之藏書家。

陸平泉曾與唐荆川共謁陳少陽祠，因指祠額曰：『此額曰「秘閣脩撰」，何不榜曰「太學生陳東之祠」？使後世知太學中亦有此等人。』荆川云：『不如此，不足以見高宗悔過之美。』兩公之言雖不同，其有裨於世教則一也。

楊鐵崖自敘云：『吾未七十休官，在九峰三泖間，殆且二十年。優遊光景，過於樂天。有李五峰、張句曲、周易癡、錢思復爲唱和友，桃葉柳枝、瓊花翠羽爲歌歙伎，第池臺花月主者乏晉公耳。然東諸侯如李越州、張吴興、韓松江、鍾海鹽，聲伎高讌，余未嘗不居其右席，則池臺主者未嘗乏也。風日好時，駕春水宅，赴吴越間，好事者招致，效昔人水仙舫故事，蕩漾湖光嵐翠，望之者呼鐵篴仙伯，顧未知香山老人有此否也？』客有小海生，賀公爲江山風月福人，且貌公老像，以八字字之。又賦詩其上曰：『二十四考中書令，二百六字太師銜。不如八字神仙福，風月湖山一擔擔。天年直至九十九，好景常如三月三。小素小蠻休比似，柳枝桃葉尚宜男。』先生四世祖楊佛子，年九十九。先生常自言：『遇憂不憂，遇病不病，遇喪亂不喪亂，胸中四時長自春也。』自號嬉春道人，名其所居窩曰春不老。有《嬉春小樂章》一百篇。先生八十，精力不衰，璚翠尚有弄璋弄瓦之喜。

季雁山爲憲副時，見滇南寶井中一石，中官三百金得之。石中有玉蒼蠅二頭，羽翼皆動，置几上能辟蠅。又言，爲工曹郎董夏鎮河工，濬河，有魚腸劍，劍柔可繞腰如帶圍，翁中丞得之。又言，曾見一爐冪上有十二孔，應時出香。

張岷崍定浙兵之變，轉北少司馬，過華亭尋雪庵和尚。雪庵，蜀人也，少與公同窗，公至已死，拜而奠之，立石作銘，志其墓。

魏文靖公驥所著《松江水利切要》傳於世，恨未得見之，僅有公撰斷碑在北門外陸文定園西荒草中。

陳眉公常嘆天地間殺人最多者有三，曰：死於刑、死於兵、死於歲。曾與包羽明集古來爲吏不酷者數卷、爲將不殘者數卷、救荒不倦者數卷，總題之曰《種德録》。

四時之景，莫如初夏。眉公常夜飲，歸，作《增減字浣溪紗》云：『梓樹花香月半明，棹歌歸去蟪蛄鳴。曲曲柳灣茅屋矮，挂魚罾。笑指吾盧何處是，一池荷葉小橋横。燈火紙窗脩竹裏，讀書聲。』雪景莫若山，山雪莫若月夜。余常目擊而賦四言詩云：『夜啟巖牖，淡而無風。月直松際，雞鳴雪中。』蓋實景也。

董玄宰在廣陵，見司馬端明所畫山水，細巧之極，絶似李成，而畫譜不載此，以知古人善於逃名。

公喜購佳紙筆，或謂善書者不擇紙筆。公曰：『此謂無可無不可，下此惟務其可者耳。』案頭不蓄琴。客曰：『昔陶靖節蓄無絃琴，君并琴不蓄，視靖節又進一籌矣。』公曰：『此近於貧漢自傳「王夷甫口不言阿堵物耳」！』

隆慶元年丁卯科，楚侗耿公手書扁對，鏤板送中式諸公云：『雖由此脱泥塗，休便忘了秀才寒味酸氣；就從今登要路，須常記得天子作養洪恩。』其扁額則書『泰初拔茅。』是科先王父以華亭科舉第一人得儁。今扁對具存，懸之草堂，仰見前賢策勵至意，并志先人知己之感。

眉公常言：『二十年前閻蓬頭許余學道，令讀許真君《太陽元精論》，自是即大暑能坐臥赤日中。年來懶習此法，頗以炎蒸爲苦。即廣堂匡池，高梧修竹，陰映翳然，往往移榻卷簟，遷徙不常，如絶無養者，内甚愧之。因思此時田野耕耘，道塗推挽，其匍匐狀，殆不可言。又思獄中人無寬閒澡浴之樂，但增雜疫疾痢之苦。轉視此等，又如天上人矣。京師每年奉明旨熱審，他未有行者。若得仁人君子，請定爲例，末減者清理一番，重囚在繫者，務遺的當幕官，掃囹圄，滌枷杻，以廣聖主好生之仁。暑月無得濫受詞，無得輕羈候。不時取監簿查囚數，以爲治狀高下。務使眼前火坑化作清涼世界，此只在當路者念頭動、舌頭動、筆頭動一霎時耳。』

閉户即是深山。嗟乎！應接稍略，遂來帝鬼之譏；剥啄無時，難下葳蕤之鎖。言念及此，入山惟恐不深。

陸平泉勸方便十則云：

尋方便，在濟貧。饑寒良可憫，推解莫厭頻。
尋方便，在敬老。光景迫桑榆，居食須安飽。
尋方便，在息争。群小喜相搆，和調仗端人。
尋方便，在申枉。鑒彼覆盆冤，周旋脱羅網。
尋方便，在憐才。美哉後來俊，勿惜齒牙推。
尋方便，在矜愚。昏柔莫輕侮，啟翼須勤渠。
尋方便，在撫孤。伶仃悵無依，顛危亟相扶。
尋方便，在撫下。僕役皆人子，百事從寬大。

尋方便，在掩骸。白骨雖已朽，遊魂實堪哀。

尋方便，在除惡。寧獨忍斯人，惡除良民樂。

楊鐵崖晚年臥起小蓬臺，不復下。直榜於門曰：『客至不下樓，恕老懶。見客不答禮，恕老病。客問事不對，恕老默。發言無所避，恕老迂。飲酒不撤樂，恕老狂。』

陸文裕生平最忌不祥語，其贈張水南詞中有云：『尋个水龕雲島，千休百了。』相知爲之駭然，明年竟殂。

沈東老，夏止軒壻也。沈在止軒樓上讀書，每至五更，止軒在樓下以杖擊樓板，催起讀書。如是者五年，舉業大進。後登甲科，爲名臣。翁壻夾普照寺而居，寺左右各建一坊，曰冰清、玉潤。

上海沈孝廉雲卿，擢國子學正，夢一囚婦再拜曰：『妾名迎春，以冤入獄，乞公釋之。』已而丁憂補任，夢如初。陞汝寧，三府公燕畢，太守謂守曰：『適有婦人迎春犯事，君初政，試一鞫之。』沈愕然，道其故，遂白婦冤。計沈夢時，婦尚未獲罪也。

萬曆丙戌，吾郡杜孺懷時騰，以石埭掌教會試，子宗彝、姪孫士全，三世同入會場，京師人士無不往觀。

松郡四賢爲張季鷹、陸士衡、士龍、顧野王，向無專祠。陸文定剏建四賢祠於超果寺。後圮，太僕重建於寺之西來堂。張王屋又建祠於神山崇真道院側，歲兩祀之，亦是勝事。

吾郡諸大老堂聯各有意趣，如朱茲溪家云：『碧水丹山，容一老笑談風月；黄扉紫閣，有諸公整頓乾坤。』陸文裕云：『一方風教仁人里，三世冰銜學士家。』潘恭定云：『履富履貴履盛滿，如履春冰；保身保家保令名，若保赤子。』徐文貞云：『庭訓具存，老去敢忘佩服；國恩未報，歸來猶抱慚惶。』沈鳳峰云：『身入兒童鬬草社，心游太古結繩時。』

有一友，素不度理道聽塗説，偶謁張白灘，張欲戲之，故語他友曰：『近日三閣老争論朝事，遂至攘臂，聖上遣六部九卿致酒和釋，亦大奇事。』此友信之，遽造沈鳳峰處傳述。沈笑曰：『此語從何而來？』友曰：『頃張白老親對某言之，公若不信，遣使偕往訊之。』沈如其言，張大笑曰：『出門不認貨矣。』

瓦氏者，女帥也。調至松，娩身纔四日，聞夫與倭戰被圍，曰：『必須親往。』乃握雙刀，乘馬殺入重圍，翼夫而出。已而回首，不見其夫，復轉鬭，竟救夫歸。

曹定庵常云：『茶湯不及菊湯，菊湯不及白湯，漸近自然。』馮元敏亦云：『衆味莫如白粥，諸飲莫如白湯，貴真貴淡，與人交亦然。』此皆有見之言。周萊峰云：『食淡勝於肥甘，食後方見；即貧賤勝於富貴，當亦如是。』

陸平泉會元登第，尊公志梅翁送家眷入京，與郡守王公華索船，王問左右：『封公何等冠服？』答云：『青衣小帽。』王云：『既如此，不必相見，臨行可報我。』及行，封公仍舊衣帽，王終不引見，但贐餽冬米一擔。若在今日，不知謁者何等冠服，贐者何等禮物矣。

宋仲溫克過雲間，館於徐彥民家。游樂數日，臨行寫陶詩一卷送之。真、行及草書、張草，四體具備，約長四丈，後餘紙寫竹石，真奇觀也。徐之子不能守，鬻之錢尚書原溥，輾轉易主，今在上海陳滬海家。

馮南江聘徐南湖女爲其子文所之室。婚啟云：『南湖兄，南江弟，是豈人爲八，令愛八，小兒良，由天合。』至今傳誦。

沈度從戍滇南，滇有日者談命奇中，沈以己造試之，日者驚曰：『是當顯貴，歷官清要。』沈笑謝之。所書『命館』二字不佳，乃作二大字易之。都督瞿能鎮滇，偶見之，問知爲沈筆，因延爲弟子師。未幾，入朝，命沈偕行，館於南楊學士家。時成祖博求善書者，南楊以沈荐。召見，試書稱旨，授翰林典籍，寵眷日隆，命誥敕房俱做沈體，纍官翰林學士。沈云：『臣弟粲，其書勝臣』，亦被徵，粲官至大理少卿，世稱二沈學士。孫藻、玄孫世隆，俱以能書授秩。古今以書際遇，無如沈氏。

孝廉楊回山止一子，方週歲，暑月旦暮啼，不乳，亟延王啟雲視之。王曰：『從我則生，否則不可救也，然須以百金壽我。』楊謹奉教。王乃於堂中圈一石灰，置兒其中，屏去乳母，兒啼甚，移時睡去。王索香薷飲，俟其覺，以藥一丸投之，隨瘥。蔡寧訊問曰：『子何術而神若是？』王曰：『乳母甚肥，天又暑，兒愈哭，則乳母愈抱，不忍釋，中熱太甚，所以啼不乳。我俾之哭，散熱氣，即愈矣。石灰畫圈，醒後投劑，不過假以索謝耳。此所謂術也。』蔡爲之撫掌。

張東海舊有一支居東土，東海至，留酌，相陪者鄉人李恆齋。東海一見曰：『此君南人北相，子孫必昌。』竟日談論，多依名理。東海甚敬之，約爲婚姻，竟以女字其子桂軒公。李世居竹岡，惟事耕織，張氏所生子始讀書，爲三尹，今遂爲巨族。屯部南湄、大參約齋、太守易齋，皆其後也，可見前輩眼力之妙。

北庵本一禪院，所藏『瓜裹佛』，以圓錫盛之，匣僅如盂，内雕成一山，圓如其匣，用檀香刻成三世佛、觀音、文殊、普賢、彌勒、地藏。觀音兩旁有善財、龍女、十八羅漢，大不踰兩黍，而耳目手足，毫髮畢具，真鬼工也。所藏畫有趙文敏《滾馬圖》《貫休羅漢》。

吾郡近來縉紳多躋上壽，陸平泉九十七，蔡溟陽九十，顧豫齋八十九，王留庵八十八，潘恭定、吴貞石八十七，徐文貞、馮南江、沈鳳峰八十一，馮勑齋八十，董漸川八十二，袁太沖、張受所八十四，王洪洲八十六，董玄宰八十三，杜完三八十二，姚通所八十七，若八十以内者不可枚舉。

方礪庵莅華亭，時值歲荒，乃豎碑於大門外，横書『拙令勸民』，下分兩行云：『饑饉之年，凡事要省，省而又省，不飢不冷；饑饉之年，凡事要忍，忍而又忍，不盈不損。』余謂此言不獨凶歲當然，守此終身可也。

徐文貞門下一醫，極稱其子之慧，且曰：『小兒不屑讀韓、柳、歐、蘇文，日惟看秦漢文耳。』文貞曰：『秦漢前有一書更古，宜看。』醫請問何書？文貞曰：『《黄帝素問》。』

徐公獻忠、馮公恩、葛公桂，嘉靖己酉應試，同寓承恩寺一室，不能具房金。將揭曉，潛運行李至江船，買一生鵝，籠至寓中而鐍其室，館人聞鵝聲，以爲三公尚在也。旦日，俱中式，報捷者沓至，室中無人，止一鵝耳。已而三公俱至，向僧大笑，厚酬之。

上海北橋平山道院，舊有井逼院門東。萬曆甲申秋夜，雷雨大作，忽移至河邊，石甃如故，離舊址五尺餘矣。里人報知，邑侯許公親往驗之，陸文定命建亭其上，董玄宰名『天移井』，唐元徵爲碑文。

蔡龍陽由浙右轄遷蜀左，時江陵當國，嚴禁驛遞。公率蒼頭持行李附蜀商歸舟，第云探親。舟中與商人迭爲賓主，了無城府。及抵省下，報知守道，官吏人等來接者雲集，蜀商驚怖，叩頭請罪。公曰：『今不用驛遞，欲獨買一舟，則太費。説明又不好相與，所以不言，何必介意。』

嘉靖辛丑會場，將拆卷，次第五魁，原以陸文定作元，然各房紛紜議論，主考曰：『不必多言，將五卷拆開，曾中鄉魁者即冠多士。』時文定以庚子魁南場，主考喜甚，遂中元。

松俗：婚禮必用花髻，以紙爲之，價之多者至二三金。新婦到門，禮人斬蔗。徐文貞云：『國初，念小民不能備鳳冠，故以紙冠代，今既有金銀冠矣，安用此爲？至於新婦到門，正要吉利，乃將蔗一刀兩斷，殊屬不祥。』故此二事，文貞家獨不用。

孫雪居輯一書，名《雪堂日鈔》，俱手録，皆古今來清雅曠達之事。遇花卉、鼎彝、異鳥、怪石，即圖其形，共二十本。

林弘齋爲都諫時，適吾松有金山衛改州之議，蓋有南鄉濱海，錢糧難於催徵耳。二守杜于盤賫俸入都。弘齋問：『敝鄉近來有何善政？』杜答云：『惟有改建金山州以便徵糧爲第一善政耳。』弘齋曰：『然則各鄉錢糧不清，將隨在復建一州乎？譬之設客者，肴羞有限，廣召庖人治之，祇見其不堪大嚼矣。』杜還，舉其言告當事，議遂寢。

嘉靖丁未考庶吉士，以『寶善』爲題，朱文石落聯云：『願以堅貞比金玉，纖瑕無累作純臣。』世廟見而悦之，御筆加圈，拔置第三。

鄉間有一大姓，子方週歲，值夏天，遍身疼痛，啼哭不休，延請諸醫，束手無措。王啟雲後至，云：『能以十金酬我，一刻即愈。』主人唯唯。乃煎甘草湯浴兒，未幾，兒即睡去，半日方醒，已不作痛矣。主人大喜，出銀酬之，因問小兒何病？王云：『此是乳母抱兒從柳蔭下納涼，爲刺毛螫耳。若預說明，君豈肯以十金酬我？』衆人大笑而別。

侯廷言名論，宦浮粱，官邸設二屏，各書數語，足資警惕。其左曰：『圓者被人譏，方者被人忌。不方與不圓，何以成其器？至圓莫如天，至方莫如地。天地之大也，人猶有所議。況我疏鄙流，竊祿尸其位。人或訊我圓，圓圓思以智。人或忌我方，方方思以義。醒者彼自醒，醉者彼自醉。俯仰規矩中，靈臺了無二。』其右曰：『物之香者莫如蘭，物之清者莫如竹。蘭香香於天下草，竹清清於天下木。彼棘果何物？雜於蘭竹中。小人之惡固可惡，君子之德尚有容。不見仲尼尚遭陽貨怒，孟軻曾被臧倉沮。誰知造化本無私，善惡難逃消長數。』

朱餘山欲延師訓子，謀之張磊塘。張曰：『松不乏名士，若欲真學識，莫如泗涇范君人傑，尚未入泮也。』朱即往延之，讀其門聯：『檻外江湖遠，山中歲月長。』喜曰：『已卜其非凡流矣。』明年到館，布衣敝帽，謁餘山乃伯尚書公，儼然據上座。主人非專請，必不肯漫然陪客。朱族豪奢，每相過從，必乘四轎，魚貫而行。范居首，尚書次之，毫無假借，尚書亦大加敬禮。次年，范改名惟一，應童子試，舉縣第一，次即其門人朱公大韶也，後俱登進士。

顧東江初入學，時值歲祲，有常情所不堪者，而公安貧固守。有富家欲結納公，公書座右曰：『毋徇物而爲所溺，毋狎物而爲所乘。』公自少立志如此。

衛玄洲家莘莊，偶栽花，掘土，得一豆色瓶，瓶中有一磁碟在内，瓶口甚小，不知此碟何以能入。

沈鳳峰捐館四年，文集梓成，讎校之責，屬之陳五松。陳以日課弟子，未暇展閱。萬曆乙亥五月望，陳晝寢，夢沈讓曰：『子負我！』陳驚，請其故。曰：『余山中之素業，惟此集耳。今已刻成，幸畢我志。校讎之責，惟子是圖，而奈何其置之也？』陳惶恐受罪，忽寤，於是亟加釐正，世所傳《環溪集》是也。

朱文石，嘉靖癸卯中第二名，後選入中秘。癸丑分校禮闈，所取士王公一鶚鎖榜，時王方弱冠，朱戲曰：『何不再讀三年書，可得前列。』王答曰：『門生微倖鎖榜，則後邊幾千人皆被門生擠住。老師止有尤迴溪一人不能擠上，乃知門生勝於老師矣。』文石大笑。

周按臺觀所與周萊峰同游王弘宇園，觀所曰：『遊人園亭，即吾所受用，若生欣羡，却是苦因。時徐達齋富甲一郡，亦不造園。常云「余有四園，一在城中，三在城外。」蓋指顧亭林、顧清宇、孫雪居、何繩武四園也。興到則攜尊一遊，與自己者何異？省却多少精神財力。』

有諂屈太甚者，陸平泉見而惡之，以爲小人。周萊峰曰：『此人可憐，要人歡喜，反以取惡，徒自勞耳！』

褚孝廉元水，爲鄉民斫其祖墓槿樹，訟之俞令君瞻，白祈重治之，言之至再。時吴玄水在座，笑曰：『老父母已知尊意，公便便惟槿爾！』令君亦大笑。

南門外一妒婦，知婢懷妊，日夜痛毆。既娩身，逼令棄兒於水，婢不得已，將兒繫之木板，以一釵置兒衣間，冀得收養。適一婦持木椎浣衣溪上，見而收之，方用手援兒，椎忽墮水，流至妒婦門首，爲其婢所得，懸之壁間。不兩月，盜入其家，即將木椎椎殺妒婦，其夫方知兒之溺水也。後六年，拾兒之婦偶至婢所，見木椎，認爲己物，婢問失椎之由，云爲撈兒滚入波心。復問兒衣間有何物？曰有一釵，今尚存。婢索釵視之，果己物也，重酬其乳食之費，攜子歸。張友蓮作《木椎記》。

孫鼎，廬陵人，宣德甲寅任松郡教授，時遇國喪，衰服赴府，悮反其冠，一府皆反，孫正之，太尊趙公豫曰：『吾傚先生也。』孫惶恐謝罪。其爲時所慕如此。

顧挹江，文僖公之孫也，善鼓琴，每夜有一狸竊聽，怪之，乃仗劍逐狸，入大穴中，掘得一琴，古色蒼潤，聲亦清越，遂名爲『狐狸琴』。

萬曆丙午，王獻吉順天發解，門匾曰『鴻逵接武』。至己酉，包鴻逵亦發解順天，王匾若爲先兆。

馮南江爲南御史，巡江，值江風大作，舟幾覆，及曉獲濟，乃作一詩，有『險道原來自有天』之句。后抗疏被逮，三載瀕危，始得謫戍，遂成詩讖。

徐文貞爲相，一日，世廟御札賜徐云『卿齒與德何如？』文貞不能答，亟延楊朋石、陸五臺問之，亦難測上意。少頃，文貞長男仰齋從外來，衆以御札告之。仰齋曰：『德者，冢宰歐陽德也，上問家君齒與歐陽孰多耳！』因即以對，果合聖問。

嘉靖乙卯，順天鄉試，首題『仁以爲己任』二句，次題『必得其名』二句。司禮巨璫見首題之下有『死』字，欲以脅主考，宣言於朝曰：『「仁以爲己任，不亦重乎」之下，不知是何語？』徐文貞應曰：『就是「必得其名，必得其壽」了。』巨璫默然，衆服公應對。

宋樗庵恤刑。陝西有一青衿，無辜擬大辟，公一力出之，旋登第，欲報宋恩，未果，疾革，屬其外孫進士孟學易云：『他日若宦江南，須了我此愿。』後樗庵孫名憲，解白糧至京，半遭沈溺，半爲歇家侵漁，負官税幾兩千金。逮至都下時，已赤貧，計必老死囹圄矣。適孟公爲司徒，問知爲樗庵孫，極力周旋，捕諸歇家完其半，復移文至松，令買宋産者加價足其數，又贈二十金爲還鄉之費。孟公爲外祖報德厚矣！古云『積陰德以遺子孫』，樗庵有焉。

孫文簡不信陰陽家方隅禁忌，每云：『天道常與善人，豈有廣布凶殺，不論善惡邪正，触之遂祸乎？人不自力爲善，專信術家之言，惑矣！』

宋石門名旭，號初暘，近稱畫家名手，與趙文度齊名，寓居吾松前後二十年。王懶軒名常，江右人，中書羅龍文子也，避難至海上五十餘年，改姓爲王，詩、字俱佳，所鑄尊彝之類，大有古意，人争購之。二公可稱『雲間寓公』。

朱尚書菉溪，有僕朱達，識劉瑾於微時，勸主交瑾。後又料其必敗，勸主絶之，往來書札，用計盡滅其跡，此何減昆侖奴。

廣東布政司庫多積貯，官吏每以查盤折耗抵罪。萬曆甲申，吾鄉蔡龍陽陞粵左轄，疑之，乃細檢庫中，見有白螘蛀成若銀屑者，銷之，得銀若干兩，始知折耗之故。申文兩臺，而曩昔官吏之冤始白。

蔡龍陽，隆慶戊辰會試，其卷本房已棄去矣，夢人語曰：『此賢人也，不可失。』如此者再，始異而收録。蓋公生平醇謹，雅稱賢者，冥冥中天實佑之。著有《蠡斯集》一編，廣延人嗣。

張東海常曰：『吾夢中得二恨語：恨司馬遷早死，《史記》之書不完；恨蘇東坡早生，伊洛之道不信。』

二府李公豸署華篆，考童生，納卷，公目其人，自標年紀。姚四山，兄也，面白，自標二十歲；姚五山，弟也，面醜，標二十五歲。五山笑謂四山曰：『既經官標，吾當爲兄矣。』

青浦四十二保一大家，娶妾，生毒瘡，棄之於野。乞丐見而收養之，數日不死，女忽思食肉，適有數盜在孟婆墩祭賽，丐者乞肉，即與一肩，懷歸食婦。食未盡者，懸之樹枝，爲蜈蚣所食，毒侵肉中，婦食之，瘡爲毒發，旬日全愈，其色更麗，丐欲送歸，婦不許：『我當終身從君耳。』遂爲伉儷，生一子，丐者日操小舟，乞食龍潭。其婦言笑不苟。

松人呼兄爲阿哥，稱友人之僕亦曰阿哥。璩玄與訪莫廷韓，乃令其兄張蓋，廷韓心知之，命其僕曰：『可取飯與璩相公阿哥吃。』在座無不絶倒。

正德間，西門外下塘居民徐守誠，有家人張阿貓，年十二三，不慧特甚，高臥橋端，適一内相舟過，阿貓溷入縴夫中，直至嘉善縣。侵晨，内相聞一縴夫墮水，乃阿貓也，急令人撈救，呼至舟問曰：『汝縴夫乎？』曰：『否也，某徐氏之僕張阿貓，不知何故至此。』内相曰：『汝能隨我入京否？』阿貓唯唯。久之，内相託管金帛，無毫私，諸同事者不能爲奸，恨阿貓不置也。誘至酒肆，舉大硯擊損其一目，正喧嚷間，内相適過其地，遂罪諸同事者而愈益嬖阿貓。後冒功任錦衣百户，出使江南，特訪守誠，以五十金爲壽。守誠初不知爲何人，閉門不納，後知是阿貓，始延接而受所餽。

施八峰名用，才子也，陸文裕深器之。偶謁何太尊，何即文裕門生，時未有迎賓館，陸至儀門，儔衆中望見施，即請相見，大聲曰：『以子之才，必登金馬，今乃囚首囚服耶？』太守問此生爲誰，陸曰：『既稱知府，則一府之中不可不知，有一施生而不識耶？』太守慚謝。

沈虛明，幼科獨步。一貴公子將之官，沈送之，屬曰：『公子出痘，切莫用藥。上痘不必藥，下痘藥亦無功，中痘須藥扶持，然未必得人，則不如不藥之爲愈也。』既而貴公子之子出痘，不藥竟愈。沈没後，王啟雲亦有時名，常語人曰：『稚子有恙，勿輕服藥，此要訣也。』二君之言當識之。

顧豫齋性戇直，撫臺方公雙江過松，諸縉紳公燕間問：『老公祖何時再來？』方曰：『明年四月相會。』顧曰：『恰好徐雲岩到家矣。』方默然。雲岩者，仰齋號，文貞長子，方公再來，正爲其歸也。

徐文貞當國，諸紀綱見二守王公鶴年，王亦屈一足答禮，時人遂以『扯脚』呼之。偶縉紳進謁，客衆椅少，王連呼：『椅兒！』顧豫齋笑曰：『已而已而，今之從政者殆爾。』

張東海好穿緑衣，日作字，右肩常坦。時沈大理粲嗜酒，赴席必曰：『後日再來。』偶聚首，沈曰：『老張愛著瓜皮緑，偏坦右肩。』張應聲曰：『小沈能吞竹葉青，慣伸後脚。』

王鶴坡中秋賞月詩云：『孔孟文章原皎皎，禹湯事業本堂堂。』孫文簡笑曰：『中秋賞月，何故動勞四公？』

莫廷韓得奇石，色紫，下有『米芾』二字，峰巒不可言狀。莫喜曰：『更添齋中一倍礧塊！』顔其齋曰『石秀』，又刻『雲卿』二字於上。

天馬山三高士墓前一塚，碣題曰：『天放老臣吴公之墓。』不知何代人物，郡志亦不載。

萬曆己丑春，海洋中浮出一艦，長三十六丈，艙如之，檣半之，闊八丈，鎖鑰以金銀，頭艙髑髏無數，謂是昔年老鸛嘴者，不知是否？

陸平泉、范中方，嘉靖庚子應試，自負必捷，兩家之僕遂以主中榜前後爲賭，後一名罰銀一分。及揭榜，平泉中第五名，中方中第十一名。時中方尚未聞報，其僕已知名數矣，不覺長歎。中方曰：『既不中，作速開船。』僕曰：『已中矣。』中方曰：『既得中，何故如此長歎？』僕曰：『只累我輸銀六分，故不快耳。』

永樂間，部符賦民銅急，遣使捕後期者，錢存善與焉。其弟汝明詣使者，言『老母賴兄終養，緩期實我罪，我當行。』存善曰：『我主家事，罪在我。且弟——老母愛子，我當行。』兄弟争行，大慟，使者對之亦感泣，驗籍，以存善行，汝明送至姑蘇。會宥免，兄弟偕還，鄉人兩高其義。後汝明以子溥貴，贈侍讀學士。

陸文裕云：『登山涉水之際，專事賦詩，反礙真樂。不若極躋攀眺望之興，歸而追憶所遇，歷歷在目，然後發之詩文。』此言甚得遊覽之趣。

成化間，西門外有張宗逵者，獲一龜，畜之於庭，長可四寸，色純玄，脊如馬鬣，四旁周列二十六點，點皆高起。大者如豆，小者如半豆、如米粟，或疏或密，歷歷可數。張東海云：『使羲、禹今日見此龜，又安知不發一端理數以教人，如古所稱「河圖洛書」者耶？』遂作《異龜志》。

袁海叟避禍時，佯狂自辱，令家人以糖拌米，潛置籬落間，公匍匐食之。時上命公爲本府教授，使者見取食不潔，遂奏爲真病，得免。

陸敬齋歛歷中外，諸子尚幼，所有服飾圖書，出必自隨。陞江右大參，值祭享，焚化紙錢，飛火，松棚悉遭灰燼，向來積貯，反因陞遷喪盡，天下事不可料如此。

宋遜庵平生作宦，只是信命，從不夤緣。偶因座主王東岑起少宰，有意提攜，因破戒，贐以三百金。王擇日北上，衆官候送，至期不出，問之，卒矣。遜庵從此信命益堅。

勝國時，法網疏闊，徵税極微。吾松僻處海上，稱樂土，富民以豪奢相尚，衣雲肩通袖之衣，足穿嵌金皂靴，宫室用度往往踰制。一家雄據一鄉，小民慴服，稱爲野皇帝，其墳塋至今，稱爲某王墳。名士逸民都無心仕進，終元之世，江南登進士者止十九人而已。入明朝來，吾郡元魁繼出，文獻甲於天下，第民苦賦役，十室九空，無復往時豪富之風矣。

隆慶時，上官惡江南富民專利，有犯必罰，至數十百金，嚴刑追納，自謂爲國儲財。陸平泉語當路曰：『與其積財以待事，不若安民以省事。』真格言也。

肅宗狩承天，詔選善書者給事行在，夏文愍以上海顧從禮入見，時上御秘殿，軸簾，召使前，見顧面如玉，跪罘罳前燭下，光映左右，大稱旨，曰：『此白皙書生。』出金花箋，命書，又問姓名曰：『崇禮耶？』對曰：『臣從禮。』遂授中書舍人。

張賓山電，以布衣入都，善書，受知世廟，官至少宗伯，其得君甚隆，漫紀三事。張一日給假還邸第，上命書古賦一篇。張書完即與諸妾暢飲，不覺大醉，上遽召，内侍掖之而行，至五鳳樓下方醒，速遣家僮至寓取所書賦，良久而至，張方手接，已爲值門内使椎死家僮矣。乃捧賦跪丹墀請死，上取視，龍顔大悦，見張醉狀，第連呼『酸子』而已，遣之歸。一日，張在上前作書，上亦據其案觀之，見張所用柴心筆，問曰：『此筆佳否？』對曰：『臣用此筆頗便。』又問曰：『每枝價幾許？』對曰：『二分。』又問：『卿家尚有幾枝？』對曰：『止十枝，今用其一，尚存其九。』上顧内侍曰：『可將銀一錢八分至張電家取筆來。』須臾至，果九枝，與張言合。張初在夏桂州門下，上賜夏一御札，夏漫書數字於札尾。後數日上仍索此札，夏窘甚，召張曰：『此事須君一擔當。』張不敢辭，乃徒跣跪上前，稱醉後偶污御札，請死。上於燈下熟視曰：『非卿筆也，去！』上於是怒桂州而愈益愛張矣。

袁海叟古詩學《選》，七言律與絶句宗杜，格調最正，故何大復、李空同稱其爲國初詩人之冠。

近有以高太史爲過之者，高較袁稍闊大，然不能脱元人之習氣，若論體裁，終是袁勝。

莫廷韓工署書，有一張姓友求書齋匾，莫嫌其齋名欠雅，乃書『張子房』三字遺之，座客爲之鼓掌。

錢漸庵云：『家庭不幸，所遭父母、兄弟、妻子，要如大舜之能化者，斷不可得，只是一「耐」字儘可相處。』

周萊峰嘉靖庚子入場，逞其才思，七作浩瀚，二、三場雙行謄寫。主考嫌其太馳騁，置下第。時監試惜其才，語主考曰：『譬如星家寫流年一本，亦須酬以銀米，豈有三場如此而不以一舉人酬之乎？』來科公患羸疾，十擄其五，遂得雋。公自三場甫畢，讀書不輟，同事者曰：『何太急也？』公曰：『如得雋，則計偕在邇。不然，用防明年歲考，何得不急？』世有如此用功而久處青衿者乎？

董子元有文名，爲貴溪相公所知，許以中翰。會考選，置公名第一，世廟竟點第二、三名。後置公名第二，又點首尾兩名，始信官爵有命，遂歸。

朱玄圃，嘉靖壬子二場作表完，忘寫『臣無任瞻天仰聖』數語，以爲必貼，不意竟得雋。後查何故，蓋因謄生疏於查檢，竟將朱卷謄完，至表尾始知，即欲棄去，則前功可惜，不得已寫『云云』二字於尾，閲卷者疑爲謄録偷惰之常，遂不問，而朱得中式。

唐曾城拙於宦，偶從袁太沖癈圃得湖石，色澤紋理絶似靈璧。令童子剔洗蘚苔，上有錢鶴灘題句云：『清時誰肯信君平，高臥偏深木石盟。對此蕭閒無俗事，一罏沈水一函經。』曾城喜曰：『此詩若先生投贈余者。』因移置書齋前。

華亭幾務繁劇，諸生之事，干者殆無虚日。俞瞻白在任，偶一日大雨，庭無諸生之跡，適青浦令抵郡，俞曰：『今日有一奇事。』青浦叩之，曰：『今日無一秀才到縣。』

鄭公思齋令上海，初涖任，謁文廟畢，即索諸生試作，庠師以十卷呈之，閲完，令一門役舒掌置各卷指間，曰：『以此持去，不可紊亂。第一指一卷，次年即聯捷；第二指一卷，久之成進士；第三指二卷，終鄉舉；第四指六卷，以青衿終矣。』俱一一不爽。第一即潘恭定也。

一人生平怖鬼，其友欲戲之。度其夜歸，必經普照寺内，乃戴一鬼臉，藏身於殿之東隅，俟其至，直趨其前，此人以爲真鬼，驚怖甚，匆迫中以足踢之，正中此友小腹，伏枕纍月，幾死。凡戲無益，此可爲戒。

徐鴻洲居鄉時，有故人譚一貫者以三百金寄公所，後譚卒，無後，并無親族，公念此銀無所歸，每一念及，爲廢寢食，躊躕再三，莫可如何。有人以賑濟説者，公曰：『以他人物彰自己名，吾不忍爲也。』一日，潛挾其銀遊泖濱，泖濱者，譚墓在焉。既歸，不復道此事。或疑投諸中流，或曰同譚著述一册，埋墓傍矣。子孫亦莫知其所在。

唐柳溪侍御，韋室公自化之父也，以家饒，令君編其役，時韋室業已遊庠，每試必先都士入應踐更，令君曰：『是汝父耶？若大族，吾當更若役。』韋室出，聞諸父，柳溪變色曰：『若遂移諸宗人乎？亟承役，不然，何面目入祖廟、見先人乎？』乃仍之。

王竹莊讀書齋中，偶一夕夜半，有偷兒越竹籬而入，公尚呫嗶未臥，識其面，乃鄰人也。戒之曰：『汝幸遇我，他人必就縛矣，今後慎毋然。』明晨遺以脱粟，其人深愧。年餘，其人乘歲朝詣王拜謝，且低語曰：『蒙公教戒，已改行矣。』是年公之子諱洪、號鶴城得雋，亦忠厚之報歟？

世廟甲辰，江南歲祲，斗米二錢，有司勸富家出粟平糴貧民。徐公壽倡言曰：『愿准豐歲時值以糴。』同事者争尤之，曰：『官不過欲出米耳，未常抑價也，子欲爲德而不虞以爲例乎？』公唯唯，至家，悒悒不自得。子方壺公問故，公述所以，曰：『減價則違衆，不減價則貧民餓死自若也。』方壺公曰：『易耳！爲廣升巨斗，每一加五焉，是名雖不減而糴者已得實益矣。』公欣然曰：『善。』遂行之，於是籍里中貧户，得八百餘家，量口給糴。間有無錢者，則貸之棉花，令織布以易粟，徵足花本，則復貸之。不能織而有力者，則使之舂。老弱不任役者，始施振焉。自夏徂秋，六月而止，里中賴以獲全及孫。鴻洲父子相繼登第，贈公徵仕郎。

閆頭陀常語陳眉公曰：『却疾延年，無如曝背。』每見日出，輒曰：『好藥！好藥！』

陸平泉好行方便，至老不衰，待佃户尤加厚，每戒其子孫及其僮僕曰：『農夫歷盡四時艱苦，方得有此秋成，不可不深體恤。收租切勿用大斛，看米色寧寬一分。凡遇水旱，多給工本，不責其償。冬間免荒米，務從厚。凡佃户有訟、役，有疾病，必多方周護之。五旬免壽米，如加爵，則又倍免。六旬以後，凡得一孫，即加免租米若干。』故陸氏之佃户，家給人足。

顧東江《游鶴涇田舍過黄耳寺》詩：『山靈應道吾歸來，一徑新添雨後苔。高柳直從江路見，細花還傍竹叢開。百年天際雲千變，萬事林間酒一杯。記得吾家老開府，當年常勸陸郎回。』

海忠介之批鱗也，世廟震怒，繞殿行竟夕，拔面上肉刺都盡，召華亭定議斬之，華亭請其疏下，遲數日不擬，上督促至再，華亭俯伏泣曰：『臣豈敢成陛下殺諫臣之名？』上怒始解，忠介深得華亭。後開府江南，爲華亭處分田宅，實君子愛人以德也。第奉行稍過，遂致華亭不堪，四郡士夫咸爲華亭解紛，謂忠介曰：『聖人不爲已甚。』忠介曰：『諸公亦知海瑞非聖人耶？』縉紳悉股栗而退。

徐文貞司李延平時，與科臣俱謫，科臣先謁御史，請以客禮見，御史殊不快。俄而通延平推官見御史，方慮其紊分，而文貞已跪舷前，通姓氏矣。其循理守分如此。

高郵邵伯河，即白馬河，一望極天。昔年舟行河中，不特風濤之險，劫賊恣意殺人，往往與長年共謀，鼓檝而遁。彈詞家載蘇縣令事可駭也。江陵奔喪歸，惡其狂瀾，時吾郡芹泉曹公供者，以判官力董築堤之役，逾年始成。至今行兩堤間，真如明鏡中也。時人稱爲曹公堤。

宋幼清云：『帝王廟，光武同漢高南面，非禮也。子不可以齊父，則孫不可以齊祖，宜以光武侍側，不然，爲簾間隔之可也。功臣廟以列侯侍六王，非禮也。列侯與六王皆天子之臣，則宜功多者居右，次者居左，皆南面可也。秋祭文廟，例宜用冰，不然臭穢不堪矣。』

崇禎九年，時海塘未修，忽一夕，漕涇地方有大魚入港，潮退，魚不得去。土人數百，持刀斧直上魚背，恣意取割，魚固自若。剖腹，中有人，衣帽如故，包袱具存，想其人墜水，爲魚所吞也。魚長可三十餘丈，重則不知幾千萬斤矣。肉甚腥膻，只堪煎油。脊骨每節約三四尺餘廣稱是，人争取之，以作舂米臼。脅骨可作板櫈，其尤長者，可當略彴。始信南華、老子之説非誕也。

雲間自夏瑗公、陳臥子倡幾社，丙子春日，會文於陸氏慶麟堂。臥子云：『夜得一夢，見文定百歲坊有金字匾，書「定而後静」三句。』時首作即拈是題。至壬午南場出是題，陸氏兄弟應試者六人，是科得雋者三人：慶衍、慶臻、慶紹。夫以文定盛德，固應世濟其美，而夢兆豫徵，其發祥正未艾也。

干巷有莊癡者，爲蒙師，落落自異，一日忽棄家，依止荒村蕭寺，或浩歌、或痛哭，舉止不類平時，言事多奇中，人共指之曰癡，更疑爲仙云。日行乞於市，市人争以酒食投之。冬夏一衣，數年不易而香氣襲人。一臥纍日不起，起即歡笑，若對語狀。僧訝之，癡曰：『我與諸舊侶敘語耳。』

有張某將之官，叩癡曰：『此行有險乎？』癡曰：『梅嶺最險。』中途遇風濤，舟幾覆，登岸見有梅嶺碑，乃公治長筆也，數千里之外，癡能預知如此。里人往普陀，大智師曰：『汝里莊山，我所不及。』不知師何從識之也。

李可庵工部，南湄公子也，自言少時所衣者，惟短布單衫，長不可骭。及遷居塔水橋，其尊人恐外觀不美，乃以沙綠布製一衣，兩袖不完，更以他色布足成之。可庵自云：『服此衣見諸人，嘖嘖稱「郎君今日有美服矣」。噫！計爾時，其嘉隆之際乎。若在今日，奴隸之子，少得主人翁盼睞，争以羅綺相誇矣。』

龔方川往爲直指，當按粤西，慘然不樂，往見嚴介溪。介溪曰：『吾往常使粤，所歷山川奇麗，快心駭目，至今夢寐，未常不在彼中。邇來雖叨黄閣，數年蒙塵觸穢，往來一衢，何如彼中官司南面芙蓉也。』龔至粤，每行得勝處，輒嘆曰：『是閣老夢寐不如者！人生東西南北，惟天所命，惟君所使，若恥不善地，猶恥惡衣惡食，孔子所謂不足與議也。』

眉公曰：『古人以蘭爲香祖，余欲結茅，四面雜蒔蘭花，題曰「香祖庵」，有柱聯云「異人常在漁樵裏，老鶴多眠蘭蕙中」。』

眉公自弱冠應童子試，取第一，時徐文貞索其試卷，公即以童生冠服謁之。文貞因問云：『「學而時習之」何義？』對以『不輟』。文貞云：『如國有荒事，即就荒時查考；如有兵事，即就兵時查考；如有大禮大樂亦然，此真所謂「時習」也。又有因文見道者，如贈河南撫按，河南何事最急；如送陝西撫按，陝西何事最急，即此類推，自然研究得切、考據得真。正如夏買葛、冬買裘，畢竟比平時買葛買裘不同。』

徐文貞《與申瑶泉乞救荒書》：『年來老病增劇，不能出門，邇值淫雨爲災，田疇淪没，老幼號哭，聲徹幽棲。强起乘小舟，至近郊，則平原十里，巨浸渺然，豆麥秧苗，無一存者。時見破屋敗竈，出没波間，饑殍殘骸，縱横其側，不勝淒斷，揜目奔還。若以公之仁慈，睹之將有怵心傷神，嗚咽涕泗，慘於覽監門之圖，痛於觀地獄之變相者。故僭爲一書，上之政府。自來災傷蠲免，皆只就存留中減免分數，而吴中存留甚少，無救於災，故每次恩澤特虚文耳。此在往時，尚爲無補，况今大災耶？百萬士民，咸仰望朝廷破格蠲除，於以救未死之民，爲國家億萬年留供輸之地。三公雖同以天下爲任，康濟爲心，然公於其間，實多鄉邦之誼。憶公拜相時，吴中士民皆舉首稱慶，則所以上紓聖明南顧之懷，下憐父老子弟垂涕之道，而副其翹跂之勤，非公今日事耶？』

眉公格言：『知希則貴身隱焉，文雖差，樹遁世之藩籬，亦半立藏身之門户。既爲男子，忍與草木俱灰；露盡英雄，乃以神仙退步。我思古人，得四先生，曰：范少伯、魯仲連、張子房、李長源。莫直於矢而括囊之時多，莫直於繩而蟠屈之時多，莫直於黄河伏流萬三千里而千里一曲之勢多，故曰：大道若詘，其道委蛇。又曰：勇於不敢則活。此名臣經世之上術，神仙住世之上訣也。後生輩落騷雅二字，則讀書定不深心；落意氣二字，則交遊定不得力。』

洪九霞云：『無處不可讀書，無刻不可讀書，若有等待、有揀擇，便不成事。好文集成一部，日間吟玩，須尋味其神髓，如出我手一般。閒暇時切須潛玩經書，透露得入，臨文自有發揮。若待考時趲看，便慌忙憒亂，耗散精神，文愈不佳矣。』

董玄宰云：『吾松書自陸機、陸雲創於右軍之前，以後遂不復繼響。二沈及張南安、陸文裕、莫方伯稍振之，都不甚傳世，爲吴中文、祝二家所掩耳。文、祝二家，一時之標，然欲實過二沈，未能也，以空疏無實際故。予書則并去諸君子而自快，不欲争也，以待知書者品之。』

孫漢陽以宋復古殿瓦爲硯，瓦色黄而帶白，製頗古。

楊廉夫鐵笛在張仲仁處，其色有羽緑，損而多坎，吹之不能成聲矣。

萬曆間，吾松著書立言者，當推學憲洪州王公圻，父子祖孫藏板最盛。

吾鄉見心顧氏，見一舊石，璞甚雋，鎸『雲根』二字，又旁鎸一『堅』字，涪翁物也。

玄宰云：『余性好書，而懶矜莊，鮮寫至成篇者。雖無日不執筆，皆縱横斷續，無倫次語耳。偶以册置案頭，遂時作各體，且多録古人雅致語。覺向來肆意塗抹，殊非程氏所謂「用敬之道」也。然余不好書名，故中稍有淡意，此亦自知之。若前人作書不苟且，亦不免爲名使耳。』

孫士美，字公粲，華亭人，以孝廉爲舒城廣文，禦流寇有功，擢深州守。深地邊倒馬、紫荆諸關，虜一日夜可至城下。戊寅十一月十三，賊精騎三萬，踐滹沱冰而過，屯城東三里楊家村。公密遣壯士段容嗣、諸生趙應泰舁神器擊殺賊無數，并殺賊首十四王子。賊憤甚，於十四日列八大營壓城而陣，索子女玉帛。公怒叱之，引弓殪二賊。十五日，賊攻益力。十六日四鼓，以火箭攻城東南樓，飛焰燎人頭髮，守者不能立，城崩二丈有奇。公立蕪蔞亭督戰，士民相率牽公衣，使避難，公厲聲曰：『此是我死所，去將安之？』衆雨泣而散。次子芝玉不忍去，公曰：『嗟乎！不及顧若祖矣。』語未畢而賊已至前，公大罵，即引佩刀自刎。芝玉哭，急抱公，賊連刃芝玉并仆地，又争前刃公，碎其顱而去。太公諱訥，遇賊於州署，亦罵賊死，一門遇害者凡十有三人。夫人李身中五刃一鎗，死而復甦，乘間扶出城，疑其鬼神也。而芝玉死一日夜，亦甦，臥積屍中三日，賊去，乃得出。於是公長子芝秀聞變，跣行三千餘里，至深覓公父子遺骸。仍伏闕下，疏言死事狀甚悉，上下所司覈實，有詔贈公太僕少卿，太公得旌典如甲令。先是流賊陷霍山，勢甚張，新令方受事出謁上官。公以廣文，身自登陴，獎率士庶，凡三月不解甲，賊由是三至三却。而公每戒家人『即城破，吾死城上，汝曹毋落賊手。』太公亦曰：『勉之！死職，義也，吾亦不惜餘年。』其家庭間忠孝天植如是。而深未破前一日，公題詩蕪蔞亭，有『他年青史上，莫載罪臣名』之句。嗟乎壯哉！烈乎！睢陽而後，千古一轍矣。公死時，年五十有三，太公年七十有六。郡守方公奉旨表其間，又建祠鐘賈山之側。英爽赫然，過者齒擊，公父子於是不死矣。

吾松稱三沈，東老霽，榮壽令終，人皆知敬；惟馨先生才敏，與錢鶴灘并駕，尤爲顧東江推重，惜乎貧死，乃無聞焉；苧湖翁以貢占一官，三子皆豪傑，亦弗第。郡中藏書富者，烏溪龔與朱，上海唐與陸，及談獨著書刻板、擅名三吴者，苧湖家爲盛。

莊懿公有大度，爲刑書時，夜以事急欲質明題奏，張燈坐，自促吏書，夜半始就，吏忽袖倒燭，污之，吏大驚，叩頭請罪，公曰：『誤耳。』復促令書，竟達旦不寐，了無怒色。

宣德間，三寶太監乘海船數十艘，往東南諸番採異寶，松江道士徐宗盛隨往，既歸，云：『一日泊舟海島，舟中數人登遊，見林莽間蹊徑，疑有人家，遂躡其蹤覓之，遥見一人長丈餘，頭目俱人，急趨來，掠一人頭啖之。衆驚走，其人已攔截，拔藤穿人腮間，若貫魚狀，以大石壓藤兩頭去。衆始知是獸，共折藤急走，甫下舟，獸三五俱來，在山頂上望，以手招之，不知爲何獸。《山海經》「獄法山有獸，狀如大人，見人則笑，名猩」，豈即此食人者耶？』又云：『往某國，山上多獸，舟中有善獵者，持毒矢往，遇一獸甚巨，逐群象來，其人懼，急緣木避之。獸攫一象，食飽卧，群象亦莫敢去。其人視之熟，試發一矢，驚哮，知其可毒，更連發三矢，避樹間。獸大哮跳躍，山谷震動，猶噬他象二三，須臾死。群象悲哀，指示若欲馱之。其人熟解象意，下，馱往一坑谷，蓋象所解牙處也。群象各卷牙，復馱送出，又拜伏去。其人報舟中人，往牙所，縱取牙歸。又剥所噬死象并巨獸皮。獸狀高，口在項下，足矮，身團圞若屋然，疑其爲象虎也。』

自苧湖東南，瀰望皆草地，生野百合，莖葉絶似珠子。百合開花，紅如渥丹，根如蒜。正德辛未，松民大飢，凡居郡城北者，餒死殆盡，墟里蕭然。居南者，聞此根可食，日有數百人往草地掘之煮食。夏生者倍大，食之不苦，且有香味。志之以示後人，爲救荒之需。春初生者味苦，且民未經識，或有誤得他種毒死者，此又不可不知。

沈户侍時揚，欲營別第，東有神祠，擬爲屋以遷之，卜之吉。及屋成，舁神像不可動，衆皆尤公。公曰：『我以私求神，神既許我矣。』乃重謁而卜之，卜仍吉，而像卒不動。公曰：『此神不靈，非我之咎也。』叱其衆毁之，土飾既盡，而中甚堅，視之，乃一枯楊樹，當時塑者蓋就樹爲之，雖數百人不動也，衆於是釋然。常聞塑神像者類取生物以爲靈，如蛇虺梟狐之類，此亦黠巫狡匠，欲假是動愚俗也。

雲間九峰，陸寶爲二峰，其土宜樹，人争取之，夷爲平陸矣。曹定庵擬以簳山補之，有《九峰補亡》詩：『山頭日月長吞吐，山下亂石多難數。小者臥伏如群羊，大者蹲踞如虓虎。村中生矢因得名，十笏天留給孤土。兹山合補九峰亡，後世視今應作古。』又以盤陀石、雨花洞、玉寶泉、箭簳竹爲四詠，各有詩。先是錢鶴灘常檄小山補之，然小山蓋横雲之餘壤也，故又名小横山，勢不可二。簳在諸山之北，與鳳皇山對峙，進簳次之，於義亦協。

湖泖之水，皆發源蘇之太湖，每風自西北來則水多暴溢，故治水者，惟浚吴淞江入海，浚白茆以入大江，太湖之勢分，則松無水患矣。正德辛未冬，李司空充嗣復浚二水，動三郡之衆，費巨萬，當時頗有誚之者，然至今無大患，皆其力也。司空，四川内江人。

弘治甲寅，工部徐侍郎貫，治水江南，開白茆港洩水於海，陳西潭寄詩祝水部云：「通海易，塞海難，請君反覆思兩端。雨暘愆期致澇乾，此與時政還相干。人力回天亦良難，惟是築堤護圩田，此策若舉人心安。單舸寡徒相周旋，東西遍閲陌與阡，佚道使民省笞鞭。低者增築令高堅，破者補綴令完全，可以蓄洩防未然。道元《水經》有本源，守敬議論非腐酸。前元特設水監官，仁發任姓號月山。此老水利亦精專，令君奇胸萬卷蟠。取用不竭如淵泉，縱横曲直珠走盤。但存民力無傷殘，眼前活法人所便。古人陳跡亦蹄筌，吾君吾相聖且賢。將舉癈墜起詖偏，和氣充塞位兩間，堯水湯旱非所患。側聞西潭過高軒，移時不出吏候門，方且索我詩稿看。感君西臺舊歲寒，不惜千里披心肝。」

宋太史潛溪，常作吾邑《七寶松隱庵記》有云：「今之細民，竭三時之力，欲其室廬之完，饘粥之充而不可得。釋氏之徒，皆坐而享之，苟不力求其道，無忝於大雄氏之教，則因果之皎然者，甚可懼也。」其論甚正而足以寒緇流之心。今志不載此碑，當命其徒刻而傳之。

楊廉夫維楨，字當從木，而往往見其真蹟，有作「禎」字，常以爲疑。近偶以其所藏歲月考之，始得其意。蓋國初諸王有諱「楨」者，先生之從示，皆入國朝書也。推此，可以驗其書之真僞。

元末松江屢經兵火，書籍焚瘞殆盡。甲辰，王公立中知府事，首務興學，延五經師訓迪子弟員，購求《十三經注疏》等書，藏於學，士習一新，自是科目人才甲江南。立中三子：璉、吏部主事，汝玉、春坊贊善，汝嘉、翰林侍講，君子以爲善政之報。景泰中，飢，郡守振濟，多申而少給，識者謂此人必無後，已而果然。孰謂天之視聽遠哉？并表之以爲長民者勸。

顧斌，字德章，興寧知縣，發最晚，二子中立、中孚，早年同登第。友人賀之，公曰：『老夫如登天，兒曹如拾芥。』

欒宗茂，浙仁和人，以進士同知松江。弘治甲戌署上海事，食河豚而美，既撤，問有餘，則侍卒既食之矣。更烹以進，倉卒不熟，下咽而死，卒懼，徙其屍縊廁中以自免。宗茂政事有可觀者，時以其自經也，概以貪人懼敗目之，亦寃矣。

景泰中丁溥入翰林，頗自矜炫。後因歸省，東海先生作文贈之，其略曰：『昔司馬相如拜中郎將歸蜀，太守郊迎，縣令負弩矢先驅，鄙人榮之。沂公王曾及第歸青州，郡守軍帥率父老具樂郊迎，公乃從間道入謁，不敢當禮。論士者不必究其始終，於一端窺之，亦可知其成就矣。近時以僥倖一得，往往效相如所爲，以誇示竈婢，吾常竊爲世俗歎。今君賜告歸省，吾雲間之仕於朝者，道衣錦之榮備矣。予妄以沂公之事望之，亦挽流俗之一機也。』觀此，前輩直諒之風，猶可想見。

華亭丞俞仲瓛，志逸其名，獨見於《清江集》之《霜林説》，且曰：『仲瓛蚤歲讀書，績文有聲吴越間。其去而家於九峰也，人且以其抑鬱無聊，不能終日，乃以霜林爲況，則知動心忍性，而益所不能矣。』仲瓛，會稽人，蓋因宦而居於松者。

華亭學聚奎亭，弘治辛亥，縣令汪公宣所建也。明年，顧清魁南畿，張弘至第五名。嘉靖壬午，聶公豹葺而新之。東江有詩云：『三十年前慶落成，白頭重見此峥嶸。江山不息英雄氣，星漢遥增日月明。漫學魯人歌在泮，敢先周彦試吹笙。天機未敢分明語，夢裏泥金有姓名。』先生常有異夢。明年，徐階賜及第。

眉公云：『教子弟者，每作一文，先藏一刻文圈點留看，俟文成而示之，如暗中得三光，欣躍異常，此課文之捷法也。讀書宜隨時而讀，如此時苦旱，宜拈《喜雨亭記》及祈雨故實，古文古詩如宣王憂旱之章等類，使之熟讀，令心目與時令相感，最能觸發聰明，此誦讀之捷法也。』

陸平泉病起，與林貞恒内翰云：『病臥小齋，夜數刻不成寐。會雷雨初霽，急起披衣，追凉庭下，放歌香山居士詩二章，撫胡床爲節。時明月正中，清風自下，猶恐吹落庭耳，復鼓掌一笑而止。時無賞心，孰與共此，因呈貞恒以代晤語。』

曹介人云：『仕路，戲場也。甲科最矣，猶分兩歧。韶年者如貴介公子，自負知音，挈伴嬉遊，風度翩翩可賞。暮年者，如梨園起聲，荏苒歲月，恐爲識者批評。盡心力而爲之，稍露色相。若鄉科之入仕也，技非絶唱，勉强徵逐，竭其筋骨，敝其喉舌，終不得與秦青輩稱同調。次之爲貢，次之而官恩生，又次之而監，則如影戲、偶戲，借人喉下取氣，聲色自覺索然。又次之而雜流異等，乃沐猴之戲耳。群兒争逐之、噪之，猴亦驚獝跳躍而已。』

尚書伍文定，嘉靖甲申，以操江蒞松，有『昔推常郡此盤糧，米粟陳陳盈十萬』之句。東江先生曰：『詩雖不工，而當時儲蓄之富可知。』按伍公推郡時，當是弘治末年也，而猶有十萬之積，况周文襄時乎？今之所以無者，其故有二：逋負也，侵欺也。逋負固奸頑之常態，而亦有出於不得已者，猶可言也。若侵欺，則極爲可恨，何也？起運之外，存留以備振濟，文襄之良法也。自易銀之法行，而濟農之倉虚設矣。積年之胥吏，慣役之糧長，每於領米易銀之際，則虚開姓名報官，名爲闕米大户，而實自入以肥家，至有一人而侵欺至萬石。積弊相仍，莫甚於此。概郡計之，其麗不億，此與文襄之意相戾甚矣。牧民君子，苟清此弊，自足濟農，何必爲勸借之令以速怨哉！

庚寅，郡守長沙熊公宇，頗究茲弊，痛懲其尤者幾人，時論快之，然竟亦未盡革也。

何仔云：『余少遊松江干山，宿李昇郎中宅，近山，有虎啖一人，時二十一日，余問之，咬何處？云咬下腿。十五六時，讀《洗冤録》云「虎之咬人，如貓之咬鼠，初一至十五，咬上身，十六至月終，咬下身」，果然。』

研江金廷桂，嘉靖丙戌歲貢，廷試第一，冢宰廖公紀以其鄉無賢範，授東光訓導。丁亥，疏請學官由貢者，乞倣會試例，從所在鄉試，許之，遂著爲令。有御史至學，問其名，令無跪。對曰：『願天下之爲學官者皆無跪。』時論偉之。

無瑕和尚彈琴處，在佘山禪堂，周萊峰《聽琴》詩曰：山寺人跡絶，四花春正妍。獨行入深山，所求貴真詮。忽聞弦上聲，使我心悠然。此聲不在指，彼聲不在絃。聲亦詎無因，不在絃指間。思之若有悟，惟與静者傳。

王孝子節，居任淇浜，業農，嘉靖辛酉年，父疾危甚，節不告於家人，以刀割其左股，作羹進之，父疾旋愈。楊朋石表其廬曰『白華遺響』。

吳興臧繼芳守吾郡，以清白稱，比遷楚臬使，卒於官，友檢其槖裝，磬如也。惟一竹簍，封置空齋，舉之頗重，諸大夫疑曰：『此中有物乎？』護藏以候公子，至則啟視，乃一藥磨也。諸大夫且笑且嘆：『昔鬱林守載石壓舟以歸，公其人矣。』

夏忠愍蒙難西市，暴其屍，諸門生故吏莫敢出，惟吾郡顧太常東川公諱定芳，負公歸第。或曰：『爾不畏嚴袁州耶？』太常曰：『士爲知己者死，即觸怒要人，無問也。』嚴聞，亦頗義之。

嘉靖以前，吾鄉先輩登第者歸，皆徒步拜客，但張蓋耳。自嘉靖辛丑，張公鶚翼約諸同年曰：『吾遲暮掇一第，堪僕僕奔走耶？諸公入里，同用轎，背約罰。』故轎自辛丑始。

蜀僧普首座，自號性空庵主，參見死心師。居華亭最久，雅好吹鐵笛，放曠自樂，凡聖莫測。時爲偈開導人。既而欲追船子和尚故事，乃曰：『坐脱立亡，不若水葬。一省燒柴，二免開壙。撒手便行，不妨快暢。誰是知音，船子和尚。高風難繼百千年，一曲漁歌少人唱。』仍別衆曰：『船子當年返故鄉，没蹤跡處妙難量。真風徧繼知音者，鐵笛横吹作散場。』即語緇素曰：『吾去矣。』遂於青龍江上乘木盆、張布帆、吹鐵笛，泛遠而没。

錢學士溥在京師時，除夜同大理沈粲在夏考功宅作一春聯，求沈寫贈之，曰：『座上無氈，且喜身安心内樂』，方構思下句，夏遽云：『吾已得之矣。』對曰：『門前有粟，誰憐眼飽肚中飢。』夏公諱愈，清介而貧，其家對倉而居故也。錢至新正三日，送米六十石。

董子元《城南十詠》。余常遊城南，偶訪遺跡，慨焉興思。竊擬王右丞輞川故事，因賦絶句云：

《吴王古獵場》，吴陸遜生此，後人呼爲陸機茸。

吴王古獵場，迢遞清川曲。日暖雉媒嬌，五茸春草緑。

《谷水》，《神異傳》云：『秦之長水縣，水極清冷，通三泖。』

窈窕華亭谷，清冷一水深。莫言陵谷事，滄海總浮沉。

《鶴唳灘》，在谷水東，鶴飲此水，其聲則清。陶弘景《瘞鶴銘》亦云：『壬辰歲得於華亭。』

本自仙人驥，虚傳《瘞鶴銘》。何人殘夢裏，千里憶華亭。

《瑁湖》，晉爲陸氏養魚地，以陸瑁居此，曰瑁湖，亦曰舊西湖。

吴國風烟異，猶傳陸瑁湖。年深魚已化，夜雨長菰蒲。

《陸機宅》，晉平原内史陸機與弟清河内史雲宅里也。《八王故事》云：『清泉茂林，機、雲遊此。』

洛陽人不歸，寒烟莽平陸。烏鵲自相呼，秋風禾黍熟。

《八角井》，在機、雲宅傍，歲旱投鐵簡於中，禱雨輒應。

靈泉下通海，鐵簡投可入。倏時風雨來，知有蛟龍蟄。

《黄耳冢》，《述異記》云：『陸機有犬名黄耳，自洛遣其致書，復馳回洛，後死，歸葬於此。』

黄耳傳書日，那知後代名。一抔秋草裏，猶有首邱情。

《五色泉》，葛洪煉丹湖上，丹成，投水中後，湧出五色泉，時又舒光，如赤虹貫天。

湖上丹初就，波翻五色霞。不須句漏去，此地有丹砂。

《讀書堆》，梁黄門侍郎顧野王所築，常於此修《輿地志》，有墨池、有寶雲寺、趙魏公書碑，今在亭林鎮。

南朝讀書堆，落葉無人掃。墨池鎖春雲，空門掩秋草。

《百花潭》，楊鐵崖先生寓此，上有小蓬臺、草玄閣。

潭水日悠悠，當年子雲宅。不見草玄人，空來問奇客。

眉公常曰：『予有三友：茶以苦口，名曰争友；酒以其不離手，名曰執友；香以其不離左右，名曰密友。』

崇禎辛巳年，米價陡貴，春末價已二兩五錢。自立夏後三月不雨，種不入土，飛蝗蔽天，野無青草，米價增至三兩。民不聊生，盜賊蜂起，乘機搶擄者不一。内翰姜神超於方太尊前商米價，一言不合於衆，遂搶擄其室一空，撫臺移檄，誅爲首者三人。

是歲竹竿匯余仁甫家，多厚藏，其奴陳丑糾合闖賊、蔣廚等操戈入室，被主識破，竟以斧弑其主。詰朝爲巡兵所獲。方太守綁丑於余門典刑，號令於秀野橋，餘黨悉令自盡。中有徐姓者，倉惶奔走，終日無歸路，因自縊於南門外楊樹上，太尊示諭不許收尸，大快人心。

是歲可異者，田稻於八月中已成熟矣，忽於廿二夜，陡作寒威，繁霜、冰片在在有之，計所收每畝不及斗粟，即有收者，僅十之二三耳。因是，小民嗷嗷待斃。自冬徂夏，死於歲者幾千萬人。西郊外孟婆墩日焚屍幾百，傷心慘目，有如是耶？是歲十月癸亥朔，日食良久。

甲申之變，吾郡有《即事》詩云：『玉殿曉鳴鐘，丹墀燎火紅。千官稽首處，不是壽寧宮。』又云：『莫怪倪汪輩，寥寥只數人。長陵昔靖難，留得幾忠臣。』

甲申六月，浦東祝姓一家被奴弑死三命，八團王姓焚掠甚慘，因延及江灣、大場等處，逆奴群聚，向主人索鬻身文契，南翔前後左右約數十家，有不與契者，即焚其廬。最後，一張姓者以利刃殺出，擒獲賊首，送道，時太守陳亨以官兵持憲檄捉挐賊首某某，梟斬五六人，杖死數人，亂方息。

太守李正華號茂先，北直獻縣人，以恩貢知吾松，爲人狷介，不畏强禦，縉紳莫得干請，衙役不敢玩法。鼎革以來，巨寇猖獗，自公至，群盜立斃杖下，無一倖免。境内肅清，民得安寢，皆公賜也。松民皆曰：『龔、黄而後，鮮有其儔。』其如京師，專以賄交，公曾無一絲媚當路，竟以不及格去職。報聞，郡士民痛哭，爲之罷市。公有對聯書府門：『是非秉天理之公，一任知我罪我；當罰協民心之正，豈肯殺人媚人。』其示三縣聯：『三泖魚貧，量闊海涵，尚慮頳尾興嗟，何忍横加多袖網；九峰鳥散，機忘甕抱，猶厪弓影驚棲，豈堪重布絆脚絲。』

考舊志，梁大同初分婁縣爲崑山，是爲崑山地。唐天寶十載，以吴郡太守趙居貞奏，始割崑山南境，立爲華亭。令茂先李公以華亭事煩，歷年逋欠，縣令因之去官，特請於朝，建婁縣，議以西倉城爲縣治，而以西南鄉隸焉。後二年復遷於附郭，以朱司成故宅爲署。然華之東北鄉半屬富室，易於徵輸，而西南鄉則濱泖，地瘠賦重，民不堪命矣。夫民猶魚也，得水則生，失水則死，今婁之民其在沼矣。蚤見之士，誦譚大夫詩，有不潸焉出涕者乎？

神宗時，吾松有好事者，欲割華亭之三分，益金山，另作一縣。幸孝廉宋懋澄上書於房師吴司李之甲，極言利害，其事遂寢。今其書刻在孝廉《九籥集》中。言言若畫，惜吾松謀國者未之見耳。

人能但知小人之能誤事，而不知君子之尤能誤事也。小人誤事猶可解救，若君子而誤事，則末如之何矣。何也？彼蓋自以爲君子而本心無愧也，故其膽益壯、志益決，孰能止之？如李公之贊立婁縣也，余不無有憾焉。聞公解組時甚悔此舉，雖然，悔亦無及矣。然或後來明府洞悉分縣之害，爲萬姓請命，仍歸華亭，此亦億萬生靈之福也，余不無有望焉。

吾松有奇童李暘，字寅谷，年甫六齡，善書，握筆甚固，能作大字。時撫按至松，皆延至公署，設席相款，抱之膝上，殊無畏懼，立書數紙，無不嘖嘖賞嘆。吾松何多寧馨，豈峰泖靈秀所鍾耶？暘係學憲李公愫之孫。

上海令彭長宜，海鹽人，苦心撫字，一清如水，居官日用，取給於家。至大兵渡江，解綬去，百姓攀轅苦留，出佩刀欲自刎，百姓乃聽之。上海素刁悍難治，感公之德，改爲馴良。其去也，皆泣下沾襟，送至百里之外，公歸家不食而死。初，按君表薦中，有稱爲『東海聖人』者，今邑人以此四字作匾，榜其祠。

金山學周之逵，以貢任揚州江都縣訓導，城破之日，冠帶投井而死。

時縣考童生，提學奉功令，以納銀准入院試，上户六兩，中户三兩，下户二兩，繼則一概三兩二錢，華亭納至千人。

張世清者，行劣生也，在郡武斷暴横。乙酉歲，被仇家以謀反告，遣兵執之，搜出金幞頭一件，人遂稱曰『野皇帝』。逮至府，杖九十六，縊殺之，仍釘於門示衆。有作史語戲之曰：『張王九十六而崩。』

吾松一士夫述，宣德中差太監賞賜某閣老，回，問閣老第宅何如？太監云『在小巷中，甚狹隘，前有某省祭官房塞住，又不肯賣。』宣宗云：『我爲彼買之，蓋大房子與他。』即召都御史顧佐諭之意。顧以上意達之，省祭曰：『我房自祖宗來住，不肯賣。』顧曰：『天子命亦可拒乎？』曰：『我不曾犯天子法，我房不該入官。』顧以其言復命，上怒曰：『天下都是我的，敢如此拒我乎！』顧佐曰：『天下是陛下的，法度是天下的，望陛下曲全法度。』前命遂寢。嗟乎！省祭難得，閣老亦難得，使在晚季，安能跼蹐自安，涵容末品，直待天子命而訖不從也？

石浦里中吴孺人者，其鄰有何氏夫婦，泛舟生理。一日，何嫗密囊百金寄吴所，且曰：『即吾子。』弗與聞也，萍蹤無定，相繼死他方，其子何鳳亦壟斷別廛，絶往來者數歲。及吴疾革，知嫗已死，遣人遍覓其子，出囊金授曰：『此若母所寄者，今始還若，我可瞑目矣。』其子感謝而去。此叔世男子猶難之，况女流乎？有《還金傳》。

吾鄉錢世貴官南都，乙酉大兵渡江，踉蹌言歸，以三百金寄同郡顧汝則。錢抵家隨殁，顧以八十餘老儒匍匐至松，訪其子還之。此亦今人中所絶無而僅有者也。顧，名民表，爲府庠生流寓金陵者。《貞居記》

徐文貞以元輔歸第，有縣令誇於前曰：『晚生做了二十餘年舉人，走遍江湖，世事也多學得些，自以爲多能也。』公徐應曰：『便是老夫做了五十餘年進士，一些世事也不曾學得。』謝文正以閣臣致仕，一縣令將拜之，先令皂役探其在否。皂役漫應之，而公已他出矣。令以爲慢己也，即其門，杖皂役，公佯不知。一日相見，令曰：『聞得宰相吸得三斗釅醋，老師喫得幾斗？』公徐答曰：『老夫狠喫得兩斗，存一斗讓與先生們大家用用。』觀二老吐辭，晚輩之狂妄躁率者，當以爲鑒。

陳眉公居佘山，每至深冬，招王毗翁入山負暄。飯後，步至西山脚，藉束藁坐低簷下。久稍欠伸，或命童子進少酒脯果物，視夕陽墮神山，乃歸。如是以爲恒。毗翁初頗不耐久坐，眉公不聽起，曰：『日中有芒，如物之芒刺，其騰騰隱隱，透入骨者是也。久乃覺之，不久則不覺也。』毗翁試之，通體快活。眉公歎曰：『閆蓬頭去後，與我共此真率之樂者，惟毗翁耳。』

董玄宰視學武陵時，方鎖院試諸生，忽命駕之德山，徘徊覽詠，抵暮歸，乃放諸生出院。此一事，想見前輩風流，若此在今日，不免掛彈章矣。

沅江爲洞庭西汊，當五溪下流，水族頗繁，家以網罟爲活。縣無城郭，令開門，即見魚鱉子與烏鬼、鷺鷥出没煙濤中。吾松王毗翁作令，有詩云：『半是居民半沙鳥，不知何事也除官。』又云：『割得水雲剛半頃，此官須唤作漁翁。』皆實録也。每歲季冬廿四日，令出與士庶縱觀打魚，此例不知起自何時？癸酉冬，漁船千數，鱗次縣門，曰：『官不出，不敢漁。』令乃至，隔江布席沙上，下令曰：『如故事。』於是擊楫如雷，江聲如沸鼎，銀刀玉尺，飛擲水面。有以縮項鯿來獻者，一頭重可二十斤。吾江南所無也。日昳，令起，衆船皆集縣，人家家以烹鮮爲樂，漁人賣魚置酒，婦子無不霑醉，亦一時快事也。毗翁，諱廷宰，别號鹿柴，其品沖澹雅素，堪與摩詰媲美。其作沅江令也，民既漁户，俸僅漁錢，行更漁艇，無非漁之是託，勝坐金穴中矣。

曾眉，字遠山，華亭令君陳子明諱鑑之妾，其寄懷子明詩云：『世態浮雲休更休，春風不煖黑貂裘。歸來共對虎邱月，何必佳人字莫愁。』令君廣東人，解組後寓居虎邱。

吾松一友往吴門看張幼于，見其齋中設筵，幼于獨居主人位，嘿若談對，問其故，曰：『吾宴亡友張王屋、董子元、何元朗、莫中江、周萊峰五人。吾念所至，輒與心語。』友笑曰：『以君所邀，諒諸君必赴。』

徐文貞在相位，語所知曰：『老夫今日，辟如雞母方宿，若行動，有一群雛隨去，君輩慎勿相近。』斯語可思。

山鳥每夜五更喧起五次，謂之報更，蓋山中真率漏也。眉公居小崑山下，梅雨初霽，座客飛觴，適聞庭蛙，請以節飲，因題聯云：『花枝送客蛙催鼓，竹籟喧林鳥報更。』可稱山史實録。

宋王贄《過吴江》詩云：『吴江秋水灌平湖，水闊淵深恨有餘。因想季鷹當日事，歸來未必爲蒓鱸。』時不可爲，飄然遠遯，豈爲蓴鱸？至《江東三賢贊》曰：『浮世功名食與眠，季鷹真得水中仙。不須更説知幾早，只爲蒓鱸也是賢。』其説又超然矣。

曹介人常宿天台華頂峰，早起，見白雲從山腰擁出，濃厚成團，如綿如絮。急向僧家覓磁瓶，舉杓挹雲，滿貯瓶内，用紙數疊，密緘瓶口。攜至武林，戲出瓶中雲，贈一詩僧。僧簪瓶口紙成穴，雲從瓶中出，縷縷如篆煙狀，盤旋簷際，逾時沖霄漢去。因憶古詩：『山中多白雲，不可持贈君。』想未登華巔耳。

眉公《答熊經略書》：古今負屈無如岳少保、于少保。同時同志之友，誰肯慷慨論列、剖心瀝血以明之？直待鋒焰平、議論定、恩典加。在國家曾無分毫之益，而兩公已受萬分之苦矣，豈獨一台臺困網羅哉？不死即是君恩，人心即是天意。伏願平氣慎言，静需緩急宣召。更有進者，以素患難之學問，參了生死之工夫。四大非真，寸陰可惜。福堂之内，恐不當作尋常擲過也。

語云：『擇禍莫若輕。』不知擇福亦莫若輕。夫福之爲禍根也明矣，可不兢兢慎所擇乎！』

天下本無事，庸人自擾之。以庸人而擾事，禍猶淺；若以才智者擾之，禍且叵測矣。

有客杭，歸言朱祐明擁五百萬之貲而遭《明史》之禍，方聚談於市，忽一浙商大聲言曰：『君知祐明之慘，未知乃一段因果之報也。佑明之父，木工也，傭於某寺，見一室封鐍甚謹，問主僧，僧云：「向年一宦過此，留寄桐油五十簍，今竟杳然不至。恐其或至，故不敢啟鑰耳。」朱疑簍内必有宦貲，如商賈貨，何價至此而不來售乎？於是與僧乞借一簍貨之，冀得蠅頭以贍家，倘客來取時，當裝一簍以補進。僧以朱素誠實，勉與之。朱攜至家，發簍，油内皆黄白物也，所得以幾千計。於是朱厚賂僧，甚言油之得價，將銀抵油所值，而裝至家，得黄白幾萬，乃經營致富。後七年，有七人來寺，索前所寄油者。僧以朱處押取對，客大驚，即召朱至，竟云：「原油在家，可速取去。」於是客與老僧偕往。朱謂老僧曰：「汝不必去矣。」客拉之同行。中流有械船卒至，俱殺而沉之。時四方多故，且遠客竟無蹤跡，遂至富，稱敵國。人方以爲天道冥冥，而有今日之報，莫不舉手加額。君輩可不聞乎？』

跋

鈍金於蠹窟中得筆記一册，首尾殘缺，朱墨燦然，未知何人所撰，紀華亭事頗多，想係清初松人手筆。不忍湮没，借歸録副，雖非全璧，亦足寶也。辛亥冬日可盦龐輩識，時客歇浦。

今年孟春，同邑陳君渭士出視《無名氏筆記》一册，惜係殘帙，蓋録自虞山龐君翼霄藏本也。余讀一過，并删去神怪不經之談，印入《甲戌叢編》以廣其傳，渭士曾考得著者爲解元周汝礪之孫，并誌之。甲戌二月崑山趙詒琛讀竟書。

女世説

李清 著

韓石 點校

題解

《女世説》四卷，補一卷，題『昭昜李清映碧輯』。李清（一六〇二～一六八三），字心水，一字映碧，號碧水翁，晚號天一居士。揚州興化人。崇禎四年（一六三一）進士。歷官寧波府推官、刑科給事中等。弘光朝，官工科都給事中、大理寺左丞。入清，隱居不出，以著述自娱，而以史學最爲專勤。《女世説》仿《世説新語》『賢媛』門體例擴而大之，專爲閨閣立傳。書成於明季，入清後繼續補録，又成六續。有清初印本四卷，又有重印本，增刻續補一卷，成五卷。現據後者，并參校它本整理標點。

目録

李嗣京序

前宋臨川王撰《世説新語》，風流韻致，玄勝清微，真藝苑中之小史也。孝標有注，須溪有評，補於元朗，删定於弇州伯仲，亦云備矣。獨於閨秀則闕乎，未數之焉。間列『賢媛』一則，而挂一漏萬。目之縑素，有愧軼材。

仲兄維凝坫壇風雅，涉趣芳馨，恒欲裒輯房中懿孅，著爲《世説》，與義慶并驅，溘焉長逝，無與樂成。

猶子映碧，嗜古成癖，貫綜百氏，標舉三長，爰續仲兄未竟之志而編衍之。根据舊典，旁及野乘。譴謫蕪穢，登納菁英。凡有其事而無文，或有其言而鮮實者，悉置不録。必文與行兼，方爲入選。規模《世説》而手眼別具，堂廡獨開。一字安頓，足傳頰上之神；隻語拈提，如點屏風之墨。上自春秋，訖乎宋元，披林擷秀，捃摭靡遺。集閨閣之大成，參《選》《騷》之逸品。被之絃管，誠堪侈艷；聽聞播之，風徽尤足。弘裨教義，豈和凝之《香奩》、義山之《錦瑟》所可幾其涯涘乎？

吾因是而知世界之爲情生也。情之所鍾，婦女爲甚，《詩》云『女子善懷』。則琢月吟雲、思離怨別者，情也；化石圮堞、飞霜矢日者，情也；截髮劈面、墮井墜樓者，亦情也。無婉孌之情，安得有因緣；無沉摯之情，安得有節烈！惟不盡有才以發揮經緯，其情亦與烟塵俱歿、草木同灰而已矣。若夫端範徵於訓詞，慧解通乎機辯；寫倩容於錦字，傳幽恨於新聲：膾炙當年，感動千古。人之以情傳，而情之必以才調顯也。此《世說》之所繇作也；此《女世說》之所以繼臨川《世說》與之分路揚鑣不可缺一焉者也。陶令尋三徑而不廢賦《閑情》，有以也夫！

約庵居士嗣京題於長干別曲

陸敏樹序

渡江以來，謝香山柳岸，弔昭昜墓田。河流湯湯，嵐烟又杳。裴廻偃蹇，形同寡鶴矣。因念映碧師，萃萬帙縹緗，葳蕤既鐍，曷丏展舒，以裹余枵腹。乃巍堂疊笥，應笑茂先爲寒澀乞兒也。

余竊自意：如師輩者，虹腰象服，聲炎唾啖，不難於聚，難於聚而能讀，恐神仙多窟，衹養成蠹魚爲脉望；而所積之書，鉅或千卷，細或兩紙，自四部以曁稗官方術，丹光翠艷，篋無遺篇，篇無漏墨。

余復自訝：不日，濤泛長淮，郕墟爲壑，師自三垛返邑城，袁關晝扃，襧剌蔑通，余猶得以弟子列，時侍譏笑；因出所著述，爲史論諸篇，爲《南唐書》，爲《二十一史新異録》，爲《古今不知姓名録》，爲《女世説》——皆吾師數年來，紙勞筆頹，疏記成書者也。

予請曰：古人著書立言，必求關切者。留意史論，抉微闡謬，晰異鑑同，凡抱經濟材與有心當世，如弇州、天如諸先生，皆爲之。至《南唐》，有陸游、馬令兩書，并行於世。務觀不盡同元康，頗有異，殊惑觀者見聞。兹則廣徵嚴覈，加以詮疏，如裴松之之注《三國》，亦一國鴻寶也。

若二十一史，今人自《史》《漢》外，罕涉他書；又或有不識《史》《漢》爲何物者，更何論全書。茲則標新組異，勒成數十卷。使茹蔬啖粟者亦飫禁臠，爲功匪細。而余猶有議焉者，恐胠篋書生，竊獵一二隱僻事，遂侈口傲人，以爲讀盡二十一史。此其夸心驕蹠，實自吾師啓之。時至今日，瑰節琦行暨險夫壬人，或姓名湮没不傳，或爲人吐棄，不載者多矣。《不知姓名》一書爲有所感歎？

《女世說》，韻矣！艷矣！臨川帝子，半豹曾窺；成紀謫仙，全龍始續。巧心睿發矣。獨奈何以大英雄筆舌爲兒女子作緣邪？

憶當日蛾賊滿山，狼烟未息，師則藤牋兩啓，以表章潁、宋二公，作戰士氣也；迄北帝弓遺，南朝鼎繼，師則臚陳靖難慘死諸臣，幽芬勁榦，作忠義氣也。

今或者獨以天下諸兒女子爲可教，故輯爲是編。以告天下女子曰：爲德媛者，必若是；爲才媛者，必若是。宜爲才媛、德媛，而不得爲淫險妒戾者，宜鑒。

于是乎師曰：『否否。予方爲處子，何暇教天下之爲婦者。予以繼伯父維凝先生志也。子先弁而行之。』

錢唐門人陸敏樹拜題

自序

《女世説》何爲乎輯也？蓋追述予亡伯維凝先生諱長敷言，故輯也。亡伯之言曰：『予有《世説》癖，所惜『賢媛』一則，未飫人食指耳。』行以《女世説》續，會不禄，志遂廢。噫！獨其言在耳！

夫以廿餘齡陳言，而予獨愾若聞聲，爲祖其志以成書，何也？予幼傾乾蔭，計半生中我顧我誨者，惟予伯耳。

夫人生有兩苦：母亡而不遇後母慈，與父亡而不遇伯與叔賢，均苦也。然爲後母難，爲無父之伯與叔亦難：吾撫前子與猶子而不及吾子，則疑私；吾撫前子與猶子而僅及吾子，則疑强；吾撫前子與猶子而反過吾子，則又疑矯。故爲伯與叔之難也與後母等。然爲後母猶易，爲伯與叔尤難：後母名母，故可以母道直行，或煦嫗示愛，或督責示勞，行吾意而已；若爲伯與叔者，雖以父道行而不專父名，若煦嫗過，則云禽犢視耳，若督責過，則云牛馬策耳，夫愛與勞并用，而有時不得直行，此伯與叔所以尤難也。

然則果難乎？皆其真不足感耳！若予伯則否。猶記歲辛酉與予同舉于鄉，然感咽多于忭躍，真乎僞乎？迨予荏苒十載，方奏南宮捷。初聞捷，忽泣數行下，謂予伯安在？昔并捷，今孤捷耶！一時慟伯之過反不覺先于慟父。夫先伯而後父，真乎僞乎？曰真，則皆予伯之真有以感之也！然猶私心妄揣，謂凡爲人伯者，或盡如是真耳。及行年五十，閱歷日廣，問：如予孤者世不乏也，如予伯者幾？憂疾，何殊獨酣第五之寢；正教，雖摯不代淳于之箠。比兒非兒，滔滔皆是。乃始慨然太息，追睠予伯恩深，而歎吾輩之食生德而不覺，繄没思而已晚者，爲可痛也！

予常讀《張齊賢傳》，謂仲兄昭度曾授齊賢經，及卒，表贈光禄寺丞。予格于例，雖有伯，弗敢請也。伯子予而予不能父伯，則恨一。又讀《扈鐸傳》，謂少育于伯，及伯亡，遺腹生一男，鐸常自抱持，與同臥起，十年不少怠。予別于居，雖有弟，弗能親也。伯子予而予不能弟弟，則恨二。

乃僅舉曩者寥蕭數言，文次成書，以刊示海内。曰：予厚伯？嗚呼，薄哉！雖然以予伯亡踰廿齡，詎止墓木已拱，而猶令爲之猶子者慨想睠顧，奉遺言如新。

作《史記》之子長已掩父筆，而輯《女世説》之予，終不忍没伯志。

問：何以致此？吾願爲人猶子者思之，亦并願爲人伯與叔者思之也。

昭陽李清心水甫題

凡例

一　廿一史中，或見本傳，或散見各傳，俱採擷無遺。叢者芟之，以資雅觀。

一　廿一史外，如《舊唐書》、陸、馬二《南唐書》皆摘入。此外一切霸史可参正史者并採。

一　稗官野記，雋永可諷者俱入。然不過十之四五，恐以蕪穢滋誚也。

一　節義一項，不能盡録。惟義生于情，以委婉行其激烈者方入。

一　莊語豔詞與韻語無涉，俱不盡録。惟慧同言鳥，令人頤解者量入。

一　婦女佳言，寥寥跫音，故間採及詩詞。然必有事可録，如唐人《本事詩》之類則採，無事者不採，採者亦摘句嗟賞，恐類女詩選，故割愛也。

一　感幽一則，近于詭誕。故《搜神記》《酉陽雜俎》等書，概削弗採。今除正史外，惟《世説》《本事詩》《鶴林玉露》《宋人詩話》《虞初志》之類，稍近雅實量摘之。

一　所採諸書外，或有遺者，附續集補。

卷一

淑德

趙姬，趙衰後妻也。知衰前妻叔隗及子盾在狄，請迓之，衰辭。姬曰：『不可。夫得寵而忘舊，舍義。好新而慢故，無恩。與人勤于隘厄，富貴而不顧，無禮。必逆之。』比至，以叔隗爲内婦，己下之。

齊閔王之東郭，百姓盡觀，惟宿瘤女採桑如故。王怪問之，答曰：『妾受父母教採桑，不受教觀大王。』王曰：『此奇女也。』命後乘載之，不可，乃遣歸。使使以金百鎰聘之。父母欲洗沐加衣，女曰：『如是見王。則變容更服，不見識也。』因衣故衣隨使者。

齊師攻魯，至郊，有女子棄所生子，抱兄子逃。齊將問曰：『子於母甚愛，爾何忍？』對曰：『子於母，私愛也。姪從姑，公義也。若背公向私，則魯君不吾畜，大夫不吾養，庶民不吾與。夫如是，則脅肩無所容，而累足無所履也。子雖痛乎，謂義何？』

齊人鬥死於道。吏按義繼母二子，兄弟争請死。齊王命相問母，母泣，請殺少者。相曰：『少子人所愛，而欲殺之，何也？』母曰：『少者妾子，長者前妻子。其父疾且死，屬妾曰：「善養視之。」妾曰：「諾。」若忘夫之托，而不信其諾，是欺死也。』泣下沾襟，王義而两赦之。

漢成帝游後庭，欲與班倢伃同輦，辭曰：『觀古圖畫，聖賢之君，皆有名臣在側。三代末主，乃有女嬖。今欲同輦，得無近似之乎？』上善其言而止。

王良爲大司徒司直，司徒史鮑恢以事到東海，過候其家。見良妻布裙，曳柴從田歸，恢告曰：『我司徒史，欲見夫人受書。』妻曰：『妾是也。苦掾，無書。』恢下拜嘆息。

章帝請封馬氏諸舅，太后報曰：『常觀富貴之家，禄位重叠，猶再實之木，其根必傷。』

太傅袁隗以女妻張奉，送女奢麗。奉素有高操，不悦。數年來，住精舍，如路人。婦待奉入朝，跽請曰：『家公年老，不以妾顔陋，使侍君巾櫛，自知不副雅操。君如欲執梁鴻之節，妾當懷孟光雅志耳。』乃悉撤嫁時衣物，着縵布，執紡具。奉始納之。

孟光女肥醜而黑。力舉石臼。擇對不嫁。父母問之，女曰：『欲得賢如梁伯鸞者。』鴻聞而聘之。始裝飾入門，七日而鴻不答，光跽，請曰：『竊聞夫子高義，簡斥數婦；妾亦偃蹇數夫。今而見擇，敢不請罪。』鴻曰：『吾欲裘褐之人，與俱隱深山。今衣綺縞，傅粉墨，豈鴻所願哉！』妻曰：『以觀夫子之志耳！』乃更爲椎髻，著布衣，操作而前。鴻大喜曰：『此真鴻妻也。』

卞夫人性儉。魏武得名璫數具，命夫人自擇，夫人取其中者。魏武問故，對曰：『取其上者爲貪，取其下者爲僞，故取中者。』

丹陽守李衡，每欲治家，妻習氏輒不聽，曰：『人患無德義，不患不富。若貴而能貧，方佳耳。』

司空鄭袤卒，議者以袤前妻孫氏久喪難舉，其繼妻曹氏曰：『孫氏元妃，理當從葬，可使孤魂無依乎！』于是備吉凶導從之儀以迎之，具衣、衾、几、筵，親執鴈行之禮。聞者莫不嘆息，以爲趙姬下叔隗不足稱也。

王渾娶鍾琰，女門第高。其弟湛娶郝普女，家素寒陋。皆有女德。鍾、郝爲娣姒，雅相親重。鍾不以貴陵郝，郝亦不以賤下鍾。東海家內，則郝夫人之法；京陵家內，範鍾夫人之禮。

房景伯守清河，貝丘人列子不孝，吏欲案之。其母崔夫人曰：『小人未見禮教，但呼其母來，吾與同居，其子置汝左右，令見汝事吾，或應自改。』景伯從之。其子侍立堂下，未旬日，悔過求還。夫人曰：『此雖顔慚，未知心愧，且可置之。』几經二十餘日，其子叩頭流血，其母涕泣，乞還，然後聽之。終以孝聞。

孙薩，因發三五丁，應充行，以踰期，當罪。兄棘詣郡，乞代。棘妻許氏寄語，屬棘曰：『君當門户，豈可委罪小郎！且大家臨亡，以小郎屬君。今尚未覓婚，孑然一已耳。君已有二兒，死復何恨。』

劉楷爲交州，與垣曇深同行。曇深道卒，妻鄭獻英年二十，子文凝始生，仍隨楷到鎮。年既盛美，甚有容德，自厲冰霜。居一年，私裝了求歸，楷以去鄉萬里，不許。獻英曰：『垣氏羈魂不反，而其孤藐幼，妾若一同灰壤，何面目以見先姑！』因大悲泣。楷愴然許之。遂間關至鄉，葬訖，乃曰：『可以下見先姑矣。』

崔巨倫姊明慧有才。因患眇一目，莫求者。其家議，欲下嫁之。巨倫姑，趙國李叔胤妻，聞而悲感曰：『吾兄盛德，不幸早世，豈令此女屈事卑族？』乃爲子翼納之。

唐長孫后所生女長樂公主將嫁。太宗愛之，勅資送倍長公主，魏徵力諫。后聞之，謂太宗曰：『妾與陛下結髮爲夫婦，情義深重，然每言必候顔色，尚不敢輕犯威嚴，况在臣下，情疏禮隔。故韓非爲之《説難》，東方稱其不易，良有以也。若徵者，可謂能以義制主之情矣！』因遣中使齎帛五百疋賜徵。

狄仁傑相武后。常過盧氏堂姨，請曰：『某今作相，表弟有何欲，當力從其意。』姨曰：『相自貴耳。吾止一子，不欲令事女主。』仁傑大慚。

畢尚書構，初丁繼親憂，兩妹在繈褓，親乳之，乳爲之出。及亡，二妹皆慟絶。且言曰：『昔人謂母兮鞠我，今吾兄代乳，猶母也。欲酬劬勞，應從慈服。』遂終三年。

盧昭美母卒，貧無以葬。傭爲酒家保，得月資，與女弟，令備奠祭。酒嫗爲咨嗟輟食，謂其四子曰：『我死，若必不如此。月傭，摧辱，爲母也。』盡以緣身衣被釵釧與昭美，令葬母，并免其傭。

丘旭家貧，無進取意。秋試將邇，寡嫂劉氏敬問行期，旭以匱乏告。嫂曰：『若得小郎晝錦，雖孤兒可鬻，餘非所惜也。』罄囊遣之。登第一。

吴越王錢鏐禁蓄聲妓。獨子元瓘妻馬氏，以無子自請於鏐。鏐喜，許元瓘納妾。生諸子。夫人常置銀鹿於帳前，坐諸稚子其上，閲其聚戲，喜動顔色。

周渭以南漢不道，脱身奔宋，不暇與妻莫荃訣。時荃子幼年少，父母欲嫁之。荃泣，誓曰：『渠非久困者！今飄然鴻舉，不咽分岐，志士應爾。必能梯霄而出也！』遂親蠶舂，以給朝夕。及宋師平南漢，凡二十六年，復見渭。

宋宣仁高后疾革。吕大防等問疾，太后曰：『老身没後，必多有調戲官家者，宜弗聽。公等亦宜引退，令官家别用一番人。』乃呼左右賜社飯，曰：『明年社飯時，思量老身也。』

劉安世初除諫官，恐以直言賈禍，累及其母。白母，請辭，母曰：『不然。諫官爲天子諍臣。汝父平生欲爲之而弗得。汝幸居此地，當捐生報國。正使得罪流放，無問遠近，吾當從汝。』

唐仲友守台州，眷妓嚴蕊。朱熹以使節行部至台，欲以私蕊罪仲友。逮繫蕊，備受箠楚，一語不及守。獄吏誘使言，蕊曰：『身爲賤伎，縱與太守私，罪不至死。然妄言以污士大夫，雖粉身不爲也。』聲價遂騰。至徹阜陵宋孝宗陵。之聽。

吴曦據蜀降金。興州將李好義謀討之。囑妻馬氏曰：『日出無耗，當自爲計。』馬氏叱之曰：『若爲朝廷誅賊，何以家爲！我决不辱李家門户。』馬氏母亦曰：『行矣，勉之！汝兄弟生爲壯夫，死爲英鬼。』好義喜曰：『婦女尚爾，我輩如何！』

吴鼎臣在侍從，與小官李京通家。一日發京私書，奏之，京坐貶。未行，京妻謁鼎臣妻取别，慚不出。乃立廳事，召鼎臣幹僕，語之曰：『我來欲求一别耳，且乃公不常有數帖與吾夫禱私事乎？無我負人，雅道宜然。誓不以直報怨也。』索火，焚之，乃去。

申屠氏美而豔。十歲能屬文。慕孟光，名希光。年二十，父以適學官弟子董昌。臨行，作《留別詩》曰：『女伴門前望，風帆不可留。岸鳴蕉葉雨，江醉蓼花秋。百歲身爲累，孤雲世共浮。淚隨流水去，一夜到閩州。』入門絶不復吟。食貧作苦，宴如也。

章氏昆弟皆無子。其兄先抱育族人子，未幾，得一子。弟因乞兄所抱者，嫂曰：『不然。未有子而抱之，甫得子而棄之，人謂我何？且新生安可保也。』弟請不已，嫂曰：『必不得已，寧以吾新生與之。』已二子皆成立，遂爲名族。

傅若金妻孫氏，工詩，然不多爲，又恒毁其稿。家人勸存之，則曰：『偶適情耳。女子當治織紝組紃，以致孝敬。辭翰非所事也。』

汝敦以所分田宅奴婢三百餘萬，悉讓兄嫂。裁留園地數十畝。起舍，耕作，土中得金一器，敦以示妻。妻曰：『本言讓先祖所有也。此地下者獨非其有耶？』乃相與擔金送兄嫂。

仁孝

齊太倉令淳于意，無男。坐法當刑。其幼女緹縈自悲泣。隨父至長安，上書，請入身爲官婢，以贖父罪，曰：『妾傷夫死者不可復生，而斷者不可復續。雖欲改過自新，其道無由也。』天子憐其意，爲除肉刑。

雋不疑爲京兆尹，行縣録囚，還，其母輒問：『有所平反，活幾何人？』即多有平反，母喜笑，飲食異他時。或無所出，母怒，爲不食。故不疑爲吏，嚴而不殘。

盛吉拜廷尉，夜省刑狀，妻執燭，吉持筆，夫妻相向垂泣。妻常謂吉曰：『君爲天下執法，不可使一人濫罪。』

漢光武初起義，兵敗，單馬走。遇女弟伯姬，與共騎而奔。前行，復見姊元，趣令上馬。元以手撝曰：『行矣！不能相救，無爲两没也。』

鄧后年幼時，其祖母年高目黯，自爲剪髮，誤傷后額，忍痛不言。左右皆怪問之，后曰：『非不痛也。難傷老人意，故忍之耳。』

龐君安爲李壽所殺。其女娥親已嫁。傷三弟皆死。乃陰市名刀，挾長持短，志欲刃壽。隣婦以壽凶惡，勸止之。娥親慨然曰：『若以爾心况我，則壽不可得殺；若論我心，則壽必爲我所殺！』夜數磨礪所持刀，切齒悲嘆。後以白日清時遇壽都亭前，便下車扣壽馬，叱之。壽迴馬欲走，娥親奮刀斫之，傷馬，馬驚，擠壽道邊溝中。娥親就地斫之，探中樹闌，折所持刀。因前，欲取壽所佩刀殺壽。壽護刀，大呼，跳梁而起。娥親左抵其額，右摏其喉，反覆盤旋，應手而倒。遂拔其刀，以截壽頭。

蜀郡太守王子雅，有三女，無男。家纍千金。父没，當葬。女自相謂曰：『先君生吾姊妹，無男兄弟，今當安神玄宅，翳靈后土，冥冥絶後，何以彰君？』各出錢五百萬，一女築墓，二女各建石樓。石質青緑，光可以鑒。窮功綺刻，妙絶人工。

楊姬父坐獄。適楊焕爲尚書郎，告歸，姬邀訟父罪。言詞慷慨，涕泣摧感，涣愍之，語郡縣，出其父。因奇其才，爲子文方禮聘之。

解結爲孫秀所害。女適裴氏，明日當嫁，裴氏欲認活之，女泣曰：『吾女也，安識夫家？吾家既若此，與生而別，寧死而偕耳。』亦坐死。朝廷哀之。始議，革舊制，女不從坐。

桓玄推重孟昶，爲劉邁所毁。劉裕將起義，昶與定謀。謂妻周氏曰：『劉邁毁我於桓公，便一生淪陷，決當作賊，卿幸可早絶。』周氏曰：『君父母在堂，欲建大謀，豈婦人能諫？事若不成，當于奚官中奉養大家，義無歸志也。』昶愴然而起。

麻秋築城嚴酷，日夕不休，惟鷄鳴乃止。其女麻姑賢，有息民心，假作鷄鳴，羣鷄皆應。

韋逞母宋氏，無兄弟。其父授以《周官音義》。後石虎徙之山東，宋氏與夫俱在徙中。推鹿車，背負父所授書以行。

西秦文昭王乞伏熾磐滅南凉，納其主景王秃髮傉檀女爲后。已酖景王，景王不治死。后密謂其弟虎臺曰：『秦滅吾國，本怨偶，非好逑也。况先王之薨，又非天命，遺言不治，欲完卵于覆巢下也。爲人子女可婢僕仇讐而置冥痛於弗雪乎？』遂相與謀殺王，不成，死。

王氏女，年五歲，兩目盲。至二十，父死，臨尸一叫，目皆血出，小妹娥舐其血，左目即開。

謝晦被誅，女爲彭城王義康妃，聰明有才貌，被髮徒跣，與晦訣曰：『阿父，大丈夫當横尸戰塲，奈何狼藉都市！』言訖，叫絶。行人爲落淚。

高宗時，武后請：父在，爲母服三年喪。其言云：『母之于子，慈愛特深，推燥居濕，咽苦吐甘，恩斯極矣，理宜崇報。』

長孫嫗，無齒。其婦唐氏每日拜階下，升堂，乳姑。姑不粒食者數年。一日，疾篤，長幼畢萃，宣言曰：『吾無以報新婦恩，但願汝婦如予婦孝也。』

李白卒，宣歙觀察使范傳正訪其後裔，惟二孫女。嫁爲民妻，進止仍有風範。因泣曰：『先祖志在青山，頃葬東麓，非素志也。若逝者有知，恐魂魄猶繞青山耳。』傳正爲改葬。

農者鄭邯母病，須啖杏實乃愈。其妻楊氏曰：『此非時之物，須勞苦往求，冀天憫賜。』乃易君子之衣，而行至鄰郡。得一杏實于道傍莽穢中，悲喜再拜。取滌，歸奉，姑食之，疾瘳。忽一日，雷風甚勁，若在檐宇。楊氏懼驚，姑立庭仰訴，忽覺臂重莫能舉。及霽，乃有二金龍長數尺，蟠遶其左右臂，龍頂上有字曰『賜楊氏』。

高愍女，父彦昭，降國，李納屠其家。時女七歲，母李請免死爲婢，許之。女不肯，曰：『母兄皆不免，吾何賴而生！』母兄將被刑，以天神明，拜天待盡。女曰：『天如神明，豈使我家以忠義族滅，何知而拜之？』獨不拜，乃西嚮哭父，再拜就死。

閩之刺史章某，以兵事欲斬二將後期者。夫人練氏飾美姬侑酒，令盡歡而醉。密摘二將，使亡。後將南唐兵攻建州，某已死。乃以金帛厚遺夫人，且送一白旗，曰：『吾將屠城，乞植此爲識，當弗犯。』夫人反旗與金帛弗受，曰：『君念舊恩，當施新德。此州萬骨，乞兩將軍肉之。誓不闔郡死而吾家生也！』二將感其言，止不屠。

淄川女顔文姜，事姑孝謹。樵薪外，復汲山泉，以供姑飲。一旦，緝籠下，忽湧一泉，清冷可愛。時謂『顔娘泉』。

成德節度使重榮，誣指揮使賈章反，殺之。欲宥其幼女，女泣曰：『吾家三十口皆死于兵，存者特父與吾耳。今父死，吾忍獨生乎！』遂請死。

禹城縣崔氏女孝。母遇疾，隆冬思食魚。女曰：『聞昔王祥臥冰得魚，吾女子獨不能耶？』乃往河中臥冰。凡十日，果得十魚，鱗鬣稍異。食母而愈。人問女曰：『若臥時如何？』女曰：『以身試冰，殊不寒也。』

錢塘陳孝女，遭兵火，無宅，隨父寄殊勝寺。後依東平人李知事家。屆春，女請往母墓，悲極哽咽，父勉之。還則泣告曰：『比聞李氏將北歸，吾父女孤貧，勢必偕往，父耄女單，間關南北，何日再至母墓？俾綠楊紙錢年年如故乎！』言與淚俱，俄大慟，仆地殞。

宋度宗全后，乃理宗母姪孫女。一日，隨入宫，理宗問曰：『爾父昭孫昔没王事，念之可哀。』后對曰：『妾父可念，淮湖之民尤可念也。』理宗異之，曰：『全氏女言辭甚令，宜配冢嫡。』

金哀宗居汴後，釋服，衣衮冕，見兩宫太后。仁聖王太后曰：『祖宗初取天下，甚不易。何時再揚我武，悉還櫛沐之舊，俾天子服此法服，於中都祖廟行禘饗禮乎？』慈聖王太后亦曰：『恒有此心，則見此當有期矣。』

能哲

瞽叟使舜完廩，舜告堯二女，二女曰：『時其焚汝，鵲汝衣裳，鳥工往。』舜既登廩，得免去。後瞽叟使舜穿井，又告二女，二女曰：『魚汝衣裳，龍工往。』入井，瞽叟與象下土實井，舜從他井出。

魯公甫文伯卒，其母戒其妾曰：『吾聞之：好內，女死之；好外，士死之。今吾子夭死，吾惡其以好內聞也。二三婦之辱其先祀者，請無瘠色，無隕涕，無掐膺，無憂容，有降服，無加服，從禮而静，是昭吾子也。』

晉公子重耳留齊五歲，愛齊女，毋去心。趙衰、咎犯於桑下謀行。蠶妾在上，以告女，女殺之，勸重耳趣行。重耳曰：『無之。』女曰：『行也。懷與安，實敗名。』重耳不可。女與衰等謀，醉而遣之。

晉太子圉爲質于秦，將逃歸，謂其妻秦女曰：『與子歸乎？』對曰：『子，晉太子，而辱于秦，欲歸，不亦宜乎？寡君之使婢子侍執巾櫛，以固子也。從子而歸，棄君命也。不敢從，亦不敢言。』遂逃歸。

晉羊舌子好正，不容於晉，去，之三家之邑。或攘羊遺之，晉叔姬勸令勉受，且求容。羊舌子曰：『爲二子烹之。』叔姬曰：『不可。南方有鳥，名曰乾吉，食其子不擇食，子常不遂。今肸與鮒，童子也，隨君而化，不可食以不義之肉，不若埋之。』

黔婁死，被不蔽尸。曾子曰：『斜引其被，則正矣。』其妻曰：『邪而有餘，不如正而不足。』

楚屈瑕伐羅，鬭伯比送之。還，見楚子曰：『必濟師！』楚子辭。入告夫人鄧曼，對曰：『大夫其非衆之謂，其謂君撫小民以信，訓諸司以德，而威莫敖以刑也。莫敖狃於蒲騷之役，將自用也，必小羅。君若不鎮撫，其不設備乎！不然，夫豈不知楚師之盡行也？』

莒婦有夫，爲莒子殺。及老，托於紀鄣，紡焉以度而去之。及齊師伐莒，至，則投諸外。或獻齊將子占，子占使師夜縋而登，遂入紀。

衛獻公以暴虐被逐，使祝宗告亡，且告無罪。其嫡母定姜曰：『無神何告？若有，不可誣也。

有罪，若何告無？告亡而已，無告無罪。』

陶荅子治陶三年，家富三倍。五年，歸休，宗親牽羊酒賀之，其妻抱兒而泣，姑怒。婦曰：『夫子能薄而官大，是謂嬰害；無功而家昌，是謂積殃。妾聞：南山玄豹，霧雨七日，不下食。將以澤毛衣而成文章也，故藏以遠害。今夫子反是，禍必矣！』

田延年以霍光廢昌邑王議，報丞相楊敞。敞驚懼，汗洽，徒唯唯。敞夫人懼，從東箱謂敞曰：『此國大事！今大將軍議已定，使九卿來報君侯。君侯不疾應，與大將軍同心，先事誅矣！』與延年參語許諾，請奉大將軍教。

王章爲諸生，病，無被，臥牛衣中，與妻決，涕泣。妻呵怒之曰：『仲卿！京師尊貴在朝廷人誰踰仲卿者？今疾病困厄，不自激昂，乃反涕泣，何鄙也！』後章爲京兆，欲上封事，妻又止之曰：『人當知足。獨不念牛衣中涕泣時耶？』

馮夫人名嫽，漢宮人也。善史書。乘錦車，持節和戎。

東平衡農之師卒，農欲奔赴，無粮自資。妻慨然請從行，曰：『吾行止紡績，庶以資郎，雖風鬟雨鬢，不辭也。』

嚴延年治河南，酷刑，號『屠伯』。母嘗數責延年曰：『天地神明，人不可獨殺。我不意當老，見壯子被刑戮也。行矣，去汝東歸，掃除墓地耳。』遂去，歸郡。

王霸友令狐子伯有兒爲郡功曹。遣奉書於霸，容服甚光。霸顧視其子，有慚色，久臥不起。妻曰：『君少修清潔，不顧榮禄。今子伯之貴，孰與君之高？奈何忘夙志而慚兒女子耶？』

鮑宣常就妻桓少君父學。父奇其清苦，以少君偶之，裝送甚盛。宣曰：『少君生富驕，吾貧不敢當禮。』對曰：『大人以先生修德守約，故使妾侍巾櫛。既奉君子，唯命是聽。』乃悉歸侍御、服飾。着短衣裳，與宣共挽鹿車歸里。提甕出汲，修婦道甚備。後宣貴，少君每語其孫曰：『先姑有言：「存不忘亡，安不亡危。」吾安敢忘也。』

李固既被梁冀害，女文姬匿其少子燮，告父門生王成曰：『君執義先公，有古人節。今委君以六尺之孤，李氏存没，其在君矣！』成感其義，乃將燮入徐州界内。後冀誅，還鄉里。姊弟相見，悲感傍人。

范滂坐黨就捕，其母與訣曰：『爾今得與李、杜齊名，死亦何恨！既有令名，復求壽考，可兼得乎？』

許允爲吏部郎，選郡守，明帝疑所用非人，召入，將加罪。妻跣出，謂曰：『明主可以理奪，難以情求。』允頷之而入，以正對免。

都督嬀覽害丹陽守孫翊，欲取翊夫人徐氏。徐紿之曰：『乞須晦日設祭除服。』因潛使語翊舊將孫高、傅嬰等，盟誓討覽。到晦日，設祭，夫人盡哀畢，乃除服，薰香沐浴，更於他室安施幃帳。言笑歡悦，示無戚容。覽覘視，無疑意。夫人乃呼高、嬰與諸婢，羅住户内。使人報覽，覽入，夫人迎拜。甫一拜，便大呼：『二君可起！』高、嬰出，殺覽。夫人乃還縗絰，奉賊首以祭夫墓。

李衡守丹陽，數以法繩瑯琊王孫休。休立，衡欲奔魏。習氏曰：『不可。君數作無禮，又猜嫌逃奔，以此北歸，何面目見中國人乎？且上素好善慕名，終不以私嫌殺君。可自囚詣狱，表列前失，顯求受罪，當逆見優容，非但活也。』衡從之。果無患，又加秩。

孟宗少從師學。母爲作厚褥大被。或問故，母曰：『小兒無德致客。學者多貧。故爲廣被，庶可得與氣類接也。』

周浚作安東時，行獵，值暴雨，過汝南李氏。值男子不在，有女名絡秀，聞外有貴人，與一婢於內宰猪羊，作數十人飲食，事事精辦，不聞人聲。密覘之，獨見一女子，狀貌非常。浚因求爲妾，父兄不許。絡秀曰：『門户殄瘁，何惜一女！若連姻貴族，將來或大益父兄。』從之，遂生顗兄弟。絡秀語顗等：『我所以屈節爲汝家作妾，門户計耳。汝若不與吾家作親親者，吾亦不惜餘年！』顗等悉從命。由此李氏在世得方幅齒遇。

朱序鎮襄陽，苻堅遣兵圍之。序母韓氏自登城，謂西北角當先受敵。遂領百餘婢并城中女子，於其角，斜築城二十餘丈。賊攻西北角，果潰。衆便移守新城，名爲『夫人城』。

徐州刺史劉遐卒，其妹夫田防等欲爲亂。遐妻邵氏止之，不從。乃密起火燒甲杖都盡。

陶侃家酷貧。值同郡范逵投侃宿，室如懸罄。時逵馬、僕甚多。母湛氏語侃曰：『汝但出外留客，吾自爲計。』湛頭髮委地，下爲二髲，賣得數斛米。斫諸屋柱，悉割半爲薪。剉諸薦以爲馬草。日夕，遂設精食，從者皆無所乏。

劉牢之先爲桓玄所害。及玄篡位，牢之姊子何無忌，與劉裕謀討之。無忌夜于屏風裏草檄。其母以器覆燭，徐登梯，於屏風上密窺之。泣曰：『吾不及東海吕母明矣！汝能爲此，吾復何恨？』問所與同謀，曰：『劉裕。』母尤喜。因言玄必敗，事必成，以勸之。

孟昶因桓玄篡，與劉裕起義，將散財供粮。時妻周氏所生在抱，推以示昶曰：『此兒可賣，當亦不惜，况資財乎？』遂傾産給之。

柳世隆起兵應宋明帝，兵敗逃匿。孔道存購之甚亟。有軍人貌似，斬送之。時世隆母郭、妻閻并縶襄陽獄。道存以所送首示之，母見首悲情小歇，而妻閻號叫更甚。密謂郭曰：『今若減悲，便爲人覺，復當增號以滅之。』世隆竟免。

侯景寇亂，徐孝克養母，饘粥不給。妻臧氏有色，孝克欲令改適，以濟母乏，臧氏弗許。時景將孔景行多予孝克穀帛，逼迎之。臧氏涕泣去，然猶深念舊恩，數私餉孝克母。後景行戰死，臧氏伺孝克途中，累日乃見。謂曰：『往日之事，非爲相負。今既得脱，當歸供養。』遂更爲夫婦。

梁衡陽王蕭暢卒，葬，將引，柩有聲，議者欲開視。王妃柳氏曰：『晉文已有前例，不聞開棺。無益亡者之生，徒增生者之痛。』乃止。

楊州刺史任城王元澄他出，梁將姜慶貞乘虚襲壽陽，據外郭。任城太妃孟氏勒兵登陴，先守要便。激厲文武，安慰新舊，勸以賞罰，將士咸奮。太妃親巡城守，不避矢石。慶貞乃退。

魏万俟醜奴反，圍岐州。孫道温妻趙氏，謂城中婦女曰：『今州城方陷，吾輩安歸？死苦生辱，義在同憂。』遂相率負土，晝夜培城。城竟完。

蕃將阿布思伏法，其妻配掖庭，隸樂工。及侍宴爲戲，皆笑樂。政和公主獨俛首，玄宗問故。公主曰：『使阿布思真逆人也，其妻亦同刑人，不合近至尊；若果冤横，忍使其妻雜處羣優，爲笑謔具哉！』上亦憫惻，遂罷戲。免阿布思妻。

杜司空悰鎮澧陽，怒宏詞李宣古侮慢，臥于泥中，欲辱之檟楚。其妻長林公主，《唐書》作岐陽公主。不待穿履，奔出救之。曰：『尚書不念諸子初學時，擬陪李秀才硯席乎？奈何飲人狂藥，舉人纖過？』遂遣人扶起，命入東院，以香水沐浴，更以新衣。却赴中座，傳令爲詩。李生援筆立成，悰賞之貺物十廂。

李景讓爲浙西觀察，杖殺一押衙，軍中欲爲變。景讓方視事，其母出，坐廳事，立景讓於庭，責之曰：『天子付汝以方面，豈得妄殺，致一方如沸。非惟上負天子，且下愧先人矣！』命左右褫衣坐之，欲撻其背，將佐皆泣，久乃釋。軍中遂定。

冀州長史吉懋，以事脅南宫縣丞崔敬，娶其女爲子頊妻。一日，花車卒至門，敬妻鄭氏初不知，抱女大哭曰：『我家門户低，不曾有吉郎。』女堅臥不起。其小女白母曰：『父有急難，殺身救解。設令爲婢，尚不合辭。姓望之門，何足爲耻？姊若不可，兒自當之。』遂登車去。

僧泓師與宰相韋安石善。嘗見鳳棲原一地甚佳，語安石，安石欲偕往。其夫人曰：『公爲天子重臣，泓師通陰陽術數。奈何一旦潛遊郊野，又買墓地，恐公禍從此始。』泓師曰：『夫人先見，若須買地，不必躬親。』夫人曰：『欲得了義，兼地不須買。』

沈尚書絢主春闈，其母太夫人曰：『近日崔李侍郎，皆與同宗及第，若擬放誰？』絢曰：『莫踰沈先。』太夫人曰：『先早有聲價，科名不必在汝。吾以沈儋孤單鮮知者，汝若不愍，孰能見哀？』絢不敢違，遂放儋第，先後亦升上第。人服太夫人之朗悟。

李侃爲項城令，李希烈攻之，妻楊氏勸其固守。侃中流矢還家，婦責曰：『君不在，誰肯固守？死於疆猶愈於床也。』

劉自然主管義軍，欲迫民黄知感往捍蜀。知感妻有美髮，自然欲之。謂知感，能致妻髮，即免行。妻曰：『我以弱質托君，髮可再生，人死永訣矣。君若南征不返，我有美髮何爲？』遂攬髮剪之。

朱温先與朱瑾結兄弟好，後起兵相攻，破瑾，納其妻以歸。温婦張氏迎於封丘，瑾妻再拜，張亦拜，悽然泣下曰：『兗鄆與司空同姓之國，昆仲間以小故興干戈，而使吾姒至此。若不幸汴州失守，妾亦如此矣。』言已，又泣。温感動，送瑾妻爲尼。

鄒僕與妻策驢至芒蕩澤，憇樹下。有五六盜，掩其不備，襲殺僕。妻矯而大呼曰：『快哉！

吾良家子，遭其俘掠致此，今日方雪吾耻也。』盗信而不殺，驅以南邁，近五六十里，至孤莊南而息。婦佯言謀食，徑入村人中堂，泣拜其總首，且告夫嬰酷狀。盗一時擒戮。

蘇學士軾以詩得罪，下御史獄。曹太后違豫中聞之，謂帝曰：『嘗憶仁宗以制科得軾兄弟，喜曰：「吾爲子孫得兩宰相。」今聞軾以作詩繫獄，得非仇人中傷之乎？乃捃至於詩。』軾由此獲免。

宋高后兄遵裕，坐征西夏失律，抵罪。神宗崩，蔡確獻諛，乞復其官。后曰：『遵裕靈武之役，塗炭百萬。先帝中夜得報，起環榻行，徹旦不能寢。聖情自是驚悸，馴致大故。禍繇遵裕，免誅幸矣。先帝肉尚未冷，吾何敢顧私恩而違公議？』確悚慄止。

曹御史修古無子。以建言謫知興化，暴卒，貧不能歸葬。賓佐賻錢五十萬，母將受。其女白母曰：『先人忠節，不幸謫死，無煩受錢，以浼清德。』賻者復請爲嫁女費，女復泣曰：『用錢于喪，尚不敢取。今欲備嫁，是使吾幸父喪而自醜也。』母遂不受。

張浚欲論秦檜奸，恐爲母累，體至瘠。母怪問，以實對。母不應，惟誦浚父紹聖初《對策》，曰：『臣寧言而死于斧鉞，不忍不言以負陛下。』浚遂決。

程鵬舉以宋季被虜，入元某萬户家，以俘到一女妻之。成婚三日，竊謂鵬舉曰：『觀君才貌，非久墮人後，何不去？否則終爲人奴耳。』鵬舉疑之，訴萬户，鬻于市。妻臨行，以所穿繡鞋一，易程一履，泣曰：『期執此相見矣。』程感悟，遂奔宋。

劉復新爲上都留守。令史亢子春，戲據案判事。復新怒，責狀枷項。夫人田氏詢知，謂『此小節耳！』即呼子春至，請復新脱其枷，且勞以酒。云：『此一盃與若壓驚。此一盃與若祝喜。大丈夫患無志耳。留守一官，寧有種乎？』亢泣謝而退。數年，復新卒，無嗣。時亢官湖廣參政，迎夫人歸，没齒敬養。

金哀宗有庶兄荆王守純，或誣王謀不軌，下獄。王太后謂帝曰：『汝止一兄，忍乎？趣赦出見我，若移時不至，我不見汝矣。』帝起。太后立待王至，泣撫之。

元世祖后率宫人親執女工。拘諸舊弓絃練之，緝爲紬以製衣，其韌密比綾綺。

節　義

杞殖襲莒，戰死。其妻抗聲哭杞，都城感之而頹。齊莊公使人吊之塗，妻曰：『君之臣不免于罪，則將肆諸市朝，而妻妾執；若君之臣免于罪，則有先人敝廬在。』公使吊於室。既葬，援琴歌曰：『樂莫樂兮新相知，悲莫悲兮生别離。』遂赴水。

晉公子重耳居狄，狄人妻以季隗。及將適齊，謂季隗曰：『待我二十五年，不來而後嫁。』對曰：『我二十五年矣。又如是而嫁，則就木焉。請待子。』

楚昭王遊于雲梦，蔡姬、越姬從。王約以生偕樂、死同時。蔡姬諾之。越姬曰：『王以束帛乘馬，取婢子于弊邑，不約死。』後王疾，有赤雲夾日如飛鳥。占者言：『應害王身，或請移于將相。』王曰：『吾股肱也。』不聽。越姬曰：『大哉君王之德！以是妾願從王矣。昔日之遊，淫樂也，是以不敢許。及君王復于禮，國人皆將爲君王死，而况妾乎？妾死王之義，不死王之好也。』

伍子胥至溧陽，乞食於擊綿女。初不許，已知其非凡人，乃發其簞筥，長跽而進之。子胥再餐止，女曰：『君子有遠逝之行，何不飽而餐之？』子胥已餐而去。女嘆曰：『嗟乎！妾獨與母居三十年，自守貞明，誓不滓潔。何宜饋飯而與丈夫？妾不忍也。』遂自投瀨水。

聶政爲嚴仲子報仇，刺韓相俠累，因自皮面決眼以死。暴尸，懸金購問，無知者。其姊嫈聞之於邑，曰：『其是吾弟與？嗟乎！仲子知吾弟。』乃如韓市。而死者果政。伏尸哭曰：『是軹深井里所謂聶政者也。以妾尚在故，重自刑以絶從。妾奈何畏没身之誅，終滅賢弟之名！』乃呼天悲哀，而死政側。

項羽美人名虞，常幸從。及羽兵敗，聞漢軍四面楚歌。夜起飲帳中，悲歌慷慨。自爲歌詩，美人和。歌曰：『漢兵已略地，四面楚歌聲。大王意氣盡，賤妾何聊生！』遂自殺。

秦滅魏，盡誅諸公子。惟乳母携一公子逃。秦懸金帛購之，匿者夷。故臣見乳母，問公子所在。乳母曰：『吁，我不知公子處。雖知之，亦終不可言。』故臣曰：『今國亡族滅，子匿之，誰爲？』母嗟而言曰：『夫見利而反上者，逆；畏死而棄義者，亂。豈可利賞畏誅，廢正義而行逆亂哉？妾不能生而令公子擒也。』遂抱逃深澤。故臣告。秦軍追射之。乳母以身蔽矢，與公子俱射死。

羅勤女静，與同縣朱曠結婚，禮未成，勤遇疫疾。曠觸冒經營，尋病亡。静感其義，誓不嫁。有楊祚者，多將人衆，自往納幣，逼静出見。静曰：『實感朱曠爲妾父死，是以託身亡者，自誓不貳。辛苦之人，願君哀而舍之。如其不然，請守以死。』祚乃去。

寡婦淑喪夫守節，其兄弟欲逼嫁之。淑與書云：『昔梁寡不以毁形之痛，忘執義之節。高山景行，豈不思齊？計兄弟備托學門，不能匡我以道，雖曰「既學」，吾謂之未也。』

遼西太守趙苞到官，遣使迎其母。會鮮卑入寇，母爲所劫質，扶以擊郡。苞見之，悲號。母遥呼其字，曰：『威豪，人各有命，何得相顧，以虧忠義。昔王陵母對漢使伏劍，以固其志。爾勉之！』苞如其言進戰，母遂遇害。

荀爽女采夫亡，爽以許同郡郭奕。誘令還家，逼載送奕。采僞爲歡悦，謂左右曰：『我本立志，與故夫同穴，素情不遂，奈何！』乃命建四燈，盛粧飾，與奕相見，言辭不輟。奕敬憚，不敢逼，至曙出。

趙昂子月質于馬超。會超叛，與楊阜等謀討超。因語妻王氏曰：『奈月何？』王氏厲聲曰：『若欲立忠義，雪君父大耻，喪元不足爲重，况一子哉！夫項槖、顔淵豈復百年？貴義存耳。』

馬超殺涼州刺史韋康。從事楊阜欲復仇，詣外兄姜叙，説康被害狀，對泣良久。叙母呼叙字曰：『咄，伯奕，韋使君遇難，非一州耻，亦爾之負，豈獨義山哉？爾無顧我，事淹變生。人誰不死，死國名芬。但當速發，我自爲爾當之，不以餘年累爾也。』因敕叙與阜參議許諾。

曹文叔早亡，妻夏候令女，誓不嫁，依族人曹爽居。及爽被誅，母家迎歸，微使人諷之嫁。令女竊入寢室，以刀斷鼻，蒙被臥。或慰止之，令女泫然出涕曰：『吾聞貞婦不以存亡易心。當曹氏繁華時，尚欲矢節寒松，以後凋保終。况今衰颯乎！吾何忍棄之？』

龐林娶習顯妹。魏武破荆州，妻習氏與林分隔，守養弱女十有餘年。後林隨黄權降魏，始復集聚。文帝賢之，賜床帳衣服，顯其節義。

王經家貧，仕至二千石，其母曰：『可以止未？』經不能用。後爲尚書，以忠於魏主髦，爲司馬昭所收，并及母。經泣語母曰：『不從母敕，致有今日！』母笑曰：『往所以止兒者，恐不得死所也。以此并命，吾歡其義矣！』

魯氏夫家坐法誅，氏應配士伍，自誓必死。姑曰：『夫亡改適，悠悠皆是，何至此？』魯氏曰：『悠悠之爲，非妾志也。』

姚萇襲苻登大界營，陷之。登后毛氏彎弓跨馬，率壯士數百與戰，殺七百餘人，衆寡不敵，爲萇所執。萇欲納之，毛氏仰天大哭曰：『逆哉！萇前害天子，今又辱皇后。天乎！天乎！行取爾地下治之耳！』遂被殺。

凉王吕紹被殺，其美人張氏年十四，有殊色，爲尼。吕隆欲逼之，美人曰：『欽樂至法，故投身道門。且一辱於人，誓不毁節。今罹横逼命也，奈何！』升門樓，墜地卒。

南燕慕容氏公主，善書史，能鼓琴。年十四，適段豐，豐以譖誅。將命改適餘熾，尅日成禮。主姿容婉麗，服飾光華。熾見之，甚喜。經宿，僞辭疾，熾不敢逼。三日歸第，沐浴，置酒，言笑自若。至夕，將自縊，密書其裙帶曰：『死後埋我段氏側，若魂魄有知，歸彼矣。』及葬，經熾宅，熾聞輓歌聲，亦慟絶良久。

顧協少時，聘舅息女。未成婚而協母亡。免喪後，不復娶。年六十餘，此女猶未適。協義而迎之。

張彪妻楊氏有容貌。彪遇害，章昭達便拜稱陳蒨教迎爲家主。楊改啼爲笑，欣然意悦，請昭達殯彪。既畢，還經彪宅，謂昭達曰：『婦人本在容貌，辛苦日久，請暫爲過宅粧飾。』昭達許之。

楊入室，便割髮毀面，哀哭慟絶，誓不更行。

隋煬帝即位，蘭陵公主駙馬柳述，坐罪徙嶺表。帝將改嫁主，主以死自誓，不復朝謁。表求免主號，與述同徙，帝不從。主感憤成疾，臨終，上表：『生不得從夫，死乞葬柳氏。』

許善心母范氏，博學有高節。常侍獨孤后講讀。及宇文化及弑逆，善心以不舞蹈遇害。范時年九十二，不哭。撫柩曰：『能死國難，吾有兒矣。』

王世充稱帝東都，以兄女妻楊慶。及世充將敗，慶欲將妻歸唐，妻曰：『國家以妾奉箕帚於公，欲申厚意，結公心耳。今國家阽危，不顧婚姻，孤負付屬，非妾所能責公也。妾若至長安，公家一婢耳。願送還東都，君之惠也。』慶不許，妻沐浴靚粧，仰藥死。

李德武徙嶺南，妻裴氏誓不嫁。常讀烈女傳，紀不更嫁者，謂人曰：『不踐二廷，婦人之常。安貴而載之書？』後十年，德武更娶爾朱氏。遇赦還，中道聞其完節，乃遣後妻，爲夫婦如初。

李節婦年十七嫁爲鄭廉妻。未踰年，廉死。常布衣蔬食，夜忽梦男子求爲妻。後數梦之。

李嘆曰：『吾誓不易節，而爲梦所撓，疑吾容未衰所召也。』即截髮麻衣，垢面塵膚。自是不復梦。

賈直言坐事貶嶺南，與妻董氏訣曰：『生死不可期，亟嫁，無須。』董不答。引繩束髮，封以帛，使直言署曰：『非君手不解。』直言貶二十年，還，署帛宛然。及湯沐，髮墮無餘。

鄭氏女父爲江外官，維舟江渚。羣盜奄至，惟索侍御小娘子。女欣然請行，賊取小舟載去。女曰：『君雖爲偷，得無所居與親屬乎？然吾家衣冠族，既爲若婦，豈以無禮見逼。若達爾所止，一會親族，以托好逑，足矣。』賊見其詞順，不疑，尋赴江。

淮西吳元濟據鎮反，以蔡人董昌齡爲郾城令，質其母楊氏。楊氏謂昌齡曰：『順死賢於逆生。汝去逆而吾死，乃孝子也。從逆而吾生，乃戮吾也。』昌齡遂歸國。

蜀王孟昶降宋，其母李太后隨至京師。昶卒，不哭。以酒酹地曰：『汝不能死社稷，貪生以至今日。吾所以忍死者，以汝在耳。今汝既死，吾靦生何爲？』因不食。

大昌軍使徐瑶，從王建入蜀。獲士人李希妻俞氏，有色，瑶逼之。俞氏曰：『吾夫常爲鄉貢進士，風流儒雅，人比之相如，我尚以爲非匹。若健兒耳，乃思辱我耶？』

樞密使包拯子繶早亡，妻崔氏少，翁姑疑不能守，使左右嘗其心。崔蓬垢涕泣，出堂下見拯曰：『翁天下名公，婦以齒賤，獲執瀞滌，幸矣！况敢污家乎？誓於此生靡他也。』

金主亮聞葛王雍妃美，召至中都。時葛王爲濟南尹。妃念若身死濟南，亮必殺雍。惟奉詔去濟南死，雍可以免。謂雍曰：『我當自勉，不以相累也。』召王府臣僕諭之曰：『爲我禱諸東嶽，我不負王，使皇天后土明鑒我心。』衆皆泣下。

吴有成卒，妻鄧氏年二十，守制不嫁。居一室，爲火所毁。鄧氏編竹爲小廬，略蔽風雨。冬月寒，人勸其以泥塞之。鄧曰：『不須此。正欲星月映榻，同予光明；霜露侵檐，同我清潔耳。』人號『竹扉節婦』。

别將榮全據高郵城叛。置宴，妓毛惜惜耻于供給，全斥責之。惜惜曰：『妾風塵穢質，顧影自傷，恨濯身無計。爾爲國健兒，乃叛而降，降而復叛，不思濯鱗清流，可乎？妾雖賤妓，耻役叛臣。』全怒臠之。

淮寇破蕪湖縣，欲殺詹氏女父兄，女趋前，拜曰：『妾雖窶陋，願執巾帚，以事將軍，贖父兄命。』賊釋父兄縛，女麾手使亟去，『無顧我，我得侍將軍，何憾！』遂隨賊行數里，過市東橋，躍身入水。

金亡，其將郭斌，猶守會州孤城，及破，斌驅其妻子，聚一室焚之。有女奴自火中抱兒出，泣授人曰：『將軍盡忠，忍使乏嗣？此其兒也，幸哀而收之！』言畢，復赴火。

元兵攻金某城，矢石之際，忽見一女呼城下，曰：『我倡女張鳳奴也。許州破，被俘至此。彼軍不日竄矣，諸君力堅守，無爲所紿也。』言訖，投濠死。

金崔立之變，御史大夫蒲察琦，以死自誓。既至家，母方晝寢。驚寤曰：『適梦三人，潛伏梁間，故驚耳。』琦跪曰：『梁上人，鬼也。兒意在懸梁，阿母梦先見耳。』家人輩以老母存，泣勸。母止之曰：『勿勸，兒所處是矣。』

元末，高郵暴客，乘亂寇掠。韋寅之妻王蕙與其姑懼辱，相繼赴井。有女奴始笄，尤娉婷，已擇配而未醮。見二人俱死，嘆曰：『後之哉！若冰清可分吾，寧執盥掃於泉下耳。』亦從溺。

千夫長李某戍天台，私調部卒妻郭氏。卒挾刃刺李，坐死。郭誓死不貳，持兩幼泣曰：『汝父行死，母亦當死，兒安依？終死耳。今賣兒於人，情豈得已。若天祐兒成，歲時以盂酒勺飯洒一抔前，則二親不餒矣。』言訖，其子女抱母而號，行人皆爲墮淚。

萬氏夫李君問亡，誓死不貳。適有富室求婚，萬咏《枕上綉梅詩》示意，求者乃寢。

徐彩鸞通經史，每誦文天祥《六歌》，必感泣。後爲賊所執，至桂林橋，投水。其詩曰：『惟有桂林橋下水，千年猶照妾心清。』

儒　雅

衛夫人曰：『學書者執筆爲先。真書一寸二分。行草書去筆三寸一分。點、畫、波、撇、屈、曲，皆須盡一身之力送之。』

宋氏父無子，授女以《周官音義》。年八十，視聽無闕。苻堅命就宋氏家立講堂，置生員百二十人，隔絳紗幔受業。

魏武與蔡邕善。以金贖其女文姬于匈奴。常問之曰：『聞夫人家先多墳籍，猶能憶識之不？』文姬曰：『昔亡父賜書四千許卷，流離塗炭，罔有存者。今所誦憶，裁四百餘篇耳。』於是繕書送之，文無遺誤。

陳宮人袁大舍，楊用修誤作孔貴嬪。爲女學士。唐妓薛濤，爲女校書。宋女郎林妙玉，爲女進士。蜀黄崇嘏，爲女狀元。

盧道虔妻元氏，甚聰悟。嘗升高座講《老子》，道虔從弟元明，隔紗帷以聽。

唐太平公主愛《樂毅論》，武后與以織袋，盛置㕑中。後爲一嫗投之灶下，香聞數日。

郭曖妻昇平公主有才，尤喜詩人。曖盛集文士，主必坐視簾中，詩美者賞百縑。

徐州张尚書妓，女多涉獵。人有借其書者，往往粉指痕印于青編。

姑臧太守張憲諸姬，日侍閣下。奏書者號『傳芳伎』；代書札者號『墨娥』；掌詩稿者號『雙清子』。

宋廷芬五女，皆警慧能文。長若莘，次若昭、若倫、若憲、若荀。莘、昭文尤高。性素潔，鄙薫澤靚妝。不願歸人，欲以學名家。家亦不欲與寒鄉凡裔爲姻對，聽其學。若莘誨諸妹如嚴師。著《女論語》十篇，大抵準《論語》。以韋宣文君代孔子，曹大家等爲顏、冉，推明婦道所宜。若昭又爲傳，申釋之。唐德宗召入禁中，試文章，并問經史大誼。每與侍臣賡和，五人者皆豫，未嘗不蒙賞。又高其風操，不以妾侍命之，呼『學士』。

臨邛縣送失火人黄崇嘏至，見周庠于邛南幕中。稱鄉貢進士，年三十許。獻詩，庠極奇之，薦攝府司户參軍，欲妻以女。崇嘏又袖封狀謝，仍貢詩一篇，有云：『幕府若容爲坦腹，願天速變作男兒。』庠覽詩驚問，乃黄使君女。幼失覆蔭，唯與老奶同居。

歐陽參政修在汝陰時，一伎能盡記修所爲歌詞。

范祖禹女讀《孟子》，曰：『孟子誤矣，心豈有出入？』

蒲卣母任氏知書，里中號『任五經』。

李易安適趙明誠。每飯罷，與夫坐歸來堂。烹茶。指堆積書史，言某事在某書、某卷、第幾葉、第幾行，以中否勝負，爲飲茶先後。中則舉盃大笑，或至茶覆盃中，不得飲而起。

女子紫竹工詞。一日，手《李後主集》。其父問曰：『後主詞中，何語最佳？』答曰：『「問君能有幾多愁，恰似一江春水向東流」耳。』

趙定母多通詩書。常聚生徒數十人，張帷講説。儒生登門質疑，必引與坐。開發奥義，咸出意表。

白氏婦於蘇二十而寡。嘗於宅東北爲祭室，畫東坡、潁濱兩先生像；圖黄州、龍川故事壁間。香火嚴潔，躬自洒掃。士大夫求瞻拜者，往往過其家奠之。

虞集幼處干戈中，無書册可携。母楊氏口授《論語》、《孟子》、《左氏傳》、歐蘇文，聞輒成誦。比還長沙，就外傅，始得刻本。則已盡讀諸經，通其大義。

錢塘曹妙清三十不嫁。文章與風操俱邁。嘗持所著詩文，偕乳媪，訪楊維禎于洞庭太湖間。爲歌詩鼓琴，以寫山川荒落之悲。引《關雎》《雉朝》琴操以和《白雪》之章。維禎大賞，叙爲曹氏《絃歌集》。

卷二

雋才

宋舍人韓憑妻何氏美，康王築臺望之，竟奪何，囚憑。何乃作《烏鵲歌》，曰：『南山有烏，北山張羅。烏自高飛，羅當奈何！』又曰：『烏鵲雙飛，不樂鳳凰。妾自庶人，不樂宋王。』

司馬相如悦茂陵女子，欲聘爲妾。文君與相如書曰：『春華競秀，五色凌素。琴尚在御，而新聲代故。錦水有鴛，漢宫有木。彼物而親，嗟世之人兮，瞀于淫而不悟！』再與書曰：『朱絃斷，明鏡缺，朝露晞，芳顔歇，白頭吟，傷離别。努力加餐無念妾，錦水湯湯，與君長訣！』相如乃止。

班超在西域久，其妹昭爲上書云：『超以一身，轉側西域，至今積三十年。骨肉生離，不復相識。隨從士衆俱已物故。超年最長，旦暮入地，久不見代。如有卒暴，超之氣力不能從心，便爲上損國家纍世之功，下棄忠臣竭力之用，誠可痛也！』帝感其言，征超還。

秦嘉爲郡上掾，其妻徐淑寢疾還家，不獲面别。嘉遺之書，兼以明鏡、寶釵、芳香、素琴贈之。淑答云：『昔詩人有「飛蓬」之感，班婕妤有「誰榮」之嘆。素琴之作，當須君歸。明鏡之鑒，當待君還。未奉光儀，則寶釵不列也。未待帷帳，則芳香不發也。』

皇甫規繼妻善屬文，能草書。時爲規答書記，人嘆其工。

襄陽衛敬瑜妻，少寡，誓不嫁。所住户有燕巢，常雙來去。後忽孤飛，女感其偏棲，乃以縷繫脚爲志。後歲此燕復來，猶帶前縷。女因爲詩曰：『昔年無偶去，今春猶復歸。故人恩既重，不忍復雙飛。』

左芬爲晉武貴嬪。姿陋體羸。常居薄室。然以才德見禮。帝每遊華林，輒回輦過之。言及文義，辭對清華。左右侍聽，無不稱美。

謝安內集，與兒女講論文義。俄而雪驟，安欣然曰：『白雪紛紛何所似？』兄子朗曰：『撒鹽空中差可擬。』兄女道韞曰：『未若柳絮因風起。』安大笑樂。

安南將軍竇滔之襄陽，恨妻蘇若蘭妒，不與偕。蘇自傷，因織錦廻文。錦縱廣八尺，題詩三十餘首，計八百餘言，縱横反覆，皆成文章，其文點畫無缺，名《璇璣圖》。讀者不能盡通。若蘭笑謂人曰：『徘徊宛轉，自成文章。非我佳人，莫之能解。』遂命蒼頭齎至襄陽。滔省覽錦字，感其妙絕。因迎至，恩好甚重。

石崇愛婢翾風最寵。及年三十，爲妙年者所毁，遂退爲房老，使主羣少，乃懷怨懟。作詩曰：『春華誰不羨，卒傷秋落時。哽咽追自泣，鄙退豈所期？桂芬徒自蠹，失愛在娥眉。坐見芳時歇，憔悴空自嗤。』石氏房中并歌此曲。

聶勝瓊，宋京師名妓也。與李之問結好。之問行，勝瓊作詞寄之，有『枕前淚共簾前雨，隔箇窗兒滴到明』之句。李緘笥中，爲妻所得。問之，以實告。妻愛其語句清俊，遂出粧奩，資夫娶歸。

齊内博士韓蘭英，善文章。有顔氏女，因夫嗜酒，父母奪入宫。廢帝以春夜命蘭英爲顔氏賦詩，曰：『絲竹猶在御，愁人獨向隅。棄置今已矣，誰憐微薄軀。』帝乃還其夫。

徐悱妻劉令嫻能文。悱卒，令嫻爲文祭之，有云：『昔奉齊眉，異于今日。從軍暫别，且思樓中。薄遊未返，尚比飛蓬。如當此訣，永痛無窮。百年何幾，泉穴方同。』時悱父勉，欲爲哀辭，及見此文，乃閣筆。

范靖同妻沈满願坐後園，觀洒翠池，又上洗心亭，共索筆研，爲《映水曲》。沈先成，曰：『輕鬟學浮雲，雙娥擬初月。水澄正落釵，萍開理垂髮。』靖奇之，不復敢作。

魏尚書令王肅先仕齊，娶謝氏女。及至洛，復尚陳留公主。謝氏爲尼，來奔，作五言詩贈，曰：『本爲箔上蠶，今作機上絲。得路逐勝去，頗憶纏綿時。』主代肅答谢曰：『鍼是貫綿物，目中恒任絲。得帛縫新去，何能衲故時。』

周千金公主先嫁突厥，及隋文帝篡周，又滅陳，以陳主叔寶屏風賜主。主因宗國之亡，心懷不平。因書屏風爲詩，叙陳亡自寄，末云：『惟有昭君曲，偏傷遠嫁情。』讀者悲之。

煬帝寵崆峒夫人吴絳仙，以蕭后妒，稍見外。會瓜州進合歡果，令小黄門以一雙馳騎賜絳仙。馬急摇解。絳仙拜賜，附紅箋進曰：『驛騎傳雙果，君王寵念深。寧知辭帝里，無復合歡心。』帝嘆曰：『絳仙真女相如！』

侯夫人有美色，入迷樓，數年不見御。積悲怨，常作《自感詩》云：『庭絶玉輦迹，芳草漸成窠。隱隱聞簫鼓，君恩何處多？』又，《粧成》詩云：『粧成多自惜，梦好却成悲。不及楊花意，春來到處飛。』讀者凄感。

楊炯初見鄭羲真，誦其姪女容華《臨鏡曉粧》，詩曰：『啼鳥驚眠罷，房櫳曙色開。鳳釵金作縷，鸞鏡玉爲臺。粧似臨池出，人疑向月來。自憐方未已，欲去復徘徊。』鄭大擊節。後又誦己作數十首，鄭皆曰：『不如首作。』

唐太宗常召徐賢妃，久不至，怒之。賢妃進詩曰：『朝來臨鏡臺，粧罷且徘徊。千金始一笑，一召詎能來？』上爲頤解。

李白婦博學强記。白一日賦詩，末云：『不信妾腸斷，歸來看取明鏡前。』婦曰：『君不聞武后詩乎？「不見比來常下淚，開厢驗取石榴裙」，將無類乎？』白深異之。

韋陟有侍婢，能主尺牘。往來復章，陟未嘗自札，受意而已。辭旨重輕，正合陟意。而書體遒麗，皆有楷法。陟惟署名。

唐中宗幸昆明池，羣臣應制賦詩。帳殿前結彩樓，命上官昭容選一首，爲新翻御製曲。紙落如飛，從臣各認名接取，唯沈佺期、宋之問二詩不下。移時一紙飛墜，乃沈詩也。昭容評曰：『二詩工力悉敵。沈落句云：「微臣彫朽質，羞覩豫章才」，辭氣已竭。獨宋云：「不愁明月盡，自有夜珠來」，猶陟健舉。』

楊貴妃寵盛，宮娥皆衰悴。常書落葉，隨御溝水而流。云：『舊寵悲秋扇，新恩寄早春。聊題一片葉，將去接流人。』《紅葉詩》凡四見，存其稍僻者。

南楚材旅遊，受潁牧之眷，欲妻以女。妻薛瑗對鏡寫真，以詩寄之。有云：『淚眼描將易，愁腸寫出難。』楚材乃歸。

殷保晦始舉進士時，文章皆内子封夫人爲之。動合規式，中外皆知。良人倜儻疏放，未嘗以文章爲意也。

天官侍郎宋庭瑜左遷于外，妻魏氏随之任。中路作《南征賦》，詞甚典美。已再任外，魏氏心恨。念張相説少時爲其父所重，乃作書與説。叙亡父疇昔之雅，爲庭瑜申理，兼録《南征賦》寄説。説嘆曰：『曹大家《東征》流也！』

元相公稹聞薛濤名，因奉使往見。稹矜持筆研，濤走筆作《四友贊》，其略曰：『磨潤色先生之腹，濡藏鋒都尉之頭。引書媒而黯黯，入文圃以休休。』稹嘆服。

韋詢美及第後，受辟，挈所寵素娥行。羅紹威聞其姝麗，求之。詢美不敢辭，遂以獻。素娥善諧謔筆札，和淚作詩云：『妾閉閑房君路歧，妾心君恨兩依依。魂神倘遇巫娥伴，猶逐朝雲暮雨歸。』

張揆防邊近十年。其妻侯氏綉廻文，作龜形詩，詣闕進之。有云：『聞雁幾回修尺素，見霜先爲製衣裳。』又云：『綉作龜形獻天子，願教征客早還鄉。』武宗感之，放揆歸。賜侯氏絹，以彰才美。

韋蟾廉問武昌。及罷，賓僚盛陳祖席。蟾首書《文選》句云：『悲莫悲兮生别離』，『登山臨水送將歸』，請續其句，座客皆思不屬。獨一妓泫然起曰：『某不才，不敢染翰。』即口占云：『武昌無限新栽柳，不見楊花撲面飛。』蟾大驚異，令唱《楊柳枝詞》，極歡而散。

陳陶隱西山，操行清潔。時嚴譔牧豫章，欲撓之。遣小妾蓮花往侍，陶不顧。妾獻詩求去，曰：『蓮花爲號玉爲腮，珍重尚書遣妾來。處士不生巫峽梦，虚勞雲雨下陽臺。』

晁采女能文。一日，蘭花始發，其母命目之，采即應聲曰：『隱于谷裏，顯于澧潯。既入燕姬之梦，還鳴宋玉之琴。』

趙不敏與錢塘伎盼奴洽。後官襄陽，以念盼奴死。盼奴有妹小娟，俊雅能詩。因遺言其弟判院取之。判院至錢塘，盼奴亦卒。小娟以於潛官絹攀累繫獄。倅從獄召出，以不敏書付之。内惟詩一首，末云：『借問錢塘蘇小小，風流得似大蘇無？』命小娟和之，即援筆云：『君住襄江妾住吴，無情人寄有情書。當年若也來相訪，還有於潛絹也無？』倅大喜，言於守，出之。乃歸院判偕老。

李後主在國日，曾手書《心經》一卷，賜嬪御喬氏。及後主殂于宋，喬氏方在宋宮中，乃出其經，捨相國寺。書卷後云：『故李國主宮娥喬氏，伏遇國主百日。謹捨昔時所賜《心經》在相國寺塔院。伏願彌勒尊前，持一花而見佛云。』詞極凄婉。

花蕊夫人工樂府。蜀亡，入宋，道經葭萌。題驛壁云：『初離蜀道心將碎，離恨綿綿。春日如年，馬上時時聞杜鵑。』書未畢，爲軍將促行。

寇萊公準常高會，集諸妓，賞綾綺千數。其妾倩桃能賦，乃獻詩云：『一曲清歌一束綾，美人猶自意嫌輕。不知織女寒牕下，幾度拋梭織得成。』準默然。

張侍制舜民坐元祐黨，久謫既還，猶怏怏。常内集，分題賦詩，其女賦《蠟燭》有云：『莫訝淚頻滴，都緣心未灰。』舜民有慚色。

王荆公安石女適吴丞相子。能詩。嘗見親族婦女有服者，帶白羅繫首，因戲爲詩云：『香羅如雪縷新裁，惹住烏雲不放飛。還似遠山秋水際，夜來吹散一枝梅。』

李易安以重陽《醉花陰》詞致其外趙明誠，明誠自愧弗及，務欲勝之。忘寢食三日夜，得五十闋，示友陸德夫。德夫曰：『只三句絶佳。』明誠詰之，答曰：『莫道不消魂，簾捲西風，人比黄花瘦。』乃妻作也。

李易安在建康日，每值天大雪，即頂笠披蓑，循城遠覽以尋詩。得句，必邀其夫賡和，明誠甚苦之。

盧女郎隨父往漢州作縣令。題驛舍壁云：『登山臨水，不廢于謳吟。易語移商，聊舒于羈思。』因成《鳳棲梧》曲一闋。

王氏霞卿以陽春二月登唐安寺樓，臨軒軫恨，覩物增悲。時有婢輕綃捧硯，小玉看題。其詩曰：『春來引步强尋游，恨覩烟霞簇寺樓。舉目盡爲停待景，雙眉不覺自如鈎。』

蕭后疏諫道宗獵，咈其意，漸稀幸御。因作詞曰《回心院》，被之管絃，以寓望幸。内《裝綉帳》詞云：『解却四角夜光珠，不教照見愁模樣。』又，《疊錦茵》詞云：『只願身當白玉體，不願伊當薄命人。』又，《剔銀燈》詞云：『偏是君來生彩暈，對妾故作青熒熒。』可奪唐人之隽。

耶律氏名常哥。能詩文，自誓不嫁。常曰：『女非潔不韻。』

元好問妹爲女冠，文而艶，張平章欲娶之。自往訪，至則方手補天花板，輟迎之。平章詢近作，應聲荅有『寄語新來雙燕子，移巢別處覓雕梁』句，平章悚然出。

毅勇

齊襄王卒，秦昭王嘗遣使遺君王后玉連環，曰：『齊多智，解此環不？』后示羣臣，莫知解者。乃自引椎，椎破之。謝秦使曰：『謹以解矣！』

漢元帝幸虎圈鬥獸，後宮皆坐。熊逸出，攀檻欲上殿。傅昭儀等皆駭走，馮倢伃直前，當熊而立，左右格殺熊。帝問：『人情驚懼，爾何獨前？』倢伃曰：『猛獸得人而止。妾恐熊至御坐，故以身當之。』

龐娥親手刃李壽，爲父報仇。已持首詣都亭，徐步赴司獄。時禄福長尹嘉欲解印綬去官，弛法縱之。娥親抗言曰：『父仇已雪，死則妾分。乞得歸法，以全國體。雖復萬死，于娥親畢足。不敢貪生，爲明廷負也。』

趙昂以冀州參軍事，爲馬超所攻。其妻異躬着布韝，佐昂守備。凡出九奇，異輒參之。

閩之庸嶺北隰中有七八丈大蛇，歲必啖童女，不則爲禍。偶一歲，覓女未得。李誕小女寄請行，更請好劍，及咋蛇犬往。又作數石米餈、蜜麨置穴口。蛇夜出，聞餈香，先啖之。寄便放犬咋蛇，因從後斫之，踴出，至庭死。寄入穴，得先啖九女骨。咤曰：『兒曹怯弱，爲蛇所食。』

孫權以妹妻先主。妹才捷剛猛。侍婢百餘人，皆親執刀侍立。先主每入，心常凛凛。

司馬懿辭曹操辟，托以風痺。常暴書，遇雨，不覺自起收之。惟一婢見，妻張氏恐事泄致禍，手殺以滅口。而親自執炊。

晉武帝多簡良家子女，以充内職。自擇其美者，以絳紗繫臂。胡奮女芳既入選，下殿泣，左右止之曰：『陛下聞聲。』芳曰：『死且不畏，何畏陛下！』

王敦反，吴郡太守張茂爲敦黨沈充所害。茂妻陸氏傾家産，率茂部曲先登討充，報其夫仇。充敗，乃詣闕上書，爲茂謝不克之責。詔贈茂太僕。

劉遐摧鋒陷陳，人比之關、張。妻邵氏亦驍果。遐爲石虎所圍，邵氏單將數騎，拔遐萬衆中。

荀崧守襄陽，被杜曾圍，欲求救于故吏平南將軍石覽，計無所出。其小女灌，年十三，率勇士數十人，踰城突圍夜出。賊追甚急，灌督厲將士，且戰且前，竟達覽所。請兵解父圍。

燕吴王垂妃段氏性烈。素與太后不睦。誣以巫蠱，下大長秋獄。訊將連污垂，段氏志氣確然，栲掠日楚，終無撓辭。垂愍之，私諭令承服。段氏慨然曰：『吾非愛死，然死者一往之痛。若惡逆自誣，上辱先人，下累于王，雖碎首流腸，誓不呼服也。』辨答益明，故垂得免禍。

木蘭代父從征，身備戎裝，凡十二載，歷十八戰，雖同行之卒，不知爲女郎也。朝廷喜其勇，授爵，不拜，但乞還。命將士衛至其家，解戎服而復袿襹，人皆駭異。

楊大眼妻潘氏善騎射。嘗自詣軍省大眼，至攻戰遊獵之際，潘亦戎裝，齊鑣并驅。及還營，同坐幕下，對諸寮佐，言笑自得。大眼時指謂諸人曰：『此潘將軍也。』

唐高祖竇后，本周襄陽公主出。及隋文帝篡周，后時猶爲女，聞而流涕，自投於床，曰：『恨我不爲男子，救舅氏之難！』

馮寶妻洗氏知兵。會高州刺史李遷仕反，洗氏曰：『遷仕無能爲也。宜遣使詐之，曰：「身未敢出，欲遣婦往參。」彼必無防慮。我將千餘人，步擔雜物，唱言輸賧，得至栅下，賊亦可圖。』遷仕果喜，不設備，擊之大捷。

薛仁杲將旁仙地降唐復叛。至始州，掠奪魏衡妻王氏。仙地漸張，衡謀以城應之。適仙地將趨梁州，與王氏醉寢于野，王拔佩刀斬之，送首梁州。詔封崇義夫人。

唐高祖起兵晉陽，女平陽公主夫柴紹欲往，慮不能偕。主曰：『公行矣，我自爲計。』遂從長安奔鄠。發家貲，招南山亡命，得數百人。諸賊皆來會，乃申法誓衆，遠近咸附。勒兵七萬，威振關中。帝渡河。引精兵萬人，會秦王于渭北。與紹對置幕府，分定京師，號『娘子軍』。

唐武后專政，越王貞等將起兵，以書約騎馬都尉趙瓌。瓌妻常樂公主謂其使曰：『爲我報諸王：若是男兒，不應至許時尚未舉動。昔隋文帝將篡周，尉遲迥是周家外甥，尚能起兵，功雖不成，猶爲忠義鬼。况汝諸王，并國親枝。今李氏危若朝露，而猶豫不發，乃使扶義尉甥獨美於前，可乎？我雖婦人，亦思攘袂。』

西川節度使崔寧入朝，留弟寬守成都。楊子琳乘間起瀘州，襲據其城。寬戰力屈。寧妾任氏素驍果，即出家財十萬，募勇士，得千人。設部隊，手自麾兵，以逼子琳。子琳大懼，會大雨，引舟遁。

樊彦琛妻魏氏，有志操。彦琛卒，值徐敬業難，陷兵中。聞其知音，令鼓箏。魏曰：『夫亡不死，而逼我管絃，禍由指發。』引刀斬其指。

僕固懷恩以疑懼叛。其母提刀逐之，曰：『吾爲國殺此賊，取其心，以謝三軍。』懷恩走。

史思明叛，衛州女子侯，滑州女子唐，青州女子王，相與歃血，赴行營討賊。滑濮節度使許叔冀表其忠，皆補果毅。

李希烈入汴，聞户曹參軍竇良女美，强取之。女顧曰：『慎無戚戚，我能滅賊。』後有寵，與賊秘謀，嘗稱仙奇忠勇可用，而妻亦竇姓，願如姒娣者，以固其夫，許之。及希烈死，子不發喪，欲悉誅諸將自立。有獻含桃者，竇請分遺仙奇妻。因蠟帛丸雜果中，出所謀。仙奇大驚，率兵譟而入，斬之。

朱温忌李克用功，醉而攻之。左右有先脱歸者云：『克用已没。』劉夫人神色不變，立斬告者。陰召大將，謀保軍還。遲明，克用還軍，相向慟哭。

劉仁贍堅守壽春，拒周師三載。子崇諫，懼爲家禍，泛舟敵境，仁贍命斬之。監軍使馳告夫人，夫人曰：『某郎，妾最小子，甚愛！奈軍法至重，不可私也；名義至大，不可虧也。苟屈公義，使劉氏門有不忠名，妾與令公何顔以見三軍。』促命斬之，然后成喪。軍士無不落淚。

長安女娼李妹，爲宗室四大王同州節度之妾，寵嬖專房。以忤旨，載之戚里張侯別第。張侯一日被酒，挺刃入逼之。妹曰：『妹幼出賤污，幸蒙同州憐愛，許侍巾履。同州性嚴忌，雖親子弟猶不得見。偶因微譴，暫托君侯，不意君侯憑酒仗劍，威脅以死。妹寧以頸血污刀，願斬送同州，雖死不恨。』侯大愧，掖之起。

費鐵嘴爲巨帥，多行劫掠。至一庄，丈夫悉竄。惟一婦以杓揮釜湯潑之，數十健兒無措，狼狽奔散。婦但秉杓據釜，略無所損。

太祖將北征，京師喧言軍中欲立點檢爲天子。太祖告家人曰：『外間洶洶如此，若何？』太祖姊方在厨，引麵杖擊太祖，逐之。曰：『丈夫臨大事，可否當自決？乃來家間，恐怖婦女耶？』

韓蘄王世忠與金宗弼兀朮華名。大戰江中，其妻梁夫人親執桴鼓，金兵終不得渡。已宗弼遁。夫人奏世忠失機縱敵，乞加罪責，舉朝爲動色。

曾氏婦晏，依黄牛山傍，自爲一砦以拒寇。一日，賊遣數十人，來索婦女、金帛。晏召田丁諭曰：『而曹衣食我家，賊求婦女，意實在我。汝當用命，不勝，即殺我。』因解首飾，悉與田丁，咸感激思奮。晏自槌鼓，使諸婢鳴金，以作勇，賊退敗。

遼太祖卒，其后述律氏，悉召大將難制者之妻謂曰：『我今爲孀婦矣！汝等豈宜有夫？』乃殺其大將百餘人，曰：『可往從先帝。』而自於義節寺斷一腕，置陵上。即寺建斷腕樓。

馬皋被誅，閆勁周恤其妻一丈青，以爲義女。後勁説張用歸朝，以一丈青妻之，遂爲中軍統領。有二認旗在馬前，題曰『關西真烈女』『護國馬夫人』。

李全與金兵戰，逐北。有綉旗劉女將，馳槍突門，全幾不免。

蔡城被元圍，丁壯皆乘城拒守。尚書右丞完顔仲德妻獨曰：『國勢如此，丈夫捐軀，吾輩袖手耶？當令此日干戈有婦人耳！』即率諸命婦，自作一軍。運矢石城下，城中婦女争出繼之。

丁仲謀妻偕夫至交趾，夫爲賊殺。妻舟中得一斧，舉而破賊。

雅　量

鄧敞先娶李評事女，孤寒不第。牛相僧儒子蔚，以女弟妻之，遂登第。及歸家，牛氏僕驅其輜橐，入内鋪設。李氏驚問，答以夫人將至。李知别娶，大慟，頓地。牛至，知其賣己，請見李氏曰：『吾父爲相，兄弟皆列郎省，豈無一嫁處？獨夫人不幸耶？今願一與夫人同之。』遂歡如姊妹。

劉穆之少貧，好往妻兄家乞食，每爲所辱。其妻江氏甚明識，恒禁不令往。又常截髮，市餚饌，爲其兄弟以餉穆之。自此不對穆之梳沐。

陳宣帝微時，娶吴興錢氏女。後仕梁，元帝復以長城公主女柳氏配帝。及即位，立柳爲后，拜錢貴妃。妃甚寵，后傾心下之。每尚方供奉，上者皆推貴妃，而已御其次。

崔道固母賤。道固嫡兄攸之等，嘗逼其所生自致酒炙於客前，道固驚起接取，謂客曰：『家無人力，老親自執劬勞。』諸客咸拜其母，母謂道固曰：『我賤，不足仰報貴賓。汝宜答拜，以稱謙美。』人皆欽嘆其母。

竇建德滅宇文化及，隋代衣冠，引見建德，皆惶懼失常，唯南陽公主神色自若。自陳國破家亡，不能雪耻，淚下盈襟，聲辭不輟，情理切至。建德及觀聽者，咸動容隕涕。

武后時，拾遺張德生男，私宰羊飲宴。同寮補闕杜肅，懷肉密表之。明日，后謂德曰：『朕禁屠宰，吉凶不預。卿自今召客，亦須擇人。』因出表示之，肅大慚。

崔彦昭與王凝，外昆弟也。彦昭未仕時，凝先顯，待之甚倨，彦昭深恨。及入相，母敕婢多製履襪，曰：『王氏妹必與子偕逐矣。吾姊妹恩深，義當偕行，誓不分飛也。』彦昭泣拜，遂不敢爲怨。

唐莊宗生母曹氏與嫡母劉氏，相得甚歡。及即帝位，尊曹爲皇太后，以劉爲皇太妃。太妃往謝太后，太后慚。太妃曰：『願吾兒享國無窮。使吾獲没于地，以從先君，幸矣。復何言哉！』

朱瑾討殺徐知訓，被族。瑾妻陶氏，臨刑而泣，其妾曰：『何爲泣乎？今行見公矣！』陶氏收淚，欣然就戮。

李太宰邦彦父，曾爲銀工。既貴，其母嘗語昔事，諸孫以爲耻。母曰：『宰相家出銀工，則可羞；銀工家出宰相，何耻焉？』

陳淑真七歲能誦詩、鼓琴。陳友諒寇龍興，淑真將投東湖死。乃取琴，坐牖下彈之。曲終，泫然流涕曰：『吾絶絃於斯乎？』

俊邁

楚昭王出奔，臣鍾建負其妹季芈行。季芈將嫁，辭于王曰：『所以爲女子，遠丈夫也。鍾建負我矣！』遂妻之。

韓信微時，釣城下，諸母漂，有一母見信飢，飯信，竟漂數十日。信喜，語漂母曰：『吾必有以重報母。』母怒曰：『大丈夫不能自食，吾哀王孫而進食，豈望報乎？』

蘇伯玉使蜀，久不歸。其妻居長安，思念之。因作詩，寫之盤。末云：『今時人，知四足。與其書，不能讀。當從中央周四角。』

温嶠喪婦。從姑劉氏，家惟一女，甚有姿慧，屬嶠覓婿。嶠密有自婿意，報姑曰：『已覓得婿處。門地粗可，婿身名宦，盡不減嶠。』因下玉鏡臺一枚，姑大喜。既婚交禮，女以手披紗扇，撫掌大笑曰：『我固疑是老奴。』

段儀二女皆婉慧，有志操。姊嘗謂妹曰：『我終不作凡人妻。』妹曰：『我亦不爲庸夫婦。』鄰人聞而笑之。後慕容垂納姊，其弟德亦納妹，終爲后。

王忠嗣鎮北京，以女韞秀歸元載。歲久見輕。韞秀勸之游學，載乃游秦，以詩別韞秀。秀請偕行，爲詩曰：『路掃飢寒迹，天哀志氣人。休零别離淚，携手入西秦。』

周符后先爲李崇訓妻。崇訓因父守貞敗，知不免，手自殺其家人。后走匿。漢兵入其家，后儼然坐堂上，顧軍士曰：『郭公與吾父有舊，汝輩無犯我。』軍士見之，不敢迫。太祖聞之，謂一女子能使亂兵不敢犯，奇之。命世宗納爲繼室。

吕公著作相，子希哲尚滯管庫。公著念以己故不試，嘆其屈。夫人聞之，笑曰：『亦未知其子矣！』

徽宗盛張燈宴，許民入内觀燈，以金卮賜酒。有一婦人納卮于袖，被執。帝遣中使問故，答曰：『妾與夫觀燈至此，偶爾失羣。蒙天子賜酒，面暈酒色，恐不與夫同歸，爲公姑嗔責。欲假是卮，歸家爲證耳。』因進《鷓鴣天》詞一首，帝疑其預撰，命以『金盃』爲題，《念奴嬌》爲調，復口占一詞進，因舉卮賜之。

王元家貧，嗜風月。妻黄氏亦喜親筆硯，與元共持雅操。元每中夜得句，黄氏必起，燃燭、供硯以待。好事者爲之繪圖。

武林妓周韶能詩，好蓄奇茗。嘗與蔡君謨鬥勝，品題風味，君謨屈焉。蘇頌過杭，召韶佐酒。韶因頌言于太守，求落籍。頌指檐間白鸚鵡曰：『可作一絶。』韶援筆便成，有云：『開籠君放雪衣女，長念《觀音般若經》。』時韶衣白，一座笑賞。遂落籍。

高　尚

楚王欲聘老萊子，授以政，其妻不可，投畚而去。老萊子呼之還，不顧。至江南而止，曰：『鳥獸之解毛，可績而衣之。據其餘粒，足以食也。』

陳仲子欲居齊，其妻止之，曰：『熱于就利者，必先冷；膻于附名者，必先淡。鷄鶩之爲天下賤者，恒見也；威鳳之爲天下貴者，不恒見也。今子無過人之才，而不創過人之事，子行躓矣！』遂與仲子灌園齊野。

鄧元起爲益州刺史，迎其母。母事道，方居館，不肯出。元起拜請同行，母曰：『汝貧賤家兒，忽得富貴，溢詎可久？我自樂此，不能與爾同棲火樹也。』后元起至州，果及禍。

李搔妹法行，幼好道，截指自誓不嫁，遂爲尼。所居去鄴三百里，往來恒步。在路或不得食，飲水而已。逢屠牽牛，脱衣求贖，泣随之。雉兔馴狎，入其山居房室。

陶潜妻翟氏，能安苦節，與潜同志趣。夫耕于前，妻鋤于後。

劉伯壽有妾，名萱草、芳草，皆秀麗，善音律。伯壽出入玉華峰下，乘牛吹鉄笛。二草以蘄笛和之，韻溢山谷。

淳化中，詔徵种放。其母恚曰：『嘗勸汝勿聚徒講學、遠魚鳥而近人，今果被人知，不能安枕。我將棄汝入山，孤棲雲水耳。』放遂稱疾，轉居幽曠。

尹焞應舉，見發策有誅元祐諸臣議，不對而出，以告母。母曰：『吾知汝以善養，不知汝以禄養。』遂終身不就舉。

李氏女適巴長卿，家居四壁，處之恬然。姊妹有適鄒者，甚富，常笑之。李作詩云：『誰道鄒家富，巴家十倍鄒。池中羅水馬，庭下立蝸牛。燕麥分無數，榆錢散不收。夜來添驟富，新月挂銀鈎』

田遊巖母、妻并有方外志，與遊巖同遊山水二十餘年。

瀛州娼女李哥，年十二三，母教之歌舞，哥泣曰：『女率有工，緊我獨爲此乎？』母告以業不可廢，哥曰：『若此聽母，母亦當從我好。否則死。』遂不施粉澤，所歌多仙曲道情。有召者，必凝立筵前，酒行歌闋，目不流眄。知州聞而異之，娶爲次子婦。

李弄玉家若邪溪東，與同志二三，紉蘭佩蕙。每探幽閑之境，玩花光于松月之亭。竟晝綿宵，往往忘倦。

吕徽之隱仙居萬山中，耕漁自給。後有人乘雪齎，物色之，惟草屋一間。忽米桶中有人，乃其妻也。因天寒故，坐其中。問徽之所在，答曰：『方捕魚溪上。』

楞伽貧女插花謳歌，夜宿古墓。有吴人何從者問其何不畏寒，却指松木答曰：『草木與人，天地所養，木尚能過，何不會此？』

識　鑒

密康公從周共王遊涇上，有三女奔之。其母曰：『必致之王。夫獸三爲羣，人三爲衆，女三爲粲。粲，物之美也。王猶不堪，況爾小醜乎？小醜備物，終必亡。』康公不從。一年，王滅密。

晉公子重耳過曹，曹共公聞其駢脅，因其裸，浴，薄而觀之。僖負羈之妻曰：『吾觀晉公子從者，皆足以相國。若以相公子，必反其國。反其國，必得志於諸侯。得志於諸侯，而誅無禮，曹其首也。子盍蚤自貳焉？』乃饋盤飧，置璧，公子受飧反璧。

徐吾犯一妹美，公孫楚聘之。從兄公孫黑又强委禽焉。犯請於二子，使女自擇。黑盛飾入，布幣出；楚戎服入，左右射，超乘而出。女自房觀之曰：『子晳公孫黑字。信美矣，抑子南公孫楚字。夫也。吾從夫。』

衛靈公與夫人夜坐，聞車聲至闕止，過闕復有聲。夫人曰：『此必蘧伯玉也。夫忠臣與孝子，不爲昭昭變節，不爲冥冥惰行。伯玉敬于事上，必不以闇昧廢禮，故知耳。』問之，果是。

魯漆室女過時未適人，倚柱而哭。隣婦謂曰：『欲嫁乎？』女曰：『非也。吾憂魯君老、太子少。』婦曰：『此魯大夫憂，若何與？』女曰：『昔有晉客舍吾家，繫馬于園，馬佚，踐吾園葵，使吾終歲不厭葵味。隣女奔亡，倩吾兄追之，逢霖水出，溺流死，使吾終身無兄。吾聞河潤九里，漸洳三百步。今魯弱，禍將及人耳。』三年，魯果亂。

羊舌叔向欲娶于申公巫臣氏，夏姬女也。其母曰：『子靈之妻，殺三夫一君一子而亡一國兩卿矣！夫有尤物，足以移人。苟非德義，則必有禍。』叔向懼，不敢取，平公强使取之。生伯石，初生，姑視之，及堂，還。曰：『是豺狼之聲也。狼子野心，非是莫喪羊舌氏矣！』後如言。

叔向母妒叔虎母美，不使見叔向父。其子皆諫，母曰：『深山大澤，實生龍蛇。彼美，余懼其生龍蛇以禍汝。何愛焉？』使往視寢，生叔虎。卒禍羊舌氏。

楚武王伐隨，將齋，入告夫人鄧曼曰：『予心蕩。』鄧曼嘆曰：『王禄盡矣！盈而蕩，天之道也。先君其知之矣，故臨武事，將發大命，而蕩王心焉。若師徒無虧，王薨于行，國之福也。』

吕太后崩，上將軍吕禄出游獵，過其姑吕嬃。嬃大怒曰：『若爲將而棄軍，吕氏今無種矣！』

乃悉出珠玉寶器散堂下，曰：『無爲他人守也。』

宣帝宮人淖方成爲披香博士。成帝時，教授宮中，初見趙昭儀入宮，唾曰：『此禍水也，滅火必矣！』

曹操待陳宮厚，後以兖州叛，迎吕布。及操攻布，布欲使宮守城，自將騎，斷操粮道。布妻謂布曰：『曹氏待公臺宫字。如赤子，猶捨而歸我。今將軍厚公臺不過曹氏，而欲委全城、捐妻子，孤軍遠出。一旦有變，妾豈得爲將軍妻哉？』乃止。

羊耽妻辛憲英有才鑒。魏文立爲太子，抱憲英父毗頸，喜曰：『辛君知我喜不？』毗以告憲英，憲英嘆曰：『太子，代君、主宗廟社稷者也。代君不可不戚；主國不可不懼。宜戚而喜，何以能久？魏其不昌乎！』

許允爲司馬師所誅，門生走告妻阮氏。時正在機，神色不變，曰：『早知爾爾。』門生欲藏其二子，曰：『無預兒事。』後移居墓所，師遣鍾會看之，若才德及父，當收。二兒語母，母曰：『爾等雖佳，才具不多。率胸懷與會語，便自無憂；不須極哀。會止即止；又可少問朝事。』遂免。

李翼兄中書令豐，謀廢大將軍司馬師。翼妻荀氏謂曰：『中書事發，可早赴吴，何爲坐待死亡！左右可同赴水火者誰？』翼思未答，荀曰：『君居大州，不知可與同生死者，去亦不免。』遂及禍。

山濤與嵇康、阮籍甚契。妻韓氏問濤，濤曰：『我可與爲友者，惟此二生耳！』妻曰：『負羈之妻亦親觀狐、趙，意欲窺之，可乎？』他日，二人來，勸濤止之宿，曰：『且具酒食，夜穿牖視。』達旦忘反，語濤曰：『君才致殊不如，正當以識度相友耳。』濤曰：『伊輩亦常以我度爲勝。』

石崇厠常有十餘婢侍列，皆麗服藻飾。客入，與新衣，着令出。客多羞不能如厠，獨王敦脱故着新，神色傲然。羣婢相謂曰：『此客必能作賊！』

楊仲珍嘗請客，其母盛爲供具，從窗中窺客。罷，讓之曰：『吾視汝所交，皆不及己，此自損之道。』後歲餘，復請客，皆耆德秀士。母觀之，喜曰：『吾無憂矣。』

嚴氏女韡，有淑德，與傅玄爲繼室。時玄與何晏等不協，或曰：『晏等執權，必爲玄害。如排山壓卵，以湯沃雪耳。』嚴氏曰：『晏等驕侈當敗。司馬太傅獸睡耳。卵破，雪消，行自有在。』司馬懿爲太傅，以曹爽專政故，托疾卧。何晏等俱爽黨，後俱爲懿所殺。遂成婚。

王渾妻鍾氏生女令淑，武子爲妹簡美對，未得，兵家子有隽才，欲妻之，白母。母曰：『誠是才者，其地可遺。然要令我見。』武子乃令兵兒與羣小雜處，使母帷中觀之。母曰：『此才足拔萃，然地寒，不有長年，不得申其才用。觀其形骨，必不壽，不可與婚。』武子從之。數年兵兒果亡。

徐邈有女才淑，擇婿未嫁。邈大會佐吏，命女於内觀之。女指王濬告母，邈遂妻之。

衛夫人與支法師書云：『衛隨世所學，規模鍾繇。有一弟子王逸少，甚能學衛真書。筆勢洞精，字體遒媚。』

桓温北征還，得一巧作老婢，乃劉琨妓。一見温，便潸然泣曰：『公甚似劉司空。』温大悦，出外整衣冠，呼婢問之，婢云：『面甚似恨薄；眼甚似恨小；鬚甚似恨赤；形甚似恨短；聲甚似恨雌。』温褫冠解带，昏睡數日。

譙縱叛晉，自稱成都王。兵敗，將出走，先辭其墓。縱女謂曰：『走，必不免祗取辱焉。等死，死於先人之墓可也。』縱不從而走，卒自縊。

劉惔，標奇清遠。小時，諸人比之袁羊。劉喜，還告其母，母謂之曰：『此非汝比，勿受。』又有方之范汪者，劉復喜，母又不聽。後惔年德轉升，論者比之荀粲。

慕容垂立子寶爲太子。其繼后段氏語垂曰：『太子柔而不斷，守成則爲仁明之主，處亂則非濟世之雄。宜視兒之賢者，擇一樹之。』垂曰：『汝欲我爲晉獻公乎？』后退，泣謂其妹曰：『吾言爲社稷也。乃比吾於驪戎之女。』

石虎年十七，殘忍無度，爲軍中患。兄石勒將殺之，其母曰：『快牛爲犢子時，多能破車，汝小忍之。』後果立大功。

姜尚書宇少孤貧，爲河北陳不識家牧羊，不識奇之，將妻以女，其妻不聽。不識乃置酒引宇，令女潛觀之。女曰：『觀宇之姿才，行當鵬舉。豈牛驥同皂，終爲人牧羊者哉！』遂妻之。

高歡婁妃，少明悟，强族多聘之，并不肯行。及見歡城上執役，驚曰：『此真吾夫也！』乃使婢通意，又數致私財，使聘己。父母不得已而許。

賀德基少遊學都門，衣資罄乏。常于白馬寺前逢一婦，容服甚盛，呼德基入寺門，脱白綸巾贈之，仍謂曰：『君方爲重器，不久貧寒，故以此相贈耳。』問其姓氏，不答去。

閹官苻承祖用事，親姻皆求利潤，惟姨母楊氏謂姊曰：『姊雖有一時之榮，不若妹有無憂之樂。』承祖遣人乘車迎之，則厲志不起。强舉車上，則大哭，言『爾欲殺我』。由是苻家内外皆號『癡姨』。後獨不及禍。

魏昭成帝代王什翼犍。在襁褓，有謀害之者，母王氏匿帝袴中，祝曰：『天祚終乎，若號；如未終，若無聲。』良久不啼，竟免難。趙武母匿袴事，不見《左傳》，《容齋隨筆》歷辨其無，故存其真者。

王珪始隱居，與房玄齡、杜如晦善。母李氏嘗曰：『而必貴，然未知與遊何如人，試與偕來。』會玄齡等過其家，李窺，大驚，敕具酒食，歡盡日。喜曰：『二客公輔才。汝貴不疑。』

李靖以布衣謁楊司空。一妓有殊色，執紅拂，立前，獨目靖。其夜五更初，聞扣門聲，起視，有紫衣帶帽人，杖一囊。靖問：『誰？』曰：『妾，楊家紅拂妓也。』靖遽延入。脱衣去帽，乃十八九佳麗人也。素面畫衣而拜，靖驚答。曰：『司空權重京師，如何？』曰：『彼屍居餘氣。諸妓知其無成，去者衆矣，彼亦不甚逐也。』

唐武后幸龍門，令從官賦詩。東方虬詩先成，后以錦袍賜之。及宋之問詩成，后稱辭更高，奪袍賜之。

武后稱制，徐敬業起兵揚州討之。宰相裴炎與敬業書，惟有『青鵝』字，朝臣莫解。后曰：『青者，十二月。鵝者，我自與也。』遂誅炎。

李尚書翺牧江淮郡，進士盧儲投卷來謁，翺置卷于案，赴公宇視事。長女及笄，見文，尋繹數四，曰：『此人必爲狀頭。』翺因納爲婿。來年，果狀元及第，徑赴佳期。

上林令侯敏，素事來俊臣。妻董氏以俊臣國賊，勢不久，勸敏敬而遠之。俊臣怒，出爲涪州武隆令。董氏曰：『但去，莫求住。』遂行。至州投刺參州將，錯題一張紙，州將怒，不放上。董氏曰：『但住，莫求去。』停五十日，忠州賊破武隆。敏以不許上，免。

潘孟陽初爲户部侍郎，母夫人憂惕，謂曰：『以爾人才，乃在丞郎位，吾懼禍至也。』已又曰：『试會爾同列，吾觀之。』因遍召客至，垂簾觀之。既罷會，喜曰：『皆爾儔也。不足憂矣。』問：『末座慘緑少年，何人？』曰：『補闕杜黄裳。』夫人曰：『此人全别，必名卿相。』

張谷在昭義時，以能文爲節度使劉從諫所厚。谷納邯鄲人李嚴女爲侍人，號『新聲』，諫谷曰：『始天子以從諫爲節度，非云有功，直以其父挈齊十二州還，天子去就間，不能奪其嗣耳。自有澤潞，未聞以一縷一蹄爲天子壽。不以法得，亦宜以不法終。君當脱旅西去，大丈夫勿顧一飯恩，以骨肉腥健兒食。』言訖，悲涕。谷不决，卒敗。

西川節度使張延賞擇婿，無當意者。苗夫人特選韋皋秀才，曰：『此人貴，鮮儔。』遂妻之。已漸，爲延賞侮，辭去。後易韋作韓，改皋作翱，來代延賞鎮西川。夫人曰：『必韋郎也。』延賞不信，夫人曰：『韋郎比雖貧賤，氣凌霄漢。每爲相公誚，未嘗一言屈媚，因以見尤。摶羊角而上，必此人也。』及入州，方知不誤。

朱温爲節度，置酒母王氏前，舉觴爲壽，歡甚。温啓曰：『朱五經平生讀書，不登一第，有子爲節度使，無忝先人矣。』王惻然良久，曰：『汝能至此，可謂英特。然行義未必得如先人也。』

宋齊丘欲謁吴騎將姚洞天，無以備紙筆，枯坐逆旅。鄰房有散樂女，甚幼。問齊丘不出之故，歎曰：『秀才富于腹，乃貧于笥耶！此掌中物耳，何吝一言相示！』乃惠以數緡。齊丘因得市紙筆，作詩，投洞天。後娶爲夫人。

魏人柴翁女，備唐莊宗掖庭。明宗入洛，遣出宫。柴翁夫婦往迎之，至鴻溝，悉取裝具，計直千萬。分半與父母，令歸魏。曰：『兒見溝傍郵舍隊長，項黵黑爲雀形者，極貴人也，願事之。』即周太祖郭威也。時貧，無賴，故雕青其項。

蘇學士軾知貢舉，李廌下第。其母嘆曰：『蘇學士知貢舉，而爾不成名，誰爲知音哉？命乎！命乎！終泣則矣。』果如言。

哲宗立孟氏爲后。受册日，高太后嘆曰：『斯人賢淑，惜福薄耳。異日國有事變，必此人當之。』已被廢。南渡後，苗傅、劉正彦作亂，高宗賴后以免。

胡右丞宗愈妻丁氏善相。常于窗隙遥見蔡確，謂右丞曰：『蔡相全似盧相多遜。』或以兩人肥瘠、色貌不同詰之，丁氏曰：『吾雖不及見故相，但常一觀繪像，與今相神彩似耳。』後確果南竄，與多遜同。

韓蘄王世忠夫人先爲娼，嘗五更入府賀朔，忽于廟柱下見一虎蹲卧，鼻息齁齁然，駭而出。已人至者衆，復往視，乃一卒也。因蹴之起，問其姓名，密告母，謂此卒必非凡人。乃邀至家，具酒食，卜夜盡歡，資以金帛，約爲夫婦。

元世祖平宋，大宴。衆皆歡甚，唯后不樂，帝曰：『人皆喜，爾不樂，何？』后曰：『妾聞，自古無千歲之國。無使吾子孫及此，則幸矣！』

卷　三

通　辯

齊女徐吾，與隣婦李吾輩合燭夜績。李吾以徐吾貧，燭數不屬，欲弗與夜。徐吾曰：『是何言與？妾起常先，息常後，灑掃陳席，以待來者，爲燭不屬故也。今一室內，益一人，燭不益闇；去一人，燭不益明。何愛東壁餘光，使貧妾不蒙見哀之恩乎？』

齊女三逐于鄉，五逐于里。聞齊相鰥，自詣襄王宮門請見，曰：『王之國相，比目之魚也。外比內比，然後能成事就功。若明其左右，賢其夫妻，是外內比也。』王以女妻相，齊遂治。

趙簡子擊楚，與津吏期。及至，因吏醉卧，欲殺之。其女娟懼，持楫走，簡子問之，對曰：

『津吏息女。妾父聞主君來渡不測之水，恐水神動駭，故禱祠九江、三淮之神。供具備禮，御釐受福，不勝杯酌餘瀝，醉至此。若因醉殺之，妾恐其身不知痛，而心不知罪，願待醒。』簡子遂釋，不誅。

中牟宰佛肸叛，母當并坐，自請見襄子，問死故，襄子曰：『而失教，使至於叛。』母曰：『妾無罪。妾聞子少則爲子，長則爲友。妾能爲君長子，君自擇以爲臣，此君之臣，非妾之子。君有暴臣，妾無暴子。』乃释之。

息姬爲楚文王夫人。王卒，其弟令尹子元欲蠱夫人，乃爲館于其宫側，振萬舞。夫人聞之，泣曰：『先君以是舞也，習戎備也。今令尹不尋諸仇讎，而于未亡人之側，不亦異乎？』子元曰：『婦人不忘襲仇，我乃忘之。』遂伐鄭。

百里奚爲秦上卿。常會作樂，有浣婦自言知音。召至，援琴歌曰：『百里奚，五羊皮。臨别時，烹伏雌，炊扊扅。今日富貴忘我爲。』問之，乃故妻也。遂復合。

郢大夫江乙母，亡布八尋，謁楚共王，曰：『令尹使人盜之。』王驚問故，母曰：『昔孫叔敖爲令尹，道不拾遺；今令尹之治，盜賊公行。故使盜得盜妾布，與使人盜何異？』

鄭文公賤妾燕姞，梦天使與己蘭，曰：『以是爲而子。』已文公見之，與之蘭而御之，辭曰：『妾不才，幸而有子。將不信，敢徵蘭乎？』公許之。及生穆公，名之蘭。

趙盾因晉襄公卒，太子少，欲求外君。太子母繆嬴日夜抱太子號於朝，曰：『先君何罪？其嗣亦何罪？舍適而外求君，將安置此？』出朝，則抱以適盾所，頓首曰：『先君奉此子而屬之子，曰：「此子材，吾受其賜；不材，吾怨子。」今君卒，言猶在耳，而棄之，若何？』盾乃立太子。

趙飛燕誣班倢伃詛咒，考問之，倢伃對曰：『夫修正尚未蒙福，爲邪欲以何望？使鬼神有知，不受不臣之訴；如其無知，訴之何益？故不爲也。』

馬融女適汝南袁隗，初成禮，隗問曰：『弟先兄，舉世以爲笑。今處姊未適，先行可乎？』對曰：『妾姊高行殊邈，家君庶堯之配舜、孔子妻公治長之義，世乏此賢，故躊躇。不似鄙薄，苟然而已。』隗默然慚悵。

明帝與馬后觀畫。見娥皇、女英，帝指戲后曰：『恨不得如此爲妃。』又前，見陶唐像，后指堯曰：『嗟乎！羣臣百僚，恨不得爲君如是。』帝顧而笑。

黄門郎程偉好黄白術，作金不成，其妻出囊中藥試之，食頃，便成銀。偉驚，請傳其術，妻曰：『得之須有命者。』偉日夜説誘，終不告，乃謀搗持伏之。妻曰：『道必當傳其人。得其人，道路相遇，輒教之；如非其人，雖寸斷支解，而道終不出也。』

有夷人能日茹一飯，晝夜不卧偃。趙后使問其術，曰：『學吾術者，要不淫與謾言。』后遂不報。樊嫕聞之，抵掌笑曰：『憶在江都日，陽華李姑蓄鬥鴨水池上，苦獺嚙鴨。時下朱里芮姥，求捕獺狸獻，姥謂姑曰：「是狸不他食，當飯以鴨。」姑怒，絞其狸。今夷術真似此也。』后大笑。

鈕滔母《與吴國書》云：『胡桃本生西羌，外剛樸，内柔甘，質如古賢。欲以奉貢。』

許允妻阮氏，賢而醜。允交禮畢，無復入理。妻遣婢覘之，云：『有客姓桓。』曰：『是必桓範，將勸使入也。』範果勸入，須臾便起，妻捉裾留之，允曰：『婦有四德。卿有幾？』妻曰：『新婦所乏惟容。然士有百行，君有幾？』允曰：『皆備。』妻曰：『士有百行，以德爲首。君好色不好德，何謂皆備？』允有慚色，知其非凡，遂雅相親重。

王廣娶諸葛誕女。入室，言語始交，廣謂婦曰：『新婦神色卑下，殊不似公休！誕字。』婦曰：『大丈夫不能彷彿彦雲，而令婦人比蹤英傑！』

胡奮爲將有功。其女芳，爲晉武帝嬪。常與帝摴蒱，争矢，遂傷帝指，帝怒曰：『此固將種也！』芳對曰：『北伐公孫，西拒諸葛，謂武帝祖宣帝，伐公孫淵、拒諸葛亮也。非將種而何？』

桓冲不好着新衣。浴後，婦故送新衣與之。冲怒，催使持去。婦更持還，傳語云：『衣不經新，何由而故？』冲大笑，着之。

王尚書惠嘗看王羲之夫人，問：『眼耳未覺惡不？』答曰：『髮白齒落，屬乎形骸；至於眼耳，關於神明，那可便與人隔！』

王戎婦嘗卿戎，戎曰：『婦人卿婿，於禮不敬。』婦曰：『親卿愛卿，是以卿卿。我不卿卿，誰當卿卿？』

桓玄問謝道韞太傅謝安兄女。曰：『太傅東山二十餘年，遂復不終，其理云何？』謝答曰：『亡叔先正以無用爲心，顯隱爲優劣，始末正當動静之異耳。』

裴秀母賤，嫡母宣氏不之禮，常使進饌于客，見者皆爲之起。秀母曰：『微賤如此，當應爲小兒故也。』

庾友將坐誅。婦爲桓温弟豁女，徒跣求進，閽禁不内，女厲聲曰：『是何小人！我伯父門，不聽我前！』因突入，號泣請曰：『庾玉臺友小字。嘗因人，脚短三寸，當復能作賊不？』温笑曰：『婿故自急。』遂原友。

鄭玄家奴婢皆讀書。嘗使一婢，不稱旨，將撻之，方自陳説，玄怒，使人曳著泥中。須臾，復有一婢來問曰：『胡爲乎泥中？』答曰：『薄言往愬，逢彼之怒。』

阮咸通姑胡婢，生子孚。咸遺姑曰：『不意今日遂生子。』姑答曰：『《靈光殿賦》云：「胡人遥集于上楹」。便可以「遥集」爲字。』

王凝之弟獻之，嘗與賓客談議，詞理將屈，其嫂謝道韞遣婢白獻之曰：『欲爲小郎解圍。』乃施青綾步障自蔽，申獻之前議，客不能屈。

唐長孫后疾亟，皇太子請度僧，以資佛事。后曰：『若爲善可延，吾不爲惡。若善或無報，求福非宜。』遂已。

中書舍人崔羣知貢舉歸，其妻勸令求田。羣曰：『子有美莊三十，遍天下。』蓋指春榜三十人也。妻曰：『君非陸相門人乎？然君掌文柄，約其子不令就試。如君爲良田，則陸氏一庄荒矣。』

薛濤與黎州刺史飲，刺史作千字文令，欲字帶禽魚，乃曰：『有虞陶唐。』濤曰：『佐時阿衡。』其人以無魚鳥罰之，濤曰：『我「衡」字内尚有小魚，使君「有虞陶唐」都無魚意。』坐客大笑。

張跂欲娶妾，其妻曰：『子誦《白頭吟》，妾當聽之。』跂慚而止。

黄巢平，獻俘於朝。僖宗宣問其姬妾曰：『汝等皆勳貴子女，何爲從賊？』居首者曰：『狂賊凶逆，國家以百萬之衆，失守宗祧。今陛下以不能拒賊，責一女子，置公卿將相於何地乎？』就刑，神色肅然。

徐氏諸公子寵一營妓，没，乃焚之。時妓徐月英送葬，謂公子曰：『此娘生平風流，没亦帶焰。』

鄭源令婢萱草浣衣，萱草輒云：『郎君塵土太多，令人手皮皆脱。』

朱友謙有功于唐。莊宗信伶人景進之誣，遣夏魯奇族其家。友謙妻張氏入室，取鐵券示魯奇，曰：『此皇帝所賜也，不知爲何語？』魯奇亦爲慚。

張商英夜執筆，妻向氏問：『何作？』曰：『欲作《無佛論》。』向曰：『既無矣，又何論？』

宋學士祁雪夜草《唐書》某人傳，諸姬磨墨伸紙，左右環列。時一姬自權貴家來，祁顧謂曰：『爾太尉，當此清景，如何？』對曰：『此時但命妾等陳酒殽，羅管絃，引滿酣醉，不能爲尚書清事也。』祁閣筆，大笑曰：『此亦不惡。』

蘇學士軾一日退朝，食罷，捫腹徐行。顧謂侍兒曰：『汝輩道是中何物？』朝雲獨曰：『學士一肚皮不合時宜。』軾捧腹大笑。

僧知業有詩名，偶訪陸濛談玄，濛妻蔣氏命婢以卮酒與僧，僧謝不飲，蔣簾内對曰：『衹如上人詩云「接壘橋通何處路，倚樓人是阿誰家」。觀此風韻，得不飲乎？』業慚退。

蘇學士軾知潁州。正月堂前梅花大開，月色鮮霽。王夫人曰：『月色，春勝於秋。秋月令人凄慘；春月令人和悦。』軾欣然曰：『此真詩家語。』

吴女敏惠歸名儒陳子朝。朝獲一妾，遂染風疾。一日，親戚來問，吴指妾曰：『此風之始也。』

梅堯臣以詩知名，三十年終不得一館職。晚年預修《唐書》，語其妻曰：『吾今修書，可謂胡孫入布袋矣。』妻曰：『君於仕宦，何異鮎魚上竹竿邪？』

王定國有歌者柔奴，眉目娟麗，善應對。從之嶺外，及定國南還，歸蘇學士軾。軾問柔曰：『廣南風土，應是不佳。』柔曰：『此心安處，便是吾鄉。』

張司令邀楊維禎飲，以妓芙蓉侍酒，一名金盤露。維禎題云：『芙蓉掌上金盤露。』妓即應聲曰：『楊柳頭邊鐵笛風。』以楊又號鐵笛道人故也。維禎撫掌笑。

歌妓郭氏與學士王元鼎密，參政阿魯温尤屬意。一日，戲問曰：『我孰與元鼎？』曰：『參政，宰相也；學士，才人也。燮理陰陽，致君澤民，則學士不如參政；吐納珠璣，嘲風哦月，則參政不如學士。』

鮮家婦生一女，姿色殊異。後入宫，問：『何以眉缺？』對曰：『寶劍寧無缺，明珠尚有瑕。』命之曰『鮮明珠』。

規　誨

王夫人謂許長史曰：『交梨火棗，是飛騰之藥，要使生于胸中。今君胸中，荆棘掃除未净，是以火棗不生也。』

樂羊子遊學一年，來歸。妻問故，羊子曰：『久行懷思，無他異也。』妻引刀趨機，言曰：『此織生自蠶繭，成于機杼。一絲而纍，以至于寸，纍寸不已，遂成丈匹。今若斷斯織也，則損失成功，稽廢時月。夫子積學，當日就月將，以就懿德。若中道而歸，何異斷斯織乎？』

樂羊子妻勤養姑。嘗有它舍鷄入園，姑殺食之，妻不餐而泣，姑怪問故，妻曰：『自傷居貧，使食有它肉耳。』姑遂棄之。

齊相晏子出，其御之妻從門閒窺，夫意氣揚揚，甚自得也。歸而其妻請去，夫問故，妻曰：『晏子身不滿六尺，身相齊國，名顯諸侯。今者妾觀其出，志念深矣，嘗有以自下者。今子長八尺，爲人僕御，自以爲足，是以求去也。』

晉大夫伯宗朝，以喜色歸。妻問故，伯宗曰：『吾言于朝，大夫皆謂我知似陽子。』妻曰：『實穀不華，至言不飾。陽子華而不實，故禍及。子乃喜耶！』

楚莊王賢其相虞丘子。樊姬掩口笑，王問故，對曰：『妾聞堂上兼女，所以觀能也。今妾執櫛巾十一年，求美女進王。賢于妾者二人，同列者二人，欲王多見知人能也。虞丘子相楚十餘年，未聞進賢。妾是以笑。』

楚頃襄王好淫樂。出入不時。離國五百里。年四十，不立太子。莊姬欲諫之，乃以緹竿爲幟，伏南郊道側，車至幟舉。王怪問之，女曰：『大魚失水，言出入不時。有龍無尾，言不立太子。墻欲内崩，而王不視。』王不悟，女爲解之。遂載歸，立爲夫人。

魯公乘子皮族人死，其姊泣之悲，子皮止姊曰：『安之，吾行嫁姊。』已過時，不復言。後魯君欲相子皮，姊不可，曰：『夫臨喪言嫁，何不習禮也；過時不言，何不達情也。子内不習禮，而外不達情，爲相必敗。』後如言。

漢梁后爲貴人時，常特被引御，從容辭曰：『夫陽以博施爲德；陰以不專爲義。螽斯則百，福之所由興也。願陛下思雲雨之均澤，識貫魚之次序，使小妾得免于罪累。』

漢馬太后敕諸臣曰：『吾爲天下母，而身服大練，食不求甘，左右但着帛布。以爲外親見之，當傷心自敕，但笑言太后素好儉。前過濯龍門上，見外家問起居者，車如流水，馬如遊龍。』

梁冀欲害李固，子燮以先遁得免。及冀誅，還里。其姊文姬戒之曰：『先公正直，爲漢忠臣，而遇梁冀肆虐，血食幾絶。今弟幸而得濟，宜杜絶衆人，勿妄往來。愼無一言加于梁氏，加梁氏則連主上，禍重至矣，惟引咎而已。』燮謹從其誨。

魏卞夫人每語外親曰：『吾事武帝四五十年，行儉日久，不能自變爲奢。』

魏甄夫人中兄儼早亡，母性嚴，待諸婦有常。夫人在家時，常諫曰：『嫂年少守節。待之當如婦；愛之當如女。』母感其言，爲之流涕。

甘寧厨下兒有罪，走投吕蒙。寧先許不殺，已還而殺之。蒙大怒，欲攻寧。蒙母徒跣出，諫曰：『至尊待汝如骨肉，何得以私怒戕大將？若寧死之日，至尊罪汝則已。脱優假不問法，重恩深於汝，安乎？』蒙即時豁然，自至寧舟，呼曰：『老母待卿食。』遂同見母，歡宴竟日。

鍾會母張氏明於教訓。會年四歲，授《孝經》。七歲，誦《論語》。八歲，誦《詩》。十歲，誦《尚書》。十一，誦《易》。十二，誦《春秋左氏傳》《國語》。十三，誦《周禮》《禮記》。及入太學，謂會曰：『學猥則倦，倦則意怠。吾懼爾意怠，故以漸訓爾。今可獨學矣。』

杜預刺秦州，被誣，徵還。其叔母嚴氏戒之曰『諺云「忍辱至三公」，卿今辱矣，能忍之，公是卿坐。』

王凝之妻謝夫人，嘗語弟玄曰：『汝何以都不復進，爲是塵務經心，抑天分有限？』

陶侃一作孟宗。少時作魚梁吏，嘗以坩鮓餉母。母封鮓付使，反書責曰：『汝爲吏，以官物見餉，非惟不益，乃增吾憂也。』

皇甫謐少倦于學。所養叔母教之曰：『昔孟母以三徙成子；曾父以烹豚存教。豈我居不卜鄰？何爾魯之甚乎！修身篤學自汝得之，於我何有？』因對之流涕，謐乃感激受書。

漢主劉聰爲后劉氏起鷍儀殿，廷尉陳元達切諫，將斬之。后時在後堂，密遣中常侍私敕停刑。上疏切諫再，曰：『陛下拒諫害忠，繇妾而起，復何面目仰侍巾櫛，請歸死此堂，以塞誤惑。』聰乃解，引元達而謝之。易逍遥園爲納賢園、李中堂爲愧賢堂。

趙母嫁女，女臨去，敕之曰：『慎勿爲好！』女曰：『不爲好，可爲惡邪？』母曰：『好尚不可爲，況惡乎？』

宋孝武帝嘗宮内大集裸婦人爲樂，王后以扇障面，獨無言。帝怒曰：『外舍家寒乞，今共作笑樂，何獨不視？』后曰：『爲樂之事，其歡自多。豈有姑、姊、妹集，而裸婦人形體，以此爲樂？外舍爲歡，殊不同此。』

河間王元琛爲定州刺史，以貪縱罷，復希用。胡太后曰：『琛在定州，惟不將中山宮來，自餘無所不致，何可復用？』

鄭善果爲魯郡太守，每聽事，母崔氏輒於鄣後察之。聞其剖斷合理，歸則賜坐談笑；若行事不允或妄嗔怒，輒掩泣不食。謂之曰：『汝先君，忠勤士也。守官恪，未常問私，以身殉國。汝既少孤，襲先人餘蔭。吾孀婦耳，有慈無威，使汝不知禮訓，而妄加嗔怒，墮於公政。吾死日何面目見汝先人於地下乎！』善果感悟。

唐太宗朝罷歸，含怒曰：『終須殺此田舍奴！』長孫后問曰：『大家嗔怒誰也？』上曰：『魏徵老兵，對衆辱我。』后入院，衣褕翟，下殿拜。上驚問，后曰：『妾聞，主聖臣忠。徵能直言，非大家聖德，不有忠臣。妾敢賀。』上悦，益重徵。

唐徐惠妃以太宗勤兵，又營繕相繼，上疏諫曰：『珍玩伎巧，乃喪國之斧斤；珠玉錦綉，實迷心之酖毒。作法於儉，猶恐其奢；作法於奢，何以制後？』

韋中令皋微時，婿於張相延賞家。性度高廓，漸不齒禮，婢僕亦輕怠。妻垂泣言曰：『韋郎七尺之軀，學兼文武，豈有沉滯兒家，爲尊卑共嗤！夫凌霄之志，起於風飇，郎獨倦飛乎？』皋遂辭東遊，妻罄粧奩贈送。

杜羔屢舉不第，將至家，妻劉氏先寄詩，曰：『良人的的有奇才，何事年年被放回。如今妾面羞君面，君若來時近夜來。』羔見詩赧，不敢歸。

成德節度使李寶臣卒，子惟岳叛，弟惟簡奉其母鄭氏奔京師，德宗拘于客省。及帝奔奉天，惟簡將赴難。謀于鄭，鄭曰：『爾父立功河朔，爲宰相，身未嘗至京師。兄死于人手。爾入朝，未識天子，若不能效忠，吾不子汝矣！』督其行，曰：『而能死王事，吾不朽矣！』乃斬關出。

吴賀偶與客言人短長，母謝夫人屏間竊聽，怒，因杖之百，且曰：『愛其女者，必取三復白圭之士妻之。今獨産一子，使知義命。而出語忘親，吾行與若共觀金人耳。』泣不食。賀從是謹默。

鍾允章爲中書舍人，性吝，歲獲賜賚甚厚，故人無丐澤者。妻牢氏語之曰：『妾昔事君子，家無釜鬲烹茶作糜，止用一銚，尚優接窮交。今蓄貨山積，而風雨故人不沾涓流，獨不念分烟者衆耶？』因出銚示之。

武陵節度使周行逢果于殺戮，夫人嚴氏不悦，紿以視家田歸。至則營居以老，歲時衣青裙，押佃户送租入城。行逢往見之，勞曰：『吾貴矣，夫人何自苦？』嚴夫人曰：『公思作户長時乎？民租後，時常苦鞭朴。今貴矣，宜先期率衆，遂忘壠畝間事耶？』

歐陽參政修父再任推官卒。母鄭夫人常泣告修曰：『汝父爲吏，常燃燭治官書，屢嘆曰：「死獄也，我求其生不得。」吾曰：「生可求乎？」曰：「求其生而不得，則我與死者皆無恨。夫常求其生，猶失之死，而世常求其死也。」適乳者負汝立側，因指嘆曰：「術者謂我歲行在戌將死，吾不及見兒之立也，後當以我言告之。」此吾知汝父必將有後也。』

蘇學士軾生十年，父洵游學四方，母程氏親授以書。常讀《范滂傳》，慨然太息。軾請曰：『軾若爲滂，母許之否？』程氏曰：『汝能爲滂，吾獨不能爲滂母耶？』

張俊娶妓張穠爲妾，知書。拓皋之役，俊發書囑穠家事。穠書報俊，引霍去病、趙雲不問家事，以堅俊意。且言：『今日之事，惟在宣撫。不當以家事爲念，勉思報國！』高宗聞大喜，親書獎諭，賜穠。

程少良爲盜，致貲數萬。偶與黨中諸少年食，老而齒脱，不能食大臠。其妻起，請少年曰：『公子與此老父椎埋剽奪十餘年，今尚不能食。此去，必殺之草間，無爲鐵門外老捕盜所咀快。』少良悟曰：『老嫗真解事。』遂謝少年。

遼道宗好獵，常馳入深林邃谷，扈從求之不得。蕭后上疏曰：『頃見駕幸秋山，單騎從禽，深入不測。倘有絶羣之獸，果如司馬所言，則溝中之豕，必敗簡子之駕矣。願遵老氏馳騁之戒，用漢文吉行之旨。』

遼末，國半入于金。天祚主畋遊如故，蕭文妃作歌以諷，有曰：『可憐往代兮秦天子，猶向宫中兮望太平。』天祚見而銜之。

姚天福拜御史，其母戒之曰：『古稱公爾忘私，當罄所裹，以塞其職，勿以未亡人爲衈。俾吾追蹤陵母，死之日，猶生之年也！』

張氏嘗從容訓子曰：『人有三成人：知畏懼成人；知羞耻成人；知艱難成人。』

本壽問于母曰：『富貴家女子必纏足，何也？』其母曰：『吾聞古人閑女。居不踰閾，出必帷車，是無事于足也，故裹其足。如此設閑，而後世猶有桑中之行、臨邛之奔。范睢曰「裹足不入秦」，用女喻也。』

穎慧

齊桓公與管仲謀伐衛。入宫，衛姬脱簪解佩，請衛罪。公曰：『無故。』對曰：『妾聞之，人君有三色：顯然喜樂，容貌淫樂者，鐘鼓酒食之色；寂然清净，意氣沉抑者，喪禍之色；忿然充滿，手足矜動者，攻伐之色。今妾望君，舉趾高，色厲音揚，意在衛也，是以請。』

桓公使管仲迎甯戚，將用之。戚曰：『浩浩乎白水。』仲不知所謂，其妾笑曰：『彼已語君矣。古有《白水》之詩，詩不云乎：「浩浩白水，鯈鯈之魚。君來召我，我將安居？國家未定，從我焉如？」此戚欲仕也。』仲言于公，因相之。

齊執魯使臧文仲，將襲魯。文仲陰使人遺公書，恐齊得之，乃謬其辭。公及諸大夫皆莫解，召文仲母問之。母泣下，曰：『吾子拘有木治矣。書云：「斂小器，投諸台」者，言取郭外萌内之城中也。「食獵犬，組羊裘」者，言趣饗戰鬥之士而繕甲兵也。「琴之合，甚思之」者，言思妻也。「臧我羊，羊有母」，是告妻善養母也。「食我以同魚」，同者，其文錯。錯以治鋸，鋸以治木，是有木治，繫於獄矣。「冠纓不足，带有餘」者，頭亂不得梳，飢不得食也。』齊聞，釋文仲歸。

荆軻挾匕首刺秦王，王乞聽琴死。召姬人鼓琴，乃爲琴聲曰：『羅縠單衣，可裂而絶；八尺屏風，可超而越；鹿盧之劍，可負而拔。』王乃拂袖去，拔劍擊軻。

蔡文姬六歲，父邕夜中鼓琴，絃絶，文姬曰：『第二絃。』邕復故斷一絃，問之，姬言是第四絃。邕曰：『偶得之耳。』文姬曰：『季札觀樂，知興亡之國；師曠吹律，識南風之不競。由是觀之，何云不知？』

孔融被害時，有女七歲，以幼弱得全，寄住他舍。或言於曹操收之。女謂其兄曰：『若死而有知，得見父母，豈非至願？』遂延頸就刑。

吴王孫權與潘夫人游釣臺，得大魚，權甚喜。夫人曰：『昔聞泣魚，今乃爲喜，有喜必憂。』末年果漸疏。

陳沈后以張貴妃寵，經年不得御。後主當御后處，暫入，即還，謂后曰：『留人不留人？不留人也去。此處不留人，自有留人處。』后答云：『誰言不相憶，見罷倒成羞。情知不肯住，教我若爲留？』

魏宇文后初産，有雲氣满室，芬氳久之。幼有風神，好陳烈女圖。及立爲后，志操明秀，廢帝甚重之，專寵後宫，不置嬪御。

魏孝静帝禪位于齊，將出宫，與夫人、嬪以下訣，莫不欷歔掩涕。嬪趙國李氏誦陳思王詩云：『王其愛玉體，俱享黄髪期。』

于頔令客彈琴，其嫂知音。私謂曰：『三分中，一分箏聲，二分琵琶，全無琴韻。』

寧王憲姬寵姐，每一轉目，憲則知其意，宫中謂之眼語。又能作眉言。李白常乘醉，逼憲欲見之。憲命設七寶花障，使隔障而歌。

白居易女金鑾十歲，忽書《北山移文》示家人。居易方買終南紫石，欲開《文士傳》，遂輟以勒之。

五臺僧法朗，常入雁門山石洞，有秦時婦人，衣草葉，見僧懼愕，問云：『汝何物？』僧曰：『我人也。』婦人曰：『寧有人形骸如此？』僧曰：『我事佛，佛須擯落形骸故耳。』因問：『佛何旨？』僧具言之，笑曰：『語甚有理。』

張平章說女嫁盧氏，嘗爲其舅求官，説不語，但指揩床龜示之。歸告其夫曰：『舅得詹事矣。』

唐武后時，有七歲女子能詩。后命賦《别兄詩》，應聲而成，曰：『别路雲初起，離亭葉正飛。所嗟人異雁，不作一行歸。』

宋真宗宴近臣，語及《莊子》。忽命『秋水』，至則翠鬟緑衣一小女童，誦《秋水》一篇，聞者竦立。

杭州妓琴操，頗通佛，解言辭，蘇學士軾喜之。一日游西湖，戲作長老參禪，因問曰：『何謂湖中景？』對曰：『落霞與孤鶩齊飛，秋水共長天一色。』『何謂景中人？』對曰：『裙拖六幅瀟湘水，鬢鎖巫山一段雲。』『何謂人中意？』對曰：『隨他楊學士，鱉殺鮑參軍。』操問：『如此究竟若何？』軾曰：『門前冷落車馬稀，老大嫁作商人婦。』操言下大悟，遂爲尼。

金章宗妃李師兒初入宫，從宫教張建學故事。宫教以青紗障蔽内外，不得面見，有不識字及問義，皆自障内映紗指字請問，宫教自障外口説教之。諸女中，惟師兒音聲清亮，最可教。

吴仁叔業太學，與妻韓氏札，啓視止白幅。遂題詩復夫云：『料想仙郎無別意，憶人長在不言中。』

容　聲

周成王時，因祇國獻女工一人，體貌輕潔，長袖修裾。風至則結其衿带，恐飄飄不能自止也。

又善織，以五色絲内口中，引而結之，則成文錦。

周昭王登崇霞之臺，召舞女旋娟、提謨。時香氣欻起，二女并，體輕氣馥，徘徊翔轉，殆不自支，王以纓縷拂之。又設麟文之席，散荃蕪之香，以屑噴地，厚四五寸，使二女舞其上，彌日無迹，體輕故也。

越女夷光、修明入吴，處椒華宫，貫細珠爲簾幌，二人當軒并坐，理鏡靚粧于珠幌内，竊窺者莫不驚魂。

西施舉體有異香。每沐浴竟，宫人争取其水，積之罌瓮。用松枝洒于帷幄，盈室俱香。罌瓮中積久，下有滓凝結如膏。宫人取以晒乾，香踰于水，謂之『沉水』，製錦囊盛之。

趙后體輕腰弱，善行步進退。女弟昭儀，弱骨豐肌，尤工笑語。二人并，色如紅玉，爲當時第一。

趙飛燕進其妹合德，成帝幸之，以輔屬體，無所不靡，謂爲『温柔鄉』。

趙昭儀方浴，蘭湯灧灧，坐其中，若三尺寒泉浸明玉。

漢武帝宮人麗娟，玉膚柔軟，吹氣勝蘭。每歌，李延年和之。於芝生殿唱《回風》之曲，花香翻落如秋。置麗娟於明離之帳，恐塵涴其體。又以衣帶繫其袂，閉重幕，恐隨風去。麗娟以琥珀爲佩，置衣裾裏，不令人知，云『骨節自鳴』。

文君眉色如望遠山，臉際常若芙蓉。

漢桓帝將納梁女瑩爲后，命保林吴姁往視。閉中門，日晷薄辰，穿照屋窗。光送着瑩面上，如朝霞和雪艷射，不能正視。已乞緩私小結束，瑩面發赬，抵闌，閉目轉面内向。姁爲手緩，捧着日光，芳氣噴襲。肌理膩潔，拊不留手。規前方後，築脂刻玉。胸乳菽發，臍容半寸許珠。私處墳起，爲展兩股，陰溝渥丹，火齊欲吐。周視訖，久之不得音響，徐拜稱『皇帝萬年』，若微風振簫，幽鳴可聽。

薛靈芸年十七，魏文帝聘之。靈芸將别父母，淚下沾衣。陞車時，以玉唾壺盛淚，壺中即如紅色。

魏文帝寵姬夜來，常面觸水晶屏風，傷處如曉霞將散。自是宫中俱用臙脂倣畫，名『曉霞粧』。

孫和悦鄧夫人，常置膝上。一日，弄水晶如意，誤傷夫人頰。醫者曰：『得白獺髓，雜玉與琥珀屑，當滅痕。』及差，有赤點，更益其妍。諸嬖姬慕之，更以丹脂點頰。

吴主孫亮愛姬麗居，鬒髮香净，一生不用洛成，即今梳篦。疑有辟塵犀釵也。

漢先主卧甘夫人于白綃帳中，户外望者，如月下聚雪。河南獻玉人，高三尺，取置后側。后與玉人潔白齊潤，觀者殆相惑亂。嬖寵者非惟嫉于夫人，亦妒于玉人也。

桓温平蜀，以李勢妹爲妾，甚寵，常著齋後。温妻南康公主聞，與數十婢拔白刃襲之。正值李梳頭，髮委藉地，膚色玉曜，不爲動容。徐結髮，斂手向主，言曰：『國破家亡，無心至此。今日若能見殺，乃是本懷。』神色閑正，辭甚凄婉。主擲刀抱之曰：『阿子，我見爾亦憐，何况老奴！』

陳張貴妃髮長七尺，鬒髮如漆，其光可鑒。每瞻視盼睞，光采溢目，照映左右。常如閣上靚粧，臨於軒檻，宫中遥望，飄若神仙。

唐楊太真初承玄宗召，別疏湯泉，詔賜澡瑩，既出水，體弱力微，若不勝羅綺。

楊貴妃每宿酒初消，多苦肺熱。嘗凌晨獨遊後苑，手攀花枝吸露液潤肺。又，每至夏月，衣輕綃，使侍兒交扇，猶不解熱。汗出紅膩多香，或拭于巾帕上，色如桃花。

唐武宗王才人狀纖頎，頗類帝。每畋苑中，才人必從，袍而騎，被服光侈，略同至尊。相與馳出入，觀者莫知孰爲帝也。

浙東國貢舞女飛鸞、輕鳳，修眉黟首，蘭氣融治。敬宗琢玉芙蓉，爲二女歌舞臺。每歌，聲發如鸞鳳之音，而舞態艷逸。每歌罷，上令內人藏之金屋寶帳，蓋恐風日所侵也。由是宮中語曰：『寶帳香重重，一雙紅芙蓉。』

女子晁試鶯，美而文。一尼出入其家，言試鶯不施朱粉，而面貌如畫；不佩芳芷，而體恒有香；不簪朱翠，而鬟髮自治。常夏月著單衣，左手攀竹枝，右手持蘭花扇，按膝上，注目水中游魚，低吟《竹枝》小詞，若乳鶯學囀也。

薛瑶英母趙娟幼以香啖英，故肌香。元載納爲姬，衣龍綃之衣。一衣無一二兩，摶之不盈一握，載以其體輕，不勝重衣，因於異國求是服。

崔鶯初以母命見張生于中堂，常服悴容，不加新飾，垂鬟接黛，雙臉斷紅而已。以母之迫而見也，凝睇怨絶，若不勝其體。

周德華善唱《楊柳詞》。後過京洛豪門，女弟子從學者衆。時裴郎中誠與舉子温岐，皆好作歌曲，請德華一陳音韻，以爲浮艷之美，德華終不取，二君皆慚。其所唱七八篇，皆近日名流作也。

蜀主孟昶納徐匡璋女，號『花蕊夫人』。謂花不足擬，其色似花蕊之翾輕也。

宋徽宗劉貴妃齒瑩，潔如水晶，緣常餌絳丹而然，宫中稱之曰『韻』。

歐陽修知潁州，有官妓盧媚兒，姿貌端秀，口内常作芙蕖花香。有蜀僧云：『此人前身是尼，誦《法華經》二十年。』修命取是經，令讀，一閲若流，宛若素習。

遼蕭后姿容端麗，皆以觀音目之，因小字觀音。

巴陵婦人每除夕各取一鴉飼之，元旦梳頭，先以櫛理其羽，祝曰：『願我婦女，鬒髮髟髟。惟百斯年，似其羽毛。』

藝　巧

班女孟能含墨一口，噴紙，皆成文字，各有意義。

韓娥東之齊，匱糧，過雍門，鬻歌假食。既去，餘音繞梁，三日不絶。過逆旅，旅人辱之，韓娥因曼聲哀哭一里，老幼愁泣相對，三日不食。遽追謝之，娥復曼聲長歌一里，老幼歡舞，弗能禁。

漢戚夫人善爲翹袖折腰之舞。歌《出塞》《入塞》《望歸》之曲，侍婢數百皆和之，後宫齊首高唱，聲入雲霄。

吴大帝居昭陽宫，倦暑，褰紫綃之幃。趙夫人曰：『此不足貴。妾欲窮慮静思，能使下帷而清風自入。』乃拧髮以神膠續之，織爲羅縠，纍月而成。裁爲幔，如烟氣輕動，而户内飄然自凉。時謂『絲絶』。

石崇愛婢翾風能别玉聲。謂西方、北方玉聲沉重，而性温潤，佩之，益人性靈；東方、南方玉聲輕潔，佩之，利人精神。

羊侃有姬人孫荆玉，能反腰貼地，銜得席上玉簪。

郭璞女精於地里。璞欲東遷下菰城，每立標，輒爲飛鳥啣去。璞女請無徙，因舊址損益之，遂定於吴興郡。人號『遷城小娘』。

潘嫗善禁。陳顯達矢中左目，鏃不出。嫗先以釘釘柱，禹步作氣，釘即出，仍禁，顯達鏃出之。

胡太后善射。嘗幸法流堂，自射針孔，中之。又登鷄頭山，自射象牙簪，一發中之。

衛將軍原士康宅近青陽門，其側室徐月華本王家姬，鼓箜篌而歌，哀聲入雲，聽者成市。

河間王元琛婢朝雲，善吹篪，能爲《團扇歌》《壟上聲》。琛刺秦州，諸羌外叛，屢討不下。

琛令朝雲假爲貧嫗，吹篪而乞。諸羌聞之，悉流涕思鄉，相率降。秦民謂曰：『快馬健兒，不如老嫗吹篪。』

高歡迎蠕蠕公主還，爾朱妃迎於木井北，與蠕蠕女前後別行，不相見。女引角弓仰射翔鴟，應絃而落；妃引長弓斜射飛鳥，亦一發中之。歡喜曰：『我此二婦，并堪擊賊。』

唐高祖竇應竇后善書，與帝字相雜，人不能辨。

楊貴妃每抱琵琶奏于梨園，音韻凄清，飄如雲外。又善擊磬，拊搏之音，玲玲然，多新聲。

張紅紅，韋青家姬也。有樂工自撰新聲，侑歌於青，青召紅紅屏後聽之，以小豆數合，記其拍。樂工歌罷，青入問紅紅，悉已得，乃出云：『有女弟子久曾歌此，非新曲也。』即令隔屏歌之，一聲不失。

永新尹氏女與羣女戲，登南山。因命之歌，乃顰眉緩頰，怡然一曲，聲逗數十里。及選入宮，遇高秋朗月，臺殿清虚，喉囀一聲，響傳九陌。

唐玄宗賜大酺於勤政樓，衆諠譁聚語，莫得魚龍百戲之音，玄宗怒，欲罷宴。高力士奏請永新出樓歌一曲，乃撩鬢舉袂，直奏曼聲，廣場寂寂，若無一人。

南海女盧眉娘，能於一尺絹上，綉《法華經》七卷。字之大小，不逾粟粒；而點畫分明，細於毛髮；品題章句，無有遺闕。

盧眉娘善作飛仙蓋。以絲一縷，分爲三，染成五彩，於掌中結爲傘。蓋五重，中有十洲、三島、天人、玉女、臺閣、麟鳳之象，而外列執幢、捧節之童千數。其蓋濶一丈，秤之無二數兩。自煎靈香膏傅之，虬硬不斷。

薛瑶英于七月七日，令諸婢共剪輕綵，作連理花千餘朵，以陽起石染之，當午散庭中，隨風而上，徧空中，如五色雲霞，久之方没，謂之『渡河吉慶花』，藉以乞巧。

薛濤歸浣花所，仿浣花人造十色彩箋，别模新樣。作小幅松花紙，多用題詩，因寄獻元相公稹百餘幅。

李夫人西蜀名家。一夕獨坐南軒，竹影婆娑可喜，即濡筆染墨，模寫窗紙間。明日視之，生意具足。

平康妓瑩娘，玉凈花明，尤善梳掠，畫眉日作一樣，人以爲眉癖。

蜀內樞密使潘炕妾解愁，有國色。其母梦吞海棠花蕊而生。善新聲。

南唐大周后通書史，兼妙諸伎。嘗雪夜酣燕，舉杯請後主起舞，後主曰：『爾能創爲新聲，則可矣。』后即命箋綴譜，喉無滯音，筆無停思，俄頃譜成，所謂《邀醉舞破》也。又有《恨來遲破》，亦后所製。故唐盛時《霓裳羽衣》，最爲大曲，絶不復傳。后得殘譜，以琵琶奏之，於是開元、天寶遺音，復傳於世。

女道士耿，玉貌鳥爪。入唐元宗宫中，常索金盆貯雪，令宫人握雪成錠，投火中。徐舉出之，皆成白金，反視其下，若重酥滴乳狀。又能取小麥淘洗，以銀釜炒之，匀圓皆成蚌胎。

徐州營妓馬盼甚慧麗，能學蘇學士軾書，得其彷佛。軾常書《黄鶴樓》未竟，盼竊效軾書『山川開合』四字，軾見而大笑，畧爲潤色，不復易之。今碑中四字，盼筆也。

管夫人性喜蘭梅，下筆精妙，不讓水仙。有時對庭中修竹，亦興至，不能休。

緣　合

薄姬少時與管夫人、趙子兒相愛，約曰：『先貴無相忘。』已兩人先幸漢王，侍成皋臺，此兩美人相與笑姬初時約。漢王聞之，心慘然，憐姬，召幸之。

漢武帝過平陽主，悦謳者衛子夫。帝起更衣，子夫侍尚衣軒中，得幸。上還坐，歡甚，主因送子夫入宫。已上車，主拊其背曰：『行矣，强飯，勉之。即富貴，無相忘。』

漢景帝召程姬，姬有所辟，不願進，飾侍者唐兒，使夜進。帝醉不知，以爲程姬而幸之，遂有身。已乃覺非程也。及生子，因名曰發。光武帝之始祖。

魏武下鄴。文帝先入袁尚府，有婦人被髮垢面，垂涕立紹妻劉氏後。文帝問之，云是熙妻。顧攬髮髻，以巾拭面，姿貌絶倫。遂見納。

徐德言妻，陳公主也，才色冠絶。見陳將亡，乃破一鏡，人執其半，約他年以正月望日賣于都市。及陳亡，果入楊越公素家。德言如期訪於市，有蒼頭買半照，德言合之。陳氏聞，泣不食。素即召德言，還其妻，仍與偕飲，令陳氏爲詩，口占云：『今日何遷次，新官對舊官。笑啼俱不敢，方信做人難。』

開元中，頒賜邊軍纊衣，製自宮中。有兵士於短袍衣中得詩，云：『沙場征戍客，寒苦若爲眠。戰袍經手作，知落阿誰邊。留意多添線，含情更着綿。今生已去也，願結後生緣。』玄宗命索作者，有宮人自言萬死，遂以嫁得詩人，曰：『我與汝結今生緣也。』

王才人養女鳳兒，慕陳後主、孔貴嬪爲詩。一夕，臨水折花，偶爲《宮思》，曰：『一入深宮裡，無由得見春。題詩花葉上，寄與接流人。』賈進士全虛臨御溝坐，得之，悲想其人，宛轉溝上。金吾奏其實，德宗亦感動，召全虛授官，以鳳兒賜之。

唐僖宗自内出袍千領，賜塞外吏士。神策軍馬真于袍中得金鎖一枚并詩，有『鎖情寄千里，鎖心終不開』句，僖宗訪出此宮人，遂妻真。

内弟子鄭中丞善琵琶，偶忤文宗旨，令内人縊死，盛以祕器流河中。適某相舊吏梁厚本垂釣，見一物流過，纏以錦，因接就岸，發視，乃一女郎，粧色儼然，尚有餘息。即移至室中，經旬方愈。詢知其故，遂以爲妻。

侯尚書繼圖寓大慈寺，有大桐葉飄墜，見葉上有『相思』二字并詩，有句云：『天下有心人，盡解相思死。天下負心人，不識相思字。有心與負心，不知落何地？』越五年後，卜婚任氏。偶諷此詩，任氏曰：『此妾書葉句也。』

陸游曾宿驛中，見有詩題壁，曰：『玉階蟋蟀鬧清夜，金井梧桐落故枝。一枕凄凉眠不得，呼燈起作感秋詩。』詢爲驛卒女，因納之。

王氏有女，父母爲擇配，未偶，壯年不嫁。作《咏懷》，詩云：『白藕作花風已秋，不堪殘梦更回頭。晚雲帶雨歸飛急，去作西窗一夜愁。』宗室趙令時鰥居，遂求娶之。人以爲二十八字媒。

安南萬春妃，性清淑。先許適文士蕭雅，王聞其美，納宫中，踰十載，猶念雅不置。一日，卧疾。王問之，泣對曰：『妾旦晚塵土矣！然所不忘者，君憐與親愛俱深耳。今舉目見王，不見父母。生有十年之潤，死無數日之親，奈何！』王愍惻，許出宮療之。會雅所娶妻適殞，而王亦嗣薨，遂復爲夫婦。

楊翁女美，爲詩不過二句，曰：『無奈情思纏擾，至兩句，即思亂不繼矣。』有謝生求娶，翁出女半章詩示生，曰：『珠簾半床月，青竹滿林風。』生即續之曰：『何事今宵景，無人解與同。』女曰：『天生吾夫！』遂偶之。

情深

舜崩于蒼梧之野。二妃娥皇、女英傷其不從，以淚洒竹，竹盡成斑，至今號『湘妃竹』。

公孫去病妻戴氏久無子，謂夫曰：『妾不才，得奉巾櫛，歷年無嗣，禮有七出，請受訣。』夫不許。又曰：『禍莫大於乏嗣，君不忍見遣，當更廣室。』夫亦不肯。及夫亡，遂操刀割鼻，誓不嫁。

宋舍人韓憑妻爲康王所奪，自投臺下死。于帶中得寄憑歌，曰：『其雨淫淫，言愁且思。河大水深，言不得往來。日出當心。言有死志也。』

吴王爲太子波聘齊女，女少思齊，日夜泣，因病。闔閭起北門，曰『望齊門』，令女往遊其上。女思不止，乃至殂落，曰：『令死者有知，必葬我於虞山之巔，以望齊國。』

徐淑《與夫秦嘉書》云：『聞嚴裝已辦，發邁在即。誰謂宋遠？企予望之；室邇人遐，我勞如何！長路悠悠，而君是踐；冰霜慘裂，而君是履。身非形影，何得動而輒俱；體非比目，何得同而不離。惟有割今者之恨，以待將來之歡耳！』

高柔婚胡毋氏女，年二十，既有倍年之覺，而姿色清惠，近是上流婦人。柔既罷官，愛翫賢妻，有終焉之志。後起冠軍參軍，眷戀綢繆，不能相舍。相贈詩書，清婉辛切。

石崇婢翾風貌美，以文辭擅愛。崇常語之曰：『吾百年後，當以若殉。』翾風答曰：『生愛死離，不如無愛。妾得爲殉，身其何朽！』于是彌見寵。

潘岳妙有姿容，少時出洛陽道，婦人遇者，莫不連手共縈之。左思絶醜，亦效岳遨遊，于是羣嫗齊共亂唾之，委頓而返。

孫秀求綠珠于石崇，崇不與，收兵忽至。崇謂綠珠曰：『我今爲汝獲罪。』綠珠泣曰：『願效死于君前！』遽墮樓死，時名其樓曰『綠珠樓』。

齊武成召故太子百年，百年知不免，割帶玦，留與妃斛律氏。及見殺，妃年十四，把玦哀號，不食月餘，亦卒。玦猶在手，拳不可開。

竇建德常發鄴中墓，得一生婦人，姿甚艷。自言魏宮人，説甄后見害，了了分明。甚蒙建德寵。唐太宗滅建德，將納之，辭曰：『妾幽閉黄壤，已三百年。微竇公，何緣復覩白日？死可再也。』遂飲恨卒。

唐高宗廢王后蕭淑妃爲庶人，囚别苑。一日念之，間行至囚所，呼曰：『皇后、良娣無恙！』二人同辭，泣曰：『至尊若念疇昔，使得再見日月，乞署此爲回心院。』

唐武宗疾篤，孟才人請殉，上惻然，復曰：『妾常藝歌，請對上歌一曲，泄哀怨可乎？』乃歌一聲《河滿子》，氣亟立殞。上令醫候之，曰：『脉尚温，而腸已絶。』

寧王憲宅左，有賣餅者妻，纖白明媚。王厚遺其夫，取之，寵惜逾等。環歲，因問之，『頗憶餅師否？』默不對。因呼使見之，妻雙淚垂頰，若不勝情。王乃歸餅師終老。

崔生爲千牛，往省某勳臣疾，因命美妓衣紅綃者送之。妓立三指，指某勳臣第三院。又反掌者三，應十五數。然後指胸前小鏡子云：『記取！』十五夜，月圓如鏡，約崔生至。

張尚書建封卒，妾關盼盼念舊恩不嫁，居舊第之燕子樓十餘年，作詩自傷。白樂天愛而和之，諷以早殉。盼盼反覆讀之，泣曰：『自我公見背，妾非不能死！恐千載後，以我公重色，有從死之妾，是玷我公之清範也！』遂不食死。但吟詩云：『兒童不識冲天物，漫把青泥污雪毫。』

李益初與霍小玉婚，誓不再娶。後登科，授鄭縣主簿，將之官，玉謂益曰：『君此去必就佳姻，徒虛盟耳。然妾年始十八，君纔二十有二，逮君壯歲之秋，猶有八歲，一生歡愛，願畢此期。然後妙選高門，以求秦晉，亦未爲晚；妾便捨棄人事，剪髮被緇，夙夕之願于此足矣！』

韋相公皋曾遊江夏，止孺子姜荆寶家，荆寶遣小青衣玉簫往侍，因而有情。及皋歸長安，與玉簫約以七載爲期，兼贈玉指環并詩。逾時不至，乃嘆曰：『韋郎一别七年，是不來矣！』因絶食，吟皋所贈詩曰：『黄雀啣來已數春，别時留解贈佳人。長江不見魚書至，爲遣相思梦入秦。』遂殞。

文宗以宫女沈翹翹配金吾判官秦誠。出宫之夕，宫人伴送，花燭之恩，皆自天賜。數年後，誠使日本，久不歸。翹翹執玉方響登樓，自爲一曲，名《憶秦郎》，聲音凄愴。

劉尚書女無雙，坐父罪入宫。已命與諸宫女往掃園陵。時中表王仙客知驛事，其未婚婿也。疑無雙在，命其僕塞鴻烹茗簾外。夜深，忽聞簾下語曰：『塞鴻，汝知我在此耶？郎健否？』言訖嗚咽。及行，塞鴻于紫褥下得書送仙客，皆無雙真跡，詞理哀切，末云：『常見敕使説，富平縣古押衙，人間有心人。今能求之否？』

李宸妃初入掖庭，惟一弟七歲，臨别，手結刻絲鞶囊與之，撫其背，泣曰：『汝或淪躓，無棄此囊。若長門雖遠，未是天涯，則煢煢姊弟，相訪有期，當以此物色也。』後宸妃貴，一入内院，弟解其囊進，宸妃悲喜，言而官之。

海鹽陸東美妻朱氏有容止，夫妻相重，跬步不離，時號『比肩人』。後子弘與妻張氏亦相愛慕，呼『小比肩』。

西施家于苧蘿村，欲見者，先輸金錢一文。

企　羡

邢夫人得幸漢武。尹夫人請見，帝許之。令他夫人飾，從御者數十人，爲邢夫人人來前。尹夫人曰：『非也。視其身貌形狀，不足當人主矣。』於是詔邢夫人，衣故衣，獨自來前。尹夫人望見曰：『是也！』低頭而泣，自痛不如。

趙婕妤每見姊趙后，必爲兒拜。后與婕妤坐，常誤唾婕妤袖，婕妤曰：『姊唾染人紺袖，正似石上花。假令尚方爲之，未必能若是衣之華，以爲石花廣袖。』

賈充前婦，是李豐女。剛介有氣節。豐誅，離婚徙邊。後赦還，充先已取郭配女。武帝特聽置左右夫人。李氏别住外，不肯還充舍。郭氏欲就省李，乃盛威儀，多將侍婢。既至，入户，李氏起迎，郭不覺脚自屈，因跪再拜。

王羲之年十二，讀前代筆説，書便大進。衛夫人見之，涕流曰：『此子必蔽吾名。』

謝玄絶重其姊，張玄常稱其妹，欲以敵之。有濟尼者，并遊張、謝二家，人問其優劣，答曰：『王夫人神情散朗，故有林下風氣；顧家婦清心玉映，自是閨房之秀。』

王凝之遇害，謝夫人嫠居會稽，太守劉柳聞其名，請與談義。夫人素聞柳名，乃簪髻素褥，坐帳中。柳束修整帶，造於别榻。夫人風韻高邁，叙致清雅。先及家事，慷慨流漣。徐酬問旨，詞理無滯。柳退而嘆曰：『實所未見，瞻察言氣，使人心形俱服。』夫人亦云：『親從凋亡，始遇此士。』

崔浩始弱冠，太原郭逸妻以女。逸妻王氏每奇浩才，自矜得婿。俄女亡，王氏深爲傷恨，復欲以少女續婚，逸及親屬不可。王氏固執與之，逸不能違，遂重結好。

江妃性喜梅，所居闌檻，悉植數株。上榜曰『梅亭』。梅開，賦賞至夜分，尚顧戀花，不能去。明皇以其所好，戲名曰『梅妃』。

楊太真縊於馬嵬。老媪拾得襪一隻，過客求玩之，百錢一觀。其女玉飛，得雀頭履一隻，真珠飾口，以薄檀爲苴，長僅三寸，奉爲異寶，不輕示人。

李靖與妻張氏，行次靈石旅邸。張以髮長委地，立梳床前；靖方刷馬。忽有一人，髯而虬，乘蹇驢來，投草囊爐前，取枕欹卧，看張氏梳頭。靖怒，張氏熟視其面，一手映身摇示靖，令勿怒。急梳頭畢，斂衽前問其姓，客曰：『姓張。』張氏曰：『妾亦姓張，合是妹。』問：『第幾？』曰：『第三。』客因問：『妹第幾？』曰：『最長。』遂喜曰：『今幸逢一妹。』張氏遥呼：『李郎，來見三兄。』靖禮之。

柳枝娘聞誦李商隱《燕臺》詩，乃折柳結帶，贈商隱，乞詩。

女冠魚玄機常遊崇真觀南樓，覩新及第題名處，慨然垂羡，因賦詩云：『雲峰滿目放春晴，歷歷銀钩指下生。自恨羅衣掩詩句，舉頭空羨榜中名。』

秦學士觀謫長沙，過一妓家，見几上文一篇，目曰《秦學士詞》。環視無它文，觀故問曰：『彼秦學士亦遇若乎？』妓曰：『嗟乎！使得見秦學士，雖爲之妾御，死復何恨？』觀曰：『我是也。』妓大驚，入告母媪。媪出，設位，掖觀坐，妓北面拜。已張樂飲酒，一行率歌觀詞一闋，以侑之。卒飲甚歡。

惠州温都監女年十六，有色，不肯嫁人。聞蘇學士軾謫是州，甚喜，謂人曰：『此吾婿也。』每夜聞軾諷詠，則徘徊窗外。軾覺而推窗，則女踰墻去。軾謂其父曰：『吾當呼王郎與子爲姻。』

吴氏女才色俱麗，誓欲歸儒家。時鄭進士僖已娶，托媒嫗賦《木蘭花》一闋贈之。翌日，女和前詞，令乳母來視，言：『女憐君才，雖二室不辭也。』其母堅不從，女憤悒成疾。臨終，泣謂青衣梅蕊曰：『我死後，汝可以鄭郎詩詞書翰密藏棺中，以成吾意。』

卷　四

悼　感

西王母會穆天子，因曰：『瑶池一别後，陵谷幾遷移。向來觀雒陽東城，已丘墟矣。定鼎門西路，忽焉復新。市朝云改，名利如舊，殊可悲嘆耳！』

李夫人病篤，以所生子昌邑王及兄弟托漢武，然終不肯一見上。夫人姊妹讓之曰：『貴人獨不可一見上，屬托兄弟耶？』夫人曰：『此乃所以深托也。我以容貌之好，得從微賤幸上。夫以色事人者，色衰而愛弛，愛弛則恩絶。上所以惓惓顧念我者，以平生容貌也。今見我毁壞，必畏惡吐棄我。意尚復肯追思閔録其兄弟哉？』

漢遣江都王建女細君，嫁烏孫王昆莫。昆莫年老，語言不通。公主悲愁作歌，有曰：『居常土思兮心内傷，願爲黄鵠兮歸故鄉。』天子聞而傷之。

伶玄妾樊通德有才色，頗能言趙飛燕姊弟事。玄曰：『當斯人疲精力，騖嗜慾、蠱惑之事，寧知終歸荒田野草乎！』通德占袖，顧視燭影，以手擁髻，悽然泣下，曰：『夫淫于色，非慧男子不至也。慧則通，通則流，流而不得其防，則爲溝爲壑，無所不至。今婢子所道趙氏姊弟事，盛之至也。主君悵然有荒田野草之悲，婢子拊形属影，俄然相緣奄忽，能無泣乎？』

漢和帝葬後，宫人并歸園。鄧太后賜周、馮貴人策，曰：『朕與貴人共歡等列，十有餘年。先帝早棄天下，孤心煢煢，靡所瞻仰。今當以舊典分歸後園，慘結增嘆，《燕燕》之詩，曷能喻焉？』

鄧元義妻孝，爲姑所憎，閉置空室，羸露日困，然終無怨色。舅憐之，遣歸更嫁。其子朗，得母書不答，與衣輒焚之。母乃至親家李氏堂上，以它辭召朗，語之曰：『我爲汝家棄，幾死。聞而父語人云「家夫人遇之實酷，本自相負」，夫憐猶舅，汝意云何？我何負？姑棄，兒又棄耶？』遂絶。

石崇寵婢翾風見棄，聽寒蛩心悲，因織寒蛩之褥以獻。

咸陽王元禧恣極聲色，後以叛誅。宮人爲歌曰：『可憐咸陽王，奈何作事誤。金床玉几不能眠，夜踏霜與露。洛水湛湛彌岸長，行人那得渡？』其歌流傳江表，北人在南者，絃歌奏之，莫不灑淚。

齊淑妃馮小憐有寵。及國亡，後主遇害，周武帝以小憐賜代王達。因彈琵琶弦斷，作詩曰：『雖蒙今日寵，猶憶昔時憐。欲知心斷絶，應看膝上弦。』

侯夫人入迷樓，七八歲不蒙幸。一日，自縊棟下，臂懸錦囊，内有《自傷》詩云：『初入承明日，深深報未央。春寒入骨清，獨卧愁空房。色美翻成棄，命薄何可量。君恩實疏遠，妾意徒徬徨。懸帛朱棟上，肝腸如沸湯。引頸又自惜，有若絲牽腸。毅然就死地，從此歸冥鄉。』煬帝見之傷感，往視其尸，曰：『此已死，顔色猶美如桃花。』命樂府歌之。

唐太宗崩，徐賢妃年二十四，哀甚發疾，不自療。謂所親曰：『吾荷顧實深，魂其有靈，得侍園寢，吾志也。』因爲七言詩及連珠以見志。

唐天后朝，有士人陷冤獄，其妻配入掖庭，本善觱篥，因撰曲，記其哀情，名《大郎神》，蓋取其良人行第也。畏人知，遂易名《悲切子》，又易《離別難》，終名《怨廻鶻》。

會昌中，有無名女子題壁云：『予昔從良人，西入函關，今已矣！此經過之所，皆曩昔燕笑之地。銜冤茹嘆，舉目消魂。雖殘骸尚存，而精爽都失。』

元相公稹自會稽拜尚書右丞，到京，未踰月，出鎮武昌。是時中門外搆緹幕，候天使送節。忽聞宅内裴夫人慟哭，怪問之，夫人曰：『歲杪到家鄉，先春又赴任；寄情諸戚，未半相見。所以如此。』因作詩曰：『不是悲殊命，惟愁别近親。』

遼滅晉，遷出帝于建州。帝母安太妃偕行，臨卒，謂帝曰：『焚我爲灰，南面颺之。庶幾遺魂得反中國也！』

劉知遠起兵入洛，遣人先入京師，殺唐明宗、淑妃王氏及其子從益。妃將死，呼曰：『吾家母子何罪？何不留吾兒，使每歲寒食，持一盂麥饭，洒明宗陵乎？』聞者悲之。

吴太子楊璉妃，李昪女也。及篡吴，封妃爲永興公主。妃聞呼『公主』，則流涕憤惋曰：『吾爲冢婦，而廟不血食，悲夫！』及璉卒，終身縞素。每焚香誓佛曰：『願兒生生世世，莫作有情之物。』

劉貴妃寵傾六宫，臨終，存遺祝于領巾上，遺徽宗，云：『妾遭遇聖恩，得與嬪御。命分寒薄，至此夭折。雖埋骨九泉，魂魄不離左右。妾深欲忍死，面與君父訣别，謫限已盡，不得少留。冤痛之情，言不能盡。』

蘇學士軾在惠州，與妾朝雲閑坐，時青女初至，落木蕭蕭，凄然有悲秋意。命朝雲把大白，唱『花褪殘紅』。朝雲歌喉將囀，淚滿衣襟。軾詰其故，答曰：『奴所不能歌是「枝上柳綿吹又少，天涯何處無芳草」也。』軾大笑曰：『吾方悲秋，汝又傷春。』

宋徽宗北遷，喬妃與韋妃俱至金。及高宗立，迎母韋妃還，喬妃舉酒酌曰：『姊善保護，歸即爲太后；妹無還期，終淪骸朔漠，冀魂遊故鄉耳！』大慟而别。

妓女李師師極爲徽宗愛幸。後金兵南犯，淪落湖湘間，爲商人所得。作詩自悼曰：『輦轂繁華事可傷，師師垂老過湖湘。羅衫檀板無顏色，一曲當年動帝王。』

靖康間有女子爲金所略，自稱秦學士女。道中題詩云：『眼前雖有還鄉路，馬上曾無憐妾情。』讀者悽然。

朱横妻錢氏隨夫客嶺右，夫死，携遺孤扶柩歸鄉。《題望湖亭壁》云：『昨暮抵此，以風急未能濟，艤舟城下，夜分不寐。西風颯然而來，皓月皎然窺人，斯時也，况羈旅乎？』

張瓊英，宋宫嬪也，没于沙漠。送琴客汪元量南還，釃酒城隅，鼓琴叙别，不數聲，哀音哽亂，淚下如雨。瓊英爲詩曰：『今朝且盡穹廬酒，後夜相思無此杯。』

眷惜

孔子遊于少原之野，聞婦哭甚哀。使弟子問之，對曰：『向刈蓍薪，亡吾蓍簪，是以哀之。』孔子曰：『刈蓍薪，而亡蓍簪，何悲乎？』對曰：『非傷亡簪，吾所以悲，不忘故也。』

蔡文姬没於匈奴，曹操以金璧贖之，嫁董祀。祀犯法當死，文姬詣操請之。時公卿名士及遠方使驛，坐者滿堂。文姬蓬首徒行，叩頭請罪，辭旨酸哀，衆爲改容。操曰：『誠實相矜，然文狀已去，奈何？』文姬曰：『明公厩馬萬數，虎士成林，何惜疾足一騎，不濟垂死之命乎？』操感其言，追原祀罪。

曹操以事殺楊脩，命卞夫人致書脩母，以慰其心。母答云：『度子之行，不過父母。小兒違越，分應至此。憐其始立之年，畢命埃土，遺孤藐幼，言之崩潰。』

謝朗總角時新病起，體未堪劳，偶在叔安坐，與林道人講論，遂至相苦。母王夫人壁後聽之，再遣信令還，而安留之。王夫人因自出，云：『新婦少遭家難，一生所寄，惟在此兒。』因流涕抱兒歸。安語同坐曰：『家嫂辭情慷慨，致可傳述。』

唐武后廢中宗，擅政，徐敬業與駱賓王等起兵討之。后讀賓王所作檄，有云：『一抔之土未乾，六尺之孤安在？請看今日之域中，竟是誰家之天下？』嘆曰：『宰相之過也！有如此才，而使之淪落不偶乎！』

狄相仁傑卒，武后泣曰：『朝堂空矣！』

李長吉好爲詩，每命小奚奴跨驢背一古破錦囊，遇有所得，即書投囊中。及暮旋，太夫人使婢探囊出之。見所書多，輒曰：『是兒當嘔出心斯已耳！』

白居易妓樊素，年二十餘，綽綽有歌舞態，善唱《楊柳枝》。居易以己年高，將放之。適馬有名駱者，亦同時議鬻。馬出門，驤首反顧，素聞馬嘶，慘然泣拜曰：『駱將去，其鳴也哀；素將去，其辭也苦。此人之情也，豈主君獨無情哉？』居易愍，嘿不能對，乃作《不能忘情吟》。

金人犯京師，康王邢夫人從三宮北遷。上皇遣曹勛歸，夫人脱所御金環，使內侍持付勛，曰：『幸爲吾白大王，願如此環，得早相見也。』

寵　嬖

漢武帝與麗娟見薔薇始開，態若含笑，帝曰：『此花絶勝佳人笑。』麗娟戲曰：『笑可買乎？』帝曰：『可。』麗娟遂命侍者取黄金百斤，作買笑錢奉帝，爲一日歡，薔薇遂名『買笑花』。

清娱年十七，爲司馬遷侍姬。遷遊名山，必以清娱自隨。

趙昭儀夜入浴蘭室，膚體光發，占燒燭。成帝從帷中竊望之，侍兒以白昭儀，輒覽巾撒燭。自是帝多袖金，逢侍兒必牽止賜之，使無言。侍兒貪帝金，一出一入不絶。

緑珠生雙角山下，美而艷。石崇爲交阯採訪使，以真珠三斛致之。緑珠能吹笛，又善舞《明君》，崇自製《明君歌》以教。

陳後主爲張麗華造桂宫，惟植一桂，置藥杵臼，又馴一白兔。麗華被素裳，獨步于中，謂之月宫。帝每入宴樂，呼麗華爲『張嫦娥』。

長安貢御車女袁寳兒，年十五，腰肢纖墮，騃憨多態。時洛陽進合蒂花，會煬帝駕至，因名『迎輦花』。令寳兒持之，號『司花女』。

唐徐婕妤于七夕雕鏤菱藕，作奇花異鳥，攢水晶盤以進，極其精巧。太宗大稱賞。至定昏時，上自散置宫中几上，令宫人摸取，以多寡精粗爲勝負，謂之『鬥巧』。

天后每對宰臣，令上官昭容坐床裙下，記所奏事。

楊太真于皎月下與玄宗以錦帕裹目，互相捉戲。又于袿服袖上多結流蘇香囊，上屢捉屢失。玉真故以香囊惹之，上得香囊無數，謂之『捉迷藏』。

沉香亭前白芍藥繁開，玄宗偕貴妃賞之，曰：『賞名花，對艷妃，奚用舊樂詞？』命李龜年持金花箋，宣翰林學士李白立進《清平樂》詞三章，促龜年歌之。妃子持玻璃七寶卮，酌西凉州蒲萄酒，笑領歌意甚厚。

御史張佶侍兒仙娥，能歌舞，解書翰。常出使，以娥充使典。

李後主寵小周后。嘗於羣花間作亭，幕以紅羅，押以玳牙，雕繪華侈，而制極迫小，僅容二人，每與后酣飲其中。

李後主宫嬪窅娘，纖麗善舞。後主於百尺樓上作金蓮，高六尺。蓮中作品色瑞蓮，令窅娘以帛纏足，似新月一鈎，素襪舞蓮中，回旋有凌雲態。

程才人未得幸時，常春夜登樓，倚欄弄笛。自吹一詞，有云：『緑窗深鎖無人見，自碾朱砂養守宮。』順帝知爲程，然猶未召也。及後夜，復遊，又聞歌一詞，有云：『竹葉羊車來別院，何人空聽景陽鐘？』復繼一詞，有云：『春風不管愁深淺，日日開門掃落花。』音語咽塞，帝聞之悽然，遂乘車往，自此被殊寵。每笑謂曰：『玉笛，卿之三弄也。』

尤　悔

楚子滅息，以息嬀歸。生二子，未言，楚子問之，對曰：『吾一婦人，而事二夫，縱弗能死，其又奚言？』

趙后飛燕與妹昭儀合德，俱有寵。後成帝怒后外淫，昭儀爲解，且謂后曰：『姊憶家貧市米時乎？一日得米歸，遇風雨，無火可炊，飢寒甚，不能成寐。使我擁姊背同泣，兹事豈不憶也？今日幸富貴，無他人戕我，而姊自毁敗，有如妹死，姊誰攀乎？』泣不已，后亦泣。

昭君入匈奴後，追恨毛延壽不已，爲書報成帝云：『臣妾失意丹青，遠竄異域。誠得捐軀報主，何敢自憐？獨惜國家黜陟，移於賤工。南望漢關，徒增愴結耳！』

賈充母柳氏，重節義。以魏主髦討權臣司馬昭，爲成濟所弑，恒追罵濟，言則切齒，然不知爲充教也。左右侍者，無不竊笑。

桓大司馬温將廢海西公，奏褚太后，太后索筆答奏云：『未亡人罹此百憂，感念存没，心焉如割！』

謝夫人既往王氏，大薄夫凝之。及歸寧，意不説。叔父安慰釋之曰：『王郎，逸少羲之字。子，人身亦不惡，汝何恨乃爾？』答曰：『一門叔父，則有阿大、中郎；羣從兄弟，則有封、謝歆。胡、謝朗。羯、謝玄。末。謝韶。不意天壤之中，乃有王郎！』

謝尚妾阿紀有國色，善吹笛。尚死，阿紀誓不嫁。郗曇時爲北中郎，設權計，得阿紀爲妾。阿紀終身不與曇言。

王羲之郗夫人謂二弟愔、曇曰：『王家見二謝，傾筐倒庋；見汝輩去，但平平爾。汝可無煩復往。』

韓繪之守衡陽，遇桓氏難。其祖母殷氏撫尸哭曰：『汝父昔罷豫章，徵書朝至夕發。汝去郡已數年，爲物不得動，遂及此難，夫復何言！』

東陽女子婁逞，易服詐爲丈夫。粗知圍棋，解文義。遍遊公卿，仕至揚州議曹從事。事發，明帝驅令還東，始作婦人服而去。嘆曰：『我如此伎，還爲老嫗，惜哉！』

齊文宣忌其弟上黨王渙，命家奴馮文洛殺之，即以渙妃李氏妻文洛。及嗣主即位，敕李氏還第。而文洛尚以故意修飾詣李，李盛列左右，引家奴立階下，數之曰：『遭難流離，以至大辱。志操寡薄，不能自盡。幸蒙恩詔，得反藩闈。汝是誰家舊奴，猶欲見侮！』于是杖之一百，流血灑地。

唐玄宗王后愛弛，有廢立意，后不自安，承間泣曰：『陛下獨不念阿忠后父名。脱紫半臂，易斗麵爲三郎玄宗行三。生日湯餅耶？』帝愍然動容。

梅妃素有寵，因楊貴妃得幸，遂遷上陽宮。玄宗在花萼樓，會夷使至，命封珍珠一斛密賜妃，妃不受，以詩付使曰：『柳葉雙眉久不描，殘粧和淚濕紅綃。長門盡日無梳洗，何必珍珠慰寂寥。』明皇令樂府以新聲度之，號《一斛珠》。

校書盧象妻崔氏有詞翰。結褵後，以象年暮，微有嫌色。象請賦詩述懷，崔因口占曰：『只恨妾身生較晚，不及盧郎年少時。』

朱淑真才色清麗，因所偶非倫，弗遂素志，賦《斷腸集》十卷自解。又嘗題《圓子》，云：『縱有風流無處説，已輸湯餅試何郎。』

張生背鶯鶯約，别有所娶，鶯亦委身于人。生復求以外兄見，鶯不爲出，生怨念不已。鶯潛賦一章謝絶之，云：『棄置今何道，當時且自親。還將舊來意，憐取眼前人。』遂絶。

慎氏嫁嚴灌夫，十年無子。拾其過而出之。慎慨然登舟，親戚臨流相送，乃以詩訣夫曰：『當年心事已相關，雨散雲飛一餉間。便是孤帆從此去，不堪重上望夫山。』灌夫覽而悽感，遂復合。

韓翊爲淄青節度使從事，以世方亂，留姬柳氏於都下。三歲未迓，以良金置練囊，題詩寄之。柳復書，有詩曰：『杨柳枝，芳菲節，可恨年年贈離别。一葉隨風忽報秋，縱使君來豈堪折？』遂爲尼。

李翱在潭州時，席上有舞柘枝者，非疾而顏悴，詰之，乃韋中丞愛姬所生女也。因泣對曰：『妾昆弟繼天，委身樂部，雖欲庇，無枝。情非獲已，然自傷爲先人辱，故不覺彫顏耳。』言訖悽咽。翱爲嗟吁，延與韓夫人相見。顧其言語濟楚，宛有冠蓋風儀，遂選士嫁之。

柳仲郢一婢鬻於蓋巨源家，見其主親市綾羅，酬酢可否。失聲仆地曰：『死則死耳，安能事賣絹牙郎乎？』

鄭相畋少女，好羅隱詩，常欲委身。一日，隱謁畋，畋命女隱簾窺之。見其寢陋，遂終身不讀江東篇什。

泰娘先入韋尚書家，工歌舞，尤善琵琶，後歸刺史張遜。遜謫居武陵卒，泰娘無所歸。地荒且遠，無知其容藝者，日抱樂器而哭。

黄巢犯闕，有西班李將軍女奔逹興，元無所依，乃晦其門閥，托身鳳翔軍將董司馬。得至蜀，寻訪親屬，知在行朝，始謂董生曰：『妾逢難漂流，蒙君提挈，得至行朝。無力隨風，非不幸也。但春燕、秋鴻，雖韻非偶，從此分飛矣。』董生爲悵愕，遂去。

花蕊夫人工詩。入宋，見太祖，使陳所作，因誦其《亡國詩》云：『四十萬人齊解甲，曾無一個是男兒。』太祖甚嘉賞之。

遼耶律乙辛謀害蕭后，誣與伶官趙惟一私。倩人爲《十香》淫詞，使宫婢誘后手書。后愛其艷，書訖，復書己《懷古詩》于尾，云：『宫中衹數趙家粧，敗雨殘雲誤漢王。惟有知情一片月，曾窺飛鳥入昭陽。』乙辛得之，持構道宗。謂詩中包含『趙惟一』三字，遂賜死。

乖　妒

褒姒好聞裂繒聲。幽王日發繒裂之，以娱其意。

趙昭儀聞許美人生兒，謂成帝曰：『常紿我，言從中宫來，許美人兒何從生耶？』懟，以手自搗，以頭擊壁、户、柱，從床上自投地，啼泣不肯食，曰：『今當安置我，我欲歸耳！』帝曰：『今故告之，反怒爲，殊不可曉也。』遂害兒。

郭汜、李傕叛，攻破京城，甚相得。傕數設酒留汜宿，汜妻懼汜與傕婢妾通，思間之。會傕送饋，妻乃以豉爲藥，摘示之，曰：『一棲不二雄。我固疑將軍之信李公也。』遂構隙。

上洛都尉王琰獲高幹，以功封侯。其妻大哭於室，以爲琰富貴，將更娶妾媵，奪己愛也。

謝安夫人幃諸婢，在前作伎，使安暫見，便下幃。安索更開，夫人云：『恐傷盛德。』

謝安劉夫人性忌，不令有妾。兄子外甥輩稱《關雎》《螽斯》之德，夫人知以諷己，問：『誰撰此詩？』云：『是周公。』夫人云：『周公是男子，相爲耳。若使周姥撰詩，必無此言。』

阮宣妻甚妒。家有一株桃，華葉灼耀，宣嘆美之，便使婢取刀砍树，摧折其華。

燕主慕容熙小苻后，艷而寵。每季夏，思凍魚膾；仲冬，須生地黄。

齊武帝常宿舊宫，與寵姬荀昭華言昔所通司馬氏女有國色，昭華意不悦，逼帝迎之。及至，以家貧年宿，衣裳補結，粧梳又不與宫内相參，昭華盛飾見之，登階便相笑侮。呼帝入視，又以醜辭嘲帝，帝甚慚，即遣還外。

柳惔性好音樂，然畏妻，女妓精麗，略不敢視。僕射張稷与惔密，爲惔妻賞敬。稷每詣惔，必先相問夫人。惔每欲見妓，恒因稷請奏，妻隔幔坐，妓然後出，惔因得留目。

唐太宗賜尚書任瓌一作房玄齡。宮女，皆國色。妻妒，爛二女髮禿。帝令齎金胡缾酒賜之，云：『飲之立死，若不妒不須飲。』柳氏拜敕訖，曰：『妾與瓌結髮微賤，更相輔翼，遂致榮顯。若賜之内嬖，俾糟糠故婦，醜顔分憐，誠不如死！』遂飲盡，然非酖也。帝謂瓌曰：『其性如此，朕亦畏之！』

唐莊宗有愛姬，美而生子。一日，内宴，有愛將元行欽侍側。時行欽新喪婦，帝問：『復娶不？』劉后即指愛姬曰：『帝憐行欽，何不賜之！』帝佯諾，后趣行欽拜謝。行欽再拜，起顧，愛姬肩輿已出宮矣。

陳覺妻李氏妒，宋齊丘嘗選三美婢予之，李氏無難色，奉事三婢，禮如舅姑。晨夕承侍，不離左右。曰：『此令公近體者，見之若面令公，敢不承顔，以重妾愆。』三婢不安，乃求還。

杜業妻張氏悍妒，烈祖命宋后召至内庭，言業位望通顯，宜置妾媵。張雪涕言曰：『業本狂生，遭逢始運，多壘之初，陛下所藉者駑力未竭也。且又早衰多病，縱之，必貽其患，將誤於任使耳！』烈祖獎嘆，以银盆、綵段賜之。

蠱　媚

漢元帝爲皇太子，所愛幸司馬良娣病，謂太子曰：『妾死非天命，乃諸娣妾、良人妒我，更祝詛殺我！』太子憐之。及卒，太子忽忽不樂，因以過怒諸娣妾，莫得見。

漢成帝遊太液池，令飛燕歌舞《歸風送遠》之曲，帝以文犀簪擊玉甌，令侍郎馮無方吹笙，以倚后歌。中流，歌酣，風起，飛燕順風揚音，曰：『仙乎！仙乎！去故而就新，寧忘懷乎！』帝曰：『無方，爲我持后！』無方舍吹，持后履，久之，風霽。飛燕泣曰：『上恩我，使我仙去不得。』

成帝聞飛燕女弟合德美，迎之。合德爲捲髮，號新髻；爲薄眉，號遠山黛；施小朱，號慵來粧。衣故短綉裙、小袖、李文襪。帝御雲光殿帳，使樊嫕進合德。合德謝曰：『貴人姊虐妒，不難滅親，受耻不受死。』音辭舒閑清切，左右嗟賞嘖嘖，乃暫歸之。

成帝久不往趙后宫，會后生日，帝偕昭儀往賀。酒半酣，后泣數行，帝曰：『人對酒樂，若獨悲耶？』后曰：『妾昔在陽阿主家，帝幸主第，見妾，不移目甚久，主因遣妾侍帝，竟承更衣之幸。時帝齒痕，猶在妾頸。今日思之，不覺感泣。』帝惻然懷舊，遂宿后宫。

梁冀妻孫氏美，善爲妖態。作愁眉、啼粧、墮馬髻、折腰步、齲齒笑，以爲媚惑。

漢女子舒襟與元羣通，常寄以蓮子，曰：『吾憐子也。』羣曰：『何不去心？』答曰：『吾欲使汝知心内苦。』

司隸馮方女，有國色，袁術甚嬖之。諸婦害其嬖，紿之曰：『我將軍素貴志節，故憎人見齒。若時時噫嗚，必常見憐愛，此媚訣也。』馮以爲然，見術輒垂淚，術以有心志，益哀之。

王僧彌與嫂婢謝芳姿通，情好甚篤。嫂箠芳姿過苦，芳姿素善歌，而僧彌好持白團扇，嫂令芳姿歌一曲，當赦之。芳姿歌曰：『白團扇，辛苦五流連，是郎眼所見。』僧彌問曰：『奈何遺却？』芳姿應聲又歌曰：『團扇復團扇，許持自遮面。憔悴無復理，羞與郎相見。』

宋文帝好乘羊車經諸房。潘淑妃每裝飾褰帷以俟，又密令左右，以鹹水洒地，帝每至户，羊輒舐地不去。

齊穆后婢馮小憐色美，后愛哀，以五月五日進之，號曰『續命』。

魏孝武帝寵平原公主明月。常内宴，有婦人咏鮑照樂府，曰：『朱門九重門九閨，願逐明月入君懷。』

唐楊貴妃得譴，還外第，玄宗感念輟食，詔中人張韜光賜之，妃因韜光謝帝曰：『妾有罪，當萬誅。然膚髪外，皆上所賜。今且死，無以報，引刀斷一繚髪。』奏之曰：『以此留訣。』帝見駭惋，遽召入。

虢國夫人自矜美艶，常素面朝天。

元相公稹鎮浙東，有女書記薛濤，酒後争令，以酒器擲傷公猶子，遂出幕。作《十離詩》以獻，内有《鸚鵡離籠》，詩云：『隴西獨自一孤身，飛來飛去上錦裀。都緣出語無方便，不得籠中更唤人。』又，《燕離巢》，詩云：『出入朱門未肯抛，主人常愛語交交。啣泥穢污珊瑚簟，不得梁間更壘巢。』讀而嘉之，乃得留。

元稹别薛濤十載，擬馳使往蜀取濤。適劉采春自淮甸來，善弄陸參軍，歌聲徹雲，篇什雖不及濤，而華容莫比。又能歌《羅嗔曲》，其詞曰：『不喜秦淮水，生憎江上船。載兒夫婿去，經歲又經年。』又曰：『莫作商人婦，金釵當卜錢。朝朝江口望，錯認幾人船。』稹遂深眷之。

魚玄機喜讀書屬文，尤致意吟咏。破瓜之歲，志慕清虚，遂冠帔于咸宜觀。然蕙蘭弱質，不能自持。或載酒詣之者，必鳴琴賦詩，有『雲情自鬱争同梦，仙貌長芳又勝花』之句。

崔護以清明節遊都城南，酒渴求飲。叩一庄門，有女自門隙問之，因持杯水至，開門設床命坐，獨倚小桃斜柯佇立，意屬殊厚。護以言挑之，不對，目注者久之。及送至門，如不勝情而入。

趙象與河南參軍武公業鄰，悦其妾步非烟，賂門媪達意，烟但含笑凝睇而不答。象因貽以書，烟讀之，嘆曰：『丈夫之志，女子之心。』遂垂幌爲書，言：『今者洛川波隔，賈午墻高。但一接清光，則九殞無恨。』兼題詩爲贈，有曰：『長恨桃源諸女伴，等閑花裹送郎歸。』

王嬌與中表申純私，然清麗瘦怯，持重少言。佇視動輒移日，每相遇，純不問，則嬌不答。崔氏甚工刀札，善屬文。勢必窮極，而貌若不知。言則敏辨，寡于酬對。待張生意甚厚，然未嘗以詞繼之。愁艷幽邃，恒若不識。異時獨夜操琴，愁弄悽惻。生求之，則始終不復鼓。以是愈惑之。

紅綃妓見崔生悦之，爲手語，約生夜合。及生至，綉户不扃，金缸微明，惟聞妓長嘆而坐，若有所俟。玉恨無妍，珠愁轉瑩，但吟詩曰：『深洞鶯啼恨阮郎，偷來花下解珠璫。碧雲飄斷音書絶，空倚玉簫愁鳳凰。』生搴簾入，姬躍下榻，執其手曰：『知郎君穎悟，必能默識，所以手語耳。』

天平興國寺牡丹，遇冬十月，紅紫盛開，不殊春日，冠盖雲擁。有老妓題寺壁云：『曾趁東風看幾巡，冒霜開唤满城人。殘脂剩粉憐猶在，欲向彌陀借小春。』此詩一出，妓車馬復盈門。

侈　汰

有娶得陳宫人者，夜注火，則惡煤氣；易以蠟，復惡其影蕩。因詰之，『汝後宫何以照夜？』

宫人曰：『惟室中懸珠一顆耳。』

石崇以沉水香末布象床上，所愛踐之，無跡，即賜珍珠百琲。閨中相戲曰：『爾非細骨輕軀，那得百粒真珠！』

唐太宗盛飾宫掖，明燃燈燭，延隋蕭后同觀，謂曰：『朕施設孰與隋主？』后笑不答。固問之，對曰：『每至除夜，殿前諸院，設火山數十，盡沉香木根。每一山焚沉香數車，以甲煎沃之，焰起數丈，香聞數十里。房中不燃膏火，懸寶珠一百二十照之。今陛下殿前所焚是柴木；殿内所爇是膏油。但覺烟薰耳！』

楊貴妃嗜荔枝，必欲生致之。乃置騎傳送，走數千里，味未變，已至京師。

侯君集誅，録其家，得二美人，容色絶代。太宗問其狀，曰：『自爾已來，常食人乳而不飯。』

安樂公主取百鳥毛，織成一裙。花卉鳥獸，皆如粟粒。正視旁觀，日影中各爲一色。

韓國夫人置百枝燈樹，高八十尺，豎高山上，元夜點之，百里皆見，光仿月色。

虢國夫人就屋梁上懸鹿腸於半空，每宴，則注酒腸中，結其端。欲飲則解，注盃内，號『洞天缾』。

同昌公主適韋駙馬，大宴韋族于廣化里。暑甚，命取澄水帛蘸之，掛於南軒，滿座皆思挾纊。

李昌夔在荆州打獵，大修裝飾。其妻獨孤氏，亦出女隊二千人，皆著紅紫綉襖子及錦鞍韉。

張鎡以牡丹宴客。有名姬數十，首插牡丹，衣領皆綉如其色。歌昔人所作《牡丹詞》，進酌而退。

元武宗時，洪妃有寵。七夕，諸妃嬪不得登臺，臺上結綵爲樓，妃獨與宦官數人陞，剪綵散臺下，令宫嬪拾之，以色艷淡爲勝負。次日設宴，謂之『鬥巧宴』。負巧者，罰一席。

忿　狷

司馬相如初與文君還成都，貧居愁懣。以所着鷫鷞裘就市人陽昌貰酒，與文君歡。文君舉盃笑曰：『我平生富足，今乃以裘貰酒。』遂相與謀於成都賣酒，相如親着犢鼻褌滌器，以耻王孫。

王昭君年十七儀容絶麗，以獻元帝。元帝造次，不能別房帷。昭君恚，會呼韓邪單于入朝，帝令宮人裝出，曰：『欲至單于者起。』昭君喟然越席而起。及出見單于，豐容靚飾，光明漢宮，顧影徘徊，竦動左右。帝大驚，重難改更。遂與匈奴，提一琵琶，出塞而去。

飛燕常以三秋暇日，隨成帝遊太液池。登雲舟，時輕風至，飛燕殆飄飖隨風入水，帝以翠纓結飛燕裾。後漸疏，嘗怨恚曰：『何時預纓裾遊，漾雲舟于波上耶？』帝爲憮然。

高氏女有美色，謝鯤與之鄰，挑之，女投梭，折其二齒。

桓玄曾以一羔裘與羅企生母胡。後玄破荆州，殺殷仲堪。企生以仲堪故吏，不往謝，被害。胡時在豫章，企生問至，即日焚裘。

劉伯玉常於妻段氏前誦《洛神賦》，譽其美。段曰：『君美水神而輕我耶？我死何患不爲神？』乃自沉於水，因名『妒婦津』。艷婦渡此，必毁粧而濟；否則，風波暴發。若醜婦，雖盛粧，亦不妒也。

劉瑱妹爲齊鄱陽王鏘妃。王誅，妃追傷之，遂成痼疾。瑱令巧工殷蒨畫王像及王寵姬共執鏡，如欲偶寢。密使乳媪示妃，妃唾之，因駡曰：『固宜早死。』病亦徐差。

梁元帝眇一目，徐妃自恨無寵，每聞將入房，必爲半面粧以俟。

郭子儀二寵姬南陽夫人、李夫人嘗競長，子儀不能禁，上命宫人載酒和之。方飲，令選人歌以送酒，歌未發，一姬遽引滿，置觴席前曰：『酒盡不須歌。』

王忠嗣以女韞秀嫁元載，久而見輕，親戚呼爲乞兒。及相兩朝，舊親屬來謁，韞秀安置於閑院。一日天晴，晒服皆羅紈綺綉。約諸親戚，西院閑步，韞秀顧謂諸親曰：『豈料乞兒婦還有兩事蓋形粗衣也！』諸親皆羞赧。

元相載得罪代宗，欲令其夫人王韞秀入宮。王嘆曰：『王家十三娘，二十年太原節度使女，十六年宰相妻，誰能效長信昭阳事乎！』

温庭筠善詞賦，以有過爲留後姚勗笞逐，卒不登第。其妹爲趙顓妻，每切齒于勗。一日，勗過顓廳，温氏突出廳前，執勗袖大慟，牢不可解。且數曰：『若阱吾弟。吾弟年少宴游，恒情耳！奈何以一眚笞之，致凌霄遠翮，永摧糞壤乎！』復大哭，久乃解。勗以此憤訝致殞。

楊察母能文，教子甚嚴。察登科第二人，報者至，其母方卧，大怒，轉面向壁，曰：『此兒辱我，乃爲人壓！』及察歸，久不與語。其年廷對，果魁天下。

高駢鎮西川，減突將軍廩，突將亂，仍給以廩，密籍所給姓名，族之。有一婦方踞而乳子，將就刑，蹶起曰：『我知之。且飽吾子，不可使以飢就戮！』見刑者，拜之曰：『詎有節度使奪戰士食？一日忿怒，淫刑以逞。我死當訴于天，使此賊闔門屠膾，如今日冤也！』逮死，神色晏然，聞者皆泣。

李益既辜霍小玉約，娶表妹盧氏，欲斷其望。後爲一豪士挾至，玉含怒凝視，不復有言。羸質嬌姿，如不勝致。時復掩袂，還顧李生。感物傷人，坐皆欷歔。已乃側身，轉面視益，而數曰：『我爲女子，薄命如斯！君是丈夫，負心若此！』遂長慟而絶。

李全妻楊四娘子，善騎射。及全敗死，四娘子謂其部將曰：『二十年梨花鎗，天下無敵手。今事勢已去，撑拄不行，奈何？』遂絶淮去。

石氏有女，嫁尤郎，情好甚篤。郎爲商遠行，不能阻，憶之病。臨亡，嘆曰：『吾恨不能阻其行，以至于此。後凡有商旅遠行，吾死當作大風，爲天下婦人阻之。』人呼『石尤風』。

昔有人飲于綿城，謝氏女窺而悦之。其人聞子規啼，心動，即謝去。女恨甚，後聞子規啼，怔忡若豹鳴。使侍女以竹枝驅之，曰：『豹！汝尚敢至此啼乎？』故名子規爲『謝豹』。

紕繆

齊有二女，兩家求之。東家富而醜，西家美而貧。其父母語女曰：『汝欲東，則左袒；欲西，則右袒。』其女兩袒，曰：『願東家食，而西家息。』

祭仲專政，鄭厲公使其婿雍糾殺之。將享於郊，雍姬知之。謂其母曰：『父與夫孰親？』其母曰：『人盡夫也。父，一而已！』遂告其父仲。

蘇秦相六國，過其家。昆弟、妻、嫂側目不敢仰視，俯伏侍取食。秦笑謂嫂曰：『何前倨而後恭也？』嫂委蛇蒲服，以面掩地而謝曰：『見季子位高金多也。』

諸葛恢女適庾氏，寡，誓不重出。恢既許江虨，乃移家近之。初誑女云：『宜徙於是。』家人一時去，獨留女在後，不得出。江郎暮至，女且哭且詈。積數宿，虨嗔入，恒在對床。後觀其意稍帖，虨乃詐魘，良久不悟，聲氣轉急。女呼婢云：『喚江郎覺！』虨於是躍來就之，曰：『我自是天下男子。魘，何預卿事？』女嘿然慚，情義遂篤。

王衍婦郭氏貪欲，令婢路上擔糞。衍弟澄諫之，極言不可。郭大怒，謂澄曰：『昔夫人臨終，以小郎囑新婦，不以新婦囑小郎！』急捉衣裾，將與杖。澄饒力，争得脱，踰窗走。

王渾妻鍾氏生子濟。常共坐，濟趨庭過，渾欣然曰：『生子如此，足慰人意。』鍾氏曰：『若使新婦得配參軍，渾中弟淪。生子故不翅如此！』

劉曜陷洛陽，逼納晉惠后羊氏。及僭位，復立爲后，問曰：『我何如司馬家兒？』對曰：『彼亡國暗夫耳！有一婦一子及身三，不能庇之。妾生于高門，常謂世間男子皆然。自奉巾櫛以來，始知天下自有丈夫耳！』

楊白花姿貌雄偉，胡太后逼通之，白花懼及禍，奔梁。太后追思，爲作《楊白花歌》，使宮人晝夜連臂踏足歌之。有曰：『春風一夜入閨闥，楊花飄蕩落南家。秋去春來雙燕子，願啣楊花入窩裡。』

謝靈運美鬚，臨刑，施南海祇洹寺，爲維摩詰鬚。安樂公主以五日鬥百草，遣人馳驛取之。仍剪棄其餘，恐爲他人得。

太平公主常衣紫袍玉帶，折上巾，具粉礪，歌舞高宗前。帝及武后大笑曰：『兒不爲武官，何遽爾？』主曰：『以賜駙馬可乎？』帝識其意，擇薛紹尚之。

宣和間，官軍捕賊，過縉雲，乘勢抄掠。陳氏二女被執，揮刃於側，逼污之。長女不爲動，掠髮伸頸，請受刃，遂被殺。次女竟污焉。後有人問曰：『若何不效姊？』次女慘然，連言曰：

『難！難！』

狡險

楚王愛魏所遺美人，夫人鄭褏更愛之甚。衣服、玩好、宫室、卧具皆擇其所喜爲之。褏知王不疑己妒，謂美人曰：『王愛子美矣，雖然，惡子之鼻。子爲見王，則必掩子鼻。』王疑之，問褏，褏曰：『妾知之，不可以言。』王固問，乃曰：『其似惡聞王之臭也。』王曰：『悍哉！劓之！』

晉獻公寵驪姬，欲廢太子申生，立其子。姬佯泣諫，一日，謂申生曰：『君夜者梦夫人趨而來曰「吾苦飢」，盍祠諸？』已祠，致福于公，姬潛置毒以俟。及公歸，覆酒于地，地墳；以脯與犬，犬斃。姬下堂，啼呼曰：『天乎！天乎！國，子之國也，子何急于爲君？始君欲廢之，妾猶恨之至于今。妾殊自失于此！』公怒，太子縊。

武昭儀與王后隙，會生女，后憐而弄之。昭儀潛斃女衾下，伺高宗至，陽笑語，及發衾視兒，死矣。因佯驚問左右，皆曰：『后來。』昭儀隨復悲涕，帝不能察，怒曰：『后殺吾兒！』遂欲廢后。

貴人妾曰盈盈，姿艷動一時。會貴人病，同官子爲千牛者，往候，遂被留。索之甚急，且索及貴人室。盈盈謂之曰：『子出無害。上問何往？但云所見人物如此，所見帟幕幃帳如此，所食物如此。』既出，明皇盛怒問之，對如盈盈言，上笑不問。後數日，虢國夫人入內，明皇戲謂曰：『何久藏少年不出邪？』夫人亦大笑。

劉君良四世同居，遇荒饉，妻勸其異居，因易置庭樹鳥鶵，令鬥且鳴，家人怪之。妻曰：『天下亂，禽鳥不相容，况人耶！』君良後知其計，因斥去妻。

王鈇帥番禺狼藉，詔遣司諫韓璜往按。其妾故錢塘妓，曰：『無憂，璜舊遊妾家，吾能敗其守。』已璜至，氣甚高。鈇强邀入別館，妓于簾内歌璜昔所贈詞，邀其滿飲，至再至三，終不出。璜心益急，妾曰：『司諫昔善舞，今能爲妾舞一曲，便出矣。』璜醉，即索舞衫，塗抹粉墨，踉蹌而起，忽仆地。亟命扶掖登舟，昏然酣寢。五更醒，苦衣衫拘絆，索燭攬鏡，羞汗無地，解維去。

陸慎言妻沉慘狡妒，人目爲『臙脂虎』。

徽宗北狩，女柔福帝姬，時改公主曰帝姬。亦陷于金。有一女貌相似，詣闕，自稱柔福。高宗遣老宮人往視，以足長大疑之。女子顰蹙曰：『金人驅迫若牛羊，跣足行萬里，尚復窄小故態哉？』帝惻然不疑，命入宮。

金貴妃定哥先與閻乞兒姦，及寵衰，欲以計納乞兒宮中，恐閻者索之。乃命侍兒以大篋盛褻衣其中，遣人載入宮，閻者索得，悔懼。定哥使人詰責曰：『我天子妃，親體之衣，而翫視何也？』閻者惶恐曰：『死罪。』定哥乃使人以篋盛乞兒載入宮，閻者不敢復索。

太尉夏全討李三，（李全行三。）賊黨震恐。其妻楊四娘子遣人行成，因盛飾出迎，與全按行營壘，曰：『人傳三哥死，吾一婦人安能自樹，當事太尉爲夫耳。』全心動，乃置酒歡甚，飲酣就寢如歸，遂叛。及事定，四娘子拒之，全狼狽走。

徵異

孟姜女之夫曰范郎，婚三日，以長城役行。姜製寒衣，引鍼刺院竹葉，盡生絲。後萬里覓郎，道出曲沃，適澮河漲，不克濟，姜怨哭，以手拍河崖，印入土中。至塞，郎已死，負其骨歸，渴甚，一哭泉湧。復行三十里，力竭，乃祝石工甃石爲洞，瘞郎骨。尋，坐斃。留金釵石隙中，時復隱見所印手迹，世遠仍存。

漢武帝巡狩河間，望氣者言，此中有奇女。帝使召之，既至，女兩手皆拳。帝自披擧，即時伸，號『拳夫人』。

魏甄后初生，家中見如有人持玉衣覆其上。

甄后入魏宫，宫中有一蛇，伺后梳粧，則盤結一髻，形於側。后象之爲髻，巧奪天工，號『靈蛇髻』。

晉杜后少有色，然長猶無齒，求婚者輒中止。及成帝納采日，一夜齒盡生。

杜后將崩，三吳女子相與簪白花，望之如素奈。傳言天公織女死，爲着服。

馬元正早死，妻尹氏，父勸之嫁，尹氏哭，指鐵井闌曰：『此上生花，我則再醮。』三年，黄芝生闌上，遂嫁爲李暠繼室。以再醮故，三年不言。

齊劉后每卧，見有羽蓋蔭其上。及年十七，裴方明爲子求婚，酬許已定。后梦先有迎車至，猶常家迎法，不肯去。次有迎至，龍旂豹尾異常，后喜，從之。已與裴不成婚，竟嬪于高帝。

任昉母裴氏常晝卧，梦有五色采旗蓋，四角懸鈴，自天而墜，其一鈴落入懷中，心悸，因有孕。占者曰：『必生才子。』後生昉，果有才。

某女子工歌，天帝召之歌。奄奄如死狀，賀道養筮知其故，以土塊加女心上，俄頃蘇。

沈約雨夜齋中獨坐，風開竹扉，有女携絡絲具，入門便坐。風飄細雨如絲，女隨風引絡，絡繹不斷。斷時亦就口續之，若真絲焉。燭末及跋，得數兩起。贈約曰：『此謂冰絲，贈君造爲冰紈。』忽不見。約後織成紈，鮮潔明净，不異于冰。

陳武帝章后手爪長五寸，色并紅白。每有期功之服，則一爪先折。

馮寶妻洗氏身長七尺，兩乳長二尺餘。或冒暑遠行，必搭乳肩上。又趫健善戰，每戰則錦傘寶幰。

王彦伯嘗至吴郵亭，維舟理琴。見一女披帷進，取琴調之曰：『此所謂《楚明光》也，惟嵇叔夜能爲此聲。』彦伯請受，女曰：『此非艷俗所宜，惟巖棲谷隱可以自娱耳。』鼓琴而歌，歌畢遂去。

壽陽公主人日卧含章殿檐下，梅花落主額上，成五出花，拂之不去，經三日洗之，乃落。宫女執效之，稱『梅花粧』。

武后將遊上苑，遣宣詔曰：『明朝遊上苑，火急報春知，百花連夜發，莫待曉風吹。』凌晨，名花瑞草，布苑而開，若有神助。

武后時，吏部郎中颜敬仲遭酷吏陷。其兄女適殷氏者，爲割耳愬冤，敬仲得减死。及生子成已，而左耳亦缺，如其母。

郭紹蘭適任宗，宗賈于湖，數年不歸。紹蘭覩雙燕戲梁間，乃長吁，語曰：『我聞燕自海東來，往復經湘中。吾夫離家蔑耗，欲憑爾附書，可乎？』言訖淚落。燕飛鳴上下，似有所諾。紹蘭復語曰：『爾若相允，當泊我懷。』燕遂飛膝上，蘭吟詩一首。有『慇懃憑燕翼，寄與薄情夫』之句，燕果飛達宗所。及返，出詩示妻。

玄宗姬梅妃，于除夕戲鎔黄金，散瀉水中，以巧拙卜來年否泰。一瀉得鳳一雙，首尾翅足，無不畢備。

楊太真生，有玉環在其左臂，環上有八分『太真』二小字，故小名玉環。

同昌公主有九玉釵，上刻九鸞，皆九色，其上有字曰『玉兒』，工巧妙麗。一日，晝寢，梦絳衣奴致語云：『南齊潘淑妃取九鸞釵。』主覺，具以梦言於左右。釵尋失。玉兒。潘妃小名。

僕固懷恩女封崇徽公主，降回紇可汗。主道汾州，以手掌托石壁，遂有手痕。今靈石有主手痕碑。

進士獨孤遐叔游劍南，逾二年不歸。其妻白氏，一夕梦爲凶暴數輩脅至一野寺，與飲且强之歌。白氏冤抑悲愁，收淚歌曰：『今夕何夕，存耶没耶？良人去兮天之涯，園樹傷心兮三見花。』歌畢，忽見大磚飛墜，遂驚魘殆絶。方寤，而遐叔歸。妻所梦，則遐叔是夜宿寺所見。磚，其所拋也。

牛肅女應貞嘗梦製書食之，每梦食數十卷，則文體一變。如是非一，遂工賦頌文。

李光弼、李光進皆封王。母李氏有鬚數十莖，長五寸許。

汾陽女子吴淑妃未嫁時，晨興頮面，玉簪墜地折。已夫亡，其父欲嫁之。女誓曰：『玉簪重合，則嫁。』久之，見士子楊子冶詩，諷而愛之，購得一卷。啟奩視簪，簪已合，遂以寄子冶，結爲夫婦。

丁氏女精于女紅，每七夕，禱以酒果，忽見流星墜筵中。明日，瓜上有金梭，自是巧思益進。

崔球久居太學，梦歸見其妻秉燭寫詩相寄。後得來詩，即梦中句。梦之夕，乃妻作诗時也。詩云：『數日相望極，須知志氣迷。梦魂不怕險，飛過大江西。』

宣州有軍士家惟夫婦。一日，夫自外旋，求水沐浴，換新衣，坐繩床終。妻見之，不哭，但曰：『君死耶！』亦沐浴易衣，與夫對坐而終。

屯田郎中俞汝尚致仕後，優游數年。當六月徂暑，出外舍，妻黄氏就視之，汝尚曰：『人生七十者希。吾與夫人皆過之，可行矣。』妻應曰：『然則我先去。』先汝尚十日卒。

遼聖宗妃耨斤嘗拂承天太后榻，獲金鷄吞之，膚色光澤勝常。太后驚異曰：『必生奇子！』已生興宗。

元兵入浙東，臨海婦王氏被執，至嵊之青楓嶺，下臨絶壑，婦囓指出血，書字山石上，投崖死。後其血皆漬入石間，盡化爲石。又，兵破永新，執譚氏婦趙，欲污之，不從，與嬰兒同遇害。血漬禮殿兩楹間，入磚爲婦嬰狀。久而如新，或磨以沙石，不滅。又煅以熾炭，狀益顯。

幽　感

吴王夫差女紫玉悦童子韓重，欲嫁之，王不許，紫玉飲氣死。重遊學歸，感其意，乃具帛幣，吊墓前。玉魂出見，相與還冢。讌三日夜，延頸歌曰：『南山有鳥，北山張羅。意欲從君，讒言孔多。悲結成疹，殁命黄壚。命之不造，寃如之何！羽族之長，名爲鳳凰。一日失雄，三年感傷。

雖有衆鳥，不爲匹雙。』

郿之䕷亭，夜有鬼殺人。郿令王忳止宿，夜聞女子稱冤聲。忳祝曰：『可前求理。』女曰：『無衣，不敢前。』忳投衣與之。女言其夫爲涪令，之官，爲亭長所殺，并十餘口埋樓下。忳曰：『汝何故數殺過客？』女曰：『妾不得白日自訴，每夜陳冤，客輒眠不應，不勝感忿，故殺之。』因解衣于地，忽不見。忳明日收殺其仇，送喪歸里，亭遂清吉。

東阿王曹植求甄逸女不遂，爲文帝所得。後甄被讒死。帝示植玉縷金帶枕，植泣下，因以枕賚植。植渡轘轅，將息洛水上，忽見女子來，自云：『我本托心君王，私心不遂。此枕是我嫁時物，前與五官中郎將，今與君王。』遂用薦枕席，歡情交集。植因作《感甄賦》。

南徐士子從華山往雲陽，見客舍一女，悦之，遂成心疾。母往告女，女感其意，因脱蔽膝，令母密藏席下，當愈。數日，果差。舉席見蔽膝，持泣，氣欲絶，謂母葬時必經華山。比至女門，柩不行。須臾，女粧浴出，歌曰：『華山畿，君既爲儂死，獨活爲誰施？君若見憐時，棺木爲儂開！』言訖，棺開，女遂透棺中，因合葬。

竇玄形貌絶異，天子以公主妻之。舊妻與玄書别曰：『棄妻斥女敬白竇生：卑賤鄙陋，不如貴人。妾日以遠，彼日以親。衣不厭新，人不厭故。悲不可忍，怨不可去。彼獨何人，而居我處？』

盧充出獵，入一崔少府宅。少府妻以女，婚三日别。女執手零涕，離别之感，無異生人。及還，知崔亡人而入其墓，追用懊惋。居四年，充臨水戲，忽見二犢車，乍浮乍没。既上岸，見崔氏女與三歲男共載，充欣然欲捉其手，女舉手指後車曰：『府君見人。』充往少府問訊。女抱兒還充，又與金盌，并贈詩云：『何以贈予親？金盌可頤兒。恩愛從此别，斷絶傷肝脾！』充取訖，忽不見。

嚴武少時，窺軍使女美，誘而竊之以逃。追急，解琵琶弦縊女，投之河。及爲西川節度，病甚。有峨嵋山道士入見，言階前有冤女，頸帶一弦。行法呼之，女被髮頸弦，出拜武。因數曰：『妾雖失行，于公無負。縱欲逃罪，何必相殺？忍哉，公！』武憐悔謝求免，曰：『事經上帝，已三十年。期在明晚，言無益也。』遂轉身還閣，忽不見。

張衙將先娶孔氏，生五子，卒。已娶李氏，虐其子，日笞之。五子往哭母墓，母忽自冢出，撫其子悲慟。因以白布巾題詩贈夫，有云：『匣裏殘粧粉，留將與後人。黄泉無用處，恨作冢中塵。』又云：『有意懷男女，無情亦任君。欲知腸斷處，明月照孤墳。』張得詩慟哭。事上聞，敕杖李一百，流嶺南。

姑蘇士子慕容嵓卿妻能文，常作一詞云：『滿目江山憶舊遊，汀州花草弄春柔，長亭艤住木蘭舟。好夢易隨流水去，芳心空逐曉雲愁，行人莫上望京樓。』及卒，瘞于平江府雍熙寺。每深夜月明，輒歌是詞。客或聞而録之，嵓卿一見，驚曰：『此予亡妻詞也！』無知者驚嘆久之。

某書生作小圃，蒔花木。一日，有犢車麗女，下飲于庭，邀書生同席。既去，作詩云：『相思無路莫相思，風裏花開只片時。惆悵深閨獨歸處，曉鶯啼斷緑楊枝。』遂絶。

徐知誨惡妻吕氏非嫡出，因醉刺殺之，數爲厲。後知誨鎮江西，有僕自淮南回，於江心遇綵舟，見一婦漸邇，視之，吕也。招家人曰：『爲我謝相公，我今它適矣。』因遺綉履曰：『若不信，可示相公。』及僕至江西，出履示知誨，知誨熟視未終，吕氏已在側。

元兵破臨川，王氏婦與夫約曰：『吾遇兵必死，義不受污。若後娶，當告我。』果被掠，死焉。

越數年，夫以無嗣，謀更娶。議輒不諧，因告其故妻。夜梦妻曰：『我死後，生某氏家，今十歲矣。後七年，當復爲君婦。』明日遣人聘之，一言而合。詢其生，與婦死年月日同。

某舉子赴試杭州，宿富陽寺中，梦一女行廡下，謂之曰：『妾殯此十年，孤魂旅櫬，漂泊靡依，今欲托者，官人耳。此去首場，冒子中可用三古字，必掇巍科。但他日，弗相忘，以一抔土，早瘞妾枯骨，猶肉之也。』遂登第，葬其女。已詢之，乃主考欲爲其故知地，以此三字予驗也。

李伍戍福寧死，其妻張氏卧積冰上，誓曰：『天若許妾取夫骨，雖寒不死！』踰月，竟不死。鄉人義之，贈以錢，大書其事于衣以行。及至，問夫葬地，榛莽不可識。夫忽降于童，告妻死時事，甚悲，且指骨所在。張如言發得，持骨祝曰：『如妾夫，入口當如冰雪，黏如膠。』果然。

一 續

節　烈

新羅女薛氏父陽秋，衰病不堪戍。薛自以婦人不得代，居常憤鬱。有嘉實願代父，許之。薛破鏡爲信，待戍還成禮。時國亂，代者不至，嘉實六年不還。父欲改婚，薛不從。將逃，嘉實忽到。以破鏡驗之，遂爲夫婦。

淑　德

鄒媖前母生一子，娶妻荆氏，爲媖母所惡，飲食不給，媖私以己食繼之。母責媖，媖跽而泣曰：『女他日不爲人婦耶？有姑若是，吾母樂乎？奈何令嫂氏二親日蹙憂女之眉耶？』其母乃稍止。

儒　雅

賈逵姊聞鄰人讀書，旦夕抱逵隔籬而聽，遂淹通墳典。

雋　才

霍里子高晨起刺船，見一狂夫，亂流而渡，其妻呼之，不及，遂没。子高以語妻麗玉，傷之，乃引箜篌，寫其聲曰：『公無渡河，公竟渡河！墮河而死，當奈公何！』

毅　勇

李毅刺史章州，討夷寇戰死。衆推其女秀領州事，同將士守，拔草炙鼠而食之。卒破賊。時以秀所築城爲『天女城』。

穎　慧

江淹年十二，孤貧，嘗採薪養母。于樵所得貂蟬一具，將鬻以供養，母曰：『此故汝休徵。汝才行若此，豈長貧賤？可留待得侍中著之。』後果如言。

新羅女王金德曼明敏。唐太宗賜《牡丹花圖》并花子，德曼曰：『此花絶艷，而畫無蜂蝶，是必無香。』種其子，果如言。

蠱　媚

飛燕豐若有餘，柔若無骨。

雅　量

北海王元詳淫于高氏，其母高太妃杖詳，又杖其妃劉氏數十，云：『新婦，大家女，何所畏而不檢校夫婿！婦人皆妒，獨不妒，何也？』劉笑而受罰，卒無所言。

容　聲

張麗英面有奇光，不照鏡，但對白紈扇，如鑒然。

藝　巧

薛濤以芙蓉粉養紙。霍小玉以荳蔻香薰衣。

情　深

有寡女獨宿，倚枕不眠，注視鄰家蠶箔，明日繭皆類女狀。蔡邕聞而市歸，繅絲，製琴弦，彈之，有愁哀聲。

眷　惜

劉晏八歲獻書，玄宗奇之，引入宫。楊貴妃坐晏膝間，爲畫眉總髻，宫人投花擲果者甚多。

尤　悔

潘祐能文而容陋，妻嚴氏有絶態。一日，濃粧，祐潛窺於鑒臺。其面落鑒中，妻怖，遽倒。祐怒而棄之。

侈　汰

齊武成帝後宫無限，寒月盡食韭芽。

紕謬

袁術謀僭帝位，兩婦預争爲皇后。

徵異

徐陵母臧氏，嘗梦五色雲化爲鳳，集左肩上。已誕陵，果能文。

陳瓘之父尚書與潘良貴父甚密。一日，潘父自傷無子，陳父慨然以瓘生母借之。未幾，生良貴。後其母遂往來兩家。一母生二名儒，前所未有。

吴嫗女年十二，見輪外有五色輕雲，拜之甚勤。忽月下飛一彩雲，如掌大，駐女前。女吸食之，甚香美。明旦梳頭窺鏡，艷冶異常；彈琴讀書，不習而悟。改名彩雲。

能哲

關圖妹能文，圖稱爲不櫛進士。夫常修署曉文墨，關氏與修讀書習二十餘年，修才學優博，名冠流輩。

識鑒

新羅王金春秋后處室，其女兄寶姬梦登西山頂，坐旋流徧國内，覺與后言，后戲曰：『願買兄梦。』因與錦裙爲值。後春秋納爲后。

元世祖嘗出獵，道渴，至一帳房，見一女子緝駝茸，從求馬湩，女子曰：『有之，然難與君。我女子也，因君有求，故勉爾接言，而況可交手？』帝欲去，女子復曰：『徐之，我獨居此，君來去宜分明。』有頃，其父母歸。方酌湩飲帝。帝奇其識度，納爲太子真金妃。

悼感

劉晨、阮肇入山採藥，過溪邊，逢二女子笑曰：『劉、阮二郎至矣！』使迎歸，行伉儷禮，居半載，見天氣和適，常如二三月，百鳥哀鳴，忽思歸。二女嘆曰：『罪根未滅，使君等如是。』喚諸仙女共作歌，吹送二郎出洞還鄉。

二　續

節　烈

蜀主王衍降，後唐莊宗命族其家。衍妻劉氏鬒髮如雲，甚美。行刑者將免之，劉氏曰：『家國喪亡，義不求生。』

元翠娥秀，以娼家處子，適萬户薛徹都爲小妻，都卒，謹護其指爪不嫁。年踰八十，爪長尺餘。

雋　才

唐范陽盧母王氏，撰《天寶廻紋詩》，循環有數，應變無方，凡八百十二字。

宋女子陳梅莊工詩，嘗作《蠻婢》，詩云：『從今莫學綿蠻語，怕有傍人隔柳聽。』

毅勇

金楊四娘子勇而有力，聚萬人爲盗。能飛馬搠槍，深入一尺。時李全身長八尺，手執鐵鎗，亦同爲盗。乃令飛馬拔之，全不能拔，下馬屈服。遂爲夫妻。

俊邁

宋李師師慷慨飛揚，以俠名傾一時，號『飛將軍』。

通辯

唐德宗貞元中，長安大旱，詔兩地求雨。街西有康崑崙，琵琶號第一手，登樓彈新翻調《緑腰》；街西亦出一女郎抱樂器，登樓彈之，移在楓香調中，妙技入神。崑崙大驚，請拜爲師，女郎更衣出見，乃莊嚴寺段師善本也，帝聞之，命授崑崙，段奏曰：『請崑崙不近樂器十數年，忘其本領，然後可教。』

穎慧

宋朱雲楚雖妓，警慧知書。嘗會客，几上有炮栗，趙時逢指之曰：『栗綻縫黄見。』雲楚即取几間片藕以進，曰：『藕斷露絲飛。』

容聲

漢王明妃臨水而居，恒于溪中盥手，溪水盡香，今名香溪。

漢武帝嘗以吸花絲綿賜宫人麗娟，命作舞衣。春暮宴于花下，麗娟起舞時，故以袖拂落花，舉身皆着，舞態愈媚，謂之『百花舞』。

梁臨川王蕭宏所幸江無畏，服玩侔於齊東昏潘妃，寶屧直千萬。江本吴氏女，世有國色。

李密有爱姬雪兒，每賓朋有奇麗文章，輒協律歌之。

后唐明宗同王淑妃玩花，一花無風而摇，衆葉翻然覆之。明宗笑曰：『此淑妃容儀明秀，花見亦羞耳。』自是宫中呼爲『花見羞』。

情深

吴妓真娘歌舞有名，及病，遺言：『必葬我虎丘寺前。』吴中少年因從其志。墓多花草，蔽芾其上，題詠不絶。

悼感

北齊殷外臣有子基、諶，皆已成人，而再娶王氏。基每拜見後母，感慕嗚咽，不能自持；王氏亦悽愴，不知所容。旬月求退，便以禮遣。

徵異

唐裴航秀才將歸京師，傭舟過襄漢，見同載樊夫人甚美，以詩挑之，初不答，已使婢裊烟持詩贈航，曰：『一飲瓊漿百感生，玄霜搗盡見雲英。藍橋便是神仙窟，何必崎嶇上玉京。』後航過藍橋驛，渴甚，求漿于一老嫗，嫗呼女擎漿自箔中與之，即夫人妹雲英也。航窺其美，爲搗藥成，遂妻之，皆仙去。

唐蘇昌遠居吴中一莊，多荷芰。一日，見一女郎素衣紅面，其容絶麗，贈以玉環。適檻前白蓮花開敷殊異，俯而玩之，見花房中有物，乃所贈玉環也。

宋吴后初生時，紅光徹上下。又，其父先梦至一亭，扁曰『侍康』，傍植芍藥，獨放一花，妍麗可愛，花下白羊一。后生於乙未，乃羊也。高宗初以康王納之，人謂侍康之徵。

謝后生而黧黑。理宗將選爲后，后忽瘖疹，及愈，膚蜕，瑩白如玉，遂正位中宫。

宋董無雙常請仙，有女仙降箕，運箕如縈。其一首有云：『燕子未來春寂寂，小窗和雨梦梨花。』其二首有云：『東風吹過雙蝴蝶，人倚危樓第幾欄。』一時讀者皆愛其語雋。

淑德

宋羅夫人生四子三女，悉自乳，曰：『飢人之子以哺吾子，是誠何心哉？』

規誨

宋某邑令因預借違旨，被劾放歸。時方仲秋，有妓忽歌《漁家傲》『十月小春梅蕊綻』，令曰：『何太早耶？』答曰：『乃預借也。』令大慚。

缘　合

梁武帝先鎮樊城，登樓以望，見漢濱五采如龍，下有女子澼洸，則丁氏女令光也。帝贈以金環納之。令光有赤痣在左臂，又體多疣子，尋并失所在。

唐鄭致雍未第，求婚於白州崔相遠，初許，而崔門有禍，女入宫。至梁開平中，女託疾出，本家致雍復續舊好，親迎之，禮無闕。

乖　妒

隋獨孤后性妒，太子勇妃元氏無寵，惟嬖昭訓雲氏，生數子。后謂其次子廣曰：『晛地伐勇小名。漸不可耐，專寵阿雲，有如許豚犬。若至尊萬年後，使汝輩向阿雲兒前再拜問訊，此是幾許大苦痛耶？』

唐武后既立，殺故王后與蕭淑妃，投之酒甕中，曰：『使二嫗骨醉。』

蠱惑

齊東昏主寵潘玉兒，嘗剪金爲蓮花帖地，令玉兒行其上，曰：『此步步生蓮花也。』及東昏遇害，玉兒亦自盡，潔美如生，輿隸皆行淫穢。

宋趙忭帥蜀日，公宴，見一營妓首插杏花，忭戲云：『髻上杏花真有幸。』妓應聲云：『枝頭梅子豈無媒。』忭亦爲心動，幾欲召之侍寢，尋已。

唐新繁縣令妻亡，喚女工製服。有一婦甚麗，留而寵之。後數月，言本夫將至，涕泣固辭去，留銀盃爲别。縣令亦贈羅十疋，然心恒念婦，持銀盃不釋，出即置案上。適去任一縣尉來迎妻柩，因謁令，見案上銀盃，識爲亡妻棺中物，問令，令具言始末。尉怒甚，亟啟柩視，失其盃，惟婦抱羅而卧。

宋遊士胡天俊寓譚州，一夕月明，弾琴梅下，忽一美女至，自謂知音，與扳叙而别，約後夜月明時赴約。適天俊飲城中，遂失期。及歸，於梅下得一白羅帕，題詩云：『蕭蕭風起月痕斜，露重雲鬟壓玉珈。望断行雲凝立久，手弾珠淚湔梅花。』天俊悵然。已知爲趙冰壺亡妾喬氏魂也。

太常博士王綸家，有神下降，乃好女子，有雲氣擁之。善鼓箏，音調凄惋，聽者忘倦。又，文章清麗，有《女仙集》行於世。

三 續

雋 才

唐李司徒愿有妓紫雲，眉目端好，詞華清峭。杜侍御牧赴司徒宴，問『有能篇咏紫雲者孰是？』及見之，曰：『名不虛得，幸垂惠可乎？』諸妓皆爲破顔。後司徒竟贈之。紫雲臨行，獻詩曰：『從來學得斐然詞，不料霜臺御史知。愁見便教隨命去，戀恩腸斷出門時。』

宋王安石女適吴者能詩，多佳句。安石嘗以《楞嚴經》新釋付之，爲詩和曰：『青燈一點映窗紗，好讀《楞嚴》莫憶家。能了諸緣如幻梦，世間惟有妙蓮花。』

李少女雲，夫死，棄家爲道士。嘗賦詩云：『幾多柳絮風翻雪，無數桃花水浸霞。』殊無脂澤氣。

毅　勇

宋徽宗嘗閲子弟五百人，挽强訖，賜輔臣坐，列宫人殿下。鳴鼓擊柝，躍馬飛射。剪柳枝，射綉毬，擊丸，據鞍開神臂弓，妙絶無倫。帝顧曰：『婦女尚能爾！』

容　聲

宋柳開知蔡州，過監兵錢供奉家，見壁繪一婦人像，甚美，詰之監兵，知爲供奉女弟，遂强聘爲繼室。時供奉父奉朝請在京，聞之怒，以劫女奏，仁宗曰：『柳開奇傑士，卿得佳婿矣！朕爲媒可乎？』供奉父拜謝，遂成婚。

長安籍妓，步武小而行遲，所度茶必冷，故過其地者，有『吃冷茶』之嘲。

田氏妓容色姝麗，晁補之晨過之，田氏遽起，對鑒理髮，且盼且語，草草粧掠，以與客對。或曰：『此所謂亂頭粗服皆佳。』

某妓潔白而陋，人號『雪獸頭』。

藝巧

都料匠預浩爲木工第一。有女方年十餘，每卧，則交手於胸，爲結構狀。如此踰年，遂撰成《木經》三卷。

更嬴妻能作鎖雲囊，大如鼉繭，可以開合。佩之陟高山，有雲處，不必開囊，雲氣自入其中。歸家啟視，有雲氣如白綿自囊出。

情深

唐永福縣令潘去任，民扳留纍日。夫人王氏先解舟，泊五里汏王滩下。月夜登岸，書一絶石壁，有『汏王滩下相思處，猿叫空山月满船』之句。今詩已漫滅，獨末署『太原』二字入石。雖流潦巨浸，皆不能漂嚙。自唐至宋，墨色爛然如新。

陳察推妻亡，娶李通判女爲後妻。不半載，力言於陳，爲嫁長女。又趣嫁二女，陳以無奩資對，後妻曰：『君昔貯黄金於木罌，埋床下，今忘之耶？』陳大驚，問何以知之，笑不言。已乃悟，此事惟前妻知，必魂牽二女，而附後妻之身，以畢姻也。遂取，嫁次女，女嫁而後妻惘然。

以血成身，其死必速！』謂其性好聚斂，割民血以立身也。

識鑒

高麗臣林貞杞死，王妃聞之，有凄愴色。時宰相洪寘女爲尼，適在側，獨曰：『貞杞死，固當

悼感

唐南曲顔令賓容止風流，能爲詞句。及病篤，見春色晴和，命侍女扶坐砌前。顧落花長嘆，索筆題詩，句甚悲凉。且教小童曰：『爲我持此詩，出宣陽、親仁二門，若逢新及第郎君及舉子，則呈之。』

許至雍感念亡妻，巫趙十四以術致其魂，既晤而别，至雍泣請一物爲記，妻泣曰：『冥中惟淚可傳陽間耳。君有衣，可投一於地。』至雍解一汗衫置地，妻取懸庭樹，以衫蔽面大哭，良久，乃去。至雍取視，則淚點皆血也，痛悼不食者數日。

宋三班奉職鹿生，爲子娶婦，婦家本士族，方怀孕三月，鹿生利月俸，逼其上道，遂没於信州杉溪驛。將没，乃自書驛壁，具述逼迫悲楚狀，恨父母遠，無地赴訴。言極哀切，頗有詞藻。讀者

無不傷感，争作詩弔之。

妓王福娘每宴洽，輒慘然噫嗚，久而不已。或潛問之，則曰：『此安可迷而不返耶？且何計以返，思之不能不悲也！』題詩一絶，欲歸舉子孫綮，綮不可。復題詩團紅巾告絶，有『泥蓮既没移栽分，今日分離莫恨人』之句，見者憐之。

徵　異

宋文帝沈美人以無罪賜死，過袁后所居徽音殿前，此殿后崩後，常閉不啟，美人至殿前流涕，大言曰：『妾無罪，先后有靈知之！』殿户五間皆應聲豁然開，乃免。

唐李生以進士下第歸，日暮無依，止宿一殯宫，以陰護祝。時月明如晝，見百步外一殯宫，走一女奴告曰：『今夕風月頗佳，夫人請同肆目。』穴中應曰：『屬有貴客，寄吾舍不忍去。』次日，詢知爲崔女墓，乃祭謝而去。

幽　感

唐獨孤穆遠祖盛爲隋將，殉難江都。後穆投大儀宿，爲一青衣導至一所，見一女，年可十三四，姿顔絶麗，自謂隋清河縣主。稱述盛與己罵賊先後殉難狀，且贈穆長篇，有曰：『君子秉祖德，方垂忠烈名。求義若可託，誰能抱幽貞？』吟畫，嗚咽不自勝。有言『獨孤冠冕盛族，宜爲佳偶』者，女曰：『本以獨孤忠烈家，欲一見吐幽憤耳，豈可以塵土之質相污！』穆因詠云：『求義若可託，誰能抱幽貞？』女微笑曰：『亦大强記。』遂爲羣婢送入卧内，如人間儀。

清河張鎰甥王宙美容止，以女倩娘亦嬌麗，許適宙。後辜約它許，宙慍，辭鎰赴京。夜半忽見倩娘追至，宙驚喜，携之而遁。越五年，倩娘忽思父母，與宙同歸。及將抵宅，又命宙先見鎰。則倩娘固久疾卧室中，自如也。鎰驚而不信，命人迓歸。室中女聞而起，飾妝更衣，笑而不語，出與相迎，翕然合爲一體，衣裳皆重。

吴防禦先以長女興娘許適故人子崔興哥，興哥隨父久宦，遂愆婚期，興娘感恨而没。已興哥至，以興娘物故告，與防禦對泣移時，留寓宅内。忽一夕，有叩門而入者，則自云興娘妹慶娘也。與興哥相携而遁，越一年，思其父母，語興哥偕歸。興哥先抵防禦宅，言其故。防禦以慶娘現卧病閨中，怒而不信。慶娘忽於床上欣然而起，視其貌慶娘而言動則興娘也。堅請以妹續己婚，父母不得已，許之，乃拜謝。又執興哥手哽咽曰：『爾好作嬌客，無以新人而忘故人也！』言訖，仆地絶，久乃蘇，遂續婚。

宋汴河岸有一賣粥嫗，日得楮鏹二，驚而物色之。乃一婦人買粥，鷄鳴時所投二錢也。密隨其後，見入一里外叢薄間，冉冉滅。忽一夕至，泣語嫗曰：『我李大夫妾，以怀孕客死，稾葬於此。身掩兒生，無計得乳，然我雖鬼，猶人情也，啼出兒口，痛入母心，故皇皇買粥者一年。今大夫至，將啟我叢。幸嫗爲傳言，亟出此兒撫之！亦嫗之德也。』乃取一金釵贈嫗而別。嫗如言伺之，大夫果至。乃先述婦言，并以金釵示大夫。見为亡妾物，又聞柩中兒啼，乃慟哭，啟柩，携兒去。

四　續

淑　德

晋鄭休前妻所遺一女方幼，又休父布臨終，生子沈，遺言：『棄之。』繼妻石氏曰：『奈何使舅胤不存乎！』遂養沈及前妻女。以力不兼舉，九年中，三不舉子。

劉氏夫陳公緒倡義歸宋，挈其子庚與俱，獨氏以歸寧不獲行，留金國二十五年，誓不嫁。常緯蕭自給，及庚漸長，涕泣思母，傾貲迎歸。時公緒亦誓不娶，復爲夫婦。

仁　孝

唐南窑中有一僧夜行，聞呱呱聲，憫而收之，乃飢民所棄女也。哺以牛乳。及長，容色絕麗，爲燕帥劉仁恭取去，猶處子也。及僧卒，女哀慟死。

獨孤武都謀殺王世充，事泄，遇害。有子師仁三歲，遂被禁。乳母王蘭英請髡鉗入保養。時方喪亂，蘭英乞丐捃拾，遇有所得，便歸食師仁，己惟啖土飲水而已。卒全師仁歸唐。

節　烈

魏劉氏適封卓，僅成婚一夕，卓官於平城，坐事死。劉氏在家，忽梦夫亡，噎嗚經旬。及凶問至，遂悲傷憤嘆以死。

董京起病亡，妻張氏年方十六。獨守貞操，終身不沐浴。

元兵圍金中京，獨吉氏以夫爲留守，義應同死。乃取平日衣服、妝具、玩好，布之卧榻。艷妝盛服，過於平日。且戒女使曰：『我死，便扶置榻上，以衾覆面焚之，無使兵見吾面可也。』遂自縊。

金聶舜英適進士張伯豪，伯豪卒，歸父員外郎天驥家。天驥遇元兵入犯，中創死。舜英素讀書，仰天嘆曰：『吾年方華盛，夫死父殞，二天俱傾。若不幸爲兵所污，萬祀莫浣矣！何如以皎然一軀從吾父地下，父見而夫亦見乎！』遂絶脰死。

雋　才

宋張愈有高操，妻蒲氏名芝，賢而文。及愈卒，自爲之誄。今摘其佳句云：『脱簪散髪，眠雲聽泉。有峯千仞，有溪數曲。』又云：『嶺月破雲，秋霖洒竹。清意何窮，真心自得。』此數語者，足寫高人逸致。

毅　勇

梁兵圍魏梓潼，太守苟金龍抱疾，妻劉氏厲城人，拒戰百有餘日。已外城陷，井在城外，渴死者多。劉氏集諸長幼訴天，并時號叫，俄雨降。劉命出公私布絹及衣服懸之城内，絞而取水，所有雜器悉儲之。梁卒不能克。

左軍張季弘多力，偶泊商山逆旅，有姑言其婦壯勇悖惡。季弘笑曰：『當爲主人除之。』日暮，婦負薪歸，視無它。異時，季弘坐磐石，召婦至，數其罪。婦歷數姑憎己狀，每言一事，引手向季弘所坐石上以中指畫之，隨手作，痕深可數寸。季弘汗落神駭，但言道理不錯，回。晨亟去。

俊邁

宋史平章彌遠，家於東湖，有女才色雙絶，自言：『世間男子無可與匹。若遇衛玉人之貌兼元才子之文，則嫁否？則寧以處子潔終耳！』於東湖建一亭，日浣妝，其上脂粉所流，人題曰『香塘』，竟不嫁老。

元紹興路一女年及笄，守志不嫁，後父母逼嫁之，定情之夕，題一詩壁上，有『洞房花燭休休，清風明月皎皎』之句，書訖，擲筆而逝。

容聲

琵琶峯下女子皆善笛。初嫁時，羣女子治具吹笛，唱《竹枝詞》送之。

宋朝士周平園、韓無咎、晁伯知三家姬有『姝麗三傑』之目，宮中皆傳之。

藝巧

唐李固言遊蜀，遇一老姥云：『郎君明年芙蓉鏡下及第。』明年果狀頭。主司賞其詩賦，有

『人鏡芙蓉』之目。

宋長興縣王廿八娘，手綉《法華經》七卷，以碧絲成字，獨『佛』字以黄絲别之，示敬也。其字大有筆意，而一點數針，尤非今人可及。始戊寅，訖己丑，凡十六年乃就。

莊氏女精於女紅，好弄琴，有琴一張，名『駐電』。每奏《梅花曲》，聞者皆云有暗香，遂目女曰『莊暗香』。女更以『暗香』名琴。

情　深

宋一少婦未匝月，其夫出而从戎，與一石卵，謂之曰：『汝若思我者，第視石，見石如見我也。』夫行後，婦每思，輒視石，久之，見其中冉冉如動。遂每夕梦夫，結氣死。其家碎石視之，石中已成玉，如人形，作夫婦携手狀。

徵　異

魏孝文時，秀容郡婦人一産四男，四産十六男。

唐厲玄渡江，見一婦人遺骸，收葬之。夜梦入深山，明月初上，清風吹衣，遠聞吹笙聲，忽有美女在林下口詠云：『紫府參差曲，清宵次第聞。』及赴試，得《緱山月夜聞王子晉吹笙》題，用梦中語作句，竟以是得賞，舉進士。時謂林下美女，必所葬婦人魂也。

元揚州大族某氏女，以吉迎往婿家，肩輿中忽爲大風所飄，墮廣寧閭山公廟，神識亂散。時參知政事梁肅爲舉人，夜入廟，疑爲鬼，負之而出。已取火燭之，方知爲一艾婦，遂携歸爲妻。時目『天賜夫人』。

幽　感

漢南陽賈偶以同名誤爲司命攝去，得譴還。時日暮，宿一樹下。見一少女，問之，知爲三河人，父現任弋陽令，且曰：『吾亦以誤名得還。適遇日暮，懼獲瓜里嫌。望君之容，必是大賢，故爾停留，憑依左右耳。』偶挑之，女貞白自矢，反復不可動，天明去。及偶蘇，至弋陽謁令，以女言貌衣服相質，皆同。令驚嘆，遂妻之。

通　辯

唐長安媒鮑十一娘，追風挾策，推爲渠帥。進士李十郎益思得佳偶，曾以託鮑。一日，叩益門甚急，問其故，笑曰：『蘇姑子作好梦未？有一仙人，謫在下界，不邀財貨，但慕風流。如此色目，共十郎當矣。』益驚喜，問之，乃霍王女小玉也。復曰：『昨王母語予，欲求一好兒郎格調相稱者。今故説十郎。』

悼　感

唐才人張紅紅，与父丐於路，將軍韋青聞其歌音嘹喨，納爲姬。後名達宮禁，召爲才人。一日，聞青卒，乃嗚咽奏云：『妾本風塵丐者，今父入地有歸，女升天有託，皆韋青不世之恩也！妾忍忘之乎？』一慟絶。

高　尚

後秦鳩摩羅什母欲出家，夫未許。更産一男。後出城遊觀，見塚間枯骨，深爲苦本，堅求離俗，不咽飲食者六日，氣力綿乏，夫懼而許之。猶以髮未剃，終不下咽。夫令人爲剪髮，乃咽。後證第三果。

五 續

識鑒

漢鄧后先爲貴人，諸貴人簪珥光采，袿裳鮮明，而貴人獨着素。其衣與陰后或同色，即時解易。若同時進見，不敢正坐，離立；行則僂身自卑。帝每有問，常逡巡後陰后對。帝知其勞心曲體，嘆曰：『脩德之勞，乃如是！』

穎慧

金章宗好文辭，元妃李師兒作字知文義，風采動四方。章宗建梳粧臺臺今訛爲蕭太后摧粧樓。於宮中，與師兒登焉，得句云：『二人土上坐。』師兒即對曰：『一月日邊明。』

宋仁宗崩，周貴妃日一疏食，誦佛書。困則假寐，覺復誦。晝夜不解衣四十年。

金尚宫有玉盌楪三，一奉義宗即哀宗，乃天下臣民公諡。母王太后，二奉義宗及皇后。時荆王守純母龐妃在宫，於太后魚貫也，獨以瑪瑙器進食。太后見之，怒，召主者切責曰：『誰令汝妄生分别？荆王母豈卑我兒婦？』自是宫中待妃有加。

仁孝

趙主劉曜以靳準弑逆，族其家，獨見靳康女美，將納之，女曰：『陛下誅其父子兄弟矣，忍使闔門伏鑕，而一女乘軒。且逆人之誅，尚污宫伐樹，況其毛裏乎！』哀號請死，曜傷之，免康一子。

南宋寒門陳氏有三女，無男。父病母嫁。三女因年饑，自採蓴菱貿於市養父。人争欲娶之。長女傷慨煢獨，誓不肯行。

唐夏侯碎金適劉寂，已生二女。會父長雲喪明，碎金求與寂絶，歸侍父疾。父亡，負土作冢，廬其左。

能哲

許穆夫人爲齊聘，將弗許，託傅母言於君懿公曰：『諸侯有女，所以苞苴玩弄，繫援大國。若舍大與小，一旦難起驅馳，孰與慮社稷？』不從，果罹狄禍。

節　烈

楊桓女爲涼王吕纂后，艷且烈。纂爲族人超所殺，欲納后，謂桓曰：『后若自殺，禍及卿宗。』桓以告后，后曰：『大人本賣女於氐，以乞富貴。即今就死，猶可冰玉我躬。忍使女一身點於二氏乎？』遂自殺。

唐崔繪妻盧美而寡，歸父母家。適女兄嫁李思冲亦夭。時思冲爲工部侍郎，请於武后，求氏爲繼室，敕許之，氏不可，曰：『吾柏舟久砥，詎肯靦上别船？且非他人而姊夫，羞哉！其以雁行作魚貫也，寧没官家爲婢耳！』遂巇面斷髪，逃還繪舍，武后亦不奪。

元張思孝妻華氏與婦劉氏，不辱於兵，皆見殺。後家人收其骸，婦姑之手猶相挽不捨。

儒　雅

漢鄧后少喜讀書，母非之。乃晝修婦業，暮誦經典。家人號曰『諸生』。

王獻之保母李如意能爲文，善草書。宋時有掘地得其壙者，載此事。

晉宋氏無兄弟，父授以《周官音義》，囑勿令絶世。後徙山東，乃推鹿車，背負父所授書以行。卒傳其業。

毅勇

唐謝娥夫段居貞，與父同賈，爲江盜所殺。小娥亦赴江流，遇救免。夜梦父、夫告所殺主名，離其文爲十二言。隴西李公佐占之，决爲申蘭、申春。小娥因詭衣男子服，物色歲餘，果得蘭、春姓名居址。遂托傭蘭家，見所盜物故在，益知向梦不疑。出入二載，乃伺蘭醉，拔刀斬其頭，因大呼補盜，衆并擒春，皆抵法。小娥爲尼終身。

雋才

宋徽宗鄭后好覽書，章奏能自製。帝愛其才，賚以詞章，天下歌之。

宋丞相趙南仲嘗避暑水亭，作詩僅成六句，忽睡去。時有侍婢梅姐、杏姐戲聯云：『公子猶嫌扇力微，行人尚在紅塵道。』南仲以爲得風人旨，遂存之。

通辯

晉敗秦師於殽，獲孟明視三將以歸。襄公嫡母嬴氏，秦女也。爲請曰：『彼實構吾二君，寡君若得而食之，不厭，君何辱討焉？使歸就戮於秦，以逞寡君之志，若何？』公許之。

藝巧

唐有浄尼出奇思，以盤飣簇成山水，每器占《輞川圖》中一景，人多爱玩，至腐臭不食。

南唐後主大周后工琵琶。先以太子妃爲壽元宗前，元宗嘆其工。賜以燒槽琵琶，蓋因焰材而製之，倣蔡伯喈焦桐之義。及病困，方取燒槽爲後主别。

情深

金陵兵伐張士誠，一兵官虜吴人姜子奇妻歸，後子奇行乞金陵，有高門一婦見而泣，貽以米，子奇不敢仰視而去。翼日，復遇婦，呼與語，爲兵官妻所偵，令人追之，簡其乞囊中有金釵一對、書一封，兵官啟視，得詩一首。内有『葵藿有心終向日，楊花無力暫隨風』，又有『每恨當年罹此難，相逢難把姓名通』之句。兵官惻然，即命婦隨去。

企羡

宋高宗避金兵航海，捨舟金鰲山。村婦聞皇帝至，咸來瞻拜，歡聲雷動。帝喜，敕諸夫人各逐便。至元末，村婦猶呼『夫人』不改。

悼感

遼太宗滅晉，封其主石重貴負義侯，將遷之黃龍府。乃遣人謂李太后曰：『可求自便，弗與俱行。』太后曰：『重貴所以失者，違先君之志，失上國之歡耳。母不從子，意欲何歸？』遂行。及病篤，謂重貴曰：『死，可焚吾骨。魂如有知，當望風南颺，謁先君園陵，作抱頭一慟耳！』言訖泣下。

侈汰

宋劉貴妃入宮，爲紅霞帔，屢進賢妃。嘗因盛夏，以水晶飾脚踏。高宗命取爲枕，妃懼，乃撤去。

忿狷

南唐後主大周后感疾。其妹小周后姿色尤勝己。出入卧内，偶褰幔見之，驚曰：『妹在此耶？』小周后尚幼，未知嫌疑，答曰：『數日矣。』后恚，至死不外向。

徵　異

漢王肅居會稽東齋，注《周易》。夜有女從地出，稱越王女，與肅語，曉别，贈一丸墨，因此才思開悟。

晉宫人李陵容，形長而色黑，同輩皆謂之『崑崙』。後生孝武帝。

後魏宋穎妻劉氏亡十五年，穎梦見之，拜曰：『新婦今被處分爲高崇妻，故來辭君。』潸然流涕。穎旦見崇言之。崇後數日卒。見《北史》，故録。

梁江泌女僧法以小年出家，有時静坐閉目，忽誦《净土》《妙莊嚴》等經。從八歲至十六，總出三十五卷。武帝召至華光殿驗之，又誦出異經，道俗咸稱神授。

南齊高帝初生，乳人無乳。母陳氏梦人以两甌麻粥與之，覺而乳驚，自此豐足。

高歡妻婁氏凡孕六男二女。初孕長子澄，則梦一斷龍，後以渤海王遇害。繼生子洋、演、清、湛、濟。孕洋，則梦大龍，首尾屬天地，張口動目，勢狀驚人。孕演，則梦蠕龍於地。孕湛，則梦龍浴於海。後皆稱帝。孕清、濟，皆梦鼠入衣下，後封王。孕二女，皆梦月入懷，後爲魏孝武、孝静二后。

唐女道士花姑年八十，有少容。一日，爲野象拔箭。每齋，象必啣蓮藕獻。

宋觀文殿大學士范純仁生夕，母李氏梦兒墮月中，承以裾得之。又，龍圖閣學士滕元發將生，母梦虎行月中墮其室。

金太常卿黄久約，母劉氏，梦鼠啣明珠，寤而久約生，歲在子也。

六 續

淑德

高隱朱百年不受人餉。及卒，會稽太守蔡興宗餉其妻孔氏米百斛。氏遣婢詣郡門，奉辭固讓，時人美之。

仁孝

漢翟方進初爲小吏，厭之。辭其後母，欲至京師受經。母憐其幼小，隨之往，織屨以給。及爲丞相，供養後母甚篤。

陳文矩繼妻穆姜生二子，而前妻有四子。文矩卒，穆姜慈愛甚隆，衣食資給五子如一。前妻子猶加憎毁，乃命前生倍於己生，終不悛。及前妻長子興疾篤，穆姜親調藥膳，恩情愈至，久乃瘳。

遂率三弟詣獄，狀己過，以明母德，乞就刑辟。郡守宥之，因表異其母。

能　哲

後魏陸邛昆季六人，并蓝田公主所出，主教訓諸子皆以義方。邛等名喧朝野，時推母氏之訓。邢劭因目爲蓝田生玉。

雋　才

唐金陵人王榭以航海爲業。一日，舟覆，泛一木登岸，見一翁一嫗，引至所居，乃烏衣國也。妻以女。既久，榭思歸，復泛海至家。有一燕棲梁，榭手招之，即飛來臂上，取片紙書繫燕尾，寄其妻。有『誤到華胥國，玉人苦憐才』之句。來春，燕又飛集榭臂，見其妻詩，云：『昔日相逢冥數合，今日睽違是生離。來春縱有相思字，三月天南無雁飛。』遂絶。

缘　合

唐南詔神武王有女欲自擇偶，倒坐牛背，任其所之，即嫁。牛至一委巷，側角入一宅，遂嫁宅内老媪之子。王怒而絶女。後其婿樵採，得金磚無數，盡負歸。作金橋銀路，宴王，王大悦。嘆曰：『真天婚也。』因名其地爲犢角莊。

情深

魯泉丘人有女，梦以其帷幕孟氏廟，遂奔孟僖子，鄰女爲其僚者，亦從而奔。盟於清丘之社，曰：『有子，無相棄也！』女後生懿子及南宫敬叔。其僚無子，使子敬叔。

唐喬知之婢碧玉，姝麗能歌舞，有文章。知之爲之不婚。

企羡

宋太宗幸學士玉堂，時蘇易簡爲學士，已寢，遽起，無燭具衣冠，宫嬪自窗格引燭入照之。至今窗格上有火燃處，以爲玉堂一盛事，不復易。

幽感

唐崔致遠補溧水尉，憇於縣之招賢館前間，見一雙女茔，詢人無知者，作詩弔之。是夜，二女感而至謝，曰：『妾等開化張氏女，少親筆石，長負才情。不意父母罔擇良偶，配妾鹽竪，以此忿恚而夭，遂同瘞是穴耳。』宴語至曉而别。

悼　感

宋宣和名妓秦妙觀，色冠都邑，畫工多繪其貌市之。後陸仲高以山陰勝流，坐黨廢錮，客臨安，見雨中一老丐婦藉檐溜濯足，而風韻猶存，問之，即妙觀也。仲高自傷淪落，相對哽咽。

節　烈

元末，邊寇陷常州，召徐妓佐酒，妓憤詈不從，遂遇害。張翔南作詩咏之，題曰《忠妓》。有一婦人素高妓烈，聞而嘆曰：『此又一英烈夫人耶！若乘風載雲，渡天限以序雁行，當不使毛惜惜獨芬於前矣。』

穎　慧

七夕之會，久爲雅談。有朱門龍氏綵箋云：『一輪初滿，萬户皆清。若乃狎處衾帷，不惟孤負蟾光，竊恐嫦娥生妒。涓於十五六二宵，聯女伴同志者，一茗一爐，相從卜夜，名曰「伴嫦娥」。』人美其言。

附跋

予遵伯父遺言，著《女世説》。雖二十一史皆簡盡，其旨言微行，堪入是選者晨星而已。用是更簡諸稗史，以補其缺。每弘收多於精汰，恐無以成書故也。嗣後里居三十餘年，續而又續，以消長日。遂緜緜至六，亦云溢矣。若後人與予同志，除其冗而益以明事，合爲一書，庶幾哉其为完書也已！

歲丙辰七十五翁清識

書事七則

陳貞慧　著

歐陽健　點校

題解

《書事七則》，題『宜興陳貞慧定生著』。陳貞慧（一六〇四～一六五六），字定生，別號道人，宜興人，明左都御史、東林黨魁陳於廷之子。崇禎庚午（一六三〇）鄉試副榜，曾與吴應箕草《留都防亂檄》，議討阮大鋮，黨禍起，逮至鎮撫司。入清不仕，不入城市者十餘年。《書事七則》有昭代叢書本，附薛寀（米堆山人）評語，旁見側出，生面别開。薛寀，字諧孟，崇禎四年（一六三一）進士，順治元年（一六四四）棄家爲僧，隱居蘇州鄧尉。今據以校點。

目録

書事七則

書事七則，起自甲子，至癸巳三十年矣。彈指隙駒，惝怳夢寐，又如昨日事也。而陵谷屢遷，有史傳所不勝書者；區區聚散存没之感，又不足道。嗚呼，士生其間，何多不幸歟！合而識之，知予所感者多矣，况乎書不盡言者哉。

甲午冬十一月，陽羨陳貞慧定生識

《書事七則》，此予通家陳定生，遡甲子至癸巳，填膺裂眥不能終鬱諸胸中，從幽憂寂歷時私書之者也。嗟嗟七事，非不肖所目睹，亦所確聞；七事中人，非所師所友，亦所欣慕嗟惜。顧或有臆見紛劃，初不謂然而今始闡然；亦有今猶謂未盡然，而終不謂大不然者。胭脂井闌，賞心亭下。木綿庵空撃老奴，曲江池難呼先鬼。統稽前後局，略如檣傾楫折而猶錮，長年伏枕慨慨而尚揮。扁鵲向夕陽疎雨，窗陰篷底閲之，正恐河山易毁，此情終遣割不去耳。

乙未六月下旬，年家衲米識原名薛寀

書甲子會推

天啟甲子冬十月，貞慧侍先子於燕中。時葉文忠已去國，趙忠毅爲太宰，高忠憲爲總憲。先子語及時事，每有憂色。歎曰：『璫勢愈煽，去漢熹平間不遠矣！』

未幾，忠毅、忠憲，同日解職。先子時以少宰攝部事，推部院大臣。輔臣顧秉謙面語璫所屬意某某，以利害相恐嚇。先子正色拒之曰：『某知有宗社而已，遑恤其他？』疏列喬允升、馮從吾、汪應蛟上。璫怒，以所推爲高邑私人，坐大不敬，首削先子籍，及佐憲楊公漣、左公光斗。時漏下一鼓，先子曰：『吾固知有今日矣。』無何，御史李公仲達來，握手太息曰：『師行得矣！秋葉幾何，疾風愈甚，奈何？』擬疏争。先子曰：『無庸也，務勉之。獨我乎？而其疑子也又甚於我。』侍御灑淚別去。

明日，繆西溪太史一蹇乘蹩蹩來，曰：『此行蟒玉加榮矣！』攜壺榼送之郊外，浮白酣噱，語無所避。或謂公得無有耳而目之者，公曰：『丈夫即死，死分耳！吾腹有丹者在。且吾髮種種，生詎幾而愛之耶？』

嗟乎，繆公之談笑，仲達之黯然，友誼千載可見。若夫諸君子被璫禍，本末次第，國史書之，天下知之矣。

先是甲子春，予有家難。高忠憲素重先君力掖之，群孝廉諸生，目予父子爲東林餘孽，顧猶未敢頌言攻東林也。入夏赴試金陵，時則傅鄒互訐之禍，移而入閣部，天子之威斷不伸於一璫，甚而小璫敢於圍葉文忠私宅，敢於擊毙萬工郎。秦淮水榭，匆匆草草，無復生氣。是冬，在東林鄰園中見邸報，一日而盡逐銓憲大堂，吏垣河南道七八人，皆正人也。登小艇失足墮水中幾死。歸與先刑部欷歔相對。嗟乎！今日述此，何異迦文氏自敘往劫種種魔障乎。衲米附識。

書江陵武陵先後奪情事

神宗丁丑，張江陵相奪情，時抗疏者趙公用賢、鄒公元標、沈公懋學。崇禎戊寅，楊武陵相奪情，宣城沈壽民徵君首攻之，繼者劉同升修撰、趙士春編修、壽民君典從孫、趙則定宇孫。而劉又南皋同邑也。後先數十年間，奪情同，争奪情者邑里同，而張與楊又楚人同，亦奇矣。

江陵天資慘礉，其氣力足以挾持天下，實爲我朝才相，非武陵者比。今人見天下法紀陵夷，多稱江陵。夫自古未有不孝而忠者。嗚呼，弒父之子，弒君之臣，孰爲無才乎？

先後巧合，大是異事。江陵在當日，不可謂之無功；然其馭敵制寇，稍稍就緒者，前有華亭、新鄭築其基，後有蒲州、吴門湊其局耳。江陵有一長處：寧廢其人，多用其策，所以成功。然其媚馮保，壞科場，令甲百口莫辯，况後日人品更污於江陵者乎？武陵不能容盧九台，而江陵能用戚南塘，此亦執政升降之大局也。衲米附識。

書甲申南中事

崇禎甲申之三月，變甚於唐之廣明元年。以事起非常，道路之口，驚傳不一。其時村墟積雨，人跡罕至。而吾宜又當僻壤，北來實耗，無從得之。然心日怦怦，終不敢以草莽賤士，置君國不問也。

隨於四月初八日，從浮潦中策蹇至南京。越一日，盧進士象觀至，各各問訊，而道路所傳，猶之村墟僻壤。云大司馬史公可法，正前一日督師渡江，益怦怦不釋。時大宗伯爲姜公曰廣。姜公爲先世門下士，余遄叩之，所聞猶之道路也，益怦怦。是日，蕪湖沈文學士柱至，相與流涕久之。

既又聞南中諸大老，每集議事堂，惟相向攢眉，竟日無一語。或仰視屋之罘罳，咄嗟而已。間曰：『事如不可知，將奈何？』競以靴尖蹴地，作歎息聲，各各散走以爲常，益怦怦。再日，余又遄见姜公，姜公见余握手，喜曰：『有一佳訊：昨史公書來，云上已航海而南，東宫亦間道出矣。』出司馬札示余。余時喜不勝，告之沈子、盧子。

不一日，而北中逃亡者踉蹌至，云上於三月十九日自經煤山，繼至者亦云。田夫野老，無不巷哭罷市者。至十七日，傳北中一大老止，一僕羸縢徒步進通濟門來，問之，則舊輔臣魏炤乘也。魏亦先世門下士，余即往訊之，曰信。言一死事者，歷歷可數；再欲詳其顛末，曰：『余亦倉皇出都門，外多得之道路』云。時南中諸大老，畢來問訊，始得其實，而上之自經，已幾一月矣。

盧子、沈子與余，大慟失聲，約曰：『世事至此，吾輩即死，死無益；仁人志士，海內自不乏。吾輩不死，當圖其所以不死者。』言已，盧子、沈子與余，各各散去。

當其時，司馬宗伯方謀迎立，實遲疑未決也。而鳳泗巡撫馬士英，以得北中消息最近，阮大鋮又先期竄身福邸中，蚤夜密籌，計挾劉澤清、高傑、黄得功、劉良佐爲援，約從既定，方以書來餂司馬。司馬答書，有福邸三大罪、五不可立之議。士英、大鋮得書，執以爲司馬後日罪案。

五月朔日，以四鎮兵擁福王南下，改元爲宏光矣。嗚呼，夫以金陵重地，不異僻壤，司馬宗伯，重任所傳，不異道路。以潢池萑苻之竊發，致君國大變，而當事泄泄，間絶不聞。而姜、史二公，又人望也。語云：不有老成，其何能國？乃決大計，定大策，事權宜無他屬者。始失之游偵不以時，繼失之需遲不能豫。奸人抵巇蹈隙，外挾强鎮，内圖册立，而司馬宗伯，竟同贅疣，無能出聲息其間者。嗚呼，天爲之哉？抑人爲之耶？

若論民間昭穆，立福王亦未爲謬；况先福王有殉國忠烈乎？獨其立後，無一人佐之行正事者。初猶略存門面；至劉孔炤内訌，阮大鋮外煽，以福王之荒淫，即使世局不敗，劉山陰總憲，史、姜數公尚留，三鎮不協一，黄靖南與之分過，宫闈醜穢，亦使宇内解體，况事事顛倒哉？其中機彀，不特正人闇，邪人尤蠢；不特邪人自就死地，正人亦全無成局。馬貴陽一朱異耳，高傑爲妄動之李全，黄得功爲無援之韓、岳，左良玉爲無門第之王敦。而臨春結綺中，擁一不識字之叔寶；桃葉山前，韓擒虎青驄馬，又誰沮之？阮大鋮入浙，盼盼爲樊若水，而竟爲宰嚭。嗟嗟乙酉春，南都是何局勢？而諸生問擬題廢，紳瞥薦本，何烏衣諸郎之多也？衲米附識。

防亂公揭本末

崇禎戊寅，吴次尾有留都防亂一揭，公討阮大鋮。大鋮以黨崔魏，論城旦罪暴於天下。其時氣魄，尚能奔走四方。士南中當事多與遊，實上下其手，陰持其惘喝焉。次尾憤其附逆也，而嗚騶坐輿，偃蹇如故。士大夫纚綣争寄腹心，以爲良心道喪。

一日，言於顧子方杲。子方曰：『杲也不惜斧鑕，爲南都除此大憝。』兩人先後過余言所以。余曰：『鋮罪無籍揭，士大夫與交通者，雖未盡不肖，特未有「逆案」二字提醒之。使一點破，如贅癰糞溷，争思决之爲快，未必於人心無補。』次尾燈下隨削一稿，子方毅然首唱，飛馳數函，毘陵爲張二無，金沙爲周仲馭，雲間爲陳臥子，吴門爲楊維斗，浙則二馮司馬、魏子一，上江左氏兄弟、方密之、爾止。仲馭、臥子極嘆此舉爲仁者之勇，獨維斗報書，以鋮不燃之灰，無俟衆溺。如吾鄉逐顧秉謙、吕純如故事，在鄉攻一鄉，此輩窘無所託足矣。子方因與反覆辨論有書，書不載。

時上江有以此舉達之御史成公勇。成公曰：『吾職掌事也，將據揭上聞。』會楊與顧之辨未已，同室之内，起而相牙，揭遲留不發，事稍稍露矣。阮心此事仲馭主之，然始謀也絶不有仲馭者。而鋮以書來，書且哀，仲馭不啟視，就使者焚之。鋮銜之刻骨。揭發，而南中始鰓鰓知有『逆案』二字，争囁嚅出恚語，曰『逆某』『逆某』，士大夫之素鮮廉者，亦裹足與絶。鋮氣愈沮，心愈恨。

未幾，成御史以論楊武陵嗣昌逮，遂不果上。鋮遂有《酬誣瑣言》一揭，語雖鶻起，中實狼驚。

至己卯，竄跡荆溪相君幕中，酒闌歌遏，襟解纓絶，輒絮語：『貞慧何人何狀，必欲殺某，何怨？』語絮且泣，向相君泣：『大鋮身雖在陽羡山中乎？』而所以窺伺吾輩者益急。無有間青溪道上，察予往來如織。時予寓宋憲副園中，同人枉顧，鋮多爲相圖也，且悸且恚。鋮歸潛跡南門之牛首，不敢入城。向之裘馬馳突，廬兒崽子，焜耀通衢，至此奄奄氣盡矣。

然鋮腐心咋齒，日夜思所以螫吾輩，謀翻局，特未有路耳。居無何，荆溪再召，竊心喜鋮得間矣。幸天子明聖，堅持其局不變，議隨起隨滅。

無何，甲申宏光事起，鋮曰：『此奇貨可居也。』夤緣官兵部尚書，以迎立首謀福邸舊案，將盡殺天下，酬所不快。下周公鑣、雷公演祚於獄，發其端，時語所親曰：『吾五六年來，三尺童子見「阮大鋮」名姓，輒詈而唾者，非若若耶？若知有今日！』以揭中最切齒者十人列之上曰：『此擁戴潞藩以圖不逞者。』又造爲『十八羅漢』『七十二金剛』之目，曰：『此其羽翼者。』如王紹徽《點將録》故事，一網殺之。貴陽馬相曰：『大事方定，如此人心不安，姑緩之。』

是時也，予適以先人卹典留南中，且逆知鋮之眈眈余也。以周、雷在繫，旦夕勞問。或謂余且遜謝亡去，予歎曰：『禍已成無益，况友在難，何忍去？』益旦夕二公自若。鋮日夜中之，莫可解矣。一日持余僕至鎮撫，誣予爲仲馭打點，且云仲馭以五百金賄都御史郭公維經，將并中郭。甲申九月十四日，兩旂尉至余寓，踪跡余所與仲馭往來書札，無所得。因出一票，但聞曰『駕上來！

駕上來！』數十人蜂擁予去。

時河南侯子適至，爲予倉皇出兼金付錢君禧，代請間而爲求援於練少司馬。時漏已下，司馬馳詣貴陽曰：『書生何罪？必欲死之耶！』貴陽曰：『非我意，出圓老。』練曰：『其先人清德重望，至今思之未忘，當十世宥者，奈何即殺其後人？』馬相默然，顧視燭影移時，曰：『拘之司敗何如？』練不答。既曰：『遣之出境去何如？』練謝而退。時舊錦衣劉僑者亦在南中，致書鎮撫馮，大意謂：『東林後人，無故殺之，以起大獄，後來必有公論。吾衙門久且年老，閱歷多，紀綱門達可鑒也。』馮亦遲迴者久之。

而王相國鐸亦書至，鎮撫遂不得周内，乃於十五晚拘予私衙，具五毒，皂衣團牌，縱横勢張甚。馮作色曰：『汝何故在京爲周鑣打點？』予不爲動，徐曰：『某書生也，不任打點。於周某實爲兒女親，患難中忍不一顧。』馮曰：『汝有家人口供。』以一單示，有送銀郭都御史一款。予曰：『無論周某素以名節自愛，非行賄者；郭老先生清廉矯矯，居官正直，南中無不聞，豈受賄者？』馮曰：『汝何得交郭公？』予曰：『某之得交郭公，以先世有舊耳，非因周也。』馮又佯作色曰：『此事不小。』然終無所鍛鍊云。

初見其拘票，首予，次吴應箕，次仲馭弟周鑜。吴與馮有舊，先密以意示梅錦衣惠連得免。其傳牘有云：『此輩夜聚曉散，踪跡詭秘，以無實跡，姑發回原籍。』嗚呼甚哉！阮以怏怏，不快所願，曰：『俟我巡視地方未晚。』其時逮御史黄澍，明年乙酉逮督撫袁繼咸、輔臣吴甡，逮宗室朱容藩，又逮御史左光先，逮翰林陳名夏，逮諸生沈壽民、張自烈、沈士柱，逮大司農侯恂洎其子方域、方夏，逮副都御史金光辰諸君子，凡號爲清流者，惴惴懼，重足立矣。

四月，左帥良玉裹甲東下，意靖君側。至九江，南都震恐。鋮以爲雷、周所構，不除之爲內應不已。詣貴陽甚指，薄暮往語至達旦，飛片紙賜死矣。屬有飛霜之異，諸不靖者，尚借爲風雨，尋有五月初八日之事，清流之禍遂獨中於雷、周二公，而國事不忍言矣。嗚呼！

丙戌八月，阮大鋮渡仙霞嶺，白日忽紫，漆燈欲逼，騶衛不能前。空中聞有兵戈劍戟聲，鏗鎗浴鐵如百萬怒雷。大鋮馬上嘆嗟，連呼『饒我饒我！』不逾時，馬驚墜深谷中，肢體糜潰以死。僕從隱隱見穿紅袍者二人，綠袍者一人，綠袍爲介公，紅爲仲馭，李侯云。附記。

阮司馬大鋮之先世督部公諱鶚者，予高祖方山公嘉靖甲午同年也。其家故多博雅士，如大鋮之叔自華尤奧異，然予初不識之。崇禎癸酉冬，姚孟長先生赴南掌院，任晤間談及大鋮所填詞曲《十錯認》《春燈謎》，予因從錢兵部其若索觀之，曰：『事固有敗于激者，若大鋮此曲，乃思自湔，非思翻局。萬一挺而走險，遏其攀附正人之一綫，而明爲仇敵，號召黨羽，濟以譎險，天下事去矣！』其若與張二無諸公，皆以予言爲平。甲戌春，大鋮忽持年家弟刺過予，一見傾倒欷歔，手抱予兒繼貞，稱『六世兄弟』。予雖訝之，而心憐其夙遊趙忠毅廡下，抑丁艱在魏閹未橫前，或非渠首，何必峻拒，反深其毒？往答拜之，即牽留張筵，出童子演《春燈謎》。酒間娓娓自訴：『吾與孔時仲達厚，他人交搆致罹黑寃。《十錯認》所以自雪本情，冀公等炤覆盆耳。』予乘醉應曰：

『世間錯固不止十，但保公自家不錯，何患人錯？昔人誤答一轉語墮野狐身，而後賢解之曰：「輾轉不錯，復是何物？」願公從此實之爲國家起見，勿生仇恨也。』自是又十餘年，而兩都大變，大鋮托彭天錫相謝，因相招：『阮鬍已蟒玉執權，薛子來大者侍從，小者編摩，京堂太史惟所命之，以報人棄我取之德，不亦快乎？』予答天錫：『吾不復以一字復阮鬍，但爲語鬍：前此猶是從井救人，今日乃是李代桃殭。此時何時，而猶以腐鼠相嚇哉！』今日見定生所敍述，益服數君先見，而予與維斗終是寬一著。然據子無著本懷，覺一切原無定相。若使駕馭得宜，安知鄭貴妃不能脱簪，魏奄不能帖息掃除？役一扶之，一挫之，遂至於此。天下事豈獨中原，宫府不宜異同也。衲米附識。

附録：《韻石齋筆談》：崇禎末年，不惟文氣蕪弱，即新聲詞曲，亦皆靡靡亡國之音。阮圓海所度《燕子箋》《春燈謎》《雙金榜》《牟尼合》諸樂府，音調猗旎，情文宛轉，而憑虚鑿空，半是無根之謊，殊鮮博大雄豪之致。楊仲修見周藩樂器，因創爲提琴，哀絃促柱，佐以簫管，僮子以曼聲和歌，纏綿悽楚，如泣如訴，聽之使人神愴，不能自已。聲音之道，關乎氣運，豈曰偶然。

《池北偶談》：金陵八十老人丁繼之，常與予遊祖堂寺，憇呈劍堂。指示予曰：『此阮懷寧度曲處也。阮避人于此山，每夕與狎客飲，以三鼓爲節。客倦罷去，阮挑燈作傳奇，達旦不寢以爲常，《燕子箋》《雙金榜》《獅子賺》諸傳奇，皆成於此。』《所知録》曰：大鋮既降本朝，在營中諸公聞其有《春燈謎》諸劇，問能自度否？大鋮即起執板頓足而唱以侑酒。

書癸巳毘陵事

余自甲申乙酉，屏處荒村，荆棘之息，延及五載。自戊子四月始入城，又四載，爲癸巳春，一至毘陵，俱以難故時居毘陵久。毘陵故孔道，其邑之士大夫，頗樂與賢士大夫交，非若吾邑士大夫，借地僻得文其固陋者。

其時，有澹上人從匡廬來，肩瓢笠，日托鉢於市，余同楊逢玉訪於太初庵。清苦倍於他僧，蓋學道而有得者，私心慕好之。既遇楚黄萬子，既又遇東魯耿子，二子於澹上人有夙昔歡，一爲同生。數人相見欷歔，以爲隔世。先時黄六湛舘於楊静山，與余間日一杯酒於逢玉家中，時言數君子之爲人。數君子雅相善也，又善予，予亦雅善數君子也，遂與數君子晨夕無間云。

一日，莊子爾定治齋於楊組玉園，飯數君子，數君子咸集。數君子外，又爲介子兄欽伯，許仲翰弟鍾若，一爲園主人，一爲余。余時方幸得數君子遊，忘其身之爲憂患也。其後萬子别去，云將返楚爲尊人具七十觴，余亦還里，惟耿子、澹上人留郡。

余歸不一月，時時心動，語諸子曰：『不知何祥也？』既聞萬子、耿子、莊子同被繫。未幾，予亦以周季子事并余子嵋被繫至潤城，爲七月初九日。予從容不屈得解，歸過毘陵，與澹上人、黄六湛、楊静山、楊逢玉相見。蓋方幸余之再生，而又惜數君子之不得其音耗也。臘月二日，客言諸君子捐軀絶脰者已半月，因歎向日組玉園中一聚，雨雪黯然，遂成千載。

嗟乎，諸君子之死，果死耶？而余之不死，其果不死也邪？他日不能無死，死何以見諸君子地下？因書其事，以語澹師、六湛、逢玉、欿伯，頗憶組玉園中一飯否？

回首兹事，黯然銷魂。澹師元度倦遊久矣，乃無端而聚頭磕膝，致貽斯禍。若論世事，自貽伊慼；若論法事，沮人道心。乃未幾而又有秦吴等禍，所謂驢事未盡，馬事又來，可歎也。納米附識。

書華吏部事

華吏部允誠，以戊子四月死。姪孫尚濂，年十八，易姓名從行，死之。是日，僕薛成亦死之。十八日，吏部櫬還，僕朱孝痛主不屈又死之。嗟夫！二僕者，非有誦詩説書之素，倉卒顛沛之際，甘死如飴，亦達其一念所不容已者而已。今世風日下，求所以勸忠於士大夫之流，亦不可得。然如二僕者，又何以稱焉？噫！此豈人奴也哉？抑吏部實有以風之也？夫後六年癸巳，而有耿户部僕死事更烈，詳見方太史録中。

嗟乎，鳳超肌膚若冰雪，綽約若處子，所謂藐姑射之神人也。其姪孫、二僕當亦不食烟火，與公偕來偕逝者矣。嗟乎，二十餘年通籍，十年吏部，而其家無曳紈綺豪僕，此余所熟識者，毋論其餘。納米附識。

書周季子事後

余與仲馭交最久，酒間時一見，其弟季終坐無一言，幾疑爲張留侯如婦人女子。既遇於白門，嗜酒色，任俠自喜，異之。既遇於里中，慷慨大言，言天下事數娓娓，至古今成敗，奮袂起，益異之。蓋人之不可測如此。今獲見其死事本末，斧鑕鼎鑊，一以談笑處之，將古所謂從容就義者非與余真不敢謂季今人也已。人固不可測如此乎？初，季無知者，以仲故；既而倜儻使氣，人争疾之，謂季妄人，妄人甚者如仇。今無論賢否疎戚，稱道之如一。因歎世人率無志，使有志而獲，遂盡如季，余又安得盡測之，又安計流俗之爲譽爲毁耶？

子不識周季子而識仲馭，仲馭之死固别有機穽，即使果不肯立福王，亦可謂負卓識者矣。仲馭若彼，季子可知。抑出自定生紀述，使酒駡坐，談笑就刑中，季子在焉，呼之或出。衲米附識。

跋

定生《書事七則》，意致衰颯，百感茫然，史叟釣磯，京叔歸潛，上下千古，同茲忼慨。而米堆山人評語，旁見側出，尤寫生面别開，因并録之，以成兩美。山人爲毘陵薛刺史諧孟後，爲僧于鄧尉，亦魚山浮山之流亞也。

癸卯孟夏，震澤楊復吉識

玉劍尊聞

梁維樞　撰
陸林　點校

題解

《玉劍尊聞》十卷，題『常山梁維樞撰』。梁維樞，字慎可，别號西韓生，真定府真定縣（隋分真定置常山縣，清改真定爲正定）人。生於明萬曆十五年（一五八七），卒於清康熙元年（一六六二）。萬曆四十三年举人，歷官内閣中書舍人、尚寶司丞副、工部主事；入清官至山東按察司僉事，私謚文孝先生。所著另有《性譜日牋》《内閣小識》《群玉直譽》等。小説自云成於明末，然所記人事已涉清順治間史實。參『文學』類黄道周、錢謙益諸條注。該書爲世説體之作，有順治末年賜麟堂原刻本尚存於世，現據以整理并標點。文字漫漶缺訛處，多參有關史傳校補。

先師陸林先生生前參加《全古小説》整理項目，點校此書，事未竟，遽歸道山。本年五月初，接到歐陽健先生郵件，云『希望由其學生再校看一遍書稿』，遂由張小芳、裴喆、孫甲智據先生標點之原稿，核對排出的電子文檔，補正掃描轉換過程中造成的文字缺訛；凡標點有疑問處，亦由三人討論確定。但以我們的淺陋，由此而出現的種種疏誤，在所不免，其責在弟子輩，請讀者諟正。

目録

玉劍尊聞序

史學之失，未有如今日者也。吾嘗爲之説曰：難言史，天下無史矣；易言史，天下亦無史矣。夫謂難言史而無史者，何也？祖功宗德，日月不刊；國憲家猷，琬琰具在。《周官》之六典如故，《公羊》之三世非遐。不於此時考求掌故，網羅放失，備漢三史，作唐一經，將使禹跡夏鼎，弗克配天；文謨武烈，於焉墜地。唯我昭代，文不在兹？豈蜀史之無官，抑籍氏之忘祖？故曰：難言史則無史也。謂易言史而無史者，何也？《史記》遠稽世本，《通鑑》先纂長編，張衡合三史之枝條，陸機定《晉書》之限斷，莫不遠述典章，近刊蕪穢。今以匹夫庶士，徒手奮筆，典籍漫漶，凡例踳駁，定、哀之微词誰正，建武之新載無徵：此一難也。編年之有左氏也，記傳之有班、馬也，其文則史，其義則經。《三國》之簡質，班之末子也；《五代》之條暘，馬之耳孫也。今一旦祧班而墠范，昭左而穆馬，《東觀》已後，夷諸席薦。足取步目，言以足志。雖師契而匠心，恐代斲而傷指：又一難也。故曰：易言史則亦無史也。真定梁慎可先生，規摹臨川王《世説》，撰《玉劍尊聞》一編，余讀而嘆焉。慎可少負淵敏，博學强記，下應奉之五行，識安世之三篋，其才與學可以史；世食舊德，胚胎前光，漢世稱公卿子孫諳曉臺閣故事者，於當世無兩，其家世可以史；少游高邑之門，壯入承明之署，曆、昌已來，九變復貫，南北部之壇墠，大小東之章牒，絲綸之簿籍，邊陲之圖志，莫不取諸腹笥，得之目論，其閲歷可以史。滄桑貿遷，陸沉郎潛，填膺薄胷，裂吻揸鼻，躊躇回顧，吮毫閣筆。退而採集斯編，臚陳瑣碎，踵附臨川之後塵。其可以史而不史者，良於國史難易之故，精而求之，熟而審之，未敢以嘗試而漫爲也。余少讀《世説》，嘗竊論曰：臨川王，史家之巧人也，變遷、固之史法而爲之者也。臨川善師遷、固者也，變史家爲説家，其法奇；慎可善師臨川者也，寓史家於説家，其法正。世之君子，有志國史者，師慎可之意而善用之，無憚築舍，無輕奏刀。子玄有汗青之期，而伯喈無髠鉗之嘆，豈不幸哉！余愳世之讀斯編者，不深維史家難易之故，而徒取其長語瑣事，供談諧、代鼓吹，猥與《語林》《説郛》之流，同部類而施易之也，爲論著之如此。

順治丁酉仲春二月望日，通家眷社弟虞山蒙叟錢謙益謹序

梁水部玉劒尊聞序

往余客京師，好攟拾古人嘉言軼行，散見於他籍、流傳於故老者，以增益其所未聞。迺有笑余者曰：『甚矣，子之勞也！今以子一日之内，出入禁闥，公庭之論列，私家之晤語，誠筆而存之，皆足以爲書。迺必舉數世或數十世濶遠而荒忽者，整齊而補輯焉。雖用意之勤，其人與其事，則固已往而不可追矣，不亦難乎！』余心韙其語，退而爲歲抄日記，有成帙矣。久之，朋黨之論作，士大夫所聚訟而争持者，黑白同異，紛糾龎雜，既不足取信；而飛言微辭，咸目之以怨謗。余之書雖藏在篋衍，不以示人，恐招忌而速禍，則盡取而焚之。未幾，天下大亂。公卿故人，死亡破滅。其幸而存如余者，流離疾苦，精神昏塞。或於疇人廣坐間，徵一二舊事，都不復記憶。於是，始悔其書之亡，而不可復及也已。水部真定梁公慎可，别十八年矣。今年春，再相見於京師。出所著《玉劒尊聞》集以示余，曰：『子爲我叙之。』夫古之立言者，取其講道論德，用口語相傳授。自典謨以降，至於孔、孟、左丘明、穀梁、公羊諸書，皆是也。聖人不作，諸子迭興，乃務爲文章，競著作，假借緣飾。不必其中之所欲言，即得失無所攷正。家乘野史，則又屬之稗官，史家之所不取。遭兵火，易世代，散亡放佚，百不一存。兎園之小儒，據事直書，鮮識顧避，病在僻陋而寡聞；其稍有聞者，忌諱疑畏，輒逡巡勿敢出。無怪乎書之不就，可勝嘆耶！梁公之祖貞敏公，爲名太宰、大司馬，致政里居者二十年，自公爲兒童時，習聞先朝掌故；長而與趙梦白先生游，先生一代偉人，其緒言遺論，可指數而述也；既而子弟位卿貳，備法從，出入兩朝，百餘年來，中外之軼事，皆耳聞目給，若坐其人而與之言，無不可以取信。而公爲人，又伉爽軒豁，少年好畋獵聲酒，馳逐燕趙之郊。折節讀書，官禁林；被黨錮，志氣不少挫。歸所居雕橋莊，杜門著述且十載。家世貴盛，修勑醇謹，踰於素門寒士；而聽其論辨，則恢奇歷落，滚滚不休。噫！公之書，其本於爲人者如是，是足以傳矣。余既論次是編，而因以告後之人，使知一書之成，於斯世不爲無助。各宜愛惜其所聞，遵公之所以得，而毋蹈余之所以失也。

順治乙未秋日，年家弟吴偉業題

序

士君子著書立説，匪徒資謏聞、誇博覽也。蓋將多識前言往行，以爲蓄德之助；俾徵文考獻者有所折衷，得以尚論當世，斯足述爾。《世説》一書，人但見其嫺婉新粲，足以鼓吹休明，而不知點染生動，能使讀其書者如親承樂衛之韶音，躬接殷劉之玄緒。神明意用，躍躍毫端，若長康之貌裴令，頰上三毛，識具頓現。非擅化工之筆者，其能之乎？是故義慶以降，雖代有排篹，終鮮嗣音。而何元朗至，規模前范，廣爲《語林》，自漢迄元，庶幾該矣，然猶以事詞錯雜不雅馴爲憾。求如元美先生所稱造微单詞，徵巧隻行，因美見刺，因刺通贊者，莫若慎翁梁老年伯所著《玉劍尊聞》一書，可謂無間然矣。公爲大冢宰聞孫，生負異稟，家讀賜書，其淵源固有所自。入官中秘，荐歷水衡，立朝忼直。明典故，樂與賢士大夫遊。則其所聞所見，更有非尋常耳目所能及者。公與先相國爲同年友，壬午之役，余小子復附令嗣少司馬後塵，以通家子得時時拜床下。因習知公爲人，豈弟真篤，外和内介，蓋古之有道君子也。若乃稱説往事，徵討故實，片言瑣趣，有得必録，一年所積，遂成巨典。而又搜亡三篋，問富五車，博引旁綜，隨録隨注，今古貫串，尤爲前脩所未有。夫酈道元之於《水經》，裴松之之於《三國》，以及劉孝標之於《世説》，皆作者一人，注者一人。故能標領義味，各臻玄勝。今公之成是書也，雖類列義例，一惟劉氏之舊；而研尋演繹，直合義慶、孝標爲一人，豈非近古所希覯者哉。方今史書曠軼，汗青無期。稗官野乘，既淆雜靡所考信；而秘府實録，又不過具日月、列官爵、生卒已爾。微言大義，罕或有存者。昔洪武初脩《元史》，遍召海内耆碩爲之。而故事放失，危太素至以餅餌啖老兵，徵問軼事，以資編摩。吁，亦陋已。今公方立交戟下，具史才，爲人倫模楷；而是書簒玄鉤要，又出國史家乘之上。當事者而不欲徵文考獻則已，當事者而誠欲徵文考獻，舍公曷適哉？雖然，書不盡言，言不盡意，意之所在，言亦餘響。然則公之爲是書也，豈第以佐清談揮麈之萬一乎。《詩》云：『雖無老成人，尚有典刑。』我知公之意，其惓惓於是編者，蓋不勝異代之思也已。

年家子錢棻頓首拜譔

玉劍尊聞引

樞少爲祖父母所愛，父母不忍嚴督。總角以後，日事蹴踘馳馬，顧曲近婦人。年近弱冠，趙州趙先生、黄岡秦先生謬相器重，始感憤讀舉子業書。年近壯，幸登科。乃讀古詩文，涉獵百家。無何，選授鳳閣舍人，掌綸演誥，苦無暇日，適因中堂黨論，削籍家居，乃益涉獵。竊見自元以來，數百年間，雅言韻事，幾同星鳳，凡有聞見，略類《世説新語》者，分部書之簡素。未敢參一己意，隨所聞見即書；亦未得序時代之先後、名位之崇卑。壬午起復原官，漸經患難，此書遂置高閣。今年兩兒慮其日久散失，少爲删益，刻之都門，非樞敢如昔人所云『寡學好名』也。至樞性量疎放，不無漏遺，當徐續入之。

順治甲午長夏，梁維樞敬識

卷一

德行

徐駿常熟人。少偶蓄鴿，鴿，唐明皇呼爲『飛奴』，真定呼爲『蒲』。鴿喜合，凡鳥雄乘雌，惟鴿雌乘雄，逐月有子。父撻之。後父亡，遇鴿飛鳴，必思親訓，涕泣不已。時人稱爲泣鴿先生。

陳茂烈棄官養母，灌園藝蔬。太守憫其勞，遣二力助汲。閱三日往白守，曰：『是使野人添事而溢口食也。』還之。《松窗寤言》曰：『茂烈字時周，莆田人。舉進士，官御史，以孝顯。』

李秉、《曹州誌》曰：秉字執中，曹州人，纍官吏部尚書。王竑字公度，河南衛人，爲户科給事中。太監王振致睿皇帝陷土木，景泰皇帝監國，百官慟哭劾振。錦衣指揮馬順，叱百官令退。竑奮臂起曰：『順前黨振，今叱逐百官，敢無上如此！』即捽順髮倒地，衆因蹴踢死。後總督漕運，諸郡大饑，發糧賑濟，居流之民舉安。謡曰：

『生我者父母，活我者巡撫。凶年不荒，軍民安堵。』累官兵部尚書，乞休以歸。竑督漕時，清河衛指揮單姓者行不檢，嘗折抑之。竑免官過清河，指揮具飧致慇懃。發之，則皆糞穢，單蓋藉紓夙恨。未幾，竑還官。人有仇指揮者，訟于竑。竑竟不較前侮，平其訟而遣之。淮揚間至今語曰：『王都堂不較單指揮，不念舊惡。』俱致仕居鄉。竑高自標致，非其人不與交；秉出入閭巷，每與市井人對奕。市井釋別見。竑曰：『李執中朝廷大臣，而與閭巷小人游戲，何自輕之甚？』秉曰：『所謂大臣者，豈能常爲之？在朝在鄉，固自不同，何至以驕鄉人哉？』

楊翥醇謹清約，與物無忤。隣有作簷溝注水於其庭者，則曰：『晴日多，雨日少。』又有侵其屋基者，則曰：『普天之下皆王土，再過些須也不妨。』翥字仲舉，吴縣人。楊士奇引拔纍進，官禮部尚書。士奇落新第，亟邀翥登堂，曰：『舍初成，得賢人首臨之。』

黎淳性耿介，取與不苟。門生尹華亭，以雲布寄淳，不受，即書封識上曰：『古之爲令，植桑拔茶。別見。今之爲令，織布添花。吾不用妖服也！』黎淳字太樸，湖廣華容人。舉進士第一，纍官南禮部尚書。子民牧、民表，皆舉進士。

薛遠字繼遠，無爲州人。歷官大司馬，家無長物，食無兼味，室無媵妾。曰：『少吾事親不足，今安忍有餘？』

唐詩慕道煉丹，道流勸之出家入山。唐曰：『家有老母，世間無不孝神仙。』

徐益孫字長孺，華亭人，以文章道義重天下。少孤，事母至孝。母死，結廬墓側，昕夕悲慟。郡邑大夫請上其事以旌異，辭曰：『益孫既賴母以成身，當立身以報母；不能揚名以慰母，何忍借母以竊名？未能從殞，已是偷生；莫可抒哀，敢希幸進？反覆二思，只欠一死！』讀者比於《陳情表》云。

徐歸德萬仞有象傲苦，不敢歸。當路欲除之，泣請曰：『與其無弟，吾寧無家。』萬仞，浦城人。

秦愍王諱樉，高皇第二子，國西安府。會宴，出弄嬌行酒。一坐縱觀，王廉獨端首正視。王問故，廉對曰：『昔李白別見。止聞其聲，今臣得見其面，爲幸多矣！何敢縱觀。』廉，會稽人，人稱交山先生。

陳繼官翰林歸，隨母抱甕行灌甚恭。母入以壺漿來，繼趨而前，奉以進。母嚼之，乃拜而飲。

繼字嗣初，號耕樂，吴人。楊文貞薦授國子博士，改翰林五經博士，直弘文閣，陞檢討。天性淳篤，履行修謹，書多淹誦，爲文有思致。子寬、完，皆有文。

杜瓊以生未識父，嘗竊寐見之，且徵其狀於母，遂肖貌之。母泣謂得其生平。瓊字用嘉，吴縣人。博綜今古，爲文必本於理，性至孝，門人謚曰淵孝先生。

李賓之東陽，别見。嘗中夜飲酒歸，其父猶未寢，候之。賓之愧悔。自是赴席，誓不見燭。

詔梁材司徒還都，有屋一區，價二百金，崔銑嫌其敝陋，材至即居之。材字大用，南京金吾右衛人。登進士，累官太子少保、户部尚書，謚端肅。平生廉直，終始不渝。爲廣東左布政使，一日右布政林富市肉數多，召其僕誡勿過豐。富聞之大怒，短衣露頂，踉蹡而出，詈不已。材頻視簿書，端坐自如，富慙而退。銑字子鍾，更字仲鳬，安陽人。父陞，參政。銑登進士，選庶吉士。明經修行，毅然以洙泗爲師。仕至南京禮部右侍郎，贈禮部尚書，謚文敏。所著《士翼》、《讀易餘言》、《洹辭》、《松窗寤言》諸書，多行於世，天下學者稱曰『後渠先生』。銑爲南京國子監祭酒歸，囊無一物，惟攜古書數篋。自笑曰：『人言金祭酒，我今若水矣！』少師夏言贈句：『一字不曾通政府，十年始得見先生。』

陳大科大科，南通州人。登進士，仕至總督兩廣、兵部右侍郎，贈兵部尚書。在省九年，上議皆侃侃持大體。居鄉抑抑下人，圭撮之能，尋咫之善，往往揄揚不容口。時奮力争是非、立然諾，雖賁、育無以過也。撫廣右，以父陳堯，字敬甫。舉進士，纍遷刑部左侍郎。少從高陵吕先生游，既仕，以文學飾吏治，嘗就里中築紫薇園。舊爲廣右左轄，來訪藩司，不敢行中道、居中坐。

許太宰締婚舊文學，一馬一輿爲送，一囊一笥爲裝。許進字季升，河南靈寶人。舉進士，纍官吏部尚書。家業饒裕，而自奉儉約。子孫蕃衍，科第不乏。

客有謂海豐楊公忠厚太過，楊曰：『忠厚無過哉，患不及耳。』《海嶽靈秀集》曰：『楊巍，字伯謙，山東海豐人。舉進士，纍遷吏部尚書。事母至孝，朝夕上食，躬嘗以進。母當冬月病，思食西瓜，走使覓致。至則不及飯含，巍大痛，終身不食西瓜。』

楊公常云：『吾未嘗跡人之所爲，爲者自爲；未嘗耳人之所言，言者自言。』

嚴太宰不受人幣，獨不却書。旋即報答，數必相衡。嚴清，字直甫，昆明人。成進士，仕至吏部尚書，謚恭肅。初除富順尹，或以調：『此未淬之劍，而輕斬蛟斷犀耶？』嚴謝曰：『小子何敢？抑余劍也，乃方在治中，惟工之所鑄，而擇利可乎？』至則能聲大騰。

董朴麻城人，少魯鈍，日不能識數行。鄰父憐之，謂其父曰：『郎君不慧，奈何苦之？曷不令牧耶？』朴聞之憤，丐工畫牧豎置座右，苦心力學。比長而慧，成進士，仕至參政。過岳州，造謁劉忠宣。劉大夏，字時雍，華容人。父任按察副使。大夏歷官兵部尚書，年八十一卒，贈太保，謚忠宣。常言：『居官以正己爲先，所謂正己，不特當戒利，亦當遠名。』吴廷舉贊之云：『憂民如有病，對客若無官。』嘗治河，方祀神，所焚帛灰結成人形。忠宣留之，設麥飯、糟蝦，更無它具。朴因感省，持雅操至終身不變。

陳祚與人語，苦而不甘；其操行、其讀書皆攻苦，人謂『三苦先生』。祚字永錫，吴縣人。歷官按察僉事。乞休居城東，杜户養高。敬布衣邢量淹博，日攜書徒步往就質之，邢不設茗，祚每過必以餅餌或魚羹、麥飯自隨，邢終不一報謁。人兩賢之。

王璡字器之，昌邑人，以儒士舉。作寧波知府，操守廉介。故事：日有堂饌，用魚肉。璡謂家人曰：『汝不見我食草根時？』命瘞之。人呼爲『埋羹太守』。有給事來訪，爲客居間。璡不懌，曰：『吾意若造請有利於民也，而厲民耶？』茶至，大呼：『徹去，不必奉！』給事慙退。人又呼『徹茶太守』。

張昉見妓必却避。客語之曰：『是何傷？我於女子不能癖，不能遠。譬如黄鳥逢鮮花蔭木，輒税羽施聲，須臾便翻然數嶺，心境兩忘。』昉曰：『子不知鳳凰非梧桐不棲，肯自辱桃溪柳徑耶？』昉字元昃，華亭人。力貧嗜學，性不脂韋。

李成梁封伯時，饋江陵公張居正，字叔大。江陵人，舉進士。所爲文旁列子史百家言，而其學一本之躬行，根極理道。歷官左柱國、太師、吏部尚書、中極殿大學士，贈上柱國，謚文忠。公性淡泊，遇事有執持，居官伉厲守高，不植黨與。暨入政府，以身繫天下輕重，操心堅正，風節稜稜，苟利公家，專行一意，不以遠嫌自累。然己創一法，人稱不便，輒罷之。竭誠體國，至抏精弊神。或勸其省思慮，謝曰：『吾欲畢吾分，安得恤吾身？』諸所建設修舉，皆萬世之計，以故疆宇寧，群生遂。銀萬兩、金千兩爲謝。江陵公却之，語其使曰：『若主以血戰功封一官，我若受之，是且得罪於高皇帝，其毋再瀆。』

何良傅字叔毗，華亭人，與兄良俊齊名。舉進士，官南禮部正郎，即罷歸，以文籍花鳥自娱。弱冠得疾，醫診脉，謂無生法。配宋氏，誓不獨生，及良傅沉疴已絶，宋遂自縊。明旦，良傅復甦，久之病愈。念其妻異節，誓不更娶。

太原王相公王錫爵，字元馭。其先從太原徙吴太倉州，遂爲州人。錫爵幼工屬文，爲禮部舉首，賜進士及第。

纍遷少保、吏部尚書、建極殿大學士，贈太保，謚文肅。時人重其清峻。既貴，抵家未嘗乘明轎，曰：『鄉黨當如是也。』

蔣子徵終歲課農，語人曰：『此不差强趨郡邑、居間候伺顔色者耶？』子徵名梦龍，長洲人，由進士仕至參議。

郭應聘字君賓，莆田人。舉進士，纍遷南兵部尚書，贈太子少保，謚襄靖。開府時，有遺糖結十斤，曰：『知公不愛金珠，敢以清物貢。』郭曰：『此亦尤物。吾聞墨者名臭，其寧以香博臭？』伽南香一名奇南，占城國有之，有生結、糖結、虎班結、金絲結不同。生結國人最重，不以入中國。入中國乃糖結。瓊州亦有土伽南，即所謂鷓鴣香，入手終日馥郁。

張振之字仲起，太倉人。舉進士，仕至按察副使。少有篤行，方鰥處，隣有美女來奔，以誼諭遣之，畢身不以告人。與王文肅同載金陵道中，讀殷荆州傳，至水儉食纔五盌，驚輟卷，太息曰：『豈有一刺史當儉歲，食且五盌，而史尚稱廉者乎？』文肅曰：『足下自挾藜莧腸，而薄屠門禁臠之味。異時及之，而後知爾。』張曰：『僕嘗梦浮海得符，有文曰「浙江副使」。殷荆州不難爲也。子姑操券待，以觀僕二十年後，藜莧腸亦有味乎否？』後張再爲二千石，每食果未嘗至五盌。殷仲堪，陳郡人。能清言，善屬文。每云：『三日不讀《道德論》，便覺舌本間强。』父病積年，衣不解帶，執藥揮淚，遂眇一目，孝武帝召爲太子中庶子。仲堪父嘗聞床下蟻動，謂之『牛鬭』。至是，帝問仲堪曰：『患此者爲誰？』仲堪流涕而起曰：『臣進退惟谷。』除荆州刺史。先是仲堪遊江濱，見流棺，接而葬焉。旬日間，門前之溝忽起爲岸。其夕，有人通仲堪，自稱徐伯玄，云：『感君之惠，無以報也。』仲堪因問：『門前之岸，是何祥乎？』對曰：『水中有岸，其名爲洲，君將爲州。』言終而没。至是，果臨荆州。仲堪在州，食常五椀，盤無餘肴，語子弟云：『貧者，士之常，焉得登枝而捐其本？』後爲桓玄所敗，逼令自殺。仲堪奉天師道，不吝財賄，而嗇于周急。及玄來攻，猶勤請禱。

王問字子裕，無錫人。登進士，歷廣東按察司僉事，遂不復仕進。以隱操名天下，大夫士争購其詩若畫寶藏之，稱爲仲山先生，門下客謚之曰文静。念父春秋高，疏改南主事便養。而父雅不欲行，問則爲繪扇三十握，握書一詩，曰：『月日一易之，如吾日侍也。』

趙司成趙永，字爾錫，長陵衛人。登進士，歷南京禮部右侍郎。乞休，隱居都下，不出户庭。過魯文恪魯鐸，字振之，湖廣景陵人。舉進士，歷祭酒，謝病歸，作已有園，閉門讀書，卒謚文恪。邸，持二帕爲西涯壽。魯人，索帕不得，家無他物。會里中餽魚，食過半矣，持以祝。西涯烹魚沽酒，即事倡和。李東陽，字賓之，金吾左衛人。方三、四齡，輒能運筆大書，中外稱爲神童。景皇帝召見，抱置膝上，命給紙筆書，賜果鈔送歸。舉進士，仕至特進光禄大夫、左柱國、少師、吏部尚書、華蓋殿大學士。贈太師，謚文正，天下稱爲西涯先生。東陽天資英邁，讀書一目數行下，成誦不忘。少入翰苑，即負文學重名。比柄用，感知遇，力持國是。值權奸劉瑾用事，解紓調劑，天下陰受其賜。樂汲引人才，門生半四方，多有時名。每日朝罷，門生群集其家，談文講藝，殆無虚日。風流儒雅，前代宰相中亦罕見其比。操貞履潔，卒之日不能治喪。著《懷麓堂稿》，字書精絶逼古。

吴嶽字汝喬，汶上人。舉進士，仕至南京吏部尚書，卒謚介肅。平生清操絶俗，歸自留都，廳事不備，至借僧寺接客。守廬州，王廷廷字子虞，號南岷，四川南充人。舉進士，歷左都御史。有小璫以事訴御史李學道，李執而笞之。群璫捽李於午門外，痛摑之。廷列狀以聞，謀於徐階，戍其首惡。發給事中張齊陰罪，給事中周芸等爲齊訟冤，廷鐫秩爲民。萬曆初還故官，卒謚恭節。守蘇州，以公務會於鎮江。吴折柬徵王，爲金山之遊。載酒一瓶、米數合、肉斤許、蔬一束於舟中，屏騶從，趨王同舟往。王熟視其具，笑曰：『具止是耶？』曰：『吾兩人自足用，多具何爲？』比至治具，相與論心盡歡，竟日而還。

陳眉公陳繼儒，字仲醇，華亭人。少負異才，援筆萬言立就。偶有所感念，遽棄去諸生，石隱華亭市，縱讀天下書，閉户著述，學士大夫聞而高之。自號眉公。嘗嘆天地間殺人最多者，有三件曰：死於刑，死於兵，死於歲。集古來爲吏不酷者數卷，爲將不殘者數卷，救荒不倦者數卷，總題曰《種德録》。

許應逵字伯漸〔二〕，嘉興縣人。舉進士，仕至按察使。爲東平守，甚有循政。而爲同事所中，得論調去，吏民哭泣不絕。應逵晚至逆旅，謂其僕曰：『爲吏無所有，只落得百姓幾點眼淚耳。』僕嘆曰：『囊中不着一錢，好將眼淚包去，作人事送親友。』

屠丹山屠滽，字朝宗，鄞縣人。舉進士，仕至太子太傅、禮部尚書兼左都御史掌院事，卒贈太保，謚襄惠。滽能詩文，尤精法律。每自謂：『掌刑獄，惟恐誤殺一人；掌銓衡，惟恐誤黜一人。』事親備極孝養。父好治魚池，滽將鑿池以悦其意。梦神謁獻，乃即池山，名曰『天賜巖』；構亭池前，曰『樂親亭』。體貌魁梧秀整，鬚長及臍，自稱髯翁。生平敦朴，不事機械。既老益簡直，與人立談，輒見情實。家人嘗笑之曰：『乃翁腹似無腸，胡直乃爾？』

劉崧字子高，泰和人。以明經薦，官至國子監司業。有志行，家素貧。及貴，未嘗增産業；居官不以妻子相隨，清苦如布衣時。

陽明王守仁，别見。封拜家居時，道遇父執，下馬執手板，鞠躬道左。其父執揮手揚鞭而去。

〔二〕兩字原缺。據明朱賡撰《朱文懿公文集》卷八《許公廟碑》，許氏號鴻川。

明制不得兼封本生父母。諸大綬修撰滿考，疏請貤封，情詞懇惻。肅皇帝特許之。生母卒，制又不得服。大綬衰絰蔬水，不赴闕。當事者矜其情，爲請於上，得服本生。嗣是，廷臣凡爲人後者，咸得貤封及服本生。人推大綬爲『孝能錫類』。大綬，山陰人。舉進士第一，授修撰。在講筵，一寺臣侍經幃者忽癎發，哮簸豕視，滿廷愕然，大綬講迪如故。咸云『有養』。官至吏部侍郎，贈禮部尚書，謚文懿。

陳繼少孤貧，就學於俞貞木。每歸飯，斯須輒返。俞異焉，竊視其所之。至密蘆中，懷出一二糖餅，啖之即行。俞自是留食於家。貞木，字有立，世家於吳。以薦授縣令，政舉惠行。

吏部議陞郎中劉大夏爲太僕卿，大夏曰：『郎中轉京堂，固人所欲。但吾窮居時，見府縣政事未善，曰：使我做時，其事當如何行，其事當如何罷。今幸登朝，不得一親民官，非素志也。況郎中一出，非知府，即參政，官階崇重，何爲不可？但恐人負官耳。』乃陞大夏福建參政，後官大司馬。嘗曰：『我能至今日，參政之力也。』

金幼孜別見。温裕有容，不伐善，不矜名，名其燕室曰『退菴』。

宋潛溪宋濂，別見。臨財廉，嘗大書於門曰：『寧可忍餓而死，不可苟利而生。』君子以爲名言。

楊廷和宦遊歸，爲鄉人建一惠局，通水利，灌涸田萬頃。鄉人德之，號爲學士堰。廷和，字介夫，號石齋，新都人。父春，提學僉事。廷和舉進士，選庶吉士，纍遷南京户部尚書。召入内閣辦事，加吏部尚書、華蓋殿大學士。毅皇帝親征宸濠，欲稱威武大將軍，命寫勅。廷和力争。毅皇帝崩，翊運扶危，功在社稷。廷和少嘗梦天門開，見卓楔題曰『際昌』；辰逝之日，復梦天門開，二幡委地，若神衛相迎者。莊皇帝即位，贈太保，謚文忠。弟廷議，兵部侍郎。子慎，狀元，官修撰；惇，兵部主事。

文徵明別見。性不喜聞人過，有欲道及者，必以他端易之，使不得言。

景暘母目盲，萬方療之不愈，旦夕禱於神。一日，雙眸炯然，舊疾如失。暘字伯時，上元縣人。舉進士第二人，授編修。嘗以不獲裨補時政，作《自罰篇》，官至中允，管南京司業事。以母憂去位，服除北上，行至真州病卒。暘少産於真州，易簀之地即其懸弧處也。

劉東山東山，大夏號也。爲廣東方伯時，廣中官庫有一項羨餘錢，不上庫簿，任者取去，以充囊篋，相襲以爲固然。劉發庫藏，庫吏以故事白。劉沉吟久之，乃大聲呼曰：『劉大夏，平日讀書做好人，如何遇此一事，沉吟許多時？非大丈夫也！』命吏悉附簿，作正支銷，毫無所取。

許道中爲學士，家居，路見族叔負米一囊。叔曰：『汝爲我負之。』學士欣然肩負隨行，送至其家而去。許彬，字道中，寧陽縣人。登進士，改庶吉士，授檢討，歷修撰、大理少卿、太常寺卿。英廟北還，迎駕主復辟，進禮部侍郎兼學士，入閣。彬坦率不修邊幅，一日朝退，上東閣，階峻雪滑，失脚傾仆，匍匐復上。徐有貞俛首側項，噱然而笑。卒贈禮部尚書，謚襄敏。

徐文靖效古人，以二缾貯黄黑豆。每舉一善念、道一善言、行一善事，投一黄豆；不善者，投一黑豆。始黑多黄少，漸積參半，久之黄者乃多。徐溥，字時用，宜興人。祖鑑，瓊州太守。溥登進士第二，授編修，纍官吏部尚書、華蓋殿大學士。卒贈太師，謚文靖。

商文毅致政歸，劉文安劉定之，別見。見其子孫多賢，歎曰：『吾與公同處，未嘗見筆下妄殺一人，宜子孫若是。』商輅，字弘載，淳安人，早擅三元，六年即登内閣。錦衣指揮盧忠妄言南内事，窮治不已。輅言：『不可輕聽。』獄遂不竟。英廟復辟，除名。成化中召起原任，纍加至吏部尚書、謹身殿大學士。汪直開西廠，大肆羅織。輅極言之，遂革西廠，由是見憾於直。會故大學士楊榮曾孫曄有罪赴京，避不就逮。爲直所發，語連輅，致仕。輅與錢溥不相能，溥爲《禿婦傳》譏之。其再起也，黎淳以景泰中易儲事歸咎於輅，上章攻之。卒贈太傅，謚文毅。子良臣，翰林侍講；良輔，刑部主事；孫汝謙，尚寶司丞。

曹鼐爲泰和典史，因捕盜獲一女子，甚美。目之心動，以片紙書『曹鼐不可』四字，終夕不及亂。鼐字德恒，真定寧晉人，舉鄉試，中乙榜，授代州學官，疏辭不受，改任泰和典史，益肆力問學。督部工匠赴闕，疏乞就禮部試，文詞宏潤，中第二人；廷試，宣廟策以羲禹河洛象數，鼐對稱旨，擢第一，授修撰，纍陟吏部侍郎兼學士，入閣。學贍行端，内剛外和，識達政體，才量出人。扈從英廟親征也先，死於土木，贈太傅、吏部尚書、文淵閣大學士，謚文襄，改文忠，官其孫榮錦衣世百户。

楊鼎座隅書『十思』以自省，曰：『量思寬，犯思忍，勞思先，功思讓，坐思下，行思後，名思晦，位思卑，守思終，退思早。』鼎字宗器，咸寧人。會試中第一，廷試第二，授編修。清修苦學，嘗語諸子曰：『吾平生無可取者，但識廉恥二字耳。』官至户部尚書，卒謚莊敏。子時暢，翰林院檢討。

有以王華同年友事誣毁華者，人謂王當速白。王曰：『若白之，是我訐吾同年友矣，是焉能浼我哉？』竟不辯。華字德輝，餘姚人。四世祖性，廣東參議，峒苗爲亂，死之。曾祖與準，精於《易》，嘗筮得震之大有，曰：『吾後再世其興，興其久乎！』華登狀元，氣質醇厚，議論風生，官至南京吏部尚書。後子守仁，功封新建伯。

大司馬郭宗皋家居甚貧，宗皋字君弼，登州福山所人。父天錫，刑部郎中。宗皋成進士，改庶吉士，授主事，改御史。上疏中指哀沖太子，廷杖四十。復官，纍遷兵部侍郎，總督宣大山西軍務。失援大將張達，逮榜一百，戍邊。起刑部侍郎，位至南京兵部尚書。剛方嚴重，清節絶俗。罷歸，三遇存問。出入里門，不設車蓋。時行田間，常有小兒數十輩隨之。善自保攝，骨氣强健，子孫朝夕環列左右。卒年九十，贈太子少保。其長子學書不成，無所資賴。故人同里咸薄其落魄，乃走宣大軍門，求見吴兗自效。吴憐而收之，存卹甚至。每與諸將大會，而命曰：『若等毋以郭公子阨故，不相提挈。視之當如吾子！』諸將皆更提挈之。士夫聞之，咸稱吴公長者。兗字君澤，會稽人。少英朗不羣，舉進士，授兵部主事。座師新鄭阨於華亭，罷去，無一人祖道者，兗單騎送之。纍遷宣府巡撫，營築垣屯，始定俺答貢市制度。威信著聞，陞總督，擢兵部尚書。負氣好施，俸廩所入，緣手散盡。請骸骨歸，貲用乏絶。嘗言：『吾總六鎮，錢流没踝，爲富翁易耳。每思多財則多田業，衆僮僕徵責訟愬，歲且百出。守之甚勞，居之甚苦。今雖稍貧，然省事少争，其樂差勝耳。』家居十餘歲，未嘗入郡郭就見長吏。

成國兄弟并爲三公。成國恭謹，善守其家；朱希忠，字貞卿，懷遠人。七世祖亮，從高皇帝起義，授燕山中護衛千户。六世祖封成國，追封東平武烈王能。五世祖，平陰武愍王勇。曾祖、祖、父，俱嗣成國公爵。希忠襲封，丰度秀整。肅皇帝南幸，道衛輝，以身衛上出于火，遂被恩顧。忠慎始終一節，飲酒至數十斗。歿追封定襄王，謚恭靖。錦衣豁達，交遊甚廣。成國時時分金錦衣。成國病臥東第，錦衣第相去遠，則列羽林於道，直至成國臥内，成國欠伸飲食，及何人侍左右，頃刻傳報。有不安節，應時而至。及成國没，日夜號泣，每上食几筵，即取坐飲食其旁，若與相對。朱希孝，字純卿，定襄同母弟也。廕授錦衣衛百户，明習國家典故，纍秩左都督，掌衛事。凡緊急邊情，重大工作，輒下密諭咨詢。希孝手自裁答，無不稱旨。踈節濶目，非極惡大憝，不窮以法。告訐澆風，爲之一變，士民晏然。與人交，忠信不欺，情意周匝，勳德位望，與兄擅稱一時，洊加太保，卒贈太傅，謚忠僖。

倪涷字霖仲，上虞人，眉目姣好如畫，磊落有奇抱，策事多中。成進士，纍官瓊州知府。户部尚書兼翰林院學士元璐之父也。爲荆州太守，相居正病卒，群張居正子弟也。慄甚，屬所親乘間言，倪笑曰：『即往者令傴僂致恭，事即不可知；苟云强項，又何虞乎？』待群張有加，許不籍田。如千頃爲勢家所侵，悉徵予之。人以是服倪厚德。

丘橓字懋實，諸城人。夙有大志，動以古人自期。歷給事中，剛直敢言，杖發爲民。隆慶中召起，官至南京吏部尚書。子雲肇，成進士，領評事。力却餽遺，多負國稅，縣令積所却上官餽遺數百金，抵其逋稅。橓清方，然好爲名高，不近人情。在省中時，湖廣巡撫方廉餽之五金，疏發其事。方以此去，人不直之。橓歸里，梁太宰薦之江陵。江陵曰：『此君怪行，非經德也。』終不肯起。

卷二

言語

高皇帝帝朱姓，初諱興，定諱元璋，字國瑞，本濠州鍾離東漢人。世居沛，徙句容，渡淮居泗濱。纍世積仁厚，隱約田里。至帝起兵，爲右丞相，封吴國公，奉爲吴王。北取中原，即皇帝位，建國號曰大明，改吴二年爲洪武元年，都應天府。二十六子。建文君即位，謚高皇帝，廟號太祖。命周元素畫《天下江山圖》於便殿壁，元素曰：『臣粗能繪事，天下江山非臣所諳。陛下東征西伐，熟知險易，請規模大勢，臣從中潤色之。』帝即援毫左右揮灑畢，顧元素成之。元素曰：『陛下江山已定，臣無所措手。』帝説。

楊豫孫字幼殷，華亭人。進士，仕至僉都御史，巡撫湖廣。與徐學謨學謨字叔明，嘉定人，成進士，官至禮部尚書。爲人彊毅有執，與之談理徵事，響應捷出，雜以諧語。工爲詩文，直攄自得，當世詞人樹壇坫者，不一置諸睫，馮元成嘗稱爲『孤出獨樹』。著《海隅集》《歸有園稿》《世廟識餘録》。在禮曹，俱爲大宗伯吴山所倚重。山字曰静，高安人。登進士及第，授編修，官至禮部尚書兼學士，贈太保，謚文端。一日侍飲，吴曰：『聞二君守官甚清苦，吾歲受朝廷大俸及厚賚，故外來書帕一切謝絶。二君禄薄，一家俯仰所係。凡饋遺，無害於義者，亦不宜峻拒。』徐曰：『郎中不受饋遺，豈專畏老先生知耶？』楊曰：『官有大小，人無大小。』人以爲徐語露圭角，不若楊之恬穩。當時語曰：『禮曹二清郎，前徐後有楊。』後皆至顯位，皆以富厚敗名。

陸文定陸樹聲，字與吉，華亭人。舉會試第一，官至禮部尚書，賜告乘傳歸。皇太子立，遣官存問於家，時九十五歲矣。跨馬郊迎詔旨，觀者夾道，指目以爲天人。卒贈太子太保，謚文定。初試南宫時，郡守王華梦謁帝庭，庭下數百人羅拜，口舉善人曰陸樹聲。守覺而異之，語人曰：『此君冥行通神明，他日禄位名壽，必皆第一。』至是果驗。居恒言：『士大夫於世法中，惟廉取薄享，可續壽命之原，何從更慕長生爲也？』故運炁、服食諸術，一切謝絶，而坐享期頤。學者尊之爲平泉先生。弟樹德，子彦章，皆成進士，歷顯位。父子兄弟，以遠聲利、樂恬退爲家法。稱説古人成敗得失及本朝掌故，即二三百年官爵、里居、歲月、姓字，滚滚不爽毫髮，使聽者慨然踴躍，若撫其會。

王履吉能爲雅言，言不及猥鄙。《國寶新編》曰：『王寵，字履吉，吴縣人。貢入太學，文學藝能，卓然名家。清夷恬曠，與物無競，人擬之黄叔度。』

文皇帝帝諱棣，太祖第四子，封燕王，國北平。建文元年起兵靖難，建文君遜位去，改明年爲永樂元年。二十二年征胡，崩於榆林川，謚爲文皇帝，廟號太宗，嘉靖中改廟號成祖。召楊士奇，問東宮果何如。士奇以『孝敬』對。帝曰：『此子道當然。』士奇曰：『古聖賢亦皆盡其當然者耳。』士奇，江西泰和人。舉文學，以編修入内閣，典機密。歷少師、兵部尚書兼華蓋殿大學士，卒贈太師，謚文貞。士奇性廉介，樂簡靜，居官好獎掖士類，論事必當大體。或問士奇平昔所行，曰：『不能爲善，亦不爲惡也。』

陸純孫彦先問：『陸龜蒙別見。《散人傳》有心散、意散、形散、神散，可屬對否？』幼于張幼于，名獻翼，字敉〔二〕，別字幼于，長洲人。自謂：『不可無一，不可有二。』因號可一居士。以布衣老。任俠好奇，率真獨詣。嘗攜妓，令乘馬，手自控之。應聲曰：『不聞元結《殊亭》耶？唐元結，字次山，河南人。德秀弟，舉制科。蘇源明薦其可用，擢金吾將軍。代宗立，辭去。侍親樊上，自稱漫郎。人殊、跡殊、才殊、行殊。』又曰：『三才天、地、人，可對乎？』爲問曰：『四詩風、雅、頌。』曰：『尚有可對否？』曰：『六脉寸、關、尺。』

雷何思雷思霈，字何思，夷陵州人。登進士，官檢討。問鍾伯敬：鍾惺，字伯敬，景陵縣人。登進士，官行人。

〔二〕史傳皆言其更名敉而非字。

偃仰郎署，衡文閩海。善屬詩文，愛奇尚異，爲當世師法。『膽、識孰先？』鍾曰：『膽到處亦能生識。』雷曰：『恐當是識到處方能生膽。』鍾曰：『初無先後，但到處自能相生耳。』

成祖欲易儲，召帷幄重臣決之。諸臣未對，解縉曰：『好皇孫！』由是仁宗帝諱高熾，成祖長子，改元洪熙，謚昭皇帝。儲位遂固。縉字大紳，吉水人。年十四登進士，授中書庶吉士。上封事萬言，又上《太平十策》。素與兵部尚書沈潛不合，潛奏縉入部堂與胥吏嬉慢非體。除御史，爲夏長文作《劾都御史袁泰疏》，又爲王國用草《雪李善長冤疏》，得罪歸。高皇帝崩，縉非詔旨赴臨，謫河州衛吏。建文初，召爲翰林待詔。文皇帝正位，授侍讀，入内閣辦事，拜大學士。坐廷試讀卷不公罪，出爲廣西參議。既而禮部尚書李至剛奏縉怨望，改交趾。入京奏事，時車駕北征。皇太子監國，縉謁見徑歸。漢王高煦譖縉私覲儲君，竄化州。縉上言鑿贛江，上怒，逮詔獄，死。初，縉與黄淮兩家俱有孕，文皇帝命指腹爲婚。縉生子，淮生女，後縉子戍邊，淮欲離婚。其女斷髪自誓，曰：『薄命之聘，皇上所親定也，誰敢易之！』縉子赦還，遂爲夫婦。《畜德録》云縉應制題《虎顧衆彪圖》曰：『虎爲百獸尊，誰敢觸其怒？惟有父子情，一步一回顧。』文皇帝大有感，即命迎太子於南京。

世廟登極之日，帝諱厚熜，睿宗第二子。初封興王，正德十六年入繼大統，即帝位，改明年爲嘉靖元年。四十五年崩，謚肅皇帝，廟號世宗。御龍袍頗長，俛視不已。大學士楊廷和奏云：『陛下垂衣裳而天下治。』上悦。

太祖問朱善：『卿家豐城，鄉里人物何如？』善字備萬，明初授教授，召赴京師，廷試第一，授修撰。奏對失旨，還鄉。復召赴京，授待詔，擢文淵閣大學士。答曰：『鄉有長安、長樂，里有鳳舞、鸞歌，人有張華、雷煥，物有龍泉、太阿。』晉張華，字茂先，范陽方城人。學業優博，圖緯方伎之書，無不詳覽。贊伐吴功成，封廣武侯。儀禮憲章多所損益，詔誥多所草定，進侍中。卒之日，家無餘貲，惟文史溢几篋耳。所著有《博物誌》。煥妙達緯象。晉武時，斗牛間常有紫氣。華問煥：『何祥？』煥曰：『寶劍之精，上徹於天，在豫章、豐城。』華即補煥爲豐城令，掘獄，得二劍，自佩太阿，送龍泉與華。後煥子持劍過延平津，劍躍水，見二龍各數丈長而去。煥子曰：『先公化去之言，張公終合之説，其信乎？』

弘治中，遠使舉一語曰：『朝無相，邊無將，氣數相將。』無能對者。李西涯聞之，即口占令應之曰：『天難度，地難量，乾坤度量。』

肅皇帝在西城，召太醫令徐偉診脉。偉進殿，蒲伏膝行，上坐小床，龍衣曳地，偉不敢以膝壓衣，奏曰：『皇上龍衣在地上，臣不敢前。』上遽以手摳衣，出腕而診。偉出，上賜内閣手札，曰：『地上，人也；地下，鬼也。偉適稱衣在地上，足見忠愛。』賞賚甚厚。

王廷陳語人：『僕上不慕古，下不屑俗。爲疎爲懶，不敢爲狂；爲拙爲愚，不敢爲惡。高竹林之賢，而醜其放；晉竹林七賢：嵇康，阮籍，山濤，向秀，劉伶，阮咸，王戎。懷三閭之忠，而過其沉；屈原，名平，別號靈均。仕楚懷王，爲三閭大夫。謀行職修，王甚珍之。同列靳尚輩妬害其能，共譖疎之。乃作《離騷》，冀君覺悟。襄王立，復用讒，謫原江南。原作《漁父》諸篇見志，遂自沉汨羅江。智鴟夷之逝，范蠡，吴人，爲越大夫，事勾踐，滅吴霸越。遂變姓名，扁舟五湖，號鴟夷子皮。之齊，爲陶朱公，後不知所之。而污其富。』廷陳字稚欽，黄岡人。生有異質，不甚讀誦，而搦管爲詞賦，汩汩千餘言不輟。少舉進士，改庶吉士，出爲知州，罷歸。性跅弛，豪蕩少檢制。語不類爲人，其巧飾矯附若此。

政　事

富平孫冢宰孫丕揚，字叔孝，陝西富平縣人。登進士，纍遷吏部尚書。高亮清正，有識鑒。在位日，諸進士謁選，齊往受教。孫曰：『做官無大難事，只莫作怪。』

文文起文震孟，字文起，長洲縣人。高祖林，温州知府；曾祖徵明，翰林院待詔；祖彭，國子監博士；父元發，衛輝府同知：俱有高名。震孟生有異質，廷試第一，歷官禮部左侍郎、東閣大學士。端諒易直，與弟震亨，辭章書法，冠絶當時。嘗語陳明卿曰：『圖治之道，察於事，則愈察而愈細；研於理，則愈研而愈精。蓋細則煩而精則簡，用形、用神之別也。若然，不必左顧右盼，曲防壅蔽之虞而坐致蕩平。』陳仁錫，字明卿，長洲縣人，廷試第三。

章楓山章懋，字德懋，蘭谿人。舉進士，纍官南京禮部尚書。卒贈太子太保，謚文懿。性寡嗜欲，辭受取予，出處去就，一於道義。屢解官歸家，讀書講學。學者稱曰『楓山先生』。爲編修時，與同官黄仲昭、莊㫤上章，諫朝廷張燈。左遷，知臨武縣，時修撰羅倫亦以言事坐貶，時人稱爲『翰林四諫』。南監祭酒日，姑蘇尤樹母病，據例不得歸省，晝夜涕泣。楓山許之歸。或以爲言，楓山曰：『吾寧以違制獲罪，不忍絶其母子之情。』

庚戌寇變，九卿及部屬分守九門。上使人密視，皆張燈睥睨，獨萬恭守地無燈。恭字肅卿，南昌人，官至兵部侍郎。上使問何故，萬於案下揭籠燈示之，曰：『凡人目於暗中能視明，明中不能視暗。臣慮寇有梯城者，故藏火於籠，令守者從暗矚之，非無燈也。』萬由此見知。

陳寧初名亮，茶陵人，仕至御史大夫。高皇帝吴元年，自中書省參議出知廣德。歲大旱，奏免租，弗允。寧躬赴闕上言：『天災民饑，催租太急，是爲張士誠驅民也。』上曰：『爾膽大，敢爲此言耶？』竟從之。爲松江知府，嚴烈，人呼爲『烙鐵』。

夏忠靖夏原吉，字維喆，湘陰人。鄉薦，仕至少保、户部尚書。卒贈太師，謚忠靖。平生與物無忤，遇事明敏奮發。歷事四朝，始終四十餘年，未始一日離計相之任。内難始定，多事紛紜，國無乏絶之憂，民享和平之福。

其間兼他官，釐別務，總理諸司之事，與聞機密之政，隨事獻忠。一時大臣，稱兼德量、氣節、學術、才能者，以原吉爲第一。云：『處有事當如無事，處大事當如小事。若先自章皇，則中便無主。』

郭南作常熟令，民獻軟栗，南食而甘之。乃亟命種者悉拔去，云：『異日必有以此進奉害民者！』南字世南，鄞人，時推能吏。

徐文貞徐階，字子升，華亭人。廷試第三，位至少師、吏部尚書、建極殿大學士，卒贈太師，謚文貞。階舉甫一歲，婢抱墮眢井，出之絶矣。越三日蘇。五歲陟括蒼嶺，復墮深壑，衣絓於樹，卒得不死。既長，短小白皙，秀眉目，善容止，議論語言，不虚誕，不固陋，刃迎縷解，應答無滯，令人注神傾意。在政地，當天下多故，比肩嚴嵩，左機右穽，卒以忠誠恭謹，郤曲委蛇于棘刺鋒刃中，終令覆餗再收，隧風斯挽，嘉、隆之間，天下如濯。爲文有根柢，嚴於法度。孫元春，舉進士，階戒之曰：『無競之地，可以遠忌；無恩之身，可以遠謗。』咸謂名言。語馮元成云：『吾於六部，不與權耳，寧有不與議？若不與議，則聖主所簡在者謂何，而徒餔歠也？』馮時可，字元成，華亭人。父恩，大理寺丞，建言樹節，名聲震動天下。時可少舉進士，勤學工詩文，仕朝獨立耿耿，歷廣東嶺西道僉事。

丁賓爲句容令，當歲大歉，輕輿簡從，徧歷下户，噢咻勞來。至一舍，進麥飯棘口，賓飽嘗而倍酬之。比過其鄰，出白粲新韭。賓歎曰：『胡不均乃爾！』責其人分五斗，遺進麥飯者。賓號改亭，嘉善縣人。舉進士，官至左司空。寡欲少私，清净寧一。

王元敬，字廷臣，山陰人。成進士，纍官兵部右侍郎。與兄元春一時顯融，著名譽。李淶字原甫，贛州人。進士擢第，初仕寶應令。父至寶應視淶，囊無金市肉，父子共薇蕨而食。纍官中丞，撫江南，勵冰檗如寶應。郭相奎嘗言：『今天下稱清德者不乏，而情貌相副、始終一致，則惟李中丞、彭方伯爲之領袖。』方伯者，彭應時也。前後撫江南，王持重，安静不擾，李精敏沉毅。人謂王爲祥鳳，李爲神龍。

王百穀王穉登，字百穀，晉陵人，流寓姑蘇。舉諸生，入太學，右相袁文榮薦直史館。資性卓異，鑄辭務去舊常，砥礪節義。袁文榮死，客多匿避，穉登獨爲之經紀其事，遠近慕之。五十七載，先治生壙，自撰誌，於是自號廣長菴主。嘗譏陸太宰：『好用嚼菜啖菽之流，何以弘濟時艱？』陸不與辯。陸光祖，字與繩，平湖人。祖淞，光禄卿；父杲，刑部主事。成進士，初爲濬縣令，白盧柟冤，物論稱之。後至吏部尚書，推進賢才，培植善類，大破一時拘攣之格，曰：『何可使進士科獨重，使他途懷才抱德者不得自表見耶？』留心内典，得其精髓。卒贈太子太保，謚莊簡。

劉纓别見。爲監察御史按閩，民有隨母出嫁者，刲股療繼父疾，有司以孝聞。纓判曰：『棄本姓而冒他姓，義已不明；虧父體以濟父讐，孝則安在？』衆服其明識。

馮元成云：『梁公爲大司馬，使四司郎中各舉弁鶡十五人，以備推擇。費堯年等堯年字唐衢，鉛山縣人。舉進士，歷太僕寺卿。皆謝不敢。時可口占十餘人，梁甚悦，曰：「君真豪傑哉！吾輩以實心事主，何形跡嫌疑之爲？昔温公作相，欲除諫官，問於伊川程頤，别見。數次，伊川終不爲對。温公對人歎曰：『薦賢爲國豈爲私，伊川過存形跡如此，若明道程顥，别見。則無此事矣。』於此感君相信。」後數日，次弟陞補俱盡。』《吏部誌》曰：『梁梦龍，字乾吉，號鳴泉，真定人。少有詞藻，舉進士，歷吏科都給事中，著鯁直聲，仕至吏部尚書。倪元璐稱梦龍爲太宰，銓綜萬流，無蹊有鑑。及卒，趙南星表梦龍在國則爲忠臣，居鄉則爲善人。贈少保。梦龍性至孝，居喪過禮，有文武幹，臨事務實。儀容峻整，風彩照物，談笑則聽者忘倦。能知人，好奬拔，士友得其延譽，率多顯名。請骸歸，得雕橋莊，水周舍下，花塢竹洲，嘯詠終日。

王忠肅王翺，字九皋，鹽山人，舉進士。官至吏部尚書、太子太保。卒贈太保，謚忠肅。翺端方清白，任吏部，推轂北人爲多。至姚夔反翺，往往右南人，清譽卒不及翺。居第三十餘年，不改於舊。治訟，專行贖罪法，雖人命亦然，曰：『償命無益死者之家，而財或足以濟其用。』有指揮，因漏關鞭戍卒至死，其妻女相繼哭死。他卒被鞭者，訴指揮殺一家三人。王曰：『卒死以罪，妻女死於夫，非殺也。』令償葬埋費。

舊寧王府寧王，國南昌。宸濠謀逆，國除。鶴皆有紅牌繫頸，嘗飛出，爲民間狗噛死。送南昌府問罪，竺太守批云：『鶴雖有牌，狗不識字。』民得免罪。

于謙爲兵部尚書，寇時時犯西北邊，貴州苗大起，二廣、四川復用兵，警報旁午。謙目視指屈，口爲奏，二吏從旁録，録常不及。謙字廷益，錢塘人。登進士，授監察御史。章皇帝命廷數漢庶人罪，稱旨，擢兵部右侍郎。睿皇帝陷於寇，郕王即位，進尚書，拜總督内外諸軍，加少保。謙感上知遇，盡忠報國。睿皇帝復辟，石亨、張軏、徐有貞誣以迎立襄王，罪死。田畯行伍，無弗哭者，且曰：『鷺鷥水上走，何處尋魚嗛？』純皇帝立，復爵，謚肅愍，贈太傅，立廟，子孫世爲千户勿絶。

伍袁萃長洲人，成進士，位至廣東副使。登籍五十年，强半里居。好譚時政，出己見爲褒貶，以此獲譏於世。與楊公言：『做人須看得人重，做官須看得官輕。輕其可重，必決道義之坊；重其可輕，必蹈貪鄙之轍。』楊曰：『爲一己輕富貴，當看得官輕；爲國家持紀法，當看得官重。』《尚論録》曰：『楊漣，字文孺，應山人。登進士第，爲給事中。顯皇帝寢疾，力擁佑太子；貞皇帝崩，復趣李選侍移宫。歷都察院左副都御史，劾奏逆閹魏忠賢二十四大罪，拷死詔獄。崇禎初既僇閹，子之易詣闕訟冤，贈左都御史，謚忠烈。漣少與陳愚結交，以豪傑相期許。常倚柱而嘯，畫地而書，狂呼慟哭，人莫能測。其爲人，孝友廉潔，公忠誠篤，風裁峻拔，明白洞達，及身登顯列，高亮慷慨。守正擊奸，致命遂志，之死不悔。』

陸莊簡令濬，濬盧柟字少楩，才高，好古文辭。時時大飲，飲醉輒弄酒罵坐客。王世貞治獄大名，把臂爲布衣飲，恨相見晚。竟用嗜酒病卒。以得罪前令，久論死。柟故人謝榛走長安白柟枉狀，榛字茂秦，山東臨清人。一目眇，工詩，冥搜苦索，至徹日夜不寐。自號四溟旅人。爲李攀龍、王世貞輩所重。十餘年無敢任者。陸立出之，御史故難陸曰：『若不知柟富耶？』陸正色曰：『獄果當也，陳仲子無生理；不者，石尉何避焉？』

周文襄閲一死獄，欲活之無路，形於憂嘆。使吏抱成案讀之，背手立聽，至一處，忽點首喜曰：『幸有此，可生。』遂出其人。周忱，字恂如，吉水縣人。登進士，自陳入翰林讀書，歷刑部主事、員外郎、長史、工部右侍郎，巡撫南直隸，陞左侍郎、尚書。在南直隸凡二十二年，盡心職事，謀慮深長，善采衆論。徵輸皆有常度，貢賦未嘗稽欠，爲士民所懷，没謚文襄。

章溢溢字三益，龍泉人。天下亂，結盧匡山上，自號匡山居士。高皇帝束帛召溢，與青田劉基、麗水葉琛、金華宋濂同至建業。擢溢僉營田司事，歷僉事、副使，拜御史中丞兼太子贊善大夫。爲御史中丞，務存大體，不屑細故。或以爲言，章曰：『憲臺百司儀表，居其職者，當先養人廉恥，使避而不犯，豈直恃搏擊爲能哉？』

何喬新曰：『一日不讀書，便覺於政事間有窒。』喬新字廷秀，廣昌人。父文淵，吏部尚書。喬新少穎敏過人，登進士，歷官刑部尚書。自初仕，即自誓不營利，不阿權貴，不以愛憎爲賞罰，守其誓終身。問學深邃，聞人有異書，輒假録之。視事公退，手不釋卷。卒贈太子少傅，謚文肅。

陳有年典選，有年字登之，餘姚人。父克宅，右副都御史。有年登進士，歷官吏部尚書。卒贈太子太保，謚恭介。爲人正直，細行必慎，清節聞於天下。好讀古書。趙公爲主事。姚希孟《誌》曰：『趙南星，字梦白，高邑人。成進士，歷推官、户部主事，入銓司。剖露良心，專陳時務，主大計，精心參酌。有蟲巢於耳，繭成而不自覺。榜出，時人稱其公朗。以彊執忤貴人，廢逐家居三十載，閉户著書。悊皇帝初，起田間，擢都察院左都御史，遷吏部尚書，奮力仔肩，以澄清爲己任，升引善類，屏斥宵壬。忌者魏廣微、傅櫆、張訥之儔附魏忠賢，誣賕戍死。子清衡，外孫王鍾龐，皆遭痛捶。崇禎登極，贈太子太保，謚忠毅。生平循舊德，急窮交，白見冤抑，嘘掖後進，若斷脰戡胸；有益同志，雀躍從之。精舉業，工古文詞歌詩，能以文相人。一日，陳問趙曰：『僕不敏，必多過失，幸教之。』趙曰：『人惟清净，日復一日，安得有過？』陳笑曰：『是謂我不作事也。』因議起用海瑞、何以尚諸公。瑞字汝賢，瓊山人。以鄉舉歷南平教諭，謁上官，止長揖平立，曰：『吾師席也，可屈膝乎？』兩訓導夾瑞而跪，時謂筆床博士。進淳安令，奉法字下。陞户部主事，慷慨言天下大計，下詔獄。莊皇帝既立，出獄還官。纍官南京都察院右都御史。卒贈太子少保，謚忠介。瑞嘗論：『欲天下太平，惟有井田一法。』世人以爲迂濶。瑞撫三吴，竟以奪富民田府怨。何以尚，隆慶□著鳴梟□。

毛伯温字汝厲，吉水人。祖超，知府；父棨，布政司經歷。伯温第進士，歷推官、御史。練習智達，激揚有方。天下婦人孺子談希奇事，必曰：『是出毛御史。』纍遷兵部尚書。善任人，有所咨詢，虚己相下。氣宇沉緩，剖疑折奸，聲氣不露。嘗言：『兵貴精，不貴多。』又言：『兵不用命，以法令太寬、上無節制故也。』人以爲確。按楚，廉察民害，自矜無遺類，而往往有漏網者。有諷之者云：『洞庭昨夜浪滔天，處處漁翁罷釣船。今日鄰家邀我飲，盤中依舊有魚鮮。』

高新鄭掌銓，吏呈鴻臚序班十餘當轉。高曰：『都與倉大使。』吏白無此例，高曰：『我今日是例。』高拱，字肅卿，新鄭人。祖魁，繕部郎中；父尚賢，光禄少卿；兄捷，僉都御史。拱成進士，改翰林院庶吉士，授編修。纍遷禮部尚書兼文淵閣大學士，參預機務，兼理吏部事。拱行誼剛方，事業光顯。視吏部事，賢否不淆，黜陟允當；儲才備邊，籌畫封貢，疆圉晏如。進中極殿大學士，卒贈太師，謚文襄。

朝鼓敝，禮部欲移文淮安造鼓，而難於措辭。時況鍾爲郎，奮筆曰：『緊繃密釘，晴雨同聲。』

一時傳播。鍾字伯律，靖安人。禮部尚書吕震舉爲禮部主事，歷郎中、蘇州知府。鍾爲知府，覈吏除弊，賑農免糧，叙差置簿，綜理周密，簡約易行，廉潔方正。士民悦感，留蘇州七年。卒，市巷哭送其喪，立祠以祀。有鄒亮者，獻詩於鍾。鍾極稱賞，欲薦於朝。有以匿名書數亮過失，揭府門。鍾曰：『彼沮吾薦，正速成亮名耳。』遂奏亮才學可用。後亮爲御史，果以剛直致譽。

何文淵守温州，有兄弟惑於婦言，争財構訟。何判云：『祇緣花底鶯聲巧，致使天邊雁影分。』兄弟泣謝，退修親睦之行。文淵字巨川，年七歲，群兒竊瓜果以奉。文淵曰：『童稚之年，詎可習爲盗哉？』識者歎其不凡。登進士，拜御史，考四川吏治。時四川旱，所臨郡邑輒雨，人謂『御史雨』。歷知府，擢刑部侍郎。上封事者言：『民之盗竊者多絞刺之刑，不足使之懲創。自今犯者，宜扁其門曰竊盗家。』文淵言：『律有常憲，况在京及各處爲盗者多，若盡立牌額，四方往來之人觀瞻，實傷治體。』乃寢其令。終吏部尚書，晚號鈍菴，著述多行於世。

徐有貞好習兵法及刑名、水利諸家言，於天文風角占驗尤精究不倦。人或謂公職業在文字，事此奚爲？徐笑曰：『此孰非儒者事？使朝廷一日有事用我輩，而後習之，則已晚矣！』有貞初名珵，字元玉，吴縣人。短小精悍，目光炯炯注射，穎敏絶世。舉進士，選庶吉士，歷編修、御史、諭德。久不遷，改今名，乃進僉都御史。治河，嘗欲築一決口，下木石若無者。沉思竟日，而始悟曰：『此其下有龍穴，龍惜珠，鐵能蝕珠。』於是鑄長鐵柱同鬴底，貫而下焉，龍一夕徙而決口塞。進左副都御史。迎太上皇於南宫，進兵部尚書兼學士直文淵閣，華蓋殿大學士，封武功伯。御史楊瑄糾石亨，亨訴於上，謂有貞、李賢實使之。下獄，謫參政。亨復訴，又逮歸置獄，窮極鍛鍊無所得，而摘其誥詞『纘禹神功』語，謂爲有貞自草，坐大逆不道，當死。以雷震奉天門，宥爲黔首，發金齒安置。放浪山水間，以詞翰著聲，棒法絶倫。

周文襄有一册，記日行事，纖悉不遺。每日晝夜陰晴風雨亦必詳記。人初不知其故。一日，民有告糧船失風者，文襄詰其失船何日、何時，東風、西風，其人妄對。文襄語其實，詐遂不行。

朝堂審囚，中有毆妻死，至大辟。尹直曰：『人以無子娶妾，遭妻悍，忿毆死。初恐絶嗣，今顧絶其命耶？世之妬婦陵夫、以絶人祀者，且長氣矣！』衆翕然，書『可矜』，得不死。直字正言，泰和人。生七歲，馳馬折肱。宗伯蕭仰善見之，戲曰：『折肱緣墮馬。』直應聲曰：『舉步便登龍。』蕭奇之。舉進士，纍官吏部侍郎、翰林院學士，入内閣，加兵部尚書。長身雄辯，熟於典章。與方士李孜省謀起大獄。所著《瑣綴録》，人謂是非謬盭。

耿文恪爲太宰，除進士六人爲王府長史。耿裕，字好問，盧氏人。父九疇，南京刑部尚書，謚清惠。裕登進士，選庶吉士，授給事中，纍官至吏部尚書。器度弘曠，卒贈太保，謚文恪。六人不平，同詣部堂，争辯不肯就。耿安慰之，衆愈侵侮。侍郎吴文定吴寬，字原博，長洲人。試大廷第一，授修撰。好古力學，於所居治園亭，雜蒔花木。退朝，執一卷哦其中。良辰佳節，爲具召客，分題聯句爲樂。纍進禮部尚書兼學士，卒贈太子太保，謚文定。正色曰：『諸子亦聞董、賈乎？二人曾爲王傅，名高百世。諸子厭棄斯職，詆毁主司，豈仕可從人自擇耶？』因謂耿曰：『諸生恣肆，甚傷政體，當奏處之！』明日疏上，爲首者戍邊，餘發充吏，於是紀綱大振。漢董仲舒，廣川人，少治《春秋》，下帷講授，三年不窺園圃。以賢良對策，爲江都相，稱漢醇儒。賈誼，洛陽人。爲博士時，年二十餘。一歲中超遷至大中大夫，出爲長沙王太傅。文帝召見宣室，因問鬼神事，至夜半，帝不覺前席。拜梁王太傅，上治安策。

鍾化民巡按山東，詢訪境内民間八十、九十者，召至，面加存問。繪爲一圖，中間九十以上者幾十人，有三代召見百年之遺。化民，仁和人。官至僉都御史，巡撫河南。

甘肅鎮甘州，即漢張掖郡；肅州，即漢酒泉郡。缺總兵官，會推恭順侯吴瑾。瑾字廷璋，西涼人。祖永誠，永樂中以戰功封恭順伯；父克忠，嗣爵，洪熙初以戚里恩進侯，禦寇戰死，追封邠國公，謚壯勇。瑾英鋭，閒武藝，嗣爵。率兵剿殺逆賊曹欽，陣殁。追封涼國公，謚忠壯。睿皇帝帝諱祁鎮，宣宗長子，正統十四年北狩，景泰元年還京，居南宫。八年復辟，改年天順。八年崩，廟號英宗。以問王公翺也。如何，王以爲不可。帝遽曰：『老王執拗，外廷皆道此人好，獨爾以爲不可，何也？』王曰：『吴瑾是色目人，甘肅地近西域，撒馬兒罕，天方默德那。多回回雜處，豈不笑我國乏人？』帝撫掌曰：『還是老王有見識！』即命另推。

王端毅王恕，别見。知揚州，有二人争牛。王曰：『一牛而二人争之，吾將焉歸？盍以入官。』命左右曳出。一人默然，一人喧争不已，王以與争者，曰：『此己物也，故惓惜如此。』人稱神明。

范質公范景文，字梦章，號質公，吴橋人。父永年，南寧守。景文善屬文。成進士，清貞端亮，内行醇備。爲吏部郎，獎恬抑競，旁求舊德。時相魏廣微芟除異己，景文侃侃與争，以病請歸。起太常寺少卿，擢都御史，開府中州。寇薄都城，景文不待詔命，帥師入衛，立解京圍。歷兵部侍郎、工部尚書，晉内閣大學士。甲申流寇之變，京城失守，慷慨死節。贈少師，謚文貞。爲東昌司李，署其門曰：『不受囑，不受餽。』人呼爲『二不公』。

朱勝清守蘇州，嘗言：『吏貪，吾詞不付房；獄卒貪，吾囚不下獄；隸貪，吾杖不輕決。』

王忠肅召爲冢宰，舟次濟寧。都水主事法以先後序過閘，雖貴官不得越。僕夫怪之，王曰：『彼立法，安忍壞之？』至部，調爲考功。

王象乾象乾字□□〔一〕，新城人。祖重光，貴州參議；父之垣，户部侍郎。象乾具文武才，弘厚出於天性。成進士，纍官兵部尚書。歇歷多在塞垣，兵民愛若父母。攘寇制勝，天下倚重。宇内稱名家，則新城之王。爲宣府參政，知塞上粟將踴貴，先借帑金二萬，糴而息之。凡再三，得息金三萬兩，羨粟萬六千石。朱國禎曰：『此所謂治國如家者。』國禎别見。

屠羲英羲英字淳卿，寧國縣人，位至光禄寺正卿。督學浙中，持法嚴。按湖時，一生宿娼家，保甲昧爽兩擒，抵署門，無敢解者。門開，攜以入。保甲大呼言狀，屠佯爲不見聞者，理文書自如。保甲膝行漸前，離兩纍可數丈。屠瞬門役，判其臂曰：『放秀才并倡去。』門役潛趨下，引出，保甲不知也。既出，屠昂首曰：『秀才、倡安在？』保甲回顧無人，大驚不能言，與杖三十，荷校。保甲倉皇語人曰：『向殆執鬼。』諸生咸唾之，而感屠曲全士。

王晉溪總制三邊時，每一巡邊，打中火費百金，燒羊數頭，凡物稱是。晉溪用不數臠，盡撤去，散與從官。雖衆頭目，亦皆沾及。故一有警，人人效命。

〔一〕據史傳，象乾字子廓，一字霽宇。

湘陰縣丞劉英，以生革爲鞭，長三尺，中夾銅錢，撻人至皮肉皆裂。高皇帝聞之，曰：『刑者，不得已而用之，聖人常加欽恤，英酷虐至此，獨不聞蒲鞭之事哉？漢劉寬，字文饒，華陰人，司徒崎之子。性度寬仁。桓帝時守南陽，吏人有過，蒲鞭示辱。嘉平中拜太尉，後封逯鄉侯。且律載刑具，明有定制，乃棄不用，是廢吾法也！』逮戮於市。

郭子章，字相奎，號青螺，泰和人，進士，終於兵部侍郎。有文義，政績藹著。夏良心良心字宗堯，廣德州人。進士，仕至巡撫江西、兵部侍郎，贈尚書。生平端肅沉毅，言笑不苟。雖閒居燕處，父子之間，嚴若朝典。同爲左方伯，郭得閩，夏得江西。郭問夏曰：『何以從政？』夏曰：『予有三速：速收、速給批、速放。』夏問於郭，郭曰：『予有六字：一錠收，原封放。』

陳善字思敬，錢塘人。爲滇右轄，昆明旁山陽有田五千餘頃，地高苦旱。善視石崖有泉可引溉，而爲橫山所隔，議欲鑿山通渠，衆咸難之。陳力任之，矢衆禱天，經畫開鑿，橫山水洞遂通。民受其利，名其洞曰『惠濟』，立祠洞旁，肖像祀之。

卷　三

文　學

王陽明王守仁，字伯安，南京吏部尚書華子。母鄭，孕十四月而生。將誕之夕，祖母岑梦天仙抱赤子乘雲而至，與之名曰『雲生』。六歲不能言，一日，出戲於門，有老僧過，以手摩其頂曰：『有此寧馨兒，却被名字叫壞了。』改今名，遂能言。幼聰敏，性豪放不羈，喜任俠。登進士，爲兵部主事，上疏乞宥給事中戴銑諸公，宦官劉瑾怒奏廷杖，謫龍場驛丞。毅然有學爲聖人之志，講究體察良知之旨。纍遷左僉都御史，撫鎮南贛，平溪洞諸賊，剿宸濠，陞南京兵部尚書，封新建伯。卒謚文成，詔天下從祀孔子廟庭。陽明，守仁號。倡明良知之學，海内賢士信從。羅整菴潛心體究，不苟附和，著《困知記》以明其所自得。羅欽順，字允升，泰和人。賜進士及第，纍官至吏部尚書。致仕，居學古樓，窮探理性，言議精微衍奥。卒贈太子太保，謚文莊。整菴，欽順號。

王文肅爲史官時，趙文肅呼與講學，不應。趙曰：『子薄講學乎？』王曰：『小子何敢？然是故惡夫以氣稟嗜欲駕學問，而行顯密不相權者。』趙曰：『何謂顯密？』王曰：『勝人之謂顯，自勝之謂密。』語未終，趙起躍然曰：『孺子可教！』趙貞吉，字孟静，内江人。舉進士，纍官禮部尚書、武英殿大學士，兼掌都察院事。貞吉剛忠英偉，稱其氣貌。鋭意聖學，持論以二氏學通吾儒，必出世乃可經世。家食居玉溪莊，爲從遊者講學。薨贈少保，謚文肅。

陳濟博學强記，時稱爲『兩脚書厨』。濟字伯載，武進人。有文才，永樂初以布衣召修《永樂大典》，爲總裁。書成，授右春坊右贊善，被命隨侍五皇孫授經，著《通鑑綱目集覽正誤》。

輿夫問明卿云：『文字如何做？』明卿曰：『有題目就做文章。』輿夫曰：『若要文章字字在題目内，真苦殺人！』吴國倫，字明卿，興國州人。登進士，官至參政。善屬文，與李攀龍、謝榛、王世貞、宗臣、徐中行、梁有譽齊名，時稱『七才子』。

楊椒山渡江楊繼盛，字仲芳，號椒山，容城人。爲諸生，讀書僧舍。諸僧病疫且甚，同舍生俱亡去，獨爲之親爨事，問醫調藥餌。僧以次愈。時人異之，爲語曰：『疫無鬼，以爲不信視楊子。』舉進士，除南京吏部主事。師事韓邦奇，通其天文地理、太乙六壬、奇門兵陣、樂律之學。遷兵部員外郎，疏斥仇鸞馬市議，詔逮訊，貶狄道典史。纍遷兵部員外郎。嘗獨居，深念至夜分。妻張夫人問其故，楊曰：『思報上恩耳。』夫人曰：『嚴相國方用事，豈君直言時耶？』楊不應，疏論嚴嵩十罪、五奸，請召二王問狀。詔逮訊，杖百。刑部當詐傳親王令旨，絞死西市。莊皇帝御極，贈太常寺少卿，廕子應尾爲國子生，謚忠愍。訪唐荆川，因登焦山，戲題亭壁云：『楊子懷人渡楊子，椒山無意合焦山。地靈人傑天然巧，瞬息神遊萬古間。』示荆川，荆川讚述。唐順之，字應德，武進人。祖貴，給事中；父瑶，知府。順之登進士，歷僉都御史。善詩文，尤精曆算。居官尚節槩，厲廉隅，所言多奇謀偉畫，學者稱爲荆川先生。

蔡清憲公云：『自愛其詩文者貴少，愛人之詩文者貴嚴。必嚴而作者之精神始見，必少而觀者之精神與作者始合。』蔡復一，字敬夫，同安人。登進士，仕至兵部侍郎，巡撫貴州，謚清憲。忠孝友愛，出於自然；事功詩文，名貴不俗。

陳眉公道楊崑阜詩：楊守勤，號崑阜，慈谿人。中會元，復登狀元，授翰林院修撰，累官右庶子。其人清雅温潤，酷似其文。『金石俱鏗，廉肉相準，藹然仁人之言，粹然盛世之音。』

王弇州王世貞，字元美，晚自稱爲弇州山人，太倉人。祖倬，南京兵部侍郎；父忬，總督薊遼、右都御史。世貞舉進士，仕至刑部尚書。性弘厚恬和，博極羣書，才氣雄偉，著《四部稿》《續稿》《别集》。在爽鳩署中，爽鳩氏，司寇也。日與于鱗李攀龍，字于鱗，濟南歷城人。成進士，肆力文詞，斐然成一家言。歷刑部主事、員外郎、郎中，出守順德，擢陝西提學副使。乞骸骨歸，構白雪樓，觴詠其間。起副使，終按察使。爲人素羸頓，恥爲色澤。簡貴高亢，操槩凜潔。手抄《史記》《文選》各一部，舉觥抽誦，以記否爲賞罰。

陳眉公嘗與山中友人談曰：『吾輩詩文無別法，但最忌思路太熟耳。昔王元美論藝，止拈《易》所云「日新之謂盛德」。余進而笑曰：「孫興公不云乎：『今日之跡復陳矣。』」故川上之歎，不曰來者，而曰逝者，人能覺逝者爲窠臼、爲糟粕，而肯戀戀於已嚇之腐鼠、不靈之芻狗爲哉？天馬抛棧，神鷹掣韝，英雄輕故鄉，聖人無死地。彼於向來熟處，步步求離，刻刻不住，此謂真解脱，此謂真喜捨，此謂日知其所無。右軍萬字各異，右軍別見。杜少陵千首詩無一雷同。杜甫，別見。是兩公者非特他人路不由，即自己思路亦一往不再往。』晉孫綽，字興公，太原人。博學善屬文，少有高尚之志。居會稽，遊放山水，作《遂初賦》。嘗鄙山濤，曰：『山濤吾所不解，吏非吏，隱非隱。若以元禮門爲龍津，則當點額暴鱗矣！』所居齋前種一株松，鄰人曰：『樹子楚楚可憐，但恐永無棟梁日耳。』綽曰：『楓柳雖復合抱，亦何所施耶？』嘗作《天台山賦》成，以示友人范榮期，云：『卿試擲地，當作金石聲。』范曰：『恐此金石，非中宫商。』然每至佳句，輒云：『應是我輩語。』綽性通率，好譏調。嘗與習鑿齒共行，綽在前，顧謂習曰：『沙之汰之，瓦石在後。』習曰：『簸之揚之，糠粃在前。』累遷散騎常侍，領著作郎。大司馬桓温將移都洛陽，綽上疏諫。温不悦曰：『致意興公，何不尋君《遂初賦》，知人家國事耶？』

辰玉王衡，字辰玉，太倉州人，大學士錫爵子也。擢鼎甲，授翰林院編修。攻文翰，天下稱『真翰林』。請終養歸，嘗有遊仙之志。每讀書，自首逮尾，矻矻丹鉛。雖數百卷中，苟細箋注，不輕放一字。眉公曰：『孔明略觀大意，淵明不求甚解，陶潛，别見。《五柳先生傳》云：『好讀書，不求甚解。』而子胡自苦爲？』辰玉笑曰：『卿用卿法，我用我法。雖然，讀書與立身相似，要須有本末，非可苟而已也。』

陸文定嘗謂眉公曰：『「細閲後生真有道，欲談前事已無人」，此東坡贈文潞公詩也。蘇軾、文彦博，别見。若必欲尋往人談往事，彼此俱作無口瓠耳。』眉公曰：『然則晚年何以爲樂？』陸曰：『危坐焚香，手不釋卷，誦讀融液，流而爲詩若文，此亦晚年最樂之真境也。』

徐文貞語陳眉公：『學而時習之，何義？』陳對以『不敢』。文貞云：『如國家有荒事，即就荒時察考荒事；如有兵事，即就兵時察考兵事；如有大禮、大獄，亦然：此真所謂「時習」也。』

王思任道：思任字季重，順天府人。大對年最少，冠進賢。及其冠，初日諸具爾或少之，以狎進。思任坐移日，闃如焉。諸具爾相視笑，亡敢輕排調，自取不優者矣。能爲古文詞詩歌，自具鑪鍛。『每見眉老陳繼儒也。著作，覺筆畫之外，必有雲氣飛行；又如白瓊淡月，非塵土胃腸可以領略。』

陳大士陳際泰，字大士，臨川人。登進士，歷行人，善屬文。點次二十一史，不踰三月。

大士教人文，云古削。難者以爲：『泰山之巔非可成宮室，其若高危何？』大士云：『奚必宮室，獨不聞龍文五采，仰在天上？』

羅玘字景鳴，南城縣人。登進士，改翰林院庶吉士，授編修。工文辭，數見諫諍，纍陞南京吏部侍郎。每有撰造，必棲踞於喬樹之巔，霞思天想。或時閉坐一室，客有於隙間窺者，見其容色枯槁，有死人氣，皆緩履以出。

桑悦字民懌，蘇州人。穎悟博學，凡讀書過輒焚，曰：『既能憶矣，何所用之？』敢爲大言，年十九舉鄉試。試禮部，奇其文，至閱《道統論》，則曰：『夫子傳之我。』縮舌曰：『得非江南桑生耶！』斥不取。調邑博士，終柳州倅。詣謁部使者，書刺曰『江南才子桑悦拜』。使者大駭，已問知悦素，廼延之校書，而預刊落以試。悦校至不屬，即索筆請書足，使者敬俯。

李西涯有門生歸省，兼告養病還家，西涯集諸人餞之，即席賦詩爲贈。汪石潭詩成，汪俊，字器之，弋陽人，官至刑部侍郎。中聯云：『千年芝草供靈藥，五色流泉洗道機。』衆傳翫，以爲絶佳。西涯將後句抹去，令石潭重改。衆愕然，不知何故以爲未善。西涯曰：『歸省與養病是二事，今兩句單説養病，不及歸省，便是偏枯。』石潭請西涯改之，西涯援筆書曰：『五色宫袍當舞衣。』

高皇帝召高則誠，高明，字則誠，居崇儒里，博學洽聞。仕元，終福建行省都事。弟誠，字則明，亦有文名，時號『兩難』。以疾辭，使者以則誠作《琵琶記》上進。上覽之曰：『五經四書，譬諸五穀不可無；此記乃珍羞之屬，俎豆之間，亦不可少。』

孙慎行字聞斯，武進人。進士及第，官至禮部尚書。於天寧寺遇静峰。峰一日揭『佛説四十九年無一字可説』：『是第掃世人説見乎，抑亦有不能説者乎，或説而謂未嘗説乎？』孫低徊答曰：『真無一字可説也。』峰急曰：『何不亢聲高言？』因曰：『思而知，慮而解。是鬼家活計，莫恁低徊着。』

馮元成道：琅琊王世貞也。有蓋世才，而無得於道；色澤雖妍，名理未徹。稚語累句，不能檢鏡；聾瞽易悦，恐後世難欺耳。

客問馮元成：『北地李梦陽，字獻吉，慶陽人，家大梁，登進士，授户部主事。倡爲古文辭，爲天下作者之首冠。爲人氣高節挺，孤立峻視，故再罹顛蹶，卒不能起，終提學副使。著《空同集》行世。子枝，舉進士，爲工部主事。崛起，復古偉矣！七子王世貞等。離之，悍然鴟張，以古自負，何也？』馮曰：『彼知古，而不知所以古也。古人之文，語質詞簡，氣外溢而神内葆；今者巧矣，浮矣，氣索而神泄矣，何以古哉？』

張幼于所撰自叙，多列縉紳，上自宰執，下至簿尉，林林也。文子悱笑謂：『此可稱前後縉紳一覽，不似讀書人作用。』文元發，字子悱，令浦江，神明惻怛，民尸祝之。歷郡丞歸。築遠心樓、衡山草堂，位置閒雅，陳列圖史彝鼎，誦讀其間。暇則招賓客，徜徉名勝。素不解飲，盃僅沾唇。及爲酒令，能顛倒豪飲者，至懵然醉鄉以爲樂。間衣褻衣，行遊里社，目暨若電，鬚張如戟，口輮輮然，無熟軟語。里中服不衷者、學無聞者皆走匿，曰：『我愧見文先生。』既没，陸宗伯謚曰『端靖先生』。

唐一菴唐樞，字子鎮，號一菴，歸安縣人。登進士，爲刑部主事。疏論李福達事，免官。奮志聖賢之學，從者甚衆。見地高深，飭躬實踐，著《木鍾臺集》行於世。遊鴈宕羅漢洞，與僧勝通談甚洽。語次，通曰：『别欲徙浄土。』唐曰：『莫浄於此。』通曰：『洞中滴水作業障。』唐曰：『直從到阿鼻地獄不肯住。』通便作禮而謝。

楊維楨豪於文，維楨别見。天下争奔走。王彝常與忤，論議不相假，作《文妖》詆之，謂維楨文狐媚，以黛緑曼衍惑人。彝字常宗，嘉定人。行最高，文最工。明朝徵聘未及，馮時可目爲『深隱』。

沈周晚歲名益盛，客益衆。造百客堂，每近暮必張筵，四方人各令述所聞，書於簡，曰《客座新聞》。周字啟南，自號石田，長洲人。務讀書，不應舉，精於畫，内行甚備。

宋登春吟詠無長篇。登春字應元，趙郡新河人。壯歲顱髮即白，自稱海翁。晚居江陵之天鵞池，更號鵞池生。始慕俠，能挽彊馳騎，間爲小詩。會一歲間，妻、子女五人俱死。仰天嘆曰：『天乎，將驅我於埃壒之外乎！』遂囊書遠遊，大放厥詞。挾二童子，呼爲丹砂、白石，最後至江陵，遍謝故所往來人，斥二童子，不知其所之。有少之者，宋曰：『我布衣也，安用滔滔莽莽爲？古詩三百，惟雅、頌有長篇。彼述先德，陳時事，固宜然。乃列國諸風，里謡巷詠，發乎情，止乎禮義，惡用長？今贈送登臨諸作，皆風也。彼齷齪者，窮謏極媚，多其聲帨，以羔雉媒介當路，此豈我隱者事？』

王梨遊鶴城，會周叔夜談學。周思兼，字叔夜，號萊峯，華亭人。舉進士，治平度州有惠政。終廣西督學副使，著述甚富。王曰：『「我」字兩戈相向，最不可有者我也，最難克者我也。』叔夜躍然，遂與定交。

周萊峰曰：『吾於窮通得喪，無復嬰情，獨未豁然於死生耳。』王弘宇曰：『學如用兵，須從險處設關據守，然後可下城邑。子未悟死生，則且以生爲樂，於窮通得喪，能不嬰情哉？』王曾爲《觀燈詠》至六七十首，恐成享年之讖，遂詠至百首，則亦未了然於生死矣。

馮元成舟過石門潭，艤而登。觀蒼崖翠壁，懸瀑數十丈，飛珠濆雪，令人神骨俱清。魏居敬曰：『山中之氣正如夜氣，令人將喜怒哀樂心腸蕩洗俱盡。』元成曰：『廟廷訟堂，亦何嘗有喜怒哀樂？心無所著，雖喧亦寂；心有所著，雖寂亦喧。清氣静境，在我靈臺，不在山水。』

包子柳喜書，聞有異本，即僻巷環堵，必徒步相訪。得之，則分命左右繕寫，手自摘録，垂丙夜不休。客至，散帙縱横，几案間幾無所布席，而了不爲異。包樫芳，字子柳，嘉興人，位至學憲。孫鴻逵，登進士，爲湘潭令。

陳繼儒嗜古，藏異册，每欣然指謂子弟云：『吾讀未見書，如得良友；見已讀書，如逢故人。吾性樂賓客，而憚悔尤，庶幾仗此，其可老而閉户乎？』

羅倫每下筆爲文章，文思泉湧，不能遏，輒自作語曰：『還用你不著！』倫字彝正，永豐人。領鄉薦，赴春闈，遭火患，僅獲免。成化中舉進士第一，授翰林院修撰。會大學士李文達遭喪，朝廷留之。倫上疏陳起復之非，落職提舉泉州市舶司，召還，尋以疾辭。歸，開舘受徒，日以注經爲業。邑有山，名金斗，在萬山中。倫與從學者築室讀書其中，未數日，中嵐氣而卒。

吴與弼字子傅，號康齋，崇仁人。父溥，國子司業。與弼倡明正學，遠近尊信。忠國公石亨上疏褒薦，睿皇帝禮聘。至京，授左春坊左論德，終弗就職。所爲詩文積中發外，清明峻潔。常以兩手大指、食指作圈，曰：『令太極常在眼前。』

馬敬臣馬卿，字敬臣，林縣人。登進士，選庶吉士，官至副都御史。在翰林，與穆伯潛、穆孔暉，字伯潛，堂邑人。登進士，選庶吉士，纍遷南京太常寺卿。卒贈禮部侍郎，謚文簡。崔子鍾同業。每開卷，二人方畜疑致思，敬臣即指摘大義，得言外之趣。伯潛笑之曰：『君如奔馬看花，焉得香色？』及二人有悟，不出敬臣所見。

李梦陽讀書，斷自漢魏以上。聞人論古昔，有不解事，即曰：『豈六代以還書耶？』蓋不之讀。故其詩文，卓爾不群。

蔣山卿字子雲，儀真人。以進士授工部主事，毅皇帝南狩，伏闕疏諫，幾斃杖下。謫南京前府都事。嘉靖初復原官，仕至廣西參政歸。以博極群書，文名最著。見祝允明《國寶新編》曰：『允明字希哲，號枝山，生而右手指枝，因自號指枝生。蘇州人，舉鄉試。學務師古，吐辭命意迥絶俗界。書法精工，海内索其文及書者接踵，或輦金幣至門。允明自貴，輒以疾辭，不見。然允明多醉妓館中，乞文及書，纍紙可得。玩世不羈，嘗傅粉黛，從優伶，酒間度新聲，憚近禮法之儒。仕至應天通判。著《罪知》《浮物》《野記》《語怪》《蘇材小纂》諸書數百卷。撰《建康觀雲記》，吐舌下之，曰：『文不在兹乎！偏才曲學，真河伯未離龍門，難與言水也！』顧璘賞其知言。璘别見。爲歌詩與劉麟、朱應登齊名，曰『江東三才子』。

徐禎卿幼精文理，不由教迪。著《交誡》《感暮賦》諸篇，詞旨沉鬱，長宿驚嘆，稱爲文雄。禎卿字昌穀，蘇州人。舉進士，貌侵，善屬文，著《談藝録》。與北地李梦陽友善，歷國子監博士。

文皇帝選楊相等相，泰和縣人，歷刑部主事。二十五人爲庶吉士，與一甲曾棨等三人棨字子棨，永豐人。授修撰，博學能文章，工書法。有遠使至，稱善飲酒。有司推能伴飲者，得一武弁，猶恐不勝。棨請往，三人默飲終日，遠使已酣，武人亦潦倒，棨爽然復命。上笑曰：『無論文學，此酒量豈不爲狀元耶？』官至少詹事兼侍讀學士，贈禮部侍郎，謚襄敏。進學翰林，曰『二十八宿』。周忱自陳『年少有志進學』，帝特許之。時人謂之『挨宿』。

趙大洲貞吉號也。見何吉陽，何遷，字懋益，德安人。嘉靖間進士，記聞該博，喜談性命之學。爲文章，奥邃可傳。歷官刑部侍郎。吉陽問曰：『大洲，這些時何故全不講？』大洲曰：『不講。』吉陽曰：『若不講，何所成就？』大洲曰：『不講就是我成就處。』

陳嗣初以文章擅名翰林，見同官於碑誌中叙還金事太繁，曰：『使繼爲之，則十二字耳，曰「嘗得白金於道，伺其主而還之」。』

宗臣嘗從吴國倫一再論詩，不勝，覆酒盂，嚙之裂，歸而淫思竟日夕，至喀喀嘔血。臣字子相，興化人。成進士，纍官福建督學副使。

張昇字啓昭，南城縣人。登進士第一，在翰林，劾奏萬安、尹直、劉吉、萬喜，詞甚激直。左遷南京工部員外，累陞禮部尚書。卒贈太子太傅，謚文僖。歸省，彭敎郊餞，以詩寓譏諷意，云：『何用有才如董賈，不愁無命到公卿。』或謂去其上二言，只作五言詩，可爲敎挽詞，未久果卒。敎字敷吾，吉水人。廷試第一，歷翰林院修撰、侍講。

羅汝敬文學有可稱，于謙嘗戲汝敬，閉於空室，令作詩三十韻放之。既成，于與時賢共看，咸服其敏。汝敬，吉水人。成進士，纍官工部侍郎。

王敬美王世懋，字敬美，世貞弟也。登進士，纍官太常寺少卿。能詩文，工行楷，尤篤倫理、重名誼。居官好爲條教，煩不至瑣。著《閩部疏》《二酉委談》《學圃雜疏》等書。不諱言二氏學，恒謂：『吾於兩廡饗亡所貪，苟陰用其實而陽詆其名，或假竊其似而自文其陋者，俱耻之。』

何仲默在中書，自舘閣諸縉紳與四方學士，人人願見，車馬填門巷不絶。仲默德性醇明，言儀雍雅，杯酒談笑間，詩文便就。何景明，字仲默，號大復，信陽人。年十九登進士，授中書舍人。敦尚節義，每亢言尊顯。往學士家爲文，自六朝後日益靡靡敝矣。明初尚襲元習，至仲默與李獻吉始一變趨古，時稱『何李』，或稱『李何』。歷官提學副使。

黄省曾走謁王文成陽明洞天，歸而著《問道録》，自謂得王氏玄珠。省曾字勉之，蘇州人。舉鄉試，辭章有重名。

徐禎卿怪揚雄《反騷》，作《反反騷》。雄别見。

殷雲霄居常不談人過，及論文則指摘疵瑕，不以一言假人。雲霄字近夫，壽張人。舉進士，作蓄艾堂聚書，旦夕誦思。多所著述，集《誌彀録》《金僕姑》。雅好游眺，官工科給事中。

孫紹先爲文，每當意盡，能別發義，會旨聚辭，轉相承成。紹先字汝宗，代州人。舉進士，歷翰林院檢討。目視不能及遠，書經目不忘。治經不皆用傳，曰：『古者以行爲言，故其文簡而中；後人以言爲行，故其文煩而憶。昔孔子之作盛矣，然及莫乃爲之，爲之僅歲而成，彼爲傳注之學者，自壯至老，而見猶未定也，其皆聖人之意耶？』

上元日，中使傳旨，命劉定之製詩，却立以俟。定之據案，筆不停揮，賦七言四句詩百首以進。定之字主静，永新人。天資絶人，廷試第三，授翰林院編修。數上書言事，官至禮部侍郎，入内閣。卒贈尚書，謚文安。

胡松博古不倦，松字汝茂，滁州人。成進士，歷官吏部尚書。其督學山西時，上疏言邊事，皆切中大計。爲文體格嚴峻。卒贈太子少保，謚莊肅。曰：『爲學如儲積然。所積既富，雖水旱、盜賊，用之不窮。』按：胡松清正，此説未爲得也。

御史聞桑悅名，數召問，謂曰：『匡説詩，解人頤，子有是乎？』曰：『悅所談玄妙，何匡鼎鼎，匡衡小字。敢望？即鼎在，亦解頤。』匡衡，諸儒語曰：『無語〔説〕詩，匡鼎來。匡語〔説〕詩，解人頤。』

李于鱗爲作者冠，王元美與齊名，相爲鼓儛。敬美始就草，質于鱗，于鱗擊節賞之，呼爲『小美』，曰：『真才子也，伯仁不虞燎鬚耶？』元美曰：『是夫沾沾醉鄉，否幾及矣！』晉周顗，字伯仁，安城人，尚書僕射；弟嵩，字仲智，從事中郎。仲智飲酒醉，謂伯仁曰：『君才不如弟，而得重名！』舉蠟燭火擲伯仁，伯仁笑曰：『阿奴火攻，固出下策耳。』

米仲詔米萬鍾，字仲詔，以好奇石，故號『友石』，錦衣衛人，成進士，官至太僕寺少卿。居身儒雅，長於書法，兼有詞藻。以勺園景剪之爲燈，山水亭臺，纖悉具備。都人士以爲奇，稱『米家燈』，競爲韻語紀之。呂玄韜呂邦耀，字玄韜，錦衣衛人，成進士，官至太常寺少卿。按休文四韻各賦一章，章皆玄詣。沈約，字休文，左目重瞳子，腰有紫痣，聰明過人，博通群籍，善屬文，所著《四聲韻譜》，自謂在昔，詩人纍千載未及作，而獨得其妙，若將入神。梁武帝問曰：『何謂四聲？』約答曰：『天、子、聖、哲。』官至中軍將軍、丹陽尹，卒謚曰隱。

任少海任瀚，字少海，南充人，官吏部郎，有文名。意不可於世，而自負其奇。一日謂陳玉叔曰：

『吾文可傳於千百世之下乎？』陳曰：『卿能追古人於千百世之上，自可傳於千百世之下。』陳文燭，字玉叔，沔陽人。父栢，井陘兵備副使。文燭舉進士，好文學，有風流。官至大理卿。

陳玉叔愛歷下李于鱗也。『蒼龍半掛秦川雨，石馬頻嘶漢苑風』之句。後過内鄉李子田，病石馬不能嘶風，玉叔言華山舊誌『漢陵靈異，時作風雨聲』，子田始然之。李蓘，字子田，内鄉人。成進士，歷翰林院檢討。弟蔭，并得世譽。

宋濂嘗奉制詠鷹，七舉足即成。濂字景濂，金華人，自稱白牛生。元至正間入龍門山，著書名《龍門子》。高皇帝徵至金陵，授江南儒學提舉，歷學士承旨。上嘗與濂飲，濂辭。上强之，至三觴，面如赭，行不成步。上歡笑，親御翰墨，仍命侍臣咸賦《醉學士歌》，曰：『俾後世知君臣同樂若此。』日本使奉勅請文，得《潛溪集》，刻板國中。上嘗曰：『古之人太上爲聖，其次爲賢、爲君子，宋景濂事朕十有九年，未嘗有一言之僞，誚一人之短，寵辱不驚，始終無異，其君子者乎？非止君子，抑可謂賢矣！』卒謚文憲。

雪浪小崑山演暢《法華》，陸宫保八十五矣，扶笻藏閣，親與和尚揄揚酬答，麈尾所及，如雷如霆，緇、庶讚觀，得未曾有。

胡公胡宗憲，字汝貞，績溪人。由進士，宰益都、餘姚，擢御史，按浙，禦倭寇，屢奏功。進僉都御史，尋進兵部侍郎，總督江南北、閩、廣七省兵馬。悉平倭寇，加尚書、少保。宗憲倜儻凋達，臨事有成畫，奮身先士卒，人服其氣。燕將士爛柯山上，酒酣作樂，命沈明臣作《鐃歌鼓吹》十章。既就，公看至『狹巷短兵相接處，殺人如草不聞聲』，矍然起，捋沈鬚曰：『何物沈郎，雄快若是！直視陳孔璋輩猶小兒。』明臣字嘉則，四明之櫟社人。舉秀才，居恒風流自命。東方兵興，胡辟置幕下，雅見敬禮。善談名理，標格翩翩，詩文居然大家。《魏略》曰：『陳琳，字孔璋，廣陵人。曹公愛其才，琳草檄文成，曹臥讀之，頭風疾愈。』

吴伯宗爲翰林院典籍，高皇帝製十題命賦。草成呈上，詞語峻潔，上曰：『伯宗才子！』賜織金錦衣。伯宗名祐，以字行，金谿人。洪武初開科取士，舉進士第一人，除禮部員外郎。上書論胡惟庸，辭甚剴切。博學能文章，官至武英殿大學士。

劉球文詞鏗鏘，金春玉應，人共寶之，如月蟦天犀。球字廷振，安福人。舉進士，爲翰林院侍講。時應詔陳十事，王振怒，令馬順殺之獄中。球天性忠孝，議論堅正，常依名節。景皇帝即位，謚忠愍，贈翰林院學士。二子釪、鉞，皆成進士。球之死也，餘姚人成器於龍泉山巔爲壇以祭，而述古今權奸害正，凡二千餘言，爲文哭之。人名其地爲『祭忠臺』。

陳白沙陳獻章，字公甫，新會人。身長八尺，目光如星，右臉有七黑子，狀如北斗。自幼穎悟絶人，嘗梦拊石琴，一偉人笑謂曰：『石音難諧，今諧若是，子異日得道乎？』舉鄉試，閉門讀書數年，乃遊太學。祭酒邢讓試《和楊龜山〈此日不再得〉》詩，得獻章詩驚曰：『龜山不如也！』由是名振京師。歸益潛心大業，四方來學者衆。布政使彭韶、都御史朱英交薦，徵至京師，授翰林院檢討，得請而歸。獻章德器渾成，事母至孝，與人交一于厚。修撰羅倫稱其『觀天人之微，究聖賢之藴，充道以富，尊德以貴，天下之物，漠然無動其中』，世以爲知言。進士姜麟目爲『活孟子』。萬曆中詔從祀孔子廟庭，謚文恭。以《周易》疑義質之吴康齋，吴曰：『過清江，可叩龍潭老人。』陳海雍也。白沙如其言往謁，適龍潭雨中簑笠犂田。乃延至家，與之對榻信宿，辯析疑義，白沙嘆服而去。龍潭語兒輩曰：『吴康齋非愛我者。』

陳真晟云：真晟字剩夫，自號布衣，鎮海衛人。年十七八即能自拔於俗，務爲聖賢踐履之學。兩詣闕下上書，皆無所遇。骨格高聳，神氣肅清，望之非塵埃中人。『《大學》誠意爲鐵門關難過。「主一」二字，乃其金鑰玉匙也。』

賀欽爲給事中，見白沙論學，嘆曰：『至性不顯，寶藏猶霾。世即用我，而我奚以爲用？』即日上疏解官歸。欽字克恭，遼東人，世稱醫閭先生。子士諮，舉人，博學篤行，終身不仕。

鄒智字汝愚，合州人。登進士，簡爲庶吉士。雅負奇氣，與人寡合，處事慷慨。星變，上疏極論陰陽之理，欲退萬安、劉吉、尹直，而用王竑、王恕、彭韶。下錦衣衛獄，左遷廣東石城千户所吏目，卒於順德。居龍泉菴，貧，掃樹葉蓄之，然以代燭，讀書達旦。

荆川篤信朱元晦，一日倏云：『吾覺朱子解書，無一句是者。』宋朱熹，字元晦，婺源人，父松，不附和議，因仕入閩。熹穎悟粹美，初從劉子羽居崇安，後從延平李侗學，復徧交當世有識士，遂得聖道之宗。中進士第，主泉州同安簿，累遷焕章閣待制、侍講，領鴻慶宫祠。平昔進疏，忠誠懇切，莅職勤敏。復白鹿洞書院。引進士子，與之講論，置社倉，劾唐仲友。爲兵部郎，與侍郎林栗論《易》不合。行經界法。著述諸經傳解、《四書集注》及編《通鑑綱目》《小學》《楚辭》等書，後世學者宗師之。自絶學以來，集諸儒之大成，發先聖之秘藴，熹一人而已。晚年以野服見客，卒謚曰文。追封徽國公，從祀孔子廟庭。

方西樵予告南歸，方獻夫，字叔賢，號西樵，南海人。舉進士，爲吏部員外郎，引疾歸。十餘年，自家上疏議『大禮』，擢侍講學士，進少詹事、禮部侍郎、尚書，改吏部，敕兼武英殿大學士，辨事内閣。僉事龔大稔訐獻夫罪，御史馮恩復論獻夫奸邪，請歸。卒賜太保，謚文襄。劉銑往候之，銑字汝中，壽光人。父珝，户部尚書兼謹身殿大學士，謚文和。銑八歲，憲廟召見文華殿，拜中書舍人，恐牙牌傷損，以銀易之。嗣後不時召見，門殿深遠，非人相之，未能自行，時楊邃菴先授中書，朝暮引之出入。楊方欲交友授徒，彈棊酗酒，動爲所妨，每手銑太息曰：『此童累我！』年十四五後，性不喜華，如戴新烏帽，則著敝素袍，不則穿隔歲韡。同列先至公署者，每相謂曰：『劉省長來，上新則中舊，中新則下舊；中下俱新，則上舊。』已而果然，衆乃大噱。陞大理寺副，致仕。復任，陞尚寶司丞，楊石齋薦管制敕，陞卿、太常寺少卿、卿。御製《朝陵》詩，用『康』字。群臣和者，『明康』、『惟康』、『庶事康』之外，不能更道一辭。鈗獨引遺塚存康事。或問之，鈗曰：『成祖疏拓陵地，惟留竇、康、褚三姓塚。』聞者屈伏。改兼翰林院五經博士，回籍卒。家多聚書。見命屬吏書《繳銀圖書疏》，止之曰：『大臣不以仕否異心，公又受恩獨隆，林下有一得之見，非此莫達，前正統間三楊曾帶之回矣。』楊榮、楊溥，別見。遂口誦三疏。斟酌用之，圖書得不繳。及典籍呈原稿，與所誦隻字不差。方但遇客，即稱鈗善記。

劉鈗、劉棨字世信，長洲人。祖鉉，少詹事，贈禮部侍郎，謚文恭。棨以恩生授中書舍人，官至太常寺卿兼翰林院侍書。辦事兩房，內閣東、西，列制勅房、誥勅房。博知舊典，時人謂之『二劉』。

呂文懿呂原，字逢原，秀水人。賜進士及第第二人，授編修，官至直內閣翰林院學士。卒贈禮部侍郎，謚文懿。修《宋元通鑑續編》，考一事不獲，不懌者累昕夕。一日考得之，謂門人曰：『進我二階，不若得此可喜！』

陳白沙在吴康齋門下，既受業，忽悟曰：『學貴自得，苟自得之，則古人之言，我之言也。』遂築春陽臺，日静坐其中。

周洪謨讀書，偶有所得，輒闡明剖析，積久成帙，名《疑辯録》，自謂是『發經傳之藴，正先儒之失，破千載之惑』。洪謨字堯弼，長寧人。占第一甲進士，授編修，在翰林多所建白。爲祭酒，議增孔子籩豆舞佾之數。及拜禮部尚書，言璿璣玉衡，蔡《傳》不得其制，改造以備占候。卒謚文安。《維揚誌》曰：『洪謨中鄉貢日，舟泊邗江，夜見一人謂曰：「吾即子之前身也，子終身清要。」洪謨曰：「子何人？」對曰：「吾，友鶴丁山人。」洪謨官翰林日，以詩訊太守三原王侯恕曰：「生死輪廻事杳冥，前身幻出鶴仙靈。當年一覺揚州梦，華表歸來又姓丁。」侯得詩訝，訊郡之耆老，羅文節曰：「友鶴山人，吾友丁宗啓之父。以詩名家，元末隱處，没于成都，儒雅有德人也。」侯以此報洪謨，世以爲異。』

倪鴻寶倪元璐，字玉汝，號鴻寶，上虞縣人。進士，改翰林院庶吉士。今古詩文新潤奇崛，名重士林。舉體無俗，有志道義事功。所上陳時政疏，侃侃孜孜。纍官户部尚書，兼翰林院學士。是時師旅繁興，邊費無藝，加以水旱，所在告災。元璐出入有度，一切濫妄，悉禁勿予。四方租賦不加，然而國用足於加賦。時流寇破京城，整冠帶，望闕拜；復南向拜老母，遂自縊。衆僕尚欲解之，一老僕跪於旁，哭止之曰：『此吾主成名之日矣！』賊至驚拜，相戒不敢犯其室。順治中謚文正。與黄石齋黄道周，字幼玄，號石齋，福建鎮海衛人。舉南宫，讀書中秘。學問淵博。文章瑰異。嘗以所著書數十卷，進呈烈皇帝御覽，手自鈔録，極其精楷。入仕二十餘年，被服朴素，儼然儒生，乃其忠義激發，貫日垂天。纍遷禮部尚書，兼學士。國變不屈，興師恢復，兵至執而殺之。文章并麗，金臒妙天下；而嚅嚌《易》蘊，功詣復齊。石齋則有《黄圖》，鴻寶則有《兒易》。人曰：『兒，古字倪也。千秋開繼，其爲《倪易》乎？』鴻寶曰：『未也，通微取聖，牖蒙取兒。正如杜陵胥鈔，杜甫曰：『詩聽小胥鈔。』樂天嫗問，唐白居易字樂天，其先太原人。徙華州下邽。敏悟絶人，擢進士，拔萃皆中。補校書郎，對制策一等，纍遷左拾遺。事無不言，對殿中論執彊鯁。歲滿當遷，聽自擇官。居易請以學士兼京兆户曹參軍，詔可。拜左贊善大夫。有言居易母墮井死，而居易賦《新井》篇，言浮華，無實行。出爲州刺史，追貶江州司馬。纍官太子少傅，進馮翊縣侯。會昌初，以刑部尚書致仕。卒贈尚書右僕射，謚曰文。居易以直道奮，多爲當路擯斥，所藴不能施，乃放意文酒。東都所居履道里，疏沼種樹，構石樓香山，鑿八節灘，自號醉吟先生。常與胡杲、吉旼、鄭據、劉貞、盧直、張渾、狄兼謨、盧真燕集，人慕之，繪爲《九老圖》。與嵩山僧如滿爲空門友，平泉客韋楚爲山水友，劉梦得爲詩友，皇甫明之爲酒友。暮節惑浮屠道尤甚，稱香山居士。居易於文章精切，最工詩。每作詩，問老嫗曰：『解否？』嫗曰解則録之，不解則易之。初與元稹訓詠，號『元白』；稹卒，又與劉禹錫齊名，號『劉白』。使性道近如布菽，蒙人説梏有時。』

康海海別見。爲文脱去近習，嘗云：『古人言以見志，故其性情、其狀貌，求而可得焉。昔人陶則陶，晉陶潛，字淵明，或云字深明，名元亮，尋陽柴桑人，大司馬侃之曾孫。少有高趣，宅邊有五柳樹，著

《五柳先生傳》。起爲州祭酒，自解歸。後爲彭澤令，郡遣督郵至，縣吏白應束帶見之，潛嘆曰：『我不能爲五斗米，折腰向鄉里小兒。』即解印綬去職，賦《歸去來辭》以見意，屢徵不就。賦詩飲酒，貴賤造之者，有酒輒設，潛若先醉，便語客：『我醉欲眠，卿可去。』郡將候潛，逢其酒熟，取頭上葛巾漉酒畢，還復著之。嘗九月九日無酒，出宅邊菊叢中坐久之，江州刺史王弘送酒至，即便就酌，醉而後歸。不解音聲，而蓄素琴一張，每酒適輒撫弄。自以曾祖晉世宰輔，耻復屈身後代，所著文章皆題其年月，義熙以前，明書晉氏年號；永初以來，惟云甲子。世號靖節先生。其妻翟氏，志趣亦同，夫耕於前，妻鋤於後。杜則杜，韓則韓，唐韓愈，字退之，南陽人。擢進士第，操行堅正，鯁言無所忌。纍官博士，才高數黜，乃作《進學解》以自諭。執政奇其才，改比部郎中，進中書舍人。爲裴度行軍司馬，平蔡，遷刑部侍郎。憲宗遣使往鳳翔，迎佛骨入禁中。愈上表諫，貶潮州刺史。至潮，以表哀謝。帝頗感悔，乃移袁州。初，愈至潮，問民疾苦，皆曰：『惡溪鱷魚食民畜産且盡。』愈令其屬秦濟，以羊、豚投溪水而祝之。祝之夕，暴風震電起溪水。數日水盡涸，徙六十里，自是潮無鱷患。召拜國子祭酒。鎮州亂，殺田弘正而立王廷湊，詔愈宣撫。歸，轉吏部侍郎，卒贈禮部尚書，謚曰文。愈性明鋭不詭隨，與人交終始不少變，成就後進士，往往知名，經愈指授，皆謂韓門弟子。每言文章自漢司馬相如、太史公、劉向、楊雄後，作者不世出，故愈深探本原，卓然植立，成一家言。柳則柳，唐柳宗元，字子厚，河東人。精敏絶倫，爲文章卓偉精緻，一時輩行推仰，第進士、博學宏詞科，纍遷禮部員外郎。王叔文得政，引入禁近與計事。叔文敗，坐貶永州司户，徙柳州刺史。時朗州司馬劉禹錫得播州，宗元曰：『禹錫有母年高，今播往復萬里，如何與母偕行？』即草章奏請以柳州授禹錫，自往播州。會裴度亦奏其事，因改連州。世號宗元柳柳州。既没，柳人懷之，妄以爲神，廟於羅池，而韓愈撰碑以實之。咸自成家。今不能自立，傍人門户，效顰强學人曰『效顰』，《莊子》曰：『西施心病而矉，其里之醜人見而美之，亦捧心而矉。』學步，《班固傳》云『有學步於邯鄲者』。志意性情略無見焉，無乃類諸譯人也耶？』譯，傳夷夏之言而轉告之也。《王制》曰：『北狄曰譯，東曰寄，南曰象，西曰狄鞮。《周官》總謂之象胥，今俗謂之通士。』君子不鳳鳴而鸚鵡言，陋矣哉！』鸚鵡，能言鳥。郭璞云：『舌似小兒，有白者、赤者、五色者。凡鳥四指，三指向前一向後，此鳥兩指向後。』

康德涵母歿，鄠杜王敬夫爲誌銘，王九思，字敬夫，鄠縣人。歷翰林院檢討，劉瑾敗，謫壽州判官。北郡李獻吉爲表，皋蘭段德光爲傳，段炅，字德光，蘭州人。進士，歷翰林院檢討。數公爲文稱『子』，西涯呼爲『子字股』。

錢牧齋錢謙益，字受之，號牧齋，常熟縣人。舉進士一甲三名，授編修。文才俊逸，亮直有風力，以是非爲己任。位至太子太保、禮部尚書。起禮部侍郎，內翰林秘書院學士。與文太清、文翔鳳，字天瑞，號太清，三水縣人。進士，官至光禄寺少卿。王文水王象春，字季木，號文水，兵部尚書象乾從弟也。進士，纍官南京吏部考功司郎中。譚文左掖門下，左掖門，大内午門左魏闕。各持所見，斷斷不相下。牧齋曰：『子亦知道家結胎之説乎？古之學者，六經爲經，三史、六子爲緯，三史：《史記》、前、後《漢書》；六子：周老子、列子禦寇（鄭人，能御風雨行）、莊周（蒙人，嘗爲蒙漆園吏，著書率寓言）、荀子（卿，字况，趙人。遊學於齊，三爲祭酒，適楚爲蘭陵令）、漢楊子（雄，字子雲，成都人。好學博覽，爲人簡易佚蕩。口吃，不能劇談，默而好深湛之思，清静無爲，少嗜欲。成帝時召待詔承明之庭，除爲郎，給事黄門。以耆老久次轉爲大夫。恬於勢利。劉棻嘗從雄學作奇字，王莽即位，投棻四裔，辭所連及，便收不請。時雄校書天禄閣上，恐不能免，乃從閣上投下。幾死。有詔勿問。年七十一卒）、隋文中子（王通，字仲淹，祁人。父隆，以國子博士待詔雲龍門，著《興衰要論》七篇，出爲令，退歸不仕。通幼篤學，有濟蒼生之心。西遊長安，見隋文帝，奏太平十二策。公卿不悦，不用。退居河汾教授，再徵不至。及卒，門弟子數百人會議，謚文中子）。包孕陶鑄，精氣結轖，發爲詩文。譬之道家，聖胎已就，飛伸出神，無所不可。今人認俗學爲古學，安身立命於其中，凡胎俗骨一成不可變，望其輕身霞舉，其將能乎？』

高啟爲文精采焕發，於詩尤工，啟字季迪，長洲人。元末張士誠竊吴自王，其上佐饒介之羅致文學知名士爲幕客，啟首冠焉。高皇帝即位，召修《元史》，授翰林院編修。史成，拜户部侍郎，辭歸。魏觀守郡，徙郡治，乞啟文上梁，衛帥誣有異志，逮罹大辟，聞者惜之。與按察使楊基、基字孟載，無錫人。寺丞張羽、羽字來儀，烏程人。元末領鄉薦，授安定書院山長。洪武中仕至太常寺丞，署翰林院同掌文淵閣事。坐事謫戍嶺南，未至召還，自沉於江。布政使徐賁，賁字幼文，長洲人。號『吴中四傑』。

朱平涵朱國禎，别見。與許敬菴許孚遠，字孟中，號敬菴，德清人。登進士，歷官至兵部侍郎。生平質直，孜孜惟以講學爲務。嘗謁江陵，問及馬政，響應無窮，江陵深心契焉。卒贈工部尚書。譚升沉事，平涵曰：『先生以銓部轉僉事，聞報時意下若何？』曰：『也有兩日不自在。』徐曰：『若在今日則否。』平涵曰：『先生前句是真話，後句倒多了。』同坐者相顧愕然，敬菴顔色自如，曰：『正是學問相長處。』

萬鹿園如京師，萬表，字民望，號鹿園，寧波衛指揮，官至南京後府僉書，好以醫藥濟人。趙文肅訪之郊外，與之談禪，議論蠭涌，鹿園不答。文肅歸，大喜語人曰：『僕今日降却萬鹿園！與之談論，鹿園不能措一語。』陸平泉聞而笑曰：『此是鹿園降却趙公，何言趙公降却鹿園也？』

陳勲拈筆，造次必擇言，不爲近語。勲字元凱，閩縣人。魁鄉、會榜，歷文學博士、户部郎。歸，終日不出户，搰搰筆研間，聞客聲即走。其友董應舉嘲曰：『世皆如子，直須以環堵爲天地，即日月山川皆爲空設矣。』勲笑不爲意。多材，字畫皆精妙。

卷　四

方　正

文皇帝渡江，至金川門，百官皆出迎，拜於江次。景清直立，罵不已。命左右抉其齒，且抉且罵，頃之近前，含血直潠上衣。乃命醢之，罪及九族。久之上晝寢，梦清入，繞殿追之，曰：『清猶能爲厲耶？』命籍其鄉，轉相攀染者數百人，謂之『瓜蔓鈔』。清本姓耿，真寧人。洪武末登進士第二人，入翰林，改御史。建文皇帝即位，擢左都御史。初赴舉時，過淳化，主家有女爲妖所憑。清宿其家，是夜妖不至，清去却復來。女詰之，曰：『避景秀才。』旦日，女告其父。父追及清，語之故。清書『景公在此』四字，令之歸黏於户，妖遂絶不至。遊國學時，同舍生有秘書，清求不與；固请得，約明旦即還。書生旦往索之。清曰：『吾未假書於汝。』生忿訟於祭酒。清持所假書，往見曰：『此清燈窗所業書。』即誦徹卷。祭酒問生，生不能诵一詞，祭酒叱生退。清出，即以書還生曰：『以子珍秘太甚，特相戲耳！』爲人有才器，尚大節。

王朴數與上争曲直，上怒，命斬之。反接詣市，過史館，大呼曰：『學士劉三吾聽之！今日皇帝殺無罪御史王朴！』三吾名琨孫，以字行，茶陵人。兄耕孫、壽孫，皆仕元死節。三吾爲儒學提舉，洪武中薦爲左贊善，陞學士。上以《洪武正韻》字義、音切未能盡當，命翰林院重加校正。三吾以太常博士孫吾與所編韻書進，上覽而善之，賜名《韻會定正》，詔刻行之。主考會試，北士偶黜，獲罪下獄。爲人坦夷，不設城府，自號坦翁。至於大節，則屹乎不可奪。

王振寺人也，宣府人。睿皇帝即位，命掌司禮監，擅權作威福。一日，張太后御便殿，召振責之，令女官加刃振頸，上跪請免，由是斂戢。及太后崩，振專決無所忌。討麓川，殺劉球，枷李時勉，降于謙，他忤振者悉收付獄。自是舉朝以『父翁』稱。進見振者，無不重贄，門盡夜不得闔，往來如蠅趨腐。也先分道入寇，振導上親征。至土木，賊騎四面衝突，我軍大潰，車駕北行，振死。專政，召薛瑄爲大理少卿。瑄字德温，河津人。父貞，真定元氏教諭。瑄年十二，輒講習性理諸書，曰：『此道學正脉也。』登進士，提調山東學校，親爲講解，不事夏楚，諸生呼之曰『薛夫子』。纍遷禮部侍郎兼翰林院學士直内閣。致仕居家，潛心理學，造詣益深。四方學者，從之甚衆。卒謚文清，著《讀書録》《河汾集》。隆慶中詔從祀孔子廟庭。瑄初至京，不往謝。振至閣，問：『何不見薛少卿？』三楊曰：『彼將來見也。』士奇、榮、溥在内閣，皆楊姓，時號『三楊』。《舘閣漫録》曰：『榮字勉仁，建安人，由進士爲編修。文皇帝初建内閣，簡翰林專典密務，且兼稽古纂述之事，榮與焉，旦夕承顧問，纍遷工部尚書兼謹身殿大學士。卒贈太師，謚文敏。榮嘗從征北地，車駕蚤發。榮與胡廣、金幼孜、金純失道，迷入窮谷。幼孜墜馬，鞍盡裂，胡廣、金純不顧而去。榮即以所乘馬讓之，自乘孱馬，從夜至旦，方詣中軍。文皇帝喜，嘉榮之義。榮遇事雖繁劇，應之常若簡，而精力有餘。凡所論建，動協人心。溥字弘濟，石首人。由進士爲洗馬，坐金問事，繫獄十年。昭皇帝登極釋之，擢行在學士入閣，握弘文舘印，位至禮部尚書兼武英殿大學士。謙恭淳謹，趨朝循墻而走。卒贈太師，謚文定。』知李賢與瑄厚，賢字原德，鄧州人。登進士，由吏部郎擢兵部侍郎，改吏部，兼學士入內閣，進尚書。與武功伯徐有貞并下獄，降參政，既而留如故。時太監曹吉祥、忠國公石亨以迎上復辟爲己功，竊弄威福。上不能堪，於便殿屏人，問賢迎復事。賢曰：『天位乃陛下所固有，景泰不起，群臣表請復位，名正言順，何至奪門？奪之一字，何以示後？此輩貪富貴，非爲社稷計。幸而事成，儻景泰先覺，亨等無足惜，不審陛下何以自解？』上悟。未幾，亨與從子定遠侯彪敗，置於法。吉祥與從子昭武伯欽殺人事覺，謀不軌，入內爲亂，擊賢傷首及耳，且持賢請申救。疏入，乃脱於難。逆賊就擒，下寬卹詔。錦衣門達，怙寵作威。賢言於上，達始少戢。賢復言少保于謙有定傾保大功，詔復謙爵。丁外艱，特命起復，修撰羅倫論賢，上怒，謫倫泉州市舶司提舉。賢有志聖賢之學，立朝惟守一誠，知無不言，愛惜人才，多所薦拔。性喜讀書，作爲文章，不事雕琢，每以盈滿爲戒，扁其堂曰『臨深』。卒贈太師，謚文達。令致意。賢道三楊意，瑄曰：『原德亦爲是言乎？拜爵公朝，謝恩私室，吾不爲也！』振知其意，亦不復問。

馮時可拔禮闈，陳懿德縱臾往謁新鄭弟，已復馬上謂馮曰：『君至心有餘，吾請勗以務外。』馮笑曰：『媿卿良箴。』懿德字伯求，華亭人。登進士，自編修謫光州判，歷尚寶丞，斥歸。爲人倨傲自尊，高視短揖。欲往茅山進香，業已齋沐，偶通一婢，以此發狂。先是太原王相公初第時，梦謫光州判，至吏部領告身。醒而自解曰：『編修謫州判，其以大計左矣！』及己擢南司業，往辭楊太宰，太宰曰：『有陳伯求補官牒，煩君一帶。』取視之，則光州判告身也，始釋前梦之疑。

汪國楠國楠，婺源人。登進士，工文辭，有經國才策。爲真定太守，精心畢計，規畫便利，大得民和。爲楊東明所取士，放榜後，謁東明。東明引與對坐曰：『閱卷，職也。爲主求賢，寧敢借此爲私交？』却所投門生刺，而令稱『晚學』。東明字啟昧，虞城人，舉進士，官至吏科都給事中。

邵藝賂司禮與臺諫，請復大學士高拱。拱既入，薦藝異才，乞試以兵備。張居正不可，曰：『無此例。』拱曰：『太祖時，公卿、方伯皆可不次得也，何難一藝？』居正曰：『在太祖時則可，在今日則必不可！』乃擢藝錦衣千户。藝，丹陽人。知書史，尚氣誼。家本素封，好結劍客，善籌度世事，辯論不窮。高斥爲民，藝亦退居丹陽，爲中丞張佳胤杖死。

吴稷爲惠州司理，忤直指，坐遷長史。歸隱於郊，有司莫識其面。里舉踐更役，有以稷名報者，令懸之榜。稷親往，注其下曰：『不能爲官，豈能爲役！』令大媿。稷字舜弼，華亭人。

楊允繩抗疏言閹部大臣受餽遺爲邪敗國家政，請禁之。徐階曰：『君知閹臣之染指，未知閹臣之苦心。彌縫刺聽，寧能無阿堵哉？且君謂閹臣受幣，科臣獨不受幣乎？』允繩曰：『彼人面而獸心者則然，允繩則寧有此？』允繩字翼少，華亭人。登進士，性剛直，爲給事中，巡視光禄，劾寺丞胡膏。膏誣允繩譏訕玄修，上怒甚，坐『罵父』律，死西市。隆慶初贈光禄少卿。方允繩入朝，有妾白衣而送之。遂加以檟楚，妾遂雉經。允繩嘗自言：『我目如馳電，能開不能闔；口如決濤，能吐不能含。』氣有餘也，寒暑雖正，氣亢則爲害。故以是立節，亦以是賈禍。

屠隆聞張昉名，餽以金，索其詩，昉不與，曰：『以吟咏寫性靈，消歲月，則樂志；以介軒冕、媒錢刀，則苦情。』隆字長卿，一字緯真，鄞縣人。舉進士，官禮部主事，輕言肆行，縉紳鄙之。

應檟守常州，偕他郡守謁御史。檟居中，獨遵憲綱不跪，時稱『山字太守』。檟字子林，遂昌人。端方直戇，會僚無笑容。

人有持韓魏公像韓琦，字稚圭，安陽人。父國華，右諫議大夫；兄玧、琚、璩，并舉進士。琦天聖中弱冠舉進士，時方唱名，太史奏日下五色雲見。初授將作監丞，歷推官、陝西帥，朝廷倚以爲重。嘉祐中拜相，封魏國公，卒謚忠獻。見襄毅，襄毅謝曰：『後世子孫，自我作祖。』韓雍，字永熙，長洲人，居北京宛平縣。第進士，纍官右都御史，總督兩廣。雍才識高遠，居官處事，動以古豪傑自居。每一出師，必以曹彬不妄殺爲法，故所至成功。在廣平大藤峽，功烈尤著。卒謚襄毅。

譏者謂純皇帝帝諱見濟，英宗長子。正統十四年，皇太后立爲皇太子。景泰三年，降封沂王。天順元年，復立爲皇太子；八年即位，改元成化；二十三年崩，廟號憲宗。景皇帝嘗廢之，帝諱祁鈺，宣宗仲子，初封郕王。英宗北狩，太后命監國。即帝位，尊大兄爲太上皇帝。景泰八年，上皇復辟，仍廢爲郕王。成化中追尊爲景皇帝。當別立嗣，睿皇帝意疑之。一日，病臥便殿，召李賢論曰：『今庶事頗寧，顧大者反摇，奈何？』賢曰：『此國本也！』力陳不可動。帝曰：『然則此位竟傳太子乎？』賢叩頭賀曰：『宗社幸甚！』遂傳旨召太子至，賢曰：『殿下事定！』趨入謝，太子抱帝足對泣，譏遂不行。

高文襄夫人，張司徒姑也。張司徒，《家傳》曰：『張孟男，字元嗣，中牟人。仕至南户部尚書，知幾識微，恭素有雅望。』文襄以閣臣攝冢宰，司徒守散曹，罕交人事。歲時起居，夫人、文襄置酒便坐，歡燕諧謔，終不及他。文襄詰夫人：『卿家尚璽何爲疎我？』夫人曰：『天下事方在公掌握，公不以妾故暱妾猶子，猶子不敢以私請公，妾知免矣，當爲公賀！』文襄笑曰：『卿言大佳！』又文襄姻家曹司寇，與司徒抗志清妙，外絶榮競，譽輯朝野，標的當時，謂之『中州二室』，言其正體嶷然也。曹金，河南祥符人，仕至刑部右侍郎。

章皇帝帝諱瞻堪，仁宗長子，宣德十年崩，廟號宣宗。親征高煦凱旋，高煦，文皇帝第二子，封漢王，國樂安。招集亡命反。章皇帝親征，執歸京師賜死。凱，軍勝之樂。大學士陳山迎謁，山字汝静，沙縣人。舉人，歷官户部尚書、謹身殿大學士。奏宜乘勝移師向彰德，襲執趙王。王諱高燧，文皇帝第三子，國彰德。上命草制，楊士奇不可，曰：『事須有實，天地鬼神其可欺乎？制下何以爲辭？』楊榮曰：『君可沮國之大計乎？令錦衣衛責漢府人狀，云與趙王連謀，即事因也，何患無辭？』士奇曰：『錦衣衛責狀，何以服人心？二王皆上親叔，一人有罪不可赦，其無罪者當厚待之，庶幾仰慰皇祖在天之靈。』蹇義入，以士奇語白上。上不懌，然亦不復言移兵。義字宜之，巴縣人。登進士，爲中書舍人。初名瑢，高皇帝書『義』字賜之，以易舊名。建文中特陞吏部侍郎。文皇帝入正大統，轉左侍郎，擢吏部尚書。義沉深質實，和厚簡静，熟於典故，達於政體，孜孜無倦。雖職務填委，處之裕如。歷事五朝，凡五十年，無一顛躓。卒贈太師，謚忠定。

高皇帝召錢唐講《虞書》，陞座而講。或糾唐草野，不知君臣禮。唐正色曰：『以古聖王之道，陳於陛下，不立不爲倨。』唐字惟明，象山人。博學敦古行，舉明經，特授刑部尚書。高皇帝詔孔子春秋釋奠，遣使降香曲阜致祭，天下不必通祀。唐言不可。時修《孟子節文》，并議廢其配饗，唐論之尤力，上皆從其議。嘗諫宮中不宜揭武后圖，忤旨，待罪午門外終日。上悟，賜飯，即命撤圖。

客治地得藏石，凡法帖十卷，後卷爲趙吳興書。趙孟頫，字子昂，歸安人。宋宗室，博通經史，工詩能文，善書畫。舉進士，爲潤州録事參軍。國亡家居，至元間以薦入朝，累官翰林學士承旨。卒謚文敏。夫人管氏；子雍，海州知州，皆能書畫。內《千文》《歸去來辭》《西銘》各闕數行，客謁文太史書補之。文璧，字徵明，尋以字行，更字徵仲。父林，温州守。徵明爲邑諸生，父歿不受賻，温吏士修却金亭記其事。徵明益孜孜惇行不怠，爲詩文書畫，咸精絶。巡撫李充嗣薦諸朝，拜翰林待詔，滿考引疾，固請致仕。歸以翰墨自娱。二子彭、嘉，能精其業。孫、曾中多賢者。吴中人以徵明與朱恭肅希周并稱，雖婦孺亦習知徵明名，至市井間强勉爲善者，其曹戲之曰：『汝豈亦文先生耶？』年九十猶能作蠅頭細書。文固謝曰：『莫易視，吾不能爲後人笑端。』人謂太史勝束先生補亡遠。束晳，字廣微，元城人。晉太康中旱，請雨，雨注。歷尚書郎，後歸教授。晳學博通，著《五經通論》《發蒙記》，補亡詩文數十篇。

劉儼爲考官，儼字宣化，吉水人。領鄉薦二十六年，乃得雋春闈，擢進士及第，授翰林修撰。以古文名天下，累遷太常寺卿兼侍讀，掌翰林院事。卒贈禮部左侍郎，謚文介。大學士陳循、《弇州别集》曰：『循字德遵，太和人。舉進士第一，拜翰林修撰，累遷學士，入文淵閣典機務，進户部侍郎，再進尚書。時睿皇帝北征，陷於北。四方多事，循居中用事，剛果能斷。睿皇帝歸自北，居南城。景泰皇帝無意返正，循唯唯。景泰皇帝詔群臣議太子廢立，循順焉。加少保、太子太傅，陞文淵閣大學士，進華蓋殿大學士。睿皇帝復位，杖循百，戍邊。循上疏辯，賜歸田里。王文文初名强，字千之，束鹿人。爲御史，御筆改名文。纍遷右都御史掌院事，加太子太保，左都御史，尋入閣典機務，加少保，吏部尚書、謹身殿大學士。未幾，睿皇帝復辟，斬於市。成化間，文子宗彝上疏白冤，贈太保，謚毅愍。文貌端重有威，而善辯論。爲右都御史時，左都御史陳鎰故巡撫關中，薦文才。文怪鎰位己上，數衆中辱之，竟以計逐罷。又附太監王振，見必長跪鼠伏，奔走甚歡，尤爲士論所薄。子不與選。文章論儼閱卷不公，因峻文巧詆，必欲置之死。詔多官考覈，時高穀以疾在告，即奮起曰：『貴胄與寒畯争進，已不可；况又以不得選，遂殺考官乎？』極言於朝。穀字世用，興化人，以庶吉士授中書舍人。美姿儀，性謹朴，改左司直郎，及陞侍講學士，歷官已二十年，猶以新花樣補綴舊錦袍，人謂『高學士錦上添花』。進工部侍郎，入内閣。睿皇帝駕自北還，議奉迎禮。穀上章欲從厚，無所顧忌。纍進謹身殿大學士，始終以清節著，義之所在，勇於必爲，雖違衆不恤也。儼得免，準循、文二子會試。先是，盧陵羅崇岳舉順天試第一，以詭籍斥還學。時人語曰：『榜有姓名，還是學生；榜無名氏，京闈貢士。』

毅皇帝帝諱厚照，孝宗長子，正德十六年崩，廟號武宗。南巡，何遵諫，杖五十。杖者故視賄爲重輕，友人勸令用賄，何曰：『囊既無錢，法不可枉。』杖，越二日而死。遵字孟循，江寧人。母梦赤葵而生，方六歲，見日食，即跪以護之。第進士，拜工部主事。遵被杖時，有鳥悲鳴父鐸前。鐸心異之，比聞工部有以言獲罪者，鐸長號曰：『遵其死夫。』已而果然。肅皇帝即位，贈尚寶司卿。

魏驥爲南京吏部尚書，至京師請老。大學士陳循曰：『先生雖位冢宰，然未嘗立朝，願少待，事在吾輩。」驥不從，退語人曰：『渠將朝廷事爲一己事耶？』驥字仲房，蕭山人。由舉人、訓導薦陞太常寺博士，歷考功員外郎、太常寺少卿、吏部侍郎，改南京，進尚書。雅有德望，好學，老而不倦。卒時年九十八，賜謚文靖。論者謂自古大臣之最壽者惟宋文彦博，而驥年比之尤高。

孫原貞以實録事至杭，屬學諸生給事筆硯。時于謙在列，進曰：『學校之設，將養賢以爲用耶，抑供事書辦耶？』孫下席，迎上坐，謝過，遂與定交。原貞本名瑀，以字行，德興縣人。成進士，歷官郎中、參政、布政使。勦賊吴金八等，陞兵部侍郎；平浙閩盜，進尚書。居官清慎自守，多著勞效。

有上萬言疏者，高皇帝怒其迂衍；群臣阿意者，輒指爲詆謗，罪且不測。宋濂曰：『彼上疏，本效忠無他，烏可深罪？』上復覽疏，召罵阿意者曰：『若激吾怒，何異以膏沃火？向非宋先生，幾不誤罪言者！』濂朝夕侍左右，知無不言，補益甚衆。

或諷楊守陳援有力者，楊謝曰：『我嫠婦抱節三十年，今老矣，改志耶？』守陳字惟新，鄞縣人。舉進士，選庶吉士，歷官吏部侍郎。孝友方正，逝謚文懿，贈禮部尚書。子茂元，刑部侍郎；茂仁，按察使。《維風編》曰：『守陳以洗馬乞假覲省，行次一驛，其丞不知其爲何官，坐而問曰：「公職洗馬，日洗幾馬？」守陳曰：「勤則多洗，懶則少洗，無定數也。」俄守陳門人一御史至，跽而起居，丞乃百狀乞憐，守陳不較。』

敖文禎起家少詹事，既入都見執政，執政曰：『資深尚爾乘馬，是一未了事。』文禎應聲曰：『天下事未了者尚多！』文禎字嘉猷，高安人。由進士選庶吉士，仕至禮部侍郎。

光懋以兵垣都諫，將升京堂。懋，陽信人，仕至河南參政。江陵謂吏部曰：『此人以爭妾私恨，加毀蔡茂春，可鄙也！』竟外補。茂春，三河人。舉春闈第一人，成進士，仕至南禮部主事。懋將納一姬，茂春聞其美，攘得之。會茂春自留都考滿至家，踰年不赴。懋劾其違限，并及其薄行，茂春遂失官。

或不信合歡蠲忿、萱草忘憂，趙公曰：南星也。『蠲忿忘憂自有別藥，但以舊《本草》焚之成灰，和水飲之耳。』或曰：『何也？』公曰：『藥性皆不足信，留之何益？人惟不信，則無事可爲。如有告子者曰讀《論語》可成聖賢，子必不信，安能成聖賢乎？』

顯皇帝帝諱翊鈞，穆宗第三子，萬曆四十八年崩，廟號神宗。一日御講畢，語張居正曰：『昨日禁中花盛開，侍母后賞宴甚歡。』蓋指慈聖帝生母。也。居正曰：『仁聖太后帝嫡母。處，多時寂寞，惟皇上念之。』上還宮白慈聖，即自駕往迎仁聖，過大内賞花，傳觴歡飲。

華亭計逐新鄭，自太宰至臺省庶官，交章保華亭、劾新鄭。少司徒徐養正，新鄭之同館也；養正字吉夫，柳州衛人。進士，讀書中秘，授給事。劾嚴世蕃，廷杖七十，謫典史。歷官至南京工部尚書。子秋鶚，官副使。劉自强，新鄭之里人也，自强字體乾，扶溝人，第進士，仕至刑部尚書。皆請大司徒葛守禮上疏，葛終不肯，曰：『人之所見不同，有者自有，無者自無，何可强乎？』二人不得已，乃爲白頭疏上之。已而新鄭罷，葛自罷，徐遷南大司空去。其後二年，新鄭再相，葛召掌御史臺。時劉方爲大司寇，新鄭從容語曰：『當時公等作白頭疏，一何忍也？』劉曰：『彼時若無此疏，今日安得在此？』新鄭曰：『葛公尚在此！』劉爲赧然。守禮字與立，德平人。第進士，授彰德推官，位至左都御史，掌院事。器宇端凝，風神遒勁。被服造次必於禮法，世俗聲色貨利，一無所嗜。當官奉法，孤立不爲阿曲。居常簡默，及當大議大謀，守經據古，侃侃指畫，臧否人物，依於寬大。爲陝西左使，入覲。天官課郡國治狀，陝部小吏有署『老疾當罷』者，守禮請留，尚書曰：『計簿出自藩伯，何自忘也？』守禮曰：『此邊吏去省遠，徒取文書登簿，今見其人，方知誤注。過在布政，何可使小吏受枉？』尚書驚服曰：『誰能於吏部堂上自實過誤，即此，可爲賢能第一矣！』其掌臺正持論，不以流官易曲阜令。家居，坐臥一樓，摭獵經史，手自斷注。于慎行目爲正直老成君子。卒贈太子太保，謚端肅。

倪文毅爲禮部尚書，值遺祭靈濟宫，倪岳，字舜咨，上元人。父謙，南京禮部尚書，謚文僖。岳第進士，選爲庶吉士，授編修。父子同在翰林，人以爲榮。岳挺然任事，不少避忌。在禮部議祧主不當祧德祖，又議孝穆太后主别立廟，及議孔廟從祀七十子，漢諸儒不必追論改正，詔悉從之。官至吏部尚書兼太子少保，卒贈少保，謚文毅。曰：『徐知證、知諤，唐叛臣之裔也。行禮，寺官之職耳，宗伯何與焉？』遂奏罷，遣太常寺堂官行禮。知證，五代時義祖徐温第五子，仕吴至節度使，烈祖李昇封魏王；知諤，温第六子，封梁王，好珍異物，所蓄不可計，嘗曰：『人年七十爲修，吾生王家，窮極歡樂，一日可世人二日，年三十五其死乎？』至期卒如其言。明永樂十五年，文皇帝有疾，梦二真人授藥，疾頓瘳。乃勅建靈濟宫，祀封玉闕真人、金闕真人；十六年，改封真君。成化中改封上帝。像機胎木體，被衣，衣各以時，撼之動，取福州原像也。

文皇帝召禮部、翰林院官，問曰：『正旦日食，百官賀禮可行乎？』尚書吕震對曰：『日食與朝賀之時先後不相妨。』震字克聲，臨潼人，幼穎敏，人以神童稱之。洪武中鄉舉，承檄如兩浙，稽郡邑壤地，以均貢賦。還授山西僉事，纍遷禮部尚書，垂二十年。凡禮樂制度，郊廟祠祭，宴享賜賚，朝會之事，皆其擬定。震寡言笑，聰明絶人。嘗扈從上北狩，見碑立北地沙磧中，上率從臣讀之。後一年，上詔禮部差官往録之。震曰：『臣尚記憶，不須遣官。』遂請筆札書之，無一字脱誤。侍郎儀智曰：『縱然同日，免賀爲當。』智，高密人。由教官歷知州、知府、通政、布政使，坐累被謫湖廣。都指揮使龔忠入見，上問湖湘間老儒，忠以智對。即日召爲禮部侍郎，是是非非不肯附會。帝顧問翰林官：『古有日食，行賀禮否？』楊士奇對曰：『日食，天變之大者。前代元旦日食，多不受朝。宋仁宗時，元旦日食，富弼請罷宴徹樂，弼字彦國，河南人。舉茂材異等，簽書河陽判官，歷監鐵判官、史舘修撰。爲使報聘契丹，吕夷簡當國，變易國書，欲因罪之，而弼受命不辭。得家書不發而焚之曰：『徒亂人意爾。』既至，反覆陳狀，契丹主氣折。纍轉給事中，知青州，救災活五十餘萬人。終以僕射判汝州，加拜司徒。石介嘗奏記於弼，責以行伊、周之事。夏竦使女奴陰習介書，改『伊、周』爲『伊、霍』，飛語聞上，上不信。弼與韓琦同爲宰相，琦性果斷，弼性審謹，嘗議政事，弼疑難者數四，琦不快曰：『又絮耶？』俗謂語多者爲絮。弼變色曰：『絮是何言歟？』歐陽修議追尊濮王，自此與修、琦有隙。後弼致政居洛，琦致書禮，弼但答以『老病無書』。琦與修薨，弼皆不祭弔。宰相謂之『禮絶』，百僚見者，無長幼皆拜，宰相平立，少垂手扶之；送客不下階，客坐稍久，則吏從旁唱，『相公尊重』，客起退。弼爲相，雖微官及布衣謁見，皆與之抗禮，引坐語，送之及門，視其上馬。家居，專爲佛老之學，《答吴處厚訪禪師偈》人皆服其精詣。卒贈太尉，謚文忠。宰相吕夷簡不從。弼曰：「萬一契丹行之，爲中國羞。」後有自契丹回者，言其是日罷宴，仁宗深悔。今免賀，誠當。』帝善之，乃免賀及宴。夷簡字坦夫，壽州人。進士及第，補絳州推官，纍轉同平章事。奏李宸妃喪禮宜從厚，令宋綬編次《中書總例》，謂人曰：『自有此例，使一庸夫執之，皆可以爲宰相矣。』自仁宗初立，太后臨朝，十餘年天下晏然，夷簡之力爲多。王洙修《經武聖略》，仁宗善之，命用直龍圖閣。夷簡曰：『此特《會要》中「邊防」一門耳，不足嘉賞。』出謂洙曰：『夷簡以修《經武聖略》欲用學士直龍圖閣，而上謂特《會要》中一門，不足嘉賞，故不果。』洙退歸。會上使中人獎諭洙，具道欲用洙與夷簡以爲不可者。洙往見夷簡，因出所記中人語示之。夷簡起立索笏，曰：『上萬幾事繁，恐不記夷簡語。』進位司空，封許國公，卒謚文靖。子公綽、公弼、公著、公孺，皆有名。

天順中，空中有聲。大學士李賢曰：『無形有聲，謂之鼓妖。上不恤民，則有此異。』因條不便于民者十事，上不從。賢力争，同列皆爲賢懼。賢曰：『古之大臣知無不言，今利害繫國家安危，豈可默默以苟禄位？』上亦不以爲忤。

靳文僖卒，繼夫人年未三十。比老，有司爲之奏請旌典。吴山爲禮部尚書，曰：『令甲旌典，爲匹夫匹婦發潛德之光，以風世耳。若士大夫之家，何人不當爲節義孝順者乎？文僖身爲鼎臣，夫人已受殊封，宜以節老。』寢之。後大學士徐階爲之言，山曰：『相公亦慮閣老夫人再醮耶？』階語塞。靳貴字充道，直隸丹徒縣人。中進士及第，授翰林院編修，纍遷太子太保、户部尚書、武英殿大學士，贈太傅，謚文僖。

楊邃菴一清，别見。歸田，起總制三邊。道經洛陽，謁劉文靖公。劉健，字希賢，洛陽人。父亮，三原教諭。健舉進士，選庶吉士，授編修，積陞禮部侍郎兼學士入内閣，參預機務。纍加至吏部尚書、華蓋殿大學士。孝宗臨御，盡心輔政，入告之謀，多所嘉納，海内晏然稱治。正德改元，逆瑾恣横，健遂引年去位。壽九十四。贈太師，謚文靖。子東，進士，官兵部員外郎。文靖出見，辭色甚倨，曰：『汝亦曾爲閣老，復出作總制，内閣體統爲汝一人壞盡矣！』楊云：『朝廷簡命，不得不赴。』文靖曰：『進止由汝，何得乃爾？我老，不能對客！』遂命二孫陪茶，楊慙而出。

武宗好佛，自名大慶法王，番僧奏請腴田千畆爲下院，乃書『大慶法王與聖旨』，并内批禮部議。尚書傅珪佯不知，劾番僧曰：『孰爲大慶法王，敢與至尊并書？褻天子，壞祖宗法，大不敬當誅！』詔弗問。珪字邦瑞，清苑人。進士，改翰林院庶吉士，授編修。强毅有執，人不能干以私。纍陞禮部尚書，因災異陳時弊忤權，忽傳旨令致仕。卒贈太子少保，謚文毅。

天順初，石亨、亨，渭南人，寬河衛指揮僉事。方面豐軀，美髯及膝，爽直無機巧。善騎射，爲大同參將。敗績械繫錦衣衛獄。賊也先犯京城，景帝出亨獄，令立功贖罪。大捷，論功封武清伯，尋進侯，總京營。景帝不豫，亨與張軏、徐有貞、曹吉祥等定謀，奉上皇復辟，廢景帝爲郕王，殺于謙、王文。亨進忠國公，從姪彪從亨有功，封定遠伯，諸弟、子、姪、婿得官者五十三人。亨生子彌月，負見英宗，賜金鎖繫項，封鎖定侯，摩其頂曰：『虎兒。』御史楊瑄等聯章劾亨。彪爲大同副總兵，其總兵爲流言彪有異圖，由是召彪還京棄市。亨逮繫錦衣獄死，從孫進士俊亦被收死。曹吉祥怙寵擅權，吉祥，灤州人。爲太監。上皇復位，封姪欽昭武伯。欽殺人事覺，爲御史所劾，憤懼，與吉祥謀變。都督孫鏜討之。欽赴井死，引出斬首，下吉祥獄而臠之。京師有賀三老者，欽妻父也，欽聲勢日盛，賀絶不與往來。及欽敗，姻親誅竄殆盡，賀獲免。有投匿名書指斥時政者，緝捕甚急。英宗令岳正撰榜格，募能告捕者，賞以三品職。正曰：『爲政自有體，盜賊責兵部，姦宄責法司，豈有天子出榜購募之理？縱欲窮治其事，緩則人情怠忽，事自覺露；急則人情危懼，愈求韜晦；不如弗究。』吉祥從旁請募甚力，上徐曰：『正言是也。』正字季方，漷縣人。神采秀發，氣屹屹不能下物，學奥文雄，舉禮部試第一，廷試賜進士及第，授編修，每論大事。歷修撰，内閣參預機務。正間爲上言曹、石勢太盛，宜早節制；退語欽、彪，令自斂戢。二人怨之。會正草自責詔，歷陳弊政，詞極切直，遂有飛語指爲謗訕，内批降欽州同知，以私事逮繫獄，戍鎮夷所。曹、石敗，復官，出知興化府致仕。正字法精邃，旁及雕繪、鐫刻，悉臻其妙。嘗戲畫葡萄，遂稱絶品。

嘉靖中寇薄都城，趙貞吉盛氣謁相嵩，嵩辭不見。貞吉怒叱門者，會趙文華趨入，文華字原實，慈谿人。進士，纍官工部尚書。與嚴世蕃比周作惡，朝野以目。曰：『休矣，天下事當徐議之。』貞吉愈怒，罵曰：『汝權門犬，何知天下事！』

太祖問鄭濟：『汝家十世同居，何以得此？』濟曰：『惟不聽婦言耳。』太祖嘉嘆。濟，浦江人。太祖以東宫官屬久闕，命廷臣舉孝廉節義之士。廷臣以濟對，太祖曰：『知之素矣！』召濟至京，以爲左春坊左庶子。

吕柟乞養病歸，柟字仲木，高陵人。進士第一，歷官至禮部侍郎。有志聖賢之學，踐履篤實。搢紳學者，隨在師之，稱爲涇野先生。卒贈尚書，謚文簡，著《四書因問》《涇野集》。陸完祖道相送，完字全卿，長洲人。爲博士弟子時，方士王臣奉勑□貨，肆虐江南，拘繫諸生鈔寫方書，有司惴惴。完傒臣至蘇，拉同黨競擊之。事上聞，下兩臺。巡撫王恕奏列臣罪，逮斬。完成進士，擢御史，累遷兵部侍郎。霸州大盜劉六、劉七起，勢不可遏，完奉命統兵征之。賊平，進吏部尚書。逆濠之亂，追論完在司馬時受濠賂，復護衛，持兩端，無大臣節，論死。議功謫戍泉州，籍其家。完嘗梦至一山曰『大武』，乃其死所也。曰：『公去矣，余不知何日得行？』吕曰：『如真心去，我在三十里外候君。』

陸平泉宗伯議陽明從祀，欲俟論定。陶大臨曰：大臨字虞臣，會稽人。廷試第二，授翰林院編修，累官吏部侍郎。爲人寬然長者，卒謚文僖。子允宜，舉鄉、會，皆魁其經。『朝廷不難以伯爵酬之，何况廟祀？』陸曰：『伯爵者，一代之典；從祀者，萬世之典。』卒不能奪。當國者竟以中旨與之。

郭明龍正域號也。在禮部，鋭然議欲奪謚改謚。左宗郢素亢直，宗郢，南城縣人。進士，授行人，考選四川道御史。好讀書，矜嚴不交非類。對郭大言曰：『宋高宗時，高宗名構，徽宗第九子，始封康王。二帝北狩，渡江即位建康，定都於杭，改臨安府。在位三十六年，傳位太子，號太上皇。秦檜加盡美之謚，今日何嘗稱？公欲以此定人品，末矣！』郭怒甚，欲有言，左長揖而去。郭惘然曰：『不做也罷。』

張永嘉入朝，九卿約吕仲木往賀，吕以不識面辭。永嘉卒，約會祭，乃不拒，曰：『今自合從衆。』

給事中林聰聰字季聰，寧德人。登進士，仕至刑部尚書。恂恂和易，身不勝衣。遇事可否，大義毅不可撓。

晚示包荒，按覈馬文升功罪，跡涉浮沉，天下寃之，不無少貶。卒贈少保，謚莊敏。劾王文，文銜之。會聰鄉人有事吏部，聰爲囑之。文選郎中出其手書聞，上會官廷議，擬『大臣專擅選官』律，欲置之死。胡忠安曰：『給事中，七品官也，而擬於大臣；囑托，公事也，而擬以選法：二者於律合乎？』拂衣而出。於是遂罷。忠安歸，臥病不朝，太監興安以告於上。既而法司論罪，聰得免死。

閩中何穉孝撰皇朝史書，名之曰《名山藏》。王損仲見而笑曰：王惟儉，字損仲，祥符人。進士，官至工部侍郎。敏而好學，修辭汲古。好古書畫器物，家藏皆名寶。與之遊，易直無他腸，久而不替。『古之爲國史者記則記，書則書，誌則誌，此何爲者？楊君謙得《姑蘇誌》，見其標目，不復開卷，擲而還之，豈爲過乎？』

張太嶽居正號也。爲太史時，曾奏記於華亭相君徐階也，士紳僉艷頌之。耿天臺以請，耿定向，字在倫，麻城人。魁南宮，授行人，選御史，發冢宰吳鵬六事及諸以賄進者。纍遷總督倉埸、户部尚書，卒謚恭簡。定向麗眉戟髯，目無流視，坐無倚容。天性孝友，主持正學，反身默識，範圍曲成，一動一言，皆足爲學者法，學者稱『天臺先生』。弟定力，兵部侍郎。太嶽恚曰：『此余生平積毒，偶一發耳！』天臺愯然。

沈鏡宇官禮部，沈之鏖，字節甫，以字行，更字以安，號鏡宇，烏程人。成進士，授禮部主事，纍官工部侍郎。子淙，舉省試；潅，禮部尚書、文淵閣大學士；演，布政司參政。高中玄拱號也。爲尚書，以事詰一主事甚厲。沈遣吏白曰：『沈郎中在外説道不可。』高矍然，延入謝過。

趙大洲在内閣日，如楊虞坡冢宰、王南岷都憲，大洲皆直呼其名。或以爲言，大洲曰：『昔微生畒稱孔子之名，則我豈得爲薄待二人哉？』

萬曆丙午冬，鳳陽人劉天叙與其黨三人，擡一小佛像，歷鄉村募緣，得少錢米。至南京，妄言有法術，能晝地地陷，指天天開，且知人三生事，三生：第一生、第二生、今生也。南中將有奇變，天地昏黑者四十九日，大亂相殺且盡。衛軍得其情，告之内守備太監、外守備撫寧侯、參贊尚書，執三人并菜傭四十九人。陳兵出入，張大其事，謂俄頃間定此大難，封侯不足道。奏聞，得旨下法司，則操江都御史兼掌刑部大理事丁敬宇丁賓也。爲政。守備、參贊盛氣來，言：『謀逆大夥不可縱！』丁曰：『賓不才，事既在我，輕重禍福獨當之，不以累諸公。諸公毋動，賓不難屈膝以謝。』皆愕不能對。乃擬磔一人，斬一人，餘悉充戍。

卷五

雅量

白沙訪定山，定山挐舟送之，有維揚一士人同汎數十里。士人素滑稽，是日極肆談鋒，盡衽席褻昵之事，以爲二老困。定山怒不能忍，白沙則當其談時，若不聞其聲；及其既去，若不識其人。莊㫤，字孔陽，江浦人，號定山居士。舉進士，歷庶吉士、檢討。諫設鰲山燈，杖之，調桂陽判，改行人司副，陞南京吏部郎。夙慕講學，與陳白沙、羅一峰善。草書自成一家。

顧璘璘字華玉，號東橋，上元人。歷官南京刑部尚書。精於吏理，文譽籍甚。所至四方士輻輳，日張筵，令教坊樂工以箏𥵾佐觴。高論雄辯，音吐如鐘，每發一談，樂聲中閡，談竟樂輒復作，人以爲『風流豪』。著《國寶新編》《近言》《顧氏七記》四集。修贄造楊循吉，楊報謁，坐談移晷。偶郡大夫邀，顧吏卒促十餘巡。楊怒，不揖而出，登輿。顧趨至輿前，曰：『胡相棄若此？』楊竟不答。次日，使其子返幣。顧謝曰：『昨隸也倉皇，非我故，尊公何以督過如斯？』循吉字君謙，蘇州人。爲儀部主事，自劾罷歸。踪跡詭怪寡合，好緣文章語中傷人，毅皇帝問伶臧賢：『誰爲善詞者？』賢曰：『故主事楊循吉。』上輒爲詔起循吉。循吉靺鞨戎錦見上。每游讌，令循吉應制爲新聲，咸稱旨受賞，然賞亡異伶伍，又不授官秩。間謂曰：『若嫺樂，能爲伶長乎？』循吉愧悔，汗洽背。謀於賢，乃以他語懇上放歸。卒窮老以死，嘗纂其異聞爲《奚囊手鏡》。

孫得原出乘一蹇驢，市有少年厭之，每得原過，必呼曰：『木驢囚何往？』得原後過下驢，對少年深揖曰：『小子不才，自甘徒步，以足病不任行，僭乘此物，不意乃公日督過之，恐不才有遺德，敢請其罪？』少年羞自匿。得原字本卿，華亭人，工篆隸。

李西涯當國時，嘗冬月五更入朝。至長安街，值崔後渠方在道上酣飲。時後渠尚爲翰林院編修，拱立於轎前，曰：『請老先生飲數酌，以敵寒氣。』西涯即下轎，連進數觥，升轎去。

人問夏忠靖：『量可學乎？』夏曰：『何爲不可？吾少時遇犯者必怒，始忍於色，中忍於心，久之自熟，殊無相校意，即大事亦不動矣。』

徐子與遇事有不可意者，未嘗見辭色。客醉之以酒，辭挑之，始伉浪爲怒態，作數不平語，已復陶然，醒而冰釋矣。徐中行，字子與，長興人。成進士，官至左布政使。力爲古詩文自振，居七子間最爲樂易，好飲酒。

楊繼盛劾大學士嚴嵩，嵩字惟中，分宜人。長身臞瘦如削，第進士，改庶吉士，授編修。嘗奉使至廣西，道謁李遂。遂故御史，司其省試而得嵩者，當宴鹿鳴日，嵩貌羸鶉衣，遂不復盼接。至是投刺，講鈞禮。次日，始修門人禮，布幣再拜，曰：『嵩非敢薄公也，以公向厭之，恐終棄之耳。』其狷隘急睚眥如此。纍遷吏部尚書、華蓋殿大學士，以謦欬共謹得上意，亦能習國家典故，曉暢時務，間收録知名士。然縱子工郎〔部〕侍郎世蕃、義子工部尚書趙文華、刑部侍郎鄢懋卿廣行請屬，擅籔威福。上知之，方士藍道行以示御史鄒應龍。應龍抗疏論嵩，嵩致仕去，捕世蕃及其子鵠下詔獄，坐戍。世蕃自戍所私歸，御史林潤遂劾世蕃與羅龍文有叛心。下三法司，擬『謀叛』律，棄市。嵩并諸孫見任文武職俱奪爲編氓，籍其家。挐送北鎮撫司打問。受打之先，王之誥之誥，湖廣石首人，由進士官至刑部尚書。送蚺蛇膽并酒云：『可服。』楊曰：『繼盛自有膽，何必蚺蛇哉？』

方希直嘗臥病絶糧，方孝孺，字希直，一字希古，寧海人。父克勤，知濟寧府事。孝孺少從宋濂遊，鄉人呼『小韓子』。後濂以罪徙蜀，孝孺欲往省不得，爲文籲天，願輸壽以延之。居常以明王道、闢異端爲己任。洪武中，召至京。高皇帝見其舉動端肅，謂皇太子曰：『此莊士也，當老其才以輔汝。』孝孺歸，授徒石鏡精舍，若將終身。後復召至，除漢中教授。昧爽至暮，升席講解，由是山郡皆知向學。號稱『正學先生』。皇太孫立，召爲文學博士。靖難兵起，畫策堅守。建文皇帝遜去，文皇帝召草詔，孝孺持斬衰服，悲慟聲徹殿陛。上親降榻，慰諭之，曰：『先生毋苦。』命左右授筆札。孝孺投筆於地，且哭且罵。上大怒，磔諸市，夷其族八百四十七人。家人以告。希直曰：『古人有三旬九食、甑無儲粟者，豈獨我哉？』

陳音性寬坦。在翰林時，客至，陳呼茶，夫人曰：『未煮。』陳曰：『也罷。』又呼乾茶，夫人曰：『未買。』陳曰：『也罷。』時人因號『陳也罷』。音字師召，莆田人。由進士改庶吉士，授編修，歷侍講、太常寺卿。古貌古心，邃於經學。汪直在西廠，氣焰烜赫。一日，有廠校突入兵部郎楊仕偉家，收縛仕偉，考掠及其妻屬。衆駭，莫敢問焉。音其鄰也，登墉呵之曰：『爾何人敢爾，不畏國法？』其人曰：『爾何人敢爾，不畏西廠？』音曰：『汝欲知我乎？我，翰林侍講陳音也！』聞者縮頸。

吴司馬兑也。居塞上，烽燧頻告，檄書紛然，將吏還集門外。方閉户就睡，意飽後起。據案酬務，應機曲當，心定神暇。

霍文敏劾楊邃菴削秩賜罷。霍猶欲根蔓楊門下士，一網打盡。楊鄉人太學生孫育，受恩最久，恐遭斥逐，録楊居官事數條呈於文敏，以求自解。數日後，孫暴卒，楊易服弔其喪。孫之子跪泣曰：『悖德不祥。吾父負公而死，願公毋弔。』楊曰：『爾父豈負我者？我爲人陷，波及爾父。爾父欲保身家，姑借我免禍耳。我不能諒之，是我負爾父矣！』霍韜，字渭先，南海人。重瞳虬髯。登進士，告歸，讀書山中。起兵部主事，上三劄，仍謝病歸。不輕接地方官，間有酬答，簡書不襲治生字，謂已掛籍朝紳，惟天子治之，尊不可有二上也。大禮議起，疏陳所見，詳辨《禮經》爲人後之文，陞少詹事兼侍講學士，因議兩郊下獄。會天晝晦三日，宥之。歷吏部侍郎、禮部尚書，掌詹事府事。自筮仕至尚書，風望凜然，疏凡九十餘上，皆關係君德、人倫、國體、世道者。教子忠孝仁義，不令服華美、飫肥甘，亦不令受童僕尊大之稱；晝暇則令耘草灌園。卒贈太子太保，謚文敏。子與瑕，進士，有父風。

劉東山當發戍，氈帽布袍，徒步過大明門，匍匐頓首，策蹇驢至戍所，被甲持鋭，與卒無異。

張洪陽位號也。曰：『我無是心而人疑之，於我何與？我無是事而人誣之，於我何慙？縱火燒空，何處著熱？風波洶湧，虛舟自閒。』

鄧汝德爲司成，一蘇士禮幣，中有詩扇，受之，則皆細剖名人真筆合黏而成者。有客詣鄧，授使觀之，其人歎賞不已。鄧笑曰：『寶劍贈與烈士。』即以與之。

京師惟内官、婦人遇轎不下馬。宋栗菴太宰經長安街，一媪面衣不避，隸人誤呵而觸之，媪露面，指太宰叱曰：『我五十餘年，這些見了千千萬萬，罕希你這蟻子官？』從者失色，無如之何。太宰到部，笑語同僚曰：『今日晦氣，受老婦人一場大罵。』同僚問故，語以狀，又大笑曰：『也不是蟻子了。』蟻，蚍蜉之小者，而有君臣之義。

胡莊肅性高簡，家居讀書講學，不見他客，有臺使者飲醉，怒胡却掃爲嫚己，遣吏發兵圍其第。家人懼竄立盡，胡不爲動，讀書自如。使者酲解，慚而捨去。或勸胡訐於朝，胡但頷之曰：『吾内自反耳，敢與較哉？』

識　鑒

王襄毅成進士，王崇古，字學甫，蒲州人。纍官少保、兵部尚書。慷慨有奇氣，動名炳炳耳目。莊皇帝時，西酋俺答雄黠，中國叛人趙全居古豐州，屋居佃作，招亡命數萬，號曰『板升』，導酋數入塞。崇古爲宣大山西總督，會俺答孫把漢那吉有所恨，挾其妻請降，崇古畫方略，令之縛叛人，定貢市，約屬夷。自此邊鄙宴然，天下享太平之福者垂百年。薨贈太保，謚襄毅。鄭端簡蚤知之，曰：『宜任鉅。』鄭曉，字窒甫，小字阿文，海鹽人。少好嬉戲，乘屋緣木，蹻捷自喜。八、九歲時，夏月猶被絮襖捕蚌。久之，讀書舉進士，授兵部主事，著《九邊圖誌》。大禮議起，抗章跪諫，下錦衣衛獄，杖闕下。纍遷刑部尚書，落職還家。日探討經史，著《吾學編》《古言》《今言》。卒復官，贈太子少保，謚端簡。子履淳，尚寶丞，以言事廷杖百，削籍。顯皇帝即位，復官，晉光禄寺少卿。

文林自太僕出知温州，林字宗儒，成化中進士，風岸峻峭，學術優明。意殊不得，唐寅作書勸之。寅字伯虎，一字子畏，吴縣人。有俊才，博習多識，一意望古豪傑。其于應世文字詩歌，不甚措意，而佳者輒與古合。以諸生舉鄉試第一，後以會試賄主司事株累，罷爲吏，謝弗就。歸，緣故去其妻。寅初爲諸生，嘗作《悵悵》詩，允與其事合，蓋詩讖也。放浪形跡，興寄遐邈。畫品高甚，在五代、北宋間。林出其書示刺史曹鳳，鳳字鳴岐，新蔡人。進士，官至都察院副都御史。孫亨，工部尚書。鳳奇之曰：『此龍門燃尾之魚，不久將化去。』未幾果中式。

張瀚以南國子諸生不馴，瀚字子文，錢塘人，成進士。嘗守大名，入謁都御史臺。故事，郡守無升都御史堂者。都御史忽揖瀚上，瀚甫上，簷楹忽墮，擊向瀚所立處。官至吏部尚書，謚恭懿。欲起董傳策少宗伯兼南祭酒。江陵不可，曰：『取師當以嚴正，董但酷暴耳；且又外廉内貪，衆惡者多。寧可以一節取也？』居數日，諸僕忿傳策殘忍，殺之。撫按告變，人以江陵爲知人。傳策字元漢，上海縣人。爲刑部主事，上疏論嚴嵩，戍廣西，聲望日重。穆廟登極，起補吏部，歷轉南少宗伯。同里南兵部主事張明化，導里人以三百金謁傳策居間中丞。傳策怒罵明化，明化攘臂大詬，遂歷數傳策過失。傳策曰：『豎臭子！我爲若推星運，不過十年官，今且盡矣！』明化曰：『若論星運，汝不久且喪元！』因拂衣去。蓋傳策最精命理，嘗語人曰：『我生，刑、囚二星夾命宫，必犯天憲。』故明化云云。有頃，臺省論疏上，二人皆聽勘。傳策歸里，日事封殖，家人小過，必鞭至百，殞命者無算。好羞鼈裙，與粥相和，每夜三更進食。諸僕因婢取粥開門，入户以創，洞其胸，出於背。傳策卒後，夫人亦卒，所藏金十餘萬，夫人弟與門客攫取以去。傳策喜佩金虎頭，爲吏部時，四方饋遺皆以金虎頭繫幣端。至是，妾婢争相奪取，有得數斛金虎頭者。

蔡茂春在部曹，大學士郭朴憐之，欲使僉憲督學。蔡不欲，力求出守。語人曰：『書生貧薄，非作郡何以度朝夕？』郭聞之，曰：『此子志節如是，不足憐也，吾見其敗矣！』後如其言。朴字質夫，安陽人。成進士，讀書中秘，授翰林院編修，纍遷禮部尚書，掌詹事府事，特簡吏部尚書，進武英殿大學士，入參機務。朴外樸而中辨，氣和而節堅。校士得人爲盛，兩典銓部，行以大公，惜人才，捐細過。肅皇帝每目諸大臣，稱朴曰『福人』。卒贈太傅，謚文簡。

嘉請中廷試，楊一清一清字應寧，號邃菴，雲南安寧州人。七歲聰敏絶世，讀書過目成誦。岳州同知胡昇薦，遂以『奇童』讀中秘書。年十四，抗顔爲人師，登進士，授中書舍人。爲陝西提學，曰：『吾得三士，康海、吕柟、馬理也。』後果爲聞人。一清多才好問，有謀善斷，尤曉暢邊事。督撫陝西，賊畏威信，得士卒歡。歷官吏部尚書、華蓋殿大學士。謀去同列張孚敬、桂萼不果。詹事霍韜極疏攻罷。一清嘗與太監張永籌除閹人劉瑾，張永卒，一清受金爲作墓銘。至是朱繼宗獄起，事發削職。卒復官，贈太保，謚文襄。一清生而隱宫，無嗣。家鎮江，武宗南征，特幸其第，宴飲賡歌兩晝夜。安寧州有石淙渡，故時人稱爲『石淙先生』。得程文德卷，以爲此他日謇諤士。文德字舜敷，永康人。父銈，副使。文德登進士第二，授翰林院編修。坐同年楊名封事，下詔獄，謫典史。

纍遷至南工部侍郎，會推南京吏部尚書，上疏力辭。因勸上享安静和平之福，上怒以爲謗訕，褫職歸卒。爲人少機械，善執持。萬曆間贈禮部尚書，謚文恭。張孚敬孚敬，永嘉人。貌傀傑，有大志。二十四舉於鄉，扁其讀書所曰『羅峰書院』。其所持論，慷慨中窾。又二十二年而成進士。時上以興世子入繼大統，廷臣議所以尊崇獻皇帝后者，久争不决。孚敬上書，大略言上繼統非繼嗣也，復上所草《或問》二篇。於是桂萼、方獻夫、霍韜輩推緣孚敬説而上之。議定，孚敬由南京刑部主事，超拜翰林院學士，遷詹事，轉兵部侍郎。反李福達獄，領都察院，遂以禮部尚書兼文淵閣大學士輔政。一意奉公守法，即怨讟弗恤也。進吏部尚書、謹身殿大學士。首揆楊文襄間孚敬，詔歸俟用，尋召復相。初名璁，字秉用，至是上爲易名孚敬，字茂恭。卒贈太師，謚文忠。孚敬殁未幾，子孫多假貸於人以食。得羅洪先卷，以爲此學有淵源，不止於氣節名者。卒不爽。洪先字達夫，號念菴，吉水人。父循，山東副使，侃侃著風節。洪先年五歲，梦至通衢，市人肩摩。自知爲梦，呼曰：『汝往來者，在吾梦中，尚自搶攘，何耶？』拍手大笑，遂覺。舉進士第一，授翰林院修撰，拜贊善。爲學力行，論東宫朝儀，罷爲民。家居，闢蓮花洞，作正學堂，讀書其間，弟子四遠而至。其爲教，恒主《易》所謂『寂然不動』、周子所謂『無欲故静』。卒贈光禄寺少卿，謚文恭。

顧東橋巡撫湖廣，行部江陵。試諸生，擢江陵公居首，曰：『此公輔器也。』賜之金帶，曰：『子他日且圍玉，其善自珍！』

張居正爲主考，羅萬化爲房考。萬化字一甫，山陰人。臚唱第一，授修撰，累遷禮部尚書，謚文懿。羅得曹誥卷，誥，休寧人，官禮部郎中。進之張。張曰：『此必輕狂淫蕩之士。』羅固請，乃中。曹赴會試，行囊不挾書册，惟戲鑼、鬼面、骰子耳。與諸舉子宴寓舍，作僵尸令人擡走以爲樂，聞者皆服居正之鑒。

練子寧練安，字子寧，以字行，新淦人。父伯尚，洪武間爲起居注。子寧舉進士第二，授修撰，累官御史大夫。文皇帝即位，縛子寧至，語不遜，斷其舌曰：『吾欲效周公輔成王。』子寧手探舌血，大書地上『成王安在』，遂族其家。正德中，江西提學副使李梦陽爲金川書院，祠子寧。與金幼孜友善，常謂之曰：『異日子必爲良臣，我必爲忠臣。』幼孜名善，以字行，新淦人。由進士擢給事中，改檢討，陞侍講，作《春秋要旨》三卷。巡狩親征，皆預扈從。累官禮部尚書、武英殿大學士，卒贈少保，謚文靖。《北征録》曰：『幼孜扈從北征，至開平，上曰：「朕梦神人語『上帝好生』者三，是何祥也？」幼孜請班師，上即回鑾。』

王濟之少遊京師，王鏊，字濟之，吴縣人。父琬，光化知縣，善攝生。鏊舉進士第三，授翰林編修，官至少傅、户部尚書、武英殿大學士。是時閹瑾毒流日廣，鏊委蛇深至，無所標明，天下師其文學。歸家，士子請業，屨常滿户。喜著述，精持論，能書。嘗於内閣獲孫樵《可之集》，手録梓之。所著有《震澤長語》《紀聞》等書。卒贈太傅，謚文恪。吏部侍郎葉與中奇之。葉盛，字與中，崑山人。舉進士，授給事中，累陞吏部左侍郎。崇道誼，尚名節，言動思跂古人，有長才。公退手不釋卷，考古辨疑，殆忘寢食，謚文莊。時吏部尚書王忠肅新逝，與中曰：『失一王翺，得一王鏊。』

島夷入淮，蟄運道，議遣右司馬部兵出討，簡二部郎以從，許恭襄許論，字廷議，吏部尚書進子也。兄誥，南京户部尚書；讚，吏部尚書、文淵閣大學士；詩，工部主事。論成進士，纍官兵部尚書，率以用武顯。卒謚恭襄。首署汪道昆名。人言：『郎未嘗談兵事，公安取郎？』許曰：『是唯不談，視談者賢矣！』道昆字伯玉，歙縣人，少聘吴氏女，將娶而女瘵。或語且勿逆婦，道昆正色曰：『柰何生而死之，令無所歸？』卒逆婦，婦尋殁。成進士，歷義烏令、户部主事、兵部郎中。竭力於古文詞，李攀龍、王世貞極其推重。出守襄陽，擢福寧兵備憲副。與將軍戚繼光决策，蕩掃倭賊，累遷至兵部侍郎，晚號函翁。

羅景鳴久困諸生中，走太學，謁丘文莊。丘濬，字仲深，瓊山人。登進士，選爲庶吉士，博極群書，尤熟本朝典故。文詞雄渾壯麗，著《世史正綱》《大學衍義補》《家禮儀節》，皆足傳世。議論高奇，其論秦檜再造南宋、許衡不當仕元，亦前人所未發。仕凡四十餘年，産業不逾齊民。性剛直，不肯婞嫛取悦，翰林多憾之。時太宰王恕有重望，太醫院判劉文泰失職，奏訐恕。科道言濬嗾之，以是尤爲衆所貶。閣老劉吉作一對，書之門曰：『貌如盧杞心尤險，學比荆公性更偏。』位至户部尚書、武英殿大學士，薨贈太傅，謚文莊。文莊給筆札爲賦，賦成得奇賞，已而嘆曰：『千里馬常有，伯樂不常有，塲中無伯樂耶？何面目宴諸生、歌鹿鳴也？』

是歲景鳴舉第一。《春秋後語》曰：『蘇代欲見齊王，王不見代。代説淳于髡曰：「人有賣駿馬者，三旦立於市，人莫與言。及見伯樂，還而視之，去而顧之，一旦價十倍。足下有意爲臣伯樂乎？」』

鄒智爲詩不屬稾草，操筆立成，然貶譏大過。內閣試《梧桐夜雨》詩云：『未擬深潛魑魅影，却愁盡濕鳳凰毛。』魑魅，精怪物。石珤見之，珤字邦彥，直隸真定府藁城縣人。父玉，按察使。珤踰冠舉進士，爲翰林院庶吉士，授檢討。沉静寡默，以文學名，諸先生多願就交，而珤多引疾家居。諸日講、摩纂可梯遷者，恒巽其後進。十八年乃滿考，擢翰林院修撰。正德初，士風漸漓，類多巧宦。珤嫉邪憤世，作《媒説》以諷之。纍陞吏部尚書、武英殿大學士，其前後所上封事要語云：『中才皆可用之人，不必求備；平易有近民之實，不必務奇。』『治有端緒，不必責效於旦夕之間；事可包荒，不必刻意於淵魚之察。』人謂爲救時之藥石。自嘉靖中，內閣臣廉貧亡踰珤者。卒贈少保，謚文隱，改謚文介。兄玠，爲户部尚書。對程楷曰：『汝愚制作，可謂怨而怒矣。有志於成天下之務者，固如是乎？』後智以吏目終。楷，江西樂平人，官編修。

靖難師入城，胡靖、靖初名廣，廷試傳臚，更名靖。永樂中復舊名，字光大，盧陵人。父子祺，延平知府。靖以進士第一，爲翰林修撰。太宗正大統，陞侍講。居官敬慎，文翰獨步當世。纍遷文淵閣大學士，卒贈禮部尚書，謚文穆。官其子爲檢討。明文臣得謚，自靖與姚廣孝始。解縉、王艮、艮字欽止，吉水人。賜進士及第，授修撰。飭身正色，不可狎玩。屢上書言時務，上皆欣然納之。吴溥溥字德潤，領鄉薦，爲太學生。奉使雲南、福建，舉進士，擢編修，歷司業。宣德中陳璉掌國子監事，設宴公堂。酒闌，溥忽得風疾卒。寓舍連楹，皆踰垣集溥舍，縉陳説大義，靖憤激慷慨，艮獨流涕不言。別去，溥子與弼尚幼，問溥：『向三賢孰能仗節？』溥曰：『獨王死耳！』語未竟，隔墻聞靖呼曰：『外鬧甚，可看豬！』溥顧與弼曰：『一豬不忍，寧自忍乎？』須臾，艮自鴆死，靖與縉皆迎附。

王振謂三楊曰：『朝廷事賴三先生，然皆高齡倦瘁矣！』文貞曰：『老臣當盡瘁報國。』文敏曰：『不然，當薦幾箇後生報主耳。』即薦陳循、高穀、苗衷等。文貞讓文敏，文敏曰：『彼厭吾輩矣，一旦內中出片紙，以某入閣，則吾輩束手而已。今數子，皆是我輩人，當一心力。』文貞嘆服。衷字秉彝，定遠人。舉進士第二，授編修，纍陞兵部尚書兼學士，入內閣。卒贈少保，謚文康。廕子鐩爲御史。

純皇帝好寶玩，中貴言宣德間嘗遣王三保使西洋等番，所獲無算。《弇山堂別集》曰：『永樂三年三月，命太監鄭和等，率兵二萬七千，行賞賜西洋古里、滿剌諸國，人謂之三寶太監。』帝命兵部察西洋水程，時項忠爲尚書，劉大夏爲車駕郎中。項使都吏檢舊案，劉先檢得之，匿他處，都吏檢不得，會科道諫，事遂寢。項復呼詰都吏：『案卷安得失去？』劉在旁曰：『三保下西洋時，費錢糧數十萬，軍民死者亦以萬計。縱得珍寶，於國何益？舊案雖在，亦當毀之，以拔其根。尚足追究有無耶？』項悚然降位，向劉再揖而謝之，指其位曰：『君有先識遠量，此位不久當屬君矣！』後劉果至兵部尚書。忠字藎臣，嘉興人。進士，爲刑部郎。從英宗北狩，土木陷賊，自拔走歸，足刺蒺藜數百不覺。歷官陝西，賑饑濬渠，得陝人心。擒楊虎貍，平土達滿四，纍進兵部尚書。卒贈太子太保，謚襄毅。

前世以秦璽爲寶，得之者君臣動色相慶。弘治間陝西守臣熊翀得玉璽來獻，以爲傳國之寶復出。翀字騰霄，光州人。少業南壇，從遊者十人許。夕忽覩一美女立松樹上，衆錯愕走。翀略不爲意。女滅，以刀刮樹皮，書曰：『作怪風雷折，成形斧鋸分。』夜半，果雷劈之。翀登進士，纍官南京户部尚書。禮部尚書傅瀚言：『以史傳諸書考之，形制、篆刻皆不類，其爲贋作無疑。即使非贋，我太祖以聖德受命，製一代之璽，傳之子孫。壽昌之福，萬世無極，何藉於彼哉？』迺以其璽屬庫藏之。瀚字曰川，新喻人，謚文穆。

尹旻司銓日，旻字同仁，歷城人。父宏，泉州知府。旻舉進士，簡入翰林，纍官吏部尚書。素負學識，尤精鑿彊記。每經銓注，雖稠人小吏，閲數年猶識其名。久掌衡鑒，不爲私撓。姦吏李孜省搆成大獄，削職歸。卒復官，贈太保，謚恭簡。閩士翁晏以貢就教職，旻試之，不許，曰：『子終當科第發身。』後如旻言。

楊石齋當國日，一弟爲京卿，二弟爲方面，子姓布列中外甚衆。子慎復舉進士第一人，慎字用修，號升菴。少聰明博學，年十二，石齋問曰：『景之美者人曰似畫，畫之佳者人曰似真。孰爲正？』慎舉元微之詩以對。石齋曰：『詩亦未佳，汝可更作。』慎輒作至，云：『會心山水真如畫，好手丹青畫似真。夢覺難分列禦寇，影形相贈晉詩人。』石齋喜曰：『此四句大勝前人！』年二十四及第，授翰林修撰，議大禮，跪門哭諫，下獄廷杖，謫戍雲南永昌衛。卒贈光禄寺少卿，著述百餘種。賀者至，楊頻蹙曰：『君知爲傀儡者乎？傀儡，木偶戲。唐段綸使楊思齊造傀儡，太宗怒，削綸階。方奏伎時，次第陳舉；至曲終，必盡出之場。此亦吾曲終時已。』

顯皇帝在御日久，習知人情，每見條陳疏，即曰：『此套子也。』即有直言激切指斥乘輿，全不動怒，曰：『此欲沽名耳。若處之，適成其名。』卷而封之。于文定嘗稱聖明寬度。于慎行，字無垢，一字可遠，號穀山。弱冠登第，入詞林。不善臨池，上命題咏，詩成則倩人書之。江陵敗，士大夫咸推波助瀾，慎行獨調護營救，《貽丘司寇書》，世傳而誦之。纍遷禮部尚書、東閣大學士。所著集《筆塵》，成一家言。卒贈太子太保，易名文定。宋太宰曰：『此反不是。時事得失，言官須極論，正要主上動心。寧可怒及言官，畢竟還有警省。今若一槩不理，就如痿痺之疾，全無痛癢，無藥可醫矣！』同列皆服其言。宋纁，字伯敬，號栗菴，商丘人。起家進士，歷官至吏部尚書。剛方雅正，縉紳鮮儔。

會試，當闈中牘具覆發，主者心冀知名，如卜聽人懷鏡入市，幸聞好語者，時有聲舉，則相叫歡。吴澹人名揭，吴禎，字永錫，號澹人，華亭人。改翰林院庶吉士，授編修。衆寂然，倪鴻寶色頗愧。忽方書田方逢年，字書田，遂安人。進士，改翰林院庶吉士。仕至禮部尚書、東閣大學士。温易有文才。入清不屈，殺之。從西座隅離席，諗衆曰：『吴禎者，華亭吴天胤也。』衆乃讚譟，向主者舉手，賀得人。

杜安道性慎密不泄，動有法度。遇要官勢人，如不相識，一揖之餘，未嘗啟口。隨侍太祖，征伐朝讌，未嘗暫違。太祖常曰：『如安道，吾知其心。』太祖神聖，凡進見者，於容貌詞氣之間，盡能揣其隱微。

鄒潁泉鄒善，字繼甫，號潁泉，安福人。仕終參政。督山東學，得邢知吾，侗號，別見。曰：『異日當文名天下！』召讀書省之司衡堂，親行冠禮，時邢年方十四。

榆林柳樹會，舊柳州也。土人耕地得金，僉憲姚文清問其所自，文清字廉夫，陽曲人，仕至布政使。土人云：『地下隧道數曲，巨室三楹，金銀堆積以千萬計。』僉憲請聞於朝，發之以實庫藏。鎮督姚鏌曰：鏌字英之，慈谿人。舉進士，纍官兵部尚書，總制陝西三邊。善於馭士，屢奏捷功。子淶，字維東，狀元及第，官至春坊諭德。『若是，則人將謂我輩先有所獲，何以自明？』乃以金歸土人，厚封其地，以絶後議。

世灼灼言河神，王浚川曰：『正苦無神耳，有則上爲國，下爲民，可以理禱取應。』

卷六

賞譽

王麟泉素貧，王用汲，號麟泉，晉江人。登進士，歷推官、府同知、員外。建言爲民，起用，官至南京刑部尚書。既與計偕，以麥和菜根，食之三年。李卓吾曰：『能甘麥和菜根三年，宇宙更何難事？』卓吾名贄，字宏甫，温陵人。中燠外冷，强力任性。以孝廉爲姚安太守，政令清簡。公座或與髡俱，簿書之間時與參論，又每至伽藍，判了公事，人怪之。致仕，客黄安，稱流寓客子。自是參求乘理，剔膚見骨，少有酬其機者。至麻城，築芝佛院以居。有三嗜：讀書、掃地、湔浴。其讀書不以目，使一人高誦，傍聽之。鼻畏客氣，客至，但令遠坐。一日搔髮，自嫌蒸蒸作氣，遂去髮，獨存髭鬚，禿而方巾。著《藏書》《焚書》。孫子參同侍御馬經綸迎之通州，著《九正易因》。當道疏上，指爲妖人，逮詔獄，尋薙髮刀自刭。

董玄宰董其昌，字玄宰，號思白，華亭人。成進士，改翰林院庶吉士，授編修，出補外籓。旋反初服，遊戲禪悦，積思文學，以書畫見重海内。官至南京禮部尚書。嘗謂陳眉公曰：『吾曹無他覬，博得一活勝人足矣！』眉公曰：『公有三無，筆下無疑，眼中無翳，胸中無一點殺機，皆壽徵也。』玄宰大笑。後玄宰年八十餘而卒。

聞子將聞啓祥，字子將，杭州人，舉孝廉。問及伯敬，友夏答之曰：『伯敬者，不是朋友，直是終日拏來受用者耳。』譚元春，字友夏，竟陵人。舉孝廉，好學有俊才，詩文與鍾惺齊名。

明卿云：『卓吾高邁肅潔，如泰華崇嚴，不可昵近；聽其言，冷冷然塵土俱盡，而本人情切物理，一一當實不虛。』

劉元瑞云：劉麟，字元瑞，南京廣洋衛人。登進士，疏救下獄諫官，授刑部主事，歷員外郎、郎中。出守紹興，以忤劉瑾，廢爲編氓。越人頌德，肖像爲小劉祠，謂媲美劉寵。貧不能歸，寓居長興，與吴琉、施侃、龍霓、孫一元結社論道，稱『湖南五隱』。楊廷和一日過麟之門，見雙藤倚户，飄香載道，驚問曰：『此内爲誰？』曰：『劉麟也。』嘆賞而去。瑾敗，起知西安，纍遷至工部尚書，創議建節慎庫。致仕，栖於坦上，灌畦賦詩爲樂，學者稱曰『南坦先生』。卒贈太子少保，謚清惠，年八十有八。『與太初對，風神藻雅，令人坐忘。』孫一元，字太初，秦人。嘗棲太白之顛，於是稱『太白山人』。此皆問而知之，竟莫知其所自來，爲何人。一元膚瑩，渥顔飄鬚，望之如神仙中人。世俗物一無好尚，獨喜爲詩，有超逸才。四遊久之，徑吳入越，往來越、湖間。善説玄虛，又善説時事世務。吳越人爭訪禮敬，無何病作，竟死。

徐長谷見人詩文佳，則曰：『此人肚内有丹。』徐獻忠，字伯臣，號長谷，華亭人。才高學博，著書自娱。由孝廉授奉化令，時同鄉沈愷爲副憲，獻忠與節推楊樞爲屬吏。樞先謁愷侍坐，獻忠入趨，南坐不少遜。愷意不懌，獻忠怒曰：『而豈以我不能爲陶彭澤耶？』掛冠高隱。

張寰寰字允清，崑山人。登進士，仕至通政司參議。强年坐廢，惟務遊覽，臨摹法書，竟日不倦。目陳淳淳字道復，後以字行，别字復甫，長洲人。以文學才藝爲時欽。卒業國雍，大學士楊石齋、冢宰陸水村欲薦留秘閣，長揖辭歸。所棲曰『五湖田舍』，有茂林修竹，花源柳隩，鴨欄鶴圃，酒帘漁艇，極隱居之勝。有雲林之飄灑，而無其癖；同石田之高潔，而通於和。倪瓚，字元鎮，無錫人。處士，强學好修，性雅潔，崇恬退，見義則爲。所居閣名『清閟』，幽迥絶塵。中有書數千卷，古鼎彝、法書、名畫，陳列左右；松、桂、蘭、竹、梧、菊之屬，敷紆繚繞，其外高木老藤，蔚然深秀。自號『雲林』，逍遥容與，詠歌以娱。客至，笑語留連，竟夕乃已。作畫蒼勁妍潤，尤得清致，奉幣贄求者無虛日。卒年七十有四。

馮元成云：『萬伯修以武節著而文最高，以通才稱而操最固，以勁心運而中最厚、道最廣。燕裘趙劒，吴歈楚詞，芬芳流風，清美餘韻，使我與參下坐，亦臭味耶。』萬世德，字伯修，偏頭所人。登進士，官至右都御史，總督薊遼。

文子悱云：『馮元成能文不難，其不輕爲文則難；能施不難，其不妄爲施則難。』

李子成告孫文融曰：李世達，字子成，號漸菴，涇陽人。年十二梦謁高皇帝，授一明珠曰：『善自珍之。』成進士，爲吏部郎，品藻人群，百不失一，不以身格爲軒輊。歷左都御史，掌都察院事，舉行回道考察例甄别御史，臺中改觀易慮。且申明憲典，俾撫巡下吏無得問餽。於時道路風清，苞苴弊絶，人才臧否良楛，疏於巨册，即窮鄉下吏片長寸善無不知者。卒謚敏肅。『隆慶戊辰、己巳時，蓋三相，江陵末也。然凡有大除授，多待江陵而决。』孫曰：『豈以其勢方張乎？』李曰：『不然，此公有斷且藻鑑明，所論多中的，故每每從之。夫能長百人者，必才兼百人者也，豈不然哉？』孫鑛，字文融，餘姚人。祖燧，江西巡撫，謚忠烈；父陞，南京禮部尚書，謚文恪；兄鑨，吏部尚書；鋌，南京禮部侍郎；鋐，太僕卿。鑛成進士，歷南京兵部尚書。情品孤高，事業文章，卓然當世。

徐宗伯學謨也。道周公瑕有三不俗：『口不艶貴要，身不及郡邑，手不持籌算。』周天球，字公瑕，吴縣人。弱冠選隸學宫，試輒高等。居久之，厭帖括，一意修古，書名甚著。求書翰者如市，所受潤筆錢，即斥以市寶玩書畫。性善營栩，邃宇静室、小閣疎窗，位置閒雅，有山阿之致。客至，吴羹海錯，粔籹餦餭，咄嗟立辦，人目爲俠隱。

耿文恪居太宰，有譽公可繼端毅者。文恪曰：『王公孰可當之？其在位，吾夕過其第，必見蒼頭沽油。』王恕，字宗貫，三原人。貌豐而見骨，啖食兼數人。成進士，改庶吉士，出爲評事。弘治間爲三吴巡撫，常州監生湯棨，以中旨取其鄉人段銓家古書《截江網》及刻絲觀音羅漢，恕奏免之。官至吏部尚書，以直諫重天下，凡朝事有所不可，人必曰：『王公疏且至矣！』恕疏果至。時爲謡曰：『兩京十二部，獨有一王恕。』公卿大臣皆側目，大學士丘濬、都御史吴貞，主使太醫院判劉文泰，奏恕矯詐强悍，妄行選補御醫吏目非故事，及託人作傳而鏤行之，以彰先帝拒諫之失。恕辯乞休，許之。家居，每夜書燈，達旦不熄。倦則眠，覺即誦讀。卒年九十三，贈太師，謚端毅。子承裕，南京户部尚書，有學行。

時人目曾魯以舌爲筆，宋濂以筆爲舌。魯字得之，新淦人。泛濫史籍，悉能言之。有叩之者，如山川出雲，疊敷層見。至正間，天下大亂，集里中豪，保障一方，人號曰『君子鄉』。洪武初，起修《元史》，遷儀曹主事，超拜禮部侍郎。

桂彦良授晉王府右傅，陛辭，上曰：『江南大儒，惟卿一人。』彦良字德稱，慈谿人。洪武中應薦，召授太子正字，擢右傅。既致仕，條陳十二事，名曰《萬世太平要策》。對曰：『臣不敢當宋濂、劉基。』基字伯温，青田人。應進士舉，授高安縣丞。間閲書肆，有天文書，因閲之，即背誦如流。歷江浙儒學副提舉，移文去，隱居力學。嘗遊西湖，有異雲起西北，諸同遊者以爲慶雲。基大言曰：『此天子氣，應在金陵。』時無能知基者，惟新都趙天澤深奇預識，以爲孔明之流。屢起屢歸，著《郁離子》。高皇帝命孫炎聘基，遂詣金陵，密定征伐之計，贊成大功，爲太史令，拜御史臺中丞。案劾中書省都事李彬與丞相李善長，大忤辭歸。召赴京師，授弘文舘學士，進封誠意伯。剛毅慷慨。子璉，江西參政。

宋景濂稱鐵崖君聲光殷殷，摩戛霄漢。楊維楨，字廉夫，號鐵崖，會稽人。元末擢進士第，仕至江西等處儒學提舉。洪武中應聘至京，僅百日，謝病還雲間，著書數百卷。晚年曠達，戴華陽巾，披羽衣，泛畫舫，吹鐵笛。當酒酣，呼侍兒出謌，自倚鳳琶和之。或加誚讓，亟罵曰：『昔張籍見韓退之，退之命二姬合彈箏琶爲樂。爾謂退之非端人耶？』遠近皆知楨爲寬厚長者。

馮恩恩字子仁，由進士歷行人、御史，論斬。母吴，擊登聞鼓訟冤；子行可，年十四，刺臂血書，疏乞代死。肅皇帝憐之，命法曹再議，詔免死，戍雷州，釋歸。穆皇帝即位，即家拜大理寺丞。抗疏論汪鋐，鋐，婺源縣人。舉進士，仕至吏部尚書，兼兵部尚書，有幹局。内行修潔，執憲秉銓，多所建論，然善窺時好爲取舍。卒謚榮和。復倣范希文《百官圖》例，悉品諸大臣得失，詞甚峭厲，宋范仲淹，字希文，吴縣人。二歲從母更適朱氏，既長泣辭母，去之應天府。刻苦讀書，舉進士第，歷司理參軍、節度推官，始迎母歸養，還姓更名。爲秘閣校理，每感激論天下事。嘗自誦曰：『士當先天下之憂而憂，後天下之樂而樂。』一時士大夫矯厲尚風節，自仲淹倡之。疏請太后還政，召爲右司諫，權知開封。吕夷簡不悦，罷知饒州，累進龍圖閣直學士、知延州，降户曹員外郎、知耀州，遷環慶路經略安撫緣邊招討使。愛撫士卒，養威持重。嘗立一軍爲龍猛軍，時人目爲龍猛指揮使。羌人親愛，呼爲龍圖閣老子。邊上謡曰：『軍中有一韓，西賊聞之心骨寒；軍中有一范，西賊聞之驚破膽。』元昊大懼請和。拜樞密副使，進參知政事。取班簿，視有不才監司姓名，一筆勾之，以次更易。富弼素以丈事仲淹，謂曰：『六丈則是一筆，焉知一家哭矣？』仲淹曰：『一家哭，何如一路哭耶？』知軍晁仲約迎勞劫盗，富弼欲正法。仲淹争于上前宥之，密告弼曰：『祖宗未嘗輕殺臣下，此盛德事。柰何輕導人主以誅戮？他日手滑，雖吾輩亦未敢自保也。』及弼按河北還，未測朝廷意，比夜彷徨，遶床嘆曰：『范六丈聖人也！』行邊，請罷政事，歷數州，遷户部侍郎，徙青州，病卒。贈兵部尚書，謚文正。仲淹内剛外和，好施予，置義莊以贍族人，語諸子弟曰：『宗族固有親疎，然吾祖宗視之均是子孫，吾安得不恤其饑寒？』又曰：『親戚及閭里知舊，見我生長、幼學、壯仕，爲我助喜，我何以報之哉？』政尚忠厚，所至有恩。領浙西，吴中大饑荒，政甚備，乃縱民遊宴，又公私興造，發有餘之財，以惠貧者。是歲浙西晏然，民不流徙。汎愛樂善，才俊士多出其門下。在睢陽掌學，有孫秀才者索遊上謁，仲淹贈錢一千。明年孫生復謁，又贈一千。因問：『何爲汲汲於道路？』孫戚然動色曰：『母老無以養。』仲淹曰：『吾觀子辭氣非乞客，僕僕所得幾何？廢學多矣！今補子學職，月可得三千錢以供養，子能安於學乎？』孫大喜，於是授以《春秋》。孫篤學不舍晝夜，行復修謹。明年仲淹去，孫亦歸。十年間，泰山下有孫明復先生以《春秋》教授學者，道德高邁。朝廷召至，乃昔日索遊孫秀才也。遇夜就寢，即自計一日自奉之費與所爲之事，果相稱，則鼾鼻熟寐，或不然，則終夕不安眠，明日必求所以稱者。子四：純祐，蔭守將作院主簿；純仁，尚書僕射，中書侍郎，謚忠宣；純禮，尚書右丞，謚恭獻；純粹，徽猷閣待制。上怒逮下詔獄。會審闕門，汪以太宰執筆，恩不跪，辯甚強項。汪怒推案下，欲拳恩。王廷相正色止之。廷相字子衡，號浚川，儀封人。第進士，累官兵部尚書兼掌都察院事。立朝當官，奉公履正，利害毀譽，無能動搖。既罷官歸，閉門著述。卒贈少保，謚肅敏。汪遂以『上言大臣德政』律署斬，恩挺身出不顧。觀者皆嘖嘖嘆曰：『是御史，鐵膝，鐵口，鐵膽，鐵骨。』相傳爲『四鐵御史』。

聞莊簡拜吏部尚書，問諸郎曰：『先朝太宰孰優？』對曰：『無如蹇忠定、王忠肅。』聞曰：『固也。耿文恪方可否事，少宰从左右贊一辭，文恪宣言曰：「天子建天官一人耳，安得二天官耶？」「宰正百官」，文恪近之矣！』聞淵，字静中，鄞縣人。生八年，梦一老父據石上，持淵踵相曰：『爾文王子孫也，幸勿忘。』弘治甲子舉於鄉，時山陰人蕭鳴鳳爲舉首，語淵曰：『文王既没，周以甲子興，曩昔之梦徵矣。』舉進士，歷刑部主事。會部中失囚，淵與同舍郎當坐，同舍郎蒲服謁劉瑾，淵委蛇自如。瑾曰：『聞郎貌似夫子，遇辱不驚。』於是朝士聞之，皆稱『聞夫子』。官至刑部尚書，改吏部，贈少保，謚莊簡。

楊中丞豫孫也。多識前言往行，弇州謂『一部人物誌』。

陳仲醇目陸宫保『短言可以書紳，長言可以補史』。

仲醇嗜古，每見三代秦漢玉，輒印而識之。董玄宰曰：『此可爲群玉府矣。』《穆天子傳》云：『群玉山，先王之所謂策府。』

阿魯台歸款，欲并東西諸部落，聽其約束，請朝廷出誓詞爲盟。阿魯台，元宗嫡本雅失理臣，降明封和寧王。弑本雅失理而自立，瓦剌脱歡襲殺之。衆議且從之，黄淮言：『賊勢分易制，若并力一心，後患滋大，不可許。』文皇帝善其言，顧左右曰：『黄淮如立高岡，無遠不見；爾等如立平地，所見惟目前耳。』淮字崇豫，永嘉人。進士，除中書舍人。文皇帝命入翰林，備顧問，每召語至夜分。已而命領内閣，纍陞少保、户部尚書、武英殿大學士。淮有識見，正色直言，人目淮爲『太認真』。

胡世寧、世寧字永清，仁和人。進士，纍陞江西副使。發宸濠反謀，權奸朱寧、陸完等坐世寧『誹謗妖言離間』罪，下錦衣獄。謫戍四年，宸濠果反。釋之，除湖廣按察使，官至兵部尚書。土魯番劫曲先衛人牙木蘭爲將，牙木蘭擁帳内徙歸明。土魯番遣使來，大臣即欲縛牙木蘭與之易哈密。世寧議牙木蘭反正歸順，哈密空城懸遠，無益事實；土魯番善賈多巧術，今欲以哈密爲餌，釣大利，離貳我屬人，正宜厚牙木蘭以風遠邦，報聞。世寧朴忠直諒，氣壯才雄。逝贈少保，謚端敏。李承勛、承勛字立卿，嘉魚人。父田，都御史；兄承恩，郎中；承芳，評事。承勛由進士纍官兵部尚書，學有源委，才無枝柱，潔廉自守，家無餘貲。贈少保，謚康惠。魏校、校字子才，崑山人。進士，歷國子監祭酒兼太常卿，贈禮部侍郎，謚恭簡。校恬静篤實，其學主於立本研幾，始博終約。余祐友善，相切磨問學，時稱『南都四君子』。祐字子積，鄱陽人。幼師餘干胡居仁，胡以女女焉。登進士，纍遷徐州副使。進貢，内臣誣逮錦衣獄。謫南寧府同知，官至吏部侍郎。學務備體，用兼大小。

敖文禎云：『生平所見，惟鄧以讚真道學，以讚字汝德，新建人。成進士，選庶吉士，官編修。以文章冠冕海内，泠泠抑抑，如玉如金。還里，屢起屢不赴，深坐西山者三十年。洞觀天人之際，精密廣大，高明篤實。或即事賦言，因人立教，不數語耳。有友問曰：「道何似？」曰：「難言。」再問之，曰：「知而言未晚。」歷官吏部侍郎，贈禮部尚書，謚文潔。趙南星真氣節，王家屏、家屏字忠伯，大同山陰人。成進士，選庶吉士，授編修，纍陞吏部侍郎兼東閣大學士，入内閣，進禮部尚書，調護建儲、豫教，廷争激切，顯皇帝終不允，因堅臥求罷歸。家屏長身豐頤，魁然岳立，忠誠體國，操履端嚴，臨事有執。贈少保，謚文端。子濬初，舉省試第一。沈鯉真平章。』鯉，歸德人。登進士，改庶吉士，授檢討。萬曆中以禮部尚書召入内閣，進少保、文華殿大學士。甘清苦，重名行，正骨嚴顏，醇衷博體。在内閣，與四明沈一貫不協，妖書起，言官因借以傾鯉。會訊時，皦生光已承伏，衆猶不決。有御史沈裕曰：『此事不決，縉紳荼毒矣！皦生光外，無他人。』覆訊，衆遂署『情真』，獄乃决，鯉與一貫同時去位。脱屣尊榮，咏歌田野，不與外事，爲德於鄉。文章高雅暢達，天下誦之。贈太師，謚文端。

楊用修博學，梁文康嘆曰：梁儲，字叔厚，順德人。禮闈第一人，廷對第四人，翰林，仕至吏部尚書、華蓋殿大學士，加少師。敦重慎默，不爲矯亢。故群邪用事，從容其間，若履坦途。贈太師，謚文康。『用修之强記何必減蘇頌乎？』宋蘇頌，字子容，晉江人，徙居丹陽。父紳，翰林學士，出知河中。頌舉進士，器局宏遠，於書無所不通。纍官右僕射兼中書門下侍郎，務在奉行故事。以太子少師致仕，爲時雅德君子。卒贈司空。

謝文肅云：謝鐸，字鳴治，浙太平人。進士，授編修，纍陞禮部侍郎，掌國子祭酒事。在國學律己率人，嚴立規約。籍羡金搆書樓，贍貧生，不私入一錢。請從祀楊時、斥吴澄，條上，教人斂才之術。致仕家居，喜著述，收綴方正學遺文行於世。嘗曰：『明太祖有度越歷代者五事：攘克大都，收復諸夏也；肇基南服，統一天下也；威加勝國，鋒刃不交也；躬自刱業，臨御最久也；申明祖訓，家法最嚴也。』卒贈尚書，謚文肅。『黄孔昭在文選，每見其喜，則知賢者之得進；見其憂，則知小人之不得退。』孔昭初名曜，以字行，改字世顯，太平人。執友建寧守賀浤薦其賢，孔昭嘆曰：『士有志用世，乃藉人薦舉耶？』刻苦讀書，舉進士，歷工部主事、員外郎，調吏部，陞文選郎中。常曰：『國家之用才，猶農家之積粟。粟積於豐年，乃可以濟饑；才儲于平時，乃可以濟事。』官至工部侍郎，贈禮部尚書，謚文毅。子俌，亦爲文選郎中；俌子綰，官生，歷官禮部尚書。

彭惠安彭韶，字鳳儀，莆田人。第進士，積官刑部尚書。林俊稱韶：『方不忤物，廉不近名。』卒贈太子少保，謚惠安。作王翱贊云：『淡然無欲，不識姜姬。而况苞苴，孰我敢施？古三不惑，漢楊震子太尉秉曰：『我有三不惑，謂酒、色、財也。』於公見之。』論者謂爲知言。

石文介爲諸生時，與兄俱有文名。石玠，與弟同登進士，久歷邊陲，習諳戎務，人争盡力。累陞户部尚書。忤錢寧，賜骸歸。李文正每曰：『諸後進可托以柄斯文者，其石氏季方乎？』陳紀，字元方；陳諶，字季方。皆太丘長許昌陳寔子也。高名并著，每宰府辟召，羔鴈成群。世號『三君』，百城皆圖畫。

薛家相云：薛國觀，字家相，韓城人。登進士，授萊州推官，奉職守法，以公明稱。考選給事中，昌言義色，風采凛然，而心存恕厚，未嘗察察求人之過。纍陞左僉都御史，寅畏整肅，憲度一新，諸御史咸敬服。烈皇帝每召平臺議事，國觀從容應對，時有敷陳，上心重之。擢禮部侍郎、東閣大學士，進至少保、吏部尚書、武英殿大學士。因事納忠，隨材器使，爲近世賢輔。督師大學士楊嗣昌建議增設户部侍郎二員督餉，國觀曰：『官期得人，何必增設？』上怒，詰責甚厲。國觀素與東廠太監王德化不協，至是□□乘隙，執内閣制勅房尚寶司司丞王陛彦，嚴刑拷掠，使誣國觀贓私。鎮撫司、刑部皆媚軟，竟不能雪，賜死寺中。國觀操行，修潔剛正，足以任事。以尚氣故，忤中貴人，殞其身，天下莫不悲之。『天下無事，所重只一冢宰；有事，只一大司馬。明朝兼長者，前惟馬鈞陽，馬文升，字負圖，鈞州人。貌瑰奇，多旅力。與群兒戲，角之靡不仆者。登進士，歷官至大理卿，憂去。固原土胡滿四反，起都御史，巡撫陜西，討擒四。尋節制三邊，召入爲兵部侍郎，出總遼東軍務，制五花營、八陣圖訓士。巡撫陳鉞誘殺貢人，由是東人讙懼爲亂，文升往撫勦。汪直巡邊，鉞乘間讒毁，直奏文升妄啓邊釁。

上遣直及刑部尚書林聰即訊，謫戍重慶。直、鉞敗，得復官，巡撫遼東，仕終吏部尚書。年八十五卒，贈太傅，謚端肅。文升性介特，寡言笑，立朝五十餘年，以身殉國，不避艱險，凡有大事，知無不言。長於用兵，而念天下方困用兵，思所以休息之，不肯輕議戰討。雖位極人臣，名聞夷夏，退然不敢自居。後惟楊蒲州。』楊博，別見。

焦弱侯推尊卓吾，譚及，朱平涵不應。弱侯曰：『兄有所不足耶？即未必是聖人，可肩一「狂」字，坐聖門第二席。』

江陵柄國時，用朱正色爲江陵縣令。朱倜儻有俠氣，相府家奴犯者，榜繫窮治，無所貸。江陵深奇之，爲延譽行取。朱國禎與人書道：『江陵即此一節，其賢於前後相君多矣！』正色，南和縣人，仕至右副都御史。嘗自言逢吕仙，曰：『士夫踐清華者，非佛與仙，即精靈也。從仙墮者爽朗有幹濟，從佛墮者慈；從精靈墮者貴，而貪狠敗類。』

品　藻

翰林目錢與謙爲馳馬，錢福，字與謙，號鶴灘，華亭人。連舉省、殿二元，授修撰，以文著。顧文僖爲看馬。顧清，字士濂，華亭人。家貧固守，嘗書座右曰：『毋狗物而爲所溺，毋狎物而爲所乘。』登進士，改庶吉士，官至南京禮部尚書，謚文僖。

王百穀評汪伯玉文『如吴牛喘月，略無神氣』，衆以爲善譬。

王文肅論文推歸太僕，歸有光，字熙甫，崑山人。年六十始登進士，令長興，判順德府。高新鄭以大相秉銓，拔爲太僕丞，直内閣，司制勑。美風儀，性淵沉，古文辭超然名家。其於弇州未嘗措意。弇州亦謂文肅不脱措大氣。然文肅奏疏，筆鋩迅利，一刀見血，《四部稿》中無是也。

何元朗何良俊，字元朗，號柘湖。選貢，授翰林孔目，覃心著作。宴息處名『四友齋』，四友者，維摩詰、莊生、白樂天與良俊也。晚嗜聲伎，寢興必先奏樂。著《何翰林集》《何氏語林》《四友齋叢説》。嘗與趙大洲論及曹操，操小字阿瞞，字孟德，沛國譙人。奄宦曹騰養子夏侯嵩之子，冒姓曹氏，自言相國參之後。機警有權數，任俠放蕩，不治行業。舉孝廉，爲郎，纍遷濟南相國，徵爲黠軍校尉。起兵討董卓，擊黄巾賊，迎獻帝，都許。自爲大將軍，進位丞相，封魏公。後子丕篡漢稱帝，尊爲武帝。大洲曰：『獅子是我西方之獸，終日跳躑，無一刻暫休。蓋其猛烈之氣，不得舒耳。故與之毬，以消耗其氣，遂終日弄毬，忘其跳躑。曹之舉動輕躁，亦是其胸中猛烈之氣不得舒也。』獅子，狻猊，一名白澤。似虎，正黄有髯，尾端茸毛大如斗，銅頭鐵色食虎豹。

文皇帝書蹇義等十人名，命解縉評，各疏於下。縉評曰：『蹇義資厚重，而中無定見；夏原吉有德有量，而不遠小人；劉雋雖有才幹，不知顧義；雋字子奇，江陵人。父夢天降赤幟，上書『雋』字，因以爲名。登進士，纍遷兵部尚書，往剿日南，陷圍遇害。贈少傅，謚愍節。鄭賜可爲君子，頗短於才；賜字彦嘉，建寧人。擢進士，拜御史，特命編次戍吏行伍，衆皆感悦。纍陞刑部尚書。以憂懇請去位，上勉留。賜每旦出，則正衣冠視事；夕入，則易服就位，哭奠如儀。遷禮部尚書。賜接士有禮，御下有恩。李至剛誕而附勢，雖才不端；李鋼，字至剛，以字行。舉明經，授祠部郎中，纍陞參議。文皇帝正大統，爲通政，陞禮部尚書兼左春坊大學士。爲宋禮所間，降儀制郎中，終興化知府。黄福秉心易直，確有執守；福字如錫，昌邑人。洪武中以太學生授縣主簿，陞金吾衛經歷。上書論國家大計，擢工部侍郎。永樂初陞尚書。討交阯，郡縣其地，兼掌交阯布、按二司事。洪熙初召還，兼詹事。交阯叛，再命福往討之。福至，交人皆下馬，羅拜泣頌。宣德初，改南京户部尚書，參贊守備機務。文皇帝嘗命福與蹇義等弈，福不能。帝曰：『何爲不能？』福曰：『臣幼時父師嚴，惟教臣讀書，不令臣弈，是以不能。』陳瑛刻於用法，好惡頗端；瑛，滁州人，殘忍刻薄。洪武中以人才貢入太學，擢御史，歷按察使。坐通藩邸，謫廣右。文皇帝召爲左副都御史，署院事。言宜追戮效死建文者黄觀、廖昇、王叔英、周是修、王良、顔伯偉等。帝曰：『舉義共誅姦臣，不過齊、黄數輩。其二十九人多宥而用之，况數人又不與二十九人之數？彼食其禄，自盡其心，悉無問！』後瑛閲方孝孺等獄詞，簿録觀、叔英家，妻、女皆將給配，妻、女俱自溺死。陞左都御史，掌院事。帝定鼎北京，值三殿災，言官多云建都北京不便。帝曰：『遷都，吾與大臣密議而行。』因命言者與大臣于門前對辯。瑛言：『言官白面書生，不知大計。』帝命左右呵罵言官，夏原吉曰：『言官應詔陳言，不宜深罪。』帝乃兩宥之。宋禮戇直而苛，人怨不恤；禮字大本，永寧人。國子生，授按察僉事，纍陞工部尚書。永樂初漕運江南糧，自海運者，踵元之舊，由太倉、直沽達京；自河運者，由江入淮至陽武，發山西、河南丁夫陸運，至衛輝入河，舟運達京：海險陸費。至是，從濟寧州同知潘叔正言，命禮濬復元會通河故道。禮筑壩汶上之戴村，遏汶東流，令盡出於南旺，分爲二水，南接徐沛，北達臨清，南北遂通。卒於官，南旺建祠祀之，以共事刑部侍郎金純、都督周長配。陳洽疏通警敏，亦不失正；洽字叔遠，武進人。用薦歷文選郎中、吏部侍郎，遷大理。屢平交阯，屢往鎮之。陞兵部尚書，仍勅領交阯布政、按察兩司，仍參軍事。宣德初，參贊討叛寇黎利，師潰自刎死。贈少保，謚節愍。命子樞爲刑科給事中。方賓簿書之才，駔儈之心。』賓，錢塘人。太學生，授刑部，試郎中，改兵部。革除中署應天府事，坐累謫戍。以茹瑺薦，召復兵部郎中。文廟靖難，執尚書齊泰赤其族，賓迎駕，遂進侍郎，尋進尚書，以通敏稱。建議勅遣大臣，分行各處，選取民間爽健子弟二萬，以備侍衛，悉隸府軍前衛，立千户所領之。年至六十疎放，仍於本處選補，人頗苦之。夏原吉約同諫親征，上怒，賓懼自縊。上益怒，戮其屍。駔儈，會兩家買賣者。

高拱嘗與張居正相期約：他日苟得用，當爲君父共成化理。居正曰：『若撥亂世，反之正，創立規模，令下便有條理，堂堂之陣，正正之旂，即時擺出：此公之事，吾不能也。然公才敏而性急，若使吾贊助，在旁效韋弦之義，亦不可無。』聞者以爲確論。董安于性緩，佩弦以自急；西門豹性急，佩韋以自戒。

馮元成云：『邢子愿盛節厚衷，絶不似屠緯真輩浮薄恣肆。』邢侗，字子愿，臨邑人。進士，歷太僕卿。博識好學，善書畫，時人皆欽慕仰愛之。

陳伯求《燕京馬上詠》一聯云：『九陌風塵消短景，三江雲樹隔長安。』語馮元成：『此似高叔嗣否？』叔嗣字子業，大梁人。讀書尚古，官至按察使。馮曰：『桓温之擬太真，稍有所恨。』陳憮然而去。《桓温别傳》曰：『温字元子，譙國龍亢人，漢五更桓榮後。父彝，有識鑒。温少有豪邁風氣，爲温嶠所知。累遷琅邪内史，進征西大將軍，鎮西夏。時逆胡未誅，餘燼假息。温親勒郡卒，建旗致討，清蕩伊洛，展敬園陵。薨謚宣武侯。』虞預《晉書》曰：『温嶠，字太真，太原祁人。少標俊清徹，英穎顯名。爲司空劉琨左司馬。是時，二都傾覆，天下大亂。琨聞元皇受命中興，忼慨幽、朔，心存本朝。使嶠奉使，嶠喟然對曰：「嶠雖乏管、張之才，而明公有桓、文之志，敢辭不敏，以違高旨。」以左長史奉使勸進，纍遷驃騎大將軍。』

或問皇甫子循、王元美優劣，皇甫汸，字子循。父録，重慶守；兄涍，按察僉事；弟濂，興化府同知。汸成進士，爲詩文沾沾自喜，好聲色，而不能通知户外事。以故數爲言路所窘，纍官按察僉事。黄貞父曰：黄汝亨，字貞父，仁和人。學憲。『子循如齊魯，變可至道；元美如秦楚，强遂稱王。』魯，周武王弟周公旦不就封，留佐武王，世子伯禽封侯於曲阜。齊，姜姓，四岳伯夷佐禹治水，有功賜姓。又曰吕侯其後尚，窮困年老，釣于渭水之濱。西伯遇之，與語大悦，曰：『吾太公望子久矣！』號之曰『太公望』，爲文、武師尚父，封侯于齊，都營丘。秦，顓帝裔孫女修之子大業，所生栢翳，名大費，佐禹平水土有功，賜姓嬴，十九世生非子，爲周孝王主馬于汧、渭之間。馬大蕃息，孝王分封爲附庸而邑之秦，號曰秦嬴。至始皇并天下，吕冒嬴姓，秦亡。楚，芈姓，顓帝四世重黎弟吴回之後嗣。重黎爲祝融之官，生陸終，有六子。其六曰季連，苗裔鬻熊，周文、武師。曾孫熊繹，成王封于荆蠻，其後都郢，國號楚。

王暘谷云：王叔杲，字陽德，號暘谷居士，永嘉人。父徹，參議；兄叔果，副使。叔杲明習天下大計，舉進士，强力守官，官至參政。歸葺玉介園，晨夕偕兄弟、賓客置酒高會，自度曲爲新聲，授童子奏之。『甘泉行鄙，湛若水，字元明，增城人。自少知學，從白沙遊。成進士，選庶吉士，纍官南吏部尚書，學者稱『甘泉先生』。平生足跡所至，必建書院，講學授徒，倣《大學衍義補》，作《格物通》。陽明行踈。自二羅以後，講學者措之政行，往往不滿人意。』羅洪先。羅汝芳，字惟德，號近溪，南城人。少從新城張洵水學。洵水每謂人須力追古人，于是一意以聖學自任。舉進士，仕至參政。師事顔山農，終身不衰。鬻田援梁夫山，北面師胡宗正，人己物我，渾然無間。鄒元標曾疏汝芳云：『惟道是慕，功名富貴不入其心；逢人必誨，貴賤賢愚不知其類。』門人私謚曰『明德』。

李廷機爲祭酒，廷機字爾張，晉江人。幼禀氣薄，筋浮睛露。十一歲，塾師以『狀元宰相』命題，破曰：『名魁天下之選，身近天子之光。』萬曆中登進士第二，授編修，纍陞禮部侍郎，署部事四年，進尚書兼東閣大學士。

有煩言，乞身歸。著《皇明閣史》。方從哲爲司業，從哲，錦衣衛人。進士，官至吏部尚書、建極殿大學士。國子爲之語曰：『方中凾，方號中凾。凾容君子，李廷機，機械小人。』

馬昊好功名，討松潘夷不勝，逮下獄，罷免。昊字宗大，關中人。長身驍捷，善騎射。舉進士，爲御史。謫真定推官，再用前罪謫判開州。吏士伏闕上言昊稱保障，甚宜真定，請勿謫。詔許之。擢按察僉事。平蜀盜，進僉都御史。撫蜀，纍進右都御史。胡世寧撫蜀，亦欲平松潘夷，曰：『昊長用兵，輕用其長，故敗；臣短用兵，重用其短，必勝！』

鄭曉曰：『山西三傑，喬宇以德量勝，宇字希大，樂平人。祖毅，工部侍郎；父鳳，兵部郎中。宇中進士，授禮部主事，纍遷南京兵部尚書。時烏思藏傳聞國西有童子，記其前生事，以爲活佛。上遣使迎之，宇極諫。寧藩告變，戰守之具甚備，都城獲安。拜吏部尚書。爲詩文不蹈襲，自成一家。嗜山水，通篆籀。晚精鑒賞，名書古帖，一見即知。王雲鳳以節槩勝，雲鳳字應韶，和順人，號虎谷。父佐，南京户部尚書。雲鳳舉進士，除禮部主事，疏却貢獅子。歷員外、郎中，奏天下郡縣皆立名宦、鄉賢兩祠，爲後人式。聖駕郊天，雲鳳駕後騎馬，下獄。謫知陝州，纍陞僉都御史，清理浙江鹽法。乞致仕歸。王瓊以才略勝。』瓊字德華，號晉溪，太原人。舉進士，穎敏默識，多計算。官至吏部尚書。瓊治漕理鹽，督餉策兵，精練明察，鎮定制變，勳績足法。先後平大盜劉六、趙鐩、藍、鄢，江西桃源、華林、瑪瑙敗賊，贈少保，謚恭襄。

世論梁谿諸人，顧涇陽充養完粹，學問深純；顧憲成，字叔時，學者稱『涇陽先生』。幼常私書壁曰『讀得孔書方是樂，縱居顔巷不爲貧』以自儆。首應天試，登會試高等，授户部主事。再入銓曹，與天子、宰相争是非可否，當路不説。乘起王山陰，遂削籍。憲成歸，問學者日衆，乃闢東林，集同心，歲有會，月有紀，研辨心體，世以爲濂洛更生。起光禄寺少卿，不出。著十餘稿行世。葉玄室恬淡寡營，清修絶俗；葉茂才，字參之，號玄室，骨法清削。舉進士，仕至工部侍郎。於世泊無所嗜，而衣服樸整，庭宇修潔。堂設棹楔，榜曰『三世無訟』。顧涇凡、顧允成，字季時，號涇凡。少頗好弄，已幡然，下帷若老生，曰：『恐傷兩尊人心。』弱冠舉進士，擊房寰、仲海瑞，削籍。歷位光州判。從兄結社，互證彙講，翼正黜衺，時稱『顧氏叔季，素王功臣』。安我素、安希范，字小范，號我素。仕至吏部主事，上疏奪官。歸居山麓，喬木數百章，碧流千頃。常出乘一畫舫，列綺牕，圖陶元亮、張季鷹、蘇端明、米南宫於其上，恣其所之，樂而忘返。卒贈光禄少卿。高景逸、高攀龍，字雲從，改字存之，號景逸。成進士，出高邑趙公門，官行人。適僉事張世則疏詆程、朱，欲易傳注，上所著書，求頒行天下。攀龍上《崇正學闢異説疏》，有關世教。又陳時事，降揭陽典史。歸講學東林書院，起光禄寺丞，位至總憲。糾貪御史崔呈秀，忤魏忠賢。因推山西巡撫謝應祥，逐歸。起大獄，坐逮，赴水死。崇禎初贈兵部尚書，賜謚忠憲。劉本孺劉元珍，字伯先，號本孺。爲兵部主事，言事歸。歷光禄少卿。皆志操超卓，而直言讜論，足以定國是，補衮闕。

胡汝寧見京師食蛙太多，上疏乞禁取，世目爲『救蛙給事』。汝寧，南昌人，仕至都給事中。同時鄧鍊侍班，一狗誤入朝。鍊疏糾之，世目爲『參狗御史』。鍊，南城縣人，歷官太僕寺卿。

三楊在内閣，各有所長。士奇有學行，榮有才識，溥有雅操。

李贄常云：『宇宙内有五大部文章，漢有司馬子長《史記》，司馬遷，龍門人。父談，爲太史令。遷十歲誦古文，弱冠遊江淮，浮沅湘，涉汶泗，過梁楚以歸。太初中，爲太史令。因論李陵得罪，幽而發憤，修《史記》。劉向、楊雄皆稱其有良史才。唐有杜子美集，杜甫，字子美，京兆杜陵人。祖審言，修文館直學士，以詩名；父閑，奉天令。甫少貧不自振，客吴越齊趙間。李邕奇其材，玄宗朝數奏賦頌，高自稱道。使待制集賢院，命宰相試文章，擢河西尉，不拜；改右衛率府冑曹參軍。避禄山亂，走三川。肅宗立，自鄜州欲奔行在，爲賊所得。亡走鳳翔，上謁，拜拾遺。出爲華州司功參軍，棄官去。客秦州，流落劍南，結廬成都西郭。召補京兆功曹參軍，不至。會嚴武節度劍南東西川，往依焉。表爲參謀、檢校工部員外郎，待之甚善。甫性褊躁傲誕，嘗醉登武床，瞪視曰：『嚴挺之乃有此兒！』挺之，武父名。武欲殺甫，集吏于門。武將出，冠鈎於簾三，左右白其母，奔救得止。大曆中客耒陽，遊嶽祠，大水遽至，涉旬不得食。縣令具舟迎之，乃得還，醉卒。甫博覽群書，善爲詩歌，涵渾汪洋，千態萬狀，至陳時事，律切精深，世號『詩史』。元稹謂詩人以來，未有如子美者。宋有蘇子瞻集，蘇軾，字子瞻，眉山人。父洵，字允明，校書郎，學者號爲老蘇。軾博通經史，爲文渾涵光芒，雄視百世，器識閎偉，議論卓犖。舉乙科，纍官知湖州。御史舒亶言軾作歌詩譏切時事，詔繫獄。宰臣王珪言軾有不臣意，因舉軾詠檜詩

『根到九泉無曲處，世間惟有蟄龍知』之句。上曰：『彼自詠檜，何預朕事？』珪語塞。直舍人院王安禮乘間救之，遂薄其罪，以黄州團練副使安置。軾幅巾芒屬，與田父野老相從溪谷之間，筑室於東坡，自號東坡居士。爲侍讀，嘗鎖宿禁中。召入對便殿，命坐賜茶，徹御前金蓮燭送歸院。知杭州，積葑田爲長堤，葑田去而行者便。復植芙蓉、楊柳於堤上，望之如圖畫，杭人名『蘇公堤』。官至禮部尚書兼學士，提舉成都玉局觀，致仕卒，謚文忠。嘗云性不喜殺生，時不免殺。自下獄得脱，遂不復殺一物。非有所求覬，但已親經患難，不異鷄鶩之在庖廚，不復以口腹之故，使有生之類受無量怖苦爾。元有施耐菴《水滸傳》，故老傳聞：明洪武初越人羅氏爲此書一百回，各以妖異語引其首。嘉靖時郭武定重刻其書，削去致語，獨存本傳。田叔禾《西湖遊覧誌》又云此書出宋人筆。明有李獻吉集。』或謂弇州《四部稿》較弘博，贊曰：『不如獻吉之古。』

王大成侍坐唐荆川，因問王陽明、陳白沙優劣。荆川曰：『吾人於二先生，且學他好處，未可優劣。』少間曰：『白沙久在林下，所養較純。』

陸樹聲云：『殷邁邁字時訓，南京人。自筮仕至禮部侍郎更四十年，計其在官之日僅十三。氣貌淳靖，學究本原。坐鎮雅俗似房次律，唐房琯，字次律，河南人。父融，聰慧好佛，以正諫大夫同平章事。琯少好學，風度沉整。張説奏爲校書郎，頻遷憲部侍郎。玄宗幸蜀，琯馳謁，拜文部尚書同平章事。奉册靈武，見肅宗，具言上皇傳付意，請自將平賊。每咤曰：『彼曳落河雖多，能當我劉秩乎？』大敗，帝宥之。此時兩京陷賊，車駕出次外郊。琯爲相，欲從容鎮静以輔治之，但與庶子劉秩等高談虚論，説釋氏因果、老子虚無。此外，則聽董廷蘭彈琴，大招集琴客筵宴。廷蘭藉勢數招賄謝，爲有司劾治。琯罷爲太子少師，封清河郡公，出爲邠州刺史，終刑部尚書，贈太尉。急流勇退似錢宣靖，宋錢若水，字澹成，河南新安人。爲舉子時，於華山見陳希夷與一老僧擁地爐坐。希夷謂若水有仙風道骨，僧熟視若水不語，以火箸畫灰作『做不得』三字，徐曰：『急流中勇退人也。』舉進士，爲同州推官，善決疑獄。屢遷樞密副使，以母老求退，罷爲集賢院學士，尋判吏部流内銓，知開封府，出知天雄軍，拜并代經略使，卒贈户部尚書。若水推誠待物，輕財好施。精術數，嘗遇異人傳相法，其事甚怪，後以傳楊億，故世稱二人有知人之明。洞明宗要則楊次公，宋楊傑，無爲人，官禮部員外郎，自號無爲子。晁太傅。』宋晁迥，字明遠，清豐人。舉進士，景祐中爲翰林學士，詔令多出其手。以太子少傅、工部尚書致仕，年八十一召燕太清樓，卒謚文元。迥性樂易寬簡，服道履正，著《翰林集》三十卷、《道院集》十五卷、《法藏碎金》十卷。

高皇帝欲相楊憲，劉基以爲不可。帝怪之，基曰：『憲有相才，而無相器。夫宰相者，持心如水，以義理爲權衡，而己無與。今憲不然，能無敗乎？』憲字希武，賜名畢，太原陽曲人。少從父宦寓江南，上克金陵，進謁，令居幕府，纍遷中書左丞。美姿容，有才辯，熟於典故，而深刻妒忌。同列張昶閒暇言：『吾元臣也，意不能忘故君。』憲因謂昶謀叛，坐誅。欲市權，乃創爲一統山河花押，以示僚吏，覘其從違。附己者，即不次超擢；否者，去之。一日，以示陳桱，桱曰：『押字大貴，所謂「只有天在上，更無山與齊」者也。』憲喜，奏桱翰林待制。其專恣多類此。教御史劉炳劾奏汪廣洋、左安禮等罪，上覺其誣，劉基發其奸狀，伏誅。帝曰：『汪廣洋何如？』基曰：『此褊淺，觀其人可知。』廣洋字朝宗，高郵人。工爲詩歌，善篆隸大書，遊寓太平。上渡江，廣洋入見，留幕下，爲元帥府令史。官至中書省右丞相，進封忠勤伯。爲人寬和，湛酒色。居相位，容默依違。御史中丞涂節言劉基病，胡惟庸挾醫往視，飲以毒藥死，廣洋知狀。上問廣洋，廣洋曰：『無是事。』上責廣洋欺罔，貶居海南。復遣使敕責之，廣洋慚懼自縊。帝曰：『胡惟庸何如？』基曰：『此小犢耳，將僨轅而破犂矣，未見其可也。』惟庸，定遠人。雄爽有大略，而陰刻險鷙。起家寧國令，餽李善長黄金二百兩，得召入爲太常少卿。纍遷右丞相，大納貨賂，酬報睚眦。上以中書違慢，數怒切責。惟庸懼，乃計曰：『主上魚肉勳舊，何有我耶？死等耳，寧先發，毋爲人束死寂寂。』約日本王，令舟載精兵，僞爲貢者。及期府中執上，度可取，取之，不可則掠庫物泛舸就日本。因僞爲第中甘露降，請上臨幸。上許之，中貴雲奇告變。上登城樓，望其第藏兵甚衆，發羽林掩捕之。考掠具狀，磔於市，夷三族，誅其僚屬黨與凡萬餘人，罷丞相官。

王忠文進《平江西頌》，高皇帝覽之，曰：『學問之博，卿不如宋濂；才思之雄，宋濂不如卿。』王禕，字子充，義烏人。元末隱青岩山，明初徵署中書省掾，取故實爲四言詩授太子。纍官翰林待制，往諭雲南梁王，不屈被害。子紳，走求父骸不得，述《滇南慟哭記》。正統中贈禕學士，謚忠文。禕在史局，一日渴甚，謂宋濂曰：『得昨上所賜梨漿，吾渴濟矣。』中官竊聞之，言於上，即命賜之。

客自滇至濟南，濟南問金齒起居。金齒，雲南永昌郡名。客曰：『楊用修繡口錦心，孰如陳公甫光風霽月。』濟南目攝客，遂拂衣行。

孫文融謂：『不論何事出弇州手，便令人疑非真。』

陳玉叔品圓眼圓眼一名益智，亦名蜜脾。伯仲荔枝，荔枝一名離枝，又名丹荔。樹似青木香，熟時人未采則百蟲不敢近。人纔采之，烏鳥蝙蝠之類，無不傷殘之也。故采荔枝者，必日中而衆采之。一日色變，二日味變。洪邁《夷堅誌》云莆田荔枝，名品皆出天成，雖以其核種之，亦失本體，形狀百出，不可以理求也。質之王敬美。王曰：『直堪作奴耳。』客有以側生旁挺比王家兄弟者，玉叔謂：『次公方并駕，何堪此語？』

董玄宰裁鑑通明，書畫展軸未半，便能别識好醜真僞。偶一品題，懸筆立就，皆點胸銘心之語。

楊文懿曰：『子房不見詞章，漢張良，字子房，其先韓人，家世相韓，秦滅韓，良爲報仇，與客狙擊秦皇帝博浪沙中，誤中副車。良乃更名姓，亡匿下邳。圯上老父授《太公兵法》一編，曰：『讀此則爲王者師矣。後見穀城山下黄石，即我也。』遂去。良因佐高帝滅秦，定天下，封留侯。性多病，從帝入關，即道引不食穀，杜門不出，卒謚文成侯。良計魁梧奇偉，其狀貌如婦人好女。始所見圯上老父，後穀城山下果見黄石。良死，并葬黄石塚。

子不疑，代侯。喬孫僅辦符檄，唐房玄齡，字喬孫，臨淄人。父彦謙，仕隋，爲監察御史，終涇陽令，直道守常，介然孤立。玄齡幼警敏，貫綜墳典，書兼草隸。年十八舉進士，坐累。太宗狥渭北，杖策上謁，一見如舊，爲府記室。從征伐，獨收人物致幕府，軍符府檄，駐馬即辦。累官尚書左僕射，進司空，封魏國公。居相位十五年，夙夜勤彊，任公竭節，不欲一物失所。無娼忌，議法處令，務爲寬平。李緯爲民部尚書，玄齡惟稱緯好鬚，帝遽改之。有男子上急變告玄齡，帝令腰斬。其委任類如此。治家有法度，集古今家誡，書爲屏風，令諸子留意。薨贈太尉，謚文昭。子遺直，嗣；次子遺愛，無學有力，尚高陽公主。公主誣遺直罪，高宗誅遺愛，公主賜死。劉誠意勳業造邦，文章傳世，可謂千古人豪。』

孝宗勵精圖治，帝諱祐樘，憲宗第三子，弘治十八年崩，謚爲敬皇帝。凡國家大事，召見輔臣面議。劉健確直，李東陽敏達，謝遷方質，三人同心，時人語曰：『李謀、劉斷，謝尤侃侃。』遷字于喬，餘姚人。舉進士第一，累官户部尚書、謹身殿大學士。清白剛毅，始終不渝。卒贈太傅，謚文正。子丕，進士及第，官至太常少卿兼侍讀。

于文定云：『葛端肅有德望，楊襄毅有才望，楊博，字惟約，號虞坡，蒲州人。父瞻，按察僉事。博登進士，授知縣，歷兵部主事、員外郎、郎中。故相翟文懿奉命閱邊，博參幕府，每過城邑山川，輒登望觀其形勢險易，問土俗好惡、士卒多寡勇怯，皆疏记之。在職方六年，贼数寇邊，博懸度立斷，悉中機宜。纍官少師、吏部尚書。博魁梧豐軀，果敢有膽，臨事敏達，長於應變。與人言無隱情，談説古今，品第人物，敷暢該博，聽者忘倦。歷官四十餘年，而親戎事者十之七。及宰天官，拔忠賢，抑浮競，勳名赫赫。卒贈太傅，謚襄毅。男五人，俊民，户部尚書；俊士，進士；俊彦，官生；俊卿，錦衣衛指揮使；俊臣，官生。陸文定有清望。』

倪鴻寶嘗論明文曰：『文章最尊在澹，新安汪道昆也。詔令近《世説》，《世説新語》，宋劉義慶撰。有澹之態；不如瑯琊宏恣近《左》《國》，左丘明因《春秋》作傳，將傳《春秋》，先採集列國策書，國別爲語。有澹之才；又不如歷下典凝近西漢，有澹之骨；又不如北地高灝近先秦，有澹之體：顧此數豪，猶不如漳江黄道周也。奥清近六經者，有澹之神性。』

天啓之季，環節雲流，南北二龍，俱興於位。二公之道，異趨同歸。趙公南星也。救時而急事功，鄒公元標，別見。正本則尊理學。

張元禎語陸深曰：元禎、深，別見。『余自少登朝，見士大夫凡三變：初講政事，後講文章，今則專講命。』

李總漕李三才，通州人。性驕恣，爲總督漕運、户部尚書。嘗計殺税璫陳增，爲衆正所宗。語顧涇陽云：

『伍袁萃輕信浮言，借名博利。』

馮具區梦楨號，别見。筑精舍於孤山，買舟西湖，二女侍歌舞。不能飲，惟焚香煮茗。不甚教子，每歎曰：『人生自性。苦苦督訓，費物力，供師友，真癡人也。』評者曰：『抛却富貴易，并忘子孫難。』

太祖選官慎重。三儒者同赴召見於便殿，上問：『在家何業？』一對曰：『臣業農。』上曰：『亦知禾、麥之節有不同乎？』對曰：『禾歷三時而獲，故三節；麥歷四時始成，故四節。』上曰：『是能知稼穡艱難者。』擢知州。一對曰：『臣業醫。』上曰：『亦知蜜有苦而膽有甜者乎？』對曰：『螽釀黃連花則蜜苦，猿猴食果多則膽甜。』上曰：『是能格物者。』擢太醫院使。一對曰：『臣業訓蒙。』上曰：『爾亦有好惡乎？』對曰：『人之善者好之，其不善者惡之。』上曰：『是能明理者。』擢國子監助教。

江陵曰：『武弁解爲三獸，不解讀書：朘軍膏則虎而翼，覊當路則狐而媚，至於逢大敵則鼠而竄耳。』

太倉與吴縣申時行，别見。同大拜，吴縣逍遥，太倉愁苦。人問異處安在，朱平涵曰：『不見羅漢坐中，有坦腹哆口者，有攢眉淚欲墮者？各有相法，各有趨向，不得論異同也。』

左浮丘左光斗，字共之，號浮丘，又曰滄嶼，桐城人。成進士，善屬文，纍官左僉都御史。草列魏璫忠賢罪疏，謀泄，矯旨斥逮詔獄，坐妄議移宫，又受遼撫及屯吏金飛贓二萬，厲刑追比。與楊忠烈同日死，世稱曰楊左、楊左云。崇禎初贈右副都御史、太子少保。官一子，予祠謚。言：『李伯紀争事不知争人，事失易救，人失難回。』宋李綱，字伯紀，無錫人。舉進士，仕徽、欽、高三朝，官至宰相。志存强國，條議鯁峭。終知潭州、荆湖南路安撫大使，卒贈少師，謚忠定。綱負天下之望，以一身用舍爲社稷生民安危。雖身或不用，用或不久，而其忠誠義氣，凛然動乎遠邇。每宋使至燕山，必問李綱、趙鼎安否，其爲遠人畏服如此。

林鏐爲撫州知府，鏐，永樂間進士，爲上猶令，寧海州守。有善政，吴康齋大書『金井玉壺冰』以褒之。乞致仕歸。其友戴弘齡素慎許可，稱林有『四知』，僉曰：『楊震故事乎？』後漢楊震，字伯起，弘農華陰人。八世祖喜，赤泉侯；高祖敞，丞相、安平侯；父寶，隱居教授。震好學，明經博覽，諸儒爲之語曰：『關西孔子楊伯起。』常客居於湖，不答州郡禮命數十年。有鸛雀銜三鱣魚飛集講堂前，都講取魚進曰：『蛇鱣者，卿大夫服象也；數三者，法三台也：先生自此升矣！』年五十始仕，纍遷東萊太守。道經昌邑，故所舉荆州茂才王密爲令，謁見，夜懷金十斤遺震。震曰：『故人知君，君不知故人，何也？』密曰：『暮夜無知者。』震曰：

『天知，地知，子知，我知，何謂無知？』密愧而出。故舊長者令其爲子孫開産業，震曰：『使後世稱爲清白吏子孫，以此遺之，不亦厚乎？』安帝時官至太尉，疏諫切至。内倖忿恚，遂共譖震，夜收太尉印綬，遣歸本郡。震行至城西夕陽亭，慷慨謂其諸子門人曰：『死者士之常分，吾蒙恩居上司，疾奸臣狡猾而不能誅，惡嬖女傾亂而不能禁，何面目復見日月？』因飲鴆卒。順帝即位，内倖誅死。震門生虞放、陳翼追訟震忠，乃下詔除二子爲郎，以禮改葬。先十餘日，有大鳥高丈餘，集震喪前，俯仰悲鳴，淚下沾地。五子。自震至彪，四世太尉，德業相繼。戴曰：『更有進者：知縣、知州、知府又知足。』

黄諫諫字廷臣，蘭州人。及第三人，纍官翰林侍講學士。博學多藝，工書，尤長八分。子琳，吏部員外郎，供事内閣。好品評泉水，自京城論之，文華殿東大庖厨井爲第一，作記。每進講退食，必啜厨井水所烹茶。或寒暑罷講，則飲數杯，曰：『暫與汝辭。』

侯應琛應琛字獻之，杞縣人。父于趙，巡撫山西都御史，有重名。應琛少好學，周覽百氏，善爲文章。登進士，仕至真定知府。以精敏立名，舉措中和，折節待士。所至，士就之如歸。初見吴興《服食帖》，驚愕咋指，謂遂能造此妙境。既讀跋尾，知爲臨右軍筆也，愀然嘆『佛、菩薩地分不同若此』。佛者，覺也，自覺，覺他，覺圓滿，故教主尊極名佛。梵語菩提薩埵，此云覺有情，欲略其文便於稱呼，故云菩薩，在衆生有情之中，乃覺悟者也。菩薩受佛教法，未能盡絶情想，故佛獨謂之覺，而不謂之有情；菩薩謂之覺有情，而不得獨謂之覺。

耿叔臺定力號。侍郎謂其子曰：『世上有三箇人，説不聽，難相處。』子問爲誰，曰：『孫越峰，鐄號。李九我廷機號。與汝父也。』

一達官遇王敬美曰：『尊兄元美也。文字佳天下，畢竟何如？』曰：『河下皂隸耳。』蓋謂隨便答應，没甚緊要關係也。

卷七

規箴

陸尚寶陸師道，字子傅，長洲人。成進士，選工部主事，改禮部，直内閣，歸。工詩文，習書小楷，傍曉繪事。歷郎中，擢尚寶少卿。父好居間，陸每見居間者輒曰：『此市井穢行。』《風俗通》曰：市亦謂之市井，言人至市有鬻賣者，當於井上洗濯，令香潔，然後到市。或曰古者二十畝爲井田，因井爲市，故云。後有門生語曰：『公柰何以市井目尊人，不猶謝胡兒人猫耶？』《續晉陽秋》曰：謝朗，字長度，小字胡兒。祖裒，尚書；父據。朗文義艷發，名亞於玄，仕至東陽太守。陸遂終身不指斥居間者。

陳伯求罷官後，舉止甚異。莫雲卿雲卿初名是龍，字廷韓，號後朋，又號秋水，方伯如忠大子。有倚馬才，工詩文，長於書畫。性豪舉，不拘小節。嗜弈，終夜較不倦。矜恤貧士，傲睨富貴人。曰：『緑鬓歸田，人生最幸。而柰何以梦幻境亂靈臺，此古人所以致笑於任育長也。』晉任瞻，字育長，樂安人。父琨，少府卿。瞻童少時，神明可愛，時人謂育長『影亦好』。自過江便失志。歷謁者僕射、都尉、天門太守。

王仲山嘗書於屏曰：『訓吾以道德者，吾拜而師之；授我以文章者，吾敬而受之；貽我以清言者，吾洗耳以聽之；求我以詩畫者，吾量己以應之；告我以家事者，吾既有人以任之；語及時事者，吾厭聞之；語及公府事者，隱几不應絶之。』

汪宗伯草疏乞休，汪鐘孫，既貴，去『孫』而獨以『鐘』行，字振宗，人稱『遠峰先生』。進士高等，爲吉士，纍官禮部尚書兼翰林院學士。天性凝雅，斤斤矩折規旋。送余文敏之葬，石嚙其足，病作卒，年七十有七。謂王文肅曰：『官味淡然，何苦逐逐不止？』文肅曰：『先生試少嘗無味之味，待知味後能放箭，乃佳耳。』

陸莊簡太宰嘗向一老學究勸之勤讀書。學究辭以無所復用，太宰曰：『俟他生童子時得力。』

有一甲科問於蓮池曰：『世間何等人最作孽？』蓮池曰：『公等中甲科七篇頭老先生爲最！』其人愕然，自揣生平未必至此。蓮池喝曰：『誰説你自做？諸凡倚勢作威者，上帝降鑒，悉坐公等！』於是縉紳之徒咨嗟太息，不得其方。明卿獨曰：『方寸不惡，五官誰敢哉？所患己實惡而藉口親戚，反開脱罪之門，上帝深怒耳。如士大夫果朝夕計過、孳孳積德，彼倚勢作威者，明神有赫，孰能逃乎？』

鍾伯敬往閩督學，方孟旋送之，方應祥，字孟旋，浙江西安縣人。曰：『君此行，須辦三十年精神。使此三十年間所用道德、功業、文章，皆出君門，勿徒愛戀一榜中耀目也。』

湯臨川枊爲《牡丹亭》，湯顯祖，字義仍，號若士，臨川人。南京禮部主事，才高學博，氣猛思沉。張新建相國張位，字明成，江西新建縣人。官至太子太保、禮部尚書、文淵閣大學士。語之云：『以君之辨才，握麈而登皋比，虎皮也。何渠出濂、洛、關、閩下？宋周敦頤，字茂叔，道州人。用舅氏龍圖閣學士鄭向恩，補官分寧主簿。纍官至廣東轉運判官，以洗冤澤物爲己任。因疾求知南康軍，家廬山蓮花峰下，取號濂溪。爲學不由師傅，默契力行，所著有《通書》《太極圖易説》。二程子從父宦遊，往受學焉。李初平知其賢，不以屬吏遇之。卒，追封道國公，謚曰元，從祀孔子廟庭。子燾，官寶文閣侍制。程顥，字伯淳，洛陽人。父珦，太中大夫。顥生未能言，叔祖母抱之行，不覺釵墜。後數日方求之，顥以手指示，隨其所指而往，果得釵，人皆驚異。踰冠中進士第，歷縣主簿，晉城令。所至視民如子，專尚德化，不嚴而令行，治役人不勞而事集。有税官以賄播聞，然怙力文身，自號能殺人，衆皆憚之。顥至，其人輒爲言曰：『外人謂某自盗官錢，公將發之，某勢窮必殺人。』顥笑曰：『足下食君之禄，詎肯爲盗？萬一有之，將救死不暇，安能殺人？』其人嘿不敢言，卒償所盗。仁宗登遐，遺制，官吏成服三日而除。三日之朝，府尹率群官將釋服，顥曰：『遺詔三日除服，請盡今日，若朝除之，所服止二日爾。』尹怒不從，顥曰：『公自除之，顥非至夜不敢釋也。』一時相視，無敢除者。改著作佐郎，尋以吕公著薦授太子中允，權監察御史裏行。前後進説，大要正心窒欲，求賢育材，神宗期以大用。每與王安石論事，心平氣和，安石多爲之動。一日論事不合，安石曰：『公之學如上壁。』顥曰：『參政之學如捉風。』安石嘗謂顥忠信人。官至監汝州酒税。朱光庭見顥于汝州，謂人曰：『某在春風中坐了一箇月。』召爲宗正丞卒。顥以道學鳴，世稱明道先生，後謚純公，封河南伯。弟頤，字正叔，幼有高識，非禮不動。年十八，上書勸神宗以王道爲心、生靈爲念，黜世俗之論，期非常之功。舉進士，大臣屢薦，授西京國子監教授，力辭。召見，擢崇政殿説書，論議褒貶，無所顧避。文彦博稱爲真侍講。一時人士，歸其門者甚盛。是時蘇軾在翰林，洛黨、蜀黨互相非毁，竟爲所擠，管勾崇福宫，送涪州編管。赴涪，渡江中流，船幾覆。舟中人皆號哭，頤獨正襟安坐。已而及岸，同舟有父老問曰：『當船危時，君無怖色，何也？』曰：『心存誠敬耳。』父老曰：『心存誠敬固善，然不若無心。』頤欲與言，父老徑去不顧。赦歸，移峽州，權判西京國子監致仕。頤與兄倡明道學，世稱伊川先生。與韓維善約，候韓年八十一往見。是歲元日，因子弟賀正，乃曰：『吾今年有一債欲還，春中當往潁昌見持國。』乃往造焉。久留潁川，韓早晚加敬。有黄金藥楪一，重三十兩爲壽，頤不受。游酢、楊時來見頤。一日，頤坐而瞑目，二子立侍久之，頤乃顧曰：『二子猶在此乎？』二子退，則門外雪深尺餘矣，其嚴重如此。卒，後謚正公，封伊陽伯。兄弟嘗隨太中知漢州，宿一僧寺，顥入門而右，從者皆隨之；頤入門而左，獨行至法堂上相見。頤自謂此是不及兄處。蓋顥和易，人皆親近；頤嚴厲，人不敢近也。兄弟俱從祀孔子廟庭。張載，字子厚，鳳翔郿人。少喜談兵，上書謁范仲淹。仲淹知其遠器，欲成就之，曰：『儒者自有名教，何事於兵？』載因讀書，又及釋老，反而求之六經，嘗坐虎皮講《易》。既見二程子，徹坐輟講，共語道學之要。乃曰：『吾道自足，何事旁求？』盡棄異學而學焉。登進士第，爲雲巖令，政事以教本善俗爲先。遷渭州軍事判官，召爲崇文殿校書。與執政不合，告歸。居横渠，危坐一室，俯讀仰思，窮神化，一天人。教人以知禮成性、變化氣質之道，關西之士翕然宗之。論治人先務，以經界爲急。召還舊職，告歸，行次臨潼，卒。所著有《東銘》《西銘》《正蒙》，擴聖賢所未發。後封郿伯，謚曰明，從祀孔子廟庭。閩謂朱熹。而逗漏於碧簫紅牙隊間，將無爲青青子衿所笑？』臨川曰：『顯祖與吾師終日共講學，而人不解也。師講性，顯祖講情。』張無以應。

李廷機好施，在禮部日，每至部，丐者攀輿接路。李不覺色喜，對僚佐强作不堪狀。主事吴化曰：『老先生衙門，原係教化之門。』李甚愧。化，黄安人。

西涯子兆先，好遊狹邪。兆先，廕國子生，少有盛名。一日，西涯題其座曰：『今日柳巷，明日花街。誦讀詩書，秀才秀才。』兆先見之，亦題西涯座曰：『今日猛雨，明日狂風。燮理陰陽，相公相公。』

婁諒自負道學，佩一象環，名太極圈。諒，上饒人。桑悦怪而作色曰：『吾今乃知太極匾而中虚。』作《太極訴冤狀》，一時傳誦。

胡孝思朴令王聯，聯指孝思紀事詩爲怨望呪詛，奏之。上大怒，捕下獄，欲論死。孝思了不怖懾，取錦衣獄中杻械之類八，曰『制獄八景』，爲詩紀之。衆争咎孝思，掣其筆曰：『君正坐詩至此耳，尚何吾伊爲？』孝思澹然咏不輟，曰：『坐詩當死，今不作詩，得免死耶？』胡纘宗，字孝思，後更世甫，號可泉，亦號鳥鼠山人，秦安人。進士，授翰林院檢討，歷右副都御史。賜閒田里，筑居别墅，閉閣著書。時與邑中薦紳燕會，作九逸圖。才氣英發，詩文、篆草，盛爲天下所稱。

陸深登第，謁劉健於安福里第。深字子淵，號儼山，上海人。舉進士，入翰林，肆力簡册翰墨之間。自庶吉士，歷國子祭酒，充經筵講官。值深講晨，循舊規先送講章於内閣閲看，内閣更改數語。深講畢面奏：『講章詞義不浹，非臣原撰，乞自今容講臣得盡其愚，毋再竄易。』上是之。深復抗疏言聖學事，當路忌之，謫延平府同知。累遷至詹事兼學士致仕。卒贈禮部侍郎，謚文裕。所著《儼山文集》《傳疑録》《書輯》《史通會要》《同異録》《金臺紀聞》《中和堂隨筆》《河汾燕閒録》《停驂録》《玉堂漫抄》《玉［豫］章漫筆》《聖駕南巡日録》《大駕北還録》《淮封日記》《南還日記》《知命録》《頤豐堂漫書》《科塲條貫》《春風堂隨筆》《溪山餘話》《春雨堂雜抄》《平胡録》《蜀都雜抄》《古奇器録》《詩微》《翰林記》，凡二十餘種，皆足傳世。健曰：『學問有三：第一是尋繹義理，以消融胸次；第二是考求典故，以經綸天下；第三是文章。好笑後生輩，才得科第，却先去學做詩。做詩好是李杜，撇下許多好人不學，却學李杜。』唐李白，字太白，興聖皇帝九世孫。其先客巴西，母梦長庚星生白，因以命之。長隱岷山，州舉有道，不應。喜縱横術，擊劒爲任俠，輕財重施。更客任城，與孔巢父等五人居徂來山，日沉飲，號竹溪六逸。入會稽，與吳筠善。筠被召，白亦至長安，往見賀知章。知章見其文曰：『子謫仙人也！』言於玄宗，召見金鑾殿，論事奏頌。帝賜食，親爲調羹。詔供奉翰林，白猶與飲徒醉於市。帝坐沉香子亭，欲白爲樂章。召入而白已醉，左右以水頮面稍解，授筆成文。白嘗侍帝，醉，使高力士脱鞾。力士耻之，擿其詩以激楊貴妃。帝欲官白，妃輒阻止。白益驁放，與知章、李適之、汝陽王璡、崔宗之、蘇晉、張旭、焦遂爲酒中八仙人。懇求還山，放還。白浮遊四方，永王璘辟爲府僚佐。璘起兵，逃還彭澤。璘敗當誅，初白遊并州，見郭子儀奇之，子儀犯法，白爲救免。至是子儀請解己官以贖。詔流夜郎，赦還尋陽，坐事下獄。宋若思道尋陽，辟爲參謀，未幾辭職，卒。白晚至姑孰，悦謝家青山，欲盡焉。及卒，葬東麓。元和末，宣歙觀察使范傳正因白孫女泣言，爲改葬，立二碑，云白常欲一鳴驚人、一飛冲天，彼漸陸遷喬皆不能也。及其謫退，乃歎曰：『千鈞之弩，一發不中，則當摧撞折牙而求息機。安能效碌碌者，蘇而復上哉？』用是脱屣軒冕，釋羈韁鎖，肆性情，大放於宇宙，欲耗壯心而遺餘年。此語足盡太白爲人。白詩格高旨遠，文宗時詔以白歌詩、裴旻劍舞、張旭草書爲『三絶』。

馮時可、丁元復、元復，長洲縣人。進士，纍轉浙江參議。陸檝檝，長洲縣人。進士，爲山西提學副使。集徐參知誌樂園亭，徐廷祼，字士敏，太倉州人。成進士，治濬邑，擢儀曹，分察參藩，咸以風裁。自樹園，饒竹木泉石之勝。賞紅藥。適北寺富僧爲里民群掠，喧不已。丁嘆曰：『時事若此，富何殊貧，仕何殊隱？』陸曰：『吾以爲富不如貧，仕不如隱。』

唐荆川云：『人有富貴氣，於詩文必不佳。』

王元美傾貲造弇山園，園七十畝，其中爲山者三，爲嶺者一，爲佛閣者二，爲樓者五，爲堂者三，爲書室者四，爲軒者一，爲亭者十，爲修廊者一，爲橋石者二、木者六，爲石梁者五，爲洞者、爲灘爲瀨者各四，爲流杯者二，諸巖磴、澗壑、竹木、卉草、香藥之類，不可指計。《山海西經》云：『有弇州之山，五彩之鳥仰天，名曰鳴鳥，爰有百樂歌儛之風。有軒轅之國，江山之南棲爲吉，不壽者乃八百歲。』初落成時，有客題其門云：『欲寫終天淚，堆成滿地歡。』元美父忬，以罪伏誅。

周公瑕門客好事者，喜撰新奇不根語，以博公瑕一笑。公瑕每信爲真，嘗與馮元成并籃轝山間，所稱引皆出理外。馮曰：『昔魏收有穢史，北齊魏收，字伯起，小字佛助，鉅鹿下曲陽人。少習騎射，欲以武藝自達。滎陽鄭伯戲之曰：『魏郎弄戟多少？』收慚，遂折節讀書，以文華顯。與濟陰温子昇、河間邢子才齊譽，世號『三才』。副王昕使梁，梁主敬異。收在舘買吴婢，其部下有買婢者，收唤取遍行姦穢，人稱其才而鄙其行。高洋如晉陽，令撰禪代詔册諸文，撰《魏史》。收頗急不能平，每言：『何物小子，敢共魏收作史？舉之則使上天，按之當使入地。』史成，時論言收著史不直，前後投訴百有餘人，云遺其家世職位，或云妄有非毁。群口沸騰，號爲『穢史』。帝重收才，不加罪。僕射楊愔、高德正二人家并作傳，二人不欲言史不實，抑塞訴辭，終文宣世，更不重論。其後武成復勅更審，收遂改换。三臺成，文宣曰：『臺成須有賦。』收上《三臺賦》。上賦前數日，乃告邵〔劭〕。邵〔劭〕告人曰：『收甚惡人，不早言之。』收每議陋邢邵〔劭〕文，邵〔劭〕曰：『江南任昉文體本疎，魏收非直模擬，亦大偷竊。』收聞乃曰：『伊常於沈約集中作賊，何意道我偷任昉？』收以賦非溫、邢所長，常云：『會須作賦，始成大才士！惟以章表碑誌自許，此外更同兒戲。』收輕疾好聲樂，善胡舞，數與諸優爲獮猴與狗鬭，帝寵狎之。見當途貴遊，每以言色相悦。官至尚書左僕射，卒贈司空，謚文貞。無子。魏太常劉芳孫女、中書郎崔肇師女，夫家坐事，帝并賜收爲妾，時人比之賈充置左右夫人。後病甚，恐身没嫡媵不平，乃殺二姬。既緣史筆多憾於人，齊亡之歲，收塚被發，棄骨於外。先生有穢舌，不虞三彭鬼計算耶？』三彭者，三尸之姓，彭質、彭矯、彭居。僧契虚遇仙人曰：『爾絶三彭之仇乎？』公瑕夷然弗屑。

金賁亨、賁亨字汝白，臨海人。歷江西提學副使。以聖人爲可學，涵養純粹，踐履篤實。子立愛，按察使；立敬，府尹；立相，兵部郎中。應大猷大猷，字邦升，仙居人。官至刑部尚書，年九十六。子存初，評事；存性，知府；存卓，副使。以道義相交善。金既謝事家居，應復起用，詣金言别。金曰：『君此出，他日回來，要將一照樣。』應竟保晚節。

岳正性不能容人，或謂之曰：『不聞宰相腹中撑舟乎？』岳曰：『順撑來可容，使縱橫來，安容得耶？』睿皇帝甚重正，嘗曰：『好箇岳正，只是大膽。』後正謫戍於邊，自題其像曰：『好箇岳正，只是大膽。從今以後，再敢不敢？』

白昂登進士時，昂字廷儀，武進人。初授給事中，獻納皆當世要務，仕至刑部尚書。昂性素厚，斷獄不苛。嘗曰：『秋霜之肅，何如春陽之和乎？』以律爲萬世法，詳定條例，奏上頒行。待人氣温色愉，言出如恐傷之。輿皂有過，未嘗輕加笞辱。人以急難來告，盡力排解，如切於身。致仕歸，卒贈太保，謚康敏。子圻，都御史。往候胡忠安。談間問處世之要，忠安曰：『多栽桃李，少種荆棘。』胡濙，字源潔，武進人。生而髮白，居數日，有僧至家，索觀曰：『此吾師高僧天池後身也，命我求見，以笑爲誌。』濙見僧即笑，聞者驚異，白髮彌月方黑。弱冠登進士，授給事中。文皇帝察濙忠實，遂命巡遊天下，以訪異人爲名，實察人心向背。載馳十七年，轍跡遍天下。還朝，進禮部侍郎。車駕親征，昭皇帝爲太子監國時，有飛語上聞。上屬濙往察之，濙以所見誠敬孝謹七事密疏以聞，上自是不復疑太子。宣德間進尚書，贊上親征漢王。新建禮部成，命光禄設宴，勳戚公卿皆往賀濙。濙以爲盛事，立石廳事記之。定議奉迎上皇儀注，謝事歸。日與諸弟燕樂一堂，扁曰『壽愷』。逝年八十有九，贈太保，謚忠安。濙平易寬和，廉静寡慾，居官敬慎，一毫不苟。立朝幾六十年，十知貢舉。著《芝軒集》《衛生易簡方》《律身規鑑》，俱行於世。

有學者病目，戚戚甚憂。陽明曰：『爾乃貴目賤心。』

人謂王陽明曰：『古之名世，或以勳烈，或以政事，或以氣節，或以文章，而公克兼之。獨除却講學一節，即全人矣。』陽明曰：『從事講學一節，盡除却四者，亦無愧全人。』

王文端爲冢宰時，王直，字行儉，泰和人。父伯貞，知府。直以庶吉士入内閣，書機密文字。歷修撰、侍讀學士、庶子、少詹事、禮部侍郎，拜吏部尚書致仕。方面修髯，器宇宏偉，嚴重寡言笑，終年八十四。贈太保，謚文端。嘗寓戴文進書云：『予愛執事之畫，十年而不忘。』戴進，字文進，錢塘人。畫山水、人物、翎毛、花果，兼法諸家，馳名海内。聶壽卿見之，題其尾曰：『公愛文進之畫，十年不忘；使公以此心待天下之賢，則天下豈復有遺才哉？』王聞之，深自愧悔，云：『老負此累。』聶大年，字壽卿，臨川人。父同文，中書舍人。成祖至京師，以迎鑾暍死，後五日乃生大年。一目重瞳，穎悟絶人，詩文知名，兼善畫。宣德中薦歷仁和縣學教諭，徵入翰林修史，退卒。

查應兆是永嘉同年，一日置酒高會，永嘉稱述肅皇帝聖德。查正色曰：『誠所謂有君如此者。』永嘉怒曰：『謂我負之耶？』應兆字瑞徵，長洲人。累遷布政使。嘗爲水部郎，分司武林。鎮守太監驕倨，見客每先據上座。應兆往見，登堂禮畢，太監直趨上座，應兆笑引却之，謂曰：『君真耄耶？此客座，非主人座也。』太監倉卒無以應，乃趨下座。

夏正夫云：『此生不學一可惜，此日閒過二可惜，此身一敗三可惜。』夏寅，字正夫，華亭人。累遷江西提學副使。每試諸生，日暮納卷畢，則閲卷亦畢，次早吏胥抄案出矣。藻鑑人才，多在驪黄牝牡之外。官至右布政，平生直道無黨援。

陽明在西湖靈隱寺講學，靈隱寺，晉咸和元年建，明初重建。石塔四，皆吴越王建。寺殿中拜石長丈餘，有花卉鱗甲之文，工巧如畫。力詆晦翁之説。有一老僧在座，問曰：『公爲秀才時，曾依朱説作文否？』陽明曰：『此國家設以取士者，安得不從？』曰：『當時何不自用己説？』陽明曰：『若自用己説，則不得中式矣。』老僧笑曰：『然則文公講解，是公寶筏。苦海雖已渡，豈可便棄耶？』

宋訥嘗附火，燎脇下衣傷膚。高皇帝聞之，曰：『脇者，協也；火傷汝脇，將非汝居内相、不能協助人主爲政，神怒耶？』訥字仲敏，滑縣人。父崇禄，元行臺侍御史，追封魏郡公，謚忠肅。訥登元進士，筮仕鹽山縣尹，遭亂隱居。明洪武初徵儒士，纂修禮樂，訥與焉。四輔官杜斆薦，勅召至京，授國子助教，拜翰林院學士，進文淵閣大學士。轉祭酒，嚴立學規。上恒謂訥骨格必壽，命畫工繪其像，肖焉，喜溢天表。獻安邊策，上嘉納之。學録金文徵畏其嚴厲，嗾吏部尚書余熂移文，以老致仕。比訥陛辭，上訊知其故，以熂蔽賢擅權，并文徵皆誅之，訥居位如故。卒年八十。上自製文，遣官致祭，後每思訥，舉爲教國子者楷法。子麟，監察御史；復祖，國子司業。

楊文忠讀中秘書，鄉司馬余肅敏歸老與别，以《大明律》爲贈，曰：『介夫當相天下，熟此以助他日謀斷。』余子俊，字士英，青神人。父祥，户部郎中。子俊中進士，授户部主事。嘗有兩家争田，部檄子俊理之。其地名偶與相争者姓同，執爲其家故産。子俊曰：『然則張家灣盡張産耶？』卒爲直之。仕至兵部尚書，事事不苟。有一事不當，輒熟思之，夜以繼日，或對客猶沉吟未已，或問之，子俊曰：『官中一二事恐不當耳。』卒贈太保，謚肅敏。子俊巡撫延綏時，徐廷璋巡撫寧夏，馬文升巡撫陝西，亦大有名，稱『關中三巡撫』。

章德懋曰：『大凡爲禮，貴敬而和，不必太促縮，令人氣索。』

劉野亭賜勅掃先塋，劉忠，字司直，號野亭，陳留人。父達，國子博士。忠登進士，改庶吉士，仕至吏部尚書，兼武英殿大學士。方正嚴毅，卒贈太保，謚文肅。鄒東廓趨別，野亭握手曰：『吾歸不復來矣，子國器也，善自愛。寧直毋媚，寧介毋通，寧恬毋競。』鄒守益，字謙之，安福人。父賢，按察司僉事。守益會試第一，廷試第三，授編修。議大禮下獄，謫判廣德州，纍遷祭酒。一意問學，日與諸賢聚講。卒贈禮部侍郎，謚文莊。子善，太僕卿；孫德涵，按察僉事；德溥，太子洗馬。

胡軫督學兩浙，有士子懲以夏楚。軫字敬同，豐城人。持身廉儉，風裁凜然。明年，其人狀元及第，設席款胡，以哥窑盤盞行酒，宋時處州章生兄弟，皆作窑。兄所作者，視弟作色稍白而斷紋多，號白圾碎，故曰哥窑。曰：『此器世所寶也，俗眼不識耳。』胡曰：『此器脆薄，終不若良金美玉可寶也。』

章拯，楓山猶子，致政歸，俸餘四五百金。楓山知之，不樂曰：『汝此行，做一場買賣回，大有生息。』拯字以道，釋褐南宫，官至工部尚書。與人樂易，不設城府。天文、地理、醫卜、百氏之術，靡不研精，得其肯綮。卒謚恭惠。

許文穆典試，許國，字維禎，歙縣人。兒時病，七日不寤而蘇。舉進士，自庶吉士纍遷禮部侍郎。經帷進講，儀容周慎，音節鏗鏘，託事獻規，曲盡忠款，上手書『責難陳善』賜之。簡拜尚書、東閣大學士，入贊機務，纍進少傅、吏部尚書、建極殿大學士，贈太保，謚文穆。出榜後，約士聚射所戒厲之。射所，在都門西長安街、姚少師居慶壽寺址也。寺後更名大興隆，舊有石刻金章宗『飛渡橋』『飛虹橋』六大字。嘉靖中寺災，石亦燬。錦衣衛都督陸炳請改爲射所，尋以金鼓聲徹大内，請移民兵教塲安定門外，移射所民兵教塲，而興隆故地以演象。今人并稱射所、演象所云。既至拜謁，士切欲承其教，傾聽文穆大言曰：『中後，索賞賜者必多，分毫皆不可與。從我言者，爲好門生；不從者，反是！』聞者謂平平無奇，朱國禎曰：國禎字文寧，號平涵，烏程人。以清正名重於世，仕至少傅、户部尚書、武英殿大學士。『此即是宋舉主問生事之説，不下帶而道存矣。』

永樂間，沈度爲學士，度字民則，華亭人。學問該博，書法尤精。郡邑薦舉，坐稽緩謫戍南詔。時學士董倫亦謫居南詔，歸朝薦度。召還，未及登用，禮部尚書楊弘濟應詔薦之，擢翰林院典籍，歷檢討、修撰、侍講、翰林學士。官子藻爲中書舍人。卒賜祭葬。許鳴鶴爲中書舍人。朝中語曰：『學士不能文，中書不能書。』

鳴鶴，江西人。

閣試《上苑聞鳩》，庶吉士胡爟詩云：爟字仲光，蕪湖人。抗疏言事，名動縉紳。『風日晴和欲醉人，耳邊乍送一聲新。似將明主三推意，喚起良農四海春。花鳥有情憐好景，雨暘無補愧微臣。聽餘忽動江南思，百畝沙田野水濱。』内閣以『無補』句譏己，黜爲户部主事。《月令》曰：『乃擇元辰，天子親載耒耜，措之於參保介之御間。帥三公、九卿、諸侯、大夫，躬耕帝籍，天子三推，三公五推，卿、諸侯九推。』

會講峴山寺，列坐者甚衆。或言妖書事，語侵郭宗伯。郭正域，别見。神宗慎重册立東宫之典，外廷疑揣鄭貴妃易儲謀逆，造刻飛書，名《國本攸關》，暗投中外。大學士沈一貫，與大學士沈鯉、禮部侍郎郭正域有隙，欲藉此開羅織之端。賴神宗仁明，恐瓜連蔓引，緝得皦生光，遂定妖書之獄。又數年，人皆曰妖書是文華殿中書舍人趙士楨所作也。許敬菴厲聲曰：『不必譚此等事，決非讀書人所爲。』一座帖然。

李見羅李材，號見羅，豐城人。累官都御史，撫治鄖陽，被逮。出獄戍閩，道上仍督府威儀。至福州城外，許敬菴出見，勞問垂涕，頃之正色曰：『蒙恩得戍，猶是罪人，當貶損思過，柰何一路震耀？』見羅艴然曰：『迂濶！』

沈繼山問朱平涵曰：『外間謂我何如？』朱曰：『謂公口太很，好罵人。』沈憮然曰：『信有之，是我本色。我亦自知其非，然人要做成一片段，不可改也。』後與孫太宰丕揚也。大競，孫一日過之，好言請曰：『願與解開。』沈曰：『公解可；我解，決不可！』竟被攻而去。

夙　惠

李時勉甫成童，李懋，字時勉，以字行，安福人。歷庶吉士、刑部主事，四陳直言，兩下囹圄。召問不屈，命金瓜士撲之，肋斷脅折。後爲祭酒，平恕得士。因除學内庭樹，荷校學門，諸生石大用等三千餘人上疏救解，乃釋。卒贈禮部侍郎，謚文毅，改忠文。每自勵曰：『顔、曾希聖，周顔回，字子淵，孔門弟子，十哲之首。累封兖國復聖公，明朝官其後爲翰林院五經博士。曾參，南武城人。父點，孔門弟子，追封萊蕪侯。參師事孔子，得道統之傳，追封郕國宗聖公，與顔回俱配享孔子廟庭。四勿三省。』

王尚絅五歲尚絅，字錦夫，郟縣人，纍遷浙江右布政使。讀《孝經》至『立身揚名以顯父母』，謂其父曰：『兒長當如此！』《國史·經籍誌》曰：『孔子爲曾子言孝道，門人録之，謂之《孝經》。』

劉太中少而穎敏，嘗過酒家，取進簿閲而戲焚之，便呼筆更次第，其數不爽。劉昌，字欽謨，吴縣人。年十九舉鄉試第一，明年舉會試第二，廷對後大肆其力於學。仕至廣東參政，階太中大夫，著《懸笥瑣探》行世。

李傑數歲，傑字世賢，常熟人。仕至禮部尚書，持己矜嚴，待後進立崖岸。兄指紫微星令屬對。天官星占云：紫微者，太帝之座也。一名天營，一名長垣，一名旗星。傑曰：『黄道日。』一座皆驚。黄道，《天文誌》：『日循黄道。』

神宗年十二時，内史持申時行祛倦鬼文。上覽而喜，灑筆改『鬼』作『魔』。時行，字汝默，吴縣人。少從徐姓，及第後始奏復之。官至少師、吏部尚書、中極殿大學士。爲政援據典制，斟酌物情，從容應之，曲中條理。居恒恭儉好禮，卒贈太師，謚文定。

孫文簡數歲聰悟，人以紅燭請賦，文簡即答曰：『色如朝霞，光同夜月。』孫承恩，字貞甫，華亭人。父曦，延平知府。承恩舉進士，累遷禮部尚書、翰林院學士。沉默敦篤，母以上元日生，承恩歲張燈爲壽。母殁，不復然燈。自少至老，手不握算，未嘗一問米鹽細小物價盈縮，其心渾然赤子之初。世廟嘗稱『稀鬢中允』。卒贈太子太保，謚文簡。子克弘，號雪居，有高行，善書畫。

王華六歲戲水濱，一客大醉，來濯足，去遺所提囊。取視之，數十金。華度客醒必復來，恐人持去，乃投囊水中，坐守之。少頃其人號而至，華迎謂曰：『求爾金耶？』爲指其處。

倪鴻寶道：梁鳴泉公五歲，在父抱中，輒請得即日就師學。父詒之云：『今破日不佳耳。』公曰：『以破吾愚，豈不佳？』父大驚喜，每語人：『吾斯知項槖、槖，春秋時人，八歲孔子師之。黄童非俊物也。』漢黄琬，字子琰，江夏安陸人。曾祖香，祖瓊，并有高名。琬少辯惠，建和中日食，京師不見。瓊以狀聞，太后問所食多少，瓊思其對而未知所況。琬年七歲，時在側曰：『何不言日食之餘，如月之初？』瓊爲司徒，琬以公孫拜童子郎。時司空盛允有疾，瓊遣琬候問。會江夏上蠻賊事副府，允發書視畢，微戲琬曰：『江夏大邦，而蠻多士少。』琬奉手對曰：『蠻夷猾夏，責在司空。』因拂衣辭去。官至太尉，與王允謀誅董卓，不遂，下獄死。

景皇帝召見神童李東陽、程敏政，敏政字克勤，休寧人。父信，南京兵部尚書，謚襄毅。敏政十歲，隨父官蜀。巡撫羅綺以神童薦於朝，讀書翰林院，以進士第二人授編修。疏議孔子廟庭諸賢從祀配享。官至禮部侍郎，兼翰林院學士。主考會試。給事中華泉、同列林廷玉劾其鬻題賣士，下詔獄。致仕，卒贈禮部尚書。編著《篁墩稿》《明文衡》諸書。因試其能，使對『螃蟹渾身甲冑』，螃蟹，介蟲。《爾雅翼》曰：八足折而容俯，謂之八跪；兩敖倨而容仰，謂之二敖。八足旁行，隨潮解甲，故名螃蟹。雄曰蜋螘，雌曰博帶。陸佃曰：尖臍者牡，團者牝。一名郭索，一名無腸公子。冑，兜鍪也，與冑子之冑不同。敏政曰：『鳳凰遍體文章。』鳳凰，羽蟲之長。雄曰鳳，一名鷃；雌曰凰，在天爲朱雀。《説文》曰：其像鴻前麐後，蛇頸魚尾，鸛顙鴛思，龍文龜背，燕頷鷄喙。《山海經》曰：生於丹穴山，首文曰德，背文曰義，翼文曰順，腹文曰信，膺文曰仁。孔演圖曰：非梧桐不棲，非竹實不食，非醴泉不飲，高二尺，身備五色，鳴中五音，有道則見，飛則群鳥從之。東陽曰：『蜘蛛滿腹經綸。』陸佃曰：蜘蛛設一面之網，物觸而後誅之。知誅，義者也。

韓邦靖五歲時，與客弈，背坐不視局，以口對弈者，始終不差一着。

豪爽

胡梅林宗憲。讀《漢書》前《漢書》，班彪撰，續《史記》未就，子固、女昭踵而成之；《後漢書》，南宋范曄作。至終軍請纓事，終軍，字子雲，濟南人。好學能屬文，年十八選爲博士弟子，步入關。關吏與繻，軍問：『以此何爲？』吏曰：『爲復傳還，當以合符。』軍曰：『丈夫西遊，終不復傳還。』棄繻而去。後至長安，上書言事，拜謁者給事中，行郡國，建節東出關。關吏識之曰：『此前棄繻生也。』擢諫大夫。軍自請願受長纓，羈南越王而致之闕下。往説越王，王聽，許請舉國内屬，天子大説。越相吕嘉不欲内屬，發兵攻殺其王。軍死，時年二十餘，故世謂之『終童』。曰：『男兒雙足宜從此處插入，其餘皆狼藉耳。』狼藉，草不編，離披雜亂也。

辰玉與仲醇遊武林，每夜飲酒至醉，互唱韻作詩，舒匹紙寫擘窠大字，唱絶而句不成者罰。又遣一童子舉酒杯，酒冷而篇不就者罰。《墨池編》論字體有擘窠，書書家不解其義。按《顏真卿集》有云：『點畫稍細，恐不堪久，臣謹據石擘窠大書。』此法宋人多用之，墨札之祖也。

劉玄子劉黄裳，字玄子，光州人。父繪，重慶守。黄裳習天官家言，諳諸邊形勢，機略沉雄。登進士，授刑部主事，遷兵部員外郎，贊畫擊倭，陞郎中。與黄仲子、安小范遊西山。仲子岸幘衣半臂紫袷衣，坐連錢驄馬，挾彈飛鳥，應手而落。遊人從之如雲，即以鳥犒，遊人爲之語曰：『得山禽，從舍人。』黄道月，字德卿，合肥人。行次居仲，美姿態，工文詞，少好擊劍。官中書舍人，聞父訃，嘔血立毁。既葬，號于墓而死。

徐文貞遇毛伯温，過其舟。毛呼侍者捧大盤四，二盛炙鵞，二盛饅頭大如盌。銀盌二注酒，長啜大嚼，旁若無人。

解縉才名大噪，時杭有王洪，洪字希範，仁和縣人。年十八舉進士，歷行人、給事中、檢討，進至侍講。耿介忠亮，嗜學能文，負氣敢言，爲衆所忌。吴有王璲，璲字汝玉，善屬文，以薦得侍從，甚自矜許。黄淮譖之，遂論死。王達，達字達善，無錫人。爲文援筆立就，以訓導入爲國子助教。永樂初，姚廣孝薦之，授編修，陞侍讀學士。性不飲酒，簡澹謙和。閩有王偁。偁字孟揚，永福人。父翰，爲元潮州總管，棄官走閩，爲黄冠。高皇帝詔起之，翰自刎死。偁甫九歲，翰友吴海撫教之。洪武中爲國子生，永樂初授檢討，氣節高勁，文章雄偉。移官交阯，逮繫死。偁嘗謂洪曰：『吾五人者，足以撐柱東南半壁。』

力士李金創入吳，徐武功召試其藝。喚左右：『取吾棒來！』棒乃純鐵所爲，重六十餘斤，顧李曰：『盍試諸？』李謝不習，武功笑起，運棒如飛。

崔銑飲量洪，亡可敵。每酣輒歌：『劉伶能飲幾杯酒，也留名姓在人間？』伶字伯倫，沛國人。仕東晉，爲建威將軍。容貌甚陋，性嗜酒，嘗著《酒德頌》。

倪鴻寶自以半生精氣爲帖括所拘持，每向人云：『熊狼之罣柔繩，何時出力乎？』熊獸似豕，山居冬蟄，當心白脂如玉，俗呼熊。好舉木引氣，謂之熊經，美在掌。狼獸似犬，鋭頭白頰，高前廣後，其鳴能小能大。膏可煎，皮可裘。性善顧。糞可作烽火，烟直而聚，雖風不斜。性多貪，故曰貪狼。又蹂躪其草，使之雜亂，故曰狼藉。

楊太宰巍也。平生宦遊所歷名山，皆取其一卷石以歸。久之積石成小山，閒時舉酒，自飲一盃，每石一種酬酒一盃，亦自飲也。

容止

陸宮保居朝高冠獨步，令人凜凜，不霜而寒。

之報。

倪謙雙目炯然如電，體有四乳。謙字克讓，性極穎敏，平生寬洪誠信。子孫衣冠甚盛，于時以爲盛德之報。

張幼于年六十七，有嬰兒色。李本寧問：『何能爾？』李維禎，字本寧，京山人。父淑，廣西布政，得世譽。維禎中進士，選庶吉士。好學有才，廣通賓客，風流蘊藉，天下慕之。官至南京禮部尚書。幼于笑曰：『我有嬰兒心，故有嬰兒色；我無嬰兒態，故有嬰兒心。』胸前曰嬰。人始生，抱之嬰前乳養之，故曰嬰兒。

張元禎身不滿四尺，爲日講官。上命設低几，就而聽之。元禎字廷祥，南昌人，生而靈異，人稱奇童，所在聚觀。初寧靖王書『元徵』字名之，都御史韓雍易之曰『元禎』。擢進士，位至吏部侍郎。皙瘠纖弱而聲音朗徹，崖岸孤峭，數上疏論事。人有過，面折之。

常開平常遇春，懷遠人。賦性剛毅，膂力絶人。年二十三爲盜劉聚所得，遇春欲擇所依，棄聚歸高皇帝。先登拔采石磯，授總管府先鋒。自是從徐達征伐，能遵守節制。及自將兵，運籌決勝，不學而能。開拓之功，十居七八。位至中書平章軍國重事，封鄂國公。追元君，全師還，次柳河川，薨。贈右丞相，追封開平王，謚忠武。子茂弱冠封鄭國公，以隸其婦父宋國公馮勝北征納哈出，不奉約束，削爵，安置廣西龍州；次子昇，封開國公，抗靖難師，安置雲南臨安。弘治中録曾孫復錦衣衛指揮使，嘉靖中封裔常玄振懷遠侯。狀類獼猴，猴獸無脾，以行消食。猿之德静以緩，猴之德躁以囂。指臂多修毫，驍猛絶世。

王太宰無鬚，老來生鬚盡白。王國光，字汝觀，陽城人。仕至太子太保、吏部尚書，好談諧，雅有吏幹，爲當世所重。

馬芳猿臂壯偉，走及奔馬。黄酋黄酋，順義王子黄台吉也。嘗與芳約日手搏，爲壇塞，上方廣五百步，虎上百人立壇側。芳結束登壇，威容若神，交手壁立，意氣閒暇。酋望見，震懼不敢上，抽矢三發而去。

陳諤諤字克忠，番禺人。性剛直。舉孝廉，仕至順天府尹，遷鎮江府同知。犯顔敢諫，屢瀕於危。爲給事中，奏事聲震朝宁。上令餓數日，奏對如前。上曰：『是天生也。』呼爲『大聲秀才』。

林尚書林堯俞，字咨伯，莆田縣人。好學讀書，有德行，歷禮部尚書兼學士。心淡榮利，雖登顯列，而抑降自守，爲正人所重。子銘鼎，進士，終參政。母夫人鬚長寸許，有奇術卜吉凶。

企　羡

陸文定公嘗語人曰：『吾歷仕途，見浙孫氏再世爲宗伯，其列卿佐侍從者，踵相接于朝；閩林氏三世四尚書，下亦爲郎署、牧守。而常與孫季泉、孫陞，字志高，號季泉。賜進士及第，授編修。性資謹畏，擇地而蹈。視屋漏如明庭，對妻孥如大賓。功名之際，每退讓不敢居。重義好施，能容人，絶口不談人短。林肖泉、林庭機，字利仁，號肖泉，閩縣人。父瀚，兵部尚書，謚文安；兄庭㭿，工部尚書，謚康懿。庭機成進士，讀中秘書，授檢討。渾樸光潔，雍雍肅肅，無繁縟之禮，無枝葉之言。官至南京禮部尚書，謚文簡。對山林燫，字貞恒，號對山，庭機子也。登進士，官至南京禮部尚書。遊，言貌愿朴，視寒畯無異。詢其人，人則約斂檢括更過之。天道忌盈，鬼神瞰高，兩家皆無處焉。其子孫貴盛通顯，根本確在於此。』

龔愷愷字次元，上海人。爲直指，當按粤西，慘然不樂。往見嚴相國，嵩也。嚴曰：『吾嘗使粤，所歷山川奇麗，快心駭目，至今梦寐未嘗不在彼中。邇來雖叨黄閣數年，蒙塵觸穢，往來一衢，何如彼中官司南面芙蓉也。』龔後至粤，每行得勝處，輒嘆曰：『是閣老梦寐不如者。』

王三原一日出，有狂夫向之呼萬歲。入部延僚佐諮之。婁駕部曰：『昔張忠定行軍，三軍呼萬歲。』王曰：『止勿言。』即反覆思得數策，乃問曰：『忠定何以處之？』曰：『亟下馬，同呼萬歲，衆遂不敢譁。』王歎曰：『吾輩安能及古之人？彼倉卒應變而有餘，吾終日思之而不足。』其好善如此。宋張詠，字復之，濮州人。初科場試，詠賦自謂擅場，欲奪大魁。有司黜之，詠憤，毁裂儒服，欲學道於陳希夷。希夷曰：『子當爲貴公卿，此地非棲憩之所。』後果及第。知崇陽，縣民以茶爲業，詠曰：『茶利厚，官將榷之。』命拔茶植桑，其後榷茶，他縣皆失業，而崇陽桑成民富。一吏自庫中出，鬢旁中下有庫一錢。詠命杖之，吏勃然曰：『一錢何足道，乃杖我耶？爾能杖我，不能斬我也！』詠援筆判云：『一日一錢，千日千錢。繩鋸木斷，水滴石穿。』自仗劍斬其首，申府自劾。累遷樞密學士、同知銀臺通進司兼掌三班院。兩知益州，威惠及民，料敵制勝，人所不及。民間訛言有白頭老翁，午後食人男女。詠訪得言者，戮於市，即日帖然。詠曰：『訛言之興，沴氣乘之。妖則有形，訛則有聲。止訛之術，在乎識斷，不在厭勝。』賊李順黨中有避罪逃亡，詠許其首身，拘母十日不出，拘妻一宿而來。詠斷云：『禁母十日，留妻一宵。倚門之望何疎，結髮之情何厚？舊爲惡黨，今又逃亡，許令首身，猶尚顧望：就市斬之！』於是首身者繼至。詠每斷事，必爲判語，蜀人鏤板，謂之《戒民集》。詠寢室中，張燈炷香，通夕宴坐。郡樓上鼓番漏水，歷歷分明，一刻差必詰之。採訪民間事，無遠近悉得其實，不以耳目專委於人，曰：『彼有好惡，亂我聰明。但各於其黨詢之再詢，則事無不審矣。』李畋問其旨，詠曰：『詢君子得君子，詢小人得小人。』自益州歸，復掌三班，領登聞檢院。瘍生於腦，遂知昇州。范延貴爲殿直，押兵過金陵。詠問曰：『天使沿路來，還曾見好官員否？』延貴曰：『過袁州萍鄉縣境，驛傳橋道皆完葺，田萊墾闢，野無惰農。及至縣，廛肆無賭博，市易不諠爭；夜宿邸中，更鼓分明，以是知邑宰張希顔好官員也。』詠大笑曰：『希顔固善，天使亦好官員也。』即同薦於朝，後皆號能吏。遷吏部尚書，知陳州。丁謂逐寇準，詠知禍必及己，乃延三大户於便坐，與之博，袖間出彩骰子，勝其一坐，乃買田宅爲歸計以自污。卒贈左僕射，謚忠定。詠少學劍，樂爲奇節。有士人爲僕夫持其不法事恐之，且欲其女爲妻即止。詠知其事，即陽假此僕爲馭，出城斬之。遊蕩陰，止一孤店，一翁洎二子見詠負錢帛來，喜曰：『今夜好箇經紀！』夜始分，其子推户，詠殺之。持劍斷翁首，老幼數人并命於室。至鄭州，有一山人氣貌甚古，同宿旅中。與之語，皆塵外事，不言姓氏，自稱神和子。質明爲别，云異日相會于西川。詠異之，及知益州，因患頭瘡，龍興觀設醮。是夕坐寐中，夢昔神和子謂曰：『頭瘡不是死病。』及覺，語與道士王文正。文正云：『曾收得鄭韶州處士贈神和子歌。』索而閲之，益異其事。乃建大閣，上下十四間，號曰『仙遊閣』，其歌刻石。詠去蜀，留一卷實封文字與僧正希白，云：『候十年觀此。』後十年詠卒，希白請知府凌策發文字，乃詠畫像，自爲贊云：『乖則違俗，崖則絶物。乖崖之名，聊以表德。』李畋苦痁既瘳，詠曰：『子於病中曾得移心法否？』對曰：『未也。』詠曰：『人能於病中，移其心如對君父，畏之慎之，静久自愈。』

董玄宰家貧，至典衣質産，以售名蹟，曰：『此正如異人到門，何論金帛？若較量錙銖，黄鍾一龠，容千二百黍，重十二銖。二十四銖爲兩，十六兩爲斤，三十斤爲鈞，四鈞爲石。銖、兩、斤、鈞、石曰五權，八兩爲錙。便是田舍翁教子，豈能博尊賢敬士之報哉？』

傷逝

聶貞襄與陽明講學，聶豹，字文蔚，永豐人。舉進士，知華亭，徵拜御史，官至兵部尚書。歸，建『賜老堂』，以講學終其身，謚貞襄。往返質問，然不肯執弟子禮。至陽明殁，而始爲位哭，稱門生。故當時有生稱師、歿稱友者黄綰，生稱友、歿稱師者公。綰字宗賢，承祖廕，弱冠即以聖賢自期，揭座右曰：『窮師孔孟，達法伊周。』當官議大禮，靖大同之亂，充正使，區處安南，中外甚重之。

陳繼儒結茅小崑山之陽，華亭西南十八里，有崑山，今貶稱曰『小崑山』，以崑山之爲邑，故遜之耳。晉二陸嘗隱焉。廟祀二陸主，陸機，字士衡，吴郡人。祖遜，吴丞相；父抗，大司馬。機博學善屬文，非禮不動，入晉仕著作郎，至平原内史。同母弟雲，字士龍，儒雅有俊才，容貌環偉，口敏能談，博聞强記，善著述。十八歲，刺史周俊命爲主簿，纍遷太子舍人，清河内史，爲成都王所害。乞四方名花，廣植堂皇之前，室無四壁曰皇。曰：『我貧無以娱二先生，請采花爲先生春秋供蘋蘩。』名『乞花塲』。

沈萬山山，一作三，名秀，蘇州吴縣富人也。妻麗娘亡，山思之甚，作恩鎻臺於塚上，置離思碑，其中有曰：『玉骨土融，百形皆幻；紅脂塵化，萬態俱空。構室見其情牽，樹碑由於恩結。』

雷何思卒，鍾伯敬爲五言韻語十章哭焉，付其家嗣，仍語之曰：『鬼不必時至家，必時時誦之。或令侍子知書嘗司筆研者，誦於所常遊息處，以逢其至。』

孫蕡蕡字仲衍，廣東順德人。表儀秀偉，於書無所不窺。舉於鄉，授工部織染局大使，歷翰林院典籍，補平原主簿，謫戍。釋歸田里，召拜蘇州府經歷。爲藍玉題畫，坐誅。玉，定遠人。長身赬面，臨陣突圍，所向有功。初授充管軍鎮撫，終拜征虜大將軍，封永昌侯。擬進封粱國公，適有發其私元主妃者，上怒，改封涼國公。玉素不學，性很愎，自恃功伐，專恣傲悖。嘗占東昌民田，御史按問，玉擅逐之。征北還，夜度關，關吏以夜不即内。玉縱兵毀關而入，上益惡之。錦衣衛指揮使蔣瓛告玉謀反，上集群臣廷議。玉展轉辯，攀染不肯服。吏部尚書詹徽叱玉吐實，無株連人，玉大呼曰：『徽即吾黨！』遂并殺之，族誅者萬五千人。臨刑口占曰：『鼉鼓鼉音佗，水蟲，長一丈，其聲如鼓。三聲急，西山日又斜。黄泉無客舍，今夜宿誰家。』

陸子淵與何粹夫、何瑭，字粹夫，懷慶人。進士，任編修。不屈於劉瑾，出爲府同知，官至右都御史。篤遵古誼，世局變推而不受染。卒贈工部尚書，謚文定。盛希道盛端明，字希道，饒平縣人。解元、進士，入翰林爲檢討，官至禮部尚書，贈太子太保，謚榮簡，追削。謁李文正於私第，議及國事。李手揮淚不已。李卒，子淵以詩哭之，末云：『白髮門生傷往事，每看憂國淚雙漣。』

卷八

棲逸

陳眉公纂《逸民史》二十卷，曰：『逸民如野燒，草灰而根存；亦復如夜書，燭滅而字在：此史之所由作也。』

馮元成素不樂仕進，稱還家爲『小三昧』，居山爲『大三昧』。道云貞一，儒云致一，釋云三昧。一即有二，遂至於三，言三即昧在其間。《翰林誌》：『學士每下直出門，謂「小三昧」；出銀臺門上馬，謂「大三昧」。言去纏縛就解脱也。』

鴈山五珍，謂龍湫茶、觀音竹、金星草、山藥、官香魚也。鴈山，在浙江温州府樂清縣龍湫之上，有五湖，秋冬鴈宿其上，故曰鴈蕩。朱太守無宦情，嘗曰：『豈以五斗，易我五珍？』朱諫，字君佐，樂清人。登進士，知歙縣，稱神君。累官吉安知府，謝事，結廬鴈山，翛然有塵外之懷。

都穆齋居蕭然，樂奉賓客，銜杯道古，以永終日。不殖生産，或至屢空，輒笑曰：『天地之間，當不令都生餒死。』日晏如也。《國寶新編》曰：『穆字玄敬，吴縣人。成進士，仕至太僕少卿。乞休，吏部賢之，爲請致仕。好遊山水，所遊必撰一記，著《玉壺冰》《聽雨紀談》《周易考異》《史外類鈔》《金薤琳瑯》。

陳繼儒買舟載書，作無名釣徒，語人云：『每當草蓑月冷、鐵笛霜清，覺張志和、志和字子同，金華人。父游朝，通《莊》《列》書。志和唐肅宗時擢明經，授録事参軍，親亡不復仕。自稱烟波釣徒，號玄貞子。李德裕稱其『隱而有名，顯而無事，不窮不達，嚴光之比』云。陸天隨去人未遠。』陸龜蒙，字魯望，長興人。寓居松江甫里，自號江湖散人、天隨子、甫里先生。唐以高士召，不至。與顔萱、皮日休、羅隱、吴融爲益友。門有巨石，乃遠祖績爲鬱林守，罷歸無裝，取以重其船者，人稱其廉，號鬱林石。

黄姬水所居，環以奇卉、異石，焚香獨坐。當風日清美，攜酒自勞，姬水字淳甫。曾祖暐，比部郎；父省曾，以藝擅代。姬水父母卒，遂謝諸生，徜徉丘壑。所著篇什甚富，研練精切，書法遒逸。曰：『此亦令人駘蕩，駘蕩，廣大之意，又春色舒放也。居然三峩五嶽意。』五嶽：東岱、南衡、西華、北恒、中嵩。

賢媛

姚廣孝廣孝，長洲人。器宇恢弘，性懷冲澹。初爲僧，名道衍，字斯道，居相城妙智菴。師靈應觀道士席應真，讀書學道，兼通兵家言。洪武中以高僧薦選，侍文皇帝於燕邸，深見親信，與密謀。永樂中以靖難功，進官太子少師，復姓賜名。然終不蓄髪娶妻，所居多在僧寺。卒贈榮國公，謚恭靖，配享廟廷。廣孝亦工文詞，著有《逃虛子集》；别有《道餘録》，則專詆程、朱。其友張洪嘗云：『少師於我厚，今死矣，無以報之，但見《道餘録》輒爲焚棄。』佐文皇帝靖難，歸省其姊。姊拒不見，使婢語之曰：『做和尚不了，可是好人？』後趙石虎，號佛圖澄曰『大和尚』，此僧稱和尚之始。

楊忠愍以諫死，王元馭父慨然曰：『忠臣當如此矣！』母吴氏曰：『不然，夫人人願死忠，置人主於何地？不聞古有諫行言聽、臣主俱榮者乎？』

高皇帝御膳，必馬后親調以進。一日，進羹微寒，帝怒，舉盃擲之，羹污狼籍。后熱羹重進，顔色自若。后，宿州馬翁、鄭媪女。馬翁使氣殺人，藏命定遠。已而避地轉徙，乃以后託諸好友郭子興。子興妻張夫人極撫愛之，遂以配帝。洪武元年册立爲皇后，永樂元年謚高皇后。

子之所生，孫也。故子孫謂之子姓。

孫文恪妻楊氏，爲詩麗而則，夫人仁和人，福德兼備。於諸子孫爲嚴師。鑛嘗戒其友曰：『以札來者，幸毋詭，毋謔，歷吾母而後及我，慎之也！』繇此子姓所交無匪人，所聞無匪言。姓，生也。

張敷華敷華字公實，安福人也。父洪爲監察御史，死土木之難。敷華受廕，爲國子生。登進士，簡爲庶吉士，累遷左都御史，掌內臺事。博厚純實，剛介平恕。嘗曰：『寧失不明，毋爲不仁。』卒贈太子少保，謚簡肅。爲楚左轄，左轄，古稱尚書左丞。杜甫《贈韋左丞》云：『左轄頻虛位。』近代稱左布政使。任滿，檢羨金二萬餘兩。歸見路夫人，戲曰：『汝嘗笑吾貧，今羨二萬。不已富乎？』夫人曰：『願子孫得免饑寒，常如今日足矣。』于是，盡籍録之，副在有司。

沈惟炳母楊氏，嘗訓諸子婦曰：『惟慎惟默，可以處娣姒，汝輩戒之。汝輩腹能妊子，難藏一語乎？』惟炳字斗仲，孝感縣人。登進士，官至吏部侍郎。娣姒，妯娌也；妊，孕也。

譚元春母魏氏，喜諸子讀書，而不以榮進責望。每逢下第，輒置酒勞苦諸子，曰：『此自有定分，吾亦不須汝曹有此也。』友人輩嘗同飲至醉，私相戲曰：『賀不到門，北堂傾尊。』《詩·衛風》：『焉得諼草，言樹之背。』注：背，北堂也。堂房半以北，爲北堂；房半以南，爲南堂。主婦治北堂，故母稱北堂。尊，酒器。

韓汝慶妻屈氏有詩才，韓邦靖，字汝慶，朝邑人。兵部尚書邦奇弟也。舉進士，歷官參議。性至孝，父病，寢側年餘。屈卒，女異悲母集散失，書貽康德涵女，爲乞序，康海，字德涵，武功人。於書覽而不誦，嘗曰：『上士恒逸，下士恒勞。經籍，古人之魄也，有魂焉，吾得其魂焉已矣。譬之酒，善飲者漉其醇，不善飲者啜其醨，其下則貪糟酵焉耳。』其凡撰著，惟静而虚、虚而意生，然後操觚而揮，數千言不竭。狀元及第，除翰林院修撰。宦官劉瑾用事，重海。是時瑾惡户部郎中李梦陽代尚書韓文草彈文，搆以他事，奏下錦衣獄，欲置之死。海詭言救之，明日瑾奏上赦梦陽。海親劾，歸及順德，遇盜而失，有司追捕。瑾敗，遂以黨罷官。家居不離聲妓。曆數、醫卜，無不克備洞曉。願藉皮爲楮，楮，木名，皮可爲紙。削骨代穎，錐鋩也。以傳母集。德涵感其誠，爲作序表揚之，且曰：『有女如異，足嗣矣，何必生男哉！』

徐夫人教其子，有曰：『財散可來，名辱不復。』徐夫人者，金壇庠生周召詩妻也。有士行。生銓字簡臣，進士，上虞令；鍾，字介生，進士，庶吉士。兄弟文章、行誼之名噪天下。

倪鴻寶在史局，欲指陳時事，方草未發。親朋知觸威貴，色動舌出，撓禁百端。王安人聞群譁，顧謂鴻寶：『請得一涉指歸。』鴻寶示之草，乃拍手大笑曰：『君語平平，諸君何事須懼？即如此遂爾驚天震地，豈爾輩男子真僵蠅腐草耶？』鴻寶決策遂上。蠅，飛蟲，好交其前足，有絞繩之象；亦好交其後足，搖翅自扇。故《爾雅》曰：『蠅，醜扇也。』青蠅亂色。蒼蠅亂聲。

劉太夫人是商太宰母，商周祚，會稽人。曾祖廷試，太僕寺卿；祖爲正，大理寺卿；弟周初，參議。周祚成進士，官至吏部尚書。一日廣會，有尼突至，挾方廣册，諷太夫人即注千錢，可恒河沙量福也。太夫人摇手曰：『吾何事福，吾一丸尼塞此善門既久矣。』麾使亟去。或勸太夫人：『誠云善門，又可得福，何靳少錢？』太夫人曰：『吾避惡却禍耳，何善與福之有？佛教其徒布施，而其徒顧乃責布施於人；且使若等挾禍福之説，以簧閨媛，凶而家矣。吾亦以教吾子孫也。』簧，笙、竽管中金葉也。笙、竽，皆以竹管植於匏中，而竅其管底之側，以薄金葉障之，吹則鼓之而出聲。笙十三簧，或十九簧；竽十六簧。

寧庶人宸濠也。妃婁氏上饒人。素賢，庶人驕奢淫虐，婁苦諫，至涕泣，及敗投水死。庶人既就執，見王陽明，以葬婁爲囑。居囹圄中，囹圄，獄名，秦曰囹圄。囹，領也；圄，禦也，言領囚禁禦也。每飯必别具饌祀之，言及輒曰：『負此賢妃。』

李希顔爲諸王子師，希顔號愚庵，郟縣人。性行峻茂，貫酣群籍。洪武初薦徵爲春坊贊善大夫。太宗北歸，希顏歸隱夾谷，授教生徒。感時懷忿，足跡不涉城市，落魄顑頷。首戴箬笠，身著緋袍，時臨盛會曰：『戴者本質，著者君賜也。』一藩司騶輿訪希顏，途遇一老，枕袋側卧，前驅蹴之，乃希顏也。遂與班荆，傾囊而別。教法嚴毅。有弗若教者，以管擊額。高皇帝撫而怒，高皇后曰：『惡有以堯舜訓爾子，顧怒之耶？』帝威用霽。霽，雨止也。唐《魏徵傳》：霽威義如雨止也。

用修七歲，母黄夫人敎之句讀。凡經書成文，語絶處謂之句；語未絶而點分之以便誦詠，謂之讀。以筆管印紙作圈，令用修書字於中，曰：『即此自楷正可觀矣。』

術解

唐應德常云：『知曆數又知曆理，此吾之所以異於儒生；知死數又知活數，此吾之所以異於曆官。』曆，歲時氣節之數也。

王元馭始生，身冷無氣。鄰媪徐氏反覆諦視，良久笑曰：『此名臥胞生，吾能活之，活則當貴。』趣使治之。其法用左手搦兒右手，摑其背百餘，逾時嚏而穌。

建文皇帝即位，帝諱允炆，太祖孫，懿文皇太子、追號興宗、孝康皇帝之次子也。建文四年，靖難兵入金川門。宫中火起，帝殂，或傳遜於外。逼執周、齊削爵爲庶人，周王諱橚，太祖第五子，國開封府。建文元年竄雲南，尋錮京師，四年復之國。齊王諱榑，太祖第七子，國青州府。王有武力，恣肆不檢，建文二年遇訐，逮繫京師，四年復國。永樂中以反謀露，削爵囚西内，國除。湘獻王自焼殺，王諱栢，太祖第十二子，國荆州府。建文元年有告反者。遣使即訊，王懼，闔宫自焚。事且至燕。燕王懼，謀靖難。語未幾，簷飄瓦墜地碎。王以爲不祥，不懌。姚廣孝曰：『祥也！』王駡曰：『子妄言，若此何祥爲？』廣孝曰：『祥也，天欲易黄瓦耳。』謀遂定。《大明會典》曰：親王宫殿門廡及城門樓皆覆以青色琉璃瓦。

邵道人喜視人病，令病人張目又張口，嘘即知。病人可活，目諸弟子置飯病人前，道人出袖中鐵尺，横飯上，誦大悲呪。大悲呪，觀音菩薩所説。已起尺，摩病者曰：『瘥矣！』脱不可活，道人趨出，病家問死期，出其指示日數，輒驗。道人蜀人也，年六十餘始至慶陽。不言，凡所頤指色授，故莫究所自來。築土被衲，無晝夜露坐，子弟少年争來事之。道人善飲食，以椀列諸案，無問多少，飲食之；若更以椀列之，不飲食也。李忠患頸瘍，久不愈。問道人，道人曰：『此祟也。汝往聘某氏，謂其女陋，將更聘，女慚死，此其祟汝。』李大驚伏地，頓首曰：『柰何？』道人曰：『今遇我，三日解矣。』瘍果瘥。一日，道人設几三層，而坐其上，諸弟子環守之。夜半霹靂隱隱起屋脊，若戈士甲馬戰鬬之聲。諸弟子震慴伏地，天明起視，則道人死矣。

文皇帝患瘕，韓公茂治久不愈。公茂，吴縣人。爲太醫院使，上甚重之。召戴原禮至，戴思恭，字原禮，以字行，金華人。學於丹溪朱彥修，起死回生，動若神助，一洗拘方泥法之陋，積官至太醫院使。問所用藥，曰：『是也。』又問帝嗜何物，曰：『生芹。』原禮曰：『得之矣！』投一劑，夜暴下，皆細蝗。

太祖兵取江西，天師張正常來覲京師。正常字仲紀，貴溪人，漢留文成侯四十六代孫也。天性夷曠，潔而不緇，自號沖虛子。上謂群臣曰：『至尊者天，豈有師也？以此爲號，褻瀆甚矣！』遂命去其舊稱，俾爲真人，以領其教。正常有道術，嘗投符朝天宮井中，飲者疾輒瘳。詔作亭井，上名曰：『太一泉。』太祖於冶城舊址，建朝天宮奉上帝。

嘉靖中，江以南競南音，廢聲伎。查鼐過金陵，鼐，休寧人。母夢靈龜入臥內，遂有娠，生鼐。會大父年八十，命曰八十云。大父以賈起家，鼐從父兄受賈，少負意氣，務上人。時壽州鍾山琵琶最善，故嘗師樂師張六老。鼐奉千金爲山壽，師事山，盡得山法。鼐臥起服習，居頃之，過山遠矣。當是時，滑人李貴善技擊，襄陽吳奇善騎射，豫章孫景善蹴踘，金陵馬清善簫，吳人張大本善琴，皆獨步。鼐悉從之受業，客曰：『夔猶不免於窮，吾懼吾子之力詘矣。』鼐乃緩一切，仍專事琵琶。既託賈而遊，所至人人親鼐。入平康里，爲清彈琵琶，琵琶，胡琴。推手前曰琵，却手後曰琶。《唐書》：自下逆鼓曰琵，自上順鼓曰琶。諸美人無知者。安氏媼聞之大驚曰：『此先朝供奉曲也，國工張六老能之，客何爲者？』既而知其鼐也，起爲按節，相視以爲知音。

曾義山善占卜，義山，上高縣人。得異書，名《銀河棹》。山卒，劉伯温官江西，經山家，其子遂以授劉。劉後占卜如神。

周洪謨上疏請造璿璣玉衡，純皇帝即命洪謨自造，衆謂必不可成。旬日間，造成以進。璿璣玉衡，舜察天文之器，以齊七政者。璿，美玉，以爲璣，轉運如天；衡，横簫也，以簫從下端望之，占日月星辰吉凶之象。漢世以來，謂之渾天儀。

郭青螺與蔡見麓同爲方伯，蔡國珍，字汝聘，號見麓，奉新人。進士，居南都刑曹，與名流講求性命、經濟，有『四君子』之稱。歷晉吏部尚書，素履皭然，死無千金之産。贈太子太保，謚恭清。蔡有引去意。一日，坐弘濟堂，指堂扁『弘』字曰：『子爲我拆一字。』郭曰：『公意將引去而數未能。』蔡曰：『何也？』郭曰：『弘字左爲弓而無丨，是未能引；右爲厶而無土，是未能去。』蔡笑曰：『奇哉！』郭曰：『非徒如此也，扁有「濟」字，公將開府齊魯，或操江；又不徒如此也，「堂」字，尚書而後歸土。』蔡笑曰：『是太穿鑿！』後言一一驗。

巧藝

吴偉臨繪，用墨如潑雲，旁觀者甚駭。俄頃揮灑，巨細曲折，各有條理，若宿構然。偉字次翁，江夏人。性戇直有氣岸，與俗寡諧。好劇飲，或經旬不飯。又好妓。畫山水人物，入神品，求者非人不應。憲宗召至闕下。授錦衣衛鎮撫，待詔仁智殿，作《松風圖》。上曰：『真仙筆也！』因以『小仙』爲號。孝宗命畫稱旨，授百户，賜『畫狀元』印。

文徵仲楷書鍾、王今隸謂之楷。極意結構，疎密勻稱，位置適宜。如八面觀音，色相具足。觀世音自在菩薩者，古正法明如來也。如來是其證果之實相，菩薩乃其行教之應權。釋迦授記以圓通，善財遍參其妙法，消災救苦，揭暗破昏。被功德者無涯，奉香火者恐後。

陳登登字思孝，長樂人。諒直，善文詞，工篆籀。洪武中以薦召入中書舍人。精小篆，李斯删古文作小篆。時滕用亨素負書名，滕權，字用衡，更名用亨，蘇州人。永樂中被薦獻詩，授翰林院待詔。善鑒古器物書畫。一日，對大衆辨難許氏《説文》，詞説蠭起。登隨問條答，考古證今，百不失一。漢許慎，字叔重，召陵人。獻帝時舉孝廉，惇篤博學。馬融常推敬之，時人語曰『五經無雙許叔重』。撰《五經異議》，又作《説文解字》十四篇。

劉麟嘗欲建樓以居，無力。文徵仲爲繪一圖，名曰《神樓》，騷人墨客爭咏之。

楊用修與陸子淵論字，子淵云：『字譬如美女，清妙、清妙，不清則不妙。』用修曰：『豐豔、豐艷，不豐則不艷。』

徐霖工篆法，常語人：『有明以來，喬宇篆法第一，佗人莫得望也。』霖字子仁，南京人。補弟子員，任放不諧俗，好遊觀聲伎。築快園，委曲有幽况。或羡其美須髯，呼之爲髯仙。

袁中郎宿山寺，袁宏道，字中郎，公安人。兄宗道，左庶子；弟中道，進士，咸擅才名。宏道登進士，官吏部郎中。坐客出宋仲珩書《金剛般若波羅蜜經》卷同觀。宋璲，字仲珩，承旨濂之子，洪武中官中書舍人。《金剛經》，佛在舍衛國中說。僧强中郎書，客曰：『仲珩必屏處書，子豈亦有此癖耶？』中郎曰：『彼工書，畏敗名耳，吾亦何畏也？』乃書數幅。

蹇忠定善書，文皇帝授金龍文紙，使書外國詔。偶落一字，蹇奏曰：『臣敬畏之深，輒復有此。』帝曰：『此紙艱得，姑注之。』蹇曰：『示信遠人，豈以是惜？』帝復授以紙，更書之。

解縉工行草書，求者即與之，曰：『雨露豈擇地而施哉？』劉伯昇小變楷書，謂之行書；張伯英法，謂之草書。

鍾伯敬寄譚友夏《寒河圖》，友夏居門與寒河對。多其位置，竹樹陂岸，不寒河不已。後偶作一古樹，不覺高出於紙。茅齋之外，不益一物，空處忽露半舟，曰：『此寒河也。』題而寄之。

邢子愿書，模臨二王，幾於奪真，而自運故佳；晉王羲之，字逸少，臨沂人。導從子。年十三謁周顗，顗異之。時重牛心炙，坐客未啖，顗先割啗羲之，於是知名。及長，善書，爲古今之冠。從伯敦嘗謂羲之曰：『汝是吾家佳子弟，當不減阮主簿。』阮裕亦目羲之與王承、王悦爲王氏三少。太尉郗鑒使門生求女婿於導，導令就東廂徧觀子弟。門生歸謂鑒曰：『王氏諸少并佳，然聞信至，咸自矜持。惟一人在東床袒腹臥，若不聞。』鑒曰：『正此佳壻！』訪之，乃羲之也，遂以女妻之。仕至右軍將軍、會稽内史。雅好服食養生，性愛鵝。有姥養一鵝善鳴，將攜親友就觀，姥烹以待之，羲之嘆惜彌日。山陰有道士養好鵝，羲之甚悦，求市之。道士云：『爲寫《道德經》，當舉群相贈。』羲之欣然寫畢，籠鵝而歸。王述與羲之不協，述蒙顯授，羲之恥爲之下，遂稱病去郡，於父母墓前爲文自誓，不復出仕。王獻之，字子敬，羲之幼子。少有盛名，高邁不羈。數歲，觀門生摴蒱，曰：『南風不競。』門生曰：『此郎亦管中窺豹，時見一斑。』獻之怒曰：『遠慚荀奉倩，近愧劉真長！』遂拂衣去。與兄徽之、操之俱詣謝安，二兄多言俗事，獻之寒温而已。既出，客問安兄弟優劣。安曰：『小者佳。』客問其故，安曰：『吉人辭寡，以其少言，故知之。』嘗夜臥齋中，有偷人入室盜物。獻之徐曰：『青氊我家舊物，可特置之。』群偷驚走。工草隸，善丹青。桓温使書扇，筆誤落，因畫作烏駁牸牛甚妙。經吳郡，聞顧辟疆有名園。先不相識，乘平肩輿徑入。謝安請爲長史，新起太極殿，安欲使獻之題榜而難言之，試謂曰：『魏時凌雲殿榜未題，而匠者誤釘之。乃使韋仲將懸橙書之，比訖，鬚發盡白，裁餘氣息。還語子弟，宜絶此法。』獻之知其旨，正色曰：『仲將，魏之大臣，寧有此事？使其若此，有以知魏德之不長！」安遂不之逼。問曰：「君書何如君家尊？」答曰：「故當不同。」安曰：「外論不爾。」答曰：「人那得知？」爲中書令卒。謝玄雅愛其父子書，各爲一袠，置左右以翫。黄昭素獨操機杼，而置古帖中，亦不復可辨。黄輝字平倩，南充人。以進士讀書中秘，博極内外典。同館焦竑以宏雅名，自媿不如。詞翰流傳於世，官至少詹事。蚤歲抽簪，翛然玄遠。

何主臣以篆刻重，片石與金同價。

用修謫滇中，滇池在益州。有東山之癖。晉謝安攜妓遊東山。諸夷酋欲得其詩翰，不可，乃以精白綾作裓，遺諸妓服之，使酒間乞書。楊欣然命筆，醉墨淋漓帬袖。酋重賞妓女，購歸裝潢成卷。裝，飾也；潢，以漿染紙也。《唐六典》有裝潢匠。

夏昶畫竹石名擅一時。昶初姓朱，字仲昭，崑山人。登第，爲庶吉士。文皇帝課書學，昶獨被賞，改中書舍人。命書宫殿榜，眷賚甚至，遷考功郎。出守瑞州，入爲太常寺卿，直内閣。其所守官，皆無失名譽。

劉長欽有碁癖，劉紹恤，字長欽，安陸人。進士，官至僉事。好讀書，嘗讀《晉書》，掩卷曰：「詞不古雅，當爲改修。」復拂衣起，曰：「生人不滿百，何自苦如此。」世稱「劉瀟湘」。《博物誌》曰：堯造圍碁，丹朱善之。

終日與人弈，所對皆中下品，無相抗者。弈罷，常擲子於地曰：『人知屢負不樂，不知屢勝亦悶。譬之享大鼎遇噎食，人何能暢？』

陳遇能繪事，嘗寫高皇帝御容絶肖，見者肅然。其弟偶戲寫山水，遇叱曰：『我豈他無一長，汝乃習其下者？』遇字中行，家金陵。高祖義甫，宋翰林學士；曾祖執中，兵馬都統制；祖文德，元進士，判溧陽；父辛之，淮南鹽課提舉。遇自少篤學，至正中授江東明道書院山長，遷温州教授。因亂棄官歸隱，署其室曰『静誠』。太祖定鼎金陵，御史秦元之薦於上，即日召見，與語大悦。引至帷幄，征討機務，皆咨詢之。纍授官至禮部尚書，皆辭不就，上稱『君子』。每見必坐，坐久必賜宴，廐馬送歸。年七十二卒，遣官賜祭。子恭，仕至工部尚書，加恩贈遇大理寺少卿。

郡守汪滸欲圖儀門，滸，陝西成縣人。儀，正也。使隸召畫師沈周。周衣緇布服，冠里老巾，指示一徒，點染畫畢乃去。未幾，汪以計入都，謁内閣李西涯。李問：『啓南安否？』汪大媿，覲回，造鄉訪之。

倪元鎮厭世濁，不畫人物。沈啓南倣倪，一丸淡墨，加釣叟樵客，曰：『世固濁，在畫何必濁？盡如元鎮，則將軼汗漫、圖混沌乃得哉。』汗漫，渺茫貌；混沌，陰陽未分也。

伯虎作《洗桐圖》，左列高梧一株，孤竦秀特，枝葉間有生氣；一童子捧盂，一老人方袍鶴立，灑指作洗滌狀，運筆細潤，幾同繭絲。桐木有四種：白桐可斲琴，葉三岐，開白花，不結子；荏桐子，可作油；梧桐，收其子可炒作果；岡桐，體重不可作琴。

徐執菴徐亮，江陰人。嘉靖中進士。邀客園亭，陳沱江至，沱江，陳淳子括也。主人未出，手擊破其亭上珍石。執菴意沮不樂，沱江取案頭紙作《大石圖》，奇峰突兀，雜以幽卉，風雨涳濛，顧執菴曰：『此石比君家石何如？』執菴大喜，留酌竟夕。人人呼爲『沱仙』。陳白陽嘗云：『吾作枝頭，括兒點花，世間絕無寶矣！』

董玄宰揮毫掃素，蔟蔟如行蠶，閃閃如迅霆飛電。

高廷禮畫山水極工，客求之，輒自戲曰：『令我作無聲詩耶？』高棅，字廷禮，新寧人。洪武初入翰林，爲待詔，遷典籍。嘗總唐人詩爲《品彙》百餘卷。

張益與夏㫤同年，㫤見益作《石渠閣賦》出己上，遂不復作文；益見㫤竹妙絕，亦不復寫竹。益字士謙，江寧縣人。永樂中進士，授中書舍人，纍陞翰林侍讀學士。參機務，死土木難。贈學士，謚文僖。爲人温雅明敏，詩文雄健有法。孫琮，官右都御史。石渠閣，漢藏書閣名。

黄諫博學工書，著《從古正文》五卷，藝林宗之。

章皇帝文武全才，遊戲丹青，直臻妙境。萬曆中，顯皇帝取《玄兔圖》示輔臣、史臣張居正而下三十有五人，令賦詩親書，并得自用圖記。

華鰲以繪事妙天下，每落筆輒題咏其上，云『空塵詩畫』。天下稱曰『華空塵』。鰲，章丘人。

侯鉞少年遊古廟，見一翁步入，自稱九華山人，曰：『子必貴，再益一骨，必有殊巧。』揭脅衣，若有所內，微痛，久之乃平。遂能寫人形神，嘗一識面者，去之數十年能肖。舉進士，時榜下三百人皆識貌，畫而誌之。一日遇群盜，返乃圖盜衣冠狀貌，送吏，盡獲諸境。鉞字義甫，東阿人。戟髯電目，論事口如懸河。官至右僉都御史，巡撫大同。

寵禮

顯皇帝嘗命諸講臣書扇，王文端家屏也。書訖，誤用私印，竄滅其跡。上問故，諭文端復用私印，而手擇十扇畀文端書，每呼爲『王黑子』。

高皇帝嘗及開濟所居，曰：『大官人必得大宅第。』即與剏爲之，制甚宏麗，令有司以此爲式，時人因呼爲『樣房』。《國史實録》曰：『濟，洛陽人。初爲國子助教，以疾罷歸，訓徒里中。御史大夫安然薦其材，召拜刑部尚書。勤政有爲，令諸司各置考功圖，日書官員所行事績，覈其勤怠。上信用之，待之甚厚。濟自負持法，漸肆殘酷，立寅戌簿以限僚屬出入。上聞，切責之曰：『古人以卯酉爲常道，今使趨事赴工者，朝自寅，暮盡戌，則奉父母、會妻子，能幾何時耶？』濟不聽。又執殺獄官，奴使甥女，掠取寡妹家財。御史陶垕仲等劾奏，伏誅。

燕王既定京師，稱尊號，拜姚廣孝僧録左善世。一日，上顧廣孝曰：『卿若有不豫色然，何也？』廣孝曰：『臣朝與吏部尚書言，歷五階而上，言己，歷五階而下，是以介介耳。』上曰：『吾所以欲爵卿也。』輒拜太子少師。

永樂中，周述與弟孟簡同舉進士，述，江西吉水人，仕至左庶子兼侍讀；孟簡歷詹事府丞。内閣奏孟簡第二，述第三。文皇帝曰：『兄弟齊名，古今罕比。二宋故事，不以弟先兄。』乃擢述第二，而置孟簡第三。宋宋庠，字公序，雍丘人。舉進士第一，儉約好學，累官翰林學士、參知政事。與吕夷簡不合，出知揚州，拜中書平章，封鄭國公。卒贈太尉，謚元獻。弟祁，字子京，與兄同時舉進士。人呼『二宋』，以大、小別。祁歷同知禮儀院，詔定新樂，進龍圖閣學士。與歐陽修同修《唐書》，官至翰林學士承旨。奢侈多遊燕，卒贈尚書，謚景文。

章溢奏定處州七縣税糧，比宋制畝悉加五合。六尺爲步，步百爲畝；十龠爲合，十合爲升。上特命青田縣糧止作五合起科，餘准所擬，曰：『使劉伯温鄉里子孫世世爲美談也。』

楊文貞在内閣時，夫人已早世，惟一婢侍巾櫛。文貞元配嚴夫人；繼郭夫人，即此婢也。子導，官太常少卿。一日，中宫喜慶，大臣命婦朝賀。太后聞文貞無命婦，令左右召婢至，見其貌陋衣敝，重爲粧梳，易首飾衣服而遣之，且笑云：『此回楊先生不能認矣！』翌日，翌日，明日也。命所司如制封之。

敬皇帝每朝罷，獨宣劉大夏講論移時，三學士咸於閣門伺劉出，問上所言。有朝士賦詩曰：『當時密語人不知，左右惟聞至尊羨。』

任　誕

汪道昆每飲，大小尊罍錯陳，以盡一几爲率。啜之至盡，略無餘瀝。嘗言：『善飲者，必自愛其量。』每見人初即席便大吸者，輒笑之。

王敬美好栽花果，謂兒輩：『吾他無所溷汝，異日日致一花供我目，足矣。』

鄭善夫好遊名山，《國寶新編》曰：善夫字繼之，福州人。仕至南京驗封郎中。峻陟冥搜，都忘內顧。

祝允明黑貂裘甚美，貂，鼠類，出東北邊，今人謂之貂零。欲市之。或曰：『青女至矣，何故市之？』《淮南子》曰：青女，天神。青嫫玉女，主霜雪。允明曰：『昨蒼頭言始識，不市而忘，敝之篋，何益？』

姜寶爲宗伯，寶字廷善，丹陽人。仕至南京禮部尚書。大戒六院毋得遊行，人跡無敢至者。張幼于至白門，先入舊院盤桓旬日，仍收所榜禁帖，面宗伯曰：『請爲先生開一面之網。』宗伯笑而容之，曰：『吾故疑有此。』祝網者置四面，曰：『從四方來者，皆罹吾網。』湯曰：『嘻，盡之矣！』乃網三面，置一面曰：『欲左者左，欲右者右，高者高，下者下，吾取其犯命者。』

張幼于每遇四更殘月，披衣起玩，下拜曰：『麗人拜新月，居士拜殘月，顧不勝耶？』

解縉訪駙馬都尉，官名。不在家，公主聞其名，欲觀之。周制：天子嫁女諸侯，不自主婚，使諸侯同姓者主之，故謂之公主。帝姊妹爲長公主，帝姑爲大長公主。後漢封縣公主，諸王女封鄉亭公主。隔簾使人留茶，繆索筆題詩曰：『錦衣公子未還家，紅粉佳人喚賜茶。内院深沉看不見，隔簾閒却一團花。』公主怒，奏聞，文皇帝曰：『此風流學士，留他做甚？』

西涯晚年妣對棊酒，何孟春以爲勸。孟春字子元，號燕泉，郴州人。祖俊，提學僉事；父説，刑部郎中。孟春登進士，歷官吏部左侍郎。嘉靖初議大禮，偕百官伏闕，號泣以請。上怒，奪孟春俸。尋調南京工部，還鄉調理。《明倫大典》成，削職。於書無所不讀，曆數、兵法、奇遁之術，皆臻其妙。所著有《餘冬序録》、《閒日分義》、《軍中耳學》、文集、奏議，行於世。西涯曰：『將何消日？』孟春曰：『詞翰熟自天成，足娱日力。既惠後生，又垂遠世。』西涯笑曰：『此後生計，吾老，不暇爲此。』一日，西涯在棊酒間，乞詞翰者踵至。西涯色弗怡，大書一絶云：『莫將性命作人情，寫字吟詩總害生。惟有圍棊堪遣興，客來時復兩三枰。』枰，棊局。孟春觀之，悚然知其前意之所在。

謝木齋遷也。致仕還家，每日與諸女孫鬭葉子以消日。常買青州大柿餅、宣州好栗，戲賭以爲樂，不問外事。

用修在瀘州，嘗醉，胡粉傅面，作雙丫髻插花。門生舁之，諸妓捧觴，遊行城市，了不爲異。

名士？』

王稚欽少好狎遊、黏竿、風鵰諸童子樂，蹶不可馴。父每扑抶之，輒呼曰：『大人奈何虐海内名士？』

方太古與黄省曾諸君遇於途，誦近所爲詩。值雨且至，咸匆遽欲疾歸。太古愈益徐徐誦不輟，已而雨大濡浥。明日乃謂客曰：『昨興洽，吾乃徐步。然諸君前亦遇雨也，奚擇？』太古，蘭谿人，少有美名，其性好潔。黄姬水嘗與徐緖偕造，止之宿，薦以新裀席衾，潔之香氣。乃自令解所攜白褚藉之寢，迨明視之，褚故不爲動，鮮若初置之無痕襞積者。

莫雲卿好石又好畫，或譏其無益，則笑曰：『以無益之事，悦有涯之生，阮屐、嵇琴阮孚性好屐，或有詣，阮正自蠟屐。嵇康善彈琴。所以小萬物。彼奔塵途而病夏畦者，獨益哉？』

殷海岱廢歸，里中同黨爲酒令，選勝徵詩，殆無虚日。常曰：『二三子毋以老而棄我，我吟不後人，醉不先人。』殷都，嘉定人。官至南京刑部郎中。

官殿中憲臣者，以嚴重寡言笑爲得體。李灌谿挾谿山風月，略外坦中，人或規之，灌谿笑曰：『吾寧不稱御史，其無失名士面孔。』李模字子木，吴縣人。父吴滋，副使。模高亮有氣節，舉進士，仕至浙江道御史，巡按真定，吏民懷之。

馮元成云：『史稱韋蘇州所至，焚香掃地而坐，超然高潔。唐韋應物，京兆人。天寶時爲三衛郎，後累遷刺蘇州。少時扈從遊幸，豪縱不羈。玄宗崩，始折節讀書，工爲詩。余平日閒居，亦與蘇州好同。古人稱「晚食當肉，緩步當車」，余謂焚香可以當栽花，掃地可以當營宅。』

莫雲卿云：『世間奇書、好山、異人、美女得常入目，何必佩丞相印？』

歸德其屬爲宋。沈公年甚老甚健，家有五愚公社，曰守株，《韓子》曰：宋人有耕者，田中有株，兔走觸，折頸而死。因釋耕守株，冀復得兔。曰移山，《列子》曰：太行、王屋二山，方七百里，高萬仞。本在冀州之南、河陽之北。北山愚公者，年且九十。面山而居。懲山北之塞，出入之迂也，聚室而謀，畢力平險。操蛇之神聞之，懼其不已也，告之於帝。帝感其誠，命夸娥氏二子負二山，一厝朔東，一厝雍南。自此冀之南，漢之陰，無隴斷焉。曰刻楮，《列子》曰：宋人有爲其君以玉爲楮葉者，三年而成。亂之楮葉中而不可別也，此人遂以巧食宋國。使天地之生物三年而成一葉，則物之有葉者寡矣。故聖人恃道化，而不恃智巧。曰揠苗，《孟子》曰：宋人有閔其苗之不長而揠之者。并公而五，皆圖畫壁間。門生故吏至，則拉入杏花酒肆中。或與鄉父老賭博餅餌勝負以爲樂。

陳眉公每當二分春分、秋分。前後日，遣平頭長鬚移花種之，犯風露，廢櫛沐。客笑曰：『眉道人命帶桃花。』煞也。眉公笑曰：『乃花帶驛馬星耳。』

曾棨能飲酒，人莫測其量。張輔欲試之，圍其腹，作桶置廳事後，乃邀棨飲，如其飲注桶中。竟日桶已溢，別注甕中，又溢。棨神色不動，夜半歸第。輔字文弼，祥符人。父玉，靖難功第一，東昌大戰，被創而没，封河間王，謚忠武。輔器宇雄壯，顧盼有威。弱冠以靖難功封新城侯，四征交趾，殲厥渠魁，分畫疆圻，建立郡縣，一統之盛，古莫與比。定功封英國公，子孫世襲。進太師，掌中軍都督府，加光禄大夫、左柱國。扈從北伐，死於土木之難。封定興王，謚忠烈。子懋嗣。

徐昌穀構別墅，前後塚纍纍。或曰：『目中每見此，定不樂。』徐曰：『不然，見此正使人不敢不樂。』

屠隆謂其鄉桃花開時，士女競遊，極可觀。拉臧懋循往觀，比至祇見婦女椎髻布裳，村野不堪，臧殊悔來。已而數輩至，靚妝妖麗。臧問爲誰，屠云：『吾家兒女。』臧欲引避，屠挽之云：『正欲君看，不然謂四明無人。』懋循，長興縣人。官南京國子監博士。

顧文康顧鼎臣，字九和，崑山人。進士第一，傑特有大志。嘗簡侍經筵日講，因進講宋儒范浚《心箴》，敷陳剴切。上注聽嘉悦，親自注釋《心箴》及視、聽、言、動四箴，又製敬一箴。位至少保，兼太子太傅、禮部尚書、武英殿大學士，贈太保，謚文康。微時，讀書山寺。逐得一犬，剥之，求薪不得，走佛殿，揖羅漢曰：『不得已煩大士。』因斧其像，以爨犬熟，即呼群兒環坐，擘而大嚼，爲之一飽。

文淵閣下芍藥三本，開七花。李賢設酒，邀吕原、劉定之等八學士共賞，惟黄諫以足疾不赴。明日復開一花，衆謂諫足當之，咸賦詩以爲盛事。大内皇極門東，會極門南，人曰内閣。有文淵閣，輔臣票本撰文清禁處。

徐武功遊林屋洞天，其中窈窱幽黑，久無遊者。武功列炬而入，行至一處，平敞寬崇，壁作金色，石乳滴至地，瑩如白玉，中設石床。再欲進步，則有流水阻絶，題曰『隔凡』，字勢飛逸，疑非人間書也。

錢鎮鎮字守中，烏程人。登第，官武選郎。子士完，字繼修，官山東制府。過陸綸，綸字理之，仕終布政。女奴杜氏遞茶。錢歸，謂茅夫人曰：『杜女唇紅，生子必貴。』遂請於陸，納之，果育士完。

卷九

簡傲

何天啓爲浙江僉事，天啓字羲占，貴溪人。里中夏相國召起過浙。夏言，字公謹，貴溪人。舉進士，授行人，擢給事中。請親蠶，議郊社，議配享，議禘禮，多當上意。進侍讀學士，纍遷武英殿大學士，入内閣，進吏部尚書、華蓋殿大學士。總督陝西三邊曾銑，念河套肥饒，地久棄之，邊與寇共之，欲以十萬衆逐寇，因復故地。言信，以爲功必可成，下兵部，會廷臣議。上惡之。少師嚴嵩遂具疏，稱寇之不易勝，河套之必不可復，力詆言之擅權。於是罷河套之役，而使緹騎捕銑，當以『交結近侍官員、紊亂朝政』律斬，妻子流二千里。捕言，據曾銑律坐棄市。隆慶初，其家上書白冤狀，復其官，賜謚文愍。天啓偕群僚旅見，無私焉。夏目攝之，天啓若不喻。後致書云：『十畆湖中，不了蘇公之案；九重天上，空達殷生之函。』殷浩，字深源，陳郡長平人。父羨，字洪喬，爲豫章太守。都下人士因其致書者百餘函，行次石頭，皆投之水中，曰：『沉者自沉，浮者自浮，殷洪喬不爲致書郵。』終於光禄勳。浩識度清遠，弱冠有美名，善玄言，與叔父融俱好《老》《易》。融與浩口談則辭屈，著篇則融勝，浩由是爲風流談論者所宗。或謂浩曰：「將蒞官而梦棺，將得財而梦糞，何也？」浩曰：「官本臭腐，故將蒞官而梦尸；錢本糞土，故將得錢而梦穢。」時人以爲名言。三府辟皆不就，于時擬之管、葛。王濛、謝尚知浩有確然之志，相謂曰：「深源不起，當如蒼生何？」建元初，褚裒薦浩，徵爲建武將軍、揚州刺史。遷中軍將軍，假節都督諸軍事，敗績。桓温上疏罪浩，竟坐廢爲庶人，徙于東陽之信安縣。浩少與温齊名，温嘗問浩：「君何如我？」浩曰：「我與我周旋久，寧作我也。」至是温語人曰：「少時我與浩共騎竹馬，我棄去，浩輒取之，故當出我下也。」浩被黜，終日書空，作「咄咄怪事」四字。甥韓伯隨至徙所，經歲還都，浩送至渚側，詠曹顔遠詩云：「富貴他人合，貧賤親戚離。」因而泣下。後温將以浩爲尚書令，遺書告之。浩欣然許焉，答書慮有謬誤，開閉者數十，竟達空函。大忤温意，由是遂絶。夏覽而笑曰：「夫既以蘇、殷自況，而欲誰爲安石、桓温哉？」王安石，字介甫，撫州人。位至丞相、左僕射，封荆公，追贈舒王。

張之象間從諸貴人遊，羅綺滿座，𧝎䙚𧝎䙚，衣破也。不借，披襟命麈，旁若無人。之象字玄超，常憤時俗趨炎，乃反傅咸意著《叩頭虫賦》以見志。四明豐存禮讀之象文，曰：「天生老豐，何必生此子！」

宋鶩池讀書嶧山，厭薄交遊，嶧山即鄒山，在山東兗州府鄒縣南。秦始皇登此，李斯刻石頌德。乃作一小户，非匍匐不能入。署其户曰「狗洞」。縉紳先生過訪者輒難之，惟濮上李伯承往來其中。李先芳，字伯承，仕至寧國府同知。

吴獻臣爲松江同知，有時與太守燕居，捫一蝨置卓上，周圍以唾作圈，直視太守曰：『看你走到那裏去！』吴廷舉，字獻臣，湖廣嘉魚人。歷僉事，忤逆瑾，逮詔獄，謫戍鴈門。瑾誅復職，仕至南京工部尚書，謚清惠。廷舉獨行自信，不苟同於俗，氣節稜稜，若秋霜烈日。

常明卿時過倡家宿，至日高春徐起。或參會不及，長吏訶之，敖然曰：『故賤時過從胡姬飲，不欲居薄耳。』常倫，字明卿，山西沁水人。父賜，陝西按察司副使。倫舉進士，授大理寺評事，被謫不赴。縱酒自放，好彭老御内術，自謂得之神仙可立致。一日省墓，從外舅滕洗馬飲，大醉，衣紅，腰雙刀，馳馬塵絶，從者不及前。渡水，馬顧見水中影驚蹶，墮水，刃出於腹，死。故人平陽守王溱爲收葬之。

王稚欽爲翰林庶吉士，故事：學士二人爲庶吉士師，甚嚴重。稚欽獨心易之，時登院署中樹而窺，學士過，故作聲，驚使見。

孫太初寓居武林，費文憲罷相東歸，費宏，字子充，江西鉛山人。進士第一。初宏領鄉薦，上春官也，世父瑄以都水主事出治吕梁，貽之書曰：『汝脱下第，毋南歸，宜入北監讀書。』瑄還，宏訊之曰：『伯父何以逆知宏之弗第，而必令入北監耶？』瑄曰：『此爾遠到之兆也。吾嘗梦汝入監領班籤，籤乃彭文憲公故物。文憲嘗遊北監中狀元，汝第勉之。』至是果然，人咸異之。仕至少師、吏部尚書、華蓋殿大學士。世宗嘗御製《詠春》詩及

《四景》詩，屬宏和，自序其端，名曰《詠春同德録》，題其銜爲内閣掌參機政輔導首臣，賜銀圖書，文曰『舊輔元臣』。卒贈太保，謚文憲。宏恭慎謙抑，明習國家故事，能持重，得大體。故三入政府，以功名始終。子懋賢，官兵部職方郎中。訪之。值其晝寢，久之乃出，了不謝。送之及門，第矯首東望曰：『海上碧雲起，遂接赤城，大奇，大奇！』文憲出謂馭者曰：『吾一生未嘗見此人。』赤城，天台山名，狀如雲霞。

王元美與蔡子木、徐子與、吴明卿、謝茂秦飲，子木被酒，高歌其夔州諸詠。甫發歌，明卿輒鼾寢，鼾聲與歌相低昂，歌竟鼾亦止，爲若初醒者，子木面色如土。蔡汝楠，字子木，年十八舉進士，授行人，歷遷兵部侍郎。上望見汝楠貌寝，出爲南京工部侍郎。

楊君謙每以文示人，其人曰佳，楊即掩卷曰：『何處佳？』其人不能答，楊便去不復别。

王允寧謂王元美曰：『趙刑部治狀何如？』元美曰：『循吏也，且苦吟。』允寧大笑曰：『循吏可作，詩何可便作？』王維禎，字允寧，陝西華州人。舉進士，官至南京國子監祭酒。性亢急，於世少所推讓。爲詩文好深沉之思，而務引於繩墨。

文彭爲文學掌故檇李，士大夫過必謁之。彭遣人持刺城門，授之云：『掌故報謁。』令之前，則對云：『實未來也。』人以其負當世名，笑而已。彭字壽承，貢授秀水訓導，擢國子監博士。敦直坦易，善書，尤工古隸。

李于鱗高亢，有合己者引對，昏旦不問；不合，輒戒門絶造。請數四，終不一見之，亦不自駕請謝。

弇州主盟，四方客輻輳門下，點額暴顋。《三秦記》曰：江海魚集龍門下，登者化龍，不登者點額曝腮。辰玉獨崛彊，以通家子見，不以北面見，曰：『大丈夫豈肯寄人籬落，傍人門户？』然弇州數數從他所購其詩若文，讀之輒曰：『才子，才子！』

唐寅與客對弈，有給事自浙來訪，入其廳，與寅揖。寅曰：『正得弈趣。』給事趨而出。至黄昏，寅弈罷，始訪給事。舟人告給事已寢，寅曰：『吾亦欲寢。』竟上給事床，解衣臥，引其被相覆。給事欲與談，寅酣寐不應。至明日午已過，寅猶未起。給事欲赴他席，呼寅，寅曰：『請罷席歸而後起。』給事登輿去，寅竟披衣還家。

徐文長自稱曰『田水月』，客胡總督，野服具賓主禮。徐渭，字文長，山陰人。能屬文，爲諸生。胡宗憲招致幕府，管書記，爲《獻白鹿表》，人以是始重。渭性通脱，好與群少年暱飲市肆。宗憲被逮，渭慮禍及，遂發狂，引巨錐剚耳，刺深數寸；又以椎擊腎囊碎之，不死。渭爲人猜而妬，妻死後有所娶，輒以嫌棄。至是擊殺後婦，坐法繫獄，宫諭張元忭力援獲免。既出獄，縱遊劇飲，富貴人求與見，皆不得也。人以是多怪恨之。渭嘗言：『吾書第一，詩二，文三，畫四。』識者許之。渭没數載，袁宏道於陶望齡齋中見渭集，稱爲『奇絶』。

排調

顧涇陽入京補官，謁婁江相國。婁江相國，即王錫爵。蘇州松江分流，東北入海，爲婁江。相國曰：『公家居久，知都下近來有一異事乎？廟堂所是，外人必以爲非；廟堂所非，外人必以爲是。』顧對曰：『又有一異事：外人所是，廟堂必以爲非；外人所非，廟堂必以爲是。』

錢梦臯梦臯，富順人，仕至刑科給事中。是四明入幕賓，四明，沈一貫，别見。四明，寧波府山名。一日，與山人汪元范共飲四明酒。元范，字明生，東郡人。有文理，著名一時。錢戲云：『昔之山人，山中野人；今之山人，山外遊人。』汪即應云：『昔之給事，給黄門事；今之給事，給相門事。』

王雲鳳爲陝西提學，榜笞生徒，同於考訊，有至死者。劉瑾聞而善之，寺人劉瑾，陝西人。毅皇帝初即位，瑾與馬永成、谷大用、張永、魏彬、羅謹、丘聚、張興八人，以青宫舊侍，日導上畋獵角抵爲樂。户部尚書韓文率諸臣上言，請誅瑾等，大學士劉健復上疏持之。司禮監王岳，剛直人也，與其屬范亨、徐智言於上，謂文等言忠讜，且衆議不可奪。上從之，擬收瑾等。瑾等趨至上前，伏地痛哭，訴岳等交通外臣，欲害瑾等。上意動，立命瑾掌司禮，收岳等充浄軍，尋殺之。瑾由是立威箝衆，無復顧忌。去留編民，下獄杖戍，枷脰諸臣，惟視瑾所向背，旨悉自擬。百官跪謁咨稟，填牣其門。遣閹鎮守諸省，市井惡少年爲爪牙，伺察羅網，破人家如碎卵。一日早朝，有一紙飄丹墀間，拾以進，則告瑾空名書也。瑾疑羣臣所爲，悉出五品以下官三百餘人，跪午門道上。時天暑甚，至日中有死者。遣御史括屯田，人心憤怨。指揮何錦等，遂挾安化王寘鐇起寧夏，以誅瑾爲名，殺鎮巡守臣。上遣涇陽伯陳英、内監張永、都御史楊一清往討之，寧夏遊擊仇鉞襲執鐇，餘黨遂平。寧夏既平，永與一清謀誅瑾，言於上，曰：『瑾流毒海内，自知天怒人怨，陰謀不軌。』上意決，執瑾就獄，坐謀反死。計所籍金，以錠計者二十四萬，銀以元寶計者五百萬，他物稱是。擢爲祭酒。及進謁瑾，瑾詑其多髭，曰：『何物祭酒，一紥豬毛？』

姜慶麟起京卿，應麟，慈谿縣人。官至太僕寺少卿。老憊特甚。面恩瞻拜之際，藏一杖於袖中，藉而起立，時目爲『袖珍拄杖』。

王恭以薦起至京師，恭字安中，閩縣人，家貧爲樵，往來群山中，自稱皆山樵者。善爲詩，文皇帝試詩高第，授翰林院典籍。年六十餘，老矣。同郡王偁戲曰：『君無以會稽章綬故來耶？』漢朱買臣，字翁子，會稽人。家貧，賣薪自給，行歌誦書。妻羞之，求去。買臣曰：『我年五十當富貴，今已四十餘矣。汝苦日久，待我富貴報汝。』妻曰：『如公，終餓死溝中耳，何能富貴？』買臣不能留，聽去適田夫。其後，妻與夫家見買臣飢寒，呼飯飲之。數歲，邑子嚴助薦買臣，拜爲中大夫；久之拜會稽太守。初，買臣免待詔，常從會稽守邸者寄食。至是，買臣衣故衣，懷其印綬，步歸郡邸。值上計時，會稽吏方相與群飲，買臣入室中，守邸與共食。少見其綬，守邸怪之。前引其綬，視其印，會稽太守章也。守邸驚，白守丞，相推排陳列中庭拜謁。有頃，長安廄吏乘駟馬車來迎，買臣遂乘傳去。入會稽界，見其故妻、妻夫治道，買臣駐車，呼令後車載其夫妻。到太守舍，置園中，給食之。居一月，妻自經死。居歲餘，擊破東越，有功，徵入買臣爲主爵都尉，列於九卿。坐法免官，復爲丞相長史。張湯爲御史大夫，行丞相事，陵折買臣，買臣遂告湯陰事，湯自殺，上亦誅買臣。恭從容笑謝曰：『吾山中斧柯幸無恙，君毋深誚我爲矣。』

歐楨伯在虞部時，歐大任，字楨伯，廣東順德縣人。博涉經史，有文譽。置酒高會。胡應麟、劉紹恤在座，應麟別見。初不相識。劉問張幼于曰：『何人？』幼于答曰：『胡孝廉。』劉猶未知也，曰：『今日楨伯會同調，如何濫及舉人？』幼于笑曰：『胡亦云今日會同調，如何濫及評事？』紹恤時官大理寺評事。

郡尉貽幼于名花二本，欲付三男，恨不足一。令三男呼盧，盧，瓊叟物象也。勝者得之，曰：

『此吾庭誥。』

葉盛爲禮部侍郎，轉吏部。禮部尚書姚夔治宴賀之，曰：『鄉里親友干謁者衆，煩公垂意。』盛唯唯。無何夔進太宰，盛治酒往賀，曰：『今日送鄉里親友還先生。』夔字大章，桐廬人。舉鄉試，會試第一，擢吏科給事中。累遷至吏部尚書，贈少保，謚文敏。夔器識宏偉，言論侃侃。每當廷議，正色昌言，人皆敬服。立朝三十餘年，憂國之心，老而彌篤。

張弼嘗曰：『吾梦中得二恨語：弼字汝弼，華亭人，登進士，官至南安知府。資稟靈異，充以學問。詩文成一家言，草書冠冕一代。敦尚行履，慨然以風節自持。恨司馬子長早死，《史記》之書不完；恨蘇東坡早生，伊洛之道不信。』賀欽曰：『此何足恨也？使子長遲死，《史記》得完，先黄老有土德之瑞，故稱黄帝，諱軒轅，以姬爲姓，國於有熊。修德治兵，與炎帝榆罔戰勝，諸侯推爲天子。往見廣成子於崆峒，問治身長久至道。老子，姓李，名耳，字伯陽，楚國苦縣賴鄉人。母懷之八十一歲，乃生；生而皓首，因號老子。又有老聃之號，老聃者，太上老君也。周文王時爲守藏史，武王時又爲柱下史。周衰遂去，遊西極等國，號古先生，駕青牛之車，徐甲爲御。西度函關，關令尹喜求道法，請曰：『子將隱矣，彊爲我著書。』於是老子乃著書上下篇，言道德之意五千餘言而去，莫知其所終。而後六經，古者以《易》《書》《詩》《禮》《樂》《春秋》爲六經。至秦焚書，《樂經》亡，今以《易》《書》《詩》《禮》《春秋》爲五經。退處士而進奸雄，貴勢利而羞貧賤，能免之乎？古人貴親炙，東坡見二程，尚不信其道；使生於後，何能信之乎？』

顧憲成母錢氏病，里媼趨候問，問：『有鬼乎？』錢戲曰：『有之。』曰：『鬼何似？』錢指謂曰：『大似汝。』

劉昌揖僧，不答。昌問：『何禮？』僧曰：『我釋教不答拜是敬汝。』佛氏曰釋氏。昌取界方擊僧首，僧問何故，昌曰：『我聖教打是敬汝。』

焦芳面黑而長，芳字孟陽，河南泌陽縣人，進士。仕至少傅、謹身殿大學士、吏部尚書。芳素寡學，性凶險，始比尹旻父子，尹敗坐謫。其爲吏部尚書，時值正德初元，劉瑾等號八黨，方以槃樂導上，内閣九卿率百僚伏闕固争，將除之。芳潛通於瑾，得先爲之地。由是，大學士劉健、謝遷，尚書韓文、楊守隨等得罪去。瑾遂擅政，引芳入閣，表裏爲奸。其子黄中，尤狂誕恣睢。累科廷試，録策止一甲三人。黄中舉進士二甲第一人，芳請并黄中與三甲第一人胡纘宗策俱録之，授黄中檢討，遷侍讀。時土官岑濬所没入家口，妾有殊色，芳求得之，與妻反目，後黄中遂與亂。芳腹心吏部尚書張綵、檢討段炅發芳陰事，互構于瑾，乃并其子致仕。瑾誅皆褫職。嘗謂西涯云：『君善相，煩看我後日何如。』西涯熟視之，曰：『左相像「馬」尚書，右相像「盧」侍郎：必至此地位。』以戲焦之如『驢』。

洗馬劉定之洗馬，官名。朝遇兵部侍郎王偉。偉字子英，攸縣人，隨父戍宣府。年十四，章皇帝北巡，獻《安邊頌》，命補保安州學生員。舉進士，官至兵部侍郎，少保于謙引使佐己。王戲之曰：『吾太僕馬多，洗馬須一一洗之。』劉答曰：『何止太僕也，諸司馬不潔，我固當洗之。』太僕寺，掌馬政，以聽於兵部。兵部，周夏官大司馬之職也。大司馬掌軍，古者兵車一車四馬，故以馬名官。

徐有貞治河無成功，于少保笑謂同官曰：『徐先生五墨匠耳，柰何令脱土墼？』墼，音吉；土墼，未燒磚坯也。

裴公無子而多女，李本寧調之曰：『盗不過五女門，君夜户可不閉矣。』公笑曰：『此爲多財者言耳。若我，雖一女，盗過門不入也。』《大泌山房集》曰：裴應章，字元闇，汀州清流人。仕至南京吏部尚書，贈太子少保。居朝與少司馬李盛春、參政蔡梦説，以名節相砥礪，號曰『三酸』。

江陵病，王冢宰國光也。爲禱於神；病劇，冢宰醮如前。醮，祭名，酌而無酬酢曰醮。申公時行也。笑曰：『冢宰今再醮矣。』婦人再嫁夫，曰再醮。

文皇帝嘗命東宫及漢王、趙王、皇太孫同詣孝陵，高皇帝陵。東宫體肥重，且足疾，兩中使掖之行，恒失足。漢王從後言曰：『前人失跌，後人知警。』皇太孫應聲曰：『更有後人知警也。』漢王回顧變色。太孫，即章皇帝也。

解學士、縉也。胡祭酒胡儼，南昌人。經魁，檢討。入閣，歷諭德兼侍讀，拜國子監祭酒，加太子賓客致仕。同觀放進士榜，解以胡出不由甲科，嘲之曰：『大丈夫必得黄榜書名可耳。』胡笑曰：『彼固亦有僥倖得之。』

張希舉、希舉字直卿，南昌人，時爲按察司副使。王遴、遴，字慎徵，霸州人。仕至兵部尚書。職業修舉，聲譽卓然。王世貞遊泰山，山在泰安州北五里，爲東獄岱宗，亦曰兗鎮。周圍一百六十里，高四十里。至舍身崖，其缺處可三尺，而下臨杳靄千仞。希舉足縮不敢前，遴亦縮不前。希舉顧而曰：『君搤腕談兵，無敢抗者，乃亦不前耶？』世貞笑曰：『此自兵法「夫無進生而有退生」，王君所以不前也。』

王元美從明甫所見夏太常墨竹，王道行，字明甫，山西陽曲人。官至右布政。壯歲歸田，別業稱『桂子園』，日與騷雅之士觴咏其中。曰：『晉人不識竹，嘗謂是有節秫。吾太常里人也，盍以歸我？』明甫笑不答。

儲巏巏字静夫，泰州人。舉鄉試、會試第一，官至南京吏部侍郎，謚文懿。巏簡重正直，事親至孝。好學，老而彌篤，著《柴墟集》。過訪王韋，韋字欽佩，南京人。父徽，給事中，直諫有聲。韋仕至太僕寺少卿。因索其詩，讀之擊節嘆賞，曰：『絶似温、李。』唐温庭筠，本名岐，字飛卿，并州祁人。工爲辭章，與李商隱皆有詩名，時號『温、李』。然不拘細行，多作側辭艷曲。數舉不第，上書千言，執政奏庭筠攪擾場屋，謫方山尉。李商隱，字義山，河内人，勣之裔孫。舉進士，調弘農尉。試拔萃中選，補太子博士，遷檢校工部員外郎。自稱玉溪子，詩文瑰邁奇古，世號其詩爲『西崑體』。陸深時在座，曰：『本是王、韋。』指摩詰、蘇州以戲之。唐王維，字摩詰，太原人。九歲知屬辭，開元中擢進士第一，歷尚書右丞。工草隸，善畫，寧、薛諸王待若師友。有别墅在輞川，常與裴迪遊其中，賦詩爲樂。

桑悦調博士，大學士丘濬贈之牡丹一種，戲曰：『後當遷洛陽令，牡丹出洛陽者，爲天下第一。故遺袁家紫。牡丹也。』悦對曰：『明公知未形事，豈已飲上池水乎？』秦扁鵲，姓秦，名越人。少時爲人舍長，舍客長桑君知非常人，語曰：『我有禁方傳與公，公毋泄。』乃出其懷中藥予扁鵲，飲以上池之水，悉取其禁方書與扁鵲。扁鵲飲藥三十日，視見垣一方人。以此視病，盡見五臟癥結。

陳獻章會試，作『老者安之、朋友信之、少者懷之』題破，云：『物各有其等，聖人等其等。』等，類也。考官戲批其旁云：『若要中進士，還須等一等。』等，候待也。

馮元成至劉園，其花屏周里餘。時薔薇及十姊妹花開遍，望之如石家錦步障。《晉書》云：石崇與王愷相尚，愷以紫絲步障四十里，崇以錦步障五十里敵之。有美人海棠與同遊，元成笑曰：『一株海棠，寧敵百丈薔薇？』答曰：『縱令艷色千群，誰似芳心一點？』

《酉陽雜俎》云：《酉陽雜俎》，唐臨淄段成式著。『蠹魚三食神仙字，則化爲脉望，狀如髮卷，規四寸許，得此者，夜持向天，從規中望星，星便立降，可乞丹度世。』道家以烹鼎金石爲外丹，吐故納新爲内丹。劉子威劉鳳，字子威，蘇州人。聚《仙經》，令童於他書中取蠹魚，置其上。每日檢視，冀有仙名被食者。皇甫子循謂之曰：『我當刻一印記贈子。』劉問上何題，子循曰：『蠹魚弟子。』

伯虎嘗夏月訪祝枝山，枝山適大醉倮體，縱筆疾書，了不爲謝。伯虎戲謂曰：『無衣無褐，何以卒歲？』《豳·七月》之詩。枝山遽答曰：『豈曰無衣，與子同袍。』《秦·無衣》之詩。

王元美招陳眉公飲弇園縹緲樓。酒間，座客有以東坡推元美者。元美曰：『吾嘗叙《東坡外紀》，謂公之文雖不能爲我式，而時爲我用。』意不肯下之。眉公時微醉，笑曰：『公有不及東坡者一事。』元美曰：『何事？』眉公曰：『東坡生平不喜作墓誌銘，而公所撰誌不下四五百篇，較似輸老蘇一着。』元美大笑，已而論及高帝、光武，漢高祖劉邦，字季，沛豐邑中陽里人。隆準龍顔，美鬚髯，左股有七十二黑子。寬仁愛人，不修文學，而性明達，好謀能聽。爲泗上亭長，好酒及色。乃以竹皮爲冠，所謂劉氏冠也。常繇咸陽縱觀秦皇帝，喟然太息曰：『嗟乎，大丈夫當如此矣！』單父人吕公見高祖狀貌，因重敬之曰：『臣相人多矣，無如季相。臣有息女，願爲箕箒妾。』吕公女，即吕后也。送徒驪山，夜皆解縱所送徒，曰：『公等皆去，吾亦從此逝矣！』徒中壯士願從者十餘人，經澤中，大蛇當徑，拔劍斬蛇。後人來至蛇所，有一老嫗夜哭曰：『吾子白帝子也，化爲蛇，今赤帝子斬之。』後人至告高祖，高祖心獨喜自負。陳涉自立爲楚王，沛令欲以沛應之。掾主吏蕭何、曹參、樊噲，與沛父老共殺沛令，立高祖爲沛公，遂滅秦并楚而有天下。在位十二年崩。上尊號曰高皇帝。光武劉秀，字文叔，南陽蔡陽人，高祖九世孫。身長七尺三寸，勤於稼穡。兄伯升，好俠養士，常非笑光武事田業。王莽末，寇盜鋒起。光武避吏新野，賣穀於宛。宛人李通等以圖讖説光武，云：『劉氏復起，李氏爲輔。』遂與定謀，市兵弩，起於宛。初騎牛，殺新野尉，迺得馬，還舂陵。時伯升已會衆起兵，諸家子弟見光武絳衣大冠，皆驚曰：『謹厚者亦復爲之！』徇昆陽，下之，莽遣王尋、王邑、長人巨無霸，將兵圍城數十重。光武自將敢死者合戰，衝其中堅。莽兵大潰，諸部喜曰：『劉將軍見小敵怯，今見大敵勇。可怪也。』更始將北都洛陽，三輔吏士東迎更始。見諸將過，皆冠幘而服婦人衣，諸于繡𧝓，莫不笑之。及見光武僚屬，皆歡喜不自勝，老吏或垂涕曰：『不圖今日復見漢官威儀！』北徇薊，王郎購光武。光武趣駕南轅，晨夜兼行。至滹沱河無船，適遇水合得過。於是移檄邊郡，共擊王郎誅之。得吏人與郎交關謗毁文書，燒之曰：『令反側子自安。』更始立光武爲蕭王，是時四方背叛，光武擊銅馬賊，悉破降之。封其渠帥爲列侯，按行部陳，降者相語曰：『蕭王推赤心置人腹中，安得不投死乎？』故關西號光武爲『銅馬帝』。即皇帝位於鄗，中興漢室，故廟稱世祖，謚光武皇帝。帝勤勞不怠，皇太子諫曰：『願頤愛精神，優游自寧。』帝曰：『我自樂此，不爲疲也。』幸章陵，修園廟，祠舊宅，觀田廬，置酒作樂，賞賜。時宗室諸母因酣悦相與語曰：『文叔少時謹信，與人不款曲，惟直柔耳，今迺能如此！』帝聞之，大笑曰：『吾理天下，亦欲以柔道行之。』元美云：『還是高帝濶大。』眉公曰：『高帝亦有不及光武一事：高帝得天下後有疾，枕宦者卧；光武得天下後，却與故人子陵嚴先生卧，較似輸光武一着。』元美更大笑。後漢嚴光，字子陵，餘姚人。少有高名，與光武同學。及光武即位，光變姓名，隱身不見。帝令以物色訪之，齊國上言，有一男子披羊裘釣澤中。帝疑其光，遣使聘之，三反而後至。司徒侯霸遣使奉書，使人謂光曰：『區區欲即詣造，迫於典司，是以不獲。願因日暮，自屈語言。』光不答，投劄與之，口授曰：『君房足下：位至鼎足，甚善。懷仁輔義天下悦，阿諛順旨要領絶。』霸得書，封奏之。帝笑曰：『狂奴故態也。』幸其舘，光卧不起。帝撫光腹曰：『咄咄子陵，不可相助爲理耶？』光張目熟視曰：『昔唐堯著德，巢父洗耳。士故有志，何至相迫乎！』帝復引光入，論道舊故，相對累日。因其偃卧，光以足加帝腹上。明日太史奏客星犯御坐，帝笑曰：『朕故人嚴子陵共卧耳。』除諫議大夫，不屈，耕於富春山，後人名其釣處爲嚴陵瀨。

劉健曰：『丘仲深有一屋散錢，只欠索子。』丘曰：『劉希賢有一屋索子，只欠散錢。』

趙司寇趙鑑，山東壽光人。仕至刑部尚書，贈太子太保，謚康敏。乃費閣老同年，每謁投刺，書『年晚生』。屠應埈曰：應埈字文升，平湖人。登進士，歷春坊諭德。篤於友誼，雅好文史。『司寇真神童。』人問其故，屠曰：『費鵞湖二十作狀元，年最少。今渠稱年晚生，非神童而何？』鵞湖，費别號。

馮梦禎梦禎字開之，秀水人。會試第一，爲文一洗時筌。官至南京國子監祭酒，教敕諸生甚嚴而有恩義，成均生祠之。著《快雪堂集》。與賀燦然相會，燦然字伯闇，平湖人。爲吏部員外，上書言事革職，一時仰其直節。馮善謔，賀矜莊自律，馮故以謔語挑之，賀怒。愈怒馮愈謔，賀且怒且罵，至拂衣去。馮只笑謔，致書曰：『果不出吾計中也。』賀無如之何，亦一笑如初。

徐子與好客，好少年美麗者。一客醜甚，自負能詩。蔡子木作書薦之子與，私言客自喜可喜狀。子與得書大歡，亟延入，愕然，笑不止，吟詩曰：『自信金聲能擲地，誰知玉貌不如人。』

二月會試，舉子重裘以進。萬曆間，喬璧星監試，璧星，臨城縣人。仕至巡撫四川、都御史，以耿介聞。請改三月，用單夾衣，則懷挾宿弊可清。李廷機駁之曰：『如此，則殿試當在四月十五日，日煖如何操筆？又其甚者，不暴殺舉子耶？』

沈繼山沈思孝，字純甫，别號繼山，嘉興人。進士，歷刑部主事。疏非奪情，廷杖八十，戍神電。起故官，後爲兵部侍郎理戎政。嘗背指李臨川，李樂，字彦和，號臨川，烏程人。仕至湖廣參政，里居杜門養重。私謂朱平涵曰：『這老者面冷鬚張，乃近婦人納妾。妾見此柴臉，如何喜他？』李廻頭厲聲曰：『他偏肯喜你！』

黄省曾自號五岳山人，田汝成汝成字叔禾，杭州人。仕至廣西參議，著《炎徼紀聞》《西湖遊覽誌》《唐詩樂苑》等集。戲之曰：『子誠山人也：癖耽山水，不顧功名，可謂山興；瘦骨輕軀，乘危涉險，不煩筇策，上下如飛，可謂山足；目擊清輝，便覺醉飽，飯纔一溢，二十兩曰溢。《喪大記》：朝一溢米，莫一溢米。飲可曠旬，可謂山腹；談説形勝，窮狀奥妙，含腴咀雋，歌詠隨之，若易牙調味，口欲流涎，易牙，雍人，名巫。可謂山舌；解意蒼頭，追隨不倦，搜奇剔隱，以報主人，可謂山僕。備此五者，而謂之山人，不亦宜乎？』

敖宗伯銑銑，江西高安縣人。官至太常寺卿，管祭酒事，贈禮部右侍郎。與吴宗伯山媚家。敖豪飲大嚼。吴初度，敖具冠服過祝之，及門已苦饑矣。吴戲出句，欲敖對就方具酒。句云：『暖日宜看胸背花。』敖應聲曰：『寒朝愛酌頭腦酒。』

武宗令内使下問翰林院『注張』爲何星，諸翰林不能知。楊愼曰：『注張，柳星也。注，咮也，鳥喙也。《漢書・天文誌》：「柳爲鳥喙。」』諸翰林曰：『子言誠辨且博矣，不干私習天文之禁乎？』咮音呪。

沈蛟門沈一貫，字肩吾，鄞縣人。官至少傅、吏部尚書、建極殿大學士。制義卓然名家。入政府後，正值國本末定，採使稅監四出。一貫無所斡旋，楚獄、妖書、察典三事，議論籍籍，怏怏以去。蛟門，一貫別號。與于穀峰在舘時，沈戲于曰：『有人問丈姓作如何書，余答以作如是書，其人云原來脚是團的，初不知，以爲長的。』于嘗託沈邀一塾師，一日沈生子，于過訪，因謬曰：『煩丈覓一塾師。』沈訝問：『向已覓矣！』于曰：『其人不識字。』沈曰：『彼孝廉，何至是？』于曰：『沉竈産蛙，乃讀作沈黽産圭。』

聶大年眇一目，詞林有惜其不獲一見者。童緣曰：緣，順天大興縣人，編修。『不必見其人，彼但多一耳少一目也。』

高中玄爲嚴介溪門生，介溪，嵩號。好相談謔。高往候嚴，適其鄉人如墻而立。嚴一自內直回，衆張拱以前。高曰：『韓詩中兩語，與目前事酷相類。』嚴曰：『何語？』曰：『大雞卬然來，小雞聳而待。』嚴大笑。人素嘲江西人爲雞。

相傳有四喜詩，曰：『久旱逢甘雨，他鄉遇故知，洞房花燭夜，金榜掛名時。』翁青陽以教官登進士第一，翁正春，號青陽，侯官人。官至禮部尚書，協理詹事府事。王對南家屏號。戲曰：『四喜只五言，未足爲喜，當添二字，曰：「十年久旱逢甘雨，萬里他鄉遇故知，和尚洞房花燭夜，教官金榜掛名時。」』黄平倩曰：『七言猶未了，當于後再添三字。』衆問之，曰：『第一句添曰帶珠子，二曰舊可兒，三曰選駙馬，四曰中狀元。』聞者絶倒。

輕　詆

楊循吉好讀書，嘗開卷至得意，因起踸踔不休，人遂相目呼『癲主事』。踸踔，行無常貌；癲，狂也。

南京國子監，日有鵃鷅鳴於樹間。鵃鷅，一名鵂鶹，一名鵋鵙，又一名鴒鴒，攫鳥子而食者。其鳴有禍，俗云禍鳥，可爲炙。祭酒周洪謨惡之，令監生捕，人目爲『鵃鷅公』。其後劉俊爲祭酒，俊，竇鷄人。探花，仕至南京工部侍郎。好食蚯蠙，蚯蠙，一名蛩蚕，一名蛩蟺，一名曲蟺，一名土龍。其物引而後伸，善鳴於土中，江東謂之歌女。有一種白頸，是其老者。監生名之曰『蚯蠙子』，以爲『鵃鷅公』對。

陸深在詹事時，同鄉陸樹聲舉禮闈第一。深以樹聲科名壓己，不悦。樹聲往見，既坐，默不一語。及送出門，駐足立，忽嘆曰：『天下無人，劉知遠知遠，改名暠，沙陀人。後晉封北平王，晉出帝爲契丹執去，中原無主，乘時稱帝，爲後漢高祖。遂爲皇帝。』深氣高性忌，少時每試居首，有二生試與相埒，深耻之。乃日引二生飲酒博弈，二生倦，夜輒臥。深獨張燈讀書至四更，于是二生試遂居深下。

御史黄仁榮疏論弇州甚力，有譏於弇州者：『此疏實管東溟起草，管志道，字登之，號東溟，崑山人。爲諸生時，尋師取友，不憚竭蹷。成進士，官至廣東僉事。纍上疏言事。意常以西來之義，密證六經；東魯之矩，收攝二氏。馮元成爲之潤色。』弇州信之，大恚，書與胡元瑞胡應麟，字元瑞，蘭谿人。舉孝廉，罷棄公車業，以著述自娱，《詩藪》《筆藪》行世。曰：『初謂禪侣中有烏喙，烏喙，即烏頭，有兩岐相合如烏之口者，俗呼「兩頭尖」。取汁曬爲毒藥，射禽獸，故有「射罔」之稱，苗即鴛鴦菊。不謂詞壇中有迷陽也。』烏喙指東溟，迷陽指元成，蓋刺草也。

丘濬陞祭酒，劉吉笑曰：『南獠止可爲敎官耳。』吉字祐之，博野人。第進士，官至少師、吏部尚書、華蓋殿大學士，贈太師，謚文穆。吉性沉毅，喜怒不形於色，慮事詳審，尤善記憶。在内閣，恩遇最盛，隱然有内相之重。然所與厚善者，多讒諂面諛人，不能聞過。廷臣有不悦者，使言官劾去之，議者謂其乏休休有容之量。

江陵既歿，楊御史追劾之，楊四知，祥符人。歷陝西道御史，狡果陵物，逐犬吠聲。謂江陵在位歸葬時，途中所司承奉，五步一井，以清行塵；十步一廬，以備茶竈。那得有許多井，許多竈？

韓雍巡撫江西，每對諸生稱説《詩》《書》。時江西科目方盛，諸生私相謂曰：『巡撫《千字文》秀才耳，《千字文》，梁武帝教諸王書，令殷鐵石于王右軍書中撮一千字不重者，每字一片紙，雜碎無序。帝召周興嗣謂曰：『卿有才思，爲我韻之。』興嗣一夕編次進上，鬢髮皆白，而賞賜甚厚。安得稱說《詩》《書》？』雍聞之，命提學送諸生來考，以『律呂調陽』爲論，『閏餘成歲』爲策，諸生皆不能詳。雍曰：『我輩幼時，讀了《百家姓》，便讀《千字文》。諸生做秀才，如何連《千字文》也不知？』士皆愧服。

曾鶴齡會試，鶴齡字延年，泰和人，兄椿齡，庶吉士。鶴齡廷對第一，擢修撰，累遷侍講學士。與浙江數舉子同舟。其人率年少狂生，議論鋒出。曾爲人簡默，若無能者。衆舉書中疑義問之，遜謝不知。衆笑曰：『夫夫也，偶然與薦耳！』共呼曾『偶然』。已衆下第，曾掄大魁，乃寄以詩曰：『捧領鄉書謁九天，偶然趁得浙江船。世間固有偶然事，不意偶然又偶然。』

章瑾以寶石進，謀爲錦衣衛鎮撫。憲宗命太監懷恩傳旨，恩曰：『鎮撫掌獄，武臣極選，奈何以貨得之？』恩，蘇州人。本姓馬，宣德間入禁中，賜姓懷。纍陞掌司禮監太監，公廉直諒，識義理，通典故。林俊之劾繼曉，下詔獄，事且不測。恩叩首曰：『不可！我太祖、太宗時大開言路，故底盛治。今殺諫臣，將失百官心，將失天下心。』上大怒曰：『汝與俊合謀訕我，不然，彼安知宫中事？』舉所御研，擲之不中，怒仆其几。恩脱帽解帶，伏地號泣曰：『不能復事陛下矣！』乃徑歸，臥於家，曰中風矣，不復視事。俊得不死。晚罹讒譖，司香祖陵。孝宗即位，驛召至京，仍掌司禮監。未久卒，賜祭葬，祠額曰顯忠。憲宗曰：『汝違我命乎？』恩曰：『非敢違命，恐違法也！』憲宗改命覃昌傳之。昌字景隆，慶遠府宜山縣人。幼選入内廷，纍陞司禮監太監。時余子俊爲兵部尚書，恩諷曰：『第執奏，吾從中贊之，可止也。』余謝不敢，恩嘆曰：『吾固知外廷無人！』

茅鹿門茅坤，字順甫，號鹿門，歸安人。進士，官至副使。古今文皆足名世，晚喜作詩篇，自稱半路修行，語多率易。子國縉登第，國縉，仕終工部主事。鹿門喜而口占曰：『堂前正索千金賞，門外高懸五丈旗。』聞者皆笑其俚，然黄滔已先之矣。唐黄滔，字文江，莆田人。第進士，除國子四門博士，遷監察御史裏行，充威武軍節度推官。王審知終爲節將，滔規正有力焉。論者謂莆郡文章家，以滔爲初祖。滔《放榜》詩曰：『白馬嘶風三十轡，朱門秉燭一千家。』《御試》曰：『九華燈作三條燭，萬乘君懸四首題。』以古準今，如出一手。

假譎

靖難兵起，周是修與楊士奇約同死，後是修如其言。士奇傳是修事，謂其子曰：『當時我亦同死，誰爲爾父作傳？』《革除遺事》曰：『是修名德，以字行，泰和人。内貞外和，孝友忠信。非其義，不苟取。經史百氏、陰陽醫卜，靡不通究。平生嘗曰：「忠臣不以得失爲憂，故其言無不直；烈女不以死生爲慮，故其行無不果。」舉明經，爲霍丘縣學訓導。入見，高帝問：「家居何爲？」對曰：「教人子弟孝弟力田。」帝喜，擢周府奉祠正，改衡府紀善。數陳論國家大計，及指斥用事者。靖難師渡江，宮中自焚。是修入應天府學，謚死。』

高皇帝嘗欲戮一人，皇太子懇求釋之。太子諱標，高皇長子，卒謚懿文。建文元年，追封孝康皇帝，廟號興宗。召袁凱問孰是，凱對曰：『陛下刑之者，法之正；東朝釋之者，心之慈。』凱字景文，松江人。仕爲御史，明初詩人之冠冕，有《海叟集》行於世。帝怒，以爲凱持兩端，下之獄。已而宥之，每臨朝見凱，曰：『是持兩端者。』凱詭得風疾，仆不起。帝曰：『風疾當不仁。』命以鑽鑽之。凱忍死不爲動，放歸田里。凱歸，以鐵索鎖項，自毀形骸。使家人以炒麵攪沙糖，從竹筒出之，狀類豬犬下屎，潛布于籬根水涯，匍匐往取食之。帝每念之，曰：『東海走却大鰻鱺，何處尋得？』鰻、鱺，二魚名。鰻魚無鱗甲，有雄無雌，以影漫鱧而生子。遣使即其家，起爲本郡儒學教授，鄉飲爲大賓。凱瞠目熟視使者，唱『月兒高』一曲。使者復命，以爲凱誠風矣，遂置之。

邵半江題陳圖南小像詩成，宋陳摶，字圖南，真源人。隱居華山，寢處百餘日不起。嘗乘白驢，欲入汴中。塗聞太祖登極，大笑墜驢曰：『天下自此定矣！』太宗召，以羽服見於延英殿。宋琪問修養之道，摶曰：『假令白日昇天，何益於世？今君臣同德興化，勤行修煉，無出於此。』帝益重之，賜號希夷先生。求質於李西涯。西涯紿之曰：『尚有一二字欠穩，待予更之。』乃竊爲己有，先題畫上。後邵見之，撫掌大笑。

唐子畏、祝希哲浪遊維揚，貲用乏絶，謂鹽使者課税甚饒，乃僞作道士玄妙觀募緣。鹽使者檄下長、吴二邑，資金五百爲葺觀費。唐、祝更修刺謁二尹，詐爲道士關説，得金如數。乃悉召諸妓及所與遊者，暢飲數日而盡。

唐子畏往茅山，茅山，在句容縣東南四十五里，山形如「句」字，初名句曲山。後因茅君得道於此，更今名。道書爲第八洞天、第一福地。道出無錫。晚泊河下，登岸閒步。見肩輿來，女從如雲，中有丫鬟尤艷。唐跡之，知是華學士宅桂華。華察，字子潛，無錫人，官至侍讀學士。華氏富累世，察擢清華，乃矜孤介，寡逢迎，以此被讒遭斥，不究宏施。謀爲傭書，傭，雇役於人也。改名華安，因得此婢。居數日，逃還。久之，華偶謁唐，見極類安，稍述華安始末以挑之，又云：『貌正肖公。』唐但唯唯。華起欲去，唐曰：『少從容。』命燭導入後堂，召諸婢擁新婦出拜。華愕然，唐曰：『無傷也。』拜畢，因攜新婦近華曰：『公言我似華安，不識桂華亦似此婦否？』乃相與大笑而别。

聶豹爲蘇州時，納賄無算。嘗封金於瓶，爲李通判所見，佯云以菜寄父。李曰：『拙妻正思菜。』遂取十二瓶去，豹不敢問。

陽明十餘歲時，苦繼母不慈，乃密囑巫以鬼神事恐之，母懼而慈。巫，祝也。《國語》：民之精爽不攜貳者，則明神降之，在男曰覡，在女曰巫。

萬曆中，元子出閣，元子，貞皇帝也。諱常洛，泰昌元年崩，廟號光宗。講官六人：郭正域、正域，江夏縣人。纍遷禮部右侍郎。妖書事起，波及正域，怛怛以歸。贈尚書，謚文毅。唐文獻、文獻，華亭人，廷對擢第一，仕至禮部侍郎，贈尚書，謚文恪。袁宗道、宗道，少有奇質。會試第一，歷官左庶子。爲人恬澹，不競時趨。弟宏道，吏部郎中；中道，歷官亦至南京吏部郎中。蕭雲舉、雲舉，廣西宣化縣人。官至太子太保、禮部尚書，掌詹事府事。全天叙、天叙字伯典，鄞縣人。祖元立，工部侍郎。天叙官至少詹事。焦竑。竑字弱侯，南京旗手衛人。廷對第一，仕至南京司業。生平振勵身心性命之學，學者稱爲澹園先生。家居二十載如一日，擁書數萬卷，日哦咏其中。著《筆乘》《類林》《國史經籍誌》《獻徵録》《玉堂叢語》。竑獨纂《養正圖解》欲進覽，郭聞之不平曰：『當衆爲之，柰何獨出一手？謂我輩不學耶？』焦寢不復理。後刻之於南中，陳矩取達御覽。矩字萬化，安肅縣人。弟萬策，進士。矩寺人，掌司禮監印太監，存心兢慎。每向人曰：『我只守八箇字，曰：「祖宗法度，聖賢道理。」』適皇貴妃姪鄭國泰國泰，大興人，錦衣衛帶俸都指揮使。刻吕坤纂《閨範》，坤，寧陵人。官至刑部侍郎。焦又爲序。衆恚，大譁，謂由他途進，圖大拜。焦以此謫官。

開濟朝罷，上召與論政事，略無建明，但稱曰：『真聖人，真聖人！』

隆慶中考選庶吉士，在金水橋南設几北向，几上各帖姓名。沈位几案當在日中，位字道立，吴江人。官檢討，不久遂卒。以爲不便。顧見張位几案適在㢠廊陰處，而身就他案閒談，遽走據其案，除其紙帖，以己姓名帖之。張望見，急走還與争。沈據案不退，曰：『此吾案也！』相持久之，竟不能奪。張但顧同事曰：『試看此作何解？』

屠長卿自言在泖湖戲，倏然霧作，已而舟在城東門矣，居民言見龍扶一舟在雲中。有人向馮開之道此，開之曰：『勿聽他，他多説鬼話！』

卷十

黜免

萬安安字循吉，眉州人。儀觀甚偉，爲人外寛内深，位至少師、吏部尚書、華蓋殿大學士。是時指揮萬通爲昭德内妃兄，通妻王氏翠兒妹翠蓮爲安妾。於是安以同姓，結通爲族。而江西人李孜省、鄧常恩時以左道獲寵，安陰厚之，因使爲助。自是安勢益株固不可動，凡才賢勝己者，持正不趨附者，如王恕、馬文升輩，皆妬嫉之，相繼斥逐，吏部尚書尹旻得禍尤著。敬皇帝即位，有詔不許言官風聞糾劾。衆謂詔草乃安所爲，以自爲地。安語御史湯鼐曰：『此裏面意也。』鼐因奏：『古之大臣，善則歸君，過則歸己；今安過則歸君，無大臣體。』而庶吉士鄒智、御史文貴等極論之，即日致仕。時有御史倪進賢習御内術，安上其術，疏末署臣安進。歸一載卒，贈太師，謚文康。子翬，官兵部侍郎；孫弘璧，官編修。勢窮之後，敬皇帝諭之，意猶不肯去。至令内官逼奪牙牌，不得已，始告去。途次，猶夜望三台星明否，冀復用。三台六星，在人爲三公，在天爲三台。

儉嗇

侍郎江公江曉，字景曦，仁和人。父瀾，禮部尚書，謚文昭。曉清慎孝友，仕至工部侍郎。子圻，提學僉事；孫鐸，都御史。嘗爲客設一鷄，而客卒不至。時正暑，遂懸之井中，幾七晝夜。京師爲之語曰：『經年不請客屠文伯，屠應塤，字文伯，平湖人。官至副使。七日尚縣鷄江景曦。』

陳察撫南贛，察字原習，常熟人。守御史臺久，屢上書陳大議。王邦奇誣大學士費宏，給事中楊言糾邦奇。上怒，謂爲大臣遊說，詔置獄訊。察大呼：『願以軀易楊言！』上乃寬楊言獄。纍遷都御史，撫南贛。有二子攜官邸。延吴中一師至，命吏市一鴨卵，剖分爲四：以二供師，以一自啖，以一啖二子。

汰侈

沈萬山衣服器具，擬於王者。後園築垣高濶，上植四時花。及時花開，望之如錦，號曰『繡垣』。垣十步一亭，以美石、香木爲之，飾以綵帛，縣以珍珠。山挾妓遊觀于上，周旋逓飲，時人謂之『磨飲』。垣内，四面累石爲山，内爲池，池内起四通八達之樓。樓之内，又一樓居中，號曰『寶海』者，珍異皆在焉。宅在周莊。

胡惟庸畜猢猻十數，衣冠如人。客至，則令供茶行酒，能拜跪揖遜，執朱戚舞蹈，吹竹笛，聲尤佳，稱之爲『孫慧郎』。

丘濬嘗以稉米淘浄，入水粉之，瀝乾，計粉二分，白麪一分，和團爲餅，其中餡隨用。熯熟爲供，輭膩適口，上食之嘉。京師傳爲『閣老餅』。

鄒彦吉鄒迪光，字彦吉，無錫人，官至提學僉事。精舍甲三吴，三吴，吴郡、吴興、丹陽是也。卜夜開尊，長廊三十六楹，盡縣珠燈。一望灼爍，恍若攀星踏月。

王天華用錦罽織成點位，曰雙陸圖。雙陸，魏陳思王曹子建制，孤則易死。王子京有《雙陸格》。別飾美人三十二，衣裝緇素各半，曰『肉雙陸』，以進嚴世蕃。世蕃繇廕叙，纍遷工部左侍郎。每對打，美人聞聲『應在某點位』，則自趨站之。

林誠豪侈，誠，莆田人，天順中進士。暑日易紗衣數襲。烹茗罐，以紗一幅封其口。用畢，即棄去。燭大如椽，使童子執之，動即與杖。

忿狷

大司空雷禮，禮字必進，豐城人。官至工部尚書，宦履所至，皆有聲稱。著《大政紀》《列卿年表》行世。分宜歎始因緣分宜得九列。其後世宗不悦分宜，司空即去事華亭。一日，分宜在直，司空侍坐。分宜罵曰：『近日華亭遽作驕腸，何其不廣？』司空大聲曰：『徐公自是高義，相公未可厚非。』分宜罵曰：『若吾里子，尚書誰所乞與？何敢爲他人乃爾！』

王司成維楨也。自南都還關中，行過河南。河南守遣吏以刺逆之，王怒其不敬，即笞所遣吏。守大怒，閉之傳舍，不發吏卒送，又不給食，下令城中，無敢賣食與客。如是三日，王大困。大司馬王鳳泉里居，王邦瑞，字惟賢，號鳳泉，宜陽人。凝静剛毅，起家庶吉士，纍遷吏部侍郎。庚戌寇變，僉謀用邦瑞巡視九門。已而提督團營，更十二營曰三大營，設文武大臣各一總其事，戎政改觀。遂特命爲兵部尚書，卒謚襄毅。聞狀，請守爲解，乃得去。至里第，華州守來謁，王以病謝。守語其僕，欲求一見。僕入言狀，王叱曰：『已謝何白也？』僕不敢出報，守候良久，大怒而去。其後王往謁守，守欲辱之，使門者延之入，即反閉門，守故不出。王久立門下，不得出，入即大罵守。守因持王短長，王亦摘守不法，皆白兩臺。事未竟，而王以地震死。

人謂蔡羽詩羽字九逵，吳縣人。高朗疎俊，爲詩文典雅奇麗。以太學生赴選，調授翰林院孔目。雖長吉不過，蔡乃大恨曰：『吾辛苦作詩，求出魏晉之上，乃今爲李賀耶？』唐李賀，字長吉，七歲能辭章。苦吟，每旦出騎弱馬，小奚奴背古錦囊隨後，遇所得，投其中。暮歸，母探囊見所書多，即怒曰：『是兒嘔出心乃已。』憲宗朝爲協律郎，一日晝見緋衣人駕赤虬，持一版書云：『上帝成白玉樓，召君作記。』遂卒，時年二十七。

元美起用，遇于建公于京口。于業，字建公，金壇人，官嘉善知縣。建公留飲甚懇，元美峻却之。建公怒曰：『年兄讀《王裒傳》未了耶？何急急也！』三國王裒，字偉元，營陵人。祖修，事母至孝，爲令膠東，曹操徙爲奉常。父儀，安東將軍，正直不畏權勢，司馬昭斬之。裒少有志操，慟父非命，隱居教授，累辟不就。廬墓側，旦夕拜跪，攀栢悲號。涕淚著樹，樹爲之枯。母畏雷，母歿，每雷輒至墓曰：『裒在此！』讀《詩》至『哀哀父母，生我劬勞』，未嘗不三復流涕，門人爲廢《蓼莪》之篇。家貧躬耕，計口而田，度身而蠶。及司馬氏簒魏，裒終身不西向而坐，以示不臣于晉。元美父忬總督薊鎮，寇犯伏誅。而元美急急起用，物議貶之。

孫紹先狹中少容，有不平，厲於言色，不恤其人之弗能堪也。嘗曰：『應物能化，聖人之神也；鴆中飴外，憸人之忍也。吾上不敢望聖人，而下恥憸人之爲。』鴆，毒鳥，大如鶚，食蛇。以其毛瀝酒，飲之則殺人。

羅倫疏李賢奪情，賢怒甚，欲貶倫於外。王翱勸賢依文彦博故事留之。賢謝曰：『吾不能矯情如此！』宋文彦博，字寬夫，汾州介休人。及進士第，知翼城縣，轉殿中侍御史，知益州，拜樞密副使，參知政事。貝州王則反，命爲宣撫使，監諸將討貝州。至貝，牢城卒董秀、劉炳請穴地攻城，許之，遂擒王則。拜同平章事，御史唐介劾其在蜀日織燈籠錦，獻張貴妃，緣此擢爲執政。上怒，介謫英州别駕，彦博罷知許州，遷知永興軍。復以吏部尚書同平章事，與富弼同拜，士大夫皆以得人爲慶。因召還唐介。判河南府，數求退，許之。入爲樞密使，九年，爲宰相王安石所惡，力引去，知大名府。初，選人有李公義者，請以鐵龍爪治河，宦者黄懷信沿其制爲濬川杷，天下指笑，以爲兒戲。安石獨信之，遣都水丞范子淵行其法。子淵奏用杷之功，水悉歸故道，退出田數萬頃。詔大名核實，彦博言：『河非杷可濬，雖甚愚之人皆知無益。臣不敢雷同罔上。』疏至，帝不悦，復判河南，以太師致仕，居洛陽。司馬光薦彦博宿德元老，乃命平章軍國重事，六日一朝，一月兩赴經筵，恩禮甚渥。封潞國公，居五年，復致仕。卒年九十二，謚忠烈，八子皆歷要官。彦博德度絶人，接物謙下。幼時與群兒擊毬，毬入柱穴中，不能取。彦博以水灌之，毬浮出。逮事四朝，名聞遠人。元祐間契丹使耶律永昌來聘，望見彦博，却立改容曰：『此潞公耶？』問其年，曰：『何壯也！』蘇軾曰：『使者見其容，未聞其語。其綜理庶務，雖精練少年有不如；其貫穿古今，雖專門名家有不逮。』使者拱手曰：『天下異人也！』彦博平居喜遊宴擊毬，夜久不罷。嘗宴鈐轄廨舍，夜久，從卒輒拆馬廄爲薪，不可遏。軍校白之，座客股栗。彦博曰：『天實寒，可拆與之。』神色自若，飲宴如故。在洛，與富弼、司馬光等十三人，用白居易『九老會』故事，置酒賦詩相樂，序齒不序官，爲堂繪像其中，謂之『洛陽耆英會』，好事者莫不慕之。

陳智智字孟機，湖廣咸寧人。永樂間進士，官至都御史。性褊急躁暴，撻左右之人無虚日。洗面時用七人：二人攬衣，二人揭衣領，一人捧盤，一人捧漱水盌，一人執牙梳，稍不如意，便打一掌。至洗畢，必有三四人被其掌者。或諫以暴怒爲戒，乃作木方，刻『戒暴怒』三字掛之目前，以示警。已而怒其人，輒取木方以擊之。

沙頭亭長人憎之，或問亭長：『何渠能得一沙頭人憎？』曰：『不爾，吾亦能憎一沙頭人。』

周天球與王世貞相善。嘗在潘允端席中，允端字仲履，上海縣人。父恩，都察院左都御史，雅正清峻；兄允哲，按察副使。允端有才學，成進士，纍遷布政使。有少年優自金陵來，語潘曰：『吾日與王尚書起居，幾兩月。』周聞而怒目指髮曰：『王公禪寂已久，寧與孌童伍哉？』手批之至數十。

有少年上書王司寇，稱『元美先生』。司寇艴然曰：『若豎子，胡以「元美」我？』徐宗伯笑曰：學謨也。『誰使汝開輕薄之端？』古者，名以正體，字以表德。子弟稱其師，子孫稱其祖，皆以字。近世有號，則字多所避，不以加於尊行。至文字間，猶以字爲雅，而號爲俗。

傭書人蔡臣爲子毆詈，屢訴張敉，固請鞭之。因誘子入，命童輩兩杖齊下，效五代劉銖『合歡杖』鞭至百，自是稍悛。敉笑謂人曰：『是亦爲政。』

豐坊性最暴，坊字存禮，鄞縣人，父熙，一甲進士，翰林院學士。坊解元，進士，才質卓詭，然而性不諧俗，行或盭中，士林以爲誕罔。朋友稍拂意，即命幹人酖殺之。其人應命，必陰以告友，友即僞爲中毒仆地。坊見之必大笑，盡訴其胸中之怒，良久命舁出。次日，此友復來。駭問所以不死狀，佯應曰：『家中急救得解。』坊即與歡好如初。

高公拱也。嘗引鏡自照曰：『吾殆神龍乎？』龍，鱗蟲之長，能幽能明，能細能巨，能短能長。春分而登天，秋分而潛淵。八十一鱗。有鱗曰蛟龍，有翼曰應龍，有角曰虬龍。學士瞿景淳老儒好戲，曰：『公以爲龍，吾直謂蚯蚓耳！』高大怒，擲鏡碎之，詬而出。景淳字師道，常熟人。工經生業，故相王文恪經業爲明冠，獨景淳繼之。顧試輒不利，提學御史楊宜識拔景淳，以第一人試南京領薦，明年遂用會元及第。授編修，官至禮部侍郎，卒贈尚書，謚文懿。

莊㫥臥病不起，入定山，墾地引流、種樹賦詩爲樂。士大夫過者，無不造焉。丘文莊深惡之，曰：『引天下士背朝廷者，㫥也。吾當國，必殺之！』

南京給事中王讓讓，上饒人。剛愎自肆，大臣中有少忤之者，捃摭其過，立見論列。每會，必與六卿并坐，遇於道不爲禮。或二卿肩輿行，策馬從中左右顧而過之。縉紳側目，無敢與抗。由是兩京科道，不避部堂。祭酒劉俊不能平，刺得讓爲出繼之子，登科録既書其所後父母爲父母，又書其本生白氏爲生母，而不及其父。因揚言讓以母爲所後父之妾，當具言於朝。讓乃慚屈，詭疾去官。

鄒元標元標字爾瞻，吉水人。剛果有氣節，弱冠通籍，直言再貶，仕至都察院左都御史。林棲多年，求友聚徒，著書講學。奪情疏上，受杖。申文定調護甚至，鄒感之。文定殁，爲之立傳。羅大紘故論文定奪職，與鄒同鄉相厚，聞之大怒，幾欲出揭。鄒懼，爲停其傳不行，乃止。大紘字公廓，吉水人，歷行人，禮科給事中。

黃輝好佛，茹齋持頌若老僧。其同省范醇敬醇敬，四川嘉定州人，官至禮部侍郎。先二科入館，黃以『小范』呼之，用文正故事以爲戲。《言行録》曰：『范仲淹守西夏，賊曰：「小范老子胸中自有數萬甲兵，不比大范老子可欺也。」』范大不懌，遂有違言。一日，僧萬餘人來造，自宣武門至黃寓可三里，肩頂相接，皆曰：『黃公所招。』黃實不知，久之始散。黃知所自來，亟注籍歸不出。

高穀夫人悍妒無出，偶陳循談及，夫人於屏後聞之，即出詬循。循掀案怒數之，曰：『汝無子，又不容妾，是欲絶高氏後也！吾當奏聞，置汝於法。』自是妒稍衰，高得生子。

嘉靖中，景王之國，王諱載川，封國德安。當除長史，或戲中書舍人劉芬曰：『吏部將以爾爲之。』芬字世馨，真定人。進士，有文才，而清狂不慧，每爲人所弄，至躍空攀天，投淵覓寶，顛溺幾死，亦不悟也。芬大怒，馳往吏部尚書吴鵬家，裂冠毁裳，戟手大罵而去。鵬以聞，詔逮送法司拷問，黜之。鵬字萬里，秀水人。

讒險

諸吉士解館，宋儒得禮部主事，儒，貴州麻哈州人。熊敦朴得兵部主事。敦朴，四川富順縣人，官至參議。敦朴怏怏不平，有飛語敦朴欲論楊太宰。江陵召儒，令往以私問敦朴有無論太宰狀。儒以故隙思中敦朴，詣敦朴第謾語，不言所欲問而還，白江陵云：『敦朴不獨論太宰，且欲論相公。』江陵亟報太宰，太宰馳過大司馬，趣使具疏劾逐敦朴。居二日，有言敦朴枉者。江陵召兩人面折，則盡儒所爲也。於是言官交章劾儒，儒謫按察司經歷。敦朴父過，選庶吉士，授部爲宗伯所劾，外補。其後四十年，敦朴亦以吉士授部，爲堂官所劾。

尤悔

方國珍起兵時，國珍名珍，以字行，黄巖人，世以販鹽浮海爲業。長身黑面，頗沉勇。元至正中，同里蔡亂頭嘯聚惡少年，行劫海上。國珍怨家誣搆國珍與寇通，國珍怒殺之。官兵捕急，國珍遂與兄國璋、弟國瑛、國珉亡入海中，得數千人劫掠。元主招降，授慶元定海尉，兵不解，勢益横。久之，張士誠據姑蘇、常、湖等郡，元授國珍江浙行省參知政事，令將兵討士誠，七戰七捷。士誠降元，命國珍還，開治於慶元，兼領温、台，累加官至太尉、江浙行省左丞相，賜爵衢國公。國璋累官行樞密院副使，國瑛、國珉、姪明善俱累官行省平章政事。吴元年，王師既破張士誠，乃遣參政朱亮祖將兵趨台州，御史大夫湯和、平章政事廖永忠向慶元。國珍知不可爲，約其弟、姪浮海，以避王師。追之益急，國珍乃降。上厚遇之，授廣西行省左丞，官其二子。其參佐□□□□赦，丘楠仕爲知府。必達造天台山隱士周必達問計。天台山，在天台縣。上應台星，八重視如一帆，高一萬八千丈，周八百里。必達曰：『當今四方雖亂，君舉義爲天子除盜，斯名正言順，富貴可致耳，餘非我所知也。』國珍不别而去。後事不成，爲兵所困，方悔曰：『不意黄毛野人能料事至此！』

于鱗因酒踞謂元美曰：『夫天地偶而物無孤美者，人亦然。孔氏之世，先師孔子，名丘，字仲尼，其先宋人。生魯昌平鄉陬邑，父叔梁紇，與母顔氏野合，禱於尼丘，得孔子，生而首上圩頂。少嬉戲，陳俎豆，設禮容。及長，長九尺六寸，人謂之『長人』而異之。爲司空，已而去魯適周，見老子。自周反魯，弟子益進。適齊，景公欲以尼谿田封孔子，晏嬰沮之。退而修《詩》《書》《禮》《樂》。魯定公以爲中都宰，一年四方皆則之，進爲大司寇。齊懼，爲好會，會於夾谷。孔子攝行相事，遂歸所侵之田。還墮三都，誅大夫少正卯。齊人以女樂、文馬遺魯君，孔子適衛。歷適各國，復歸魯。晚而喜《易》，因魯史作《春秋》。弟子三千，身通六藝者七十二人。卒年七十三。魯追謚尼父，漢追謚宣尼公，後周追封鄒國公，唐追封文宣王，宋加至聖，元加大成。自漢以來，皆封其後。明益尊崇之，世封其後爲衍聖公，擇其後之賢者，世知曲阜縣。乃不有左丘乎？」左丘明，魯人。杜預云：『仲尼爲素王，丘明爲素臣。』宋元豐中詔從祀，封瑕丘伯。元美瞪目不答。李濾曰：『吾失言，吾失言！向者言老聃耳。』

劉瑾持中權，諫臣戴銑等數十人下詔獄。銑字寶之，婺源人。舉進士，授給事中。言閹宦害事，廷杖落職，嘉靖中贈光禄寺少卿。御史任諾愬諸僚草奏署其名，己實它出，不與也。牟斌曰：斌字益之，以錦衣指揮領鎮撫。性清正，不爲威惕，不爲利疚。瑾令復獄詞去疏首權閹字，斌不肯。瑾怒，矯旨廷杖垂死。瑾誅復任鎮撫。知府劉祥與内臣相訐，下斌拷問。司禮張雄令曲祥，斌又不肯。雄遂陷之，安置武昌，疾卒。『古有恥不與黨人名者，公爲忠悔耶？』漢末黨人皆名賢，皇甫規自以西州豪傑，恥不得與，上言：『臣前薦張奂，是附黨也。』

董溽陽、董份，字用均，號溽陽，烏程人。進士，官至禮部尚書兼學士。孫嗣成釋褐報至，嗣成字伯念，多材藝，官至禮部郎中。建言爲民。歸淬礪名檢，反以賈禍。潯陽攜杖往視子舍。時嗣成父道醇不獲第，道醇妻方按几大慟。潯陽慰之曰：『汝子幸已貴，何哭爲？吾子不第，是吾慟耳！』不覺涕淚交下。其後道醇亦登第。道醇官至給事中。

王雅宜寵也。病已甚，時時偃臥，以指畫腹曰：『祝京兆允明也。許我書狎主齊盟，即死，何以見此老地下？』

張永明掌臺篆，永明字鍾誠，烏程人。登進士，纍官都察院左都御史，卒謚莊僖。永明天性峭直，正色不阿，臨大事毅然有不可奪者。給事中魏時亮劾去。時亮字舜卿，江西南昌人。魏後副院席，永明子天德行取至京，深慮舊郄。魏引見，謝曰：『少年入流言，誤彈尊公，終身爲恨，今乃得補過。』遂薦入臺。永明爲蕪湖令，天德亦令蕪湖，父子并祀於縣。天德纍官湖廣副使，征苗右監軍。

太倉王錫爵也。入謗言，朱平涵再候，不交片語。後太倉來訪，留飯深譚，意遂大解。執手再四，曰：『人言豈足信？』朱曰：『先生何出此言？』復厲聲曰：『我眼是肥皂核，去，去，不必言！』

鍾復復，江西永豐人，舉進士第三。與劉球約偕上封事，劉如鍾家。鍾他往，妻大罵曰：『汝自幹事，何得累及他人？』劉驚走，嘆曰：『事乃謀及妻孥耶？』遂獨舉。球死未數日，鍾病死。妻悔之，每號輒曰：『早知至於此，曷若與劉侍講同死耶？』

紕漏

明卿遊浙，途遇一人，執裾問云：『公何地上任？』曰：『看命麼？』曰：『非也。』其人云：『不會。』其人云：『然則何來？』曰：『看山水。』其人呵呵曰：『是一位堪輿先生。』堪輿，天地總名。堪，天道；輿，地道。

周道登成進士，道登，吴江縣人。官至禮部尚書、東閣大學士。過吏部堂，令通大鄉貫。周誤以爲『大鄉官』，乃對曰：『敝鄉有申瑶老。』時行號瑶泉。吏部知其誤，麾使去。出謂同人曰：『尚有王荆老未言，錫爵號荆石。適堂上色頗不豫，想爲此也。』同人莫不撫掌大笑。

莫廷韓、屠赤水隆，號赤水。過袁太冲家，袁福徵，字履善，號太冲，華亭人。才名籍甚，官至府同知。見帖寫『琵琶四斤』。屠曰：『枇杷不是此琵琶。』枇杷，果名。袁曰：『只爲當年識字差。』莫曰：『若使琵琶能結果，滿城簫管盡開花。』簫管，樂器。相與大笑。《六書正譌》曰：後人借枇杷字爲樂器，别作琵琶，非。

徐舜和徐穆，字舜和，吉水人。進士第二人，授編修。才性明敏，博極子史。每稠人廣坐中，議論英發，略無諱避。官至侍講學士。以生朝設席，邀諸同年會飲。門生穆伯潛、徐子容在座，徐縉，字子容，吴縣人。進士，歷仕至吏部侍郎，謚文敏。舜和以次行酒，大聲呼：『徐、穆二生坐此。』公名徐穆。

臺諫江東之東之，歙縣人。進士，仕至都御史。上疏，以草示于文定。内有『竊鈇』二字，蓋以『鈇』爲鈇也。鈇，莝斫刀也；鉄音秩，俗作減筆鐵字。于曰：『此字莫是誤寫？』江錯愕不答。及奏牘已成，却又寫作『鐵』字。

陳師召有文行，而性恍惚多誤。浙江楊文卿爲刑部郎中，山西楊文卿爲户部郎中。一日，浙江楊招飲，而師召造山西楊。坐久，師召不見酒餚，乃謂曰：『觴酒豆肉足矣，毋勞盛設。』文卿愕然，應曰：『諾。』入告家人，使治具。俄而浙江楊使人至，白以主人久俟。師召始悟，曰：『乃汝主耶？』一笑而去。

師召清旦入朝，誤置冠纓於背，及覩同列垂纓，俯視頷下，駭曰：『公等冠纓，而吾獨無，何也？』李賓之持其纓而正之曰：『公自有纓，獨無背後眼耳。』

師召自院中歸，語從者曰：『今訪某官。』從者偶不聞，引轡歸舍。師召謂至某官家矣，升堂周覽，曰：『境界全似吾家，何也？』覩壁間畫，曰：『是我家物，緣何在此？』既而家童出，叱之曰：『汝何爲亦來乎？』童曰：『是家也！』師召始悟。

師召考滿，誤入户部，見入税銀者，驚曰：『吏部賄賂公行，至此已極！』

惑溺

戚少保戚繼光，字元敬，定遠人，世襲登州衛指揮僉事。舞象折節爲儒，以經術著。既冠上勳府，襲世官。平浙倭，蕩閩寇，遷進鎮南粤，光禄大夫、少保、左都督，文武具足，一時名將。纂《紀效新書》《練兵實紀》《止止堂集》。内子出王萬户，纍封一品夫人，鷙而張，先後有子皆不禄。少保陰納三姬，舉祚國、安國、報國、昌國、輔國。御人露諸姬多子狀，一品日操白刃，願得少保而甘心。少保裹甲入寢門，號咷而愬祖禰，乃大慟。一品亦棄刃，抱頭痛哭，乃攜安國子之。安國殤，一品解體囊括其所蓄，輦而歸諸王。少保得謝南粤，還登州，即延醫治病，且無資。

吴中中字司正，武城人。以鄉貢爲大寧都司經歷。燕師起，以衆降，爲守北平，拒破南師。纍遷工部尚書，改刑部尚書。中貌豐偉如冠玉，聲若洪鐘。性勤敏，多計算。事四主。造北都，城堞、宫苑、曹署，皆出指授，片木礫瓦，各得其任。與人處謙和寬厚，愛護僚屬，而頗貪縱。金帛財寶，充牣若山，膏田甲舍，徧於都邑。坐受人賄爲保舉事發，下獄半載，始釋之。加少保，再進少師，卒贈茌平伯，謚榮襄。妻嚴正，中憚之，不敢犯。關誥迎於家，其妻拜畢，呼子弟曰：『將吴中一軸誥來，宣之我聽。』宣畢，問左右曰：『此誥詞是主上自言歟？』左右曰：『翰林代草也。』乃嘆曰：『翰林知人！吴中一篇誥文，正説他平生爲人，何嘗有「清廉」二字。』禁中優伶承應，爲中畏内狀，上輒一舉杯。

新建多姬妾，自詭知字學，語姜仲文曰：姜士昌，字仲文，寶之子。進士，官至參政，建言降典史。『婦人口液，名「華池神水」，吮而嚥之，可不死。故「活」字，乃千人口中水也。』

李九我年五十未有子，丁改亭切切勸納妾，其夫人悟，納妾生二子。孫越峰亦無子，改亭亦切切言之，孫方續娶，不應。後漸厭，不復見，改亭固求一見，則自後門潛出避之。其自言曰：『釋迦周昭王二十四年四月八日，兜率天降神於西域迦維衛國浄梵王宫，摩耶夫人剖右脅而生，放大智光明，照十方世界。分手指天地，作獅子吼聲。姓釋迦，號牟尼佛，小名天中天。年十九，踰城出家學道，勤行精進，禪定六年成道，號天人師。教化四十九年，天龍人鬼并來聽法，弟子多有得道證果。後於拘尸那城娑羅雙樹間入般涅槃，弟子迦葉追其撰述，其教爲十二部。不以羅候傳，羅候，佛子。如來成道之後，往度羅候出家，得道共佛揚化。仲尼不以伯魚顯。孔鯉，字伯魚，孔子子也。』終不立嗣。

仇隟

豐人翁嘗要沈嘉則，具盛饌，結忘年交。居一歲而人曰：『是嘗笑公文者。』即大怒，設醮詛之上帝。凡三等云：在世者宜速捕之，死者下無間獄，勿令得人身。一等，皆公卿大夫與有睚眦者；二等，文士或田野布衣，嘉則爲首；三等，鼠、蠅、蚤、虱、蝨。坊初字存禮，爲禮部主事。以無行黜歸家，坐法竄吳中，改名道生，字人翁。

王允寧念母老病歸省，道經華山，華山，西岳。爲文祭之，大約以『母素敬神而不蒙庇，即愈吾母病，吾太史也，能爲文以不朽神』。居無何，允寧以地震死。西安李愈素恨允寧，假華山神爲文，詈而僇之。

獻吉下獄時，瑾欲殺之急。乃書片紙出，謂：『德涵捄我！』家人往告康，康即上馬，馳至瑾門。瑾攝衣迎康，康遽上坐，談笑睨瑾曰：『昔桓温問王猛苻秦王猛，字景略，北海劇人，家於魏郡。少貧賤，以鬻畚爲業。嘗貨畚於洛陽，有一人貴，買其畚而云：『無直，家去此無遠，可隨我取直。』猛利其貴，而從之行。不覺遠，忽至深山，見一父老鬚髮皓然，踞胡床而坐，左右十許人。一人引猛進拜之，父老曰：『王公何緣拜？』乃十倍償畚直，遣人送之。猛既出，顧視乃嵩高山也。猛博學好兵書，氣度雄遠，細事不干其慮。士不參其神契，略不與之交通。隱華山，懷佐世之志。桓温伐秦入關，猛披褐詣之，捫虱談當世之務。温異之，曰：『江東無卿比也。』署軍謀祭酒，賜車馬，請與俱南。猛還山咨師，師曰：『卿與桓温豈并世哉？在此可富貴，何爲遠乎？』猛乃止。秦王苻生酗虐不道，群臣得保一日，如度十年。左右説東海王苻堅早爲計，堅以問吕婆樓。婆樓曰：『僕刀環上人耳，不足辦大事。里舍有王猛，謀略不世出，宜咨之。』堅因婆樓招猛，一見便若平生。語及廢興大事，異符同契。堅悦，謂如玄德之遇孔明也。及堅弑生僭位，累遷尚書左僕射，權傾内外，進封清河郡侯，留鎮冀州。俄入爲丞相，稍加都護中外諸軍事。猛宰政公平，拔幽滯，顯賢才，外修兵革，内崇儒學，勸課農桑，教以廉恥。於是兵彊國富，垂及昇平。性剛明，微時一餐之惠、睚眦之忿，靡不報焉。時論以此少之。「三秦豪傑何以不至？」猛捫虱而談世務。三秦豪傑，舍猛其誰？何温闇若此哉！』瑾面發赤，疑其譏己。因問曰：『於今三秦豪傑有幾？』康屈指曰：『三人爾！昔王三原秉銓衡，進賢退不肖；今則有密勿親信秉大鈞者。』意蓋指瑾也。瑾轉發喜色，因復問曰：『尚有一人，其先生乎？毋謂王猛在前，而吾不識也。』康曰：『公何謬稱海也？此一人乃今之李白，海何能爲役？』瑾固問之，則曰：『海不敢道，海不敢道。』瑾俯首思曰：『先生豈謂李梦陽耶？此人罪當誅！』康即起辭出，曰：『海不敢道者，此也。』瑾謝曰：『敬聞命矣！』明日即赦出之。其後獻吉反嫉害德涵，馬中錫撰《中山狼傳》以刺獻吉。中錫字天禄，故城人。父偉，處州知府。中錫舉鄉闈，薦第一。登進士，拜刑科給事中。遇事敢言，兩被廷杖，纍遷左都御史，督軍務，征劉六、齊彦明、楊虎等賊。中錫招撫之，賊過故城，獨不入中錫家。遂被逮，瘐死獄中。中錫慷慨尚義，揮金如土苴。博學工詩文，尤長四六，著《箋經寓言》。

梁儲論士東南，歸而言之程敏政云：『所與來唐寅，今無比也！即太常籍奏，未足盡生萬分一。』敏政亦雅聞寅，從儲請其文，寅立奏幾萬言，遂大被賞。寅懷梁深，會其當行，亦請敏政文。適敏政被命，都諸奏上者。都穆嫉寅，潛譖之，謂有寄請。給事論敏政罷之，且斥寅爲掾。寅由此廢，而人亦尤穆猜狠甚。

馮元成讀弇州《王文静祠堂記》，稍有擊舌。有一客飾其説，以語弇州。弇州曰：『彼專信莫大口頰，宜其鄙我如是。』莫大指雲卿也。已而弇州致荆石書，薦元成。元成以詢徐大宗伯，徐曰：『此非美意。弇州患公林中日月甚富，且著成一家言，與彼争雄耳。他人仇公，惟恐公仕；弇州仇公，惟恐公不仕。』

華亭昆弟徐階弟陟，字子明。并以進士位至卿相，然失歡成隙。相公柄政，處少司空落落。相公遜政，司空逆諸江上，素服而泣。

沈鍊鍊字純甫，紹興衛人。成進士，爲令有惠愛聲。入爲錦衣衛經歷，贈光禄寺少卿。疏劾分宜，徙保安爲民。保安城，宣府東路所統衛名。至塞上，從遊者衆，相與指天畫地，日夜談議，至刻木爲秦檜，宋秦檜，江寧人。登第，繼中詞學兼茂科，歷太學學正。靖康初，金人攻汴，遣使求三鎮。檜上兵機四事，一言金人要請無厭，乞止許燕山一路；二言金人徂詐，守禦不可緩；三乞集百官詳議，擇其當者載之誓書；四乞館金使於外，不可令入門及引上殿。不報。汴京失守，二帝幸金營。百官軍民共議推立異姓張邦昌。留守御史馬伸議乞存趙氏，檜時爲臺長，以伸言爲然，即進言之。金人尋取檜詣軍前，金主以賜其弟撻懶爲任用。撻懶攻山陽。檜與妻王氏及婢僕一家，自軍中歸行在，自言殺監己者奔舟而來，入見，拜禮部尚書。首倡和議，除参知政事，拜右僕射。金人敗盟，檜盡收諸將兵。召韓世忠、張俊、岳飛并赴行在，皆除樞府而罷其兵權。使諫官万俟卨論飛及子雲、舊將張憲，俱殺之。兀术求和，遂進表稱臣契丹。梓宫還至行在，太后還慈寧宫，進封秦、魏兩國公。檜趨朝，殿司小校施全刺檜不中，磔全于市。子熺，舉進士，以秘書少監領國史；孫塤試進士，舉省、殿試皆第一，修撰實録院，宰相子孫同領史職，前所無也。檜擅政以來，屏塞人言。凡一時獻言者，非頌檜功德、訐人語言、中傷善類，則僅論銷金鋪翠、乞禁鹿胎冠子之類，以塞責而已。加封康節郡王，卒贈申王，謚忠獻。檜兩據相位，倡和誤國，忘讐斁倫，忠臣良將，誅鋤略盡。開禧二年，追奪王爵，改謚謬醜。與其徒角射。總督楊順、順字子備，山東德州人。以兵部左侍郎兼僉都御史，總督宣大軍務。巡按御史路楷楷字子中，汶上人。承分宜風旨，刺鍊起居，劾之，當鍊不道論死。隆慶改元，鍊子襄上書訟。華亭故與順有隙，逮順、楷下吏，論死。順在獄，少司寇洪朝選朝選字汝尹，同安人。成進士，纍官刑部左侍郎。阿華亭旨，困順令死。其後數年，朝選家居，爲巡撫勞堪所劾，堪字仕之，德化縣人。捕繫獄中，縊死，其狀與順正同。

高中玄、王思質忬字民應，號思質。同年也，思質貴盛時，相待甚薄，比及總督失事被逮，世貞兄弟往叩高意，殊少繾綣。思質及禍，世貞怨甚，鼎革上疏求雪，徐文貞因收之爲功。故世貞《首輔傳》極口毁高，非實録也。

長洲知縣郭波，與尚書劉纓有隙，纓字與清，蘇州衛人。進士，官至南京刑部尚書。爲人精敏强幹，嫺於吏政，能辨冤獄。所至威愛并立，而飾之以文。晚歲家居，益事嚴整。性朴儉，非祭祀，賓客食不重味。尤寡嗜慾。年八十餘，篝燈作蠅頭字，精楷不異壯歲。對客舉舊事，如引繩貫珠，纚纚不休。以謝罪爲辭，造其廬，連拜二十餘。拜既出門，號於衆曰：『我欲拜死老賊耳！』編其家糧長七名，纓家立破。

分宜爲大宗伯時，貴溪爲首揆。分宜欲置酒延貴溪，多不許。一日，許以某日赴，又曰：『自閣出即造公，不過家矣。』至日，貴溪薄暮始至，就坐進酒三勺，一湯取略沾唇而已。忽傲然起，長揖命輿，竟不交一言。

歷城尹公素不善尹直，禮部侍郎缺，他有推舉，上不允，以直爲之。翌日，直廷遇歷城，舉笏謝之。歷城曰：『公簡在帝心者。』自此結怨益深。

捷悟

（闕）

自新

（闕）